TOTEM

DU MÊME AUTEUR, CHEZ LE MÊME ÉDITEUR

*Refaire le monde*, totem n°212

*Jours de juin*, totem n°191

*La Nuit des lucioles*, totem n°125

*Une maison parmi les arbres*, 2018 ; totem n°157

Julia Glass est née à Boston en 1956. *Jours de juin*, son premier roman, a remporté le National Book Award en 2002. Cette "alchimiste des mots", selon le jury de ce prestigieux prix, s'est imposée sur la scène littéraire américaine et internationale, et compte aujourd'hui parmi les grands noms de la littérature américaine. Elle vit avec sa famille dans le Massachusetts.

CONTE D'AUTOMNE

Un livre bigrement incarné et d'une rare justesse sur les liens plus ou moins invisibles de la famille. Julia Glass est une romancière fine et sensible.

*Madame Figaro*

Drôle et émouvant !

*Le Monde*

Dans la veine de *Jane Eyre*, *Conte d'automne* évoque les tensions entre les valeurs traditionnelles et la nécessité de s'adapter aux nouvelles mœurs. Irrésistible !

*Los Angeles Times*

Julia Glass dissèque les liens de parenté avec le même esprit joyeusement turbulent que dans ses précédents livres.

*New York Times Book Review*

Des descriptions charmantes, couplées à des personnages subtils, irriguent les intrigues, dont les problématiques façonnent un roman à la fois vivant et plein d'empathie.

*New York Journal of Books*

Un roman immensément satisfaisant.

*Publishers Weekly*

Julia Glass

# CONTE D'AUTOMNE

Roman

*Traduit de l'américain*
*par Sabine Porte*

TOTEM

TOTEM n°240

*Titre original* : THE WIDOWER'S TALE



Première édition française sous le titre : *Les Joies éphémères de Percy Darling*,
Éditions des Deux Terres, 2012



ISBN 978-2-35178-823-3
ISSN 2105-4681

Illustration de couverture © Rui Ricardo
Conception graphique de la couverture : Valérie Renaud

*Pour mes parents et mes trois mères juives*

De même qu'un joueur malchanceux a tendance à imaginer qu'il récupérera son argent, le sort qui le lui a pris étant perfide et injuste, il avait parfois du mal à croire à ce qui était arrivé ; il était même certain que, d'une manière ou d'une autre, sa vie conjugale *recommencerait*. Elle était encore si réelle.

JAMES SALTER, *Un bonheur parfait*

# I

— MERCI, c'est gentil. Je retrouve la forme avant de mourir.

Tels sont les premiers mots que j'ai prononcés en ce dernier jeudi du mois d'août de l'été dernier : c'était un jeudi, je m'en souviens, car c'est le jour où j'ai découvert dans l'hebdomadaire local la première de ce que je devais, non sans légèreté, baptiser "les croisades" ; le dernier du mois, j'en ai également la certitude, car le soir même, Fées & Follets devait ouvrir ses portes flambant neuves d'un splendide violet – autrefois celles de ma chère grange – pour laisser entrer une nouvelle fournée de petits bambins parfaits accompagnés de leurs parents privilégiés sur leur trente et un.

J'attaquais la dernière ligne droite de mon parcours du jour sous les rayons du soleil qui était enfin parvenu à se hisser au-dessus des arbres, lorsqu'un jeune qui habite à huit cents mètres de chez moi a levé le pouce en me lançant d'une voix traînante : "Faut pas se rouiller, mec !" J'aurais pu passer outre cette insolence, s'il avait été occupé à tailler une haie ou allait chercher le journal, mais il était simplement là à se prélasser – en fumant une cigarette – sur la pelouse méticuleusement désherbée de ses parents. Il avait un pantalon déchiré dix fois trop long et le sourire d'un barman qui semble insinuer que vous avez un peu forcé sur la bouteille.

Je me suis arrêté en courant sur place pour achever ma remarque.

— Car voyez-vous, jeune homme, l'ai-je informé en parvenant encore à maîtriser mon souffle pantelant, je tiens de source sûre que mourir est une tâche difficile, qui exige de la diligence, de l'endurance et de la détermination. Qualités dont j'ai bien l'intention de me pourvoir en abondance d'ici à l'instant de vérité.

Et je ne mentais pas : trois mois auparavant, lors du barbecue que ma fille avait organisé pour le Memorial Day, j'avais surpris une de ses collègues confier à une autre dans des accents dignes d'Hippocrate :

— Les infirmières des services de maternité racontent à longueur de temps qu'il est difficile de naître, que c'est loin d'être passif. Elles expliquent à toutes ces mères New Age que les bébés naissent épuisés par le travail qu'ils ont accompli, qu'ils ont dû lutter de toutes leurs forces pour voir le jour. Eh bien si tu veux mon avis, mourir, c'est pareil. C'est tout aussi laborieux. La dernière ligne droite est un véritable marathon. J'ai vu des patients tout faire pour mourir, sans y arriver. Encore autre chose qu'ils n'ont pas pris la peine de nous dire à la fac.

(Ça fait froid dans le dos, cette idée de lutter de toutes ses forces pour voir les ténèbres. Mais je dois dire que j'aimais bien l'image de tous ces bébés peinant sans relâche au péril de leur vie pour réussir à passer, tels des travailleurs perçant des tunnels au temps de la Rome antique.)

Quant au jeune au pantalon avachi sur ses chevilles maigres, mon sermon a eu sur lui l'effet escompté. Une fois achevé mon petit discours, il ne lui restait pas même une syllabe à sa disposition ; pas même le "ah ouais" pavlovien que marmonnent les membres de sa génération quand ils sont à court d'arguments. Quand j'ai repris mon chemin, requinqué par un sentiment de juste revanche, j'ai cru me souvenir que ledit jeune s'appelait Damien. Ou Darius. Il devait avoir quinze ans, soit le degré zéro de la jeunesse. S'il avait eu le même âge, il y a de cela vingt ans, je me serais aussitôt souvenu de son nom, et ce non seulement car j'aurais connu ses parents, mais également parce qu'il aurait sans doute tondu ma pelouse ou repeint ma grange (et avec gratitude, encore !) moyennant un tarif horaire adapté à ses habitudes modestement économes d'adolescent. De nos jours, les rejetons de parents fortunés ne tondent plus les pelouses, pas plus qu'ils ne repeignent les maisons. Les seules activités rémunérées auxquelles ils s'abaissent parfois consistent à aider des citoyens seniors à naviguer dans l'univers déroutant des ordinateurs, des consoles et autres applications à un tarif horaire digne, quant à lui, des habitudes outrageusement dispendieuses d'un trafiquant de drogue du Bronx.

Le fait est que Darien ou Damius aurait fort bien pu apprendre au senior que je suis à se servir de son nouvel ordinateur portable (un cadeau de retraite offert ce printemps par mes filles), et me plumer en conséquence, si je n'avais été l'heureux grand-père d'un jeune garçon de vingt ans, très intelligent, très gentil et très bien élevé, qui faisait à l'époque de brillantes études à Harvard. Un "bon garçon", comme les parents n'osent plus le dire de nos jours tant ils sont intimidés par les conseils de quelque célèbre pédiatre, qui a probablement engendré deux ou trois portées assorties d'un chapelet d'épouses abandonnées. Mais c'est ce que Robert était à mes yeux (et ce qu'il est encore ou qu'il est redevenu malgré tout ce qui s'est passé), un bon garçon, en passe de devenir un honnête citoyen utile à la société. "Mon petit-fils est un très bon garçon", répétais-je avec assurance et fierté, en particulier lorsque sa mère était à portée de voix.

Robert avait hérité de sa mère une véritable passion pour la science et je finissais par me dire qu'il avait l'intention d'embrasser la même carrière professionnelle, ce qui me laissait un sentiment mitigé. Trudy, qui est une oncologue réputée de Boston, s'est taillé une certaine renommée en devenant une source d'information privilégiée des médias dès qu'une obscure étude scandinave évoque le plus vague espoir de traitement. En la regardant un jour donner des explications sur un médicament controversé au Ken grandeur nature qui présente les informations de dix-huit heures, j'ai songé que ma cadette s'invitait plus souvent dans mon salon sur l'écran de la NBC qu'en chair et en os. Je voyais Robert bien plus fréquemment.

Robert est resté en contact étroit avec moi tandis que les entrepreneurs, les charpentiers, les plombiers et les électriciens rehaussaient et démantelaient ma grange pour en faire le nouveau refuge de Fées & Follets, l'école maternelle expérimentale préférée de Matlock. (Le simple fait de regarder par les fenêtres de derrière cet été-là me donnait l'impression d'assister en douce à l'humiliation publique d'un ami fidèle, une torture dont j'étais moi-même l'instigateur.) Lorsque cette bande de béotiens – dont la plupart ne parlaient pas anglais par choix – n'étaient pas occupés à mutiler, étayer et éventrer cette bâtisse majestueuse, ils traitaient ma propriété comme un parc d'attractions. À l'heure de la pause, ils passaient leur temps à taper dans un ballon près de l'étang et alors qu'il y avait plein d'autres endroits ombragés pour se prélasser, ils déjeunaient sur les marches de la véranda de derrière, en remplissant la maison de leurs rires et de leurs bavardages inintelligibles. Je ne reconnaissais pas la langue qui était la leur. Ça pouvait être du tagalog ou du farsi.

Le hasard veut qu'en dépit de mes protestations, Robert ait insisté pour me créer un compte mail quand il m'apprenait à me servir de mon portable. Après des dizaines d'années à exercer mon métier sous la menace de la technologie, qui profilait chaque jour davantage son ombre de King Kong sur les tâches simples que j'aimais, je rêvais de couler ma retraite en apôtre de la décroissance, engloutissant avec bonheur les pages de monceaux de romans aussi profonds qu'abscons, délaissant l'univers des giga-octets et des disques durs. La peste soit des périphériques, adieu les i-bidules et leurs applications aux appellations farfelues.

Laissez-moi rire.

Le fait est que cet été-là, mon élégant portable aux capacités effrayantes s'est avéré un précieux allié – essentiellement parce qu'il me permettait d'avoir des nouvelles régulières de Robert, qui travaillait dans un conservatoire du littoral du Maine. Il m'empêchait de devenir fou en comprenant la fureur dans laquelle je me mettais à tout propos, des mégots et des papiers de chewing-gum que je trouvais dans les forsythias aux dizaines de canettes de soda de provenance inconnue que je devais trimballer à la déchetterie avec mes propres déchets recyclables. Le pire affront était le spectacle que j'avais de mon bureau : mon hêtre rouge éclipsé par une espèce de grosse baraque bleue qui dissimulait des toilettes.

Ce jeudi-là, les W.-C. bleus avaient finalement été évacués. Les ouvriers étaient partis. Ma B.A. se concrétisait enfin et j'étais bien décidé à voir la vie du bon côté. Certes, j'étais agacé par ce jeune en pantalon trop large et tout ce qu'il représentait – mais ce n'était guère qu'un signe parmi tant d'autres que le monde virait de bord sans ma permission. Certes, je craignais la perte imminente, peut-être définitive, de certains privilèges qui m'avaient longtemps paru aller de soi : la paix, l'intimité et (m'avait récemment informé ma fille Clover) le plaisir de nager nu dans l'étang à la tombée de la nuit. Mais ces vexations étaient à prévoir. Et j'étais ravi d'apprendre à la lecture du dernier mail de Robert qu'il était de retour à Harvard pour entamer sa troisième année d'études.

Du coup, quand je suis descendu après avoir pris une douche, lu deux chapitres de *La Paix des profondeurs* d'Aldous Huxley et expédié à mon petit-fils un e-mail l'invitant à déjeuner, j'ai été presque content de trouver ma fille aînée dans la cuisine. Presque.

Elle était là, à la même table où elle avait entamé ses journées pendant les dix-sept premières années de sa vie, avalant un bol de yaourt saupoudré de ce qui ressemblait fort à des graines pour oiseaux, accompagné d'un thé couleur d'algue, le tout en feuilletant mon *Grange.* Depuis l'année dernière, elle partageait une maison en colocation à l'autre bout de la ville, mais elle continuait à débarquer à l'improviste en faisant comme chez elle. Je sais bien que j'aurais dû éprouver une joie paternelle instinctive de la voir tout du moins en sécurité, pleine d'espoir et qui sait, peut-être même satisfaite, et pourtant, la plupart du temps, j'étais forcé de réprimer une certaine amertume en constatant comment elle avait gâché sa vie et, par-dessus le marché, revenait ensuite se mettre sous mon aile.

Tout comme sa jeune sœur, Clover n'avait habité sous mon toit qu'un ou deux étés depuis l'époque de ses études – exception faite du récent séjour (que l'on préférerait oublier) passé à se languir ici après le spectaculaire naufrage de son mariage. Pendant six mois, jusqu'à ce que je l'aide à s'installer à l'autre bout de la ville et persuade mon ami Norval de l'employer dans sa librairie, elle avait fait la navette entre ma maison et celle de sa sœur.

— Salut, papa. (Clover m'a adressé un grand sourire.) C'était bien, ton jogging ?

— J'ai réussi à aller jusqu'à l'ancienne artillerie.

(Elle a eu la sagesse de m'épargner des compliments condescendants.)

Elle s'est levée.

— Je te prépare un sandwich ?

— Oui, merci.

— Dinde ? Beurre de cacahuète ? Œufs en salade ?

— Oui, merci.

Clover est partie d'un rire faussement insouciant. Mes filles ont appris très jeunes que je n'aime pas avoir à choisir inutilement, mais elles ne peuvent s'empêcher de me taquiner en m'y forçant. Mes restaurants favoris – si tant est qu'il en reste – sont ceux où on vous sert un repas sans vous poser de questions (si ce n'est, peut-être, le vin que vous préférez). On peut y poursuivre une conversation civilisée sans avoir à écouter la litanie des vingt sauces qui peuvent accompagner votre salade ou faire mine de vous intéresser au lac reculé qui a donné naissance à votre truite arc-en-ciel.

Tout en préparant mon déjeuner, Clover m'a décrit dans le moindre détail les dernières touches que ses collègues et elles apportaient à la grange en prévision de la soirée portes ouvertes qui se tenait le soir même. Parfois, je me demandais si elle se rendait véritablement compte du sacrifice que je faisais uniquement pour elle.

Tandis qu'elle babillait allègrement sur la dernière visite du capitaine des pompiers, décrivant comment elle avait retenu son souffle pendant qu'il scrutait une fois encore les poutres centenaires, le journal ouvert à la page des faits divers recensés par la police a attiré mon attention. En temps normal, à Matlock, les seuls incidents notables de la semaine se résument à des faits du genre *Plainte pour tapage nocturne sur Caspian* Way *à deux heures du matin* ou *Boucle d'oreille en perle trouvée sous un banc au dépôt de la gare*. Mais de temps à autre, on trouvait des choses délicieusement saugrenues, du style *Une femme appréhendée en train de récupérer des pantoufles de dame dans les bois en bordure de Mallard Lane*, ou *Appel de Reed Street signalant que des dindons sauvages bloquent l'accès à un garage*. Récemment, on relevait ce fait marquant : *"Conducteur débile" signalé au centre de recyclage de la coopérative*.

Cette semaine, nos intrépides forces de police avaient vaillamment dû faire face à un poney Shetland qui se baladait en liberté derrière la bibliothèque municipale, à un appel d'urgence où la personne avait raccroché, au signalement d'un *cycliste bizarre* roulant sur une voie parfaitement publique, à une plainte concernant *une quantité importante de déchets en papier* qui volaient dans un champ de blé et à une voiture qui était restée vingt minutes devant l'épicerie Wally's avec le moteur au ralenti. Je suis alors arrivé à la liste des faits recensés le samedi précédent, jour de la semaine où le journal de bord de la police est généralement dominé par les comportements de chauffard à l'heure de l'apéritif. Cette fois, cependant, l'inventaire du samedi commençait par *Véhicule à moteur vandalisé et rempli de déchets végétaux au 24, Quarry Road à six heures du matin*.

J'ai éclaté de rire. Clover s'est interrompue et s'est tournée vers moi.

— Tu trouves ça drôle, toi, les dossiers de vaccination ?

J'ai tapoté le journal.

— C'est impayable. Tu as lu ça ?

Elle s'est efforcée de masquer son agacement et s'est approchée avec une assiette garnie d'un sandwich au pain complet pour regarder par-dessus mon épaule. Je lui ai lu la chose à voix haute.

— Des déchets végétaux ? Tiens donc.

— Tu n'étais pas au courant ? m'a dit Clover.

— Comment veux-tu que je le sois ? On ne m'invite plus dans les soirées. En ville, on me considère comme un vieux ronchon.

— Mais non. Pour les soixante-treize parents qui viennent ce soir voir la fabuleuse nouvelle école de leurs enfants, tu es même le sauveur de la ville.

— Jusqu'au jour où la prunelle de leurs yeux se cassera un orteil sur le dallage de l'allée ou dégringolera de ton magnifique portique de jeux.

Clover a poussé un soupir exaspéré mais elle m'a cependant épargné la nouvelle philosophie qu'elle me resservait régulièrement sur les effets magnétiques de la pensée négative.

— Mais là, ça vaut son pesant de cacahuètes, ai-je dit en montrant de nouveau le journal.

Elle s'est assise en face de moi et m'a raconté qu'un beau matin, un certain Jonathan Newcomb avait trouvé son Hummer tout-terrain flambant neuf rempli de feuilles de maïs.

— Carrément bourré à craquer, tu vois. Et le pare-brise était entièrement couvert d'un grand panneau qui disait QUI VEUT DE L'ÉTHANOL ? Et ils l'avaient placardé avec cette colle qui ne s'enlève pas – à New York, ils en mettent pour coller des avis quand on ne déplace pas sa voiture pour les balayeuses.

— Qui ça, “ils” ?

— Les policiers, papa.

— Non, je te parle de ceux qui ont rempli la voiture de maïs.

— Juste les feuilles. On ne sait pas.

J'ai éclaté de rire. J'ai même failli applaudir à deux mains.

— Ça fait une éternité que je n'avais pas vu une blague aussi originale.

Clover n'a pas eu l'air de trouver cela drôle.

— Jonathan est hors de lui. Il a insisté pour qu'on relève la moindre empreinte digitale. Même sur les jantes. Et il a raté son avion. Il y avait une réunion importante de sa société.

— Attends, Quarry Road ? Newcomb, ce n'est pas le type qui a planté un hectare de gazon à la place du laiteron qui poussait comme du chiendent ? Dans le champ où je vous emmenais voir les papillons avec Trudy ? Tu connais cette crapule ?

— C'est un papa, m'a répondu Clover.

Sur l'instant, j'ai été stupéfait de l'entendre sauter ainsi du coq à l'âne, puis j'ai compris qu'elle parlait de F & F. Nul doute que Newcomb payait plein pot le montant à cinq chiffres des frais de scolarité. Probablement le double, d'ailleurs, pour une paire de jumeaux miraculeusement jaillis d'une éprouvette.

— Tu imagines un peu, a-t-elle dit d'un ton préoccupé, enlever toutes ces barbes de maïs du revêtement ?

— Non, pas du tout.

J'ai camouflé mon sourire sous ma serviette. Sitôt terminé mon sandwich, Clover m'a pris la main.

— J'ai un truc important à te demander. Ça te dérangerait si les deux plus grandes sections construisaient une cabane dans le hêtre ? Ils ne l'abîmeraient pas, c'est promis.

— Des gamins de quatre ans avec des marteaux et des scies ? En voilà une riche idée.

— Ce serait les aides, les apprentis. Ils ont un atelier menuiserie, tu sais. Depuis toutes ces années, F & F n'a jamais perdu un doigt ou un œil. Et on a un nouveau prof génial – en fait, c'est la première fois qu'on a un homme ! Le concept du projet est fabuleux.

Elle m'a alors expliqué comment les plus grands – les Joncs et les Bouleaux – allaient "étudier" l'architecture.

— Que sont devenus les collages en cartoline et les masques en assiette de carton ? (J'ai levé les mains en signe de capitulation.) Non, ne dis rien. On est au XXIe siècle ! La colle à papier a disparu avec la machine à écrire ! Ouvre les yeux, espèce de vieux croûton !

Clover a esquissé un sourire indulgent.

— En fait, ils font beaucoup de collages. Mais maintenant les enfants ont de la colle à paillettes. Ça se fait dans toutes les couleurs de l'arc-en-ciel.

— On n'arrêtera donc jamais le progrès, ai-je dit.

J'avais beau me réjouir de constater qu'elle avait retrouvé son entrain, je commençais à percevoir entre nous ce que j'appellerais un certain décalage d'humeur. Peut-être à tort, j'attribuais cela à sa psychothérapeute, qu'elle citait à tout bout de champ comme si ce n'était autre que Jefferson ou Gandhi. Clover s'est renversée sur sa chaise en croisant les bras.

— Tu devrais aller visiter, papa. Tu vas être épaté. Ça va te plaire, j'en suis sûre. Je t'assure.

— Tu crois.

Mais j'ai essayé d'estomper aussi vite que possible l'ironie de mon sourire.

— Promis.

— En ce cas, allons-y.

Je me suis levé au prix d'un effort de volonté – les muscles situés à l'arrière de ma cuisse avaient crié grâce tout au long des derniers huit cents mètres du parcours.

En suivant Clover, j'ai constaté à quel point elle était restée séduisante, même de dos : elle avait la grâce aérienne de sa mère, son maintien parfait, cette belle crinière indisciplinée. Elle avait laissé ses cheveux roux prendre des nuances de gris doré, un choix que Poppy n'avait pas eu le temps de faire. Clover allait sur ses quarante-cinq ans, huit ans de plus que sa mère lorsque celle-ci avait disparu.

Je voyais si souvent Clover depuis son retour à Matlock qu'il s'écoulait parfois des semaines sans que je m'aperçoive consciemment de la ressemblance entre la mère et la fille, puis elle refaisait surface, et j'éprouvais brusquement un tourbillon d'émotions vertigineux : le soulagement de la présence dans l'absence (de voir que ma femme avait laissé quelque chose derrière elle), mêlé à la tristesse de l'absence dans la présence (de savoir que mes filles seraient toujours là pour me rappeler que leur mère avait disparu). Et le sentiment affreux d'un incommensurable remords : car si j'étais demeuré solitaire, sans jamais songer à me remarier depuis la mort de ma femme, il y avait de cela trente-deux ans, cette solitude n'avait pas été dépourvue de plaisir, loin s'en faut.

Du vivant de Poppy, le grenier de la grange lui servait de salle de danse. Elle dispensait ses cours à des fillettes et à des femmes de tous âges, et même à quelques renégats dits "sensibles" de la gent masculine. À l'époque insouciante des années 1960, c'était un jeu d'enfant que de transformer sa grange en petite entreprise, d'ajouter des toilettes par-ci, une kitchenette par-là. Dans la campagne chic de Matlock, c'était devenu une mode. Plusieurs architectes avaient monté leur agence à la porte de leur cuisine; les ateliers d'artistes proliféraient; pendant quelques années, nous avons eu une laiterie, le Mootique. (Trudy et Clover adoraient aller voir les vaches qui empestaient et goûter les fromages aux saveurs excentriques.) La femme du pasteur de l'église épiscopale donnait des cours d'accouchement naturel dans la grange qui se trouvait derrière le presbytère – qui servait jusqu'alors à entreposer les vieux livres de prière et les accessoires destinés aux fêtes religieuses. Elle avait tout épousseté et peint une gigantesque colombe bleue sur la façade donnant sur le parc de la ville. Quand il n'y avait pas de nuages, on avait l'impression d'un trompe-l'œil, comme si on voyait le ciel à travers la grange. Poppy l'appelait "notre Magritte à nous".

Je me demande si le comité d'urbanisation d'autrefois passait ses séances à se défoncer. Car peu après la mort de Poppy, tout avait brusquement changé. À partir de la fin des années 1970, il fallait s'armer de courage si on voulait installer ne serait-ce qu'une chambre d'amis au-dessus du garage! À l'aube du nouveau millénaire, les espaces à vocation commerciale étaient devenus aussi rares à Matlock que les familles aux revenus modestes. Autant dire qu'Evelyn Fougère – la légendaire fondatrice et directrice de F & F – s'était retrouvée dans un sacré pétrin lorsqu'au terme d'un bail de dix ans, l'Église congrégationnaliste les avait poliment chassées de la maison paroissiale, elle et son école. Les diacres s'étaient prononcés en faveur d'une association à but non lucratif qui procurait des logements à des réfugiés venus de pays d'Afrique où les gens avaient pris pour habitude de découper leurs voisins en petits morceaux. Le *Grange* avait publié de nombreuses lettres incendiaires, mais les diacres de l'Église congrégationnaliste s'accrochaient à la conviction que la ville devait étendre sa bonne volonté évanescente bien au-delà de ses frontières.

Selon une rumeur, l'obstination que mettait Evelyn à fréquenter l'église épiscopale située juste en face de l'église congrégationnaliste avait joué en sa défaveur, mais le verdict était tombé, à quoi bon chercher à comprendre ? Elle était au désespoir et avait mené sa petite enquête. Ma grange, qui bénéficiait du statut antérieur d'"équipement scolaire" grâce aux cours de danse de Poppy, était la réponse à ses prières les plus profanes.

J'avais conservé la salle de danse de Poppy dans l'état où elle l'avait laissée : le long miroir immaculé, la barre bien astiquée, les tapis mexicains soigneusement roulés et rangés dans un coin. Après sa mort, les gens avaient mis une bonne dizaine d'années à arrêter de me demander s'ils pouvaient louer ou ne serait-ce qu'emprunter la grange (à peu près le même temps qu'il leur avait fallu pour renoncer à voir en moi le partenaire idéal d'une de ces braves souris de bibliothèque qui avaient raté le coche du mariage ou s'en étaient fait éjecter). Je savais parfaitement ce que les gens pensaient : c'était le sanctuaire de ma culpabilité. Je me fichais bien de ce qu'ils pensaient. Je faisais nettoyer la grange plusieurs fois par an et j'y passais de temps à autre pour m'assurer que la nature n'y avait pas repris ses droits. Pour le reste, je n'imaginais pas qu'on puisse y changer quoi que ce soit. Mais la crise qu'avait traversée Clover avait tout changé.

Evelyn Fougère avait eu le culot de décrocher son téléphone pour me poser la question de but en blanc. (Qu'est-il advenu de cette discrétion qui imposait de faire ce genre de requête par courrier ?)

— Percy, vous avez appris la nouvelle, j'en suis sûre, alors je ne vais pas y aller par quatre chemins. J'ai besoin de votre grange. Les enfants ont besoin de votre grange ! Inutile de vous dire combien l'école est devenue indispensable à la ville. Cela peut paraître extrêmement prétentieux, je le sais, mais c'est un fait. Vous ne nous devez rien, vous n'avez pas même de petits-enfants qui aient besoin d'une place – et croyez-moi, je suis prête à employer tous les moyens de persuasion ! –, je ne peux donc que me jeter à vos pieds... et peut-être vous rappeler que je suis une amie de longue date de Clover ? Vous vous souvenez de l'été où vous nous avez loué deux poneys ?

Son rire nerveux avait des accents implorants.

J'attendais qu'elle s'interrompe un instant afin de soulever aussi poliment que possible quelques objections succinctes – le fait qu'elle se soit d'emblée adressée à moi par mon prénom alors qu'elle m'avait toujours appelé M. Darling n'arrangeait rien – mais cette allusion à des "moyens de persuasion", suivie de ce rappel de sa camaraderie d'enfance avec Clover, avait mis en branle les rouages endormis de mon cerveau. *C'est un pacte avec le diable !* m'avertissait une voix perçante, mais il se trouvait que je venais encore d'avoir au téléphone une conversation pénible avec Clover, qui m'avait annoncé quelle était sûre (oui, vraiment vraiment sûre cette fois !) que ce qu'elle voulait faire, c'était "quelque chose avec les petits enfants". Je lui avais certes prêté une oreille bienveillante, mais l'on me pardonnera d'avoir levé les yeux au ciel en soupçonnant que ce dont elle était vraiment vraiment sûre, c'était qu'elle n'aurait jamais dû abandonner son mari et ses enfants à elle. En réalité, elle éprouvait une nostalgie mêlée de remords. Mais j'avais gardé ces considérations pour moi.

J'avais donc laissé le rire d'Evelyn sombrer dans le silence, avant de lui répondre :

— Faites-moi une offre et je vous en ferai peut-être une à mon tour.

À l'entendre suffoquer malgré elle, j'ai compris qu'en échange d'un bail de cinq ou dix ans sur mon immense grange pittoresque et qui plus est idéalement sectorisée, elle était non seulement prête à donner son premier-né (en l'occurrence, une actrice en herbe fort avenante qui suivait les cours de la célèbre Juilliard School), mais également sa maison située sur une île du Maine. Au lieu de quoi, j'ai décroché un poste digne de ce nom pour ma fille déboussolée qui avait perdu ses racines. Et accepté de maintenir un loyer modique tant que Clover s'accrochait au poste en question. S'il y avait quelqu'un qui pouvait empêcher Clover de se disperser, c'était bien Evelyn avec sa roublardise, son inventivité et son côté protecteur. Peut-être était-ce ce qu'il fallait à Clover : une directrice qui savait comment motiver les petits enfants, les rendre heureux, les aider à grandir. Car c'est ainsi qu'au fond de moi, je voyais ma fille : un petit enfant dans le corps d'une femme de quarante-quatre ans.

Mais c'était bel et bien un pacte avec le diable. Pendant tout l'été, j'ai refusé de m'approcher de la grange et encore plus d'y mettre les pieds. J'avais conscience que cette résistance était mesquine, mais je n'étais pas encore prêt à renoncer au besoin de préserver le seul lieu où l'esprit de ma femme régnait encore en maître. Bien souvent, je mettais Beethoven à fond pour couvrir le gémissement strident des outils électriques, le bruit creux des poutres qui dégringolaient, les éclats de rire des ouvriers qui travaillaient dur en racontant des blagues grivoises dans une langue étrangère.

Un jour, je lisais un roman de Trollope dans l'ancien dressing de Poppy (d'où je ne voyais pas le massacre architectural), lorsque brusquement j'ai remarqué au plafond une brillance semblable au reflet d'un bijou ou de vaguelettes à la surface de l'eau. Je suis allé regarder par la fenêtre juste à temps pour apercevoir les pans du magnifique long miroir sanglés sur le toit d'une camionnette, qui renvoyaient les rayons de soleil vers le ciel. J'ai été saisi d'un accès de possessivité, comme si j'avais surpris des cambrioleurs en pleine action. Je me suis précipité lourdement dans l'escalier, puis à mi-chemin, je me suis dit que je n'avais pas l'usage de ces miroirs. Ils avaient été soigneusement retirés sans être cassés. Peut-être serviraient-ils ailleurs. Peut-être refléteraient-ils de nouveau de jeunes danseuses aux membres souples. Il ne m'était jamais venu à l'idée que c'était égoïste de les conserver ainsi dans la grange abandonnée.

Quand j'ai su que l'entrepreneur avait fini de débarrasser les lieux pour passer à l'aménagement, j'ai demandé à Clover ce qu'elle comptait faire des tapis. Eux aussi, je leur trouverais une bonne maison. Poppy avait rapporté ces tapis lors de deux voyages que nous avions effectués au Mexique, l'un pour gambader sur la plage, l'autre pour visiter des vestiges archéologiques. Au second, elle était enceinte de Clover. C'étaient des tapis carrés primitifs à motifs de fleurs et de rayures tissés dans une laine douce et pelucheuse – idéale en hiver pour "travailler pieds nus", disait Poppy.

— Mais papa, ils étaient totalement mités, m'a répondu Clover, Quand je les ai déroulés, ils sont tombés en lambeaux. On a dû les jeter. J'espère que ça ne te fait rien.

Elle me dévisageait, craignant manifestement que je sois en colère.

— Ça ne m'étonne pas, ai-je répondu avec douceur. J'aurais dû les emballer depuis des années.

Quel gâchis.

Qu'avais-je à faire de ces vieux tapis ? Pourquoi ne pouvais-je pas consacrer tout mon amour à l'aînée de mes filles qui avait tant besoin d'aide – bien plus que quiconque, que ce soit moi ou un autre, ne pouvait lui en donner ! – et qui là se faisait une véritable joie à l'idée d'être la nouvelle assistante de l'illustre directrice de Fées & Follets ?

Ce jeudi d'août, en descendant avec Clover la grande pente qui menait de la maison à la grange, je dois avouer que je ne l'avais pas vue montrer une telle fierté depuis l'époque où ses enfants étaient tout petits.

L'herbe repoussait déjà aux endroits de la pelouse que les tas de bois et le passage des ouvriers avaient laissés pelés. J'ai remarqué pour la première fois que l'amas de pierres du chemin avait été nivelé et qu'un revêtement de caoutchouc vert foncé formait un patio discret à l'entrée de la grange. L'allée ne disparaissait plus sous les pissenlits et les fléoles, mais s'enroulait en une boucle qui permettait aux parents de déposer et récupérer leur progéniture en voiture.

Étais-je prêt à affronter la métamorphose du refuge préféré de ma femme en un dédale de coins et de recoins couleur pastel, où en guise de Merce Cunningham ou de Balanchine, il faudrait se contenter d'une partie de chaises musicales ? Et si c'était là quelque chose que j'aurais dû faire depuis longtemps afin d'expier mes fautes ?

Cependant, je refusais qu'une vaine culpabilité fasse voler ma bonne humeur en éclats. J'ai repensé à la vision de ce maudit Hummer – l'équivalent automobile du cafard des villes – farci jusqu'à la garde de barbes de maïs. Quelqu'un à Matlock maniait avec talent l'humour détourné. Peut-être y avait-il un dieu après tout.

Quand j'ai marmonné entre mes dents "Qui veut de l'éthanol?", Clover s'est retournée en me regardant d'un drôle d'air.

— Passe en premier, ma chérie, lui ai-je dit.

La grange étant construite dans la pente qui descendait jusqu'à l'étang, côté maison, on accédait directement au grenier par le jardin. La vieille porte à double battant faisait toujours office d'entrée principale (après avoir été renforcée et peinte de ce fameux violet criard). Elle était surmontée d'une enseigne néo-rustique portant le nom crispant de mièvrerie de l'école. (Les efforts déployés par l'unique couple de parents gay pour la rebaptiser en raison de ses connotations vaguement homophobes avaient été anéantis. Evelyn avait publié une lettre dans le *Grange*, invoquant la protection des "authentique" follets des méfaits du politiquement correct.)

— Attention, tu es prêt?

Clover a ouvert la porte d'un geste théâtral, à la manière de la jeune présentatrice insipide du jeu télévisé *Let's Make a Deal,* que nous regardions d'un œil en riant avec Poppy tandis que nous préparions le dîner en valsant aux quatre coins de la cuisine.

Clover avait été fidèle à sa promesse: j'ai laissé échapper un cri d'admiration. C'était bel et bien extraordinaire. Carte blanche avait été donnée à l'architecte qui se trouvait être Maurice, le mari d'Evelyn – et en voyant ce qu'il avait fait de ma grange, je comprenais mieux le silence qu'il suscitait dès qu'il arrivait quelque part (je comprenais mieux également qu'ils aient pu s'offrir une villa en bord de mer à Vinal Haven et un chalet dans le Vermont.) C'était un maître de la lumière.

Changement prévisible mais logique, l'espace situé sous les combles était partagé par un long couloir. De part et d'autre, les classes étaient séparées par des cloisons munies de portes et de fenêtres de toutes les formes possibles et imaginables : non celles auxquelles on pourrait s'attendre (étoile, croissant de lune, hexagone, losange) mais d'élégantes silhouettes stylisées de tortue, d'ours, de hibou, de loup hurlant ! Il y avait également de nouvelles verrières qui répandaient des cascades de lumière.

— Seigneur ! me suis-je exclamé, ébranlé malgré moi.

— Tu vois ? C'est sublime, hein ? Et c'est tout en verre trempé hyper sécurisé, a ajouté Clover en cognant sur une des vitres. Presque impossible à casser.

Le long des murs de façade, des étagères peintes de multiples nuances de bleu et de violet étaient équipées de bacs en plastique remplis d'animaux en bois, de foulards en soie, de pompons, de crayons de couleur, de tout petits ciseaux… tout l'attirail bariolé d'une enfance de papier glacé. Des affiches de fleurs des champs et d'oiseaux exotiques étaient accrochées entre les verrières, le sol était couvert de petits tapis moelleux de toutes les couleurs et de belles bibliothèques en bois blond étaient garnies d'albums aux couvertures extravagantes. Des ventilateurs suspendus aux plafonds mansardés rafraîchissaient les classes en brassant rapidement l'air en silence.

— Seigneur, ai-je répété. Quand je pense au taudis où nous avons dû vous envoyer en maternelle, ta sœur et toi.

— À l'époque, Fées & Follets n'existait pas, m'a répondu Clover. Il n'y avait que la garderie de Mrs O'Connor au sous-sol de l'Artillerie. (Elle s'est tournée vers moi.) C'était très bien, papa. On adorait y aller.

Elle m'a emmené dans le couloir qui menait tout au fond. À mi-chemin, j'ai aperçu d'un côté trois W.-C. lilliputiens installés dans un renfoncement. Le carrelage formait une mosaïque scintillante du ciel, bleu nuit et or, évoquant le cosmos tourbillonnant de comètes de Van Gogh.

Je me suis alors rappelé que l'agence de Maurice était spécialisée dans les musées d'art. Il avait conçu une aile du Fogg Art Museum au cours des dernières années que j'avais passées à Harvard.

— Viens voir la vue qu'on a d'ici, a insisté ma fille.

Le mur du fond du grenier était entièrement occupé par une immense verrière en triangle qui partait de ma taille et montait bien au-dessus de ma tête. À nos pieds, s'étendait l'étang tel que je ne l'avais jamais vu car ce mur avait toujours été plein. J'avais presque le tournis en le contemplant – non parce que j'avais le vertige, mais parce qu'il me paraissait inconcevable de voir cet endroit que je connaissais si bien, mieux que tout autre au monde sans doute, comme je ne l'avais jamais vu.

— Comment est-ce possible ? ai-je murmuré.

Clover s'est mise à rire, se méprenant sur le sens de ces propos qui m'avaient échappé.

— Si c'est possible, si c'est devenu ce que c'est, c'est grâce à l'incroyable générosité de tous les gens qui ont voulu que le résultat soit parfait. Sans parler de toi, papa. Sans toi, Dieu sait où nous en serions. Si tant est que nous en soyons quelque part !

J'évitais de la regarder dans les yeux, préférant m'épargner ces débordements d'émotion. J'ai continué à scruter le paysage qui s'étendait à mes pieds. Je voyais, au bout de l'étang, les prémices de l'automne à la cime des érables, auréolée d'un éclat orangé que je n'aurais jamais soupçonné d'en bas. Je voyais les toits des Trois Grecques, un trio de villas néoclassiques qui se partageaient la berge opposée. Et la chaleur blême du ciel d'été si fidèlement reflété à la surface de la vaste étendue d'eau. Et pour la première fois, je voyais la forme exacte de l'étang, non pas tel qu'il apparaît sur les plans de la ville, mais comme il est dans la nature : un motif cachemire, une légère goutte de pluie, une larme.

Un téléphone s'est mis à sonner. Clover est retournée dans le hall. Je l'ai entendue répondre :

— Fées & Follets. Clover Darling à l'appareil, que puis-je pour vous ?

— Si tu savais, Poppy, ai-je murmuré, dans quel monde nous vivons.

— Quel monde, en effet.

Je me suis retourné, le cœur saisi. Un jeune homme aux airs de lutin, avec un corps sec et noueux de gymnaste et une épaisse tignasse jaune en broussaille, me souriait dans une des classes.

— Ira Schwartz. Désolé de vous avoir fait sursauter.

Nous nous sommes serré la main. Je ne me suis pas présenté, ce qui était grossier de ma part. Et parfaitement vain.

— Vous devez être l'héroïque, le légendaire M. Darling, m'a-t-il dit en penchant légèrement la tête. Je suis nouveau, ici, mais je sais tout de vous.

Le visage couvert de taches de rousseur, le sourire faussement modeste : on aurait dit le Puck du *Songe d'une nuit d'été*. Puis ça m'est revenu.

— Ah oui. Ça doit être vous qui voulez transformer mon pauvre vieil arbre en hôtel à trente étages.

— Ah cet arbre, si vous saviez… j'ai rarement rencontré un arbre pareil. Il est si… – il a secoué ses boucles dorées – si majestueux.

— En effet, oui.

— Mais je vous assure, M. Darling, que ce que je me propose de faire – si vous êtes d'accord, naturellement – n'endommagera pas du tout votre arbre. Pas le moins du monde.

À l'autre bout du couloir, Clover était en pleine conversation sur l'apprentissage du pot (semble-t-il rebaptisé *acquisition de la propreté*).

Je me suis penché vers le lutin et je lui ai glissé :

— Vous savez pourquoi j'ai accepté que ce projet vienne chambouler mon existence et ma propriété ?

J'avais enfin réussi à le faire taire. Il me dévisageait cependant sans broncher, les sourcils levés, patientant avec respect.

— Je serais curieux de le savoir, a-t-il fini par répondre. Si ce n'est pas indiscret, naturellement.

— Quelque peu, oui, mais je serai bref. Pour la famille. Ni pour l'argent, ni par altruisme, et encore moins pour une quelconque nostalgie de la compagnie des enfants.

Il a hoché la tête, mais il gardait les mains enfoncées dans les poches de son jean pour le moins serré.

— Vous pouvez refuser, M. Darling.

— Jeune homme, ce n'est pas une réponse que je vous donne. Tout juste le contexte.

Je m'exprimais gaiement, sans aucun mépris.

— Je ne voulais pas vous agresser. Je suis désolé d'avoir pu vous donner cette impression. Je crains d'avoir interrompu votre visite…

J'ai regardé ma montre, ne serait-ce que pour nous offrir une porte de sortie honorable.

— Mes collaborateurs contacteront les vôtres.

Il a mis un instant à réagir, puis il a éclaté d'un rire poli.

— Mes collaborateurs seront prêts à négocier. Je ne devrais pas vous le dire, mais ils sont plutôt bonne pâte.

Il est retourné dans sa classe et j'ai repris le joli couloir. Lorsque je suis passé devant son bureau, Clover était toujours au téléphone et m'a jeté un regard consterné, mais nous nous sommes fait signe. Je lui ai soufflé un baiser.

Dehors, la chaleur de l'après-midi m'a assommé et je me suis dit qu'il était temps de me baigner une dernière fois en plein jour dans le plus simple appareil. De la fin mai à la mi-octobre, je nageais quasiment tous les jours, qu'il pleuve, qu'il vente ou qu'il y ait du brouillard, et il y avait une éternité que je n'avais plus de maillot. La semaine précédente, Clover m'avait annoncé sans ambages que j'allais devoir renoncer à cette habitude; alors même que je m'enroulais dans une serviette pour parcourir les quelques mètres qui séparaient l'étang de la douche extérieure.

Je ne crois pas aux fantômes. Et pourtant, depuis la mort de Poppy, j'avais plus d'une fois eu l'impression d'être hanté lorsque je nageais dans l'étang: non par Poppy (en un sens, c'eût peut-être été une délivrance) mais par des doutes dont je ne pourrais jamais faire part à quiconque sur les circonstances de sa mort. Nager a toujours été pour moi une forme de méditation et non un exercice. Le silence de la nature qui environnait "mon" étang faisait partie intégrante de cette méditation. Criquets, grenouilles, passereaux, voyeurs – à chacun sa saison – rythmaient mon souffle et mes pensées. (J'avais appris à ne pas prêter attention aux tondeuses qui résonnaient parfois au lointain.)

Une demi-heure plus tard, alors que je flottais paisiblement en regardant les nuages en faire de même dans le ciel, mon univers a soudain été envahi par un bruit totalement nouveau: s'échappant par les fenêtres ouvertes, les rires des professeurs qui préparaient la grange – l'école – pour la soirée d'inauguration. Les voix portent étonnamment bien sur l'eau. À part celle d'Ira, le jeune homme qui se proposait de dompter mon arbre, c'étaient des voix de femmes hautement maternelles et toutes pourvues d'une conception enjouée de l'existence et des rires qui vont avec.

— Tu as rempli le bac à sable, Joyce ?

— Oh, ces nouvelles blouses sont adorables !

— J'adore voir les nouveaux pères se recroqueviller sur les petites chaises, pas toi ?

Puis le lutin a pris la parole :

— Si Dick Cheney et tous les chefs d'état-major étaient forcés de tenir leurs réunions sur des chaises de maternelle, on ne se serait peut-être pas retrouvés dans cette épouvantable guerre, vous ne croyez pas ?

Des éclats de rire ont fusé.

— C'est une belle idée, Ira, a dit une des femmes.

Soudain, j'ai eu la vision de mon hêtre séculaire enturbanné d'un musée Guggenheim en miniature.

Je me suis retourné et j'ai nagé une série de longueurs. Je m'efforçais de me concentrer sur le plaisir de sentir mon énergie retrouvée en chassant de mon esprit le chant sirupeux des voix humaines qui devait, je le crains, gâcher un rituel dont j'étais seul à mesurer l'importance.

Quant à mon jogging quotidien, c'était de l'exercice pur et dur. J'avais décidé de m'imposer cette obligation chaque jour au lendemain de mes soixante-dix ans, en avril de cette année, un mois après avoir quitté Harvard et mon poste à la Widener Library pour prendre ma retraite ; un tournant de la vie où le risque est grand de dégringoler à toute vitesse. Et si je variais par ailleurs mon itinéraire, je tournais systématiquement à gauche en bas de l'allée pour gravir la longue pente qui menait au vieux temple et au parc de la ville.

Après m'être adapté à ces tournées régulières des rues avoisinantes, j'ai remarqué peu à peu certains signes inquiétants attestant de la menace qui pesait sur la physionomie de ma ville. Le plus troublant, c'est que j'ignorais si ces changements s'étaient déroulés à mon insu pendant des années ou s'ils étaient récents, voire soudains, et si, dans ce dernier cas, il était permis d'espérer un quelconque retour en arrière.

C'est en mai que j'ai remarqué le premier affront, le jour où j'ai décidé de bifurquer dans Fox Farm Lane – une rue que je n'avais pas empruntée depuis des années, car elle forme une boucle qui ne dessert que ses résidents. Au bout de quelques maisons à peine, je me suis aperçu qu'un certain nombre d'entre elles avaient été repeintes dans des couleurs on ne peut moins traditionnelles, qu'une allée pavée remplaçait ce qui dans mon souvenir était un long chemin de terre, qu'une dizaine de jeunes érables renforcés par des câbles et des tuteurs avaient été plantés avec une régularité de robot en bordure de la pelouse, à la place du vieux mur en pierre délabré qui longeait la rue. J'en étais à me dire que ces arbres avaient dû coûter une petite fortune, en m'élevant contre le mauvais goût de ceux qui avaient osé démolir ce mur, lorsqu'au détour du premier virage en épingle à cheveux, elle m'est apparue.

J'aurais été tout aussi choqué de tomber sur une aire de camping-cars qu'à la vue de la nouvelle extension du domaine Harris : un énorme cube de bois et de verre qui formait une excroissance maligne en mordant sur la forêt environnante. C'était purement et simplement un péché capital contre l'âme de cette belle et stoïque demeure coloniale.

Les Harris ne vivent plus dans la propriété qui porte leur nom depuis près de deux siècles mais, dans une ville comme la nôtre, la coutume veut – ou du moins voulait – que les acheteurs de ce type de maison, qui constituait autrefois l'unique habitation de ces fermes au relief accidenté typiques de la Nouvelle-Angleterre, se considèrent non comme des propriétaires mais comme des serviteurs, des gardiens chargés d'entretenir la flamme de l'histoire. L'extension était pourvue d'une baie vitrée qui brillait d'un éclat agressif et de fenêtres de toit en coupole – trois ! – ainsi que d'une nouvelle cheminée en moellon qui jurait avec la cheminée centrale en brique patinée.

Si nos rapports avaient été conformes à leur cordialité de façade, je me serais précipité chez moi pour appeler ma voisine Laurel Connaughton, présidente de la Société historique, pour en savoir plus sur cette monstruosité. L'ouverture de Fées & Follets dans ma grange était étrangère au conflit larvé qui nous opposait. À l'origine, il y avait cette curiosité de fouineuse qui la poussait à vouloir percer un mur dans ma vieille maison (où elle était persuadée d'avoir découvert un "passage secret" en tapant discrètement sur les murs lors d'un réveillon de Noël qu'elle avait copieusement arrosé, il y avait de cela des années) et, bien avant, notre perpétuel litige concernant l'entretien des berges de l'étang situées de notre côté.

Année après année, Maîtresse Domina insistait pour "nettoyer" les hautes herbes et les fourrés qui se trouvaient de son côté, mettant ainsi en péril les communautés de crapauds buffles et d'oiseaux qui trouvaient leur habitat dans cette jungle. Sans mon autorisation, toutefois, elle ne pouvait pulvériser d'antimoustique. En partie pour l'agacer, j'avais installé une demi-douzaine de nichoirs à chauves-souris dans les arbres qui délimitaient nos deux pelouses. (En fait, c'est Robert, mon petit-fils, qui les avait installés.) Elle était terrifiée par ces créatures et avait protesté officiellement. Le directeur du Comité de protection de la nature, Hal Oxblood, l'avait alors informée que les chauves-souris consommaient par jour plusieurs fois leur poids en moustiques, ce qui répondait ainsi au principal objectif qu'elle recherchait. Je m'étais abstenu de le corriger sur ce point, bien que Robert m'eût appris que c'était là un mythe récent – et un mythe utile, avait-il précisé, car les chauves-souris ont à tout prix besoin de soigner leur image. En réalité, m'avait-il dit, leur appétit les porte davantage vers les mites et les cafards.

La seconde découverte alarmante est intervenue deux ou trois semaines après ce détour troublant par Fox Farm Lane. Une première vague de chaleur précoce s'était abattue sur la ville et le ciel était dégagé, et pourtant, en débouchant sur Wharton Street, à l'embranchement de Quarry Road, j'ai senti brusquement quelques gouttes de pluie. Perplexe, j'ai stoppé net en tendant les mains. Et devinez quoi, les gens qui avaient acheté la maison des Weiss (ils avaient beau habiter à quatre cents mètres de chez moi, depuis plus d'un an qu'ils résidaient là, je ne les avais jamais vus en vrai) avaient installé un système d'arrosage automatique. Où se croyaient-ils, dans la banlieue huppée de Grosse Point ? Et cependant, je n'avais vu aucune protestation, ni à ce sujet, ni sur le massacre architectural du domaine Harris, dans les pages du *Grange*. Étais-je le seul dans cette ville à juger que ces changements étaient aussi vulgaires que saugrenus et laissaient présager la mort prochaine du Matlock que j'avais connu ? Peut-être cette absence même d'indignation dans le courrier des lecteurs était-elle en soi un autre signe de la fin.

Je me suis mis en quête d'autres insultes à l'esthétique et cet été-là, j'en ai découvert presque chaque jour, des faux réverbères de style colonial plantés devant notre temple XIX^e^ siècle à l'absence aussi soudaine que stupéfiante du bloc rocheux qui se trouvait littéralement depuis toujours au bas de Cold Pond Way. (Qui avait bien pu le déplacer ? Et où pouvait-il bien être ?) Cependant, c'est un spectacle bien moins monumental qui m'a convaincu que nous avions franchi une limite : en juillet, la vision de deux bouviers bernois, somptueusement toilettés, aussi noirs et lustrés qu'une limousine – et Dieu du ciel, presque aussi gros – se pavanant dans ma rue avec leur jeune maîtresse aux airs de nymphette, qui arborait un derrière à peine plus rond qu'un pamplemousse, une crinière aux subtils reflets de toison d'or et un T-shirt parsemé de strass.

Clover m'avait parlé des chiens au début du mois en s'extasiant à n'en plus finir sur leur beauté, mais je dois dire qu'en les voyant en chair et en os, ma réaction instinctive a été nettement moins enthousiaste. J'ai regardé leur collier – une bande verte imprimée d'une série de homards rouges – et les mocassins couleur melon de leur maîtresse, et, dans un flash, mes synapses m'ont renvoyé ce que le vieux Ben Stewart m'avait chuchoté il y a de cela deux ans, à Noël, pendant l'office de minuit, peu de temps avant la crise cardiaque qui devait lui être fatale : "Crois-moi, Percy, notre beau village est hélas devenu une enclave." J'avais acquiescé pour lui faire plaisir, mais à l'époque, j'attribuais son amertume à l'insistance que mettaient ses fils à vouloir vendre sa maison, la garantie d'empocher un joli pactole immobilier l'emportant sur tout l'attachement qu'ils pouvaient éprouver pour le lieu de leur enfance, avec sa grande véranda indolente et son verger de poche planté de huit pommiers rabougris qui donnaient des fruits sans qu'on ait à s'en occuper.

Sitôt rentré, ce jour-là, le jour des chiens, j'ai foncé sur mon dictionnaire d'Oxford (que Robert surnomme non sans impertinence mon "engin"). Je n'ai même pas pris le temps de me doucher ; je me suis penché sur la page d'un œil sombre, en laissant dégouliner sur la loupe la sueur qui ruisselait de mes sourcils en broussaille. *Enclave : une portion de territoire entièrement entourée par des territoires étrangers.* Ben était professeur dans notre excellente école primaire et il employait les mots avec une précision chirurgicale.

Je me suis assis et j'ai entrepris de faire mentalement le tour des rues sinueuses de Matlock. Notre unique station-service avait fermé il y a dix ans, après avoir été tenue pendant des décennies par Vince Kaliski, un vétéran d'Okinawa dont la femme dirigeait la troupe des girl-scouts. Même la maison voisine où Vince et Mary avaient élevé leurs trois garçons avait été rasée. Plus récemment, Coiffure Cottage, un salon de coiffure et de beauté datant du crétacé, s'était métamorphosé en galerie d'art moderne. Buck et Calvin, le plombier et l'électricien auxquels je faisais appel pour maintenir la maison en état de fonctionnement, avaient vendu les leurs pour prendre leur retraite en Floride, voyant qu'aucun de leurs fils, pourtant nombreux, n'était prêt à leur succéder – ou en mesure de faire face à la rapide inflation de nos impôts. Depuis leur départ, j'étais forcé d'employer des artisans venus d'autres villes de la région, des gens que je n'aurais jamais aucun plaisir à croiser à la poste ou au rayon frais de chez Wally's. Certains voyaient en Vince, Buck ou Calvin des "gens ordinaires", des "hommes du peuple". Ces expressions ne sont qu'une manière déguisée de désigner ces hommes qui vivent une existence où les rêves d'enfant deviennent un luxe, un caprice, avant même que l'enfance ne s'achève.

Qu'étaient-ils devenus ? Étaient-ils encore en vie ? Même nos professeurs de l'école, les Ben, n'avaient plus les moyens de vivre parmi nous.

J'ai envoyé un e-mail à Robert au sujet des chiens, en mentionnant en objet *De Charybde en Scylla.* Quand je nageais, le soir, je me voyais, grandiose, en chevalier solitaire aux tempes grisonnantes dans son château plein de courants d'air, encerclé de toutes parts par des Philistins d'un genre nouveau : bien éduqués, bien nourris, bien informés (informations conformes à leur conscience dûment pourvue d'œillères collectives) et convaincus de l'adhérence au sol de leurs élégantes chaussures ergonomiques de gentleman farmer.

J'étais si remonté ce soir-là que je n'ai pas pu m'empêcher d'appeler également la mère de Robert. Trudy m'a écouté – elle sait écouter, ce qui lui vaut sans doute l'estime de ses patientes – mais elle ne s'est guère montrée compréhensive. Quand je lui ai confié que je regrettais Vince, Buck et Calvin, elle s'est contentée de me faire remarquer que je ne les avais jamais fréquentés.

— Ce n'est pas parce qu'on ne se fréquente pas qu'on n'a pas d'affinités, lui ai-je répondu. C'est quelque chose qui vous échappe, vous les femmes. On n'avait pas besoin d'un cercle de tricot pour savoir qu'on s'entendait parfaitement. Et maintenant, j'ai l'impression que le peu d'hommes que je croise en ville – et crois-moi, les moins de soixante ans se font rares en plein jour – ont des postes bidon. Ils sont "traders en produits dérivés" ou "consultants informatique". Ils ont les ongles immaculés et des chemises de bûcheron achetées sur catalogue chez L.L.Bean – qui appartient désormais à un revendeur du New Jersey dirigé par la Mafia.

— Ce sont des gens aisés, papa, comme toi. Que ça te plaise ou non, tu as plus en commun avec eux que tu n'en as jamais eu avec M. Kaliski ou les gars qui nettoyaient notre cuve à mazout.

— Je ne suis pas d'accord avec toi, ma chérie. Et pour ce qui est des revenus – c'est bien de cela qu'il s'agit quand tu me parles d'aisance ? –, je ne gagnais pas la moitié de ce que gagnait Buck, j'en suis sûr ! Je crois savoir qu'il a acheté un sacré bateau après avoir vendu sa maison et empoché son épargne retraite.

— Je ne parle pas chiffres, papa, et tu le sais. Ça a à voir avec... la position qu'on occupe dans la vie.

— Tu veux dire la classe ?

— Oui, exactement.

— Mais c'est précisément ce que je dis. Avant, c'était une ville où différentes classes se côtoyaient.

— À peine.

— Comme on vivait en harmonie, tu ne t'en rendais pas compte. On n'avait pas besoin d'"espaces ouverts", de garages trois places, de climatisation et...

— Là, tu parles de valeurs, m'a interrompu Trudy. Qui ont changé depuis l'époque dont tu parles. Tu crois que s'il était encore là, M. Kaliski ne voudrait pas un jacuzzi ?

— Tu aurais dû voir cette ville quand nous avons acheté la maison avec ta mère – pour une bouchée de pain ! Le toit allait s'effondrer et n'importe qui d'autre aurait baissé les bras devant la grange. Mais pas ta mère. Elle voulait en faire une "maison pour les générations à venir". Des voisins, des gens qui ne nous connaissaient ni d'Ève ni d'Adam, ont proposé de nous donner un coup de main. C'était comme autrefois, quand la communauté se mobilisait pour construire la grange du voisin.

— Tu m'as déjà raconté tout ça, papa. C'est très joli. Maman et toi, vous viviez à une autre époque. Mais tu sais quoi ? Il faut passer à autre chose. Parce que, écoute, tu veux que je te dise, papa ? Tu vires au vieux grincheux ! Tu as toujours été limite, mais cette fois, ça y est.

Malgré ma baignade, la visite de ma grange qui n'en était plus une m'avait laissé en proie à l'agitation. Me voilà donc quelques heures plus tard à peine au Great Outdoorsman, véritable pilier de la vie commerçante de Packard, une ville hétéroclite située à une vingtaine de minutes de Matlock qui pourrait tout aussi bien être à l'autre bout du monde. Au centre, serrés les uns contre les autres, trois vastes bâtiments de brique en grande partie abandonnés, qui abritaient autrefois des fabriques de chaussures et un moulin, menacent de basculer dans les eaux stagnantes d'un vieux canal oublié ; seul l'un d'entre eux a été rénové et affiche vaillamment le titre de centre d'art de Packard. Bien qu'anciennes, les maisons de la ville n'ont pas de cachet, elles sont simplement vétustes. Les bois y sont broussailleux, et non champêtres. Packard est le cousin pauvre de Matlock, que l'on invite à prendre un grog pendant les fêtes ; autrement dit, les résidents de Matlock envahissent les rayons du Great Outdoorsman et des autres boutiques modestes de Packard quand ils n'ont plus grand-chose dans les poches. La ville peut également se vanter de posséder un bureau d'immatriculation où il n'y a quasiment pas de file d'attente, un dépôt-vente dont les meubles sont parfaits pour les premières chambres universitaires de vos enfants, et un petit cinéma qui vivote en repassant de vieux films, avec des fauteuils en velours affaissés d'où s'échappe parfois un ressort qui fait un accroc irréparable dans votre pantalon.

Mais The Great Outdoorsman, dit TGO, est un de mes magasins préférés. Il est bien éclairé, rempli d'objet utiles et sans prétention (des caleçons longs aux raquettes pour les jours de neige) et, qui plus est, depuis sa fondation dans les années 1930, il est toujours dirigé par la même famille.

Ce jour-là, je m'étais fixé pour mission de me procurer le maillot de bain dont j'avais promis à Clover de me ceindre dorénavant les reins. J'ai passé la main sur un portant garni de costumes de bain si moulants et si étriqués que c'en était à frémir, et sans doute avais-je l'air quelque peu désemparé car une jeune femme s'est approchée pour me demander si j'avais besoin d'aide.

— Voyons voir, ai-je répondu. Si vous avez accès à une machine à remonter le temps qui me ramènerait à l'époque où les hommes portaient des maillots qui camouflaient effectivement quelque chose, alors la réponse est oui.

Elle a ri.

— Là, vous n'avez que les Speedo.

— Par opposition aux Ramollos ?

Elle s'est de nouveau mise à rire, manifestement amusée. J'étais très content de ma petite blague spirituelle.

— C'est très drôle, a-t-elle dit. Mais suivez-moi.

Pour la seconde fois de la journée, une jolie femme me guidait vers l'avenir. Celle-ci m'a fait traverser la moitié du magasin au milieu de rayons remplis de vêtements adaptés à des conditions climatiques aux antipodes de la saison. TGO n'était pas climatisé et la seule vue de toutes ces flanelles et ces polaires me faisait transpirer.

— Les maillots plus classiques sont là, m'a-t-elle annoncé devant un portant installé à proximité des cabines d'essayage. Nous n'avons plus grand-chose, j'en ai bien peur. Mais tous les maillots sont à moitié prix en ce moment.

— Personne n'a envie de s'offrir un nouveau maillot avec une vague de chaleur pareille ? Et vous croyez vraiment que quelqu'un serait assez fou pour s'acheter un vêtement en daim ? ai-je ajouté en indiquant une rangée de vestes doublées en mouton.

— Le monde est étrange et souvent illogique, m'a répondu la jeune femme. Dans les deux cas, la réponse est oui.

Elle n'avait décidément rien de la vendeuse habituelle.

Je me suis penché sur les trois maillots de bain qui restaient dans ma taille. Au moins, leur coupe répondait à mes attentes – et ils étaient incroyablement bon marché – mais il n'y avait rien de discret ni de résistant. Les deux premiers étaient de faux maillots hawaïens, et le troisième orné de carreaux madras que j'associais aux membres de country clubs. J'ai sorti les deux hawaïens.

— Bien !

Je me suis tourné vers le miroir en pied fixé devant la cabine d'essayage.

— Vous ne voulez pas les essayer ? m'a demandé ma camériste.

— Pas nécessairement. Mais donnez-moi votre avis.

D'un geste comique, j'ai pris la pose du surfeur – du moins telle que je me l'imagine –, jambes écartées, genoux fléchis et j'ai mis le premier maillot puis le second devant moi en tenant l'élastique entre les pouces.

— L'enclume ? Ou le marteau ? Soyez franche.

— Hmm. Les ananas roses seraient un choix audacieux. Avec celui-là, vous ne passeriez pas inaperçu… En fait, les danseuses hawaïennes sont plus classiques.

Les ananas roses (représentés sur un fond turquoise) étaient effectivement pour le moins criards mais ils ornaient un caleçon de bain plus long. Aussi absurde que cela puisse paraître d'opter pour la pudeur après avoir nagé les fesses à l'air pendant tant d'années, c'était là mon choix.

— Allons-y pour l'audace, ai-je conclu.

— Vous ne le regretterez pas.

Ma caméristе a tendu la main et j'ai tendu la mienne afin de la lui serrer. Mais elle voulait simplement prendre les cintres.

— Suis-je donc bête, ai-je dit lorsque nos mains se sont malencontreusement heurtées. Je croyais que vous alliez me féliciter. Sachez que c'est le premier maillot que j'achète depuis l'époque où j'étais étudiant.

— En ce cas, je suis ravie que vous vous remettiez à l'eau, a-t-elle répondu.

Je m'apprêtais à lui expliquer la situation mais je me suis ravisé. J'ai secoué la tête en riant.

— Qu'est-ce qu'il y a de si drôle ? s'est-elle étonnée.

— J'ai ce que les jeunes appellent si allègrement un trou de mémoire – mon grand âge, sans doute. Merci de votre aide si aimable.

— C'était vraiment un plaisir, m'a-t-elle répondu, et elle avait l'air sincère.

À la caisse, j'ai fait l'appoint et lui ai dit que je n'avais pas besoin d'un sac. J'ai ajouté que je ne me rappelais pas l'avoir vue travailler là.

— J'ai commencé le mois dernier, m'a-t-elle expliqué, et je ne suis qu'à mi-temps.

— J'espère avoir l'occasion de solliciter à nouveau votre jugement vestimentaire.

— C'est adorable de votre part.

— Pareillement, lui ai-je répondu. Les compliments se font rares de nos jours.

Elle a acquiescé en me tendant mon nouveau maillot soigneusement plié accompagné du ticket de caisse. Puis elle a ajouté :

— C'est toujours agréable de voir le dernier client de la journée repartir avec le sourire. Je vous remercie pour ça.

J'ai jeté un œil à la grosse pendule ronde accrochée au mur. Il était presque cinq heures et quart. N'importe quel autre vendeur m'aurait déjà poussé vers la sortie.

Elle a refermé la porte derrière moi en me faisant signe de la main tandis que je me glissais sur le vinyle brûlant de ma voiture. La fraîcheur que j'avais pu grappiller en allant me baigner un peu plus tôt n'était plus qu'un vague souvenir. J'ai parcouru le chemin du retour vitres baissées en roulant aussi vite que possible sur les routes de campagne. *(Admirez l'audace!* ai-je ri en m'imaginant revêtu de gigantesques ananas fuchsia.)

En arrivant à proximité de mon allée, j'ai été chagriné de voir la grappe de ballons attachée à la boîte aux lettres bien plus imposante et désormais accolée à la mienne qui proclamait fées & follets (caractères violets, antique, bas de casse). J'ai poussé un gémissement. “Ça commence”, ai-je maugréé. Dans deux heures, les lieux grouilleraient de parents zélés de F & F. J'avais loué *Les Nerfs à vif* (j'étais dans ma phase Robert Mitchum), que j'avais l'intention de regarder devant un ventilateur avec un plateau-repas sur les genoux dans le dressing de Poppy. Tans pis pour la chaleur qui régnait là-haut ; au moins, personne ne pourrait m'espionner.

Puis j'ai aperçu le gars au teint basané qui passait de temps à autre chez Maîtresse Domina pour s'occuper de ses parterres de fleurs et de ses buissons. Ces dernières années, Tommy Loud, maître escroc de son état (et ancien camarade d'école de Trudy), avait développé son entreprise de déneigement et d'abattage d'arbres en important un camion de travailleurs étrangers pour tondre les pelouses, construire des murs tape-à-l'œil et entretenir les piscines (encore une nouvelle tendance affligeante). Généralement, on les déposait par groupes d'une demi-douzaine accompagnés d'une armada de tondeuses, de souffleuses et de taille-haies plus puissants les uns que les autres. On les entendait travailler à des kilomètres à la ronde ; une véritable nuée de sauterelles sous anabolisants.

Ce garçon-là, cependant, arrivait tout seul, travaillait dur et disparaissait comme par enchantement. De temps à autre, je lui faisais un signe de la tête à travers les arbres et il me faisait signe à son tour.

Ce jour-là, il était en train de faire les cent pas au pied de l'allée de Domina en regardant sa montre et en s'épongeant le front avec un chiffon grisâtre. Il avait l'air agité, ce que je comprends aisément. Domina avait une telle hantise de se laisser envahir par la nature qu'en cette fin d'après-midi, le soleil d'août inondait le bas de son allée – pavée, naturellement.

Je me suis garé près de la maison, puis je suis allé le voir.

— Hello ! lui ai-je lancé. Je peux vous aider ?

Il a eu l'air surpris qu'on s'adresse à lui et j'ai regretté de n'avoir d'autre langue à mon actif qu'un français passablement efféminé.

— Monsieur, a-t-il dit en inclinant la tête.

Nous nous sommes dévisagés un instant dans un silence perplexe. Puis il m'a dit :

— J'attends le camion depuis presque une heure. Est-ce que… je peux téléphoner ?

Il avait un fort accent, mais tout ce que je pouvais dire, c'est que ce n'était pas un accent français.

— Bien sûr. Venez.

— Merci.

Il s'est essuyé consciencieusement les pieds à la porte d'entrée.

— Allez, entrez, lui ai-je dit. Question ménage, il n'y a pas pire que moi.

Il est entré en regardant lentement autour de lui. Je lui ai montré le téléphone. Mais il restait planté là, fixant ses mains recouvertes du terreau de luxe de Maîtresse Domina. Il tenait un grand sac de papier froissé.

— Écoutez, venez vous laver et boire quelque chose, lui ai-je proposé. On dirait un déserteur de la Légion étrangère.

Je lui ai fait signe avec insistance de me suivre à la cuisine, où je lui ai servi un verre de la citronnade à la menthe de Clover pendant qu'il se lavait les mains au robinet de l'évier.

— Je vous remercie, m'a-t-il dit avant de boire la citronnade – qu'il a avalée d'un trait.

— Attention à ne pas vous glacer le sang, jeune homme.

Il m'a observé un moment. Il devait me prendre pour un fou.

— Ne faites pas attention à moi.

Je lui ai tendu le téléphone sans fil que Robert avait fixé au mur près du réfrigérateur.

Je suis sorti de la cuisine pendant qu'il téléphonait. Quelques instants plus tard, il est entré dans le salon.

— Ils m'ont oublié. Je vais attendre encore.

— Attendez donc dans la véranda, à l'ombre, lui ai-je offert. (Je l'ai accompagné et lui ai montré les fauteuils en osier.) Tenez. J'insiste. Vous n'avez même pas de chapeau. Vous les verrez arriver à travers les arbres.

Il s'est timidement assis. Il semblait plus âgé que la plupart des garçons que je voyais généralement dans les camions de Tommy et devait approcher de la trentaine. Il avait un profil incontestablement maya empreint d'une certaine noblesse mais vaguement chevalin. Je me demandais au terme de quel long et triste périple il se retrouvait ainsi asservi et condamné à entretenir les pelouses de Matlock. Je ne voulais pas savoir quel salaire de misère lui octroyait Tommy Loud. J'espérais qu'il n'avait pas d'enfant. Pas encore.

— Comment vous appelez-vous ? lui ai-je demandé spontanément en lui tendant la main (repensant l'espace d'une seconde à la gaffe que j'avais faite au TGO). Moi, c'est Percy.

Il m'a tendu une poigne ferme en prenant ma main dans la sienne, sans réellement la serrer.

— Celestino.

— Eh bien Celestino, faites comme chez vous, lui ai-je dit. Soixante-treize inconnus à qui je n'ai jamais serré la main s'apprêtent à en faire autant ce soir.

Quand le téléphone a sonné, je l'ai laissé dans la véranda.

— Robert ! me suis-je exclamé en entendant la voix de mon petit-fils. J'ai un truc hilarant à te raconter.

Je me suis approché de la table de la cuisine et j'ai trouvé exactement là où je l'avais laissé le journal local ouvert à la page des faits divers.

Tous les jeudis depuis plus de quarante ans, le *Grange* arrivait devant ma porte à six heures du matin, presque toujours avant le *Boston Globe.* Le journal avait connu des hauts et des bas, mais au cours des dernières années, le nombre de ses abonnés avait atteint des niveaux record, car son rédacteur en chef était un retraité du *Wall Street Journal,* lauréat du prix

Pulitzer. (Parfaitement, à Matlock.) Ce qui signifiait que pour être provinciales, les informations n'en étaient pas moins présentées avec goût, efficacité et une quasi-absence de coquilles. Et que les éditoriaux, certes éloquents, débordaient d'un ego colossal quoique sénile. Toutefois, il contenait encore une profusion de potins, de banalités et de détails pittoresques. Les baptêmes et les confirmations (version épiscopalienne tendance conservatrice) étaient publiés sur la même page que la rubrique nécrologique – juste en face des vide-greniers et des résultats des championnats de cross du lycée. Un jour, le journal avait même publié les listes de badges de divers mouvements de jeunesse, du style 4-H ou girl-scout. Notre chroniqueuse locale, qui pérorait depuis vingt ans, s'était baptisée elle-même L'Indécise, ce qu'elle était loin d'être. Au rayon des opinions, c'était une républicaine acharnée.

Du vivant de Poppy, je jetais un œil en premier au journal avant de partir à Harvard. Je lui entourais l'article le plus drôle ou le plus bucolique que je trouvais. Quand je rentrais en fin d'après-midi, elle avait riposté en encerclant un autre détail amusant à mon intention. Je trouvais le journal ouvert à la page qu'elle avait sélectionnée à côté d'un verre de vin rouge sur la longue table rustique de la cuisine. Je buvais ma première gorgée en contemplant la pelouse, du côté de la grange, et plus loin, le miroir de l'étang. Même en hiver, malgré les fenêtres fermées et couvertes de givre, j'entendais la musique ponctuée ici et là de la voix de Poppy stridente, élogieuse ou marquant la cadence. Poppy a donné ses cours – toujours complets, souvent même avec une liste d'attente – jusqu'à son dernier jour.

Lorsque je me suis retrouvé seul pour élever nos filles devenues adolescentes, j'ai tenu à préserver un certain nombre de nos rituels – y compris ceux auxquels les enfants ne prenaient aucune part. Et c'est ainsi que toutes les semaines, je continuais à entourer ce que j'avais préféré dans le journal en le laissant ouvert sur la table. Peut-être espérais-je qu'à mon retour, Trudy ou Clover aurait repris le rôle que tenait leur mère dans ce duo frivole. Mais non. Quand je rentrais, le journal était dans la poubelle – ou enfoui sous un tas en vrac de manuels scolaires ou de devoirs, une assiette d'Oreos ou un pull roulé en boule. Quel espoir ridicule. En ce temps-là, j'étais pétri d'idées et d'espoirs aussi absurdes les uns que les autres au sujet des filles – et je n'avais personne pour m'aider à faire le tri. Un jour, il n'y a pas si longtemps que cela, j'évoquais mes regrets de l'époque, et je me suis entendu répondre par une Clover bien plus âgée :

— Mais papa, tu délirais et ça se comprend aisément.

Il faut dire que question délire, tu t'y connais, ai-je alors songé non sans cruauté.

Quand les filles étaient petites, j'ai entendu Poppy confier à une de ses amies :

— Je ne vois pas comment on peut préférer un de ses enfants quand on n'en a que deux : l'un sera toujours le premier, l'enfant du miracle, celui qui ouvre la voie, qui part à l'aventure – l'intrépide, celui qui t'apprend à agir conformément aux volontés de la nature – et l'autre, l'autre sera à jamais ton bébé, ton petit ange, celui que tu t'es surprise à aimer aussi désespérément que le premier.

En vertu de cette tendre partition, Clover aurait dû être l'intrépide, la rebelle, et Trudy l'éternelle enfant, la petite dernière dorlotée et adulée. Ça n'avait pas été le cas.

Lorsque nous avions prénommé nos filles, Poppy et moi, nous n'avions pas consulté nos arbres généalogiques, mais nous étions contentés d'écouter nos passions, puis nos idéaux. À la naissance de Clover, nous avions encore l'impression d'être des jeunes mariés; alors que je contemplais dans la chambre d'hôpital ce nouvel être, cette merveille tout emmaillotée, j'ai embrassé ma femme et je lui ai dit "une fleur née d'une fleur". Nous avons écarté les Rose, Iris et Lily pour une cousine plus sauvage, et moins prétentieuse, l'humble fleur de trèfle.

Moins de quatorze mois plus tard, notre deuxième enfant arrivait le lendemain de l'assassinat de John Kennedy. Sa naissance était entourée de solennité et de douceur amère. "Il faut lui donner un prénom qui inspire la force et la vertu", m'a dit Poppy. Pleurant la violence et la calomnie des temps modernes, nous lui avons donné le nom de la première femme à avoir vécu dans notre vieille demeure à une époque où nous imaginions que la bonté était essentielle à la survie de l'espèce humaine. Truthful – pour ainsi dire la vérité incarnée – s'était installée là avec son mari Hosmer Fisk, à côté de chez Azor, le frère aîné de Hosmer. Dans les archives de la bibliothèque, nous avions appris que Hosmer et sa jeune épouse s'étaient acharnés à cultiver des pommes de terre, des navets et des potirons sur le sol rocailleux de Matlock; quatre de leurs sept enfants étaient arrivés en âge de travailler à leur tour à la ferme. Deux d'entre eux avaient vécu suffisamment longtemps pour avoir eux-mêmes des enfants. Les descendants d'Hosmer avaient ainsi subsisté dans notre maison pendant plus de trois générations.

Malgré la stupeur courtoise de nos amis, malgré la détresse conjointe de nos mères, nous avons prénommé notre seconde fille Truthful Darling. C'était pour nous un prénom magnifique, immuable, qui mêlait le courage et l'honnêteté à la tendresse et à l'amour. Hélas, dès l'instant où elle avait mis le pied à l'école, c'était devenu une véritable source d'embarras ; même dans son métier, pour signer ses articles austères dans des revues médicales distinguées, elle ne l'a jamais employé.

Peu avant que je prenne ma retraite, Trudy avait été nommée chef du service d'oncologie du sein dans le plus grand hôpital de cancérologie de la Nouvelle-Angleterre. Sa photo était parue dans un magazine national, avec un article sur les femmes médecins précurseurs dans leur domaine. Ma propre fille, la petite dernière de la famille était là, posant dans son bureau, l'expression digne, un stéthoscope surgissant de la poche de sa blouse blanche telle une orchidée d'argent. Mon téléphone n'arrêtait pas de sonner. Je recevais des nouvelles d'amis que je n'avais pas vus depuis des années – enfin, des amis de Poppy.

Clover avait mené une existence bien plus variée que sa petite sœur – mais cette variété n'était que le reflet d'une série de faux départs, et non d'aventures audacieuses. Après la fac (dont elle était sortie avec un diplôme de sociologie, sujet dont elle ne m'avait jamais fait partager les découvertes), elle avait été serveuse dans un café, professeur de gymnastique, vendeuse de billets dans une salle de spectacle de Broadway, employée dans une pharmacie, et son expérience la plus mémorable sans doute, voiturière en uniforme dans le plus célèbre restaurant de fruits de mer de Boston, non loin de l'hôpital où exerçait sa sœur. Quand elle avait une vingtaine d'années, Clover avait vécu avec un cortège d'hommes tout aussi éclectique dont la plupart nourrissaient des ambitions également changeantes. Puis elle avait fini par épouser un jeune homme extrêmement bien et pourvu qui plus est d'une solide situation, un comptable, contre toute attente. Elle l'avait rencontré alors qu'il lui évitait d'aller en prison pour avoir oublié de payer sa taxe professionnelle de travailleur indépendant pendant plusieurs années.

Son mariage avec Todd et la naissance de ses enfants l'avaient apparemment guérie de ses penchants vagabonds. Je supposais naïvement que Clover avait trouvé sa vocation dans la famille. Leander et Filoména étaient de petits New-Yorkais modèles, rayonnants de santé, et ma fille leur semblait dévouée. J'ai une photo d'eux dans leur rue chic de Brooklyn, la petite Filo au fond de sa poussette, serrant contre elle un pingouin en peluche et son frère Lee monté à l'arrière, sur une espèce de skateboard. Clover est derrière, au-dessus de lui, avec aux lèvres un grand sourire, un sourire reconnaissant même (ce devait être Todd qui avait pris la photo).

Filo et Lee avaient six et neuf ans – tous deux étaient enfin à l'école la majeure partie de la journée – quand leur mère a commencé à perdre légèrement le nord. Si je reste aussi vague, c'est qu'à l'époque, elle ne s'est pas confiée à moi ; ce n'est que plus tard que j'ai pu glaner quelques informations auprès de Todd – bien qu'il ne soit pas réellement entré dans les détails. Sans doute voulait-il simplement respecter son intimité, à moins que le pauvre homme n'ait été embarrassé. Quoi qu'il en soit, je croyais que ma fille nageait dans le bonheur jusqu'au soir où j'ai reçu un coup de fil de Todd m'apprenant que Clover s'était apparemment "enfuie de la maison". Il m'a annoncé cela avec un tel flegme que j'ai éclaté de rire. Puis il m'a demandé si elle m'avait parlé. Se pouvait-elle même qu'elle soit en route pour Matlock ?

En rentrant chez eux, il avait trouvé les enfants seuls dans l'appartement. Ils lui avaient raconté que leur mère les avait ramenés de l'école et qu'en préparant leur goûter, elle avait accidentellement fait tomber une pile d'assiettes qui s'était fracassée par terre. Elle avait alors éclaté en sanglots et s'était enfermée dans sa chambre. Elle avait fini par en ressortir avec une valise, en assurant à Lee que son père serait rentré dans moins d'une heure et en lui ordonnant de rester à la maison en fermant bien la porte à clef. Elle avait ajouté qu'elle rentrerait dans quelques jours.

Cinq heures plus tard, Clover avait débarqué chez Trudy. Elle y était restée deux jours, puis nous l'avions persuadée de rentrer chez elle. Il s'était ensuivi un mois épouvantable où Clover avait passé ses journées à dormir et n'avait quasiment rien mangé. Todd, d'ordinaire aussi imperturbable que le mont Rushmore, commençait à perdre son calme et sa patience. À chaque fois qu'il m'appelait ou presque, il commençait par me demander : "Elle vous a dit quelque chose ?" Comme si j'étais le premier confident de ma fille.

Finalement, sous la pression de sa sœur, Clover avait accepté de voir son gynécologue. Trudy avait pour théorie que la détresse émotionnelle avait des causes biologiques, un dérèglement du système hormonal de Clover à l'approche du "retour d'âge", et que le problème exigeait peut-être une solution pharmacologique. La gynécologue, que Trudy devait par la suite traiter de charlatan hyper féministe, avait en effet admis que Clover traversait une périménopause (Dieu sait ce que cela pouvait bien dire) particulièrement difficile. Toutefois, au lieu de lui prescrire des médicaments, elle lui avait recommandé une thérapie de groupe destinée uniquement à des femmes. Au bout de quatre mois, Clover avait annoncé qu'elle avait besoin de prendre une année sabbatique, loin de son mari et de ses enfants.

Je n'avais entendu que des bribes de ce drame humiliant, dont les trois quarts (à ma grande consternation) de la bouche du jeune Robert, qui était encore lycéen à l'époque.

Todd continuait à me téléphoner, au début souvent puis de plus en plus rarement. Au jargon qu'il employait, j'avais compris qu'il consultait déjà un avocat.

Puis, un soir de février, une Clover d'une maigreur alarmante était apparue devant ma porte : des torrents de larmes, pas de valise, pas même un manteau digne de ce nom.

J'ai lutté de toutes mes forces pour soutenir et consoler ma fille, en résistant à l'envie de la secouer comme un prunier en lui demandant s'il lui manquait une case pour être à ce point incapable de prendre sa vie et celle de ses enfants en main. Ce qui l'empêchait – et c'était d'une extraordinaire cruauté, mais aux pires moments de la crise, cette idée m'a traversé l'esprit plus d'une fois – d'être un de ces adultes hyper brillants, hyper confiants, hyper avertis qu'étaient devenus la quasi-totalité des enfants de sa génération ayant grandi dans cette ville. Et voilà qu'à présent, l'ironie – qui ne nous avait échappé ni à l'un ni à l'autre – voulait qu'elle s'apprêtât à s'occuper de la dernière génération de ces mêmes enfants, les charmants petits bambins de Matlock.

Filo et Lee avaient aujourd'hui neuf et douze ans. Ils venaient rendre visite à leur mère tous les quinze jours, pendant les fêtes et les congés scolaires et la majeure partie des grandes vacances. Inlassablement, leur père faisait l'aller-retour de New York pour les déposer dans la même pizzeria de Hartdford afin de les confier à leur imprévisible mère puis revenir les chercher. Logiquement, j'aurais dû les voir davantage mais lorsqu'elle les avait, Clover avait tendance à les garder près d'elle comme si elle cherchait à compenser son absence de ce qu'ils appelaient sans nul doute leur "vraie vie" new-yorkaise.

Ce soir-là, j'étais au téléphone avec Robert – qui me parlait de ses nouveaux cours, de l'appartement qu'il louait avec un de ses copains en dehors du campus – et je suis sorti de la cuisine pour aller dans la véranda. En poussant la moustiquaire, j'ai buté contre un long cylindre qui a roulé sur les planches.

En écoutant à moitié Robert m'énumérer ses cours, j'ai ramassé la chose : un tube en carton qui portait le mot suivant. *Cher M. Darling, vous trouverez ci-joint les dessins de la cabane de l'arbre. J'espère que cela vous intriguera. Que vous accepterez ! Je suis ouvert à toutes les suggestions. Bien à vous, Le Jeune Ira.*

Culotté, le lutin.

Je me suis replongé dans ma conversation avec Robert, mais le spectacle que j'avais devant les yeux m'offrait une nouvelle source de distraction. L'étang qui imitait le ciel basculait déjà dans le rouge orangé. Il faisait encore une chaleur caniculaire, mais les jours raccourcissaient à vue d'œil.

Devant la grange, Clover était occupée à fixer une banderole de bienvenue au-dessus de la porte. En la voyant ainsi perchée sur son escabeau, hissée sur la pointe des pieds, je m'efforçais de réfréner le sentiment que sa robe courte à fleurs n'était pas de son âge. Clover a toujours été une de ces filles à l'allure juvénile qui restent d'éternelles adolescentes. Et pourquoi en irait-il autrement ? C'est ce côté adolescent qui leur permet d'obtenir ce dont elles ont besoin : tout sauf l'indépendance ou ce que l'on appelait autrefois la maturité. Ma fille était une véritable énigme.

Robert me décrivait un cours sur les "minorités ethniques" affublé d'un intitulé on ne peut plus chic du style "Enjeux de l'immigration dans la société moderne" – obligatoire pour remplir certaines conditions et devenir un étudiant accompli

– lorsque je me suis aperçu que Clover avait besoin de mon aide. J'ai dit à mon petit-fils qu'il fallait que je raccroche et j'ai lancé en direction de la grange :

— Attends, mon petit !

Si l'on songe à tous ses défauts, tous ses échecs, on pourrait croire que je n'aimais pas Clover autant que sa sœur. C'est faux. Je suis peut-être arrogant, superficiel, voire outrancier dans mes reproches, mais ce qui chez elle m'a toujours touché, au point d'en être ému aux larmes en privé, c'est qu'elle ne m'a jamais rendu responsable de la mort de sa mère ou des erreurs que j'ai inévitablement commises en m'efforçant par la suite de jouer le rôle des deux parents.

Combien de fois m'étais-je demandé, comme en cette soirée de chaleur tropicale baignée d'une lumière rose voilée de brume il y a à peine plus d'un an, comment Poppy s'y serait prise avec elle ; si elle serait parvenue à guider Clover sur des chemins plus stables – moins souvent cependant que je m'étais interrogé sur ce que j'aurais pu faire (ou ne pas faire) par un autre soir d'été tout aussi étouffant pour changer le simple cours des événements qui devait conduire à la noyade de Poppy dans l'étang.

## 2

— *Hombre !* (Tom Loud se penchait pour ouvrir la portière côté passager.) *Muchos apologias.*

Celestino est monté dans la voiture en saluant Loud d'un signe de tête.

— Merci.

— Le soleil a dû cogner sur la tête de Gil.

Loud tapait son large front cuivré. En redémarrant, il a jeté un coup d'œil à la boîte aux lettres violette de Fées & Follets et pouffé de rire.

— Fées & Follets viennent nicher chez le vieux Darling. C'est trop beau pour être vrai.

Il a jeté un regard interrogateur à Celestino en haussant les sourcils comme si les deux hommes pouvaient partager cette obscure conception de la justice.

Celestino ne savait pas ce qu'il détestait le plus chez Loud, le fait qu'il exploitait les gens ou la reconnaissance qu'il lui devait pour avoir su repérer ses talents et le sortir du lot en lui accordant un statut et un salaire supérieurs aux autres. Ce "traitement spécial" ne faisait que l'exclure plus encore. Si Gilberto avait oublié Celestino, ce n'était pas à cause du soleil ; il l'avait laissé tomber en sachant pertinemment qu'il allait rôtir au bord de la route. Les Brésiliens – et même les Guatémaltèques, les *chapines* du Quiché qui parlaient parfaitement l'espagnol – avaient tout de suite compris qu'il était différent. Il se disait parfois que ses compagnons devaient certainement sentir qu'il avait un grand avantage au départ et qu'il avait tout gâché. Quand Loud l'avait envoyé travailler seul au printemps, il avait été soulagé.

Loud était tout de même un *hijo de puta,* et avoir une dette envers lui revenait à le vouer à la damnation éternelle. Et voilà que le *hijo de puta* parlait comme un perroquet, autant à lui-même qu'à Celestino, de la menace de restrictions d'eau, de la difficulté de garder verte la pelouse de ses clients sans système d'arrosage. Au moins, il avait renoncé à son espagnol de bas étage. Celestino scrutait la figure flasque tannée par le soleil et luisante de sueur, les cheveux jaunâtres clairsemés. Le diable allait bien s'amuser avec celui-là.

— Tu es sacrément silencieux, *hombre,* a dit Loud en arrivant au parking de la gare. Ça va, le boulot ?

— Oui, tout est bien.

— Tu as planté les hortensias aujourd'hui ?

— Oui.

— Il faudra leur mettre un tuyau micro-poreux. Avec ce putain de temps, on se croirait à Las Vegas.

Celestino n'a rien dit. Il avait installé le tuyau micro-poreux, comme il en avait reçu l'ordre. Évidemment. Il avait fertilisé les plants de tomates. Il avait amorcé la cage à marmotte chez Mme Bullard. (Elle avait veillé à ce qu'il amène l'animal au refuge ; elle ne voulait pas entendre parler de poisons, ni de quoi que ce soit de mortel.) Demain, il grimperait en haut du grand cerisier fendu par la foudre, couperait les branches calcinées, réparerait le tronc à l'aide d'un boulon en espérant que l'arbre se développe malgré sa blessure.

Celestino faisait tout ce que Loud lui demandait de faire. Et plus encore.

Loud s'est garé devant le quai.

— OK, *hombre.* Demain, six heures. Je vais m'assurer que Gil est à l'heure. Il a intérêt.

Celestino aurait pu imiter Loud, prendre un air narquois et lui répondre "on verra", mais il s'est contenté d'un "oui". Il s'est efforcé de sourire. Moins il en disait, moins il en entendrait. Il pouvait toujours prétendre qu'il était fatigué, du moins en fin de journée. Même si Loud savait bien que c'était faux, la plupart des gens que Celestino croisait quand il travaillait croyaient qu'il parlait à peine anglais. Cela l'arrangeait. Pour le moment.

— Tu es un drôle de gars, lui a lancé Loud alors que Celestino refermait la portière.

Il s'est forcé à sourire par la vitre ouverte et a répondu à son patron :

— Peut-être bien. Ça ne me fait rien.

Loud a éclaté de rire.

— Ce n'est pas ça qui t'attirera la foule des admirateurs et des fidèles, comme disait ma mère.

Il est enfin reparti en lui faisant un signe nonchalant par la vitre.

Il fallait au moins lui reconnaître ça : il avait le cuir solide et le caractère facile. Il n'était pas susceptible et se fichait de ce qu'on pensait de lui. Il était riche et il avait une femme sublime, mince comme une liane. Il avait une piscine, de grosses voitures, une grande maison : c'était ce qu'il recherchait et il n'aurait jamais songé à s'en cacher.

Celestino s'est forcé à lui rendre son salut.

Dans le train, les autres passagers restaient à l'écart. Même quand il changeait de chemise, à la fin de la journée, il sentait toujours la transpiration. Le wagon n'était pas bondé, cependant. Il était à contre-courant, comme disait Loud. Il quittait la ville de bonne heure le matin et rentrait le soir. Là encore, sa carte d'abonnement était un "cadeau" de son patron, qui en déduisait le coût (avec une remise) de son salaire hebdomadaire. Les autres passagers du train formaient un mélange relativement aléatoire, mais il n'en avait jamais croisé un seul qui ait l'air d'avoir passé sa journée à travailler les mains dans la terre en plein soleil.

Celestino était le seul journalier de Loud à ne pas vivre dans une des maisons que leur patron possédait à Packard. Il les avait vues un jour, tout au début, car Loud lui avait assuré que ce serait moins cher qu'à Lothian, l'horrible ville surpeuplée où habitait Celestino. Loud pratiquait des loyers bas, et les logements étaient relativement propres, mais ce n'était guère plus que des dortoirs : ils étaient deux par chambre et se partageaient les salles de bains à plusieurs. Le logement de Celestino – le grenier d'une maison délabrée, avec une kitchenette dans un coin, des toilettes et une douche – était une glacière en hiver et une véritable fournaise en été. Il y avait souvent des fuites. Mais la dame qui occupait le reste de la maison lui louait le grenier pour une bouchée de pain, en échange de quoi il effectuait des réparations et montrait aux voyous du quartier qu'il y avait un homme sous son toit. Des années auparavant, Mme Karp avait embauché une tante de la femme du cousin de Celestino pour garder ses enfants, qui étaient tous partis à présent, et son mari était mort. Cet arrangement signifiait un surcroît de travail alors qu'il en avait déjà trop, mais il permettait à Celestino d'être tranquille.

Pas d'amis, pas de tentations, pas de lien avec les galères, les tragédies, les injustices, les combines des autres. Celestino avait déjà les siennes : sa mère à Antigua, son père Dieu sait où, probablement assassiné, ses deux petites sœurs employées dans un hôtel touristique. Travaillant trop pour un salaire de misère, comme lui, mais en sécurité. Celestino s'efforçait de ne pas penser à leur village, à ce qu'il était devenu depuis les raids.

Plus il vivait seul, plus il avait le sentiment – et il en avait honte – que chacun était autonome et ne devait être responsable que de lui-même. Ou d'elle-même. Si ce n'est qu'en ce qui concernait les femmes, ce n'était pas ainsi qu'il avait été élevé. Pourquoi n'avait-il pas eu des frères et non des sœurs, des jeunes hommes qu'il puisse laisser vivre à leur guise et sur lesquels il puisse compter pour s'occuper de leur mère sans son aide ? Il aurait pu arrêter d'envoyer de l'argent à ses sœurs sans qu'elles se plaignent, mais ses cauchemars l'auraient empêché de dormir. Il était impatient d'apprendre que Marta et Adela s'étaient mariées, qu'elles avaient trouvé des hommes pour partager ce fardeau.

La région d'où il venait était magnifique. Celle où il travaillait aussi. Ici, à Matlock, l'été avait quelque chose de la jungle : ses grands arbres puissants aux branches enveloppantes, l'air humide et immobile retenu par la voûte des feuilles, les marécages qui nourrissaient aussi bien les fleurs que les moustiques. La végétation sauvage poussait trop vite, impatiente d'étouffer tout ce qui était dompté. Il fallait lutter pour repousser la nature qui menaçait d'envahir les vastes maisons luxueuses. C'est ce qui rapportait le plus à Loud. Il appelait ça *l'aménagement paysager.*

Plus il apprenait ce travail, cependant, plus il l'appréciait, et après des heures passées à besogner en solitaire, il lui arrivait même d'en être secrètement fier. Ou pas si secrètement que cela. Il savait que Loud avait senti cela chez lui il y a plusieurs mois. C'est à ce moment-là qu'il avait commencé à l'envoyer s'occuper des jardins et des pelouses dont les propriétaires avaient besoin d'un homme qui sache s'y prendre avec les fleurs délicates et les arbres élégants, des lieux transformés en paradis à force d'imagination, d'ingéniosité (et d'une grosse somme d'argent). La plupart de ces propriétaires étaient absents quand Celestino travaillait. Ils laissaient leur garage et leur remise ouverts afin qu'il puisse utiliser les pelles et les sécateurs. Les camions de Loud qui servaient à transporter les équipes d'hommes plus ou moins jeunes qui tondaient, élaguaient et ratissaient avec indifférence et efficacité contenaient des outils de jardinage, mais rien d'élaboré ou de spécialisé, comme les plantoirs, les griffes et les binettes aux formes étranges qu'il trouvait chez Mme Anderson. Cette dernière, une vieille dame d'une maigreur impressionnante aux allures de brindille, lui avait présenté des dizaines d'outils comme s'il s'agissait de ses enfants, en lui répétant lentement leur nom et leur fonction. Celestino n'en avait pas parlé à Loud, craignant d'être accusé de “fraterniser avec les clients”.

Lorsqu'il y avait quelqu'un sur place, c'était généralement une femme. Elle lui apportait parfois du thé glacé ou un jus de fruit, lui proposait des sandwichs, ou se contentait de poser une boisson accompagnée d'une collation sur une table, à côté d'une piscine ou sous un arbre. Loud avait pour politique de donner les instructions lui-même, refusant de laisser les propriétaires s'en charger. Il ne l'avait jamais précisé, évidemment, mais ses journaliers savaient bien que s'ils ne respectaient pas cette règle – s'ils établissaient la moindre relation directe avec les clients de Loud – ils risquaient d'être expulsés. Il était partout question de rafles d'immigrés – peut-être pas dans la région, où les riches étaient suffisamment riches pour se montrer généreux et ne voyaient aucune menace peser sur leurs emplois compliqués, mais tout près de là, dans le New Hampshire. Le maire d'une bourgade située au nord de la frontière du Massachusetts s'était mis à arrêter au hasard les véhicules dont les passagers avaient le teint basané. *Vivre dans la légalité ou se faire virer à coups de pied au cul*: ç'aurait dû être le nouveau slogan des plaques minéralogiques du New Hampshire.

Non seulement le silence était d'or, mais il était vital. Aux yeux des femmes blanches qui préparaient les sandwichs au pain blanc, tous les journaliers de Loud étaient aussi anonymes et interchangeables que les soldats d'une armée. En remontant une allée, quelques semaines auparavant, Celestino avait entendu une dame dire au téléphone :

— Il faut que j'y aille, mon garde-pelouse est là.

Ces femmes lui adressaient des sourires furtifs, pleins d'espoir, puis elles mimaient le geste de boire ou de manger. Il lui arrivait de se prêter à ce jeu absurde, et de hocher la tête en mimant à son tour, comme s'il n'était pas seulement étranger, mais également sourd et muet. Toutefois la plupart du temps, il leur assurait qu'il parlait leur langue – du moins un peu. Suffisamment. Il n'engageait pas la conversation. Il aimait la solitude de son travail. Son père prêchait l'importance d'exercer "un travail civilisé, un travail qui impose le respect". Celestino avait fini par voir son travail sous ce jour, mais son père n'aurait pas été d'accord. La dernière année où Celestino l'avait vu au travail, Raul était *patrón* d'une bonne douzaine d'hommes.

Celestino avait déjà trois ou quatre ans quand il avait compris que leur village était différent des autres – mais que ce n'avait pas toujours été le cas. Quelques années à peine avant sa naissance, la vie de son père, de leurs proches et de leurs voisins avait changé. Par un coup du sort providentiel, du moins était-ce ainsi que Raul voyait la chose – un coup de pot, aurait dit Loud –, un groupe d'archéologues avait entrepris des fouilles dans leur village. Raul avait vingt ans, il venait d'épouser la mère de Celestino quand ces hommes étaient arrivés de Flores en traversant la jungle. C'étaient des Blancs chaleureux et volubiles. Bon nombre d'entre eux parlaient espagnol, un espagnol académique. Raul et certains autres villageois qui avaient travaillé avec des équipes de bûcherons à la frontière du Mexique avaient quelques rudiments d'espagnol.

Celestino avait souvent entendu son père raconter cette histoire pendant son enfance. Les archéologues avaient débarqué au volant de jeeps flambant neuves, tirant des remorques d'où ils avaient par la suite sorti des outils, des livres et des tentes, qui, une fois montées, faisaient pâlir les maisons du village et leur donnaient soudain l'air exigu et même sordide malgré leurs couleurs vives. Ils étaient arrivés deux jours avant Buena Noche, au milieu du village orné de figurines en terre cuite célébrant la Nativité mêlées à des masques et à des fleurs en feuilles de palme.

On avait déjà vu ce genre de cortège de véhicules – ils transportaient les touristes qui venaient visiter les temples en ruine – mais, d'ordinaire, ils se contentaient de traverser le village. Il était rare qu'ils s'arrêtent. Au milieu de la curiosité teintée d'appréhension entourant les étrangers qui s'étaient arrêtés; Raul avait plaisanté en disant que les rois mages et leur suite étaient arrivés en avance cette année. C'était avant le général Lucas, avant que les raids des forces gouvernementales n'aient atteint cette région du pays. À l'approche de véhicules, les villageois n'éprouveraient plus alors que de la peur.

Le Pr Lartigue, apprendraient-ils par la suite, avait déjà parlé aux autorités de Flores. Un représentant officiel se tenait à ses côtés lorsqu'il avait appelé tout le monde à se rassembler sur la place du village dès la fermeture des derniers étals du marché. Debout sur un cageot à volaille, il avait décrit les fouilles archéologiques qui allaient commencer, un projet magnifique qui devait s'étendre sur des années. Raul aimait raconter comment l'homme blanc qui parlait espagnol avec l'accent de la ville avait brandi une pierre lisse en prétendant que c'était la figure d'un dieu. Elle avait été découverte non loin du village, disait-il, et s'ils trouvaient d'autres trésors, ils iraient dans des musées des environs et attireraient d'autres touristes venus de pays lointains pour en savoir plus sur les traditions et le génie artistique des ancêtres des villageois.

Puis il avait expliqué qu'en travaillant pour les archéologues, ils gagneraient bien leur vie, qu'il y aurait beaucoup d'emplois. Ils auraient suffisamment d'argent pour subvenir aux besoins de leurs familles pendant les saisons où les archéologues retourneraient dans leurs universités faire part de leurs découvertes aux étudiants. Quelques hommes seraient également payés pour assurer la protection du chantier en leur absence.

Contrairement à Celestino, Raul n'avait jamais été timide. Avant même la fin de la première saison, il dirigeait une petite équipe (essentiellement composée de cousins et d'amis), maniant la machette et la pelle sous les ordres des archéologues. Certains d'entre eux avaient été bûcherons ; ils disaient que ce travail-là était plus sûr et plus agréable : c'était mieux payé, il y avait moins d'heures, beaucoup de pauses.

Le Pr Lartigue aimait bien Raul. Et non seulement parce que les autres l'écoutaient, qu'il parlait espagnol et savait lire correctement. “Je lui ai fait comprendre qu'il pouvait me faire confiance, et c'était vrai”, disait Raul quand il racontait cette histoire.

Celestino était né en 1981, au cours de la quatrième saison de fouilles. Entre-temps, le Pr Lartigue avait veillé à ce que le village ait un bon instituteur pour les enfants, un homme venu de la ville. Tout le monde avait l'électricité, une plomberie en bon état. Quand les archéologues retournaient aux États-Unis, ils laissaient des jeeps sur place. Celestino et ses sœurs apprenaient l'espagnol, menaient une vie agréable et accompagnaient leur mère, qui préparait la cuisine pour les Américains, quand elle allait faire les courses à Flores.

Après leur journée de travail, le Pr Lartigue invitait souvent Raul et quelques autres sous sa tente. Il voulait qu'on lui raconte ce qu'il appelait des “histoires locales”. En échange, il leur donnait des cours d'anglais et d'archéologie. Il leur montrait de gros livres de photographies – les pyramides et les temples de Mexico, du Honduras, et de leur région du monde, El Petén. Ils apprenaient à signaler les sites de fouilles avec des pieux et des cordes, à utiliser des instruments de mesure, à distinguer les fragments de pots, de statues et de bâtisses de banals bouts de roches. Le Pr Lartigue leur expliquait que ce type de fouilles attirait les voleurs, qu'il fallait se montrer prudent quand des étrangers arrivaient. Il conservait un revolver dans une boîte fermée glissée sous son lit de camp.

La femme du Pr Lartigue était une des rares à accompagner les archéologues en mission, même si elle ne restait que quelques semaines. Elle aidait la mère et la tante de Celestino à faire les courses et la cuisine. Parfois, la famille de Celestino déjeunait avec les archéologues. Une fois à l'école, il avait commencé à traduire en espagnol ce que disait sa mère pour la señora Lartigue. Quand il avait été assez grand pour se tenir tranquille, Celestino avait eu le droit d'accompagner son père sous la tente du Pr Lartigue.

— Tu apprendras aussi l'anglais, avait dit Raul à son fils, et toi aussi, tu travailleras ici. On a de la chance. On travaille avec des hommes qui se servent de leur tête. Des hommes qui se servent de leur raison comme d'un muscle.

Il avait serré son gros biceps pour lui montrer.

Pour Celestino, ce cycle de travail immuable était aussi naturel que le changement des saisons pour les cultivateurs de café et de mangues. Cinq mois de travail régulier et bien payé étaient suivis de sept mois durant lesquels le chantier était en sommeil. Pendant la saison des pluies, il y avait quelques visiteurs de temps à autre, souvent accompagnés du Pr Lartigue ou d'un représentant officiel, mais pour l'essentiel, le village se contentait de revenir à une version légèrement modernisée de ce qu'il était autrefois. Raul et quelques autres hommes patrouillaient le site. Une remise fermée à clef contenait les instruments de valeur, les cartes, les livres et un certain nombre de documents conservés dans des bacs en plastique. Celestino était trop jeune pour comprendre que les fouilles offraient au village une protection invisible contre la guerre et les raids militaires qui s'étendaient à présent jusqu'au cœur des jungles et des montagnes.

Il avait rejoint l'équipe des fouilles quand il avait douze ans. Mais le Pr Lartigue avait d'autres ambitions pour Celestino et l'imaginait faire autre chose que tailler, creuser et tamiser l'argile qu'ils faisaient sécher dans de grands plateaux au milieu des clairières ensoleillées. L'année de ses quinze ans, le Pr Lartigue avait parlé à Raul d'un programme d'échange destiné aux gens du pays parlant espagnol (les "indigènes") qui permettrait à son fils d'aller aux États-Unis passer quatre mois dans un lycée américain. Le Pr Lartigue appelait cela un programme d'immersion. Un des lycées qui finançaient le programme se trouvait près de chez lui. Celestino pourrait habiter chez le professeur et la señora Lartigue et leurs deux enfants.

— Ma fille a juste un an de moins que toi, avait-il dit à Celestino. Elle pourra te montrer la région. Elle est débrouillarde, ma fille. (Il avait ri.) Un peu trop peut-être.

Raul n'arrivait pas à y croire. Il rêvait que Celestino ouvre la voie et que ses sœurs puissent le suivre. Quelle vie ils pourraient tous avoir si Celestino partait avec le Pr Lartigue.

Dans le wagon qui le ramenait vers Boston, Celestino croisait un ou deux trains qui repartaient en sens inverse. On les voyait passer à toute allure, remplis de gens en tenue de bureau. Certains d'entre eux s'en allaient retrouver les jardins qu'il avait passé sa journée à arroser, désherber et faire patiemment fleurir. Le propriétaire de l'immense maison blanche, cette ancienne ferme qui n'en avait plus que le nom, s'apercevrait-il que ses pêchers avaient été taillés et débarrassés des fruits mûrs ? Le mari de Mme Connaughton verrait-il que les tournesols avaient été redressés et attachés à des tuteurs en bois ? Celestino n'avait jamais rencontré ces hommes. Il ne pouvait qu'imaginer leur vie.

Le félicitait-on ? Quasiment jamais. Mais ce n'est pas ce qu'il recherchait. Ce qu'il voulait, c'était ne plus avoir à travailler pour Tom Loud ou qui que ce soit de ce genre. Et pourtant, il était de plus en plus évident que seul Loud ou quelqu'un dans son genre lui apporterait la liberté. Il lui fallait un soutien. Être reconnu, devenir indispensable. Peut-être était-ce là l'humiliation que Dieu exigeait de Celestino ; ce ne serait que justice, après tout. En être réduit à devenir le bon chien de chasse fidèle du *hijo de puta.*

Il fallait qu'il soit plus gentil avec Loud. Il devait s'y forcer. *Mon têtu,* l'appelait sa mère. Et aussi *mon taciturne.* Têtu et taciturne, c'étaient des qualités qui ne s'accordaient guère lorsqu'on recherchait des faveurs. Il fallait les façonner : se taire pour écouter et apprendre, s'entêter dans le travail.

Celestino était plus économe que les autres journaliers de Loud. ("Tes *compadres*", disait Loud quand il parlait d'eux à Celestino). Il n'avait pas de portable. Il ne misait jamais aux cartes, n'achetait pas de billets de loterie. Il avait trouvé des vêtements gratuits, tout à fait convenables, laissés dans des sacs posés derrière une église de son quartier. Il mettait souvent de côté les sandwichs que lui donnaient les dames chez qui il travaillait pour les manger après ; de temps en temps, Mme Karp lui donnait une assiette de restes de poulet ou de lasagnes. Quand elle allait rendre visite à l'un de ses enfants, elle lui disait de se servir dans son réfrigérateur pour éviter que les aliments ne s'abîment. Le soir, il buvait une bière, mais pas toujours. De temps en temps, il allait à la messe.

Il envoyait la moitié de ses économies à Marta et Adela, qui vivaient avec leur mère. Mama ne pouvait plus travailler à l'hôtel car elle avait trop mal au dos. Elle ne pouvait pas soulever les matelas des lits luxueux ni porter les piles de linge, de serviettes de bain de la taille d'une couverture dans les couloirs interminables (qui appartenaient autrefois à un monastère). Elle ne pouvait pas arpenter du matin au soir les sols durs en pierre que les touristes trouvaient si charmants. Elle ne pouvait pas se pencher pour récurer les baignoires – ni se relever, quand elle y était arrivée. D'après ce que lui disaient ses sœurs quand il leur téléphonait tous les quelques mois, Mamá passait ses journées enfermée dans l'appartement à regarder des séries télévisées – tout en prétendant qu'elle ne parlait pas assez bien espagnol pour effectuer un travail moins pénible. Parfois, elle tissait des étoffes que Marta et Adela apportaient à la boutique de l'hôtel, où des touristes les achetaient pour les mettre sur leur table de salle à manger à Londres ou à Miami Beach.

Quand Celestino repensait au Pr Lartigue, il éprouvait aussi bien de la rage que de la pitié. Ce n'était pas bien d'en vouloir à quelqu'un de mourir, et surtout de mourir trop jeune, mais c'était ce qu'il ressentait lorsqu'il était réveillé la nuit par les adolescents qui écoutaient de la musique infernale en bas de chez lui ou ne cessaient de dévaler bruyamment la rue en skateboard. Dans son lit, il repensait à la maison du Pr Lartigue : son escalier en spirale avec sa magnifique rambarde sculptée, la cuisine tout en inox avec sa longue table verte où la señora Lartigue disposait artistement les repas (toujours aussi délicieux, qu'ils soient simples ou plus luxueux, et accompagnés de vin ou de jus de fruits frais qu'elle avait elle-même pressés). Le bureau du Pr Lartigue, qui était tellement rempli de livres qu'ils débordaient des étagères et s'entassaient en piles de la taille d'un enfant en âge d'aller à l'école, mais aussi de sculptures en pierre, de tissus élimés, de tableaux de pyramides et de dieux tatoués appuyés contre les tours de livres. La véranda entourée d'érables du Japon. La chambre de Celestino au deuxième étage, où il avait dormi lors de son premier séjour là-bas : une petite chambre, pareille à un nid d'oiseau. Par la suite, la grande chambre du premier, qu'avait laissée Étienne, le fils du Pr Lartigue. La chambre d'Isabelle, à côté de celle d'Étienne, et son couvre-lit blanc avec ses carrés de fleurs bleues. La voix d'Isabelle. Les yeux, les mains, les pieds d'Isabelle, et tout le reste.

S'il n'y avait pas eu Isabelle. Si le Pr Lartigue n'avait pas eu une crise cardiaque. Si la señora Lartigue ne s'était pas mise en colère. S'il n'avait pas eu cette peur enfantine. Si, si, si. À quoi bon ces mots, ces vœux sans lendemain. Sa sœur Marta, à qui il les avait confiés, lui disait qu'ils prouvaient à quel point son séjour aux États-Unis l'avait changé. Les gens qui avaient trop d'argent s'achetaient des regrets en même temps que leurs grandes maisons et leurs grosses voitures, lui avait-elle dit un jour. Les regrets étaient une maladie, une fièvre. (Mais l'argent qui allait avec, elle ne crachait pas dessus, n'est-ce pas ?)

En revenant de la gare, à Lothian, Celestino s'est acheté des œufs, un oignon, une tomate et un poivron. Les gros poivrons verts avaient un goût brut, inachevé, mais c'étaient les moins chers. Mme Marsh, dont Celestino arrosait et désherbait le vaste potager deux fois par semaine, lui avait dit ce matin-là de prendre des tomates. C'étaient des tomates incroyables, les unes violettes, d'autres rayées comme des flammes ou encore jaunes comme des taxis. En le voyant refuser d'un signe de tête, elle lui avait dit :

— Ne soyez pas ridicule. Moi, je me suis contentée de les planter. C'est vous qui les faites pousser.

Il avait apporté le sac de tomates chez Mme Connaughton, chez qui il travaillait l'après-midi, mais bêtement, il l'avait oublié à côté de l'évier du monsieur qui lui avait permis de téléphoner pour qu'on vienne le chercher. Il aurait dû aller à la gare à pied, laisser tomber Gilberto. C'était de la pure paresse.

Dans la cuisine, il a allumé la radio, pas trop fort. Il faisait attention à satisfaire Mme Karp, se précipiter dès qu'elle avait besoin de lui et la déranger le moins possible. Elle était gentille, mais elle pouvait augmenter le loyer sur un coup de tête – ou décider qu'elle pouvait se passer de lui. Et si elle vendait sa maison ? Serait-il obligé d'aller rejoindre ses "*compadres*" à Packard ?

Il s'est préparé à manger en écoutant les informations. La guerre, toujours la guerre en Irak. Encore des attentats-suicides. Des enfants déchiquetés sur le chemin de l'école. Je pourrais avoir de la famille là-bas, se disait-il. Il se forçait à penser que sa vie pourrait être bien pire, que la paix régnait apparemment au Guatemala, qu'il n'y avait plus de soldats qui brûlaient les villages, violaient les femmes et les tuaient. Même en ville, sa mère et ses sœurs étaient aujourd'hui plus en sécurité. Mme Connaughton avait tenu à montrer à Celestino les photos qu'elle y avait prises lors d'un voyage l'année précédente.

— Votre pays est sublime, avait-elle déclaré. Je n'ai jamais vu un peuple qui ait un tel sens de la couleur.

En coupant le poivron, il revoyait les tomates qu'il avait laissées sur le plan de travail de la cuisine. Le voisin de Mme Connaughton – Percy – lui faisait penser au Pr Lartigue. Il était grand, avec des yeux du même bleu métallisé. Mais plus encore, il avait cette allure de professeur, la même tenue : un bermuda beige et une chemise en coton à fines rayures aux manches roulées, le style de chemise qu'on porterait avec une cravate et un costume. À croire que ces hommes devaient être prêts à tout moment à s'habiller pour une soirée ou une réunion d'affaires. La première fois qu'il était allé à Cambridge, le Pr Lartigue lui avait acheté des vêtements de ce genre.

Les pièces que Celestino avait traversées pour rejoindre la cuisine de Percy avaient un côté vieillot légèrement prétentieux. Les poutres sombres au plafond et les planchers étaient en pente. Les pièces étaient encombrées de vieilleries, ornées de motifs à fleurs depuis longtemps fanés par le soleil. On n'aurait pas pu y mettre une seule pile de livres ou une seule photo historique de plus : on se serait cru dans le bureau du Pr Lartigue. Au-dessus de la cheminée était accroché un portrait dans un cadre doré, dont la peinture était si écaillée et voilée par la fumée qu'on ne distinguait plus que le visage lunaire de l'homme, son attitude sévère et la tache blanche de la chemise sous un manteau noir ou noirci. Des livres aux coussins de canapé, tout était recouvert d'une fine couche de pollen couleur citron.

Pour ce qui était de la poussière, en revanche, ce n'était pas du tout comme chez les Lartigue. La señora Lartigue veillait à ce que sa maison soit aussi propre que possible. Mais qu'en était-il de sa conscience – était-elle aussi propre ? Pensait-elle parfois à lui ? Se demandait-elle où il était ? Probablement pas.

Celestino s'efforçait si souvent d'enfouir le rêve à présent éculé de revenir dans cette maison à la tête de sa propre affaire – non pas comme l'archéologue qu'il rêvait d'être quand il était petit, rien d'aussi extravagant, mais comme paysagiste créateur de jardin, si ce n'est de parcs – pour chercher Isabelle. Mais Isabelle devait certainement vivre ailleurs, peut-être même était-elle mariée. Elle avait vingt-cinq ans, aujourd'hui.

Celestino en avait vingt-six. Il n'était pas retourné au Guatemala depuis sept ans, depuis que le Pr Lartigue était mort, que deux mois plus tard la señora Lartigue avait deviné qu'il couchait avec Isabelle et les avait froidement surpris au lit. C'était d'une telle bêtise, d'une telle imprudence. Isabelle avait eu beau crier à sa mère qu'ils étaient "assez grands", cela n'avait rien changé.

Paniqué, convaincu que la señora Lartigue était si furieuse qu'elle ferait annuler son visa d'étudiant et veillerait à ce qu'on le renvoie dans son pays, son village, en lui interdisant de remettre les pieds aux États-Unis, Celestino s'était enfui. Il avait pris le car pour New York, où il avait un cousin plus âgé qui était chauffeur de taxi clandestin. Il avait passé deux semaines chez ce dernier presque sans sortir de l'appartement, comme si la señora Lartigue risquait de surgir du ciel à la manière d'un aigle noir méprisant avant de fondre sur lui pour le livrer à son châtiment. Un jour, son cousin lui avait déclaré qu'il devait soit partir, soit travailler. Il avait donc travaillé, quelques mois par-ci, quelques mois par-là : aide-serveur, vendeur de nuit dans une épicerie latino, veilleur dans une fabrique de vêtements. Enfin, il avait tondu des pelouses dans le Bronx pour des familles hispanophones qui avaient gagné suffisamment d'argent pour s'acheter une maison. Il avait travaillé ainsi comme un forcené pendant deux ans, jusqu'au jour où il avait compris que là encore, il avait fait preuve de bêtise et d'imprudence.

Sa raison avait été aveuglée par une vision d'enfance de la señora Lartigue sous les traits d'une déesse toute-puissante – semblable à la divinité aztèque dévorant des guerriers entiers, celle du bas-relief posé sur le bureau du Pr Lartigue. Elle était libre de le chasser de chez elle, mais aurait-elle réellement pu lui retirer ses chances d'achever ses études ? Même si le Pr Lartigue n'était plus là pour contribuer à ses frais de scolarité, l'université n'aurait-elle pas eu pitié de Celestino, ne l'aurait-elle pas aidé à rester en lui donnant du travail pour qu'il puisse les payer ? Ce n'est que bien après, une fois qu'il était trop tard, que tout cela lui était venu à l'esprit. Et quand il repensait à Isabelle, à la manière dont la peur de sa mère avait été plus forte que son désir d'être avec elle, il était bien obligé de se demander s'il avait mérité d'avoir autant de chance dès le départ. Peut-être le Pr Lartigue avait-il été un piètre juge lorsqu'il avait cru voir en Celestino un garçon "plein d'avenir".

Dans le Bronx, il y avait un magnifique domaine situé au bord de l'Hudson où les gens allaient admirer les fleurs et pique-niquer. Une dame chez qui il tondait la pelouse lui avait appris qu'on y donnait des cours de jardinage. Entre-temps, le cousin avait trouvé une petite amie et eu deux enfants. Celestino s'était installé tout seul dans un petit appartement crasseux, avec vue sur un escalier de secours qui donnait sur le toit d'une teinturerie. La bouche d'aération dégageait une odeur suffocante, les vapeurs de l'enfer. Il n'avait pas les moyens de s'offrir les cours de jardinage, mais parfois, le week-end, il allait se promener là-bas, étudiait les étiquettes apposées à côté des plantes et regardait travailler les jardiniers. Comme certains se montraient bienveillants, il s'était forcé à leur adresser la parole, à leur poser des questions. Il avait appris comment tester la terre, tailler les roses fanées, diviser les tubercules, palisser une plante grimpante trop fragile, enraciner profondément les jeunes arbres pour qu'ils grandissent bien et résistent au vent. Il avait tout appris sur les limaces, les vers de terre, les nématodes, les pucerons, la rouille et les insectes qui menacent les étranges arbres du Nord avec lesquels il s'était familiarisé.

Il avait vingt-quatre ans quand il avait enfin eu le courage de retourner à Boston. Son cousin connaissait quelqu'un qui travaillait dans une conserverie de poisson de Gloucester. Il y avait des travailleurs qui y parlaient leur langue, et pas seulement l'espagnol. Mais sitôt arrivé à la gare routière, Celestino avait pris le métro en direction de Harvard. Tout lui paraissait plus éclatant, plus moderne que dans son souvenir – le métro, le quai carrelé, l'escalator qui le ramenait à la lumière. Même les trottoirs en brique rouge volontairement patinés pour leur donner un aspect ancien avaient l'air d'avoir été astiqués. Comment se faisait-il que tout ait changé à ce point ? Que les années aient passé aussi vite ? Et pourtant toute cette prospérité lui donnait de l'espoir. Il avait traversé l'université en cherchant Isabelle, et s'était dirigé vers la maison familiale – où il la trouverait peut-être sous la véranda.

Rien n'avait changé dans le quartier élégant où vivaient les Lartigue. Si ce n'est les voitures, peut-être, qui avaient l'air plus grosses. Et les jeunes arbres qui bordaient la rue étroite : ils étaient plus grands et leur feuillage était touffu. À présent, il connaissait leurs noms. Sycomore, tilleul, magnolia, épicéa. Il gardait même de ses promenades dans les jardins de Wave Hill le souvenir précis des différentes espèces de magnolias et parvenait sans peine à identifier celles qui s'épanouissaient au nord et dont les fleurs tardives résistaient généralement au gel.

L'allée des Lartigue était déserte. Le garage fermé. Les rideaux de devant – et il avait eu un choc en reconnaissant le motif bleu de scènes de la campagne française – dissimulaient les grandes pièces. La boîte aux lettres à côté de la porte débordait de courrier, comme si elle n'avait pas été ouverte depuis des jours.

Il était resté un long moment dans la rue avant d'oser faire le tour de la maison. Il avait regardé autour de lui, pour s'assurer que personne ne le voie et n'appelle la police. Son cœur battait à tout rompre, l'avertissant de ne pas s'approcher.

Le portail, l'allée de brique, les rhododendrons et leurs feuilles caoutchouteuses, presque tropicales : rien n'avait changé. Il s'était approché d'une fenêtre à l'arrière de la maison. La même table verte traversait la cuisine d'un bout à l'autre. Les mêmes casseroles vertes étaient accrochées à leur support de cuivre, comme des instruments de musique attendant de jouer. Mais à présent, il y avait un chien qui sautait derrière la fenêtre. Il n'avait pas l'air menaçant, mais il s'était mis à aboyer très fort.

Celestino avait battu précipitamment en retraite et rebroussé chemin en courant dans la direction de Harvard Square. En arrivant au coin de Brattle Street, il entendait encore le chien aboyer.

Après s'être arrêté pour reprendre son souffle, il était descendu au bord de la Charles River, qui lui rappelait toujours Isabelle. Qu'est-ce qui lui prenait ? Était-ce uniquement pour elle qu'il avait fait une telle folie ? À New York, il avait été avec d'autres filles. Jamais bien longtemps, mais il menait une vie qui ne se prêtait guère à ce qu'il s'installe en couple, et il n'en avait pas eu envie. Pas là-bas. Contrairement à son cousin et aux autres *chapines* qu'il avait rencontrés, il ne voulait pas se contenter d'un appartement miteux dans le Queens ou dans le Bronx. Il ne se sentait pas bien en ville et ne voulait pas y avoir d'enfants. Il lisait les informations, voyait ce que devenaient tant d'enfants nés de gens comme lui. C'est la raison pour laquelle il ne faisait jamais totalement confiance aux filles qu'il connaissait. Elles avaient si souvent l'air de rôder comme des panthères scrutant l'ombre à l'affût d'un partenaire. (L'instinct animal, on n'y peut rien.) Celles qu'il aimait bien, qui le tentaient, finissaient par comprendre qu'il n'était pas à prendre. Il arrivait qu'elles se mettent en furie et le traitent de tous les noms. Parfois il leur disait qu'elles avaient raison. C'était Isabelle qui lui avait appris à reconnaître s'il avait mérité la colère des autres, même s'il ne pouvait rien changer à sa manière d'être.

Alors qu'il se tenait au bord de la rivière en regardant passer deux skiffs, dont les rameurs se penchaient simultanément comme les pièces d'un jouet en bois, il s'était rappelé avoir assisté un jour à une course d'aviron avec les Lartigue. C'était lors de son premier séjour, quand il avait quinze ans et pourtant l'impression d'être bien plus jeune depuis qu'il était là. Ils avaient pique-niqué dans l'herbe, au bord de l'eau. Ils lui avaient fait goûter du pâté, des câpres et des fromages français.

Il avait songé à retourner à la maison pour attendre la señora Lartigue. Pourquoi ? Pour demander son pardon ? Il avait ri. Cela n'aurait aucun sens après toutes ces années. Le Pr Lartigue n'avait pas même laissé de testament, rien qui prouve qu'il considérait Celestino – du moins était-ce ce qu'il disait – comme un fils.

Peu de temps après s'être enfui à New York, Celestino avait téléphoné à sa famille. Son père avait refusé de lui parler, exigeant qu'il rentre chez lui pour expliquer cette incartade. Il avait laissé passer un mois avant de rappeler. Son père n'avait pas cédé. Pas plus que les autres fois où il avait appelé. Puis, juste un an après la mort du Pr Lartigue, sa mère lui avait appris que le site avait fermé – quasiment du jour au lendemain. D'autres archéologues avaient poursuivi pendant une saison le travail du Pr Lartigue sous la direction d'un jeune professeur. Mais l'année suivante, alors que le père de Celestino et son équipe se préparaient à entamer une nouvelle saison, ils n'avaient vu arriver que quelques archéologues. Ils étaient venus fermer le site et emporter ce qu'ils y avaient entreposé. Les subventions avaient cessé et sans l'autorité du Pr Lartigue, il était peu probable qu'elles soient renouvelées. Ils avaient assuré à Raul que le projet serait bientôt repris par un autre groupe d'archéologues d'un musée d'Antigua. Il n'y avait pas eu de grands discours aux villageois, cette fois.

Six mois plus tard, Celestino avait reçu une courte lettre d'une de ses sœurs. Elles déménageaient. Des bandits avaient débarqué dans le village. La panique s'était emparée des gens, qui avaient craint que les raids n'aient repris malgré le nouveau gouvernement alors au pouvoir. Ils avaient fui ou s'étaient cachés. Par la suite, il s'était avéré que les bandits en question étaient des pillards qui cherchaient à dévaliser le site. Loyaux jusqu'au bout, Raul et deux des hommes avaient tenté de défendre la remise fermée à clef. Ils avaient été battus. En constatant que la remise ne contenait que des instruments, des livres et des papiers, les pillards avaient été furieux. Ils avaient annoncé qu'ils reviendraient chercher où étaient cachés les objets de valeur.

Raul avait dit à sa femme et à ses filles qu'il devait se rendre directement à Antigua, trouver le musée pour raconter aux archéologues de là-bas ce qu'avaient fait les pillards et leur demander quand ils comptaient reprendre le travail du Pr Lartigue. Au bout de quatre mois, voyant qu'elles n'avaient pas de nouvelles de Raul, les trois femmes avaient décidé d'aller là-bas pour le retrouver.

Naturellement, elles ne l'avaient jamais retrouvé. Tout ce qu'elles avaient trouvé, c'était un musée qui présentait des vestiges semblables à ceux que le Pr Lartigue avait mis au jour près du village, mais personne n'avait entendu parler de Raul – ou d'un quelconque projet de poursuivre les fouilles. Elles avaient eu la chance de trouver du travail dans un hôtel touristique. À quoi bon revenir dans leur village ? Le voyage qui les avait amenées là avait été suffisamment périlleux.

Alors qu'il remontait Brattle Street ce jour-là, en longeant les somptueuses demeures des plus riches et des plus prospères, sans savoir où il allait ni ce qu'il avait l'intention de faire, Celestino avait remarqué deux groupes de Latinos qui travaillaient sur les pelouses. Il les avait écoutés parler. C'étaient des Mexicains, des Indiens originaires d'une région située à quelques heures à peine du village où il avait grandi. Il reconnaissait leur accent pour l'avoir entendu à New York.

Voilà quelque chose que je peux faire, s'était-il dit : travailler dans les jardins des riches, faire pousser les plantes. Je ne serais pas obligé de garder une batte de base-ball à mes pieds. Je n'aurais pas à récurer les cuvettes des toilettes. La terre, creuser le sol, ça ne le dérangeait pas. Il connaissait si bien la terre. Tout comme son père, songea-t-il soudain, à l'époque où il trimait pour ces universitaires en croyant que le travail ne cesserait jamais et qu'il changerait même l'avenir de ses enfants, Tel père, tel fils : la tête pleine de rêves, les pieds dans la terre.

C'est ainsi qu'au printemps dernier, il s'était arrangé pour rencontrer Loud et avait rejoint le groupe d'hommes qui attendaient tous les jours au coin d'une rue de la ville qu'on vienne les chercher pour les emmener travailler à la campagne.

Il savait que le jardinage s'arrêterait à la première neige – il avait passé deux ans à faire ce même travail à New York pour des gens moins prospères – et il était bien forcé de se demander si l'hiver ne l'enverrait pas avec tous les autres déblayer la neige à coups de pelle et de souffleuse. C'était la pire des saisons. Mais Celestino, qui avait aperçu son premier cheveu blanc ce matin-là dans le petit miroir fixé au-dessus de son lavabo, était bien déterminé à voir les choses changer avant que les dernières feuilles ne soient tombées. Il ne savait pas encore très bien comment, mais il en était sûr. Il le fallait.

# 3

DE : Trudy Barnes, M.D. tbarnes@mattmed.org
À : Robert baobabbob@econet.net
Objet : l'anniversaire de ta tante

bonjour robert : n'oublie pas le dîner d'anniv. de clover ven. tu px me rendre service et aller acheter de jolies boucles d'oreilles à la boutique hippie chic à côté de chauncy : genre pendants sexys, ne t'inquiète pas pour le prix, je te rembourserai, clara peut te conseiller ? papa viendra vs chercher ts les 2 chez toi à 18 heures grand-père lui fait la surprise d'amener les cousins, alors ne dis rien !

je t'embrasse, maman

p.s. en ce moment, clover adore l'orange.

— Hé, Clara, a dit Robert sans se détourner de l'écran. Maman trouve que tu as meilleur goût que moi pour les boucles d'oreilles.

— Évidemment.

Clara lisait son manuel de géographie, allongée sur le lit de Robert.

— Parce que tu es une fille, c'est ça ?

— Parce que premièrement, je suis une femme, deuxièmement une femme dotée d'un sens de la mode absolument sublime et troisièmement, la femme que ta mère espère te voir épouser.

Robert a ri. Ce n'était un secret pour personne que sa mère affichait une sympathie presque agressive à l'égard de sa petite amie. Ce qui se savait moins, en revanche, c'est qu'il n'avait aucunement l'intention d'épouser Clara de sitôt, ni qui que ce soit d'autre d'ailleurs. Il n'avait rien contre le mariage – ni personnellement ni politiquement – mais de nos jours, cela revenait essentiellement à déclarer son intention d'avoir des enfants. Et il lui paraissait excessivement déraisonnable d'inclure des enfants dans ses projets d'avenir immédiat. Tant pis si sa mère l'avait mis au monde quand elle était encore étudiante en médecine. Totalement dément.

Il a aperçu un mail de son grand-père, objet *Festivités de vendredi soir.* Et au beau milieu, un message instantané de Turo : *réu7h ! Oubli pa' !*

Robert a cogné contre le mur qui séparait leurs chambres.

— Hé, Turo, tu ne pourrais pas me le dire en face, espèce de droïde !

À la fin de leur deuxième année d'études, c'est Turo qui avait eu l'idée de prendre un appartement à deux en dehors du campus. Robert adorait la vie douillettement monastique et cependant privilégiée de Kirkland House, leurs lits étroits, leurs bureaux institutionnels, mais comme toujours, il avait fini par céder aux accents de conviction enflammés de Turo.

— Nous vivrons frugalement, délibérément, avait dit Turo. Nous prendrons part à la communauté à notre guise et non sous la contrainte quotidienne.

Robert avait jeté un œil par la fenêtre à la cour de Kirkland où une dizaine de filles à moitié nues avaient décidé de se prélasser sous le soleil d'avril.

— Si c'est ça, la contrainte, avait-il répliqué, au diable le libre arbitre, mon pote.

Turo avait ri.

— On peut aussi voir les choses comme ça. Si on avait notre appartement à nous, ça nous donnerait un certain avantage. Enfin, s'il n'y a que le sexe qui t'intéresse, mon cher.

Robert admirait ce besoin irrépressible qu'avait Turo de s'opposer aux conventions, et lorsqu'il avait expliqué à son père qu'ils feraient des économies substantielles en vivant de leur côté, même ses parents n'y avaient pas vu d'inconvénient. Mais si cette décision s'était révélée bénéfique pour Robert (c'est vrai que c'était un "avantage" ; même Clara avait l'air de le désirer d'autant plus qu'il était indépendant), il n'était pas sûr qu'il en allait de même pour Turo. Depuis quelque temps, il était devenu méga sérieux, tellement plongé dans ce qu'il appelait "l'underground" (comme s'ils étaient dans les années 1960, comme s'il était encore possible d'imaginer quoi que ce soit de métaphoriquement souterrain, de réellement enfoui, secret), qu'il ne savait pratiquement plus *être* avec les autres. Discuter autour d'une table de cuisine. Du sport, des filles, des fêtes, des profs, de tout. Entre le lycée et Harvard, Robert avait passé tout un été à travailler dans une réserve naturelle au Costa Rica. Il n'avait pas exactement vécu comme dans le tiers-monde (il n'était jamais qu'un fils de rupin, il ne se faisait aucune illusion là-dessus), mais il avait clairement eu l'impression de décrocher de la civilisation : bref, de débrancher. Après avoir flippé dans un premier temps en se retrouvant déconnecté du jour au lendemain, il avait conclu que si on voulait rester sain d'esprit, il était indispensable de reprendre les bonnes vieilles habitudes et de traîner à ne rien faire, les oreilles délivrées du cordon ombilical de l'iPod, à l'écart des portables et des ordinateurs, sans stupéfiant ni alcool d'aucune sorte (bon, d'accord, à part la *cerveza* démente qu'ils boivent là-bas).

— Je sors d'une cure low-tech, avait-il plaisanté à son retour.

Il se demandait pourquoi les gens passaient leur temps à lui rappeler où il devait aller et quand. Était-il peu fiable ? Imprévisible ? Hostile à toute forme d'engagement ? *Negativo,* comme disait Turo.

Les vertébrés commençaient dans une demi-heure. Il a fait pivoter sa chaise.

— Claraaa, a-t-il chuchoté. Raah raah, raaah.

Clara a levé les yeux à l'horizon de son livre, mais elle se prenait au jeu. Elle portait une robe terne, presque incolore, et pourtant, incroyablement sexy : tellement légère que Robert distinguait son nombril à travers le tissu. Entre le haut d'un long bas noir et l'ourlet remonté, il apercevait quelques centimètres de cuisse.

Robert s'est mis à ramper à quatre pattes sur le tapis de la chambre.

Clara a levé les yeux au ciel. Elle a refermé son manuel d'un geste gracieux en marquant la page avec un surligneur, puis elle a balayé en arrière ses cheveux blonds et fins en dégageant ses délicates clavicules.

— Ronronne, lui a-t-elle ordonné. L'air impérial, elle toisait celui qu'elle surnommait *bobcat,* son lynx, par-dessus le rebord du lit. Elle s'est avancée juste assez pour pouvoir toucher la porte du bout du pied et l'a refermée.

Robert a ronronné. Clara a éclaté d'un rire cristallin.

— Et maintenant, *bobcat,* lui a-t-elle dit, le doigt pointé sur lui. Sois sage.

Robert a compté : vingt-trois personnes et la réunion était censée avoir commencé depuis un quart d'heure. Ce n'était pas si mal, vingt-trois, même s'il y avait dans la bande clairement deux, voire trois détraqués, le terme abrupt et parfaitement incorrect par lequel on désignait ces ados en rupture, parfois sans-abri, qui débarquaient là où ils espéraient trouver de quoi manger gratis et boire pour pas cher (ils seraient déçus ce soir). Ou ne serait-ce que l'occasion de passer un moment sous un toit. Même si dehors il ne faisait ni trop chaud ni trop froid. En ce début d'octobre, les soirées étaient encore idéales, il faisait si bon qu'on se serait cru dans un bain, le temps était doux et romantique si on était à l'aise financièrement et certain de retrouver un toit et un lit à la fin de la journée. Au Costa Rica, où il dormait dans un hamac ou sous la tente en pleine nature tropicale, Robert avait appris une chose : quelle que soit la beauté des lieux, la douceur du climat, lorsqu'on a passé la majeure partie de sa jeunesse à l'intérieur, la sensation d'être dans un endroit clos finit toujours par vous manquer. Votre conception d'un espace "normal" se définit par quatre murs et un plafond. C'est pitoyable, mais c'est comme ça. Ils ne le savaient peut-être pas, mais certains des intrus présents à la réunion étaient simplement venus grappiller quelques heures à l'œil entre quatre murs.

Turo se tenait à la table installée devant le tableau et discutait avec la conférencière qu'il avait invitée, une jeune femme du nom de Tamara PourLaTerre. C'était une *freegan,* une de ces extrémistes dits déchétariens qui s'efforçaient de vivre sans consommer quoi que ce soit de neuf : tout ce qui était tangible, y compris la nourriture, était récupéré. D'après Turo, Tamara avait même rejeté son nom de famille qu'elle jugeait opportuniste (son père était un célèbre juge de Boston).

Turo n'arrêtait pas de regarder la pendule fixée au mur. Robert savait qu'il était déçu par le nombre des participants ; il avait placardé des affiches dans tout le campus et prétendait que le nouveau site Web était très visité. Il avait le soutien du Comité d'action environnemental et même (curieusement) de la coalition anti-guerre. Le second semestre de leur première année d'études était à peine entamé que la chaîne de télévision de Harvard avait désigné Arturo Cabrera comme une des personnalités marquantes du campus. Robert l'avait rencontré peu de temps après, lorsqu'il s'était porté volontaire pour distribuer des prospectus de *Recycler* au-delà de l'enceinte de l'université. Il avait démissionné de son boulot à la laverie des étudiants pour se joindre au projet de mise en place d'un système de recyclage sur le campus lancé par Turo.

— Bonjour tout le monde, a enfin déclaré Turo en saluant le maigre auditoire. Merci d'être venus ce soir. Tout d'abord, rapidement, deux points pratiques avant que je passe la parole à notre invitée. Premièrement, permettez-moi de vous rappeler que les dons sont toujours les bienvenus. (En manière de plaisanterie, Turo s'est penché pour passer affectueusement le bras autour d'un gigantesque pot de mayonnaise posé sur la table.) Notre projet de recyclage dans l'internat fonctionne pour la troisième année et nous avons besoin de fonds pour continuer à louer notre container et la camionnette. J'aimerais aussi voir grossir les rangs de nos troupes. Non que je veuille m'aligner sur les autorités – ou devrais-je dire trahir – mais cela ne coûte rien de considérer notre entreprise comme une forme de lutte contre l'autosatisfaction.

Puis il s'est retourné en souriant vers l'invitée. Tamara PourLaTerre était si sublime que c'en était louche. Autrement dit, et Robert ne l'aurait jamais avoué à quiconque, pas même à Clara (encore moins à Clara), elle était si fabuleuse avec ses cheveux roux et ses longues jambes (aux ravissantes chevilles moulées dans des chaussettes dépareillées) qu'un déplorable réflexe d'homme des cavernes lui disait que chez elle l'apparence devait primer sur la substance. (Mais quelle substance sous cette apparence…)

Pendant que Turo la présentait, Robert jaugeait sa poitrine. Pour le coup, ce n'était pas de la seconde main. Il se demandait si ce soir-là elle serait dans le lit de Turo, de l'autre côté de la cloison. Enfin, Clara n'était pas exactement un prix de consolation.

— … et je n'ai pas mis les pieds dans un magasin quelconque depuis au moins deux semaines. Tenez, j'ai un truc. Mettez un compteur dans votre poche – elle a brandi un petit objet métallique qui ressemblait à un chronomètre et a appuyé dessus à plusieurs reprises – et enregistrez toutes vos transactions, y compris par carte bancaire. Vous serez choqués par votre dépendance à l'argent. Avec mes colocataires, on a totalement renoncé aux cartes de crédit. On fait une cagnotte pour acheter des gros flacons d'aspirine, de bicarbonate de soude, ce genre de choses. Le bicarbonate, c'est ce qu'on utilise comme dentifrice. Les produits alimentaires de base – le pain, le beurre, les biscuits, ce genre de choses –, on les récupère dans des restaurants qui les jettent en raison des restrictions futiles qu'imposent les autorités sanitaires, parfois au hasard. Elles sont destinées à grossir les bénéfices de la grande distribution, et non à protéger la santé des consommateurs. Si vous envoyez là-bas quelqu'un de suffisamment diplomate, ils vous mettront des aliments de côté tous les jours.

Elle a décrit comment, avec ses colocataires, elles avaient trouvé leurs meubles sur le trottoir, comment leur bibliothèque était uniquement composée de livres jetés. (Tamara PourLaTerre partageait une maison abandonnée à Everett avec neuf autres personnes, qui avaient toutes adopté le même nom.) Un autre truc : les campus universitaires, particulièrement au mois de mai, étaient une véritable mine d'or.

— Devant les internats, vous avez des bennes pleines de trésors. Ici, à Harvard ? Je ne veux pas vous vexer, mais vous êtes des gaspilleurs déments, vous balancez des télés, des micro-ondes, des sèche-cheveux, des tonnes de trucs et le tout en parfait état de marche. Même des ordinateurs !

Au premier rang, quelqu'un a marmonné :

— Les *freegan* utilisent des micro-ondes et des sèche-cheveux ?

— Bonne question, parce qu'en effet, on n'en utilise pas, a dit Tamara. Chez moi, nous avons un grille-pain – on se sert de l'électricité, je l'avoue – mais les objets futiles, les télévisions, les micro-ondes, tout ça, on les délivre des bennes pour que quelqu'un d'autre puisse s'en servir, pour qu'ils n'atterrissent pas dans une décharge. Ça s'appelle de la récupération de déchets.

Sur le tableau, elle a écrit Les Reines des Bennes et expliqué qu'il s'agissait d'un groupe de femmes qui s'appelaient à chaque fois que l'une d'entre elles repérait une benne ou une poubelle qui pouvait receler des choses utilisables. Celles qui pouvaient tout lâcher se retrouvaient devant à la nuit tombée, triaient le contenu et disposaient les objets sur le trottoir pour faciliter la tâche des passants qui auraient envie de les rapporter chez eux.

Robert songeait aux citoyens les plus démunis qui présentaient ces objets sur une couverture étalée à même le trottoir pour essayer de les vendre en échange de cet argent que cette femme méprisait tant.

— Il faut apprendre à accepter le hasard. C'est essentiel.

Elle s'est retournée avec enthousiasme vers le tableau et a noté une liste de sites Web et de groupes militants : freecycle.com, freegan.info, Really Really Free Market, Trash Talk, swaporamarama.org... Trash Talk était une réunion mensuelle autour d'un repas gastronomique où chacun apportait un plat préparé à base de déchets récupérés dans les supermarchés ou les restaurants et où l'on discutait des différents moyens de réduire au minimum toute interaction avec les entreprises américaines.

— Et cela va de soi, moins vous dépensez d'argent, moins vous êtes forcé de travailler. Il y a deux ans, j'étais assistante juridique dans un cabinet d'avocat, totalement réduite en esclavage. Et maintenant, j'ai presque fini mon premier roman.

Robert a levé la main.

— Vous allez vendre votre roman à un éditeur ?

Elle a lentement esquissé un sourire félin.

— Joli coup. Mais non. Je l'imprimerai moi-même à la demande en édition limitée. Au dos de brouillons de mémoires et de polycopiés, grâce à Turo ici présent.

Elle a regardé Turo avec son sourire matois.

Turo s'est rapproché d'elle pour intervenir.

— Tout ce papier récupéré dans vos chambres ? Nous le réutilisons dans la mesure du possible. Alors, ne le froissez pas !

Murmures d'approbation.

Robert devait bien admettre que Turo apprenait à passer de la parole aux actes. Mais cette obsession qu'il avait de vouloir prêcher à tout prix ladite parole devenait franchement excessive. Et qui venait à ces réunions ? À part les détraqués, les accros aux Birkenstock, les néo-gauchistes, les gosses de riches en rébellion contre leurs républicains de parents... jusqu'à l'examen d'entrée en droit. Il n'y avait pas de mal à vouloir répandre la bonne parole, mais Robert n'avait pas encore vu Turo réviser ses cours. Quand il lui en avait parlé, Turo avait admis avoir "pris un peu de retard".

— Putain, mec ! Déjà ? Comment veux-tu "utiliser le système" si tu décides d'en sortir ?

— Pas de stress, avait répondu Turo.

C'était une façon de lui dire gentiment de s'occuper de ses affaires et d'arrêter de jouer les mères poules.

Robert prévoyait déjà de quoi ils parleraient ce soir dans la cuisine (à moins que Tamara PLT ne finisse dans le lit de Turo). Turo dirait que son invitée était la preuve vivante qu'on pouvait changer les choses tout en sortant du système. Il était enclin à ce type de logique élastique. Comme "accepter le hasard". C'était un peu ce que Bush avait fait en dégainant sur l'Irak façon Jesse James, non ?

Mais Robert applaudissait, comme tout le monde. Il fallait reconnaître que cette femme était aussi convaincante que sexy. Quand on lui avait demandé si elle avait de la documentation sur les sites Web et les autres informations qu'elle avait notées sur le tableau, elle avait secoué la tête avec véhémence.

— Mais Turo a du brouillon et des crayons, avait-elle répondu. Faites-le passer. Recycler la politique en même temps que le papier.

Elle a fait avec les mains un mouvement circulaire agressivement enthousiaste devant sa magnifique poitrine. C'était théâtral, une sorte de rite. De nouveau, Robert était énervé. Ce geste lui rappela celui d'un joueur de football qui vient de marquer un essai. Si ce n'est que, même ça, c'était plus spontané.

Robert a regardé Tamara PourLaTerre ramasser son sac à dos d'enfant (à l'effigie de Dora l'Exploratrice, manifestement une de ses "trouvailles") et serrer la main de Turo avec le plus grand sérieux. Elle avait déclaré qu'elle ne se déplaçait qu'à bicyclette – évitant même les transports en commun à moins qu'il ne soit dangereux de circuler à vélo en raison du temps – si bien que Robert se demandait quelle était, là encore, la part d'ostentation dans cette "liberté". Peut-être avait-elle un vélo Barbie, un peu trop petit, avec des pompons roses sur le guidon. Un casque des Tortues Ninja.

— À voir ta tête de petit malin, tu analyses trop, comme d'habitude.

Turo avait réussi à s'approcher sans bruit de Robert après avoir raccompagné Mlle PLT jusqu'à la sortie. Il a étendu une main au-dessus de la tête de son ami.

— *Haya paz*, mon pote.

Robert a ri. Parfois, il se demandait s'il ne devrait pas s'orienter vers la psychiatrie une fois qu'il serait en médecine. Si tant est qu'il réussisse à passer le cap du master nécessaire pour y entrer. Curieusement, sa mère se fichait qu'il devienne ou non médecin, en apparence tout du moins. Elle n'en parlait presque jamais et ne lui donnait pas de conseils. À moins qu'en le laissant ainsi tranquille, elle ne cherche habilement à guider ses pas.

— Arrête, a-t-il protesté. Au fait, puisqu'elle squatte, comment ils font marcher leur grille-pain ?

— Ils empruntent le courant.

— Quoi ?

— Ils détournent l'électricité d'un magasin de bricolage de la rue.

— Ah ouais, j'ai pigé. On n'achète pas, mais le piratage, c'est cool.

— C'est une chaîne énorme. Style Ace.

Robert s'est étranglé.

— L'excès justifie le crime ?

— Mais oui, absolument. Il faut voir ça comme une forme radicale de sanction économique. Et pour ça, Tamara, c'est la meilleure.

Turo tenait sous son bras gauche le pot de mayonnaise reconverti. Il contenait cinq ou six billets et un fond de monnaie.

— Peut-être, lui a répondu Robert, mais en attendant, je rentre à la maison cuisiner des spaghettis capitalistes achetés en magasin.

— Je suis partant. Après on ira faire un tour chez ton grand-père pour aller piquer une tête en douce dans son étang.

— Hé, il y en a qui n'ont pas envie de se planter. Pas encore.

— Et d'autres qui aiment vivre dangereusement.

En traversant Massachusetts Avenue, Turo a fait passer le pot sous son autre bras. Les pièces se sont entrechoquées contre le verre.

L'expression *monnaie de singe* a traversé l'esprit de Robert. On est tellement gâtés, a-t-il soupiré intérieurement.

Ils attendaient à l'intérieur de My Thai depuis un quart d'heure – Robert, Clara, ses parents et sa tante – quand

Grand-père est arrivé d'un pas nonchalant. Il affichait un sourire affable et il était seul. Robert a vu sa mère lancer à son grand-père un regard de panique glacial. Mais Clover a pris ce dernier dans ses bras.

— Il faut qu'on t'achète une nouvelle montre, papa, a-t-elle dit.

— Les montres, c'est fait pour les gens qui travaillent, a-t-il répondu. Et quoi qu'il en soit, j'ai deux excellentes raisons d'être en retard.

Il est retourné à la porte et l'a ouverte. Filo et Lee sont entrés en pouffant de rire.

Clover s'est jetée sur ses enfants avec une telle fougue qu'elle a failli les faire tomber.

— Mes amours ! s'est-elle écriée en s'attirant des regards dans le restaurant. C'est le plus beau cadeau d'anniversaire de ma vie !

Robert a vu Lee grimacer entre les bras de sa mère qui l'étreignait. Il avait l'air d'avoir deux têtes de plus que la dernière fois où il l'avait vu. À croire que son cousin avait grandi de six ans en l'espace d'une année. Il avait douze ans, à présent, et semblait frôler les quinze.

À table, ils se sont disputés pour savoir qui s'asseyait où. Clover a insisté pour que ce soit son père et non elle qui préside, puis il y a eu tout un remue-ménage pour placer Filo à côté de son grand-père et Clover entre ses enfants. Les parents de Robert ont fini l'un à côté de l'autre, Clara à l'autre bout de la table faute de mieux. Grand-père faisait quasiment comme si elle n'était pas là. L'avait-il seulement saluée ? Parfois, Robert avait la curieuse impression que son grand-père était jaloux de sa petite amie.

Une fois installée, Clover a passé le bras autour de ses enfants comme si elle craignait qu'ils ne s'échappent. Même lorsque la serveuse a distribué les menus, elle n'a pas lâché prise.

— Il paraît que leurs nouilles sautées sont extraordinaires ! (Clover s'est tournée vers son fils.) Lee, je parie qu'ils ont les rouleaux de printemps que tu adores, ceux que tu prends toujours au restaurant de Chelsea. Si j'avais su que vous veniez, tous les deux, j'aurais choisi le restaurant français. Mais je suis tellement contente que vous soyez là.

Elle avait des larmes de joie dans les yeux et même si Robert se réjouissait pour sa tante, il était légèrement embarrassé. Ce doit être terrible de se dire que la moitié des gens qui te regardent se demandent comment tu as pu merder au point de devoir renoncer à la garde de tes enfants. Robert se doutait bien qu'il ne connaissait pas toute l'histoire, mais il en savait assez pour se demander pourquoi elle n'essayait pas de retourner à New York, ne serait-ce que pour se rapprocher d'eux.

— Commandez ce que vous voulez, a annoncé Grand-père. C'est moi qui régale. Vous croyez que ces Siamois servent quelque chose qui ressemble vaguement à un bon champagne ?

— Nous n'avons qu'à commander tout un tas de plats inconnus et partager, a répondu Clover. Et je n'ai pas besoin de champagne pour me dire que la vie est belle aujourd'hui.

— C'est ton jour, ma chérie, a répondu Grand-père bien que Robert ait senti une pointe d'exaspération dans sa voix.

Il n'y avait rien de tel que le restaurant pour transformer son grand-père en vieux ronchon.

— J'adore le poisson croustillant servi entier. Ils en ont, ici ? a demandé la mère de Robert. D'habitude, c'est du bar…

Elle parcourait le menu.

— Le bar ne fait pas partie de ces poissons victimes de surpêche qu'il faut protéger ? a lancé Clover, avant de rougir. Non, non, ça ne fait rien. Comme dit papa, il faut qu'on choisisse tous ce qu'on préfère. Qu'est-ce que vous aimeriez, tous les deux ?

Elle a serré ses enfants contre elle.

— Tu m'étouffes, maman, a dit Lee.

Le père de Robert a sorti un petit carnet et un stylo de sa poche.

— Je note, d'accord ? Histoire de faciliter la tâche de la serveuse.

— Mon organisateur en chef, a plaisanté la mère de Robert.

La serveuse, qui était d'une maigreur affolante, devait avoir dans les seize ans. Elle a apporté une bouteille de champagne californien et une carafe de jus d'orange. Un serveur qui avait l'air encore plus jeune – il devait être à peine plus vieux que Lee – la suivait avec un plateau garni de ces grosses coupes dans lesquelles, selon la mère de Robert, les “moins privilégiés” buvaient le champagne.

— Posez cela ici, je me charge du service, a dit Grand-père en faisant de la place sur la table. Nous pouvons commander, qu'en dites-vous ? (Il s'est tourné vers la serveuse.) Bien le bonsoir, jeune demoiselle. Nous sommes réunis ici pour fêter l'anniversaire de ma fille.

Il a montré Clover d'un signe de tête.

— Oh. Le heureux anniversaire, a-t-elle répondu en s'inclinant légèrement, son visage lisse plissé par un rire nerveux.

— Merci, lui dit Clover. C'est vrai que c'est un heureux anniversaire, très heureux.

La serveuse a sorti son bloc-notes et avec une gaieté obséquieuse a lancé :

— Des questions ?

— J'ai en effet une question à vous poser, a dit Grand-père. (Il indiquait le menu.) Comment prononce-t-on le nom de ce plat, le numéro 43 ?

La serveuse s'est penchée pour lire le menu.

— C'est crevette. Avec citronnelle et basilic. Vous aimez pimenté ?

— Ah. Voilà qui est très tentant, mais pour commander, j'aimerais d'abord pouvoir le prononcer correctement.

— Prononcer ? a répété la serveuse.

— Papa, contente-toi de demander les crevettes à la citronnelle. Ou le numéro 43. C'est pour ça qu'ils mettent des numéros, a lancé la mère de Robert. (Elle s'est tournée vers la serveuse.) Il veut les crevettes. Pas trop épicées.

La serveuse a prononcé le nom du plat dans sa langue natale, répondant ainsi à la question qu'il lui avait posée.

— C'est incroyablement mélodieux. Vous devez être thaïlandaise.

— Oui.

— Vous avez une carte verte ?

— Papa ! s'est insurgée la mère de Robert.

— Carte verte – oui.

La serveuse arborait un sourire terrifié.

— C'est une bonne chose. Il y a beaucoup d'opportunités ici. Vous avez atterri dans une région idéale. Suivez-vous des cours ?

Cette fois, Clover s'est jointe à sa sœur.

— Papa !

— Mes chères enfants, cette jeune femme a besoin de s'exercer à la conversation. Comment voulez-vous qu'elle améliore son anglais, autrement ?

Clara serrait la main de Robert sous la table. Il sentait qu'elle tremblait en tentant désespérément de réfréner un fou rire. Robert était habitué au mode opératoire particulièrement tordu de son grand-père. Pour qui n'avait pas un solide sens de l'humour, cela pouvait passer pour de la démence ou tout bonnement de la grossièreté. Mais Robert savait que son grand-père était on ne peut plus sérieux. Il avait l'impression qu'instinctivement, au fond d'elle-même, la serveuse le comprenait. Contrairement à sa mère qui, pour beaucoup de raisons (les unes, compréhensibles, les autres ridiculement mystérieuses), avait un niveau de tolérance plus que limité à l'égard des travers de son père.

— Je suis vraiment désolée, a-t-elle dit à la serveuse. Continuez, ne faites pas attention à lui. Je prends le bar entier, numéro 51.

Le père de Robert a commandé un curry de bœuf épicé. Pour compenser, Robert a pris un tofu. Clara, des nouilles aux champignons. Le temps que la serveuse apporte leur commande à la cuisine, Robert était affamé. Il a chuchoté à l'oreille de Clara.

— Si les plats n'arrivent pas rapidement, je crois bien que je vais te manger.

Elle a ri discrètement. Les perles qui se balançaient à ses oreilles lui chatouillaient la bouche. Il a soigneusement étalé la serviette sur ses genoux.

Sa mère s'est penchée vers eux.

— Vous nous faites des cachotteries, tous les deux.

— C'est juste qu'on n'a pas déjeuné, a répondu Robert.

— Oh Trudy, elles sont absolument… – Clover venait de découvrir les pendants d'oreilles en agate et les approchait de la bougie posée devant elle – elles sont sublimes, on dirait… hmm, on dirait d'énormes bonbons d'Halloween transformés en bijoux.

L'air espiègle, elle a effleuré une des boucles d'oreilles du bout de la langue. Robert les avait lui-même choisies (au mépris de l'idée que seule Clara pouvait faire preuve de bon goût) et ne s'est pas offusqué de la comparaison, mais la grimace de sa mère ne lui a pas échappé. Peut-être était-elle obsédée par les microbes. C'est souvent le cas, chez les médecins. Et, pire que tout, les mères médecins. Pour Robert, l'odeur de son enfance était indissociable de celle du savon désinfectant.

— Je suis vraiment contente qu'elles te plaisent, a dit sa mère. En fait, Robert et Clara m'ont un peu aidée. C'est de la part de nous trois. Mais bon – parle-moi de l'école, comment ça se passe dans la grange ?

Elle a lancé un sourire à Grand-père pour lui montrer qu'elle lui pardonnait de s'être conduit ainsi avec la serveuse.

Robert avait rarement, si ce n'est jamais, vu Clover aussi heureuse qu'en décrivant le premier mois de l'école, les quelques ajustements, la réaction des plus grands qui étaient tellement habitués à l'église. Ce devait être plutôt sympa d'enseigner, mais Robert comprenait mal qu'on puisse s'enthousiasmer pour le côté bureaucratique de la chose : commander les fournitures, créer une newsletter pour l'école, organiser des fêtes dans le seul but de quémander de l'argent pour payer quoi, des crayons et des bâtons de colle ? Une vente aux enchères de luxe était prévue au printemps suivant et Clover recherchait déjà des musiciens et un traiteur.

— Je suis super excitée, lui avait-elle confié en attendant Grand-père.

Robert s'est penché de l'autre côté de la table.

— Hé, a-t-il glissé à Lee, comment ça se passe à Gotham ?

Lee a haussé les épaules.

— Bien. (Mais il était content que son grand cousin le remarque.) Je fais du foot et du taekwondo. Et puis je travaille avec mon père dans une soupe populaire. Genre un week-end sur deux.

— Cool. C'est bien, a répondu Robert.

— Ça va. C'est bizarre de voir les mêmes que tu vois mendier dans la rue. Genre, je ne sais pas si je dois faire comme si on se connaissait quand je leur tends leur assiette. Enfin, c'est pas qu'on les connaît vraiment.

— Écoute, a répondu Robert, pour moi, il n'y a que comme ça que je pourrais vivre à New York avec la conscience tranquille.

Mais à vrai dire, en quoi New York serait-il différent à cet égard de Matlock, Newton – ou même Harvard, merde ! Servait-il la soupe aux détraqués ? Le fait d'aller à la fac était-il une excuse légitime pour s'en dispenser ? Turo estimait que non. Rien n'autorise à se dégager de sa dette envers le monde, disait-il, et encore moins en ces temps cruels où se côtoient la richesse et la misère la plus extrême.

Lee n'a pas réagi à ce que disait Robert. Il a mangé une bouchée de rouleau de printemps, avant de reprendre :

— Papa nous emmène passer le week-end à Washington pour Columbus Day.

— Visiter les monuments, ce genre de truc ?

— Oui, les musées, tout ça. Mais on va dans un hôtel avec une piscine géante.

— Cool, a répondu Robert.

Turo avait posté sur un blog toute une diatribe sur les aspects nocifs des piscines : l'énergie, les produits chimiques, l'énorme gaspillage d'eau et d'argent. Mais Robert avait promis à sa mère de ne pas parler politique à l'anniversaire de sa tante. Non que Clover soit républicaine, mais sa mère craignait toujours qu'une discussion politique ne pousse Grand-père à jouer les avocats du diable et ne la mette dans l'embarras devant une salle pleine d'inconnus. Elle avait un côté curieusement adolescent, pour ça.

Grand-père posait des questions à Filo sur l'école. Robert entendait celle-ci parler de la perruche calopsitte de la classe, baptisée Jacaranda Star Wars. Il essayait de se rappeler s'il avait déjà eu une mascotte dans sa classe. Comment se fait-il qu'il était incapable de se souvenir de ça ? Il s'est efforcé de se souvenir du primaire. M. Redmond. Qui sentait affreusement mauvais, mais racontait de bonnes blagues et distribuait des bonbons quand les Red Sox ou les Bruins remportaient des matchs. C'étaient les seuls souvenirs que gardait Robert de l'école. Qu'advenait-il de toutes ces choses que l'on était censé avoir "apprises" ? Allaient-elles remplir quelque réservoir profondément enfoui dans le cerveau, pareil à un aquifère de savoir d'où l'on pouvait puiser uniquement si l'on n'en avait pas conscience ? À quoi servait l'éducation ? Il avait l'impression d'avoir plus appris en aidant à construire un lodge au Costa Rica qu'au cours des deux premières années passées dans sa prestigieuse université.

Les plats ont tous été apportés d'un coup et posés sur la table, encore fumants, par leur serveuse aidée de trois assistants.

— Oh là là ! s'est exclamée Clover en joignant les mains avec une mièvrerie totalement puérile.

Peut-être qu'à force de travailler dans une maternelle, on finissait par prendre les gestes et les expressions d'un enfant de quatre ans. Il fallait probablement s'entraîner à dire des choses du genre "punaise" ou "miel" à la place des obscénités qui vous viennent instinctivement. Quel effet cela avait-il sur votre cerveau ? (Quoique, ça avait peut-être l'avantage de vous garder jeune plus longtemps.)

— Mais d'abord, j'ouvre *votre* cadeau.

Et Clover a souri à ses enfants.

La boîte colorée qu'ils avaient apportée contenait une paire de gants vert sombre longs et fins. Clover les a aussitôt enfilés en prenant soin de bien lever les mains pour ne pas les tremper dans les divers plats qui attendaient.

— Oh là là ! a-t-elle répété. Ils sont… tellement… élégants. (Elle a agité les mains en l'air comme des ailes d'oiseaux.) J'ai l'impression d'être Helena Bonham Carter !

Elle a embrassé ses enfants et rangé les gants dans leur boîte. Robert a remarqué que Filo et Lee avaient l'air légèrement perplexes, mais il n'avait pas l'impression que c'était à cause de cette référence à Helena Bonham Carter. Il se demandait s'ils avaient eu leur mot à dire dans le choix du cadeau. Sa mère avait dans l'idée que leur père était encore amoureux de Clover et le resterait à jamais, bien que ce dernier lui ait confié qu'il était peut-être homosexuel.

Robert connaissait à peine ses cousins, non seulement parce qu'ils étaient plus jeunes et vivaient à New York, mais aussi en raison de l'étrange barrière psychologique créée par le fait qu'il ne pouvait pas s'empêcher de se demander s'ils "savaient" pour l'oncle Todd (techniquement, l'ex-oncle Todd). Robert aurait aimé en apprendre plus que ce qu'il avait entendu, et il aurait certainement pu questionner directement sa mère, mais il n'en avait pas envie. Quoi qu'il en soit, lorsqu'il voyait Filo et Lee en vacances et s'efforçait "d'apprendre à les connaître" (comme sa tante, et non sa mère, l'y encourageait), il devait se contenter de conversations guindées sur le sport, le cinéma et la chance qu'ils avaient d'habiter dans une ville aussi cool que New York.

Ce qui n'arrangeait rien, c'est que Robert avait entendu ses parents disséquer la vie de sa tante à longueur de temps, soi-disant parce qu'ils l'aimaient bien et voulaient son bonheur, mais le plus souvent, on aurait cru entendre des critiques de cinéma jugeant que la biographie de sa tante n'obtiendrait jamais de nomination aux Oscars ou aux Golden Globes si elle ne renvoyait pas le scénariste, le réalisateur et sans conteste le script.

En fait, si Robert en avait entendu bien plus que nécessaire sur la rupture de sa tante et de son ex-oncle Todd, c'était en raison de la profession de son père. C'était un médiateur familial qui intervenait en cas de divorce. Deux ans auparavant, quand tout était parti en vrille, tante Clover s'était souvent réfugiée chez eux pour passer les trois quarts de son temps à pleurer sur le canapé. Plusieurs soirs d'affilée, les parents de Robert étaient restés avec elle pour discuter de sa "situation". La plupart du temps, Robert était dans sa chambre à travailler ou à téléphoner à des copains, mais qui n'aurait pas voulu suivre le drame familial ? Contrairement à ses parents, Robert aimait beaucoup sa tante, sans aucun jugement, et la plaignait du fond du cœur. À l'époque, il n'avait jamais vécu seul, mais il aurait fallu être idiot pour ne pas se rendre compte que l'on pouvait se retrouver totalement paralysé par la vie – ce Rubik's Cube de décisions et de risques majeurs.

Si elle avait demandé son avis à Robert, il lui aurait dit d'éviter ses parents, non parce qu'ils manquaient d'intelligence ou de sagesse (leur vie semblait si bien organisée et habilement menée que c'en était terrifiant), mais parce qu'il savait qu'ils réprouvaient ses choix et n'appréciaient pas son esprit.

Le jour de Noël, quand il avait sept ans, Robert avait été touché par Cupidon pour la première fois de sa vie. La belle, originale et insouciante tante Clover lui avait offert une luge rouge en bois et l'avait emmené en haut de la grande colline de Matlock, où sa sœur et elle allaient en faire quand elles étaient petites. Elle avait enroulé ses bras et ses jambes autour de lui et hurlé à tue-tête d'un bout à l'autre de la descente – plusieurs fois de suite. Quand ils étaient rentrés chez son grand-père, elle lui avait préparé un chocolat chaud avec du chocolat suisse auquel elle avait rajouté un tourbillon de crème fouettée à la cannelle. Quand elle était retournée à New York, il lui avait expédié pendant des mois des dessins accompagnés de légendes gribouillées. Elle lui répondait par des cartes postales de la ville, en lui promettant de lui faire visiter tous les monuments quand il viendrait la voir.

Quand elle était revenue dans le Massachusetts – c'était pendant une partie de croquet chez Grand-père, alors qu'elle aidait Robert qui avait envoyé la boule au fin fond des buissons –, il lui avait demandé si elle voudrait bien l'épouser quand il serait grand. Elle l'avait regardé dans les yeux sans rire et lui avait dit qu'ils en reparleraient après, en tête à tête. Il l'ignorait, mais elle venait juste de se fiancer avec Todd. Plus tard, ce jour-là, ils s'étaient retrouvés seuls au bord de l'étang et elle le lui avait expliqué comme s'il était par ailleurs un prétendant acceptable.

— Mais tu occuperas toujours une place à part dans mon cœur, lui avait-elle confié, avant de lui donner une bague ornée de mains croisées qu'elle avait ôtée de son petit doigt. Robert l'avait encore, dans une boîte rangée au fond de son tiroir à chaussettes à Cambridge.

Pour autant qu'il le sache, Clover n'avait jamais parlé à personne de ce béguin, pas même à sa mère. Ces dernières années – et jusque dans la voiture, ce soir-là, en rentrant chez eux – il avait donc été attristé d'entendre ses parents discuter de tante Clover comme si c'était une enfant capricieuse.

Robert était bien placé pour savoir que les enfants uniques en apprennent bien plus qu'ils ne devraient, surtout lors des longs trajets en voiture. Alors que des frères et sœurs auraient été occupés à se disputer pour savoir qui donnait des coups de pied à qui, à chanter de ces chansons idiotes qu'on chante en voiture ou à jouer au pendu, Robert délaissait souvent ses bandes dessinées, ses Transformers en plastique ou le dernier Harry Potter lorsque ses parents se mettaient à parler de gens qu'il connaissait. C'est ainsi qu'il avait appris que Clover était tombée amoureuse de son professeur de yoga et l'avait avoué à Todd – incitant apparemment ce dernier à lâcher une nouvelle plus explosive encore, en avouant que de son côté, il se demandait depuis quelque temps s'il n'éprouvait pas davantage d'attirance pour les hommes. Puis il ne s'était rien passé avec le professeur de yoga, mais le loup était sorti du bois – ou plus exactement du placard. ("On a tous des désirs et des toquades, bon sang", avait dit la mère de Robert. "Si ma sœur se maîtrisait suffisamment, elle aurait gardé ça pour elle et peut-être que ça se serait arrangé tout seul !") Clover avait plongé dans une profonde dépression, Todd s'était renfermé sur lui-même et leur couple, qui tenait à peu près jusque-là, avait commencé à sombrer dans la morosité avant d'afficher un encéphalogramme plat.

À cette époque-là, Robert avait quasiment fini ses études secondaires et ses parents estimaient peut-être que ce n'était pas bien grave s'il entendait ces histoires sordides. Ils lui avaient clairement laissé entendre qu'ils savaient qu'il n'était sans doute plus puceau et buvait des bières chez ses copains. Ils aimaient à se décrire comme des parents "réalistes".

Mais quand il était bien plus jeune, il les avait entendus discuter à l'avant de la voiture d'histoires de famille non seulement déplaisantes, mais perturbantes et tristes. À propos de son grand-père, le plus souvent. Quand il avait dix ou onze ans, sa mère déplorait que Grand-père vive seul chez lui. Norval Sorenson, un des amis de ce dernier, avait bien essayé de le caser avec une femme que sa mère jugeait "absolument idéale pour lui", mais il avait refusé de sortir avec elle, ne serait-ce que pour prendre un verre.

Jusqu'alors, Robert n'avait jamais imaginé que son grand-père puisse "sortir" avec quelqu'un. Et pourquoi sa mère y tenait-elle tant ? Mais naturellement, en revenant de Matlock, il avait eu la réponse alors qu'il était à l'arrière de la voiture (sa mère croyait sans doute qu'il dormait).

— Que va-t-il devenir d'ici vingt ou trente ans, quand il n'y aura personne d'autre que nous pour s'occuper de lui ? avait-elle demandé à son père. Et "nous" ça veut dire toi et moi, Douglas. Un de ces jours, il va se casser la figure sur les vieilles marches tordues de derrière et rester par terre, comme ça, sans pouvoir téléphoner et…

— Je comprends que tu aies peur d'une catastrophe, mais je crois que tu es un peu dure avec ton père, avait répondu le père de Robert.

— Écoute, j'aime cette maison autant que lui. C'est tout ce qui reste de maman, en un sens – pas seulement ce qu'elle contient, aussi la façon qu'elle avait de la décorer. Mais il ne peut pas y rester toute sa vie, ce n'est pas raisonnable ! S'il ne trouve pas quelqu'un pour y habiter avec lui et si Clover ne quitte pas New York pour venir s'y installer – et il n'y a aucune raison qu'elle le fasse, les affaires de Todd marchent très bien là-bas –, pourquoi ne cherche-t-il pas du côté de ces belles résidences qu'on construit en bordure du golf ? Il pourrait aller partout à pied, même à la gare. Il n'aurait plus à se soucier de cette snob de Laurel Connaughton ou de l'entretien de la grange. Il garderait tous les bons côtés de la vie.

— Il ne pourrait plus nager tous les jours. C'est important pour lui.

Sa mère n'avait pas su quoi répondre.

— C'est sa vie, avait repris son père avec douceur.

— Je sais bien, Douglas. Je suis désolée, mais sans lui, maman serait peut-être encore en vie, elle.

Papa avait soupiré, mais n'avait rien répondu. Allongé sur la banquette arrière, Robert aurait aimé que la conversation se poursuive. Mais elle s'était arrêtée là. Il y avait tant d'autres choses qu'il ignorait, mais quoi ? À chaque fois que sa mère parlait de Grand-père, elle avait toujours dans la voix cette tristesse mêlée de frustration et de colère. Robert voyait bien qu'elle allait à Matlock plus par devoir que par plaisir.

À cet âge-là, Robert pensait que sa mère était la meilleure des mères (et dans l'ensemble, il le pensait encore), mais il avait été pris d'une soudaine pitié pour son grand-père. N'avait-il pas été un bon père ? Sans aucun doute. Lorsque Robert avait compris que l'absence d'une grand-mère représentait pour sa mère la *perte* d'une mère, elle lui avait expliqué que Grand-père avait assumé "les deux rôles à la fois". Comment pouvait-elle alors se montrer aussi critique ? Mais c'était là une question que Robert n'osait pas lui poser.

C'était vers cette époque, alors qu'il abordait la phase adolescente normale de détachement envers ses parents (et que ceux-ci avaient acceptée de bonne grâce, contrairement à la plupart de leurs connaissances), que Robert avait décidé de devenir *ami* avec son grand-père.

Des plats garnis de bouchées de la taille d'un confetti circulaient d'un bout à l'autre de la table; de petits tas de germes de haricot et de piments séchés s'accumulaient peu à peu sur les bords. Grand-père avait persuadé Filo de lui parler de ses cours de gymnastique. Le père de Robert s'efforçait de discuter base-ball avec Lee, de ce que l'on ressentait à Boston et à New York depuis que les Red Sox et les Yankees avaient échangé les rôles d'équipe bénie des dieux et de valeureux perdants. Clover, Trudy et Clara discutaient quant à elles de la candidature de Hillary Clinton à la Maison-Blanche. (La mère de Robert ne la supportait pas et ne lui faisait aucune confiance; Clover disait qu'elle était victime d'une misogynie endémique, de la part des femmes comme des hommes. Clara prétendait être neutre alors que Robert savait pertinemment qu'elle était du même avis que sa mère.)

Robert s'est éclipsé aux toilettes pour jeter un œil à son téléphone. Turo avait encore emprunté sa voiture, en lui demandant la permission après coup. Robert commençait à regretter de lui avoir donné la deuxième clef. Il ne lui en avait pas parlé directement, mais il savait que son ami se servait plus souvent de la voiture qu'il voulait bien le dire. Il s'en était aperçu car son père, après l'avoir aidé à acheter la voiture trouvée dans les petites annonces, l'avait abreuvé de recommandations paternelles. Entre autres conseils gratuits, il lui avait dit: “À chaque fois que tu mets ou que tu coupes le contact, prends l'habitude de vérifier la jauge à essence.” Curieusement, cette perle de sagesse digne de M. Rogers et son émission éducative lui était restée. Au cours des dernières semaines, Robert avait plus d'une fois remarqué en démarrant qu'il y avait *plus* d'essence dans le réservoir qu'il n'en avait laissé.

Robert a envoyé un texto à Turo, *PRDS TES BOUQUINS, PS LE VOLANT!* Il n'avait même pas de petite copine cette année. Il ne vivait que pour son projet de recyclage sur le campus et parlait de faire partie d'une commission chargée de conseiller l'université en matière de neutralité du bilan carbone. Si ça, ce n'était pas du fanatisme !

Quand Robert est retourné à table, Grand-père racontait une histoire. Tout le monde écoutait.

— … et cette fois, quelqu'un a réussi à jeter du fumier – du fumier de cochon, celui qui empeste le plus – dans le jardin de notre nouvelle conseillère municipale, qui venait d'installer un système d'arrosage tout neuf. (Il s'est mis à rire avec jubilation.) Il y avait un panneau qui disait IRRIGUER LES FERMES, PAS LES PELOUSES. J'ai eu envie de danser de joie.

Clover avait l'air tout sauf joyeuse.

— Le vandalisme, c'est le vandalisme, papa.

— Balivernes, mon petit. C'est une prise de position contre la bourgeoisie.

— À laquelle tu n'appartiens pas ?

La mère de Robert avait un sourire espiègle.

— Bien sûr que je suis un bourgeois, mais un petit-bourgeois, a répondu Grand-père.

Clara et le père de Robert ont éclaté de rire.

— Ça s'est passé à Matlock, l'inaccessible Matlock ? s'est étonné Robert. Ça plairait tellement à Turo.

Clara a hoché la tête.

— Et comment. C'est exactement dans ses cordes.

— On a eu un incident du même genre à Newton, a déclaré la mère de Robert. La semaine dernière, en rentrant d'une soirée, des gens ont trouvé leur baignoire remplie à ras bord de ce qui ressemblait à du sang encore chaud. C'était terrifiant.

— Du sang ? a répété Robert. Ça alors.

— C'était du vinaigre de vin rouge, mais tout de même.

Robert s'est mis à rire.

— On les connaît ?

— Les parents de cette fille qui t'avait invité au bal de fin d'année mais tu avais refusé.

— Ah oui, a fait Robert, les Momsey du McChâteau. Le grossiste en vin.

— Et là encore, il y avait un panneau, est intervenu son père.

— Oui, a dit sa mère, TU ES REPÉRÉ, DIONYSOS.

Cette fois, tout le monde a ri.

Clover a été la première à reprendre son sérieux.

— Pour l'instant, on fait les fiers, mais attendez un peu.

Grand-père a bu une gorgée de vin.

— La révolution gronde, c'est ce que tu veux dire, ma chérie ? Buvons à cela.

Robert a vu sa mère lever les yeux au ciel.

— Cette idée du "tout écolo", ce n'est pas aussi simple que ça. Si vous saviez ce que ça représente d'assurer la sécurité et l'hygiène d'un hôpital…

Grand-père s'est tourné vers Robert.

— Et toi, que penses-tu de ce sabotage des banlieues huppées, jeune homme ? C'est mérité, c'est cela ?

— J'avoue que je ne vais pas pleurer sur leur sort.

Clara lui a donné un coup de pied dans le tibia.

— Robert fait dans la politique, depuis quelque temps, a-t-elle dit. Il a laissé tomber la biologie pour se lancer dans les sciences sociales plus progressistes.

Tout le monde s'est tourné vers lui.

— Quoi ? Je suis un cours sur la politique de l'immigration. Ce n'est pas comme si je partais pour un camp d'entraînement à Peshawar.

— Mais c'est un sujet ultra-brûlant, a protesté sa mère. Je ne savais pas que tu avais pris ça.

— C'est un changement de dernière minute.

L'espace d'un instant, Robert s'est demandé si sa mère n'était pas vexée de ne pas connaître le moindre détail de sa vie actuelle. Ça ne lui ressemblait pas.

— Quoi qu'il en soit, a-t-il poursuivi, on doit faire un travail de recherche centré sur une expérience particulière. Il faut interroger un immigrant, quelqu'un qui a grandi dans un autre pays mais qui maintenant vit ici. Clandestin ou non.

Grand-père a indiqué la cuisine.

— Tu es à l'épicentre, dirais-je. Veux-tu que…

— Hors de question, est intervenue la mère de Robert. Tu as suffisamment semé la panique ici. (Elle a tapoté sa montre et soupiré.) Je suis désolée. Je prends le premier avion pour Chicago demain matin.

Clover s'est tournée vers ses enfants.

— J'espère bien que vous êtes là pour le week-end ?

Grand-père a répondu :

— J'ai négocié un échange avec Todd. J'espère que ça te va.

— Oh tu me connais, a lancé Clover d'un ton enjoué. Je crois au bonheur du moment présent.

— Tu as bien raison, tante Clo, lui a dit Robert en se levant.

Il espérait qu'elle n'avait pas vu l'expression de sa sœur. Pour qui ne connaissait pas sa mère aussi bien que lui, il était facile de ne pas voir la compassion sous le couvert de la consternation. Sa mère n'était pas pessimiste, loin de là, mais où qu'elle se trouve, elle avait tendance à envisager le pire des scénarios. Robert avait toujours cru que c'était lié à son domaine professionnel – mais il était possible que ce soit l'inverse : peut-être était-ce sa nature qui avait entraîné cette vocation.

— Asseyez-vous, les enfants, a ordonné Grand-père d'une voix forte.

Il s'est levé pour aller dans la cuisine. Il a glissé la tête par la porte et lancé :

— Nous sommes prêts, jeunes gens !

Et, quelques instants plus tard, est arrivé le gâteau d'anniversaire de Clover, qui n'avait rien de siamois, étincelant de bougies et de glaçage au chocolat.

Robert était pratiquement sûr que s'il avait franchi la barre d'admission à Harvard, c'était grâce à la dissertation qu'il avait écrite sur sa mère. Ses notes étaient quasiment parfaites, mais c'était le cas de beaucoup de ses camarades de Newton South, le lycée ultra-performant et frisant la psychose où il avait fait ses études. Il ne venait pas de Tulsa et n'avait pas une goutte de minorité ethnique dans le sang. (Turo était moitié philippin, moitié guatémaltèque. À la nanoseconde où ils avaient mis le pied aux États-Unis, sa mère lui avait enfoncé dans le crâne que ce statut de bâtard exotique pouvait lui ouvrir bien des portes. Sans parler des frontières : il avait trois passeports.) Robert avait joué au foot (comme tout le monde), au tennis et participé aux concours de débat, mais il n'avait jamais été capitaine, responsable ou organisateur de quelconques activités extra-scolaires, ni fait quoi que ce soit d'admirablement insolite, style compétition de ball-trap ou élevage de lamas. À moins de pouvoir compter l'atelier de Lego qu'il avait dirigé un été pour les enfants de l'école primaire. Ce qui était improbable. Étaient-ce les fonctions de bibliothécaire de la Widener qu'exerçait son grand-père (parmi trois mille autres) qui lui avaient valu d'être ainsi distingué ? C'était tout aussi improbable. Parfaitement improbable, à en croire son grand-père, qui semblait sincèrement penser que Robert avait tout d'un génie.

Sa mère ne lui avait pas demandé ce qu'il mettait dans ses demandes d'admission dans les universités. C'était le genre de mère à ne pas intervenir dans le quotidien, non seulement parce que c'était un ponte de la médecine qui n'avait pas de temps à perdre, mais – elle le lui avait expliqué un jour où il s'étonnait de voir tous ses copains du collège faire du karaté, du piano et des échecs quasiment tous les après-midi – parce qu'elle estimait que les enfants devaient être responsables de leurs triomphes comme de leurs fiascos. Elle lui avait également dit, comme s'il s'agissait d'une loi de la nature aussi connue que la gravité ou la force centripète, que la créativité s'épanouissait dans ce qui passait parfois pour de la paresse. (Plus tard, il s'était demandé ce qu'il en était des médecins qui passaient trois ans d'études sans même avoir le droit de dormir et encore moins de "paresser".)

— Est-ce que tu as vraiment envie de faire du piano ou du karaté ? lui avait-elle demandé ce jour-là à la table de la cuisine. (Il avait onze ans.) Dis-le moi et je t'inscris à n'importe quoi, du moment que ça te passionne.

Pas vraiment, lui avait-il dit. Quoique, la guitare, peut-être. Et la semaine suivante, un timide barbu avait débarqué un après-midi avec deux guitares. Lorsque, trois ans plus tard, Robert avait décidé d'arrêter, ses parents n'avaient exprimé aucune déception. Ils avaient persisté à le laisser suivre son chemin, en se contentant de lui donner de temps à autre des conseils d'ordre général et dans l'ensemble passablement évident. Style: "Mieux vaut agir que parler"; "Il ne faut pas lâcher la proie pour l'ombre". Le père de Robert aimait bien les proverbes et les dictons. De ses deux parents, c'était lui qui passait le plus de temps à la maison, car il travaillait là. Il recevait ses clients dans un bureau dont l'entrée était située au niveau du sous-sol. Son classeur était orné d'un magnet qui disait SI TU VEUX DES FRUITS, IL FAUT GRIMPER EN HAUT DES BRANCHES.

Quand il était à l'âge où il bandait en permanence, Robert s'était demandé comment les couples en plein divorce prenaient ce petit dicton espiègle qui était attribué, sur le magnet, à l'acteur Will Rogers. Par curiosité, Robert avait été regarder sur Wikipédia, en s'attendant à découvrir qu'à l'instar de nombreuses célébrités, Rogers avait connu plusieurs échecs matrimoniaux. Mais non: il ne s'était marié qu'une fois et avait eu trois enfants. Les fruits en question n'étaient donc pas sexuels.

En ce qui concernait le sexe, la drogue et les cigarettes, la mère de Robert avait le don troublant de laisser traîner au bon moment dans la cuisine de la "littérature" sur le sujet. Les mots lui faisaient moins d'effet que les photos de poumons abîmés par le tabac, de jeunes tatoués de lésions cancéreuses dues au sida, d'autres jeunes recroquevillés dans des ruelles, sans ressources, misérables, perdus dans les brumes de l'héroïne, coupés du monde. Robert ne saurait jamais s'il devait sa consciencieuse abstinence (à l'exception, évidemment, de rapports hétérosexuels protégés) à la distribution de tracts de sa mère ou à son tempérament.

Quand il rentrait chez lui après ses cours, il entendait parfois à travers le plancher du salon les clients de son père qui haussaient le ton – des disputes stridentes du style *Toi aussi! Non, c'est faux! Toi aussi!* qui opposaient toujours un homme et une femme. Il n'avait jamais entendu ses parents se quereller ainsi. Peut-être tous ces clients hystériques avaient-ils sur son père le même effet dissuasif que les brochures médicales de la brigade des mœurs sur Robert. À moins que ses parents ne se comprennent. Sans pour autant être toujours d'accord.

Une autre particularité étrange était qu'ils veillaient tellement à préserver la vie privée de leur clientèle (en présence de Robert, du moins) qu'ils n'évoquaient quasiment jamais leur travail. Ils discutaient de politique, des amis, de la famille et aimaient bien qu'il leur parle de ses devoirs. Cependant, ils étaient aussi respectueux de sa vie privée que de celle de leurs clients.

Ils n'avaient donc jamais vu la dissertation qui commençait en ces termes :

> Imaginez être le fils unique d'une mère qui se bat tous les jours pour sauver la vie de ses patients – mais en les rendant plus malades qu'ils n'auraient jamais cru pouvoir le supporter. Imaginez-la se lever quand il fait encore nuit, prendre son café et faire sa gymnastique, puis préparer le petit déjeuner pour votre père et vous. Parfois, vous n'êtes même pas réveillé quand elle part, mais la table est mise et il y a un mot disant à quel moment elle sera de retour et ce que vous avez besoin de savoir pour la journée. Quand vous êtes petit, elle n'a pas encore terminé ses études et rentre rarement pour préparer votre dîner, mais elle s'efforce de vous lire au moins une histoire tous les jours. Parfois, elle rentre pour le déjeuner, juste pour vous prendre sur ses genoux.

Quand vous êtes au collège, elle a sa propre consultation dans un grand hôpital de la ville. Elle jongle avec des centaines de patients, mais à présent, elle est de retour presque tous les soirs pour le dîner. Après le repas, pendant que vous faites vos devoirs, elle travaille aussi : elle lit des revues, consulte des notes et passe également du temps au téléphone avec des patients. Quand vous passez devant son bureau, vous l'entendez parler à voix basse, posée. Vous savez que presque tous ses patients sont des femmes. Elles ont un cancer du sein. Certaines savent qu'elles vont probablement mourir de leur maladie.

Quand vous avez dix-sept ans, elle vous demande si vous voulez travailler à l'hôpital pendant l'été. Elle vous explique que vous serez chargé de tâches banales, comme remplir les paniers-repas et le réfrigérateur de la clinique de chimiothérapie. Tout est en miniature : mini-biscuits, mini-pains, mini-barquettes de confiture et de fromage. Minuscules bouteilles d'eau. Café et thé sont servis en dosettes individuelles. Comme si la nourriture respectait également l'intimité des gens. Vous veillez à ce qu'il y ait du papier dans les photocopieuses, portez des piles de dossiers d'un endroit à l'autre, videz les bacs de recyclage. Votre pire ennemi, c'est l'ennui.

Mais voilà ce qui vous étonne. Bien qu'elle passe le plus clair de son temps derrière la porte fermée de son bureau ou de la salle d'auscultation, vous voyez votre mère en action. Vous vous doutiez qu'elle était compétente, mais vous ne la saviez pas aussi sociable. À la maison, elle est plus réservée. Le moindre de ses gestes semble avoir été planifié. À l'hôpital, elle traverse la salle d'attente et glisse quelques mots à chaque patiente, leur pose des questions sur leurs enfants ou leurs animaux. Elle se souvient du nom du chien. Leur dit qu'elle a parlé à un médecin, refait une ordonnance, réglé les choses avec leur assurance. Quand elle repart, elles sourient toutes, même celles qui sont si maigres que vous craignez qu'elles ne se cassent en morceaux au moindre faux pas. L'espace d'un instant, vous avez l'impression que votre mère est la présidente d'un tout petit pays où tout le monde est heureux.

Si ce n'est que la maladie rôde partout. Les rares fois où vous pénétrez dans les salles où se déroulent les chimiothérapies, vous ne pouvez pas vous empêcher de chercher votre mère du regard. Vous la voyez en pleine discussion avec des gens branchés sur de longs tubes qui leur injectent tout un tas de médicaments dans le corps. On se croirait dans un film de science-fiction où tous les occupants d'un vaisseau spatial en partance pour une planète doivent recevoir ces traitements chimiques pour être vaccinés.

Un jour, vous apportez des biscuits dans la cuisine attenante aux salles de chimio quand, soudain, se produit un drame. Un vieux monsieur marche seul dans un couloir avec son pied à perfusion. Il pousse un grognement et s'écroule. Il y a un énorme fracas à cause de la perfusion. Le monsieur est recroquevillé par terre, emmêlé dans les tubes.

Votre mère surgit de nulle part en fonçant dans le couloir à toute allure et se jette quasiment sur le monsieur. Elle appuie sur sa poitrine et souffle dans sa bouche. Vous n'avez jamais assisté à une réanimation. Cela doit être perturbant en temps normal, mais vous imaginez un peu s'il s'agit de votre mère. Elle appelle à l'aide en employant des noms de code d'une voix posée mais incroyablement sonore que vous ne lui connaissiez pas. Le vieux monsieur ne fait pas partie de ses patients, mais pour le moment, il l'est devenu. Quand son médecin arrive, elle continue à s'acharner sur lui : ça semble durer une éternité.

Puis elle s'assied par terre et le redresse entre ses jambes. Quand on apporte un chariot, il se cramponne à elle comme à une bouée. "Je vous accompagne", dit-elle. Elle démêle les tubes de sa perfusion et rajuste sa chemise. Avec le médecin du vieux monsieur, ils aident les infirmiers à le mettre sur le chariot. Elle lui parle en lui tenant la main. Vous ne saviez pas que les médecins pouvaient avoir une telle intimité avec les patients.

Puis tout rendre dans l'ordre. Vous rangez les biscuits dans le bon panier et les dosettes de café dans le bon tiroir. Vous comprenez que votre propre mère qui, biologiquement, vous appartient à vous et à vous seul, pourrait être une mère universelle. Un monde de possibles s'ouvre à vous, et c'est extraordinaire. Prodigieux. C'est bête à dire, mais voilà, vous savez maintenant ce que signifie l'inspiration, ce que veut dire vivre selon ses convictions. Il ne vous reste plus qu'à les découvrir.

La réalité n'était pas aussi simple, évidemment. C'était cet été-là que les choses avaient commencé à se détériorer pour la pauvre tante Clo. Le week-end qui avait suivi la double bombe Je-suis-amoureuse-de-mon-prof-de-yoga/Je-suis-peut-être-gay, elle avait débarqué sans crier gare à Newton. La mère de Robert n'avait guère de place dans sa vie pour la spontanéité, mais sa sœur était en pleine crise. Elle avait donc annulé un déplacement à Baltimore, où elle devait donner le départ d'un marathon au profit de la lutte contre le cancer du sein.

— Va faire un tour, mon chéri. Ça ne va pas être beau à voir, lui avait-elle annoncé le samedi matin, juste après le petit déjeuner.

Et ce n'était pas beau à voir. Le soir, quand Robert était rentré après avoir passé la journée chez un ami, il avait trouvé sa mère et sa tante dans le salon, et aucun signe de son père. Tante Clover avait pleuré.

Lorsqu'elles avaient levé la tête, il leur avait fait un petit signe embarrassé puis il était monté dans sa chambre. Plus tard, il les avait entendues hausser le ton. Tante Clover avait hurlé :

— Tu ne sais pas ce que c'est ! Tu t'es fait avorter sous prétexte que tu étais incapable de faire face à un léger doute ! Peut-être même qu'un seul enfant parfait te suffisait déjà amplement ! Alors je t'interdis de me donner des conseils sur mon rôle de mère !

Robert avait entendu sa mère répliquer d'un P… retentissant, ce qui était à peu près aussi rare que l'apparition de la comète de Halley.

Deux jours plus tard, Robert se rendait à l'hôpital avec elle dans leur vieille Mercedes soigneusement entretenue. En général, ils parlaient lorsqu'il rentrait avec elle – ce qui n'arrivait qu'une fois sur deux, car elle travaillait souvent jusqu'à sept ou huit heures du soir. Le matin, ils roulaient dans un silence harmonieux en buvant leur café, confortablement calés dans les sièges en cuir rouge. Sur l'autoroute, il s'était surpris à fixer le profil de sa mère, le visage calme, comme toujours lorsqu'elle était concentrée.

Si elle s'en apercevait, se disait-il, si elle se tournait vers lui en lui demandant pourquoi il la regardait ainsi, il oserait lui avouer qu'il avait surpris la dispute. Il l'interrogerait sur l'avortement. Il était suffisamment grand, à présent, pour apprécier d'être le seul et unique enfant de ses parents et voir à quel point les frères et sœurs pouvaient être enquiquinants, mais quand il était plus jeune, il leur demandait sans cesse un petit frère ou une petite sœur, comme d'autres enfants demandent des animaux de compagnie.

Ses parents lui avaient tous deux expliqué que dans un monde aussi peuplé, et particulièrement dans un pays dont le mode de vie était dans une large part responsable de la destruction de l'environnement à l'échelle planétaire, c'était un choix éthique que de n'avoir qu'un enfant. "Et naturellement, avait ajouté son père, tu as tout notre amour et notre dévouement. Tu es le seul enfant que nous ayons jamais voulu, le seul qu'il nous faut."

En contemplant son admirable mère, si éthique, si aimante, en ce matin d'été (les vitres baissées, sans air conditionné pour engloutir la couche d'ozone), il se posait une autre question : son père était-il au courant pour l'avortement, à quand remontait-il ? Quand Robert avait deux ans, six ans, dix ans ? Soudain, il se rendait compte avec une répugnance viscérale que sa mère était encore assez jeune pour tomber enceinte, bien que lui-même soit en passe de devenir adulte. Elle pouvait s'être fait avorter cet été-là… Plus il réfléchissait à cet enchaînement logique, plus il avait froid dans le dos.

Mais Trudy Barnes était tellement plongée dans ses pensées matinales, ou si concentrée sur la conduite agressive des autres banlieusards, qu'elle ne lui avait pas demandé pourquoi il l'observait ainsi. Et il ne lui avait pas posé de question.

# 4

Le hasard veut que le jour où Robert, son copain Arturo et le lutin espiègle mais indéniablement talentueux ont commencé à construire la cabane, soit également celui que Maîtresse Domina a choisi pour me tendre la main et celui ou j'ai rencontré Sarah : pour la seconde fois, diront les esprits terre à terre, mais pour la première fois, si tout comme moi, vous estimez n'avoir fait véritablement la connaissance de quelqu'un que lorsque vous l'avez regardé dans les yeux en vous disant que cet être va occuper une place dans votre vie.

Lorsque j'ai émergé en sursaut des brumes d'un sommeil sans rêve, j'ai aussitôt reconnu le choc fracassant des madriers sous les fenêtres de ma chambre. Mon cœur a chaviré. Après les ultimes coups de boutoir qui avaient affecté la grange, j'espérais ne plus avoir à subir cette gêne de si près. Je m'étais endormi profondément dans le monde cruel de l'outback australien en compagnie de Voss, l'explorateur de Patrick White, et quand je me suis redressé, le livre ouvert est tombé par terre. Je me suis approché de la fenêtre d'un pas chancelant et je m'apprêtais à brailler quelque juron bien senti quand j'ai aperçu mon petit-fils.

— Bon sang, Robert. Aurais-je oublié quelque chose ?

Il a levé les yeux en même temps que le professeur dont j'avais encore oublié le nom. Ils ont souri en me faisant signe. Arturo est apparu au coin de la maison et m'a également salué.

— Hello Grand-père. Tante Clo ne t'a pas prévenu ?

Le professeur a lancé :

— Nous vous avons réveillé ?

Talentueux, certes, mais guère observateur. (Irving ? Ernest ? Ça commençait par une voyelle…)

Il était neuf heures. J'ai ronchonné à l'idée de mon jogging que j'avais habituellement fini à cette heure-là.

— Vous vous apprêtez à exécuter mon arbre ? ai-je lancé à travers la moustiquaire.

— *Negativo,* Grand-père. (Robert avait un grand sourire aux lèvres.) Je suis un expert en création d'habitations en harmonie avec la nature.

Ce n'était pas faux. À la fin de ses études secondaires, Robert avait passé un été à aider à la construction d'un hôtel au Costa Rica. Un "écolodge". Au milieu de l'été, il avait menacé d'y rester un an de plus. Inquiet à la perspective de le voir abandonner ses études, je lui avais demandé s'il avait des doutes. "À part les fous, qui n'en a pas ?" C'était si vrai ! Ses parents restaient imperturbables, comme toujours. (À l'époque, je nourrissais un désir secret de voir Douglas Barnes, mon gendre, souffrir ne serait-ce qu'une fois d'un épisode d'indécision, d'impatience ou de colère. Cela faisait vingt ans que j'attendais en vain.)

J'ai enfilé ma tenue de jogging et étiré mes membres réfractaires. Dans la cuisine, j'ai bu un jus d'orange et je me suis forcé à avaler les grosses gélules que Clover m'avait persuadé de prendre. De l'huile de poisson et une chose d'un vert criard dont j'oubliais toujours le nom. Quelque chose du genre *Spartina.* (Ira : voilà comment s'appelait le professeur !)

J'étais là dans la cuisine à m'encourager à voix haute, secouant les épaules, remontant les genoux vers le torse, quand j'ai vu une enveloppe rose glisser coquettement un œil sous la porte.

Une carte de la Saint-Valentin hors saison ? Depuis quand n'en avais-je pas reçu, ne serait-ce que le jour même ?

> Mon cher Percy,
>
> Tout d'abord, je dois vous dire qu'en dépit de mes premières craintes, je suis tellement contente que Fées & Follets ait retrouvé un toit aussi idéal !! À mon grand étonnement, je confesse que les voix des petits enfants qui jouent le matin sont presque aussi ravissantes que le chant des oiseaux auquel elles se mêlent. Vous avez fait preuve d'une telle sagesse, d'une telle générosité aussi.
>
> Peut-être cet enthousiasme juvénile est-il contagieux, car je suis impatiente de vous inviter à venir prendre le thé ou l'apéritif, le plus tôt sera le mieux, non seulement pour discuter d'un projet au profit de la Société historique, mais pour faire amende honorable en tant que voisine. Vous aviez raison à bien des égards, en ce qui concerne l'environnement que nous partageons et je tiens à vous présenter mes plus humbles excuses pour avoir fait venir Hal le printemps dernier, alors que nous aurions pu régler nos différends sans l'intervention d'un tiers !
>
> Demain vous conviendrait-il ou peut-être même cet après-midi, si ce n'est pas trop soudain ? 16 heures ? 18 heures ? Votre heure sera la mienne. Je suis grande ouverte à toutes les suggestions !! (Aimez-vous le saumon fumé ? Edgar vient de m'en envoyer en exprès,

une pure merveille pêchée en Alaska, et j'ai hâte de le partager.)

Appelez-moi donc !

Bien cordialement,

Laurel

Grande ouverte ! Je n'ai pas pu m'empêcher de rire : la vision était effrayante. Rien d'étonnant à ce qu'Edgar, son fils, se soit enfui à l'autre bout du pays dès qu'il s'était mis à gagner sa vie. Son père avait fui bien avant lui. À chaque fois que je me surprenais à avoir pitié de Maîtresse Domina, si riche et pourtant si seule, je n'avais qu'à me rappeler (comme si je pouvais jamais l'oublier !) comment elle s'était littéralement jetée à mon cou après son divorce. Lors du dernier réveillon que j'avais organisé, il y a de cela plus de dix ans, elle m'avait attiré dans ma chambre, à l'étage, en soutenant qu'elle avait tout lieu de soupçonner l'existence d'un compartiment ou d'un passage secret à côté de la cheminée. Dans la mesure où nos maisons avaient été construites la même année, par le même entrepreneur, j'avais supposé qu'elle cherchait le pendant d'une particularité quelconque de la sienne. Elle avait frappé et plaqué l'oreille contre le mur pendant près d'un quart d'heure – très convaincante, cette ruse – puis elle avait bondi sur moi.

J'ai coupé court à ce souvenir mais je répondrai à sa lettre. Avec l'arrivée de F & F, le rôle de diplomate faisait partie intégrante de mon nouveau personnage de protecteur. (J'ai évacué la vision fugace de Condoleeza Rice en petit tailleur chichiteux de Barbie.)

J'ai décroché mon téléphone avant de changer d'avis. Dieu merci, c'était son répondeur. “C'est Percy Darling. Pourquoi pas cet après-midi ? Je franchirai le Rubicon vers cinq heures. J'ai hâte de goûter ce saumon.”

Écartant la missive barbe à papa, je suis sorti en courant, mes jambes retrouvant leur vigueur. En saluant au passage les constructeurs de cabane (soulagé de m'être souvenu du nom d'Ira), j'ai remarqué au-dessus du mur, à travers la rangée d'érables qui longeait l'allée, le jardinier maya de Maîtresse Domina, qui les observait attentivement. Je lui ai également fait signe.

— Bonjour, Celestino ! lui ai-je lancé. Lui, je me rappelais son nom, bien que je ne l'aie pas vu depuis un mois.

J'ai pris la direction de la ville et fait le tour du parc. Comme toujours, en passant devant la bibliothèque, j'ai été saisi d'un frisson de désespoir. Sur la porte était apposé un panneau rédigé au marqueur incitant les piétons à venir assister à un atelier de conception de site web – GRATUIT ! POSSIBILITÉ DE GARDERIE !

En voyant cela, j'ai piqué un sprint.

Le métier que j'ai choisi, tout comme la femme que j'ai choisie, appartient au passé, si ce n'est dans l'esprit de ceux qui l'ont vraiment aimée et pleurent sa disparition tragique. Même le parcours éducatif sur lequel il est fondé est quasi méconnaissable. Ce qui s'appelait autrefois la science des bibliothèques porte à présent un nom bidon dicté par la tendance, style “études de l'information”. Aujourd'hui, une bibliothèque relativement moderne n'est plus un temple consacré à la sauvegarde des livres ni un sanctuaire dédié à l'art vénérable de la lecture.

Non.

Une bibliothèque est une zone de valeurs cybernétiques, un cerveau vu par le légiste froid et lézardeux : un univers d'un gris anesthésiant, un lieu de systèmes et de câbles, de transactions liées au savoir exigeant ou non (de préférence non pour la plupart des jeunes de la génération de mon petit-fils) de recourir à des livres. De nos jours, une bibliothèque ressemble bien plus à une banque qu'à une église ou à un musée – à la grande joie des employés orwelliens qui répondent à ses besoins. Il y a de cela dix ans, la bibliothèque municipale de Matlock – une structure victorienne en brique rouge aux allures de cathédrale, dont la porte est couronnée d'un vitrail à l'effigie de la savante-guerrière Athéna – a subi une prétendue rénovation. Les livres ont été définitivement déplacés de la salle voûtée avec un malin plaisir et les hautes étagères remplacées par des box individuels contenant des bornes Internet et des casiers présentant des DVD de films. Le bureau d'information est désormais tenu par une dame dont la tâche essentielle consiste à vous aider à réserver une plage horaire pour accéder aux ordinateurs ou vous guider dans la procédure laborieuse de "la connexion". Si on ne fait pas attention où on met les pieds en traversant la salle, on est sûr de trébucher sur les câbles électriques qui rampent partout comme du lierre.

Avant, j'accusais l'informatique d'être responsable de ces changements. (Pendant les dizaines d'années que j'avais passées à la Widener, nous avions classé et reclassé inlassablement les documents, subissant une série de séismes systémiques aussi absurdes que pénibles, qui tous étaient baptisés de nouveaux acronymes, allant de MARC à OCLC en passant par HOLLIS. Les murs avaient été éventrés pour qu'y soient insérés de nouveaux câbles. Dans les salles de lecture, la lumière crue des écrans commençait à jurer avec celle des lampes.) Mais c'est là un reproche bien naïf, une manière de plus de s'en prendre au porteur de mauvaises nouvelles. A posteriori, je suis forcé d'admettre qu'une passion athée pour la nature abstraite de l'existence, un penchant pour les mathématiques, aurait abouti tôt ou tard à un certain irrespect pour tout ce qui est d'ordre bibliographique, une sorte de morale du bébé jeté avec l'eau du bain. Ce n'est pas une coïncidence si les premiers livres étaient fondamentalement religieux. Le verbe de Dieu, et tutti quanti. M'étant résolument rangé du côté des partisans d'Il-n'y-a-que-les-faibles-qui-croient-en-Dieu, je suis la logique de l'évolution avec plus de tristesse que d'indignation.

Vous vous dites sans doute que ma maison devait être remplie de livres. Et effectivement, il y avait beaucoup de livres un peu partout qui s'entassaient du sol au plafond, débordant des bibliothèques disposées n'importe comment, s'empilant sous les chaises, au pied des lits, et même au bas d'un ou deux placards. Mais je n'ai jamais été un "collectionneur". Ce que j'aime dans les livres, c'est ce qu'ils renferment ; ils contiennent du savoir comme un pichet contient de l'eau, comme une robe contient le mystère d'un corps de femme exquis. Leur matérialité est importante – ne me parlez pas de conserver les livres sous forme d'octets ! – mais ils ne doivent pas inspirer un culte fétichiste. Je n'avais pas de précieuse vitrine et n'avais pas officiellement affecté une pièce particulière à la bibliothèque, pas plus que je ne fréquentais les marchands de livres anciens, les foires, ou participais de quelconque façon au commerce bibliographique, si ce n'est en dépensant trop d'argent à ma librairie préférée de Ledgely. Elle s'appelait et s'appelle toujours Le Narval, un jeu de mots sur le nom de son propriétaire de longue date, mon cher ami et ancien collègue Norval Sorenson, qui peut encore me dénicher quasiment tous les livres dont je peux avoir envie et dont la femme Helena était devenue une des meilleures amies de Poppy.

Pourquoi un robuste gaillard sanguin comme moi, né avant la Seconde Guerre mondiale, était-il devenu bibliothécaire… un métier qui, au milieu du XXe siècle, était considéré avec mépris comme le refuge des demoiselles timorées qui ne vivaient que par les livres et d'une poignée de minets homosexuels chaussés de sandales ? J'adorais lire, et mes parents étaient tous deux professeurs, ma mère de lettres et mon père d'histoire. C'est aussi simple que cela. Chez nous, à Montclair, dans le New Jersey, il y avait des bibliothèques dans toutes les pièces, et chaque pièce était consacrée à un domaine bien précis. Toutes les guerres jusqu'à la guerre de Sécession occupaient le salon. Les conflits du XXe siècle dominaient le vestibule et le couloir du rez-de-chaussée. (Mon père, qui avait un tempérament pacifiste, enseignait l'histoire au travers des guerres.) Les romans britanniques, premières amours de ma mère, encerclaient la table de la salle à manger. Naturellement, la cuisine était pleine de livres de cuisine, mais le coin où nous prenions le petit déjeuner était peuplé de traductions de littérature européenne, tandis que les biographies et les mémoires avaient élu domicile dans la chambre de mes parents. Dans la chambre d'amis reposaient les sciences et les arts visuels ; une douzaine d'ouvrages de jardinage trônaient dans la salle de bains du rez-de-chaussée. Dans ma chambre, cependant, les livres s'empilaient en désordre, selon mon bon vouloir. Ma mère, judicieusement, renonçait à son pouvoir sur le pas de ma porte.

La voie que j'avais suivie était donc relativement évidente. J'y vois la preuve d'une enfance heureuse. N'en déplaise au Dr Freud (et à Philip Larkin, également). Et comme beaucoup de gens qui trouvent leur vocation quand ils sont jeunes, c'est également jeune que j'ai trouvé mon épouse. J'ai rencontré Poppy lors d'une soirée à Cambridge, l'année où j'ai commencé à travailler comme simple garçon de bibliothèque à la Widener. J'avais été invité à un cocktail chez le conservateur du département des livres rares. Quasiment tous les livres y étaient abrités dans de magnifiques bibliothèques vitrées, dont les serrures munies de clefs laissaient à penser que si l'on se risquait à ouvrir une vitrine sans y avoir été autorisé, on risquait de déclencher une alarme.

Ne connaissant personne, je serrais mon gin tonic (trop alcoolisé pour moi en ces temps d'innocence) en feignant de m'intéresser vivement à une vitrine de volumes en cuir écrits dans des langues que je ne savais ni lire ni parler.

— Bouh, m'a fait une fille juste derrière moi. Vous faites semblant, hein ?

Sincèrement surpris, j'ai répondu :

— Semblant de quoi ?

— D'avoir quoi que ce soit à faire de ces bouquins. (Elle a regardé dans la vitrine.) Franchement, Chaucer ? Vous connaissez, vous, des gens qui aiment vraiment Chaucer ?

Elle était extrêmement jolie, cette effrontée, et elle le savait.

— Il se trouve que j'aime les livres. Et Chaucer.

— Évidemment, vous aimez les livres. Vous êtes chez Rupert. Ce qui signifie que vous êtes à Harvard. Donc évidemment, vous aimez les livres.

J'étais perplexe.

— En ce cas, vous êtes aussi à Harvard.

Elle a ri.

— Je suis la fille de gens qui y étaient.

— Qui y étaient ?

— Mmm. Ils y enseignaient. Maintenant, ils enseignent en France. Là-bas, ce n'est pas aussi cruel.

— Cruel?

Elle a ri de nouveau.

— Mon père dit que Harvard est une maîtresse implacable, prête à vous trahir à tout moment, pour peu que l'on manque un tant soit peu au protocole ou au dévouement qui lui est dû. Une fois arrivé ici, il est impossible de se reposer. Ne serait-ce qu'une minute. Aussi belle soit la vue, dit-il, il est toujours périlleux de se tenir au sommet d'une montagne.

J'étais agacé par ses propos, mais au moins, quelqu'un m'adressait la parole. J'ai avalé une gorgée de gin qui m'a brûlé les sinus et j'ai éternué.

— Sur le fond, je vois ce que vous voulez dire. Mais je suis très heureux ici.

— C'est parce que vous êtes jeune. Vous êtes reconnaissant d'être ici. Et c'est très bien ainsi ! C'est absolument normal ! Pour le moment. Si vous êtes malin, cependant, vous considérerez cela comme un tremplin et non un but.

L'alcool me faisait larmoyer.

— Qui êtes-vous ? Vous êtes toujours aussi insolente ?

Elle n'a pas répondu à ma seconde question. Elle a dit s'appeler Penelope Goodwin.

— Je vous permets de m'appeler Poppy si vous me dites comment vous vous appelez.

— Je me fiche de savoir comment vous permettez que je vous appelle, mais moi, c'est Percy. Percy Darling.

Elle m'a fixé un instant en écarquillant les yeux, comme si je l'avais choquée. Je me suis préparé à affronter quelque plaisanterie éculée sur mon patronyme.

— Percy Darling, a-t-elle répété. Vous êtes de Vigil Harbor ?

Je commençais à la trouver moins séduisante qu'étrange. J'ai regardé autour de moi, espérant apercevoir un de mes nouveaux collègues, n'importe qui susceptible de me sauver de ce curieux interrogatoire.

— C'est où, ça ?

— Darling est un vieux nom de Vigil Harbor, a-t-elle dit. Vous n'êtes jamais allé à Vigil Harbor, du côté de Gloucester ?

— Jamais entendu parler.

Elle a eu l'air sceptique.

— C'est très joli, très romantique. C'est là que la famille de mon père s'est installée. Un lieu de séduction parfait, dit ma mère. Le premier gardien du phare s'appelait Ezekiel Darling. Nous sommes probablement des cousins éloignés. (Elle a pris mon verre et l'a posé sur la bibliothèque.) Vous n'aimez ni cette soirée ni ce que vous avez dans votre verre. Venez chez moi, j'ai mieux que du Chaucer et des bretzels.

Elle a commencé à s'éloigner, puis elle s'est arrêtée en s'apercevant que je ne la suivais pas.

— Venez, cousin. J'habite à côté. Vous pouvez toujours changer d'avis et revenir. Je garde la maison de mes parents. On va se faire à dîner, qu'en dites-vous ?

— Vous connaissez les Smithson, au moins ? lui ai-je demandé en traversant le jardin de notre hôte et en passant à travers une haie. Ou vous vous êtes juste invitée ?

— Je gardais leurs enfants. Ils sont grands, maintenant, et je m'occupe juste de leurs plantes et de leur chien. Ils m'invitent à chaque fois. Ils croient que je me sens seule.

Pour quelle raison m'avait-elle abordé au milieu de cette foule d'étrangers, j'ai mis des mois à le lui demander. Je ne voulais pas tenter le diable. Quand je me suis enfin décidé, elle m'a expliqué qu'elle avait d'abord été attirée par la couleur de ma chemise ("Elle était d'un bleu si céleste, comme un vrai ciel"), puis par l'air sérieux avec lequel je faisais mine d'examiner ces livres.

— J'étais touchée de voir à quel point tu semblais totalement dépassé. Et puis j'ai découvert que tu étais un Darling. Et c'est vrai que tu es adorable.

Nous nous sommes mariés l'année suivante. Nous avions vingt-quatre ans.

En rentrant de mon jogging, j'ai vu Robert et Arturo dans l'arbre, assis à califourchon sur des branches, de part et d'autre du tronc, tandis qu'Ira leur tendait une longue planche, aidé de Celestino. Robert et Ira étaient torse nu. Nous étions début octobre, mais la chaleur était revenue pour ce qui serait sans doute la dernière riposte audacieuse de l'été.

Je me suis arrêté au pied de l'arbre.

— Bonjour, jeunes travailleurs, ai-je lancé en essayant de ne pas avoir l'air trop essoufflé. Prenez garde à ne pas vous tuer, je vous prie.

— Pour l'instant, c'est du gâteau, Grand-père. Et tu sais quoi – Mme Connaughton nous a permis de lui emprunter ce robuste jeune homme.

Celestino m'a salué avec un sourire dont j'avais du mal à dire s'il était distant ou timide.

— Attendez, je voudrais être sûr de bien comprendre, ai-je dit. Je croyais que l'idée c'était que les petits architectes précoces des… (Amanites phalloïdes ? Belladones ?)… devaient construire ce chef-d'œuvre.

— On construit les plateformes, les échelles et les garde-corps, a répondu Ira, puis on fait venir les enfants pour la partie la plus amusante. Les embellissements. Les détails intérieurs. Ce sont les décorateurs, en quelque sorte.

— Ah ! Eh bien continuez.

Comme si ma permission était opportune. J'essayais de me défaire de ce sentiment que j'éprouvais depuis un mois de n'être pas ici le châtelain mais l'invité privilégié de quelque manoir excentrique où les enfants dictaient la loi. Une sorte de Sa Majesté des Mouches enrobée de caramel. Si Julie Andrews ou Suzanne Pleshette avaient surgi sur la pelouse en chantant, je n'aurais pas été dérouté le moins du monde.

D'ordinaire, après mon marathon, j'allais nager juste avant la première récréation des enfants, mais ce jour-là, j'étais parti si tard qu'à moins de vouloir m'exposer à leurs regards espiègles en descendant à l'étang, il me faudrait attendre la fin du déjeuner, après la “première sortie”. La plupart des enfants étaient récupérés à midi et demi et engloutis par les énormes monospaces de leurs parents, et seul un petit groupe restait pour le Lunch Bunch, un déjeuner sur le pouce accompagné d'activités et suivi d'une sieste, qui durait encore une heure. À part les enseignants qui rangeaient la pagaille de la journée, j'avais alors les lieux pour moi.

J'ai réglé des factures dans mon bureau, en m'arrêtant pour regarder Robert et son équipe équilibrer et hisser des planches, martelant en stéréo. Ce pauvre arbre. Je sentais son regard affolé où perçait un *Toi aussi, mon fils ?* arborescent. J'ai soupiré.

Poppy avait dit un jour qu'elle allégeait mon fardeau ; elle savait m'arracher patiemment à mes angoisses possessives et pessimistes. Si elle avait été à côté de moi, elle m'aurait dit : “Écoute Percy, c'est un arbre. Un arbre divinement majestueux, certes, mais ton petit-fils sait ce qu'il fait. Et pense un peu à la merveille qu'il construit avec son marteau. Penses-y !”

J'ai passé avec Poppy moins de la moitié – près d'un tiers, à vrai dire – des années que j'ai vécues auprès de nos filles, et pourtant, le fait est qu'elle m'habite encore, qu'elle occupe mes pensées et me parle, bien plus que Trudy et Clover. Si j'avais reçu cinq cents à chaque fois que je soupirais "Oh Poppy" – de tristesse, d'exaspération, de plaisir, de soulagement ou encore de douleur –, j'aurais amassé un solde bancaire suffisamment conséquent pour acheter tout Matlock et administrer la ville comme bon me semblerait, ce qui allait de virer l'abruti de bibliothécaire vissé sur son écran à démolir l'immonde extension du domaine Harris en passant par replanter l'hectare de gazon de Jonathan Newcomb de simple laiteron. Mais tel n'était pas mon destin. Loin de là.

J'ai attendu que le dernier blindé civil se soit éloigné sous mes fenêtres. Puis j'ai attrapé une serviette dans le débarras et je suis descendu à l'étang. En passant devant la grange, j'ai entendu Ira diriger les enfants du Lunch Bunch qui chantaient une chanson comparant l'amour à un penny magique. Plus on en donne, plus on en reçoit. Il les accompagnait à la guitare en chantant ces paroles d'une affligeante nunucherie sans la moindre inhibition. En fait, il avait une jolie voix et je m'en suis voulu d'avoir pu considérer que le choix de son métier était aujourd'hui plus étrange en quoi que ce soit que ne l'avait été le mien, à une époque plus conventionnelle. Tout comme je l'avais fait dans ma vie active, il s'efforçait de tenir sa place dans une profession régie par les femmes. Bravo, me suis-je dit en traversant l'étang en dos crawlé entre deux berges ombragées de feuilles jaunies, séparées par une étendue de ciel dégagé.

On donne le penny magique et paf, on en reçoit un autre, puis un autre, et encore un autre. *Lend it, spend it, and you'll have so many, they'll roll all over the floor*[*] ! Je ne sais pas si elle

[*] Prêtez, dépensez, et vous roulerez sur l'or !

était sincère, mais Maîtresse Domina avait raison au sujet des voix d'enfants. Elles avaient un effet apaisant, fascinant, même. "Oh Poppy", ai-je soupiré pour la cinq cent quatre-vingt-dix-neuf milliardième fois.

Je me suis enfin hissé hors de l'eau et je me suis enfoncé mollement dans la vase sablonneuse. Contrairement à beaucoup de gens, la vase ne me dérangeait pas. J'aimais la sentir entre mes doigts de pied. Nos voisins nous avaient toujours jugés vaguement cinglés de nager dans l'étang – on y avait vu plus d'une fois une tortue serpentine – mais Poppy et moi, nous nous moquions de leur couardise. Pendant des années, j'avais installé une plateforme flottante de mai à octobre, jusqu'à ce qu'elle finisse par pourrir. Peut-être pourrais-je convaincre Robert de m'en construire une autre, ai-je songé nonchalamment ce jour-là.

J'ai drapé la serviette sur mes épaules et je suis remonté jusqu'à la douche extérieure, à côté de la maison. C'était la sortie des enfants du Lunch Bunch, qui étaient accueillis par des baisers et des câlins et débarrassés de leurs minuscules cartables.

Je suis resté un long moment sous la douche, en contemplant le ciel à travers les arbres. Je nagerai au moins jusqu'à la fin du mois, mais c'était un des derniers jours où je pouvais en profiter sans avoir la chair de poule et le souffle coupé en sentant le froid vif sur ma peau mouillée. Le journal du matin avait décrété une forte baisse des températures au cours de la nuit. En l'espace de quelques jours, l'eau serait bientôt plus chaude que l'air.

Je suis arrivé dans l'allée en chantant des bribes de la chanson du penny magique. J'étais encore en maillot et me séchais les cheveux avec ma serviette lorsque j'ai failli heurter une maman qui tenait son enfant par la main.

— Bonjour ! ai-je aboyé, soudain effrayé.

— Je suis désolée ! a répondu la mère.

Muets de stupeur, nous étions plantés face à face, à une quinzaine de centimètres l'un de l'autre. J'ai regardé le petit garçon pour m'assurer que je ne l'avais pas fait tomber. Il s'est écarté de l'allée en me lorgnant d'un œil mauvais. Quand je me suis retourné vers sa maman, elle avait les yeux fixés à hauteur de mon nombril. Elle s'est même mise à rire.

Je m'apprêtais à exprimer mon indignation territoriale quand elle a dit :

— Tiens, mais ce sont les ananas roses !

J'étais sûre de l'avoir déjà vue quelque part, mais toutes ces mamans à l'allure sportive et fondamentalement charmantes passaient sous mes fenêtres depuis un mois. J'avais toutes dû les croiser un jour ou l'autre.

— Vous vous souvenez de moi, au magasin ? Je vous ai aidé à choisir ce maillot. Je dois dire qu'il est du plus bel effet.

Sapristi : ma camériste du Great Outdoorsman était une des mamans de Fées & Follets. Je me suis incliné.

— Comme c'est gentil à vous de vous assurer que le client est satisfait. Vous voyez que je fais bon usage de ce vêtement. J'en ai vraiment pour mon argent !

Nous nous sommes tous les deux mis à rire.

— Vous êtes donc Percival Darling, a-t-elle dit.

— En chair et en os. Bien que celle-ci s'étale un peu trop à mon goût pour le moment.

— Sarah Straight. Et voici mon fils Rico.

J'ai tendu la main au petit garçon, mais il m'a refusé la sienne. Il ne ressemblait pas du tout à sa mère. Elle avait le teint clair et il était très mat, avec un visage large alors que celui de sa mère était fin et anguleux.

— Eh bien, Sarah Straight, c'est un plaisir de voir que cette institution compte parmi ses parents de vraies gens avec de vrais métiers et un vrai savoir-vivre.

Son sourire s'est crispé.

— Je n'ai pas le sentiment que les gens manquent de savoir-vivre, ici.

— Certes, ai-je répondu. En surface.

— C'est pourtant ça le savoir-vivre, non ? Une surface lisse.

Rico tirait le bras de sa mère.

— Attends, mon ange, a-t-elle dit doucement.

— Vous habitez Matlock ? lui ai-je demandé, perplexe.

— Pas vraiment, non. On habite à Packard. J'ai eu la chance d'obtenir une bourse pour Rico. Vous connaissez le centre d'art, au bord de la rivière ?

— L'ancien moulin ?

— J'ai un atelier là-bas. Je fais des vitraux. C'est ce que je considère comme mon vrai métier.

— Des vitraux ! Fascinant. C'est merveilleux !

Je cherchais une échappatoire. Outre le fait que je me sentais à peu près aussi sociable qu'un primate, j'avais froid.

— Passez donc un dimanche, m'a-t-elle proposé. Les ateliers sont ouverts au public de midi à dix-sept heures. Pas seulement le mien.

— Oui, j'en ai entendu parler. Il est essentiel de préserver le plus possible la culture au niveau local.

Rico s'est engouffré dans la brèche en se plaignant qu'il avait soif et qu'il était épuisé.

— La prochaine fois que nous nous reverrons, ai-je répondu, espérons que je serai décemment vêtu.

Alors que je regagnais la maison par la porte de derrière, elle m'a lancé :

— Le rose vif vous va bien, Percival Darling.

— Qui l'aurait cru ? lui ai-je répondu.

Après m'être habillé, je suis parti à la recherche de Robert, mais sa voiture n'était plus là. Frustré, j'ai décidé d'inspecter ce qu'il avait accompli. La partie inférieure du hêtre avait l'air d'avoir été habilement enfermée, et cependant, lorsque j'ai fait le tour de l'arbre en examinant le travail réalisé, je n'ai pas trouvé un seul clou enfoncé dans le tronc ou les branches. Toutes les planches étaient clouées ensemble. Je n'ai pas vu non plus de trace de la moindre amputation. Je me suis demandé ce que dirait Trudy si je l'appelais ce soir pour faire l'éloge des talents extra-universitaires de son fils. Mais je n'avais pas besoin d'un prétexte pour appeler ma fille, me suis-je rappelé.

— C'est bien dommage d'être obligé de fermer les voitures et les maisons, à présent.

— Obligé ? ai-je raillé. Une chose est sûre, la paranoïa est contagieuse.

— Vous voulez vraiment courir le risque, Percy ? m'a demandé Laurel Connaughton, plus Maîtresse Domina que jamais. Je viens de dépenser une fortune pour installer une alarme dans la maison, mais qu'importe si cela me permet de dormir sur mes deux oreilles.

— Si un farceur veut remplir mon lave-vaisselle de cravates club ou mon tiroir à sous-vêtements de choux de Bruxelles, eh bien qu'il y aille !

— Ou une farceuse. La police n'a pas trouvé la moindre preuve. Ce qui montre que c'est quelqu'un de très habile et de très rusé.

— Ou que notre police est totalement démunie.

— Mon cher Percy, ce n'est pas qu'à Matlock. Un incident vient de se produire à Ledgely.

J'ai pris un cinquième sandwich au concombre dans l'assiette posée sur le pouf en cuir placé entre nous deux. Les sandwichs au concombre sont un de mes péchés mignons, même si Laurel ne les faisait pas aussi bien que Poppy (avec de l'ail et des anchois à la place de l'aneth). Le saumon promis n'était pas apparu, mais j'avais un gin tonic à la main. Je n'étais pas exactement à plaindre.

Mon hôtesse a tiré sa jupe sur ses genoux en éclatant d'un rire perçant. Elle était impeccablement vêtue, comme à son habitude, mais je ne m'étais jamais retrouvé aussi près d'elle depuis notre querelle à propos des chauves-souris et pour la première fois, j'ai remarqué qu'elle commençait à faire ses soixante ans. Ses hanches étaient plus enrobées (mais j'avoue que j'étais mal placé pour critiquer) et ses cheveux blonds peroxydés tellement tirés en arrière que l'effet était le même que si elle avait subi une opération de chirurgie esthétique. Au moins, elle n'avait pas forcé sur le maquillage. J'essayais d'effacer le souvenir déplaisant de sa bouche s'approchant dangereusement de mon visage telle une petite anémone de mer d'un rouge criard tandis que j'étais agenouillé à côté de la cheminée de ma chambre…

— Eh bien, Laurel, ai-je répliqué, si vous m'invitez à faire partie d'un groupe d'autodéfense, la réponse est non.

— Voilà une idée bien audacieuse, a-t-elle répondu d'un air enjoué. Mais ce n'est absolument pas cela. Si je vous ai invité, c'est pour parler avec vous de la possibilité de mettre en place pour Noël une visite au profit de la Société historique. Savez-vous que nos maisons – la vôtre et la mienne – vont avoir deux cent cinquante ans cette année ? L'entrepreneur des frères Fisk connaissait son métier. J'avais l'intention d'organiser une fête pour l'anniversaire de la mienne, et puis je me suis dit : "Il faut t'en servir, Laurel !" Un de nos jeunes membres – hélas trop rares – a la merveilleuse idée de financer une série de sorties éducatives à caractère historique pour les écoles publiques de la région. Comme nous le montre Barack Obama en ce moment, il est temps d'insuffler le patriotisme à nos jeunes citoyens ! Et pourquoi ne pas commencer par l'histoire locale ? La guerre d'indépendance a débuté juste à côté, la chevauchée de Paul Revere, les batailles de Lexington et Concord, Old North Bridge, Battle Road, tout cela, c'est à deux pas d'ici... Ce serait bien d'avoir quelque chose à proposer pour Patriot Day.

— Admirable.

Je me suis calé dans mon fauteuil pour siroter mon gin tonic. Pour une fois, je n'avais aucune objection à lui formuler.

— Nos maisons représenteraient un véritable joyau dans cette visite. Et une fois que nous nous serons lancés, je suis sûre de réussir à convaincre d'autres propriétaires d'ouvrir leurs portes. C'est toujours délicat, jusqu'au moment où les gens comprennent le prestige qu'il y a à figurer dans un programme de visite de tout premier plan.

Je ne m'attendais absolument pas à cela. En fait, je n'attendais pas grand-chose, si ce n'est du saumon fumé gratuit et une petite conversation gentillette susceptible de me faire gagner quelques points auprès de Clover, afin qu'elle cesse un peu de me harceler au sujet de mon taux de cholestérol.

Laurel s'est penchée en avant pour poser une main soigneusement manucurée sur mon genou dénudé.

— Bien ! ai-je lancé en écartant ma jambe.

J'ai parcouru son salon du regard : ses lambris d'origine soigneusement huilés, les poutres et les poteaux d'angle apparents, l'ossature de la maison d'une indéniable valeur esthétique malgré son aspect noueux. Le mobilier que Laurel avait choisi chez les antiquaires datait de la même période architecturale. De temps à autre, une espèce de chose hérissée qui passait pour un chat filait par une porte en s'arrêtant au passage pour me fusiller du regard une seconde. S'il m'avait pris l'envie de m'enquérir de cette créature, j'aurais certainement appris que c'était un spécimen d'une race importée à Salem via l'Asie, plus ou moins à l'époque à laquelle nos maisons avaient été construites. Comment expliquer autrement son nez retroussé et son comportement de sociopathe ?

Nos maisons avaient été bâties en 1757 par Azor et Hosmer Fisk. Hosmer, "mon" frère, était le plus jeune et le plus pauvre des deux, celui qui avait choisi de cultiver ses terres alors que l'aîné était à la tête d'une ébénisterie prospère. Bien qu'Hosmer se soit marié en premier – et que sa femme, Truthful, lui ait donné tant d'enfants –, sa maison était légèrement plus petite, plus simple. Elle avait beaucoup de détails en commun avec celle-ci, détails que nous avions restaurés avec Poppy, mais la maison de Laurel était la plus imposante des deux. J'avais également des lambris dans mon salon, mais ils n'étaient pas surmontés de nervures et ma cheminée, de taille plus modeste, n'était pas moulurée. Et le fait est qu'après la mort de Poppy, j'avais négligé de bichonner ce genre de détails. Le bois était en grande partie taché et desséché, certains de mes parquets à nu, et dans deux pièces où je n'arrivais plus à faire face à l'enduit au crin de cheval, les plafonds s'affaissaient et dissimulaient les poutres.

Alors que ma maison donnait sur la route (à travers les arbres qui avaient colonisé les champs autrefois cultivés), celle de Laurel donnait sur la mienne – comme si Grand

Frère avait voulu garder l'œil en permanence sur Petit Frère. À chaque fois que nous étions en désaccord, Laurel et moi, je me mettais à une fenêtre latérale pour regarder sa maison à travers les arbres et je projetais son visage cramoisi d'indignation sur la façade symétrique.

À la seule idée que mon humble demeure puisse être un quelconque "joyau", je me suis mis à rire.

Laurel a eu l'air offusqué.

— Je ne vois pas ce qu'il y a d'amusant à cela.

— Vous vous méprenez sur la raison de mon hilarité. Ce qui m'amuse, c'est qu'à la naissance, nos maisons étaient quasi jumelles – la mienne étant la plus chétive des deux, naturellement –, et pourtant vous vivez dans un véritable musée alors que moi, je vis, disons, dans un fouillis de vieux garçon.

Elle a éclaté de rire en posant la main sur sa gorge.

— Vous voulez dire que votre maison est en pagaille.

— Une porcherie, dit ma fille quand elle croit que je ne l'entends pas.

— Ah ah ah ! a-t-elle roucoulé. Mais, mon cher Percy, je peux vous trouver une équipe de jeunes filles honnêtes et travailleuses qui rangeront et astiqueront tout de fond en comble. Et Tom Loud m'a envoyé ce Guatémaltèque épatant qui pourra, j'en suis sûre, tailler votre jardin et le remettre en état. Vous avez de splendides hostas sous toute cette douce-amère… L'important, c'est que votre maison est une des rares à ne pas avoir été ravagée.

— Contrairement au domaine Harris.

— Exactement, a-t-elle répondu en maugréant. Quelle tragédie.

Elle a pris mon verre vide et, sans me demander mon avis, est allée me resservir avec les bouteilles placées sur le plateau en argent Revere disposé sur la crédence McIntyre. À la manière d'un coucou suisse, la boule féline a surgi sur le seuil d'une porte, juste à côté de sa maîtresse. La chose a fait deux pas dans la pièce et s'est mise à cracher dans ma direction.

— Oh Horace, a lancé Laurel en se penchant pour lui tendre la main. Arrête de faire ton cinéma et viens faire un câlin. (Le chat s'est sauvé.) Vous devez être un amoureux secret des chats, Percy. Il n'y a que si vous êtes réellement phobique qu'il insiste pour monter sur vos genoux.

J'ai contemplé mes pieds, le trou dans ma chaussette droite (ayant été obligé de laisser mes chaussures à l'entrée, une coutume qui me semblait d'une extrême prétention). Étais-je déjà ivre ? Comment se faisait-il que je n'avais pas encore trouvé d'excuse pour m'en aller ?

En buvant ce second verre, elle m'a expliqué comment les occupants du domaine Harris avaient berné la Société historique en leur faisant miroiter un soi-disant projet de "rénovation" – allant jusqu'à demander à Laurel et aux autres membres à quel moment ils comptaient partir en vacances dans le Maine et à Martha's Vineyard. Les travaux avaient été entrepris à ce moment-là.

— Techniquement, nous avons le droit de saisir la maison pour infraction publique, mais nous ne l'avons jamais fait et franchement, s'ils décidaient d'aller devant les tribunaux, ils sont richissimes – ce qui est loin d'être le cas de la Société. (Brusquement, elle a étouffé un cri.) Seigneur ! J'ai totalement oublié le saumon, Percy !

— En effet.

Et c'est ainsi qu'entre deux toasts de pain de seigle au saumon, accompagnés de quiche lorraine réchauffée au micro-ondes venant du meilleur traiteur de Ledgely, je me suis retrouvé embarqué dans l'organisation d'une visite de la maison ; les listes à faire, la promesse de téléphoner à de vieux amis que je voyais rarement, des couples qui venaient autrefois aux merveilleuses fêtes de Poppy, dont les enfants jouaient avec les nôtres, qui chantaient *Jerusalem* à nos côtés lors des mariages locaux. Et qui, naturellement, vivaient dans les vieilles demeures les plus prisées de Matlock.

Si Matlock n'avait pas été aussi attaché à son passé, Poppy et moi n'aurions jamais pu acheter notre maison, car elle aurait été condamnée bien avant que nous la voyions. Durant une cinquantaine d'années, elle était restée entre les mains d'une famille sur le déclin, en proie à cette sorte de lassitude qui rend aveugle aux conditions de l'environnement. Elle était sur le marché depuis plusieurs mois et les agents immobiliers de Matlock avaient renoncé à la faire visiter à leurs clients, n'ayant pas réussi à convaincre le vendeur que le prix était absurde. Mais ce n'est que bien après que nous avions appris tout cela.

Nous commencions à regarder des maisons plus proches de Boston, à Belmont, Arlington, Watertown. Des villes idéales pour les jeunes couples, nous avait-on dit, mais leur monotonie de banlieue résidentielle nous avait déprimés. Nous avions décidé d'interrompre nos recherches le temps d'un week-end pour aller à Matlock assister à ce qui était en secret, au dire de Norval, la meilleure vente de livres du monde : l'élite bohème de la ville faisait don de vieux livres en lambeaux et cependant admirables portant sur les beaux-arts et l'architecture, qui seraient vendus à un prix avantageux au profit de la bibliothèque publique.

Une fois garés, nous nous étions aperçus que nous avions une heure d'avance et nous avions décidé d'explorer les lieux.

En suivant une allée qui passait sous un tunnel de grands arbres fleuris, nous avions été charmés par le côté anglais de la végétation luxuriante – les roses sauvages pâmées sur des murs en pierre délabrés, les avalanches de lys-d'un-jour frémissants d'abeilles et de papillons – et ces maisons entraperçues qui devaient dater d'une époque où ces bois étaient encore des champs.

Nous nous apprêtions à rebrousser chemin, lorsque Poppy avait ri en pointant le doigt.

— Ça au moins c'est une maison qu'on pourrait s'offrir.

Vue de loin, dans la profondeur de la pénombre, c'était à première vue une structure solide et ramassée, d'une insolente simplicité, avec des fenêtres à petits carreaux dépourvues de volets et une pente de toit vertigineuse. J'avais assez de connaissances en architecture pour savoir que l'étroite véranda qui ornait la façade avait été ajoutée ultérieurement et que ses deux cheminées jumelles signifiaient que c'était le style de maison qui paraissait plus grande de l'intérieur que de l'extérieur.

D'ordinaire, les maisons de cette époque étaient construites à quelques mètres de la route, pour faciliter l'accès durant l'hiver, mais celle-ci était très en retrait.

— Une ferme, ai-je dit.

Derrière, j'ai aperçu le sommet arrondi de la grange. Et c'est là qu'à travers une rangée de bouleaux, j'ai repéré les taches scintillantes de l'étang.

Nous nous étions exclamés en chœur.

C'est alors que j'avais vu, au bord de l'allée, un petit panneau en bois À VENDRE entortillé de sumac grimpant, comme si c'était également un vestige du passé. Un vieux monsieur – de soixante ou quatre-vingts ans ; nous étions si jeunes et désinvoltes que tout ce qui dépassait un certain âge était tout simplement vieux – lisait sous la véranda. Nous avions dû nous apercevoir en même temps, car il nous a fait signe presque aussitôt. Il semblait nous dire d'approcher. Cet instant-là – la vision de l'eau, le vieux monsieur, le panneau, le tout assemblé comme un collage – je suis sûr de le porter en moi jusqu'à mon lit de mort.

Avant que je n'aie eu le temps de l'arrêter, Poppy s'était engagée dans l'allée.

— Bonjour ! avait-elle lancé.

À cette époque-là, sa capacité, pour ne pas dire sa propension, à engager la conversation n'importe où avec des inconnus suscitait en moi une certaine appréhension – quand bien même c'était grâce à cela qu'elle était entrée dans ma vie. Sans doute ne pouvais-je me défaire de l'angoisse adolescente qu'un de ces inconnus ne finisse par usurper ma place.

— Nous cherchons la vente de livres, avait-elle dit en s'approchant de la véranda.

— Ah, la bibliothèque. Au bout de la rue, à gauche, et vous tomberez sur le parc de la ville. Vous ne pouvez pas la rater.

— Je vois que vous aimez les livres, vous aussi.

— En effet.

Le vieux monsieur a soulevé le livre posé sur ses genoux, un roman d'Elizabeth Spencer.

— Je l'adore, avait dit Poppy. Vous avez lu *Une voix dans l'ombre* ? Vous savez qu'on lui a refusé le Pulitzer.

— Je n'avais jamais entendu parler d'elle avant celui-là, avait-il répondu. J'aime bien voir ce qui est nouveau. Ça m'évite de relire le même livre et de ne plus savoir où j'ai la tête.

Avec son aisance coutumière, Poppy avait commencé à parler à ce vieux monsieur des romans récents qu'elle avait aimés. Elle avait sorti un petit carnet de son sac et commencé à lui faire une liste. Je traînais sur la pelouse, en faisant mine de regarder ce qui restait d'un ancien jardin d'agrément classique.

J'avais levé les yeux en entendant Poppy déchirer la page de son carnet pour la tendre à son nouvel ami. Elle se penchait en arrière en contemplant la façade de la maison (dont la peinture écaillée formait des cloques de la taille d'un dessous-de-verre sur le bois).

— Si vous saviez comme c'est rare, comme c'est merveilleux de voir une vieille maison dans un tel état de conservation.

Le vieil homme avait eu un rire sarcastique.

— Rien de tel que la pauvreté pour conserver.

J'avais envie de m'échapper. Poppy était allée trop loin. Je la fusillais du regard, mais elle ne s'intéressait qu'au vieux monsieur.

— Mon père est tombé amoureux de cet endroit, avait-il dit à Poppy. Il était loin de se douter de ce qu'il en coûte d'idéaliser le passé.

En scrutant le premier étage, j'ai vu que certains des tout petits carreaux vieillots avaient été remplacés par des morceaux de carton. Les bardeaux étaient couverts de mousse. Une gouttière en bois était fissurée de part en part.

— C'est courageux d'être fidèle au passé, avait répondu Poppy. Je rêve de m'occuper un jour d'une maison comme celle-ci. Quand vous prenez une maison aussi ancienne, ça vous rappelle que vous ne faites que passer. C'est une leçon d'humilité, n'est-ce pas ?

Le vieux monsieur plissait les yeux en dévisageant Poppy, qui avait pris la liberté de monter sous la véranda et de s'installer dans l'autre fauteuil. J'avais du mal à dire s'il pensait qu'elle cherchait à l'embobiner ou essayait simplement de mieux la voir.

Elle lui avait raconté l'histoire de son enfance dans une maison ancienne de Vigil Harbor, qui avait appartenu successivement à un marin, un voilier, un cordier, un professeur, avant d'atterrir entre les mains des parents de Poppy, qui enseignaient à l'université.

— Mais ils sont partis s'installer en ville pour suivre une grande carrière universitaire. Et maintenant, ils sont en France, expatriés et heureux de l'être. (Elle a soupiré.) Ils ont vendu la maison de mon enfance, celle où je rêvais d'élever mes enfants. Elle n'était pas aussi ancienne que celle-ci, mais presque.

J'avais regardé ma montre. La vente de livres commençait dans dix minutes. J'imaginais la file des bibliophiles avisés qui attendaient déjà, réduisant en fumée nos chances de faire des affaires. J'essayais d'attirer le regard de Poppy. Mais elle continuait à m'ignorer.

Nous avions passé l'heure suivante à boire du thé glacé en poudre atrocement sucré (tiède, par-dessus le marché ; il n'y avait pas de glaçon dans le congélateur givré du vieux monsieur), puis nous avions visité la maison : monté et redescendu des escaliers raides, exploré le devant de la maison, puis l'arrière, parcouru des pièces aux plafonds ondulés, franchi des portes qui penchaient dans un sens ou dans l'autre au gré de la pesanteur et de deux siècles de tassement du sol. La plupart des fenêtres – du moins celles dont les carreaux étaient intacts – possédaient encore les vitres d'origine, qui déformaient le monde extérieur, un monde de verdure impénétrable et de battements d'ailes, et semblaient le noyer dans les profondeurs sous-marines. À l'étage, trois chambres, dont le plafond mansardé accusait une pente étourdissante, soutenaient le toit vertigineux. Je me faisais l'effet d'un géant dans cette maison, mais ce n'était pas désagréable. Quand Poppy avait découvert la cheminée de la cuisine, qui était si haute qu'elle pouvait s'y tenir (ce qu'elle avait fait), elle avait étouffé un cri.

— Vous seriez prêt à la vendre un jour ? avait-elle lancé en tendant les bras pour toucher les murs de pierre rugueux. Nous allons avoir un bébé et nous cherchons une maison exactement comme celle-ci.

Le vieux monsieur avait de nouveau eu un rire sarcastique.

— Vous n'avez pas vu le panneau ?

Par la suite, elle m'avait juré qu'elle ne l'avait pas vu. Et lorsque je lui avais demandé si nous allions *de facto* "avoir un bébé", elle m'avait répondu :

— *Ipso facto.* C'est un peu tôt pour coller les timbres sur les faire-part, mais à mon avis, on ne devrait pas tarder à se préparer.

— Tu ne crois pas que c'est une drôle de manière de se préparer que d'acheter une maison dont le toit est sur le point de s'écrouler ?

— Une maison avec une grange au bord de l'eau, Percy. Réfléchis un peu.

J'avais réfléchi et je dois dire que j'étais également sous le charme.

Avant que nous nous soyons dit au revoir en nous promettant de rester en contact, Poppy avait montré la fenêtre de l'arrière.

— Comment s'appelle cet étang ?

Il avait longuement ri en exhibant ses dents écartées.

— Les gens trouvent toujours le moyen de se chamailler, avait-il répondu. Ceux qui s'intéressent à l'histoire l'appellent le bassin d'Azor. Du nom du premier propriétaire. (Il avait indiqué d'un vague geste de la main la maison que Laurel et son mari devaient acheter et rénover quelques années plus tard.) Les nouveaux venus ont plébiscité "l'étang de la Tortue peinte". C'est mignon. Et nous autres ? L'étang. Il est trop petit pour figurer sur une carte.

— Peu importe comment on l'appelle, il est magnifique, avait dit Poppy.

Le père de Poppy, qui avait fini par renoncer à louer la maison de Cambridge et l'avait vendue en en tirant un bénéfice hallucinant, nous avait généreusement procuré l'apport initial. Il était si ridicule que nous avions suffisamment d'économies pour le régler nous-mêmes, mais nous nous serions retrouvés sans rien pour pouvoir subvenir aux innombrables (c'en était effarant) besoins gériatriques de la maison, dont la plupart étaient invisibles de l'extérieur : nouvelle chaudière, nouvelle fosse septique, installation d'une besace de cheminée et de chatières de toit, remplacement de deux poutres de soutien rongées par les termites actuels.

Mais nous étions grisés par l'optimisme de Poppy. Son charme nous attirait des amis, son ventre qui s'arrondissait (car moins d'un an plus tard elle était bel et bien enceinte) de multiples renforts – pour peindre, enduire, poser du papier peint puis peupler l'intérieur.

Quelques années plus tard, mes parents avaient pris leur retraite et décidé de vendre leur maison pleine de livres pour s'installer dans un appartement. Il y avait une première édition signée de *Finnegans Wake*, dont mon père avait toujours su qu'elle pouvait rapporter de l'argent, et nous avions eu d'autres surprises agréables. La meilleure étant que dans la collection de livres de jardinage confinée dans la salle de bains du bas figurait un ensemble rare de guides d'horticulture illustrés, annotés de la main d'un paysagiste qui a embelli un certain nombre de domaines d'Écosse, dont Balmoral. Mon père avait pris la décision magnanime de nous donner le produit de toute la vente. Les deux filles étaient encore petites et sans doute y voyait-il un capital destiné à leurs études. Heureusement, mon père n'avait rien spécifié et la somme avait servi à étayer la grange croulante et à construire, à l'arrière de la cuisine, une modeste extension respectueuse de l'histoire des lieux.

Quand je repense à la vie que nous menions dans cette maison en perpétuel mouvement que nous chérissions tant, le souvenir le plus heureux que j'en garde, ce sont ces soirées qu'aimait donner Poppy. À un moment ou à un autre, toutes les pièces servaient d'écrin à une fête ou à une célébration, des lancements de livre de nos amis aux soirées-pyjama des filles. Les soirées de Poppy étaient celles que nos amis et nos voisins attendaient avec le plus d'impatience. Il y avait les fêtes traditionnelles (la fête de l'Indépendance, Noël, le jour de l'An et une soirée anti-déprime spéciale hiver qu'elle organisait tous les ans, environ une semaine après la Saint-Valentin), mais surtout d'innombrables cocktails et dîners plus intimes, dont les participants étaient sélectionnés avec des ruses de stratège militaire. J'adorais la voir à la table de la cuisine, avec un bloc-notes, un crayon et un verre de vin, compulsant les carnets d'adresses et l'annuaire local en veillant généralement à ne pas assembler deux fois le même groupe.

Un soir, j'étais attablé en face d'elle et lui volais un peu de son vin tandis qu'elle me questionnait sur mes collègues de la bibliothèque. C'était ce moment délicieux, au début de l'automne, où les filles venaient tout juste de reprendre le chemin de l'école. Elles devaient être l'une et l'autre en première et deuxième année de cours élémentaire, leurs premières réalisations artistiques étaient déjà collées sur les portes de placard (empreintes de feuilles, autoportraits au charme fruste). Toutes les deux étaient enchantées de leurs nouveaux instituteurs, ravies de retrouver leurs amis toute la journée, s'écroulaient de bonne heure et s'endormaient en un clin d'œil comme si on leur avait administré des somnifères, si bien que nous pouvions passer des soirées d'autant plus longues en tête à tête.

Des pâtes étaient en train de cuire. Le couvercle murmurait au-dessus de l'eau bouillante.

— J'ai hâte de trouver quelqu'un pour Bettina, avait dit Poppy en parlant d'une de ses amies divorcée depuis quelques années. (Tous ses amis étaient restés sidérés par cette rupture aussi soudaine qu'inexplicable.) Tu dois bien connaître quelqu'un d'agréable, de raffiné et de suffisamment intelligent pour Bets.

— Tu sais bien que les hommes sont une denrée rare à la Widener.

Poppy m'avait glissé un sourire entendu.

— Percy, je ne suis pas sûre que Bettina cherche à rencontrer un homme.

J'avais mis quelques instants à comprendre.

— Ah, bon, bon, avais-je répondu d'un ton prude.

— Enfin, sois un peu moderne, Percy.

Poppy avait tendu la main pour me chatouiller sous le bras.

— Parmi les femmes avec lesquelles je travaille, je ne sais pas du tout lesquelles…

— Sont lesbiennes ?

Je lui avais demandé si elle était sûre, pour Bettina.

— Je ne sais même pas si Bettina en est sûre elle-même, avait-elle dit. Mais ça ne coûte rien de tâter le terrain et au milieu d'une douzaine d'amis… il n'y a pas de mal.

Toutes ces suppositions nous avaient conduits à nous interroger sur les secrets intimes de certaines de nos connaissances, à revoir des alliances qui nous avaient toujours échappé, et le temps que les pâtes soient cuites, nous nous tordions de rire. Tandis que Poppy les versait dans la passoire, je m'étais penché dans son dos et je lui avais glissé :

— Que feraient nos amis sans tes machinations ?

— Ils finiraient seuls et amers.

— Alors, tu n'as plus qu'à vivre éternellement, avais-je plaisanté et, en cet instant, nous avions levé les yeux vers la fenêtre placée au-dessus de l'évier et contemplé le reflet de nos visages unis qui se détachait nettement sur l'obscurité qui gagnait.

Puis un nuage de vapeur montant de la passoire avait couvert la vitre de buée. Nos visages avaient disparu.

— En fait, ils se débrouilleraient très bien sans moi, avait dit Poppy. Toi, moi… aucun de nous ne sommes indispensables.

— N'est indispensable, avais-je rectifié, saisi d'une vague morosité.

Je ne lui avais pas objecté que je ne savais pas comment je pourrais survivre sans elle. Nous nous étions servi à dîner avant de nous replonger dans l'organisation de la soirée.

Après autant d'années, il serait logique que toutes ces soirées se mêlent dans mon souvenir – ou qu'elles en aient disparu comme nos visages dans la fenêtre ce soir-là. Et pourtant, quand je prends le temps de me repencher sur cette époque, je garde un souvenir distinct – précieux – de bon nombre d'entre elles. Elles sont comme ces cartes des anciens catalogues de bibliothèque. La plupart sont fragiles et jaunies, noircies sur les bords, mal typographiées, parfois même modifiées à la main, mais on peut les feuilleter à loisir. La dernière est celle qui a été le plus retournée.

C'était une soirée d'été réunissant nos plus proches amis de Matlock, auxquels s'était joint un couple récemment installé de l'autre côté de la rue. Poppy avait rencontré la femme en attendant l'ouverture de la poste un matin.

— Tu vas l'adorer, Percy. Elle est folle de livres.

Je devais faire griller des côtelettes d'agneau. Poppy, qui venait de découvrir la cuisine du Moyen-Orient, avait fait une salade de couscous. En 1975, personne ne connaissait le couscous ; ce soir-là, nos invités devaient s'extasier sur l'étrange combinaison de fruits, de noix et de légumes exotiques (des bettes !). Lors d'une récente visite à Harvard Square, Poppy avait acheté un caftan marocain brodé de fleurs en blanc sur blanc, avec un grand décolleté plongeant. Elle était si éblouissante dans sa nouvelle robe dont le coton immaculé mettait en valeur sa peau fraîche couleur de caramel.

J'aurais été éperdument amoureux d'elle en cette soirée d'été idéale – chaude mais parcourue d'une brise enchanteresse – si nous ne nous étions pas disputés dans la cuisine avant l'arrivée des invités.

Clover n'avait pas encore quatorze ans et s'apprêtait à entrer au lycée. Depuis le début de l'été, elle passait le plus clair de son temps en compagnie d'une bande de jeunes que même moi, le rat de bibliothèque, j'avais repérée à un kilomètre comme étant la plus populaire du moment. De toute évidence, elle fréquentait un des garçons, "sortait avec lui", comme l'on dit. À deux ou trois reprises, je les avais aperçus en train de glousser main dans la main – j'avais respiré à fond en me disant que c'était normal –, mais quelques jours auparavant, une amie de Poppy avait téléphoné pour raconter qu'en faisant du jogging sur le sentier de randonnée qui se trouvait derrière l'ancienne Artillerie, elle avait vu Clover et ce garçon échanger “un baiser torride”.

Poppy m'avait déjà demandé à plusieurs reprises ce que nous devions faire d'après moi, et jusque-là, j'avais réussi à esquiver toute véritable discussion à ce sujet.

— Il est temps d'emmener Clover voir mon gynécologue, avait déclaré Poppy de but en blanc, en coupant les oranges pour la sangria. Histoire de pouvoir discuter avec un autre adulte que nous. Quelqu'un qui puisse lui parler franchement sans qu'elle ait envie de rentrer sous terre.

J'étais en train de goûter la sauce à la menthe pour les côtelettes d'agneau et j'avais failli m'étouffer.

— Mais bon sang, Poppy, qu'est-ce que tu suggères au juste ? Qu'on lui fasse un paquet-cadeau avec une ordonnance pour la pilule ? Ce n'est qu'une enfant !

— Je ne suggère rien de la sorte, Percy. (Poppy me considérait avec une sorte de pitié sardonique.) Bien au contraire.

— À mon avis, ce n'est pas en l'envoyant voir un sexologue qu'on l'aidera à… s'abstenir.

— Un “sexologue” ? Mais tu as trop lu Nathaniel Hawthorne. Et tu crois que c'est en la laissant traîner dans les bois avec les garçons qu'on va l'aider à “s'abstenir” ?

— Nous devrions lui parler directement. Marquer les limites. Bien lui faire comprendre que si elle les ignore, il y aura des conséquences.

Poppy avait éclaté de rire.

— On peut être sûr que ça va marcher. Et je suppose que tu penses que c'est à moi de lui parler ? En aurais-tu le courage ? À moins que tu estimes qu'on doive lui donner une liste de règles anatomiques bien précises et l'enfermer dans une tour si elle les transgresse ? Hmm. Si mes souvenirs sont bons, nous n'avons pas de tour.

— Tiens, en parlant de précision anatomique. Je t'avais prévenue de ne pas laisser traîner dans le salon ton guide écolo sur le corps féminin.

— Enfin, franchement, Percy. Au contraire, ce guide va aider nos filles à décider en connaissance de cause pour ce qui est des garçons.

— J'en doute, avais-je maugréé en effritant du romarin séché sur la viande.

Poppy avait poussé un soupir dégoûté.

— Écoute, ma chérie, lui avais-je dit en laissant l'agneau pour l'enlacer, n'est-ce pas à toi, en tant que mère, de lui… parler franchement ? Si nous avions des garçons, je veux bien… mais nous n'en avons pas.

Poppy s'était dégagée et m'avait regardé d'un œil sévère.

— En tant que mère, c'est à moi d'accepter qu'à l'heure actuelle je sois bien la dernière dont elle respecte l'autorité. Je ne suis pas idiote.

— Ne sois pas ridicule. Clover fait juste semblant de te considérer comme une ringarde.

— Eh bien, il se trouve que j'ai déjà pris rendez-vous.

J'avais respiré à fond. Les invités devaient arriver dans vingt minutes.

— Nous en reparlerons demain, lui avais-je dit. Mais si tu veux mon avis, je trouve cette idée inconsidérée, dangereuse et dépourvue de bon sens.

Sans lui laisser le temps de répondre, j'avais tourné les talons pour monter me changer.

Ce soir-là, nous avions veillé à ne pas mélanger nos désaccords. Car sous ces histoires de gynécologue, de puberté féminine et – remarque imbécile de ma part – du fait que nous n'avions pas de garçons se cachait un autre sujet de discorde. Au début de l'été, à ma grande inquiétude, Poppy avait brusquement manifesté le désir d'avoir un troisième enfant. À la veille de ses quarante ans, elle ressentait ce que j'estimais purement et simplement être de la nostalgie. Je le lui avais dit sans ambages, mais elle n'était pas d'accord. Elle évoquait l'idée d'avoir un garçon. N'avais-je pas envie d'avoir un fils ? (Absolument pas.) "On l'appellerait comme ton père", avait-elle insisté. Elle avait haussé les sourcils avec coquetterie en montrant son ventre. "Peut-être qu'un petit Alva est déjà en train de grandir là-dedans..." En voyant mon air sidéré, elle m'avait dit qu'elle plaisantait, mais j'étais devenu angoissé, pour ne pas dire réticent, quand nous étions au lit. Je confesse sans peine qu'en quinze ans de relations amoureuses, je ne me rappelle pas avoir connu de période d'abstinence qui ait duré plus d'une semaine.

Le dîner de ce soir-là, que nous avions servi dehors, était un de nos plus réussis. C'était agréable de revoir après des semaines certains de nos amis – comme Norval et Helena Sorenson, qui avaient passé les vacances dans le Vermont. Nous étions bronzés, bien dans notre peau, reposés. Pendant l'apéritif, les Sorenson avaient annoncé qu'ils pensaient acheter deux chèvres pour faire leur propre fromage. Nous avions tous ri, même Helena, en imaginant Norval l'érudit en train de traire une chèvre.

Clover et Trudy se baignaient : je m'étais détourné un instant des invités pour les regarder plonger de la plateforme, d'abord Trudy, puis Clover. Mes petites sirènes, m'étais-je dit avec fierté. Tandis qu'elles remontaient la pelouse en pente, je leur avais fait signe de venir. Parmi ces amis, certains les connaissaient depuis qu'elles étaient toutes petites et pourtant, elles se montraient encore réservées avec les adultes : polies, mais visiblement pressées de retourner à l'intérieur, de partir de leur côté. Je me suis aperçu que d'ici à quelques mois, je serais le père non pas d'une mais de deux adolescentes. Elles n'avaient que quatorze mois d'écart, mes sirènes, mais cette année-là, Clover avait poussé beaucoup plus vite que sa sœur. À les voir là, à côté de moi, dans leurs maillots de bain mouillés, une serviette autour du cou, Trudy dont le corps aux formes encore enfantines rappelait celui d'un éphèbe et Clover vêtue d'un bikini rouge que je ne lui connaissais pas, il était évident que cette dernière avait franchi une frontière subtile mais flagrante. Au moment où elles entraient dans la maison, Norval avait indiqué Clover d'un signe de tête et m'avait dit :

— Je crois bien que les ennuis ne vont pas tarder. Cette petite est devenue une vraie beauté.

Son sourire était plus pensif que carnassier.

J'avais jeté un coup d'œil à Poppy ; elle avait entendu ce qu'il avait dit et je savais bien qu'elle ne manquerait pas de s'en servir quand nous reprendrions notre discussion.

La conversation avait été intelligente et animée jusqu'au moment du dessert où nous avions abordé la politique. À l'époque, à Matlock, nous étions généralement en terrain sûr : nous nous imaginions comme des citoyens éclairés, voire des combattants, loin de se complaire dans la relative aisance matérielle qui était la nôtre. Si nous avions été des dévots en quête d'un saint patron, nos immenses pelouses auraient été couvertes de statuettes en plâtre du démocrate Eugene McCarthy.

Il était à présent question du fiasco qu'avait été notre départ de Saigon, au printemps. En bons socio-démocrates privilégiés, nous étions là à nous livrer à ce rituel éculé qui consistait à nous en prendre à Nixon et à sa clique ainsi qu'aux farces indissociablement liées du Watergate et du Vietnam. Ces sources jumelles de honte nationale alimentaient encore notre indignation ; une épaisse fumée de cigarettes se mêlait à celle des bougies à la citronnelle, bien que tout le monde ou presque essayât d'arrêter de fumer.

Je venais juste de remarquer le long silence de notre nouveau voisin, le mari de la folle de livres, quand il avait déclaré ceci :

— Nous n'aurions pas connu cet effroyable désastre si nous n'avions pas élu John Kennedy, ce pantin de la Mafia, à la Maison-Blanche.

Si cette remarque avait été faite au début de la soirée, quand nous étions encore sobres, peut-être même si Poppy et moi avions davantage été complices, je suis sûr que nous nous serions arrangés pour amener la conversation sur des chemins plus sûrs – mais avant que nous ayons eu le temps de préserver nos invités d'eux-mêmes, trois de nos chers amis écharpaient le nouveau voisin, qui avait tout d'abord résisté à l'embuscade avec conviction avant de les traiter par le mépris.

Kip Lichtman, qui enseignait les sciences politiques à Harvard, lui avait lancé :

— Vous venez d'où, déjà – de l'Oklahoma ? Et si on parlait pétrole ?

— On m'avait bien dit de me méfier des gens comme vous quand on a quitté le Nebraska pour s'installer ici, avait répondu le voisin. (Il s'était levé de table et avait quasiment soulevé sa femme de sa chaise.) On est manifestement tombés dans un repaire de gauchistes bien-pensants, lui avait-il dit.

Elle semblait au bord des larmes.

Poppy avait essayé de le calmer, de lui assurer que nous avions tous bu trop de sangria, de le convaincre de partager avec nous le gâteau au chocolat à la menthe et de changer de sujet. Il avait esquivé la main qu'elle lui tendait en lui disant :

— Merci pour le dîner, c'était délicieux. (Puis il avait enlacé sa femme en ajoutant :) Et au fait, nous sommes en ce qui nous concerne loin d'avoir trop bu.

Alors qu'il l'emmenait, sa femme s'était retournée vers Poppy et avait articulé en silence : *Je suis désolée.* Cette fois, la pauvre était en larmes.

La soirée s'était achevée quelques instants plus tard sur un sentiment de résignation et de vague repentir. Après avoir dit au revoir aux Sorenson, les seuls qui repartaient en voiture, nous avions débarrassé la table en silence avec Poppy et tout rapporté à l'intérieur. J'étais en train de charger le lave-vaisselle quand elle m'avait annoncé qu'elle avait besoin d'aller faire le tour de l'étang pour se défaire de son "gauchisme bien-pensant".

En temps normal, je me serais joint à elle, mais j'étais fatigué et consterné. J'avais renoncé à ranger pour aller me coucher. J'avais allumé le ventilateur de notre chambre et j'allais prendre une douche froide quand j'avais entendu Trudy m'appeler à l'autre bout du couloir.

Elle était assise sur son lit et se penchait vers une fenêtre ouverte.

— Je crois qu'il y a quelqu'un qui appelle, papa.

— Comment ça, quelqu'un qui appelle ?

— Je ne sais pas, avait répondu Trudy. Juste… une voix.

Le vent s'était levé et on n'entendait que le bruissement assourdissant des feuilles des nombreux arbres environnants. Peut-être avais-je entendu ce que je croyais être le cri d'un animal nocturne, un renard ou un hibou ; la nuit, les bois de Matlock abritent encore aujourd'hui une vie sauvage dont les bruits sont amplifiés par l'étang. J'avais tendu l'oreille, puis chuchoté :

— C'est peut-être le jeune Roméo de ta sœur qui espère l'enlever comme par enchantement. Il est loin de se douter qu'elle a un sommeil de fossile.

Dans la pénombre, j'avais vu Trudy me fusiller du regard.

— Très drôle.

Les criquets s'en donnaient également à cœur joie. Je me rendais compte, comme cela arrive parfois, du bruit qui peut régner l'été dans la campagne.

— Je parie que c'est un chat, mon ange. Rendors-toi. Tu as tennis demain. Tu sais quoi, je vais aller jeter un coup d'œil.

Je lui avais dit de se rallonger. J'étais retourné dans la cuisine et j'avais tendu l'oreille derrière la moustiquaire. Des criquets, des feuilles, le tintement du carillon suspendu à l'entrée de la grange. J'étais sorti et descendu au pied de la véranda. J'avais vu la lune magnifique se refléter dans l'étang. J'avais écouté plus attentivement. Entendu un renard glapir. C'est donc ça, m'étais-je dit.

J'avais vu de la lumière en haut de la grange. Peut-être Poppy y était-elle montée pour m'éviter. Eh bien, qu'elle passe la nuit à danser toute seule, avais-je ronchonné intérieurement en repensant avec agacement à notre dispute. Quant à moi, j'avais le sentiment de pouvoir dormir toute une semaine. J'avais soupiré et j'étais rentré à la maison en me demandant si nous pourrions jamais nous racheter auprès de nos nouveaux voisins conservateurs.

J'avais pris une douche fraîche et enfilé un caleçon propre. J'avais dirigé le ventilateur vers le lit et je m'étais glissé entre les draps.

Le matin, j'avais été réveillé en sursaut par Clover qui me secouait énergiquement. Les filles étaient toutes les deux en tenue de tennis, prêtes à être emmenées à leur cours, à Ledgely. On était samedi et c'était moi qui m'en chargeais, car Poppy les accompagnait à leurs diverses obligations toute la semaine. Elle se levait de bonne heure le week-end pour passer quelques heures seule dans sa salle de danse. C'était étrange que ce ne soit pas elle qui m'ait réveillé, cependant. Peut-être avais-je une telle gueule de bois que je m'étais rendormi et ne m'en souvenais pas.

Je m'étais habillé en hâte et j'étais parti avec les filles. Sans café, j'avais un tel mal de tête au volant qu'après avoir déposé les filles au tennis, j'étais allé directement à la librairie Narval supplier Norval de m'en offrir un. Entre deux clients, nous avions parlé de la conclusion désastreuse du dîner. Peut-être étions-nous en effet une bande de bien-pensants. Et puis, naturellement, nous avions ressassé l'indignation que nous inspiraient les affaires du pays. Discuté des bons et des mauvais côtés de Jimmy Carter. Poppy n'appréciait pas sa manie d'évoquer Dieu à tout bout de champ.

— L'Église. L'État, disait-elle toujours en séparant les deux termes du tranchant de la main. C'est un brave homme, un croyant sincère, mais il risque de nous amener toutes sortes de problèmes.

J'étais resté en compagnie de Norval jusqu'à ce que ce soit l'heure d'aller chercher les filles à la fin de leur cours de tennis, sans être repassé par Matlock.

Quand nous étions rentrés à la maison tous les trois, la vaisselle du dîner était toujours éparpillée dans la cuisine, exactement dans l'état où je l'avais laissée la veille.

— Maman! avait crié Clover en jetant sa raquette de tennis sur la table. (En temps normal, Poppy aurait été en train de leur préparer à déjeuner.) Maman, où tu es? On crève de faim!

Je m'apprêtais à gronder Clover de ne pas avoir rangé sa raquette quand Trudy avait lancé :

— Regarde, papa, c'est un cygne, à ton avis ?

J'avais suivi son regard dirigé vers la fenêtre et l'espace d'une seconde, j'avais ri. Trudy avait peut-être besoin de lunettes, avais-je songé en voyant clairement avec mon excellente vue que la masse blanche posée au bord de l'étang était la nouvelle robe marocaine de Poppy.

Peut-être, en cet instant même, les Minkoff, qui occupaient une des "Trois Grecques" de la rive opposée, regardaient-ils un policier couvrir le corps de Poppy avec un drap. Je n'ai pas assisté à cette scène atroce, mais j'ai eu tout le temps de la reconstituer en imagination, au point de me convaincre parfois que c'est moi qui l'ai trouvée.

Simultanément, une voiture de police entrait dans l'allée. De la cuisine, je ne l'avais pas vue arriver, mais dès que la sonnette avait retenti, je savais déjà qu'il s'était passé quelque chose d'extrêmement grave. J'avais obligé les filles à monter dans leur chambre avant d'aller ouvrir. Je me souviens de leur avoir crié : "Allez-y ! Tout de suite ! Soyez gentilles !" Elles avaient dû croire que j'étais devenu fou.

Je n'avais pas fait entrer le jeune policier mais je m'étais précipité hors de la maison et l'avait entraîné assez loin sur la pelouse en le tirant pratiquement par le bras. Le seul fait qu'il m'ait autorisé à le faire était très mauvais signe, m'étais-je dit avant même qu'il ait ouvert la bouche.

Aussitôt, j'étais retourné à l'intérieur et j'avais crié à Clover et Trudy de rester là jusqu'à ce que je revienne.

— Mais qu'est-ce qui se passe, papa ? m'avait lancé Clover d'en haut.

— Reste là, lui avais-je répondu.

Deux mots – trois simples syllabes – qui, je le savais déjà, auraient tout changé si je les avais plutôt dites à Poppy douze heures auparavant.

Nous avions parcouru dans la voiture du policier les chemins de campagne sinueux qui conduisaient de l'autre côté de l'étang. Nous n'avions pas dit un mot.

Une ambulance était garée au milieu de l'allée des Minkoff. C'était une vision saugrenue. Deux hommes en tenue blanche se tenaient à côté, face à l'étang. Ils avaient les bras croisés. Pourquoi avaient-ils l'air si détendu ? Plus loin, des hommes en uniforme plus sombre arpentaient la berge.

Du haut de leur véranda, Saul et Linda Minkoff observaient les divers hommes qui occupaient la pelouse comme s'il s'agissait d'acteurs d'une pièce de théâtre. En me voyant sortir de la voiture, ils étaient rentrés à l'intérieur de la maison. C'étaient des voisins que je ne connaissais pas vraiment car l'étang formait une sorte de petit océan entre nous. Je les croisais de temps à autre dans les réunions municipales et au supermarché.

Le corps dénudé de Poppy s'était logé dans les roseaux. Tout comme moi, les Minkoff respectaient la nature sauvage de l'étang et ne taillaient pas la végétation des berges.

Dans mon esprit avait surgi le souvenir d'une illustration d'un recueil de conte de fées que j'avais acheté pour Clover et Trudy au Narval bien des années auparavant. Dans le conte intitulé *Binnorie*, une fille perfide noie sa sœur pour épouser son bien-aimé, puis un ménestrel ambulant se fabrique une harpe avec le sternum et les cheveux de la morte. Par hasard, il arrive au château de la méchante sœur et la harpe qu'il a posée sur une tablette se met à jouer une ballade qui raconte la trahison. Les deux filles trouvaient cette histoire si effrayante que je sautais ces pages. Mais mon regard s'attardait parfois sur le tableau de la jeune fille noyée gisant sur les berges du bassin de retenue du moulin, ses tresses blondes entrelacées dans les hautes herbes.

À demi recouverte d'un drap, Poppy gisait sous mes yeux comme une copie en chair et en os de cette illustration.

— C'est ma femme, avais-je déclaré bêtement en rejoignant les hommes à qui ce fait n'avait pas échappé.

Je l'ai dit, c'était une petite ville. Ces jeunes policiers saluaient Poppy quand elle passait à vélo sur nos jolies routes sûres. Peut-être étaient-ils de ceux qui l'avaient avertie de ne pas rouler aussi vite, sans pour autant la verbaliser.

L'un d'entre eux m'avait demandé si je voulais téléphoner à quelqu'un. Je leur avais demandé d'appeler Helena. Je ne voulais pas laisser Poppy, ce qui était parfaitement absurde, bien que compréhensible, et c'est donc Helena qui était allée à la maison annoncer à mes filles que leur mère était morte. Comme hypnotisé, j'avais passé l'après-midi entier à répondre presque calmement au modeste interrogatoire provincial de la police. En arrivant à la maison, j'avais trouvé plusieurs voitures garées dans l'allée. Clover et Trudy étaient à la table de la cuisine, Norval et Helena assis à côté d'elles. Helena – ou quelqu'un d'autre, je n'ai jamais demandé qui – avait lavé et rangé la vaisselle du dîner.

Ce dimanche-là, j'étais déjà à Packard dans ma quincaillerie préférée, revenu au temps des charmants albums de Robert McCloskey que je lisais aux filles quand elles étaient petites. Le plancher déformé y est jonché de sciure, de vieux outils rouillés et des rouleaux de corde sont accrochés aux poutres et un jeune blond au visage semé de taches de rousseur bondit dès qu'on entre. Il vous appelle même monsieur. (J'aime à croire qu'il en restera ainsi jusqu'à la fonte des glaciers.)

J'avais acheté une huile spéciale dont je me servais pour ma tondeuse rotative et pris quelques rouleaux de scotch. À la sortie, je m'étais offert un esquimau dans l'armoire réfrigérée (un moyen astucieux de soudoyer les enfants impatients et, pour moi, une pure gourmandise). Je me dirigeais vers ma voiture quand j'ai vu la banderole orange suspendue au vieux moulin entièrement rénové, qui a échappé à la destruction et abrite aujourd'hui des artistes et quelques boutiques d'artisans. JOURNÉE PORTES OUVERTES DES ATELIERS.

Pourquoi pas, après tout ? J'ai posé mes courses à l'arrière de la voiture. Je n'avais même pas à remettre de pièces dans le parcmètre.

J'ai déambulé dans le froid des halls caverneux, passant devant les ateliers d'artisans ouverts qui débordaient d'une profusion de lustres, de bracelets à breloques, de tapisseries et autres formes de splendeur d'une créativité raffinée. J'ai essayé de me convaincre que j'étais simplement venu déambuler. Je faisais un signe de main embarrassé aux artisans qui espéraient que quelqu'un s'intéresse à leurs articles frivoles. Au second étage, je l'ai trouvée.

J'ai vu une plaque portant son nom, Sarah Straight, avant même d'avoir eu le temps de regarder par la porte ouverte. J'ai été pris de panique à l'idée que son travail puisse être banal, de mauvais goût ou carrément laid, mais il était trop tard. Que lui dirais-je ? Je n'ai jamais été doué pour faire semblant d'aimer ce que de toute évidence je n'aime pas.

Un filet de lumière violet semblable à un rayon laser isolé traversait l'entrée. J'ai avancé et, l'espace d'un instant, j'ai été aveuglé. En m'écartant, j'ai vu d'où provenait la lumière violette : une grande imposte en demi-cercle qui dépeignait un paysage en fragments multicolores aux textures variées. Un paysage de mer, plus exactement : des blocs de roche brute marbrée sur un immense fond bleu de mer déchaînée et un ciel de tempête. Le soleil bas de l'après-midi brillait au travers.

— Percival Darling !

Elle m'a aperçu en premier.

Deux autres personnes se trouvaient là, des visiteurs du dimanche qui admiraient le travail de Sarah.

Elle est venue vers moi en tendant la main. En la serrant, je me suis rendu compte que la mienne était poisseuse.

— Oh là, c'est l'esquimau.

— Je suis habituée aux mains poisseuses, a répondu Sarah.

Rico a surgi à point nommé, fonçant à toute allure en tricycle sur le sol en béton.

— Ne partez pas, m'a-t-elle dit. Sérieusement. Regardez, installez-vous ou allez vous servir quelque chose à manger là-bas. Donnez-moi juste quelques minutes avec ces gens. J'ai l'impression qu'ils vont peut-être me passer une commande, a-t-elle ajouté en chuchotant.

J'ai donc regardé son travail pendant qu'elle parlait doucement avec un des inconnus. Ses vitraux représentaient des paysages qui tous évoquaient avec ferveur la Nouvelle-Angleterre, tant dans leur sujet que dans leurs tons : champs moissonnés en automne, pins couverts de neige, îles au large des côtes du Maine. Je l'ai vue écrire dans un carnet, donner une carte au monsieur et lui serrer la main. Après son départ, elle est revenue vers moi.

— Je suis vraiment contente de vous voir.

J'ai ri bêtement.

— J'étais en face, chez Conley's. J'y vais depuis…

J'ai pilé sec. Il était clair que je n'avais aucune envie de lui dire depuis combien d'années je faisais des courses à Packard – ou ailleurs.

— C'est fabuleux, Packard, vous ne trouvez pas ? s'est-elle exclamée. L'année dernière, un de mes amis a trouvé un atelier dans ce bâtiment et on est venus le voir.

Il me paraissait pour le moins curieux d'employer ce terme de fabuleux pour désigner ce trou délabré qu'était Packard, mais je me suis empressé d'acquiescer.

Une sonnerie, pareille à une sonnerie d'école, a retenti en dessous.

— C'est une alarme incendie ?

— Non, les ateliers ferment dans un quart d'heure, m'a expliqué Sarah. Mais restez donc. Vous voulez bien rester un peu ? Ce serait bête de gaspiller le fromage et les fruits.

Elle montrait des assiettes disposées sur la table, à côté de deux bouteilles de vin, toutes deux vides.

— Et si je disais que je préférerais du vin ?

J'ai frémi en entendant mes accents de coquetterie. Sarah a ri. (Elle avait le rire si facile !) Elle a répondu à mi-voix :

— J'ai une bien meilleure bouteille derrière que je ne boirais pas avec n'importe qui.

— Merci ! a lancé le retardataire. Votre travail est extraordinaire !

— Revenez quand vous voulez, lui a répondu Sarah.

Elle a traversé l'atelier pour fermer à clef derrière lui. Elle s'est adossée à la porte, les paupières closes.

— Ces après-midi m'épuisent.

— Mais vous devez être contente de faire partager votre travail. (J'ai regardé autour de moi.) Votre travail impressionnant.

Votre travail époustouflant, n'ai-je pas eu le courage de dire.

Sarah avait disparu derrière un rideau, au fond de l'espace ouvert de l'atelier. Elle en est ressortie avec une bouteille de vin et deux verres artisanaux de couleur.

— Je suis contente que ça vous plaise. On raconte que vous êtes plutôt avare de compliments.

Elle a posé les verres et commencé à déboucher la bouteille.

— Mais je plaisantais, pour le vin, ai-je dit.

Rico est passé de nouveau à toute allure en imitant une sirène de police.

— Non! me suis-je exclamé en voyant que je l'avais embarrassée. Je veux dire que je serais ravi de m'attarder un peu – et je vais goûter ce brie, pour une fois que ma fille n'est pas là pour l'embarquer –, mais si j'ai bu, je ne peux pas rentrer en voiture. Je fais très attention à ça.

Elle m'écoutait, immobile. Attendait-elle quelque chose?

— Et vous devez sans doute retrouver votre mari bientôt, ai-je ajouté.

— Il n'y a pas de mari. Dieu merci. Et quant à "retrouver" qui que ce soit, Rico et moi, nous habitons ici. (Elle a montré le rideau.) C'est notre tanière. Je vous la montrerais bien, mais pour l'instant, c'est sens dessus dessous.

— Sens dessus dessous, ai-je distraitement répété.

Rico est descendu de sa fausse voiture de patrouille pour se diriger droit sur la table. Il a attrapé la plus grosse grappe de raisin qu'il pouvait empoigner et tout en s'empiffrant, il a clamé avec force qu'il avait faim – ce qui était parfaitement superflu.

— Oh mon ange, c'est vrai que tu n'as pas déjeuné.

Sa mère a regardé sa montre. Je m'apprêtais à être congédié quand elle m'a dit:

— Que diriez-vous d'aller dîner de bonne heure, ce qui ne se fait plus trop, dans un restaurant qui accueille volontiers les enfants, ce qui ne se fait plus trop non plus. Qu'en dites-vous Percy ? Vous permettez que je vous appelle Percy ?

— Bien sûr ! me suis-je exclamé.

Il m'arrivait de revendiquer mon statut d'aîné. Pas cette fois-là.

Les deux heures suivantes, que nous avons passées tous les trois dans le plus vieil établissement de Packard, un *diner* dont le charmant extérieur contredit le contenu pesant, quasi paléolithique des assiettes, m'ont paru aussi bizarres que palpitantes. Sarah, ai-je appris sous la lumière crue de Marna Jo's, n'était ni aussi jeune que je le croyais, ni aussi innocente. Elle avait cinquante et un ans, avait été brièvement mariée dans sa jeunesse, était partie plusieurs années en France, où elle avait étudié l'art du vitrail avec "les maîtres", puis elle était revenue aux États-Unis où elle avait fait "n'importe quoi". (Je lui avais demandé de préciser quels étaient ces maîtres mais non ce qu'elle entendait au juste par "n'importe quoi".) Quatre ans auparavant, elle avait adopté toute seule Rico au Guatemala.

— J'ai fait beaucoup d'erreurs, et puis ce petit garçon est arrivé comme ça dans ma vie et il m'a sauvée. Il m'a ancrée. J'avais toujours cru ne jamais pouvoir supporter ça. Et j'avais tort.

Elle lui a ébouriffé les cheveux et j'ai bien vu qu'il avait déjà entendu ce discours, qui ne semblait en rien perturber le plaisir confondant qu'il éprouvait à avaler un hamburger aux allures de disque de bitume coincé entre deux plaques de polystyrène.

Ils ont partagé tous les deux une énorme glace nappée de chocolat chaud – un dessert difficile à rater.

— Dis à M. Darling ce que tu vas être à Halloween, lui a-t-elle demandé, après avoir fini de se battre pour la dernière goutte de chocolat au fond de la coupe.

— Je vais être la Grande Faucheuse.

— Oh là là, ai-je fait. Avec la faux et la grande capuche noire ?

— Oui, une faux. Maman sait comment on en fait.

— Une faux maison, ai-je dit, sincèrement impressionné. Eh bien ne t'avise pas de mettre les pieds chez moi, jeune homme.

Rico s'est tourné vers sa mère.

— On peut lui promettre ça, Rico ? a-t-elle dit. Moi, je ne crois pas. La Grande Faucheuse vient voir tout le monde.

Elle m'a regardé et s'est mise à rire comme une folle. Rico avait l'air perplexe.

Je les ai ramenés. J'ai insisté pour les raccompagner jusqu'à la porte du loft.

— C'était chouette, Percy.

— Très chouette, oui.

Je pensais m'adresser à Rico, mais il était parti en courant. J'ai dit bonsoir.

Je suis rentré à Matlock dans le noir, dans le même état que si j'avais bu le vin et même toute la bouteille, alors que je n'avais absorbé qu'un verre d'eau et un café qui avait l'air de dater de l'administration Reagan.

Quelques jours plus tard, je me suis surpris à guetter discrètement Sarah à l'heure où les flots du Lunch Bunch sortaient de la grange. Quand je l'ai vue partir avec Rico, je suis sorti en faisant mine d'inspecter la cabane. Elle n'était pas tout à fait terminée, mais Ira avait suspendu sous la structure une guirlande lumineuse orange pour Halloween. Les parties visibles de la cabane étaient construites avec des branches pillées – ou élaguées – sur d'autres arbres : je reconnaissais entre autres du bouleau et du sycomore. (Ira avait pris l'habitude de vérifier avec moi chaque avancée notable de son projet. Il ne se montrait jamais obséquieux et j'avais le sentiment que si je lui avais dit que j'aimerais bien qu'elle ressemble à une mosquée ou à un cabaret, il aurait fait de son mieux pour se plier à mes désirs. J'avais également remarqué, en jetant un œil par les fenêtres de derrière ou à certaines remarques que lâchait Clover en bavardant gaiement de choses et d'autres, qu'il se liait d'amitié avec ma fille. Faites que ça en reste là, implorais-je le dieu des parents. Non que j'eusse quoi que ce soit contre le talentueux lutin.)

J'ai appelé Rico et je lui ai demandé s'il faisait partie d'un des groupes chargés de décorer la cabane. Le hasard voulait que oui. Je l'ai fait parler des meubles qu'il construisait avec ses petits copains à l'atelier de menuiserie.

Puis, avec une maladresse inimaginable, je me suis tourné vers Sarah pour lui demander :

— Cela vous dirait de venir dîner tous les deux, un de ces soirs ?

Rico, à qui j'avais réussi à couper la parole, continuait à me décrire la table qu'ils fabriquaient avec M. Ira et qu'ils allaient peindre de toutes les couleurs de l'arc-en-ciel. Sarah me regardait si intensément que j'étais sûr qu'elle cherchait une excuse pour décliner mon invitation.

— Attends une seconde, a-t-elle dit à Rico, puis, s'adressant à moi : Oui. Quand ça ?

— Oh.

Je n'avais pas prévu ce que je dirais si elle acceptait.

La veille des obsèques de Poppy, j'avais mis tout le monde dehors : ses parents, qui étaient venus de France et avaient pris une chambre au Ledgely Inn, ma mère veuve, que j'avais exilée chez les Sorenson, et même Helena, qui avait passé trois nuits dans le canapé-lit de mon bureau pour rester avec les filles pendant que je m'occupais des préparatifs. En descendant au rez-de-chaussée, ce jour-là, j'avais trouvé les deux dames âgées et Helena qui nettoyaient ma cuisine en chuchotant tristement. Poppy était morte depuis quatre jours. J'entendais le nom de mes filles dans leur bouche.

Quand elles avaient toutes les trois levé la tête en même temps vers moi, j'avais été saisi d'un vertige dément, la peur singulière que quelqu'un, je ne sais comment, m'enlève également Clover et Trudy. Sous mes yeux, ma mère, ma belle-mère et la meilleure amie de ma femme étaient soudain devenues mes ennemies. Leur présence n'était aucunement consolante : elle était étouffante, suffocante, malveillante, une invasion déguisée. J'étais au bord de l'hystérie. La voix tremblante, sans même les saluer, je leur avais déclaré :

— Je vous demande de partir avant le déjeuner. Je veux rester seul avec mes filles. S'il vous plaît.

Elles n'avaient pas protesté. Après le petit déjeuner, elles avaient préparé un déjeuner roboratif (je me rappelle encore la soupe de cresson glacée d'Helena) et mis le couvert pour trois. Elles avaient embrassé les filles une à une, comme un comité d'accueil, puis elles étaient parties.

Nous avions déjeuné dans un silence éploré. Trudy et moi, nous n'avions presque rien mangé ; Clover avait avalé deux bols de soupe, une bonne part du fromage et engouffré tout le pain. J'étais sincère quand j'avais dit que je voulais rester avec mes filles, sans chaperon, mais après le déjeuner, elles étaient montées dans la chambre de Clover en fermant la porte. Manifestement, elles ne voulaient pas de ma compagnie, aussi, je m'étais allongé sur mon lit, sur le lit de Poppy, à la dérive, sans notion du temps. J'entendais Clover et Trudy parler à voix basse à l'autre bout du couloir. Il y avait eu peu de coups de téléphone et à chaque fois Clover s'était précipitée en bas pour répondre. La première fois, elle était venue à la porte de la chambre, que j'avais laissée entrouverte. Je suis sûre qu'elle voyait bien que j'avais pleuré, mais elle n'avait pas proposé d'entrer ou de me consoler. Je lui avais dit qu'à moins que l'entrepreneur des pompes funèbres ou le pasteur appellent, je n'étais là pour personne. Bien que nous ayons fait un testament, Poppy et moi, elle n'avait pas spécifié ses volontés pour la cérémonie. J'avais cédé sans protester quand ses parents avaient demandé qu'il y ait un service funèbre à l'église épiscopale de Matlock, mais en revanche nous étions d'accord pour l'incinération. Ses cendres seraient déposées à une heure d'ici, à Vigil Harbor, un peu plus au nord, dans le cimetière où reposaient les ancêtres de son père et où ses parents avaient l'intention de finir leurs jours.

J'avais dû m'endormir avant le dîner ; je ne m'étais réveillé que le lendemain matin.

C'était une si belle journée : le temps était sec, presque frais, autour de la maison, les oiseaux s'égosillaient de tout leurs petits poumons dans les arbres. Je m'étais réveillé sans même la délivrance d'un instant d'amnésie. J'avais les yeux encore bouffis et une soif épouvantable. J'avais été sidéré de trouver Clover et Trudy qui prenaient leur petit déjeuner dans la cuisine, toutes vêtues de noir, soigneusement coiffées. Clover avait du rouge à lèvres. L'une des innombrables gerbes de fleurs qui ne cessaient d'arriver trônait au centre de la table, dépassant leur tête.

Elles avaient les yeux rouges, comme moi, mais elles étaient calmes.

— Bonjour, papa ! m'avait dit Clover.

Elle avait soudain des accents bien plus enfantins que l'adolescente qui, depuis cet été, s'était mise à me parler avec une condescendance à peine voilée.

J'avais prononcé les seuls mots que je pouvais articuler. "Mes enfants." En cet instant, ces mots représentaient tout pour moi : le soleil, la lune, les étoiles, le sang, l'eau (maudite soit l'eau !), la viande, les pommes de terre, le vin, les chaussures, les livres, le sol sous mes pieds, le toit au-dessus de ma tête.

J'avais enlevé le bouquet d'une splendeur de mauvais goût pour le poser sur un plan de travail. Puis je m'étais tourné vers la fenêtre en fixant l'étang d'un œil sombre. Je savais qu'il fallait que je parle, que je me montre rassurant, aimant, protecteur, mais aucun mot ne venait à mon secours.

Clover m'avait préparé un bol de céréales. Elle avait coupé des fraises au-dessus. Elle les coupait comme sa mère le lui avait appris, entre ses mains, à l'aide d'un petit couteau pointu.

— Il faut que tu manges quelque chose, papa, avait-elle dit. Sinon, tu vas t'évanouir à l'église.

Je m'étais exécuté. Je m'étais attablé, débraillé, indifférent au lait qui dégoulinait sur ma robe de chambre. Le sol d'ardoise était glacé sous mes pieds.

— Ça va être épouvantable, avais-je enfin dit.

— Je sais, avait dit Clover.

— Vous êtes sûres que vous voulez aller chez tante Helena, après ? Vous n'êtes pas obligées.

— Je crois, oui. Toutes les deux.

Je voyais bien que Clover adoptait la voix et les manières d'une petite maman – et une autre part de mon cœur s'écroulait. Je m'étais tourné vers Trudy, qui n'avait pas ouvert la bouche.

— Et toi, mon ange ?

— Oui, avait-elle répondu d'un ton morne.

— Tu veux y aller ?

— Oui. J'irai.

Elle fixait son bol vide. La pièce était retombée dans le silence.

J'avais fini mes céréales. Clover avait débarrassé le bol. Elle m'avait également préparé du café toute seule – un abject café boueux, mais je lui en étais très reconnaissant.

Puis Trudy s'était levée de table et avait traversé la pièce. Sous une jupe noire extrêmement courte, elle portait des bas résille. Bien qu'ils soient également noirs, j'en étais resté stupéfait.

— Je n'avais jamais vu ces bas, mon ange.

— Ils sont à Clover.

Elle se tenait face à moi, les bras figés le long du corps. Elle avait mes cheveux fins blond cendré, mon grand front et mes oreilles. Il suffisait de voir ses traits, sans même m'avoir rencontré, pour se douter qu'elle ressemblait à son père.

— Je ne suis pas sûr que ce soit vraiment judicieux de choisir des bas résille pour des obsèques.

Pourquoi avais-je dit cela ? Qu'est-ce que j'en savais ? Qu'est-ce que j'en avais à faire ?

— Peut-être que le choix de maman n'était pas vraiment judicieux non plus, m'avait-elle rétorqué.

Clover nous regardait tour à tour, devant l'évier de la cuisine.

— Oh Trudy, ta mère n'a pas choisi de mourir. C'est un terrible accident, terrible. Tu crois vraiment qu'elle s'est suicidée ?

— Non. Bien sûr que non. Je crois seulement qu'après ce dîner où vous vous êtes disputés comme des crétins, elle était complètement saoule. Elle est allée se baigner alors qu'elle était saoule. Tu trouves ça malin ? Hein, dis-moi ?

C'était à croire que mes deux filles avaient changé en l'espace d'une nuit, leur comportement était soudain déroutant, inquiétant, décourageant. J'avais l'impression d'un de ces rêves où vos plus chers amis vous accablent de reproches alors que des traîtres oubliés ressurgissent du passé pour vous dire combien ils ont eu tort et aimeraient retrouver votre affection après toutes ces années. Il n'y a plus ni bien ni justice. C'est le monde à l'envers.

— Mes enfants, avais-je dit pour la seconde fois ce jour-là. (J'avais tendu les bras.) Je vous aime plus que tout au monde. Il faut nous dire tout ce que nous voulons nous dire, tout ce que nous avons besoin de nous dire, si ça doit nous aider à rester unis.

Clover était venue me serrer dans ses bras. Trudy était montée. Pendant les quelques jours qui avaient suivi, j'avais eu peur de rester seul avec ma cadette. Je savais qu'elle n'avait pas oublié la nuit de la mort de sa mère, sa certitude d'avoir entendu quelqu'un appeler dehors. Et j'avais eu beau dire aux filles de parler à cœur ouvert, je ne trouvais pas le courage d'évoquer cette nuit-là devant Trudy. J'avais d'autant plus honte qu'elle avait passé la soirée à écouter des adultes se chamailler comme des enfants hargneux. Elle n'en avait jamais parlé non plus.

Trudy était montée et Clover s'était remise à charger le lave-vaisselle, quand le téléphone avait sonné. Pour la première fois depuis des jours, j'avais répondu.

C'était la secrétaire du cabinet du gynécologue de Poppy qui appelait pour confirmer le rendez-vous de Clover, le lendemain.

— Non, elle ne viendra pas… Non, inutile de reporter le rendez-vous. Merci.

J'avais raccroché. Clover s'était retournée.

— Qu'est-ce que c'était ?

— Rien d'important, avais-je dit.

C'était certes un mensonge, mais qui avait une part de vérité. La mort de Poppy devait avoir sur Clover un effet que rien n'aurait pu à ce point susciter et ôter tout attrait aux garçons et au sexe – et à tout le reste – pendant plusieurs mois. Des années plus tard, elle compenserait cette perte, mais pour l'heure, Clover vivait comme si elle avait effectivement été enfermée dans une tour.

Quelques jours après ma visite à Packard, Sarah et Rico sont venus dîner à la maison. J'avais promis des hamburgers bien supérieurs à ceux de Mama Jo's. Sarah est arrivée avec une tarte pour le dessert et un DVD à regarder pour Rico.

Nous avons mangé dans la cuisine, puis j'ai installé Rico devant son DVD – un film d'animation dont le héros était une éponge (Seigneur !) – dans le dressing de Poppy. J'ai allumé un feu dans le salon. Cette fois, c'est Sarah qui ne buvait pas. Si bien que lorsqu'elle s'est mise à flirter avec moi, je savais que c'était délibéré et cela m'a déconcerté. Elle s'est assise à côté de moi sur le canapé, au lieu de s'installer au coin du feu dans un des fauteuils à oreilles.

— Pour une fois qu'on peut parler en adultes, ai-je dit.

— C'est un bon début.

Le genou de Sarah a frôlé le mien. Cela m'a tellement troublé que je me suis levé pour aller tisonner le feu puis c'est moi qui suis allé m'asseoir dans le fauteuil. Nous avons parlé des candidats, des prochaines primaires, puis de l'art du vitrail, qu'elle avait découvert au travers de la sculpture.

Elle a profité d'un silence pour regarder autour d'elle. (J'ai espéré que la poussière ne brillerait pas à la lueur du feu.) Son regard s'est attardé sur un portrait de Poppy au pastel, posé au-dessus d'une bibliothèque. Elle y est représentée en pied, en justaucorps noir et collant rouge, les bras arrondis au-dessus de la tête, le bout des doigts joints. Il n'est pas extraordinaire, mais il est signé de Helena, qui a pris quelques cours d'art plastique dans un musée de la région.

— C'est votre femme ?

— Oui.

Avant que je n'aie eu le temps de m'inquiéter de ce que j'allais dire, Sarah a poursuivi :

— Je sais comment elle est morte. C'est affreux.

— Clover raconte ça à tout le monde ?

J'éprouvais soudain une colère irraisonnée.

— Tout le monde a l'air d'être au courant, de toute façon.

— Ça fait partie du folklore sordide de la ville.

— Je ne dirais pas ça. Apparemment, tout le monde l'aimait. D'après ce que j'ai entendu, vous n'êtes pas le seul à qui elle manque encore.

Que répondre à cela ? Était-ce un test pour voir si elle me manquait toujours autant ? Au bout d'un moment, je lui ai dit :

— Je suis sûr que ce n'est pas intentionnel, mais à vous entendre, on dirait une espèce de rivalité.

Sarah s'est rembrunie.

— Je suis désolé, ai-je dit.

— Moi aussi. Pour vous et pour vos filles.

— Oh, nous ne nous en sommes pas trop mal sortis, bien que j'aie été seul à les élever. Elles m'ont appris qu'on n'emballait pas de sandwichs à la mayonnaise dans des sacs en papier. Que Charlie Rose est un meilleur journaliste que Ted Koppel, en raison de ses invités, pas de sa coiffure. Que les filles sont plus intelligentes que les garçons. En tout. Je leur ai appris qu'on peut survivre en ne changeant ses draps qu'une fois par mois tout au plus. Et que c'est non seulement utile de savoir conduire une boîte manuelle, mais que c'est agréable.

Sarah a eu la courtoisie de rire. Je lui ai parlé de Trudy, qui avait été une adolescente morose et renfermée, avant de devenir une étudiante brillante et motivée. J'ai mis en avant sa récente promotion. Je ne lui ai pas raconté l'histoire de Clover.

Au moment de partir avec Rico – à huit heures et demie, car il y avait école le lendemain –, Sarah m'a embrassé en laissant quelques secondes ses lèvres s'attarder sur ma joue.

J'ai veillé bien après minuit. J'avais l'impression que mon souffle était si rapide que je ne pourrais jamais trouver le sommeil. Je me suis longuement regardé dans le miroir accroché au-dessus du lavabo, sous la lumière crue de ma salle de bains. Je n'étais pas repoussant, pas encore. Mes cheveux argentés étaient toujours assez fournis. Ma peau avait échappé à la dentelle de varices. Depuis que j'avais attaqué, à ma retraite, mon programme de remise en forme, j'avais perdu plus de quatre kilos. J'avais le sentiment à présent que les gens ne me voyaient pas comme quelqu'un de corpulent, mais de robuste. J'avais les épaules carrées, je me tenais relativement droit. Peut-être faisais-je jeune pour mon âge ? Lors de mon dernier check-up, le Dr Fields disait qu'à me voir, j'avais l'air en meilleure forme que sur le papier… Mais franchement.

Qu'est-ce qui faisait qu'après tant d'années d'une vie monacale tranquille et librement consentie, j'avais soudain envie de prendre cette femme dans mes bras, de la voir nue – non, de me trouver nu avec elle ? Avais-je fini par devenir la quintessence du vieux pervers ? Étais-je pitoyable, bercé d'illusions, sur le point de sombrer dans un abîme d'humiliation ? La confiance que m'avait donnée son attirance pour moi m'apparaissait soudain dans toute son absurdité. Je suis allé me coucher en me traitant d'imbécile.

Le lendemain, pourtant, elle m'a appelé pour me demander si je voulais l'accompagner à Boston avec Rico le week-end suivant, pour passer l'après-midi au Museum of Fine Arts. Nous sommes partis ensemble en voiture, en écoutant une cassette de Peter, Paul & Mary qu'adorait Rico. Tous ces morceaux qu'on entendait dans les cafés de Cambridge à l'époque où je faisais la cour à Poppy, ces chansons contestataires, n'étaient-elles plus que des rengaines de bac à sable ? Pete Seeger s'était-il mis à gratter du banjo sur les plateaux des émissions enfantines ?

Une fois dans le département d'antiquités du musée, Sarah a laissé Rico nous devancer bien plus que je ne l'y aurais autorisé.

— Il connaît cet endroit par cœur. Et il n'ira pas loin, m'a-t-elle dit. Il connaît même certains gardiens par leur prénom.

Dans la pénombre du département d'Égypte ancienne où l'intérêt morbide du jeune Rico était capté par les momies, Sarah m'a pris la main. J'ai étouffé un cri, si bien qu'un visiteur qui passait à côté m'a regardé d'un œil inquiet. Elle m'a serré la main encore plus fort.

— Ça va ? m'a-t-elle chuchoté.

— Je dirais que j'éprouve une appréhension, ou plutôt, non, une impatience fébrile.

Elle s'est placée en face de moi, pour pouvoir me regarder dans les yeux.

— Moi aussi.

— Qu'est-ce qui est écrit ? a lancé Rico en m'épargnant une crise cardiaque.

Nous nous sommes rassemblés autour d'une momie couverte de graffitis minutieux tandis que Sarah nous lisait la légende.

Au retour, dans la voiture, j'ai eu un mal fou à me retenir de prendre sa main entre les sièges. Nous avons parlé de Fées & Follets, en demandant à Rico ce qu'il pensait de la cabane, de M. Ira, des chansons. Ce n'était pas un enfant très bavard (au même âge, Clover remplissait l'univers de discours !), mais il nous a décrit les meubles de la cabane avec une précision presque académique.

En arrivant à Matlock, Sarah m'a déposé à la maison sans entrer. J'étais épuisé, mais tout aussi déçu de la voir repartir.

Je l'ai appelée ce soir-là, une fois certain que Rico serait couché.

— Je suis tellement contente de vous entendre, m'a-t-elle dit. Je suis désolée de vous avoir laissé comme ça. Je ne me faisais pas confiance.

— Je sais me tenir.

— Je ne peux pas en dire autant de moi, m'a répondu Sarah. Elle m'a dit qu'elle avait un cousin qui vivait à Ledgely et à qui elle confiait parfois Rico ; il était prêt à prendre Rico pour la nuit à peu près n'importe quel week-end.

— Week-end ? ai-je ronchonné.

— J'en ai bien peur. Et puis je suis débordée de travail en ce moment. Ce qui est parfait. (Elle a ri.) L'attente. Vous vous souvenez ?

J'ai réussi à traverser le désert qui me séparait du vendredi. Puis elle est apparue devant ma porte dans une longue robe bleue, une bouteille de vin à la main. Moins de dix minutes plus tard, nous nous précipitions en haut, enchevêtrés l'un dans l'autre. J'avais fait le lit avec un soin minutieux. J'avais balayé et épousseté pour la première fois depuis des semaines, au point d'en attraper une crise d'éternuements. J'avais arrangé les piles de livres de la banquette de fenêtre. Et pourtant, tout cela n'avait aucune importance.

Pendant que nous nous déshabillions sous les draps, dans la nuit qui fort heureusement tombait tôt en cette fin octobre, j'ai senti la force surprenante, étrangement rassurante de Sarah alors que nous faisions face dans l'urgence au casse-tête qui consistait à nous ajuster l'un à l'autre pour la toute première fois. Je me suis forcé à garder le silence, et à éviter les pitoyables excuses que font au cinéma les hommes d'un certain âge dans ce genre de situation; soit elle comprendrait, soit non. Mais je tremblais. Je percevais exactement dans quelle mesure mon corps avait vieilli depuis la dernière étreinte qu'il avait connue. Je sentais ma chair horriblement flasque de mon cou à mes cuisses,

À un moment, j'ai ouvert les yeux, incapable de croire que Sarah puisse éprouver une telle ardeur. Sentant mon hésitation, elle a également ouvert les paupières.

— Je sais ce que tu penses, a-t-elle chuchoté. Et tu te trompes totalement.

Dieu merci, elle ne m'a pas dit que j'étais beau, ni viril, ni sexy. Elle a juste refermé les yeux en m'enlaçant avec plus de force encore.

Au milieu de la nuit, je me suis réveillé en sursaut en entendant la chasse d'eau. Je me suis redressé, terrifié, et j'ai dû crier. Juste avant que la lumière ne s'éteigne, j'ai aperçu une silhouette de femme se découpant dans l'embrasure de la porte de la salle de bains.

— C'est moi, a dit la silhouette.

Ce n'est que lorsqu'elle est venue s'asseoir au bord du lit en posant une main sur mon épaule que je me suis rappelé qui c'était. D'une voix rauque, ensommeillée, elle m'a dit :

— Tu n'as pas faim ? On n'a pas mangé.

Elle m'a proposé de faire des toasts au fromage fondu, du pain perdu, une salade, en fonction de ce que j'avais dans mon réfrigérateur. Je me suis rappelé ce que j'avais préparé pour le dîner, et qui attendait toujours sur le plan de travail de la cuisine.

— Des steaks ? ai-je suggéré.

— Ce que tu veux, a répondu Sarah.

Nous nous sommes rhabillés, nous avons préparé le dîner, mangé à la table de la cuisine, puis nous sommes retournés au lit. Quand nous nous sommes de nouveau retrouvés nus, j'ai davantage pris conscience de son corps, plus que du mien. Elle était incontestablement plus jeune, mais bien plus âgée que Poppy la dernière fois que nous avions partagé ce lit. Je l'ignorais encore, mais déjà, cette nuit-là, les souvenirs que je gardais du corps de Poppy, ses doigts – ses seins, sa langue, ses pieds, ses cheveux sur mon visage – avaient commencé à s'estomper. Peut-être, devais-je comprendre plus tard, avais-je cessé de les conserver aussi précieusement.

Au début, Sarah ne voulait absolument pas que Rico soit au courant de notre relation. Ce qui signifiait que nous faisions l'amour à des heures insolites, essentiellement le lundi et le mercredi matin, quand elle n'était pas de service au TGO. Après avoir déposé Rico à la grange, elle se garait dans la rue, entrait chez moi et montait directement au premier. Je l'attendais, en ayant pris ma douche après un jogging matinal.

Je ne sais pas au juste ce qui donnait à cette relation ce côté risqué, illicite, mais je craignais que l'on remarque le changement d'horaire de mon jogging ou la présence fréquente de la voiture de Sarah dans la rue. Nous n'avons pas tout de suite parlé de ce que nous éprouvions à l'idée que les adultes de notre entourage apprennent que nous étions amants. Nous ne faisions rien de "mal", n'est-ce pas ?

Je savais que Poppy aurait bien aimé Sarah, mais quelle importance cela avait-il ? Se pouvait-il, contre toute logique, que je me sente coupable d'adultère ? Par ailleurs, dans les tréfonds embrouillés de mon être, je me demandais s'il avait été bien malin de ma part de vivre platement les plus belles années de ma vie dans la peau d'un monogame puis d'un moine, à une époque de concupiscence allègrement assouvie. Poppy aurait été amusée de me voir ainsi me lâcher alors que le reste du monde mettait un frein à ses excès. "Parfois, je me dis que ta devise c'est 'Ni leader, ni suiveur'", m'avait-elle dit un jour en plaisantant.

Un soir de début novembre, alors que je lisais seul à la table de la cuisine après avoir écarté mon assiette, j'ai sursauté en entendant ma porte d'entrée s'ouvrir. Certain que ce devait être Sarah, je me suis levé avec un grand sourire.

Mais c'est Clover qui est entrée dans la pièce. Depuis l'inauguration de l'école, je la voyais rarement une fois qu'elle avait fini sa journée. Je lui disais parfois de rester dîner, ou elle m'invitait au restaurant, mais le plus souvent, elle rentrait chez elle. Et là, elle se tenait dans ma cuisine, l'air franchement mécontent.

Ainsi donc, elle avait fini par l'apprendre. Avait-elle le culot d'être contrariée par ma relation avec Sarah ? (Était-elle jalouse ?) Je me suis empressé de fourbir ma défense et je m'apprêtais à la devancer quand elle s'est assise à table, en face de moi et m'a dit :

— Papa, j'ai besoin de toi.

J'ai refermé mon livre et j'ai attendu la suite.

— Papa, m'a-t-elle déclaré. Je veux les reprendre. Filo et Lee. J'ai besoin de savoir si tu veux bien m'aider à embaucher un très très bon avocat.

Elle refoulait ses larmes. J'ai repensé à sa dépression, à la tornade d'émotions qu'elle avait déchaînée.

— Écoute, mon ange, tu crois vraiment que c'est le bon moment pour penser à ça ? Je sais bien que tu as trouvé tes marques ici, mais il n'y a que quelques mois que tu t'es lancée dans ce projet. Et ce n'est pas comme… (J'ai réfréné l'envie de la préserver de la vérité.) Todd est un bon père et c'est à New York qu'ils ont l'habitude de vivre.

— Todd a trouvé quelqu'un d'autre, papa. Il dit qu'elle aime les enfants. Elle aime *mes* enfants. Mes *enfants* ! Et elle… Elle.

Les larmes se sont mises à couler.

L'idée sournoise m'a traversé l'esprit qu'après tout ce qu'il avait vécu avec Clover, Todd ferait sans doute preuve de sagesse dans le choix de sa remplaçante. Clover ignorait totalement que j'avais souvent parlé avec Todd au cours des premières semaines qui avaient suivi son départ précipité. J'aimais bien Todd et s'il disait que cette femme était attachée à Filo et Lee, je suis sûr que c'était vrai. J'étais également certain que Clover n'avait pas la moindre chance de gagner une nouvelle bataille pour récupérer la garde. J'ai passé en revue les avocats que je connaissais le mieux – ils avaient tous pris leur retraite.

Si involontaire que ce soit, c'était cruel de ma part de ne pas lui répondre aussitôt. Le peu de sang-froid qu'il lui restait s'est écroulé. Elle a commencé à sangloter.

— C'est une femme, papa.

À quoi s'attendait-elle, à ce que la nouvelle élue de son cœur soit un ours polaire? Un voilier? Tout ce que j'ai trouvé à dire, c'est:

— Qu'est-ce que tu veux…

— Oh papa, il y a tant de choses que je ne t'ai pas dites. Je suis désolée. Tu dois me trouver vraiment minable.

J'arrivais à peine à comprendre ce qu'elle me disait.

Aussitôt, je me suis levé pour m'approcher d'elle.

— Si tu as besoin de moi, je suis là pour ça, mon petit.

Oh Poppy.

# 5

— ALORS, qu'est-ce que vous en pensez, tout le monde ? C'est génial, hein ?

Ira se tenait avec Heidi, son assistante, et dix bambins de quatre ans, au pied du hêtre. Ils contemplaient au-dessus d'eux la large structure aux allures de bateau confortablement nichée sous une voûte luisante de feuilles pourpres. Ira admirait également l'arbre qui soutenait solidement la cabane en dégageant une telle impression d'élégance et de toute-puissance. Même si on lui accordait le mérite de cette réussite, il se demandait comment il avait pu croire un seul instant que ce projet verrait concrètement le jour. Il n'était, au mieux, qu'un piètre charpentier qui s'était contenté de recopier des plans tirés d'un livre. L'habileté manuelle de Robert et les muscles de Celestino, voilà quelles étaient les clefs secrètes, essentielles, de son succès et ce n'était guère que le fruit d'un heureux hasard. Que se serait-il passé si le petit-fils n'avait pas débarqué alors même qu'Ira était là à contempler les branches, totalement perplexe, en train de se demander *Et on fait quoi maintenant ?*

Les enfants se sont tous mis à parler en même temps. Ira a frappé dans ses mains en rythme pour leur demander de se taire. *Clap-clap, clap-clap-clap.* Aussitôt, ils ont docilement suivi la cadence. Ces derniers temps, Ira ne cessait de s'étonner de l'autorité qu'il pouvait exercer sans même avoir à prononcer un mot. Un certain nombre de ses certitudes étaient ébranlées et cela n'avait pas que des bons côtés.

— Bien ! a-t-il lancé. Nous allons grimper à l'échelle pour aller décorer cette cabane, sans oublier d'emporter avec nous tout notre savoir-faire de menuisiers et nos règles de sécurité. Nous allons nous séparer en deux équipes, comme pour la table à sable. L'équipe de Heidi y va en premier, puis mon équipe.

Les enfants se sont mis à faire des bonds en criant qu'ils voulaient être dans l'équipe de Heidi. De nouveau, Ira a frappé dans ses mains. Et de nouveau, ils ont obéi et se sont tus.

Robert et son grand-père sont sortis de la maison. Robert brandissait un appareil photo.

— Hé Ira ! Il faut qu'on prenne des photos de l'inauguration !

Heidi a donc aidé les cinq membres de son équipe à escalader l'échelle pour se faufiler par la trappe qui menait au premier niveau, sous l'objectif de Robert qui faisait le tour de l'arbre.

— Et où est ton factotum en ce jour mémorable ? lui a demandé Percy.

Robert a baissé son appareil photo en le fusillant du regard.

— Disons que je n'ai rien entendu, Grand-père.

Celestino ne les avait aidés que deux fois, avec la bénédiction de la voisine dont il entretenait le jardin, mais sans sa force, ils n'auraient jamais pu soulever les poutres les plus grosses et les plus longues qui soutenaient les trois niveaux. Les plateformes, qui se réduisaient à mesure qu'on montait, étaient toutes entourées de solides parois. Celestino avait également fourni une cargaison de branches qu'il s'apprêtait à emporter à la déchetterie pour qu'elles y soient broyées. Elles donnaient à la cabane cet extraordinaire côté caméléon. Quand l'arbre plongeait dans l'ombre à la fin de la journée, la structure disparaissait presque au regard.

Clover et Evelyn sont arrivées en haut de la pente en courant.

— Attendez, Ira, attendez !

Clover agitait également un appareil photo. De sa main libre, elle a pris Ira sans façon par l'épaule.

— L'instant de vérité architecturale !

La vérité ! Ça c'est une idée !

Depuis quelque temps, Ira ne parvenait pas à chasser de son esprit cette voix teintée d'amertume et d'ironie. Alors qu'il avait beau se sentir bien accueilli ici, et même plus proche d'Evelyn, de Heidi, de Clover et de ses autres collègues que des autres femmes avec lesquelles il avait travaillé aux Premiers Pas.

Pendant que Clover disposait l'équipe d'Ira au pied de l'arbre et que Heidi alignait la sienne le long de la balustrade de la cabane, Evelyn s'est approchée d'Ira.

— Avec Maurice, nous donnons un cocktail samedi prochain, en particulier pour les nouveaux voisins de l'école. Nous serions ravis de vous avoir – et n'hésitez pas à venir accompagné. Clover m'a dit que vous aviez un colocataire ? Je sais combien cette ville peut être intimidante pour les nouveaux arrivants.

— Oh j'ai quelque chose de prévu, j'en ai bien peur, a répondu Ira.

Aussitôt, la petite voix a jailli. Ah bon ? On a quelque chose de prévu ? Et qu'est-ce que ça pourrait bien être ?

Voyons voir… passer prendre des tandoori chez l'Indien et louer un bon film à regarder avec notre "colocataire" ?

Evelyn avait l'air sincèrement déçue.

— Maurice meurt d'envie de faire la connaissance du génie qui a imaginé la cabane. Il a un peu l'impression qu'on lui a volé la vedette, je crois. Il a construit un opéra, mais jamais de cabane !

— Je serais ravi de le rencontrer.

C'était vrai, même si Anthony le tuerait s'il se rendait seul à ce cocktail.

Une fois que Clover a eu fini de prendre des photos, les enfants ont couru vers Ira comme des chiots bien dressés.

— On retourne en classe, leur a-t-il dit. Après la séance, ce sera notre tour.

— On peut rouler jusqu'en bas ? a demandé Marguerite.

La pelouse qui descendait jusqu'à la grange était irrésistible. Ira a regardé les cinq visages levés vers lui, leur mine surexcitée, leur teint d'une blancheur de lys (à l'exception de Rico), aussi blanc que la ravissante veste autrichienne immaculée que portait Marguerite.

Roulez donc à votre guise, mes jeunes princes.

— Pourquoi pas ? a répondu Ira.

Les enfants ont poussé des cris.

— Mais un seul à la fois, d'accord ? (Il les a aidés à se mettre en rang.) Et une fois en bas, on ne court pas.

Ira a regardé la veste importée de Marguerite se perdre dans le flou à mesure qu'elle dévalait la pente.

Enfin, franchement, a lancé d'un ton sec sa voix intérieure. Les parents ont pour instruction d'envoyer leurs enfants à l'école avec des vêtements faits pour jouer, jouer, jouer !

Puis cinq visages l'ont contemplé avec un grand sourire.

— Vous aussi, M. Ira ! a crié Jesse.

Ira n'avait pas roulé au bas d'une pente depuis au moins vingt ans. Oh et puis zut. Il s'est allongé par terre en levant les bras et s'est jeté dans la descente. À mesure que le monde dégringolait pêle-mêle autour de lui, il se laissait envahir par le vertige.

— Banzaaaïïïï ! a-t-il crié.

Une fois en bas, il est resté face au ciel, pris de fou rire, les oreilles bourdonnantes tandis que tout tournoyait encore autour de lui. Il a enlevé des brins d'herbe de sa bouche. Cinq visages se massaient au-dessus de lui. Ils étaient tous ravis, riant avec lui, sauf Rico. Peut-être Rico avait-il un pouvoir de vision surnaturel qui lui permettait de discerner au travers du rire d'Ira un vertige qui était étranger aux roulades.

Il s'est redressé, mais il a attendu quelques secondes que le tournis passe. Puis il s'est relevé et a épousseté ses vêtements :

— Bon. Qui a envie de construire un zoo ?

En suivant ses ouailles dans la grange, il a entendu Clover derrière lui.

— Bravo, M. Ira. C'était fantastique. Je connais cinq couples de parents qui vont en entendre parler au dîner ce soir !

Ira aimait bien Clover, mais il était mal à l'aise qu'elle ait cherché d'emblée à faire de lui un ami. Ils étaient les derniers arrivés à l'école, mais dans ce décor tout neuf, ils étaient tous nouveaux, en un sens. Ira avait pu intervenir au même titre que les autres quand il s'était agi d'optimiser l'espace. Et d'un certain point de vue, Clover était la moins nouvelle. Elle avait passé son enfance ici – dans cet endroit extraordinaire. Dès qu'Ira avait aperçu cet étang d'en haut, son cœur s'était mis à battre à tout rompre. Mais y revenir à plus de quarante ans ?

Pendant ses pauses, quand ses élèves étaient en séance de motricité ou en promenade scientifique avec Mlle Ruth, Clover l'invitait parfois à prendre un café au bord de l'étang. Plus d'une fois, elle avait apporté des scones ou des muffins faits maison. Ira avait l'impression qu'elle les avait préparés exprès pour lui. Tout au début, elle lui avait montré des photos de ses enfants, qui vivaient avec leur père à New York. Ce qui les avait amenés à parler des aspects de la ville qu'ils aimaient et qui leur manquaient le plus. Clover avait été enthousiaste d'apprendre qu'Ira avait grandi à Forest Hills. Mais une semaine plus tard, environ, alors qu'Ira dégustait un scone au gingembre et aux cranberries dont il savourait chaque bouchée, tout en s'efforçant de chasser de son esprit l'impression troublante qu'elle essayait de le soudoyer, Clover avait de nouveau évoqué son ex-mari en déclarant à brûle-pourpoint :

— Il s'apprête à faire son coming-out. Si vous voulez savoir, c'est la raison pour laquelle nous nous sommes séparés.

En fait, Ira ne tenait pas du tout à le savoir – pas lui, pas le nouvel Ira paranoïaque – et pourtant elle l'avait regardé dans les yeux comme si elle s'attendait à une réaction particulière. Était-ce à dire qu'elle supposait purement et simplement qu'il était gay, qu'en dépit de tous ses efforts, il était capable de déclencher du premier coup le détecteur d'homoradiation d'une bourgeoise quarantenaire ?

— Ça ne doit pas être facile, et encore moins avec des enfants, avait-il dit à Clover. Et c'est bien que, de toute évidence, ça ne vous dérange pas.

Mais qu'est-ce qu'il racontait ? Bien sûr que ça la dérangeait !

— Disons que j'essaie de me montrer… civilisée, si c'est que vous voulez dire. Mais peut-être qu'à ce stade, c'est insensé de ne pas être là-bas. Je me suis plus ou moins enfuie. Non. Je me suis enfuie. “Élaguez”, comme dit toujours mon psy. C’est affreux, je sais, mais émotionnellement, je n’étais pas prête à… être mère à plein temps tout en me faisant laminer le cœur peu à peu.

Le mieux était sans doute de faire comme s’il s’agissait d’un entretien avec un parent. Il lui avait demandé comment allaient les enfants sans sa présence constante à leurs côtés. Elle avait eu un rire d’autodérision et répondu qu’ils allaient remarquablement bien. Il lui avait alors demandé si, mis à part les enfants, elle avait envie de retourner à New York.

Son rire s’était évanoui.

— Ira, c’est impossible de mettre les enfants “à part”. C’est la leçon que j’en ai tirée. Mais je comprends. Tout ce que je peux vous dire, c’est que je n’aurais jamais les moyens d’avoir un appartement à New York.

— Votre ex ne pourrait pas vous aider ? Ne préférerait-il pas que vous soyez sur place pour faciliter le… droit de visite ?

Il détestait cette expression. Clover avait contemplé l’eau en silence un moment.

— Todd était fou furieux quand je suis partie. Il m’a dit que j’avais fait une sacrée connerie. Alors je vois mal comment je pourrais lui demander ça.

— Si c’est un bon père, il devrait se montrer plus circonspect, maintenant.

— Circonspect, avait répété Clover, l’air amusé. Comment voulez-vous que les parents soient circonspects ? Vous voyez ça souvent autour de vous ?

Au grand soulagement d’Ira, Evelyn l’avait alors appelé de la grange. Depuis, il ne s’était plus retrouvé en tête à tête avec Clover. En fait, il ne la voyait plus aussi souvent. Quand il l'avait saluée devant son bureau quelques jours auparavant, elle avait l'air d'avoir pleuré. Devait-il lui demander ce qui se passait ? L'année précédente encore, il lui aurait tendu la main, naturellement. Sans se poser de question. Mais c'était avant. Il avait cessé de croire que l'amabilité et l'intelligence suffisaient à vous rendre digne de confiance.

— Comment vont nos futurs petits Donald Trump et Trumpettes ? a demandé Anthony en embrassant Ira sur la bouche. (Puis il a reculé en feignant un air horrifié.) Mon Dieu, serait-ce de la terre que tu as dans l'oreille ? Ne me dis pas qu'il y a de la vraie terre à Matlock.

— Arrête, a soupiré Ira en se penchant toutefois pour lui rendre son baiser. Tes blagues commencent à me fatiguer, tu sais.

Anthony passait en revue les placards et le réfrigérateur. Il avait toujours sa cravate mais avait abandonné sa veste dans le salon.

— Que dirais-tu de perciatelli avec de la feta, de la menthe et des olives ? J'ai acheté du pain au romarin chez Ooh La La.

— Laisse tomber la feta. Je serais capable de manger une chèvre. (Ira a tendu ses mains tachées de peinture.) On en est à la décoration. On dirait presque un palais.

— Fini pour toi la vie dure, a dit Anthony. Tu crois que ces gamins ont déjà vu une balançoire-pneu ?

— Il faut que tu arrêtes. Franchement.

Il avait attendu toute la journée de pouvoir raconter à Anthony la première visite des enfants dans la cabane. Anthony avait été impressionné quand Ira lui avait parlé de Robert Barnes, qui avait participé à la construction d'un véritable lodge dans un arbre, et d'Arturo, qui avait grandi dans trois pays différents dont il maîtrisait parfaitement la langue. Mais lorsqu'il avait évoqué Celestino, qui s'était joint quelque temps à eux et les avait tellement aidés, Anthony l'avait interrompu en disant :

— Mais c'est qu'on est grand seigneur, à Matlock. On y traite les travailleurs immigrés en être de chair et de sang !

— Anthony.

Depuis qu'il avait commencé à Fées & Follets, Ira se sentait obligé de se censurer à chaque fois qu'il parlait de son travail à Anthony. Celui-ci était un avocat réputé de Boston, spécialiste du divorce, et il lui était facile de se moquer des requins des affaires avec lesquels il frayait tous les jours, mais il travaillait également *pro bono* au tribunal des affaires familiales de Lothian, où il défendait des mères qui avaient été prostituées ou toxico, des enfants battus et privés de nourriture. Anthony détestait les résidents de banlieues aisées qui confondaient, disait-il, établissements pour mineurs et colonies de vacances.

— Tu as vu ça ?

Anthony a poussé un exemplaire du *Globe* sur le plan de travail. Il était ouvert à la page consacrée à la banlieue ouest. En gros titre, était écrit LE VANDALISME ÉCOLOGIQUE FRAPPE À NOUVEAU : QUATRE VILLES COORDONNENT LEURS RECHERCHES.

L'article était envoyé de Matlock. Ira a pris le journal en soupirant.

> Au début, cela ressemblait à une série de blagues sophistiquées, mais visiblement, c'est désormais la guerre. “L'incident d'aujourd'hui est le troisième à frapper Matlock et il est franchement bizarre”, a commenté le

capitaine dit "Cap" McCord, le chef de police de cette ville champêtre, en décrivant le dernier acte de sabotage. Tôt ce matin, une habitante de Matlock âgée de 46 ans, qui souhaite rester anonyme, s'est aperçue en sortant de chez elle que sept bicyclettes avaient été solidement attachées sur la carrosserie de sa voiture. D'après le capitaine McCord, un grand panneau était collé sur le pare-brise du véhicule. Il disait *VIVE LE VÉLO, À BAS L'AUTO*. Les bicyclettes étaient rouillées, sans pneus. Nous cherchons à savoir si elles proviennent de la déchetterie locale. Cela pourrait déboucher sur une piste.

Presque simultanément, dans les villes voisines de Ledgely et Weston, des habitants ont découvert à leur réveil des provocations ouvertement écologistes du même ordre. À Ledgely, un propriétaire qui n'avait pas verrouillé sa porte a trouvé, en rentrant de son travail, toutes les ampoules de son domicile remplacées par des lampes fluorescentes, *PRÉSERVONS L'AVENIR*, disait le panneau fixé sur sa porte.

— Tu imagines un peu ? a dit Anthony. J'ai bien cru que mon déjeuner allait me ressortir par les trous de nez.

— C'est nettement moins désopilant pour les gens de Matlock, a répondu Ira. Certains parents veulent engager un détective. Ils en ont marre.

— Tu as vu l'histoire de la lettre ? Ils sont peut-être cinglés, mais en tout cas, ils ont un sacré cran.

Ira a survolé quelques paragraphes avant de tomber sur ce qui suivait : *Les services de police des quatre villes où ont été commises ces blagues ont reçu la même lettre. Le texte n'a pas été communiqué aux journalistes, mais le capitaine McCord a révélé un message essentiel : "Les CHIENS sont lâchés." Le sigle de cette organisation jusque-là inconnue signifie "Comité Hygiène*

*Intervention contre les Excès Nuisibles de la Société". Certains estiment qu'il s'agit de terrorisme ; d'autres, en revanche, déclarent : "Il était temps !".*

Ira n'a pas pu s'empêcher d'éclater de rire.

— Les *CHIENS* ? Je n'y crois pas.

— Et sous leur nez encore, fabuleux, hein ? Je te parie que les abrutis de flics grassement payés pour travailler là-bas doivent cafouiller comme une bande d'inspecteurs Clouseau. Franchement, tu ne vas tout de même pas t'apitoyer sur ces gens-là.

— C'est difficile, je te l'accorde.

Mais Ira se rendait compte qu'il avait un ton pincé.

Avant d'avoir pris son poste à Matlock, Ira se serait montré tout aussi véhément qu'Anthony, mais dans les dîners, il se fermait désormais comme une huître quand il entendait leurs amis jeter des pierres sur les riches – les propriétaires socio-démocrates, les appelait Anthony. Après tout, eux aussi étaient de riches socio-démocrates. Certes, Ira et Anthony vivaient dans un quartier excentré de Lothian, où en fait d'épicerie, il n'y avait qu'un delicatessen avec des sandwichs rassis, des haricots en boîte et un pitbull dans l'arrière-boutique, mais ils avaient deux voitures et les moyens de se fournir à loisir dans les rayons du Fresh Pond Whole Foods et des magasins d'alimentation snobs de Faneuil Hall. Contrairement à bon nombre des nantis de ces banlieues huppées dont se moquait Anthony, eux n'auraient jamais à assumer le coût des études de leurs enfants. Comme Ira l'avait appris récemment, c'était non seulement idiot d'exprimer des préjugés de classe d'une telle suffisance, mais aussi hypocrite.

Aux Premiers Pas, la tradition voulait qu'à chaque fin d'année, les enseignants réalisent un livre souvenir pour chacun de leurs petits élèves. À la mi-mai, les instituteurs des quatre classes passaient toute une semaine ensemble à travailler tard le soir pour trier les photos, photocopier les paroles de chansons de Raffi, perforer de trois trous des feuilles de papier cartonné et les assembler avec de la ficelle afin de produire *Notre Amelia*, *Notre Zach* ou *Notre Keesha* – qui résumait chacun l'année qu'avait passée l'enfant en question dans la classe Rouge, Bleue, Jaune ou Verte. Ira s'était livré à cette coutume durant trois ans. Rétrospectivement, il était stupéfait de songer avec quel respect, quel amour même, les enseignants accomplissaient cette tâche laborieuse. Quand bien même lesdits Amelia, Keesha ou Zach étaient des pleurnicheurs, des instigateurs ou des je-sais-tout, Ira et ses collègues voyaient en chacun d'entre eux un simple enfant, un être en devenir dont les fautes étaient éminemment excusables et le caractère tout au plus embryonnaire.

C'était ce qui avait poussé Ira à se tourner vers l'enseignement de maternelle malgré le salaire dérisoire. Les petits enfants faisaient des erreurs. Ils fanfaronnaient, persécutaient leurs camarades. Ils pleuraient et hurlaient à la moindre provocation. Ils étaient crasseux. Ils étaient épuisants et d'une grossièreté parfois sidérante (volontaire ou non). Mais on avait encore de bonnes chances de pouvoir contribuer à les guider vers un avenir délivré de la xénophobie, du moralisme bien-pensant ou des inhibitions craintives qui affligeaient bon nombre de leurs parents.

Pourtant c'était cette charmante tradition – plus précisément, l'hommage rendu à *Notre Ramsey* – qui avait fini par chasser Ira d'un travail qu'il aimait et pour lequel il était sacrément doué. La grande et amère leçon qu'Ira avait tirée de cette disgrâce injustifiée était qu'il y avait des détails de sa vie privée qu'il valait mieux garder pour soi.

Lothian était une ville à la population étonnamment mélangée et c'était là un des aspects des Premiers Pas auquel Ira était très attaché. Quand il avait obtenu son poste, Anthony et lui avaient décidé de quitter Boston pour s'intégrer pleinement dans une communauté à laquelle ils pouvaient être utiles. Durant trois ans, Ira avait vu défiler dans sa classe de petits de quatre ans qui étaient enfants de policiers et de caissières, de professeurs d'université et d'apprentis sculpteurs, de comptables et de banquiers, de serveurs et d'éboueurs. Il y avait des enfants assortis à toute la palette de couleurs de la boîte de feutres multi-ethniques de Crayola, des enfants dont les parents étaient propriétaires de deux maisons, échangeant des Lego avec d'autres enfants qui, eux, partageaient leur chambre avec deux frères et sœurs et avaient des parents dont la langue d'élection n'était certainement pas l'anglais. Depuis la suppression de l'encadrement des loyers à Boston, on trouvait à Lothian des universitaires qui habitaient à côté de mécaniciens. Ira disait que c'était un "véritable carrefour culturel". À présent, il s'efforçait de ne plus en parler.

Ira avait cru que la plupart des parents qui envoyaient leurs enfants en maternelle aux Premiers Pas partageaient la fierté que lui inspirait cette diversité (un terme qui lui laissait aujourd'hui un goût amer). Quand Betty, la directrice, l'avait engagé alors qu'il venait de décrocher son master, Ira avait été intimement persuadé qu'en sa qualité d'homme et d'homosexuel, il avait un double avantage sur toutes les célibataires blanches débordant d'enthousiasme, y compris celles qui avaient déjà derrière elles un certain nombre d'années d'enseignement.

Au début de la première année, Anthony l'avait accompagné à la fête du personnel et l'avait même aidé à repeindre la classe Verte d'une éclatante couleur kiwi d'un chic raffiné, pour remplacer le vert gazon fatigué de la gouache et des jouets Playskool. Ils fréquentaient certaines des collègues d'Ira (tous hétéro) et même, la troisième année, quelques couples dont Ira avait eu les enfants dans la classe Verte. Il était fréquent de voir les petites filles éprouver leur premier coup de cœur pour Ira, et les mères dont il était le plus proche (celles qui venaient lire des histoires ou servir les collations) lui lançaient des plaisanteries du genre "Annonce-lui en douceur!" ou "Si seulement Alexia savait". Une maman qui se tenait à côté de lui dans la cour à la récréation lui avait même glissé un jour: "Ça peut sembler pervers, je sais, mais parfois j'aimerais que Chloe épouse plus tard un homo. Vous comprenez tellement mieux les femmes que les hommes disponibles." Ira s'était forcé à rire aimablement.

Bien entendu, les adultes les plus à l'aise face à son homosexualité étaient les plus riches et les plus éduqués. Avec les autres, et particulièrement ceux qui étaient issus de cultures plus conservatrices, il s'efforçait de ne pas être gêné. Il se disait que les Sanchez, les Nguyen, les Wozniak et autres étaient trop occupés à gagner leur vie pour penser à ce genre de choses et perdre leur temps à badiner avec le mignon petit instituteur gay de leurs enfants. Cela étant, lorsqu'il parlait avec les pères réactionnaires, du style de Victor Wozniak, Ira se surprenait à baisser instinctivement d'un cran son exubérance naturelle.

Du coup, quand c'était arrivé – quand l'intolérance lui avait pété à la figure –, il avait été stupéfait de voir que l'attaque provenait d'une des familles qu'il avait toujours considérées comme des alliés naturels. Cette année-là, à l'automne, les parents de Ramsey avaient organisé un cocktail pour les nouveaux parents dans leur vaste demeure rénovée. Le père de Ramsey, un homme qui faisait de l'argent avec de l'argent, aurait pu s'acheter une maison à Charlestown s'il avait choisi de rester à Boston, mais elle n'aurait pas été aussi spacieuse. Willard Caldwell se vantait que pour rien au monde, il n'irait s'installer dans les banlieues plus snobs et qu'il tenait à ce que ses cinq enfants grandissent avec des enfants de "tous les milieux".

Anthony avait assisté avec plaisir au cocktail en compagnie d'Ira. Vers la fin, ils s'étaient retrouvés à discuter du droit au mariage avec quelques mères. Ils avaient tous un peu trop abusé du merlot quand une mère leur avait dit, si fort que les têtes s'étaient tournées vers eux :

— Quelle chance nous avons, tout de même, de vivre dans un État aussi fabuleux, surtout maintenant que Mitt Romney repart dans l'Utah ? Comment le reste du pays peut-il être d'un puritanisme aussi stupide ? Il n'y a *qu'ici* que vous pourriez vous marier, tous les deux. Et pourquoi n'auriez-vous pas *le droit* ?

Après cela, Ira n'avait revu le père de Ramsey qu'une fois ou deux à l'école. C'était sa femme qui déposait et venait chercher leur fils à l'école, se dépêchant de l'attacher sur son siège à la fin de la journée pour arriver à temps à Cambridge afin de récupérer les aînés à leur école privée. Au milieu de l'année, Betty avait annoncé à Ira que la famille de Ramsey avait demandé qu'on le mette dans la classe Bleue, soi-disant pour être avec un de ses petits camarades. Mais il n'y avait pas de place dans celle-ci et Ramsey était resté chez Ira.

Cet hiver-là, deux autres petits garçons avaient été retirés de la classe Verte – l'un parce que la famille déménageait, l'autre car il avait été accepté dans une école spécialisée pour les enfants avec des besoins spécifiques.

À la vente aux enchères de l'école, au printemps, Ira avait remarqué un groupe de pères qui buvaient et bavardaient dans un coin en lui jetant des coups d'œil. Anthony lui avait dit :

— Écoute, mon ange, ils s'interrogent sur notre vie sexuelle, c'est tout. Les hétéros ont des fantasmes ridicules, parfois. C'est plus fort qu'eux, les pauvres. Ira avait souri, sachant qu'Anthony était un des hommes les plus séduisants de la salle.

Puis la fin de l'année était arrivée : les fêtes d'adieu avec les mères larmoyantes, le vidage des casiers, la distribution des livres-souvenirs des enfants et les modestes cadeaux faits maison que les enseignants acceptaient en échange. Ira et ses collègues avaient passé la semaine suivante à nettoyer leurs classes de fond en comble, à cirer le parquet, comptabiliser les fournitures de travaux manuels et les emballer pour l'été dans des caisses en plastique.

Le dernier jour, une fois la plupart des enseignants partis, Betty l'avait fait venir dans son bureau et avait refermé la porte. Sur sa table était posé *Notre Ramsey* avec sa couverture d'un éclatant rouge coquelicot, qu'Ira avait choisie pour aller avec le côté téméraire et physique de l'enfant.

— Ira, avait dit Betty, nous avons une situation très difficile sur les bras.

— Ah bon ? Oh là là.

Il croyait que ce "nous" était une allusion à une forme d'alliance tacite dont il faisait partie. Betty avait tourné le livre vers Ira. Elle l'avait ouvert à une page où figurait une photo de Ramsey soufflant la bougie de son mini-gâteau d'anniversaire. La photo avait été prise par l'assistante d'Ira,

Heather. Ira était agenouillé à côté de la petite chaise de Ramsey et riait gaiement (ou *gayment*, plutôt), le bras sur les épaules de l'enfant. Betty était passée à une double page, vers la fin du livre. À gauche était collée une simple partition intitulée *La chanson des mammifères. Le mammifère préféré de Ramsey est le chameau,* avait écrit Ira en dessous. À droite, il y avait une photo de l'Heure des Chansons. On y voyait Ira qui dirigeait la classe avec Ramsey sur ses genoux. Tous les enfants se disputaient l'honneur de pouvoir s'asseoir sur les genoux de leur instituteur et Ira veillait à ne pas avoir de chouchou.

Ira avait regardé Betty en souriant, sans comprendre.

— Ira. (Elle avait un ton sinistre.) Willard Caldwell estime que vous vous montrez d'une familiarité déplacée avec son fils.

Ira avait éclaté de rire, encore déconcerté.

— Vous comprenez ce qui se passe, au moins ?

Cette fois, il comprenait.

— Absolument rien. C'est bien simple.

Betty lui avait rappelé que Willard était membre depuis peu du conseil d'administration de l'école.

— Il s'est entretenu avec d'autres parents, j'en ai peur, et il a fait des insinuations sur les enfants qui ont quitté l'école – votre classe – au milieu de l'année. Je regrette de ne pas avoir été informée de ces discussions plus tôt, car j'y aurais mis un terme, croyez-moi.

Ah oui ? se rappelait avoir pensé Ira sur l'instant en sentant la colère monter. Betty avait beau avoir connu dans sa jeunesse les combats des années 1960, elle était réticente à toute forme d'affrontement.

— C'est scandaleux, s'était indigné Ira, c'est absurde et… insultant.

— Je suis d'accord avec vous, avait dit Betty sans se départir de son ton funèbre. Mais à présent, les gens sont au courant et je…

— Et vous êtes trop lâche pour les affronter.

Betty s'était tue. Elle n'avait pas l'air fâchée, juste embarrassée.

— Je suis un des instituteurs préférés, ici, et vous le savez très bien, avait repris Ira, Comment avez-vous pu écouter cet homme, ne serait-ce qu'une seconde ?

Elle avait secoué la tête, incapable de parler.

— Ah, avait dit Ira. Parce qu'il a de l'argent. Et deux autres enfants – deux jumeaux, de parfaits petits aryens – qui paient plein pot et dont les frais de scolarité viendront se rajouter aux caisses. Voyons voir. A-t-il accepté de financer de nouveaux équipements de jeu ? Un minibus pour emmener les classes au musée des sciences ?

— C'est si difficile. Ira. Vous le savez, ce sont les gens comme les Caldwell qui nous permettent d'avoir les Sanchez et les Wozniak…

— Les gens comme les Caldwell, avait répété lentement Ira d'une voix tremblante, devraient être dénoncés publiquement. Tout comme ceux qui cautionnent leur attitude.

Ira avait regardé Betty refouler ses larmes.

— Je le mérite, avait-elle répondu à mi-voix. Mais voilà les options qui s'offrent à nous. Un, nous faisons ce qu'on appelle notre devoir et nous tenons tête à Willard Caldwell. Soit il retire son fils des Premiers Pas – avec son argent et probablement quelques autres familles qui relèvent de la même tranche fiscale –, soit il décide de nous poursuivre en justice, vous et nous. Il envoie déjà Ramsey chez un thérapeute…

— Un thérapeute ?

Ira avait bondi hors de son siège, galvanisé par la rage, mais il s'était retrouvé emprisonné entre les quatre murs du petit bureau de la directrice, avec ses étagères débordant d'ouvrages consacrés aux "cas particuliers", traitant de la manière de s'adresser à un enfant quand un de ses parents est malade, quand son animal domestique meurt, quand la grand-mère perd la tête ou que le sexe pointe le bout du nez un peu trop tôt. Mais rien sur ces riches parents qui vous forcent à renvoyer votre meilleur instituteur à coups de chantage.

— Je suis désolé, Betty, mais je retrouverai ce salopard devant les tribunaux.

Anthony lui prendrait le meilleur avocat possible. Willard Caldwell ne comprendrait pas ce qui lui était tombé dessus. L'histoire ferait la une du *New York Times*.

Betty s'était également levée. Elle s'était approchée d'Ira et l'avait pris par les épaules. Elle l'avait serré contre elle malgré sa réticence. Ils étaient restés ainsi quelques instants sans bouger ne serait-ce qu'un muscle, puis elle avait reculé et s'était rassise.

— Asseyez-vous, lui avait-elle dit calmement. Elle avait attendu de voir s'il s'exécutait, ce qu'il avait fait, et s'il allait continuer à vider son fiel, ce dont il s'était abstenu. Malgré son souffle haletant, il avait décidé d'écouter au lieu de s'enfuir.

— Si vous êtes un des enseignants préférés, c'est que vous êtes dévoué à cette école. Vous n'êtes pas juste de passage. Vous n'êtes pas une de ces fleurs bleues qui attendent de rencontrer un homme pour avoir des enfants à elles. Vous êtes une perle rare. (Elle l'avait observé longuement avant d'ajouter simplement d'une voix tendre :) Ira.

Il avait peu à peu repris son souffle.

— Si vous le souhaitez, nous – moi et deux membres du conseil qui savent repérer la paranoïa et l'intolérance – nous nous battrons pour vous. Mais quoi que je dise, j'ai peur qu'il y ait une enquête… sur vous. Si vous êtes prêt à y faire face, nous vous soutiendrons. Mais j'aimerais que vous pensiez un instant aux Premiers Pas. À ce qui arriverait à l'école. Ne serait-ce que dans les médias.

— Je vois, avait répondu Ira. Pas à moi. Je ne suis pas censé penser à ce qui m'arriverait à moi.

— J'ai passé toute la semaine – jour et nuit – à ne penser quasiment qu'à vous. (Elle avait esquissé un sourire fugace.) J'ai passé beaucoup de coups de téléphone. Y compris certains dont je ne suis pas fière. Mais il y a une bonne nouvelle. C'est du moins ce que je crois et j'espère que ce sera également votre avis. Une de mes amies qui est dans le métier dirige une école maternelle de rêve. Et elle a un poste libre. Entre parenthèses, mieux payé que votre poste actuel. Et je lui ai déjà parlé de vous,

— Vous lui avez tout raconté.

Betty avait éclaté d'un rire jovial, goguenard.

— Oh non, Ira. Non. J'ai connu suffisamment de familles dans ma carrière, entendu suffisamment d'histoires peu ragoûtantes, pour savoir qu'il faut toujours s'en tenir au strict nécessaire. Si vous voulez rester honnête. Et ne pas avoir d'ennuis.

Ils avaient tous deux parcouru en silence le couloir qui menait à la classe Verte. Ira avait contemplé la salle avec son odeur de renfermé, son éclairage trop vif, sa moquette irrémédiablement crasseuse, ses murs légèrement déprimants malgré leur couleur lumineuse, et il avait été envahi d'un flot d'émotions limpides. Le chagrin, tout d'abord, puis la peur et enfin la fureur. Il s'était tourné vers Betty.

— Je peux vous poser une question ?

— Je vous en prie.

Pour la première fois, son sourire était sincère.

— Vous saviez que j'étais gay quand vous m'avez engagé ?

Elle s'était décomposée.

— Enfin Ira, vous croyez que cela aurait changé quoi que ce soit ? Bien sûr que non.

— Mais à présent, cela changera les choses, n'est-ce pas Betty ?

— Ne parlons pas de ça, Ira.

— Très bien, avait-il répondu. Laissez-moi, voulez-vous ?

Ira avait quitté les Premiers Pas pour la dernière fois cet après-midi-là. Et pour la première fois depuis qu'il vivait avec Anthony, il avait gardé pour lui ce qui s'était passé ce jour-là. Il avait invoqué l'épuisement de la fin d'année et était allé directement se coucher. Le lendemain, il s'était réveillé tard.

Quand il s'était levé, il était sorti et avait marché pendant des heures. Plus il marchait, plus sa rage et sa détermination grandissaient, les Premiers Pas pouvaient bien aller se faire foutre, il irait devant les tribunaux. Si Anthony n'avait pas travaillé tard ce soir-là ou s'il avait appelé Ira avant que Betty ne lui téléphone pour lui donner le numéro de son homologue de Fées & Follets, qui sait ce qui serait arrivé ?

Il avait appelé. Un coup de fil n'engageait à rien. C'était Evelyn qui avait décroché et dès qu'il avait mentionné le nom de Betty, elle était devenue exubérante. Betty était son idole, lui avait-elle dit. Elle s'était tellement battue lorsqu'elle avait ouvert les Premiers Pas à la fin des années 1970.

— Vous êtes trop jeune pour savoir ça, avait dit Evelyn, mais à l'époque, à Lothian, les automobilistes de passage remontaient leurs vitres et verrouillaient leurs portières. Mais cela ne faisait pas peur aux gens comme Betty.

Les enfants de la classe d'Ira, les Bouleaux, étaient intelligents, bien élevés et désireux de plaire à leur instituteur. Quelle que soit son amertume, il était difficile de ne pas se rendre compte de la chance qu'il avait d'être là. Tous les après-midi, une fois les enfants du Lunch Bunch partis, Ira allait tout au fond du long couloir, jusqu'à la grande baie qui donnait sur l'étang, pour contempler le miracle de cette nature si sauvage et si verdoyante à proximité de la ville. Par endroits, la surface de l'étang était argentée, ailleurs, elle était parsemée de feuilles écarlates. À présent, les arbres étaient dépouillés de leurs feuilles et le soleil paraissait plus éclatant, plus proche à mesure que l'hiver arrivait. Les après-midi comme celui-ci, il tapait si fort sur le toit de la grange qu'il faisait trop chaud dans certaines salles.

Il contemplait la vue en buvant son thé. C'était devenu un rituel. À ce moment, un canot est apparu d'un recoin de l'étang, glissant sur l'eau. Robert et son ami Arturo rejoignaient la rive en pagayant.

Bien qu'ils aient fini de travailler sur la cabane, ils continuaient à venir une ou deux fois par semaine à Matlock. Ira se demandait comment ils trouvaient le temps. Il se rappelait à quel point il était submergé à l'université. Il avait du mal à croire qu'il ait pu écrire autant de mémoires, réussir brillamment autant d'examens. À présent, il passait ses soirées à regarder la télévision, discuter des affaires courantes avec Anthony et assister à des soirées. Ce jour-là, ils devaient encore assister à un gala de bienfaisance en smoking, à l'invitation d'un des clients aussi snobs qu'arrivistes d'Anthony.

Quelle cause défendait-on, ce soir ? La poésie dans les quartiers déshérités ? Les femmes battues ? Les enfants autistes ? Au début, Ira adorait ces soirées, mais à présent qu'il avait écumé, flûte de champagne à la main, toutes les salles de réception des hôtels de la région dans un rayon de trente kilomètres autour de Prudential Tower, elles lui semblaient tout aussi bidon que leurs causes étaient louables.

Il est retourné dans sa classe pour tout ranger. Heidi était partie de bonne heure car elle avait rendez-vous chez le dentiste. Comme sa classe était exposée à l'ouest, en fin d'après-midi, la chaleur y était étouffante. Ira a entrouvert une fenêtre.

Il était en train de décrocher des peintures de la corde à linge où elles séchaient, quand il a entendu les deux jeunes garçons qui tiraient le canoë sur la berge.

— Tu es cinglé, Turo, disait Robert.

Ira entendait le bruit du canoë qui raclait contre les roseaux et les pagaies qui s'entrechoquaient contre la coque d'aluminium.

— C'est à toi de décider ce qui compte le plus, a répondu Turo.

Robert a ri.

— Ce n'est pas simple, comme question. C'est en partie pour ça qu'on fait des études, non ?

Turo a éclaté de rire à son tour :

— Pour jouer de la lyre pendant que Rome brûle.

— Je ne peux plus te laisser te servir de ma voiture. Tout ça... je ne sais pas...

— Te fout les jetons ? Tu veux que je m'en aille ? Tu serais plus tranquille ?

— Ça va pas, mon pote ? Sûrement pas.

— Pense au plus urgent. Quelle que soit ta décision, tu as tout mon respect.

— Je suis juste… merde, tu as vu l'heure ? Clara a des billets pour cette conférence sur la torture.

— Tu en as parlé à Clara ?

— Mais putain, Turo, tu crois que j'ai quitté la piste ?

— Je comprendrais. Que tu lui en aies parlé. Mais dans ce cas-là, il faut me le dire. Je dois veiller à l'intérêt du groupe, pas seulement au mien.

Robert a eu un rire amer.

— Attends, on est amis, oui ou non ? Je ne juge pas ta vie, ne juge pas la mienne.

— OK, a dit Turo, Merci, mec.

Ira avait collé l'oreille à la moustiquaire.

— Ira ?

Il a sursauté et s'est retourné vers la porte.

— Oh, Evelyn. (Il s'est empressé de s'éloigner de la fenêtre.) J'espionnais, a-t-il expliqué. Je l'avoue. L'oreille qui traîne.

— Et qui donc ?

Dieu merci, Evelyn semblait amusée.

— Robert Barnes. Mais par intérêt anthropologique, si vous voyez ce que je veux dire. Les étudiants sont fascinants, leur culture, leur langage, vous ne trouvez pas ? On a du mal à croire qu'on ait pu être aussi jeunes.

— C'est nettement plus récent pour vous que pour moi, a répondu Evelyn.

Il s'est occupé à empiler les peintures des enfants.

— Regardez celle-ci.

Il tendait les phoques se prélassant au soleil qu'avait peints Marguerite. Bien que le rendu soit approximatif – une rangée de masses gris-bleu marquées de sourires linéaires et de moustaches tordues –, la peinture reflétait cette joie simple qu'on associait à ces animaux, du moins dans la nature. Autrement dit, tels que Marguerite pouvait les contempler du haut de la véranda de la maison de sa famille, quelque part au nord, sur une île dont Ira ne connaissait même pas le nom. Le type de mystère qui en soi dénotait une certaine élite.

À côté de lui, Evelyn a exprimé son admiration. Elle a examiné les peintures qui étaient encore accrochées à la corde.

— Ils ont tous peint l'animal qu'ils voudraient être, a expliqué Ira.

— Ils sont extraordinaires, a dit Evelyn. Mais c'est un vrai festival freudien ! Qui, parmi les Bouleaux, aimerait être un… qu'est-ce que c'est, là ?

— Un anaconda, a répondu Ira. C'est celui de Rico.

Evelyn a esquissé un sourire espiègle.

— Le fils unique d'une mère célibataire rêve d'être le plus gros serpent de la Terre.

— Sans vouloir pinailler, je crois que le plus gros serpent est un python. (Il s'est empressé d'ajouter :) Regardez celui-là, regardez l'incroyable paon de Neve – vous avez vu cette queue, fabuleux, non ?

Aux Premiers Pas, Betty ne se serait jamais permis de faire une remarque un tant soit peu grivoise sur les œuvres des enfants. Ira aimait bien Evelyn, mais son humour le mettait parfois mal à l'aise, comme si elle cherchait à mesurer son dévouement. Ce qui n'était évidemment pas le cas.

— Ce serait peut-être un bon début pour la vente aux enchères de votre classe, a déclaré Evelyn. Un paravent orné de peintures de ce genre plastifiées. Il ne faudra pas tarder à se préparer.

Ira était soulagé de voir qu'elle avait changé de sujet. Jusqu'à ce qu'elle ajoute :

— Vous imaginez un peu ce que certains parents seraient prêts à payer pour pouvoir mettre ce genre d'objet dans la chambre de leur enfant ?

*À peu près ce qu'ils mettraient pour s'acheter une quatrième voiture, facile.*

Ils ont continué à parler des élèves d'Ira quelques instants de plus, puis Evelyn est partie en lui disant de ne pas rester trop tard. Comme à chaque fois qu'elle s'en allait après être passée le voir, Ira était forcé de s'asseoir pour retrouver son calme. Il ne réussissait pas à chasser de son esprit l'image du dernier jour, aux Premiers Pas, lorsque Betty était apparue à la porte de la classe Verte pour lui demander de venir la voir.

Il faut que je suive une thérapie, s'est dit Ira. C'est pitoyable.

Sur ce, sa voix intérieure est venue mettre son grain de sel. *Allez, mon grand, ressaisis-toi. Tout le monde devrait suivre une thérapie. Mais tout le monde ne le fait pas.*

En cinq ans de vie commune, ils n'avaient jamais eu une telle dispute. Le pire, c'était qu'Ira la voyait venir depuis trois jours, depuis sa première conversation avec Evelyn Fougère. Il s'était installé dans le salon en attendant le retour d'Anthony, devant une bouteille de vin posée sur la table basse et avait fixé la pendule de la cuisine sans rien faire. Se contentant d'attendre. Il ne se sentait pas le courage de mettre de la musique, encore moins la télévision ou un de ces programmes prétentieux de la National Public Radio, alors, il avait bu. Comme il n'était pas un grand consommateur d'alcool, cela n'avait fait qu'empirer les choses.

Anthony avait franchi la porte à 19 h 41. Il avait immédiatement vu la tête d'Ira et la bouteille de vin (quasi vide) devant lui, sur la table.

— Ira ? Mon cœur ? Qu'est-ce qu'il y a ?

— Voilà.

Ira avait préparé la réponse qu'il avait trouvée plusieurs heures auparavant, après avoir reçu le coup de téléphone d'Evelyn lui proposant le poste (à condition qu'il n'ait pas d'antécédents quelconques ; Dieu merci ce fumier de Willard Caldwell n'était pas au FBI).

— La bonne nouvelle, c'est qu'apparemment, je vais avoir un nouveau boulot mieux payé.

Anthony s'était assis de l'autre côté de la table, face à Ira. Comme on pouvait s'y attendre, il avait l'air stupéfait. Il avait dit :

— Bon… il vaut mieux que j'entende d'abord la mauvaise nouvelle. Déformation professionnelle.

Il avait pris le verre d'Ira pour se servir le fond de la bouteille, puis il avait bu une gorgée. Il avait attendu.

Malgré tous ses efforts, Ira n'avait pas pu s'empêcher de pleurer. C'était plus fort que lui.

— Je me suis fait virer.

Cela ne faisait pas partie du texte qu'il avait répété.

Cinq minutes à peine après avoir raconté l'histoire à Anthony en édulcorant autant que possible l'essentiel, Ira lui avait parlé de Fées & Follets. Il était surexcité. Il avait refoulé ses larmes. À l'entendre, Evelyn était sa nouvelle amie.

— Son mari est Maurice Fougère, l'architecte génial qui a conçu le musée des enfants où on a emmené ta nièce. Tu te souviens des verrières au plafond ?

— Quand bien même ce serait Mark Wahlberg, je n'en ai rien à foutre.

Anthony affichait un mépris qui semblait à deux doigts de dégénérer en violence. Il avait fini le vin puis il était resté un moment à fixer le verre. En le voyant se lever pour se rendre dans la cuisine, Ira avait pensé qu'il allait rapporter une autre bouteille. Ou de l'eau. Ce serait plus sage. Il avait déjà mal à la tête. Ira avait effectivement entendu de l'eau couler, puis le cliquetis reconnaissable des fermoirs de la mallette d'Anthony qui s'ouvraient.

Lorsqu'Anthony était revenu, il avait posé un verre d'eau devant Ira, mais il avait également à la main un magnétophone, un bloc-notes et un stylo-plume.

— Je veux bien oublier que tu as attendu trois jours pour me dire que tu as été renvoyé. Raconte-moi en détail ta conversation avec Betty.

— Laisse tomber, Anthony. C'est trop tard.

Anthony s'était penché vers lui.

— On va les écharper, Ira. Ça ne se reproduira jamais. Willard Caldwell regrettera de ne pas avoir pu choisir plutôt la castration lente.

— Tu veux vraiment que l'école périclite ? C'est ce qui arrivera, tu sais.

— Tu veux que je te dise ? Oui, puisqu'ils ont décidé de jouer cette carte-là.

— Ce n'est pas un jeu.

— Mais putain, Ira, tu t'es laissé acheter ! Comment as-tu pu céder aussi vite ? Tu es si veule que ça ?

— Je ne suis pas veule. Et, contrairement à toi, j'ai un cœur. Tu ne vois pas que je fais tout ce que je peux pour ne pas craquer en mille morceaux ?

— Si, je vois bien.

Mais le ton d'Anthony était cinglant. Il avait jeté son bloc-notes sur la table. La bouteille vide s'était renversée et avait failli faire tomber le verre d'eau d'Ira en roulant. Le tapis avait amorti sa chute.

— Il faut que je sorte, avait dit Anthony. Je rentre plus tard.

Ira s'était allongé sur le canapé et avait contemplé l'impitoyable plafond monotone, les larmes ruisselant sur ses joues. Outre ses soucis professionnels, il se heurtait une fois de plus aux raisons pour lesquelles ils ne se marieraient sans doute jamais, Anthony et lui, ne rejoindraient pas le cortège des couples de leur connaissance qui s'étaient unis ces dernières années dans une atmosphère de liesse et de rébellion contre la société, cependant profondément romantique, bien souvent. Avec Anthony, ils assistaient à ces cérémonies côte à côte, les mains sur les genoux, sans jamais se regarder, pendant que leurs amis formaient non seulement le vœu de rester fidèles et de s'aimer jusqu'à la fin de leurs jours, mais également de prouver aux Willard Caldwell de ce monde à quel point ils avaient tort. Ira était d'une lamentable lâcheté.

Le téléphone avait sonné. L'Ira d'avant avait annoncé son indisponibilité et s'était entendu répondre par Maryjane, dont le fief était la classe Jaune.

— Ira ? Ira, tu es là ? (Elle attendait qu'il décroche.) Ça va ? J'espère que ça va. Appelle-moi dès que tu auras ce message. Même très tard… S'il te plaît.

Ainsi donc, ils étaient au courant. Voilà qui était rapide, s'était dit Ira. Puis une révélation s'était répandue comme une tache d'encre au fond de son être accablé abruti par l'alcool.

Betty leur avait parlé. Elle avait parlé aux autres membres du personnel – c'était évident, elle avait dû les interroger sur lui – avant de le convoquer dans son bureau. Ils savaient depuis le début de la semaine, peut-être même avant. Betty éprouvait suffisamment de doutes pour demander à ses collègues si ces accusations malveillantes étaient susceptibles d'être fondées. Ils savaient, ces collègues qu'il considérait comme des amis, et pourtant ils ne lui avaient rien dit.

# 6

S'IL devait un jour ou l'autre repenser à ce soir-là – Robert avait le cœur qui battait si vite qu'il avait du mal à imaginer qu'il puisse y avoir un lendemain –, dirait-il que c'était la faute de cette bague ridicule ? Ou plus exactement de la dispute ridicule qu'il avait eue avec Clara au sujet de la bague. La bague n'y était pour rien. Peut-être avait-elle joué le rôle d'un catalyseur indispensable pour décider du sort de leur relation.

Ils marchaient tous les trois en file indienne dans les bois, vêtus de noir des pieds à la tête. Il faisait si froid que les feuilles étaient gelées et craquaient sous leurs pas, mais ses nerfs surmenés produisaient une telle chaleur qu'il étouffait sous son gilet en duvet. Il avait envie de s'arrêter pour l'enlever. Le seau qu'il portait depuis un quart d'heure était si lourd que c'était à croire qu'il était plein de briques. Turo avait refusé de lui dire ce qu'il contenait.

Turo, qui était en tête, s'est arrêté brusquement ; Robert s'est cogné contre Tamara. Il s'est mis à rire mais celle-ci s'est retournée pour lui plaquer la main sur la bouche.

Au-delà de la silhouette de Turo, Robert distinguait trois fenêtres allumées dans l'impériale demeure qui se dressait derrière une pelouse plus impériale encore. (Était-ce un buisson taillé en forme de cheval ?) Turo lui avait assuré que ces gens étaient partis ; son contact local avait espionné la maison pendant des jours et conclu que les lumières étaient branchées sur un programmateur. Des détecteurs de mouvement déclenchant deux projecteurs extérieurs étaient accrochés sous l'auvent du garage et sous le porche, mais ils ne s'aventureraient pas de ce côté-là. Ils ne pénétreraient pas dans la maison. Piètre consolation, songeait Robert.

C'était une nuit sans lune – élément qui avait également été pris en considération –, si bien qu'ils devaient rester les uns près des autres pour voir les signes de main que leur avait appris Turo. *Dix minutes, le seau. Deux minutes plus tard, la banderole et les piquets.*

Comme toutes les demeures les plus luxueuses de Ledgely (et de Matlock), celle-ci était ostensiblement dissimulée aux regards, protégée de la route par une imposante haie et des propriétés voisines par d'immenses pelouses paysagères et des bosquets de grands érables.

Robert a de nouveau regardé le cadran lumineux de sa montre. Les dix minutes s'étaient-elles écoulées ? Comment pouvait-il ne pas le savoir ? *Merde, merde, mais qu'est-ce je fais là ?* s'est-il dit alors que Tamara lui intimait en silence l'ordre de s'éloigner des arbres.

La piscine était noire, insondable ; une bâche lisse et sombre recouvrait toute sa surface, dégageant un léger voile de vapeur. Elle était chauffée pendant l'automne pour que l'on puisse s'y baigner. D'après Turo, c'était moins cher de laisser le chauffage allumé quand on s'absentait quelques jours que de l'éteindre en risquant le gel.

Au bord du bassin, Turo leur a fait signe de s'approcher. Robert a posé le seau, comme Turo le lui avait montré dans la voiture, l'a aidé à ôter la bâche de la piscine en la repliant soigneusement puis à la soulever pour la poser doucement par terre. Comme si ce qu'ils s'apprêtaient à faire était un acte de respect. Un âcre panache de vapeur chlorée s'élevait à présent vers le ciel.

Turo a ôté le couvercle du seau et l'a apporté jusqu'au plongeoir. Il s'est avancé tout au bord de la planche et dans un élan qui faisait froid dans le dos, il a jeté le contenu du seau au milieu de la piscine.

Robert a entendu un bruit d'éclaboussures étouffé et vu plusieurs dizaines de formes irrégulières flotter mollement à la surface et quelques autres sombrer au fond. Il a essayé de voir ce que c'était, mais Turo lui a donné un coup de coude en lui montrant Tamara qui les avait rejoints. Elle a déroulé la banderole.

Comme il en avait reçu l'ordre, une fois encore, Robert a pris l'extrémité libre et tiré la banderole que tenait Tamara. Elle avait été enroulée autour d'un bâton pour être déroulée rapidement et régulièrement. La toile de coton blanc luisait de façon inquiétante dans le noir. En jetant un œil à la maison voisine, Robert s'est aperçu que les arbres qui la flanquaient étaient presque dénudés. Au lointain (ou peut-être plus près qu'il ne le pensait), la lumière crue d'un projecteur provenant de la véranda éclairait leurs branches filiformes. Était-il déjà allumé avant, ou quelqu'un venait-il à l'instant d'entendre ou de voir quelque chose ?

*Merde, merde, même si on ne se fait pas prendre, je ne referai JAMAIS PLUS un truc pareil. Je m'installe à la bibliothèque demain.*

Bien qu'il soit sur le qui-vive, Turo paraissait calme. Il se déplaçait avec méthode, et quand il s'était tourné vers la lumière éloignée, Robert avait entrevu son sourire impassible.

Une fois en place, la banderole recouvrait toute la longueur et presque toute la largeur de la piscine ; elle avait été déchirée d'un côté pour être enroulée autour du socle du plongeoir. (Aucun détail n'est négligé, se vantait Turo en décrivant le travail de son "organisation".) Tamara et Robert la tendaient, pendant que Turo l'arrimait à la pelouse avec des piquets de tente. Elle était énorme – bien qu'au milieu de ces vastes prairies plongées dans l'ombre et de ce ciel noir, elle parût soudain étriquée. En lettres pourpres d'un mètre vingt, elle proclamait : OVERDOSE D'H$^{2}$O.

Robert a pris le seau. Il empestait effroyablement. Pendant que Turo et Tamara s'éloignaient rapidement – sans se précipiter, cependant – vers les bois, Robert s'est penché un instant au bord de la piscine, où une des énigmatiques formes sombres flottaient encore.

À moins que ses yeux ne lui jouent des tours en provoquant de grotesques hallucinations (ce qui était possible, après tout), c'était la carcasse d'un écureuil. Un seau d'animaux écrasés sur la route ? Il a été pris d'un haut-le-cœur. Il a senti la main de Turo qui le tirait par le bras.

Ils sont repartis en marchant à pas pressés, sans pour autant courir, en longeant le sentier qui reliait le parking de la réserve d'oiseaux à la pelouse impériale de la demeure tout aussi impériale. Ce n'est qu'une fois sur la Route 2 qui les ramenait à Cambridge, dans la voiture anonyme parmi tant d'autres, qu'ils se sont adressé la parole.

Turo a poussé un cri de cow-boy.

— Maintenant, tu es un homme, amigo ! a-t-il lancé à Robert en lui donnant une claque sur l'épaule.

— Mais, bordel, je vais finir par sortir de la route, a protesté Robert. Ne me touche pas.

— Je prends le volant, a suggéré Turo.

— Hors de question.

À l'arrière, Tamara a ri avec désinvolture.

— Du calme. On s'en est tirés, Bob.

— À moins qu'ils aient des caméras de surveillance. Avec le fric qu'ils ont, ça ne serait pas étonnant.

— Même s'ils en ont, a-t-elle rétorqué, ils ne sauront jamais qui on est.

— Mais ils n'en ont pas, a dit Turo. On a des sources fiables.

Robert a décidé de se taire, et de ne pas discuter. Il a laissé Turo et Tamara se féliciter du succès apparent de leur sabotage. Robert n'avait pas revu Tamara depuis le soir de son numéro de *freegan;* était-ce elle qui avait entraîné Turo là-dedans ? Les CHIENS. Qu'est-ce qu'il ne fallait pas entendre…

Les chiens aboient, la caravane passe, se disait-il.

Dès qu'ils seraient rentrés à Cambridge, Robert veillerait à se débarrasser de Tamara, puis il passerait un savon à Turo. L'espace d'un instant, il a été embêté pour son ami ; ce n'est pas comme ça qu'il pouvait espérer accomplir quoi que ce soit de constructif. Et qui étaient ces obscures "sources" ?

— Ne me dis pas que ce n'est pas excitant d'emmerder les seigneurs de la guerre, a dit Turo alors qu'ils entamaient la descente abrupte sur Boston qui étendait son réseau sombre et crasseux de tours et de routes indifférentes où se détachait la silhouette futuriste de Zakim Bridge avec ses câbles dorés comme les cordes d'une gigantesque harpe.

— Qu'est-ce qui te fait dire que ce sont des "seigneurs de la guerre" ? Ça veut dire quoi ?

— Arrête de couper les cheveux en quatre, mon pote. Une fortune pareille ? Ça ne peut rien donner de bon.

— Ah oui ? Et l'argent de Bono, alors, ou la fondation de Bill Gates ? La forêt de Walden Pond a été sauvée par une rock star des années 1970 qui doit avoir une maison trois fois plus grande que celle-là. Tu es plein d'a priori, Turo.

Turo et Tamara sont partis d'un éclat de rire. Il s'est penché vers le siège arrière.

— Mon vieux, il va falloir sérieusement te désendoctriner.

Robert s'est tu à nouveau. Ils passaient devant le complexe de salles de cinéma, le magasin d'alcool à prix discount, le restaurant de pâtes franchisé, tous fermés, qui arboraient cependant d'éclatantes enseignes alléchantes, dont la puissance électrique inutile avait la tristesse des vains espoirs.

— Mon ami, a dit Turo, mon grand ami, toi qui es si intelligent, n'aie pas peur. Tu as toujours été si protégé. Si…

— Lâche ? a crié Robert. Indifférent ? Vas-y, Turo, donne-moi des leçons, renvoie-moi à la niche.

Le sarcasme de Robert a résonné dans la voiture sans que Turo réagisse.

— Non, a-t-il fini par répondre posément. J'allais dire à l'abri de la corruption. Ce n'est pas une insulte. Tu sais ce que je pense de ta famille, mon pote. Tu sais à quel point je t'envie. Mais ta famille, ce n'est pas le monde dans lequel vivent la plupart des gens. Comparée aux trois quarts d'entre eux, ta famille, c'est Disneyland.

— Alors que toi, tu as grandi dans un village de paysans dans les montagnes, exploité par de riches propriétaires terriens, trimant dans les champs… Mais attends ! s'est exclamé Robert en donnant une grande claque sur le volant. Suis-je bête, le riche propriétaire, c'était ton père !

— Vas-y, moque-toi de moi, a répondu Turo. Au moins, j'assume la culpabilité de mon héritage. Imagine un peu ce que serait le monde si chacun y mettait un peu du sien.

— Oh là, les mecs, du calme, est intervenue Tamara. Ce n'est pas comme si on avait signé le protocole de Kyoto.

— C'est l'effet de l'adrénaline. Rien de bien grave, a répondu Turo en allumant la radio. Coltrane. Super.

Robert a ralenti en approchant de leur quartier et commencé à chercher une place. À une heure pareille, ils auraient de la chance s'ils réussissaient à se garer à moins d'un kilomètre de leur immeuble. Ici, la nuit était compromise, l'obscurité vaincue par les réverbères. En passant devant les grandes demeures d'Avon Hill, dont les façades luxueuses suintaient l'arrogance alors qu'elles n'étaient séparées les unes des autres que par une allée de graviers ou une simple tonnelle, Robert se demanda si les chiens oseraient s'en prendre à l'une d'entre elles. Ils n'auraient pas le cran.

Robert a réussi à faire un créneau quasi impossible non loin de Linnaean Street. Il avait mal aux épaules à force d'avoir braqué le volant. Heureusement, ils étaient à deux pas de leur immeuble.

Tamara a enlevé le cadenas de son vélo qu'elle avait attaché à un panneau de signalisation et leur a fait au revoir de la main.

— Faites la paix, tous les deux, leur a-t-elle lancé avant de repartir en direction de Massachusetts Avenue. Elle a levé les doigts au-dessus de son épaule en leur adressant un signe de paix d'une autre époque.

Robert a levé les yeux au ciel.

— On aurait dû lui proposer de la raccompagner, a dit Turo. C'est loin à vélo. D'autant qu'il fait froid.

Robert est passé devant, il a monté l'escalier puis il est entré dans l'appartement.

Une fois à l'intérieur, Turo a dit :

— Alors, tu es vraiment furax.

— Je suis vraiment furax et je vais me coucher, comme ça je pourrai continuer à pester dans mon sommeil. J'ai deux manips et un cours magistral demain – pardon, aujourd'hui. Dans trois heures et demie, environ. Bon sang.

— On dîne ensemble ce soir, OK ? Ici ?

— OK, d'accord.

Robert a refermé la porte de sa chambre quasiment au nez de Turo.

Il est allé allumer l'ordinateur sur son bureau et a poussé un soupir. Trois e-mails de Clara. Il a commencé par le dernier.

*Oh mon lynx, je ne sais pas où tu es et je deviens folle. J'ai essayé ton portable des milliards de fois et tu ne décroches pas. Je t'en prie, pardonne-moi. J'ai agi comme une cinglée, une hystérique folle de jalousie. Je veux que nous soyons forts, Robert. Je ne peux pas dormir tant que tu n'auras pas appelé. Appelle-moi, je t'en supplie. Quelle que soit l'heure. Je t'aime je t'aime je t'aime je t'aime.*

Clara écrivait ses e-mails comme elle écrivait ses dissertations, proprement, sans une faute. Ce torrent de *je t'aime* frisait l'extrémisme.

Turo, Robert et Tamara avaient laissé leur portable pour partir en “mission”, D'après Turo, cela faisait partie de leur mode opératoire préétabli. Robert a pris son téléphone sur la table de chevet. Treize messages. Clara Clara Clara Clara…

En première année, Robert avait partagé sa chambre avec un athlète qui semblait tout droit sorti de la grotte de l'homme de Néandertal. Sam était un immense gaillard blond originaire du nord du Minnesota, avec un profil de jeune prodige et un faux air de Viking, qui jouait à la crosse et avait pour ambition de “devenir un acteur économique à Washington”. Au début, Robert l’aimait bien – vive la différence, non ? – mais il avait commencé à se lasser de son charme rustique en voyant qu’à Noël, il avait déjà goûté à ce qu’une douzaine de filles avaient à offrir en matière de sexe, palpant et tripotant souvent la marchandise à toute heure du jour et de la nuit dans leur chambre bien trop exiguë. Sam se voyait comme un étalon de génie et aimait abreuver de ses conseils Robert, qu’il jugeait en revanche d’une indécrottable nullité sur le front de l’accouplement. Robert en était venu à surnommer Sam “le Pillard” et s’il pouvait reprocher à la vie sexuelle hyperactive de Sam d’inhiber la sienne, il y trouvait néanmoins une distraction perverse – une sorte de passe-temps coupable. Au printemps, Robert avait fini par sortir avec quelques filles, dont une camarade de Newton South, mais aucune n’avait réellement enflammé son cœur, jusqu’à ce qu’il rencontre Clara en statistiques, au début de sa deuxième année. À ce moment-là, il partageait sa chambre avec Turo et le Pillard n’était plus qu’un simple copain de fac à qui il adressait un “Salut, comment va ?” quand ils faisaient la queue à midi.

Mais alors que le sommeil refusait d’accorder à Robert un répit en le soulageant de sa double culpabilité, un bon mot de Sam avait traversé son esprit : “Dès qu’elles te proposent de te faire ta lessive, c’est le moment de rompre.”

Clara n’avait jamais fait la lessive de Robert. Entre autres avantages, cet appartement avait un lave-linge séchant dans la cuisine. Dans la mesure où Clara vivait encore sur le campus, Robert la laissait volontiers s’en servir et si son linge sale à lui complétait une ou deux machines, tant mieux pour lui.

Mais pour la première fois, mercredi (et dire que c’était hier), elle avait rangé ses vêtements, sans qu’il le lui ait demandé – pas de quoi faire une histoire, a priori. Elle avait décidé de le surprendre en “mettant un peu d’ordre” dans sa commode, vidant et retriant tout, de ses chaussettes de tennis à la ceinture de smoking et au nœud papillon que Grand-père lui avait donnés pour le bal de fin d’année.

Voilà ce qui s’était passé. En revenant de la bibliothèque, Robert avait trouvé Clara qui lisait sur son lit. Elle avait eu un sourire mystérieux.

— Hé, *bobcat,* avait-elle dit. Je crois que j’ai trouvé quelque chose que je n’étais pas censée trouver.

— Ah oui ? Dans ce cas, je n’étais probablement pas censé le trouver non plus.

Il pensait à Turo, qui avait commencé à lui révéler les détails de ses escapades nocturnes.

Clara était franche – à cet égard, elle avait un côté mec, ce qui n’était pas déplaisant – et au lieu de faire la maligne en jouant aux devinettes, elle avait pris une petite boîte rouge sur la table de chevet et la lui avait tendue. Au début, Robert ne l’avait pas reconnue.

— OK, avait-il dit. Je ne vois toujours pas.

Elle avait ouvert la boîte et tendu la bague.

— Elle me va parfaitement… là.

Elle l’avait glissée au petit doigt de sa main gauche.

— Ah ça ! C’est la bague que tante Clo m’a donnée. Il y a des années de ça. J’étais raide dingue d’elle quand j’étais petit. Elle me l’avait donnée en guise de consolation. Si je ne l’ai jamais perdue, c’est sans doute que je ne l’ai jamais portée.

— Oh. (Le sourire de Clara s’était légèrement estompé.) C’est tellement mignon.

— C’est vrai, oui.

Robert était resté debout. Pourquoi était-il furieux qu’elle ait mis la bague ?

— Alors comme ça, tu fouillais par hasard dans mes tiroirs ?

Clara lui avait parlé du linge.

— Attends un peu de voir ton tiroir à T-shirts, avait-elle dit fièrement.

— Il est classé par couleurs ? avait-il plaisanté. Il ne s'agit pas que les rouges aillent compromettre les bleus. On ne plaisante pas avec ces choses-là.

Mais il ne s'était pas assis à côté d'elle sur le lit.

Il avait ostensiblement vidé ses livres de son sac. Puis il s'était retourné en lui disant :

— J'ai faim ? Tu veux une soupe ?

— Toi. C'est toi que je veux.

— D'abord, manger.

Robert s'était penché pour l'embrasser. Vite fait. Il était allé dans la cuisine. Il n'avait pas vraiment faim. Il voulait qu'elle remette la bague en place sans avoir à le lui demander. Mais elle avait réapparu à la table de la cuisine, la bague au doigt, astiquant la pierre avec le bord de sa manche. Depuis combien de temps ne l'avait-il pas regardée, ne l'avait-il pas sortie de sa boîte ? Elle était en argent, ornée des traditionnelles mains croisées (amish, ou quelque chose dans le genre, lui avait dit Clover), mais, niché entre elles, se trouvait non pas un cœur, mais un petit grenat en forme de triangle. Quand il avait accepté la bague, le petit Robert, le cœur brisé, ne s'était pas aperçu que c'était une bague de fille. Comme elle était trop grande pour lui, il l'avait portée pendant une semaine ou deux accrochée à un porte-clefs au fond de sa poche, avant de se décider à la mettre de côté, de peur de la perdre. Il craignait aussi que sa mère ne la trouve, le taquine et finisse par découvrir son secret.

Il avait sorti une brique de soupe du réfrigérateur et en avait versé dans une casserole qu'il avait mise à chauffer. Quand il s'était retourné, Clara faisait tourner la bague autour de son doigt, le sourire insipide, vaguement embarrassé.

— Et si je la portais ? Tu veux bien que je la porte, dis ? Que je l'emprunte, juste ? Ou est-ce que c'est présomptueux de ma part ?

— Pour être honnête, un peu, oui.

Il avait eu un rire affecté.

— Un peu quoi ?

— Présomptueux. C'est toi qui l'as dit, Clara. C'est un truc sentimental totalement irrationnel, OK ?

— C'est nouveau. Ce côté sentimental.

— C'est comme ça. (Il s'était retourné pour remuer la soupe.) On peut encore se surprendre, non ?

— Ça t'embête. Que j'aie trouvé cette bague et que j'aie pensé qu'elle était pour moi. Comme si j'envisageais notre relation autrement que toi.

De minuscules bulles s'étaient formées sur le pourtour de la soupe. Robert avait de nouveau remué.

— Réponds-moi, *bobcat*.

Robert avait regardé sa petite amie. C'était un de ces rares moments avec elle où il n'aimait pas ce qu'il voyait.

— C'est quand même bizarre, avait-il dit. Tu trouves cette vieille bague dans mon tiroir et tu te dis que j'ai en tête une espèce de… demande en mariage ?

Elle a étouffé un cri.

— C'est tellement injuste. Je ne me suis rien dit de ce genre.

— Alors quoi ? Que si tu portais cette bague, on aurait une relation stable ? C'est ça ?

Clara avait ôté la bague précautionneusement, au ralenti, et l'avait posée au milieu de la table de la cuisine.

— Qu'est-ce que tu es fuyant, tout d'un coup.

Elle avait eu une grimace théâtrale et croisé ses bras minces.

En une sorte de surenchère, Robert avait écarté les bras – mais il n'avait pas l'intention de l'enlacer. Il était indifférent à la soupe qui gouttait de la cuillère en bois qu'il tenait à la main et tombait sur le lino.

— Je suis à toi, Clara. Je ne traîne pas avec n'importe qui. Je ne passe pas mes journées sur le Net à faire ami-ami avec la planète entière ni sur Facebook, merde. Je – attends, je n'y crois pas, je suis en train de me défendre ! Pourquoi ça ? Je suis là à me défendre parce que tu as fait l'inventaire de ma commode ? Tu trouves ça normal ?

— L'inventaire ? (Elle avait poussé un sifflement.) OK, faisons l'inventaire. Tout le temps que tu as passé chez ton grand-père à construire une cabane pour une école maternelle. Tu ne m'as jamais demandé si je voulais vous aider.

— Tu voulais nous aider ? Franchement.

Mais en un sens, elle l'avait coincé. Le fait est qu'il s'était bien amusé avec Turo et Celestino – qu'il allait interviewer pour son mémoire sur l'immigration – et même Ira, avec son humour efféminé. Ils avaient beaucoup ri, tous les quatre, et réussi à construire ensemble cette chose phénoménale. Le travail, l'énergie, même l'épuisement, tout, c'était dément. Là-haut, dans la cabane, il n'avait pas vraiment pensé à Clara.

Sans oublier que si elle avait été avec lui, Robert aurait dû faire face à l'aversion étrange et inexplicable qu'elle inspirait à son grand-père, qui se conduisait comme si elle était pratiquement invisible.

— Ça fait déjà trois fois que tu me poses un lapin pour cette série de conférences.

— Je ne t'ai pas posé de lapin. Je t'ai appelée pour te prévenir que je ne pouvais pas venir.

— Ah, oui. Excuse-moi.

Robert avait entendu la soupe bouillir sur le feu. Il s'était retourné en vitesse pour enlever la casserole de la plaque. Il l'avait remuée et en avait versé dans un bol. Quand il était venu s'asseoir avec Clara, il savait qu'il fallait qu'il lui prenne la main, mais il avait attrapé sa cuillère et commencé à manger. Pourquoi n'avait-il pas envie de faire la paix ?

Sur ce, la porte s'était ouverte. Turo portait un gros seau de plastique noir, et non des livres. Il avait eu l'air surpris.

— *Hola*, avait-il lancé en guise de salutation, comme souvent lorsqu'il était mal à l'aise.

Il avait transporté le seau dans sa chambre avant de se joindre à eux. Clara et Robert étaient silencieux. Turo s'était approché de la cuisinière et avait demandé s'il pouvait prendre le reste de soupe. Ce n'est qu'une fois à table qu'il avait senti la tension qu'il y avait entre eux.

— Aïe. Il n'y a pas de couverture réseau, ou quoi ?

— Ce n'est pas drôle, Turo, avait répondu Clara.

Avant que Robert n'ait eu le temps de l'enlever de la table, Turo avait vu la bague et l'avait prise.

— Voilà un indice précieux.

Clara s'était levée en observant Robert, ignorant Turo. Robert n'avait fait que sentir son regard peser sur lui ; il gardait les yeux rivés sur sa soupe, soufflant sur sa cuillerée, les avalant l'une après l'autre.

— Tu es vraiment un enfoiré, avait-elle dit.

Mais elle avait tout de même attendu.

— Hé, je suis désolé pour ce que j'ai dit, s'était excusé Turo.

Il s'était levé lui aussi. Clara avait dit à Turo de s'asseoir. Robert ne les avait regardés ni l'un ni l'autre. Il continuait à manger sa soupe. Il s'était transformé en robot consommateur de soupe. Curieusement, il avait pensé à l'expression *Tu as perdu ta langue ?* Non, il l'avait toujours.

Il l'avait entendue sangloter de détresse en claquant la porte de l'appartement derrière elle. Turo lui avait demandé :

— Tu vas la rattraper ?

— Non, avait répondu Robert.

— Raconte.

— Pas maintenant.

Turo avait mangé sa soupe et reposé le bol, puis il était allé voir dans le réfrigérateur. Il avait sorti divers récipients. Robert voulait-il partager une salade avec lui ? D'accord, avait dit Robert. Cette fois, il deviendrait un robot consommateur de salade. En plus d'un enfoiré. Elle avait raison. Mais parfois il y a une sorte de fatalité à être un enfoiré. Il se sentait soulagé d'un fardeau. Coupable mais soulagé.

Turo avait commencé à préparer le dîner en se trémoussant allègrement façon hip-hop. Il ne s'occupait pas de Robert qui lisait à la table. Après avoir posé des assiettes garnies de salade et une autre avec des tranches de pain, il avait sorti un exemplaire du journal des étudiants de la poubelle de recyclage. Ils avaient mangé en lisant. Robert éprouvait un réconfort enfantin en entendant le cliquetis des fourchettes, les bruits de mastication et de déglutition, le tintement des verres sur la table, et même le bruissement des pages qui se tournaient. Mais une fois terminé son dîner, Turo avait poussé le *Harvard Crimson.*

— Tu ne sais plus où tu en es, mon pote, avait-il dit en passant la main devant Robert.

Robert avait levé les yeux de son manuel.

— Et j'ai la solution.

Le fait que Robert ait pu se laisser convaincre de les emmener à Ledgely en voiture cette nuit-là était pour lui un mystère sans l'être vraiment.

C'était essentiellement dû au regard qu'il portait sur Turo, à ce mélange d'exaspération et d'admiration que lui inspiraient ses passions.

La mère de Turo, contrairement à celle de Robert, habitait à l'autre bout de la planète. Robert ne l'avait jamais rencontrée – pas plus que les quatre demi-frères et sœurs de Turo, tous bien plus âgés, qui vivaient aussi de leur côté, loin de lui. L'histoire que lui avait racontée Turo avec détachement était la suivante : son père possédait plusieurs plantations de café au Guatemala et au Honduras. Turo lui avait confié qu'à une époque, des rumeurs avaient circulé, accusant son père d'être également impliqué dans le trafic de stupéfiants ; mais si tel était le cas, il n'avait jamais été arrêté. À soixante-quatorze ans, il s'était éteint dans son sommeil auprès de sa seconde femme, la mère de Turo.

Les quatre demi-frères et sœurs de Turo étaient les enfants du long et tumultueux mariage du père avec une riche Guatémaltèque, qui était décédée d'un cancer des ovaires quand il avait une soixantaine d'années. Apparemment, lui avait dit Turo, il ne l'avait pas pleurée longtemps et s'était rapidement mis en quête d'une épouse belle, docile et dévouée, qui ne parle pas trop et se plie au moindre de ses désirs. À cette époque-là, il voyageait beaucoup – d'un domaine à l'autre pour le travail, en Europe et en Amérique du Sud pour le plaisir – et ne voulait pas s'embarrasser d'une femme qui exige de lui qu'il donne de son temps ou de sa personne.

— Tu vois, là, tu as devant toi le fils d'une femme choisie sur catalogue, lui avait confié Turo au Gato Rojo devant un café (équitable).

Turo avait neuf ans lorsque son père, le plus souvent bienveillant mais généralement absent, était mort. Durant toutes ces années, et celle d'après, sa mère avait comme prévu accompli son devoir d'épouse belle, docile et dévouée, mais elle avait également appris la langue qu'elle n'avait guère l'occasion de parler et s'était liée d'amitié, pas par hasard, avec un excellent avocat qui la parlait bien mieux qu'elle et savait qui plus est s'en servir dans de délicates affaires de finances familiales. C'est ainsi que Maria Doria, la mère de Turo, n'avait pas eu à se montrer cupide (autrement dit à se mettre à dos les héritiers adultes issus du *matrimonio uno)* pour exiger une pension confortable et abandonner les plantations. Elle avait rejoint sa sœur, qui s'était mariée dans les mêmes conditions, tout au nord, à Chicago. Une fois là-bas, Maria Doria avait trouvé un emploi dans une bijouterie, dont la clientèle était composée de riches Latino-Américaines. Elle avait su se rendre indispensable au magasin tout en se payant des études pour obtenir la naturalisation. Elle vivait avec Turo dans un trois-pièces qui donnait sur le lac Michigan. Turo était bon élève et avait obtenu une bourse pour le lycée d'Exeter dans le New Hampshire. Chaque Noël, Maria Doria emmenait son fils et sa sœur à Manille, où elle invitait ses parents et ses frères et sœurs dans un bel hôtel.

Quand Turo avait quitté Chicago pour sa dernière année d'études à Exeter, sa mère, n'ayant plus d'inquiétude pour l'avenir de son fils, avait vendu l'appartement pour retourner définitivement dans son pays. D'après Turo, elle fréquentait un aimable vieux monsieur et jouait beaucoup au golf. Aux

Philippines, elle vivait comme une reine tout en distribuant ses richesses pour soulager sa conscience. La part de la fortune caféière de son père dont elle avait hérité avait servi dans une grande mesure à entretenir des membres de sa famille qui n'avaient pas eu la chance de faire une aussi bonne affaire.

— Quelle saga, hein ? avait conclu Turo avant de vider sa tasse d'un air théâtral, en souriant comme s'il avait remporté un prix. Le fils de la femme sur catalogue s'est bien débrouillé, hein ?

À la fin de leur deuxième année, pendant que Robert travaillait dans le Maine, Turo avait passé l'été chez sa mère à Manille, où il avait été employé par un homme d'affaires américain qui exportait des meubles en rotin dans des hôtels européens. Pendant trois mois, Robert avait imaginé son ami se prélassant tous les soirs sous une grande véranda, au milieu des palmiers qui crépitaient sous le vent, entouré de perroquets fonçant en piqué dans l'atmosphère bruissant d'insectes, comme électrique. Le Costa Rica : voilà ce qu'il imaginait.

Ils s'étaient envoyé des e-mails, mais Turo évoquait peu son travail. Il parlait de politique – américaine, l'histoire Hillary-Obama – et de base-ball. (Y avait-il un moyen de dégoter des tickets pour Fenway Park ? N'avait-il pas parmi les amis de sa famille, à Matlock, quelqu'un d'influent susceptible d'avoir une loge VIP ?) Il ne parlait jamais de fac ou de filles. Pas plus que de sa mère, ni de l'effet bizarre que cela faisait de se retrouver quasiment au bout du monde. Peut-être cela n'avait-il rien de bizarre pour Turo. Les images de conte de fées qu'avait Robert de son ami, de sa vie privilégiée à l'étranger ne s'étaient jamais transformées en une réalité tangible, figée. Et s'il y avait des choses qu'il aurait aimé mieux comprendre, Robert n'insistait pas. Car il savait que Turo se considérait clairement, avec virulence, même, comme un Américain.

— J'aime ma mère, lui avait-il confié un jour, mais pour ce qui est de moi, qui je suis, ce que je suis, je pourrais tout aussi bien être orphelin. Mais attention, dans le bon sens du terme, libre, sans entrave. Pas de pitié. Hors de question.

Avec tout son charme et son assurance pugnace, Turo avait le don de vous lancer dans ces moments-là un sourire qui aurait pu illuminer une ville.

C'est avec ce même sourire qu'il avait accueilli Robert au lendemain de leur expédition délirante à Ledgely. Pendant cette longue journée de calvaire passée en corvées scientifiques, à préparer des lamelles et à s'user les yeux dans le microscope en ayant toutes les peines du monde à faire le point, Robert avait vu ressurgir des images de la forêt obscure, de la piscine couverte de vapeur, l'écureuil mort flottant à la surface de l'eau. Ces flash-back n'avaient fait que renforcer encore la colère mêlée de perplexité qu'il éprouvait à l'égard de Turo – bien qu'ils aient sans doute eu le mérite de l'empêcher de s'endormir.

Mais dès qu'il eut franchi le seuil de l'appartement et senti la jubilation charismatique de son colocataire, toute sa détermination à pulvériser l'ego de Turo s'était évanouie en fumée. Robert l'a laissé le débarrasser sans un mot de son sac à dos et lui donner en échange un verre de vin pourpre, avant de le conduire jusqu'à la cuisine, une main fraternelle posée sur son épaule. Le couvert était mis pour deux. Deux bougies flanquaient un pot de chrysanthèmes roux emballés dans du papier métallisé orange.

— Attends, c'est un rendez-vous galant ? s'est étonné Robert.

Soudain, il a imaginé Turo manigançant une réconciliation avec Clara. Allait-elle jaillir de la salle de bains et se jeter sur lui pleine de remords en le couvrant de baisers ? Il avait laissé son portable dans sa chambre, ce matin-là, refusant d'affronter sa panique. Celle qui l'envahissait quand il songeait à la nuit surréelle qu'il avait vécue lui suffisait amplement. Que valait-il mieux, la voir surgir (il a jeté un coup d'œil à la porte du garde-manger) ou avoir avec Turo l'explication qu'il avait répétée en traversant le parc, avant de remonter Massachusetts Avenue arc-bouté contre le vent en ployant sous les manuels de chimie ?

— Un gage de réconciliation culinaire, lui a répondu Turo. Enlève-moi ce manteau.

Robert a posé son verre de vin et ôté son manteau, puis il est allé dans la salle de bains se laver les mains et rassembler sa volonté. Ce n'était peut-être pas un rendez-vous galant, mais assurément une entreprise de séduction. Était-ce Astrud Gilberto qu'il entendait ?

Il s'est assis sur le rebord de la baignoire et a soupiré à l'adresse du porte-serviette.

— C'est pas vrai… *The Girl From Ipanema.*

Son cerveau était dans un tel état de déliquescence qu'il avait le sentiment que s'il ne le mettait pas immédiatement en face des réalités, s'il ne les lui exposait pas littéralement une à une, elles risquaient de se métamorphoser en illusions. Mais il ne pouvait pas décliner l'invitation.

Il est donc entré dans la cuisine, paré à l'attaque. Il a pris son verre, avalé une grande rasade de vin – pour se donner du courage – et a lancé :

— Des écureuils morts, Turo ? Des écureuils morts ? Putain, mec, tu te crois au collège ? Et après, tu as l'intention de déverser une cargaison de coussins péteurs et de fromages qui puent dans un entrepôt de Logan ?

— Assieds-toi, a répondu Turo, il faut qu'on parle.

Robert s'est assis. Turo se tenait devant un plat tout juste sorti du four. Ça sentait incroyablement bon. Au détour de sa jeunesse mouvementée, Turo avait appris à cuisiner. En pro. Au début, Robert croyait que toutes les réunions impromptues qui se tenaient dans leur chambre durant l'année qu'ils avaient passée à Kirkland House se transformeraient en dîners déments une fois qu'ils auraient leur appartement. Mais Turo prétendait qu'il n'avait plus le temps de traîner. Fini les longues pauses-café au Gato, les parties de billard dans les salles communes, les jeux de ballon au bord de la rivière – avec Turo, du moins.

Le dîner était bel et bien une entreprise de séduction : un feuilleté de potiron aux épices accompagné d'une salade de quinoa au jicama et d'épinards sautés à l'ail et au citron.

— Il y a deux ou trois choses qu'il faut que tu saches, a annoncé Turo quand il a fini par s'asseoir. Je suis devenu très sérieux, maintenant. Tu pourrais faire pareil, toi aussi. Je ne te dis pas de lâcher tes études, mec, quoique – il s'est arrêté pour rire – ça n'aurait pas d'importance. Crois-moi. Tu peux toujours te moquer de ce qu'on fait. C'est ce que les journaux font, mais tu crois qu'ils s'embêteraient à couvrir nos actions s'ils ne savaient pas qu'on tape en plein dans le mille ? Les initiatives modestes, laisse tomber. Le recyclage, les douches collectives, l'alimentation locale, tout ça c'est génial. Mais pas assez spectaculaire pour faire la différence.

— OK, a répondu Robert, je vois ce que tu veux dire, mais qu'est-ce qu'il y a de mal à agir de l'intérieur, à la base ? Tu as entendu parler du projet de pelouses écologiques qu'ils ont lancé sur le campus ? “Commencer petit et se développer peu à peu” – c'est bien ce que tu as toujours dit, non ?

Turo a haussé les épaules.

— J'ai dépassé ce stade.

Robert a regardé Turo manger à la lueur des bougies, qui mettait en valeur son visage fin au teint mat. S'il avait été une fille, il y a belle lurette qu'il aurait craqué pour son ami. Se pouvait-il qu'il ait choisi Turo, non sans perversité, plutôt que Clara ? À moins qu'il n'ait évolué, lui aussi, et se soit lassé de la légèreté des amours faciles. Peut-être rêvait-il de passer aux choses sérieuses, comme Hemingway et tous ces types ordinaires qui s'étaient engagés dans la guerre civile espagnole.

Pour le dessert, Turo a disposé deux assiettes sur la table : deux flans crémeux en forme de minuscule fès, entourés d'une nappe de sirop ambré.

— C'est une recette qui vient de ma mère, a-t-il dit. Il a gratté une allumette et l'a approchée successivement des assiettes en enflammant l'or liquide. Un parfum prononcé d'orange brûlée s'est répandu pendant quelques secondes.

— Vas-y, mange, lui a-t-il dit quand les flammes se sont éteintes.

## 7

CELESTINO a pris une longue douche en veillant à bien nettoyer la terre qu'il avait sous les ongles, la poussière autour de ses oreilles, la transpiration piégée dans les plis de son cou. Il avait de plus en plus de cheveux gris et sous ses mâchoires, sa peau trop souvent brûlée par le soleil commençait à ressembler à celle d'un iguane. Les parois de la douche de sa minuscule salle d'eau étaient en métal léger ; vers le bas, la rouille avait percé un trou bien avant qu'il n'occupe les lieux. En été, le pourtour était envahi de moisissure. Vers la fin de l'automne, comme il n'y avait pas de chauffage dans la salle d'eau, un courant d'air froid se faufilait sur ses chevilles. Cela dit, il n'y avait pas de cafards ; à New York, il n'avait jamais vécu dans un appartement sans cafards.

Quand il en est sorti, il voyait la buée sortir de sa bouche. La vapeur s'était réfugiée au plafond, où elle flottait comme un minuscule nuage.

Il a enfilé en hâte un jean et une chemise en laine à carreaux qu'il réservait aux grandes occasions – qui étaient rarissimes. Pour ne pas dire inexistantes.

Au grand étonnement de Celestino, Robert avait l'air de bien connaître Lothian. Suffisamment en tout cas pour lui proposer de le retrouver dans un endroit qui se trouvait non loin de chez lui. Celestino était souvent passé devant le Big Oven. On y servait des pizzas sorties d'un four qui ressemblait à celui où sa mère faisait cuire les tortillas et les poulets quand il était petit, si ce n'est qu'il était bien plus imposant. Les gens se plantaient devant la vitrine comme s'ils étaient au théâtre pour regarder les cuisiniers munis de leur longue pelle en bois. Quand on lisait le menu, on voyait que pour avoir une pizza cuite de cette façon-là, il fallait payer un supplément.

Il faisait un froid polaire, mais jusque-là il n'avait pas encore neigé. Et jusque-là, il avait échappé à la corvée de feuilles. Souffler, rassembler, ratisser et déchiqueter les feuilles représentait la majeure partie de l'activité de Loud en cette saison. Matlock était tellement peuplé de grands arbres séculaires qu'à défaut de tempêtes de neige, il y avait des tempêtes de feuilles qui voltigeaient dans tous les sens.

Loud avait chargé Celestino de mettre sur tuteur et de couvrir les centaines de rosiers et de buissons du jardin clos qui ornait l'arrière de la vieille église de Matlock. Celestino y avait travaillé pendant l'été. D'après Loud, les gens payaient une fortune pour s'y marier. Le jardin dessinait une sorte d'entonnoir constitué de quatre terrasses qui descendaient vers une fontaine entourée de quatre minces colonnes. Au centre de la fontaine, une femme nue en marbre versait de l'eau d'une urne. Une plaque en bronze apposée sur le mur du jardin expliquait aux passants que le Jardin aux Roses avait cent cinquante ans. Il était resté abandonné, envahi par les mauvaises herbes près de la moitié du temps. Ce n'est que récemment que des citoyens de Matlock attachés au patrimoine historique l'avaient nettoyé et replanté selon les plans d'origine. En le voyant, Celestino pensait aux fouilles, se demandant si le jardin avait été enfoui sous la terre. Des archéologues y avaient-ils travaillé ? La peau lisse de la femme de marbre portait des traces fantomatiques de lierre. Elle avait été enserrée dans ses lianes qui l'avaient étouffée tout en la protégeant. Ses traits usés n'offraient plus qu'un pâle reflet de la beauté qui avait été la sienne.

Celestino avait mis presque une semaine à hiverner le jardin, comme disait Loud. Puis, hier matin, alors qu'il croyait devoir rejoindre le camion pour manier les souffleuses et les broyeurs – si assourdissants qu'on en avait les oreilles qui tintaient pendant des heures –, il avait été surpris de voir son patron débarquer à la gare, seul et à pied.

— *Hombre!* Accompagne-moi au bureau, avait-il dit.

C'était curieux. La plupart des journaliers étaient récupérés de bonne heure à Packard et ramenés le soir ; à la connaissance de Celestino, aucun ne mettait jamais les pieds au bureau.

C'était un local d'une pièce situé au-dessus de la rangée de magasins qui jouxtaient la gare de Matlock. Une vieille dame s'est levée en adressant un grand sourire à Celestino.

Loud s'est penché pour embrasser la dame sur la joue.

— Je te présente ma maman. En fait, c'est elle le cerveau de l'opération.

— Celle qui sait où tout est rangé, et qui peut lui rappeler l'heure et le lieu de ses rendez-vous. C'est ce qu'il veut dire.

Elle a serré la main de Celestino avec conviction. Elle était petite et ronde, comme sa mère.

— Mme Loud.

— Happy. (Elle a ri.) C'est mon nom ! Appelez-moi Happy.

— Par ici.

Loud a fait signe à Celestino de le suivre jusqu'au fond, où il a ouvert un placard. À l'intérieur se trouvait un grand tableau couvert de trousseaux de clefs, suspendus chacun à un crochet placé au-dessus d'un numéro.

— Mme Bullard – tu te souviens d'elle ? La protectrice des rongeurs en tous genres ? Elle a besoin de quelqu'un pour s'occuper quelques semaines de ses orchidées et de ses plantes grasses pendant qu'elle est à San Francisco, a expliqué Loud. La personne qui s'en occupe d'habitude n'est pas là et elle m'a appelé pour te demander, toi, *hombre.* (Il a pris le trousseau de clefs accroché au-dessus du numéro 29, avant d'hésiter.) Dis, maman, Bullard c'est le 29 ou le 39 ? Je m'y perds.

La mère de Loud s'est tournée vers son écran d'ordinateur et a tapé sur son clavier.

— 29. C'est bien ça.

— Elle te montrera ce qu'il y a à faire tout à l'heure, quand tu seras là-bas, a dit Loud en lui tendant le trousseau de clefs. Et elle a l'impression que tu as pris une marmotte, mais elle a peur de regarder dans la cage. Ah oui, et puis tu rapportes les clefs ici tous les soirs. C'est ma mère qui garde les clefs – et les codes. Elle en sait encore plus long que les flics. C'est la gardienne de Matlock, sauf que personne ne le sait.

Ils se sont mis à rire tous les deux, mère et fils, comme si c'était une bonne plaisanterie.

Après avoir ri, Loud a dit à Celestino :

— J'ai remarqué que les dames te faisaient confiance. (Il a secoué la tête.) Ici, ce sont les femmes qui font marcher la ville. Tu finiras peut-être par me piquer mon boulot, hein ?

Loud parlait d'un ton désinvolte, comme s'ils continuaient à plaisanter, mais ses yeux ressemblaient à ceux de la tête en pierre que le Pr Lartigue avait sur son bureau.

Robert l'attendait devant le restaurant. Il avait un sourire impatient.

— Salut ! (Ils se sont installés dans un box, tout au fond.) Aïe, c'est bruyant, a dit Robert en s'asseyant. J'allais enregistrer, mais…

Il a sorti un magnétophone et un ordinateur argent ultra plat d'un sac à dos.

— Vous voulez enregistrer ? a demandé Celestino.

— C'est bon ? Ça ne vous dérange pas ?

Celestino a hésité. Est-ce que ça le dérangeait ? Était-ce risqué ? Il aimait bien ce garçon – d'une force étonnante pour quelqu'un d'aussi mince, et d'une habileté tout aussi étonnante avec le bois et les outils. Un garçon avec des compétences pratiques au milieu de gens dont la vie semblait si détachée de la réalité concrète qu'elle en était absurde – ou enviable. Un garçon qui avait le privilège de vivre dans le monde du Pr Lartigue. La compagnie de Robert lui donnait l'illusion – il savait que c'était une illusion, mais c'était tout de même agréable – d'être de nouveau à portée de ce monde.

— Je ne suis pas obligé d'enregistrer. Je peux juste noter. C'est bon ?

— C'est bon, oui, a répondu Celestino, soulagé.

Pendant que Robert tripotait son carnet et ouvrait son ordinateur, Celestino a parcouru du regard la salle du restaurant. Le décor avait un aspect volontairement rustique : poutres artificiellement tordues au plafond, murs grossièrement enduits de plâtre. Affiches d'Italie : le Colisée, un gondolier, une ruelle étroite bordée de maisons couvertes de bougainvilliers en fleur.

Alors qu'il observait tout en détail, quelqu'un est venu se joindre à eux. Celestino était saisi de panique, prêt à s'enfuir en courant, quand il s'est aperçu que c'était l'autre garçon, Arturo. À présent, ils étaient tous les deux assis en face de lui.

— *Hola,* a dit Arturo, ajoutant à l'adresse de Robert : Désolé, je suis en retard.

Robert a regardé Celestino.

— Comme vous parlez la même langue, avec Arturo, j'ai pensé que ce serait bien si... c'est-à-dire que vous parlez super bien l'anglais, mais au cas où ça nous permettrait de parler plus facilement.

Il était terrifié à l'idée de l'insulter. Plaignant Robert, Celestino s'est mis à rire.

— Non, nous ne parlons pas tout à fait la même langue, avec votre ami. Il vient d'une tout autre région de mon pays. La vie n'est pas la même, la langue n'est pas la même non plus.

— Mais vous vous comprenez.

— Les mots, ça oui.

Cette fois, c'est Arturo qui avait l'air inquiet. Celestino éprouvait une petite satisfaction ; curieusement, il avait plus de mal à cerner ce garçon. Il regrettait qu'Arturo soit venu. Mais c'était sa faute, il n'aurait pas dû dissimuler le fait qu'il parlait couramment anglais alors même qu'il avait passé un bon moment à travailler sur cette cabane.

— OK, alors, allons-y ! a lancé Robert. (Il a regardé son carnet.) Voilà, j'ai une liste de questions et s'il y en a qui vous dérangent – rire nerveux – vous n'avez qu'à m'envoyer paître, d'accord ? Mais comme je vous l'ai dit, je vous promets que c'est uniquement pour un travail de recherche et je ne donnerai pas votre nom. Je vous appellerai… Diego ou Juan ou un truc anonyme dans le genre, OK ?

Celestino a hoché la tête.

— Mais au fait, à manger ! (Robert a fait signe à la serveuse.) Vous voulez une bière, ou autre chose ? Ce que vous voulez. Je vous invite, naturellement.

Dans ce genre de restaurant, aussi fréquenté, le personnel n'avait pas besoin d'être efficace. À New York, Celestino avait fait la plonge quelques mois dans un endroit comme celui-là, un restaurant mexicain situé dans le quartier touristique de Greenwich, où les serveuses entraient dans les cuisines en critiquant à haute voix les clients, sans se soucier d'être entendues.

Robert lui a posé des questions sur son village, la région du Guatemala d'où il était originaire, sur ce qui l'avait poussé à partir et à quelle époque. Était-il parti à cause de la guerre civile ? Celestino avait songé à inventer une histoire, plus proche des tristes récits de déboires des *compañeros* qui travaillaient avec lui à l'entretien des pelouses. Mais il aimait bien Robert. Et il se disait qu'il aurait peut-être même entendu parler des Lartigue. Sans avoir été un éminent professeur comme son mari, la señora Lartigue avait enseigné à Harvard. Elle était professeur de français.

— Incroyable, des fouilles archéologiques, s'est exclamé Robert quand Celestino en est arrivé à ce point de son récit, et de Harvard ! C'est dément.

— Oui, ça a été un changement… radical dans notre vie. Mon père a vu l'occasion qui se présentait plus vite que d'autres et il l'a saisie.

Arturo a haussé les sourcils. Jusque-là il n'avait rien dit et restait à l'écart, toute traduction étant inutile.

Robert a dit :

— Radical. Je parie, oui.

Étaient-ils – l'un et l'autre – surpris de constater que Celestino parlait aussi bien anglais ? Bien évidemment.

— C'est donc ça, les fouilles, qui vous ont amené aux États-Unis ?

— Mon père voyait en moi la chance de toute la famille. J'étais le plus silencieux des enfants, celui qui observe. *Una pequeña esponja*, il m'appelait. Mais mon père savait se rendre indispensable. Indispensable au professeur qui était le *patrón* des fouilles. Le Pr Lartigue était un homme qui s'intéressait aux enfants. Contrairement à beaucoup d'Américains. Les enfants les ennuient – les enfants des autres.

Robert notait sur son ordinateur pendant que Celestino parlait.

— C'est une histoire fascinante. Je ne m'attendais pas à ça. OK, il faut que je me taise. Parlez-moi des archéologues. Ont-ils ramené votre père à Harvard, comme assistant, disons ?

Celestino a fait non de la tête.

— Pas mon père.

Il lui a parlé des Lartigue – le professeur et sa femme, non pas d'Isabelle ni de son frère. Il se rendait compte qu'il y avait des années qu'il n'avait pas parlé d'eux ouvertement, et, à mesure qu'il se confiait, il sentait le terrible et merveilleux attrait qu'exerce le passé lorsqu'il représente un lieu sûr, un lieu d'élection. Il a décrit en détail son enfance, évoquant même une époque qui datait d'avant ses premiers souvenirs : comment son père avait peu à peu obtenu des responsabilités, appris à s'exprimer dans un anglais rudimentaire et dirigé une équipe d'ouvriers, dont beaucoup étaient des parents ou des amis. Puis il a raconté comment il avait rejoint ces ouvriers quand il avait été assez grand, les soirées qu'il passait avec son père sous la tente du Pr Lartigue. Il a décrit les artéfacts qu'ils avaient trouvés. Mais sous ces histoires, d'autres souvenirs émergeaient peu à peu, lumineux.

Il se souvenait des premiers repas qu'il avait pris chez les Lartigue. Il se revoyait assis sur le canapé du bureau, lisant ses premières dissertations au professeur. Il se rappelait être allé voir une pièce de Noël dans une église d'une blancheur saisissante : pas de saints, pas de Vierge, pas de crucifixion. Il était assis entre Isabelle et sa mère, tous les trois si serrés les uns contre les autres que l'étoffe raide des robes rouges de la mère et de la fille débordait sur ses jambes minces revêtues d'un pantalon de laine inhabituel.

La serveuse a posé sans façon devant eux une pizza aussi large qu'un pneu de vélo et s'est sauvée. La pizza était couverte de saucisses et de légumes de toutes sortes. Elle sentait délicieusement bon.

— Faites une pause et servez-vous, lui a dit Robert. Mais juste une question – c'était quand exactement ? Ce n'était pas à l'époque où le Guatemala était sur la liste noire du Département d'État américain, non ? Il n'y avait pas d'enlèvements de bonnes sœurs et de bénévoles américains par des mouvements de guérillas ? Ce n'était pas dangereux pour des Américains de mener ce genre de projet dans la jungle ?

Celestino mâchait sa pizza. Il n'avait jamais mangé des saucisses pareilles.

— Laisse-le manger, bon sang, a lancé Arturo. Là-dessus, je peux répondre. Avec la guerre civile, pendant plus de trente ans, quasiment tout le monde était en danger – mais ceux qui ont eu le plus à en souffrir, ce sont tous les Indiens. (Il a penché la tête en direction de Celestino.) Mais si on était riche et privilégié, ou si on était un archéologue venu d'une grande université, on payait pour assurer sa protection.

Arturo a jeté un œil à Celestino et lui a demandé en espagnol si l'expédition du Pr Lartigue avait un service de protection. Celestino s'est tourné vers Robert. Il a répondu en anglais.

— Parfois, ils avaient des gens de la capitale avec eux, des archéologues ladinos, ceux qui parlent espagnol. Pour cette raison, je ne crois pas qu'on les aurait embêtés. Et puis, on était à côté des endroits que les touristes venaient voir, les ruines, les temples. Le plus connu, c'est Tikal.

— Tikal, a répété Robert. Vous avez vu Tikal ?

Celestino a fait non de la tête.

— Moi non plus, incroyable, hein ? a dit Arturo à Celestino.

— Hé, j'écris un carnet de voyage, ou quoi ? s'est exclamé Robert.

Arturo a levé les mains.

— Je me tais ! Je crois que je suis de trop !

Celestino leur a parlé de son séjour chez les Lartigue, du programme espagnol du lycée où il se rendait tous les jours en car. Les classes étaient flambant neuves : sols carrelés, grandes baies vitrées, mobilier élégant en plastique coloré. Il adorait la lumière qui coulait à flots, le terrain de jeu en gazon où les élèves jouaient au foot. Mais aucun de ses camarades ne venait du Guatemala, et il ne s'était pas vraiment fait d'amis.

Celestino n'avait pas réfléchi à l'avance à ce qu'il dirait à Robert pour expliquer ce qui s'était passé ensuite, quand il était revenu poursuivre ses études à l'université – sa bêtise, sa lâcheté. Sa mère lui avait dit que même s'il aimait Isabelle, elle n'était pas faite pour lui. Elle l'avait supplié de rentrer au

Guatemala, de s'installer en ville avec elle et ses sœurs, de se servir de ce qu'il avait appris pour trouver un bon travail et une femme ladina. Faire un bon mariage, pourquoi pas : gravir des sommets, oui, mais décrocher la lune ? Qu'est-ce qu'il croyait ?

— J'ai lâché mes études. C'était trop dur pour moi. Mais je ne voulais pas rentrer dans mon pays.

Un mensonge, une vérité. L'équilibre n'était pas vraiment respecté. Si Celestino était silencieux de nature, c'est en partie parce qu'il détestait mentir.

Robert tapait vite. Arturo mangeait en détachant à peine les yeux de Celestino, comme s'il attendait un détail particulier, comme s'il avait déjà entendu cette histoire – ou qu'il pouvait déceler d'éventuels mensonges.

— Et du coup, vous êtes venu ici ? a demandé Robert.

— Je suis allé à New York, où j'ai de la famille. Je ne les avais jamais rencontrés, mais il y a… un réseau. J'avais des cousins. Il y en a qui ont des papiers, des enfants qui sont nés ici. Certains peuvent travailler légalement, d'autres pas.

Au grand soulagement de Celestino, Robert voulait en savoir plus sur ce "réseau", son fonctionnement, s'il franchissait ce qu'il appelait les "barrières culturelles". Il ne lui a pas posé d'autres questions sur ce qui s'était passé avant New York.

Il n'avait aucun mal à parler de tous les petits boulots qu'il avait faits, les lâchant parfois quand quelque chose de mieux se présentait ou qu'il craignait qu'on lui demande soudain des papiers, une pièce d'identité. Certains des *indigenas* qu'il avait rencontrés avaient de fausses cartes qu'ils avaient achetées en arrivant dans le pays. Celestino s'était renseigné sur ces cartes et avait été stupéfait d'apprendre ce qu'il en coûtait pour ce qui avait tout l'air d'une piètre supercherie.

Pendant longtemps, Celestino avait toujours réussi à trouver du travail sans avoir à montrer de papiers. S'il était en sécurité à New York, c'était grâce à la foule de gens comme lui. Il n'était qu'un arbre perdu dans la jungle. Mais c'était en train de changer, même là-bas. Et dans une ville comme Matlock, Loud pouvait décider à tout moment que malgré les économies qu'il réalisait en embauchant ces hommes et en les gardant, le risque n'en valait pas la peine. Même si son patron était satisfait de Celestino, à chaque instant, tout pouvait basculer.

Cependant, il n'a pas fait part de ces préoccupations à Robert qui l'interrogeait sur la vie des journaliers qui habitaient à Packard – ou du moins ce qu'il savait de leur vie. Il voyait bien que Robert était déçu qu'il ne fasse pas partie de ces hommes, de l'étrange bulle dans laquelle ils vivaient une vie parallèle à celle qu'ils avaient laissée derrière eux. Pour Celestino, ils menaient une vie "de remplacement", un substitut de réalité. À cause de l'argent, malgré l'argent.

Mais en face de lui, les garçons qui grignotaient les dernières croûtes de pizza n'étaient pas idiots. Comme s'il devinait certaines de ses craintes, Robert a déclaré :

— Vous avez dû vous rendre compte que Matlock échappe à la règle générale. Pour tout vous dire, j'aimerais voir les services de l'immigration débarquer et priver Laurel Connaughton, dont la famille a fait fortune dans les serviettes de bain, la priver – il a pris une voix chantante en imitant parfaitement Mme Connaughton – "du meilleur de tous les jardiniers à s'être occupé de mon petit coin de paaaraaadis".

Pour la première fois devant eux, Celestino s'est laissé aller à rire aux éclats. Robert lui avait commandé une deuxième bière et il se sentait détendu – ou simplement soulagé d'avoir tenu sa promesse.

— Je serais curieux de rencontrer M. Connaughton. Il n'est jamais là.

Robert a pouffé de rire.

— Arrêtez, ce type a filé la queue basse plus ou moins à l'époque de l'invention de la catapulte.

— Elle habite toute seule dans cette maison ? Deux étages ? a dit Arturo.

— Vous avez vu l'intérieur ? On dirait la cousine de celle de Grand-père, en plus riche et plus grande. En fait, elles ont été construites par deux frères. Le nôtre était un fermier qui avait du mal à subvenir aux besoins de tous ses enfants. Le sien était un célibataire qui était à la tête d'une menuiserie prospère et n'arrêtait pas d'agrandir la maison. À voir comme elle l'entretient, on se croirait dans un musée. Elle met des ballerines et demande aux invités d'ôter leurs chaussures. Elle prétend qu'un grand général anglais y a séjourné avant la Révolution. Et là, elle la bichonne encore plus pour pouvoir organiser une grande visite de la maison. Et elle a même entraîné Grand-père là-dedans.

— Et pour quoi faire ? a lancé Arturo. Montrer ta baraque au monde entier pour attirer de futurs cambrioleurs ?

— C'est pour récolter des fonds au profit d'une cause architecturale, a répondu Robert.

— Genre, soutenir les pauvres architectes démunis, c'est ça ? Je vois.

Celestino buvait sa bière en regardant les garçons s'envoyer des piques. Il était fasciné par leur amitié. Ils venaient de mondes différents qui cohabitaient cependant en harmonie. L'argent est plus fort que le sang, la langue, la religion – tout.

Brusquement, Robert s'est tourné vers lui.

— Je voulais vous demander une chose. Et maintenant ? Je veux dire, qu'est-ce que vous allez faire, après ? Vous allez demander la naturalisation ?

Arturo a regardé son ami en fronçant les sourcils.

— Demander la naturalisation ? Tu lis les journaux ?

— Je veux dire, si on suit une formation dans un domaine particulier, ça peut se justifier auprès des autorités, c'est tout.

— Les autorités, a répété Arturo avec dédain. Arrête. Comme si depuis le 11 Septembre, depuis le coup des cours de pilotage, elles avaient la moindre sympathie envers les étrangers qualifiés pour effectuer des tâches utiles, productives, qui pourraient les aider à avancer. (Il a jeté un œil à Celestino.) Sans vouloir vous vexer.

Celestino avait entendu Gilberto dans le camion, un matin, parler d'un oncle qui était devenu un arboriculteur qualifié, ce qui lui avait permis d'obtenir légalement une carte verte.

— J'ai entendu dire que ça arrive, a-t-il répondu.

— Tu n'es qu'un incorrigible cynique, a lancé Robert à Arturo.

— Je suis pas mal de choses, mec, mais certainement pas un cynique. Tu le sais bien.

Robert s'est retourné vers Celestino.

— Dites-moi ce que vous faites pour Tom Loud. Personne n'a l'air de savoir ce qui lui a pris d'embaucher tous ces Latino-Américains, soudain comme ça. D'après ma mère, avant il n'avait que des gars du coin – l'été, des gamins en vacances – et puis paf, du jour au lendemain, il n'y avait plus que des types du Brésil. Ou, j'imagine, du Guatemala ? Il vous paie combien ?

Celestino a été pris d'une envie aussi irrépressible qu'inhabituelle de défendre son patron. Il fallait admettre que Loud payait mieux que les patrons qui avaient ramassé ses *compañeros* dans les rues. Il payait mieux que la conserverie. Mais les salaires étaient tout de même dérisoires, et n'étaient accompagnés d'aucune garantie ni de promesses d'aucune sorte.

— Je suis mieux payé que beaucoup d'autres, a répondu Celestino.

— Parce que vous parlez anglais.

— Non. (Celestino a ri.) Parce que j'en sais plus long que lui sur les jardins et les arbres. Il y a des questions dont je connais la réponse et lui pas.

Il a commencé à raconter qu'il allait s'occuper des orchidées de Mme Bullard – ce qui ne lui prendrait qu'une petite partie de son temps – mais soudain, Robert a regardé sa montre.

— Merde. (Il a tapé sur une touche et refermé brusquement son ordinateur.) Grand-père. Je lui ai promis de l'aider à déplacer des meubles. On doit lui poncer son parquet.

— Pour le bal de charité des architectes nécessiteux.

— Hé, tout est relatif, a répliqué Robert. Je ne récolte pas des fonds pour McCain, OK ?

Il s'est levé et a fait signe à leur serveuse.

— C'est pour moi. Désolé, mais je dois y aller.

Il a rangé son ordinateur et son carnet et enfilé sa doudoune orange. Robert a remercié Celestino et lui a demandé s'ils pourraient se revoir.

— Vous avez toujours les mêmes horaires, chez Mme Connaughton ?

Celestino lui a répondu qu'il laisserait un message à son grand-père s'il y avait le moindre changement. Ils se sont serré la main avec embarras.

Il a fini sa bière et attrapé sa veste.

— Une dernière pour la route ? lui a proposé Arturo. Je vous invite.

Celestino restait silencieux. S'il s'exprimait en espagnol, ses paroles signifieraient une chose, en anglais, une autre. À moins qu'il ne se trompe. Peut-être, comme le croyait sa mère, que tout était écrit par Dieu dans un grand livre doré. Peut-être les choix qu'il faisait étaient-ils vains.

— Vous ne voulez pas partir avec votre ami ? a demandé Celestino.

— Je suis bien ici, il fait bon. Pas vous ?

Arturo avait un sourire entendu. Les filles devaient être folles de lui. Il avait des dents de gosse de riche : blanches, régulières. Ses yeux brun foncé étaient de la couleur des grains de café qui le faisaient vivre, ses cheveux noirs lisses comme des ailes de corbeau.

Arturo a fait signe à la serveuse. Comme si elle lisait dans les pensées de Celestino, elle s'est aussitôt approchée de leur table. Le jeune homme a commandé deux bières.

— Pourquoi votre ami vous traite-t-il de cynique ? a demandé Celestino.

— Parce que je ne suis pas prêt à accepter n'importe quoi, a répliqué Arturo avec un sourire narquois. Un truc dans ce genre.

Un petit malin, s'est dit Celestino. Un jeune naïf essayant de se faire passer pour ce qu'il n'était pas. Quand la serveuse a posé les bières sur la table, il s'est rendu compte qu'elle n'avait pas demandé à voir les pièces d'identité des garçons pour vérifier leur âge.

Arturo a glissé un des verres de son côté, sans boire tout de suite.

— Alors comme ça, vous avez un lien avec Harvard, C'est dingue, quand même.

Celestino a senti son cœur s'accélérer.

— La veuve – señora Lartigue – elle y a enseigné aussi. Le français.

— Je n'en fais pas. Je n'ai jamais entendu parler d'elle. Mais au Fogg Museum, il y a une collection qui porte le nom de son mari. Précolombienne. Elle doit provenir en partie de ces fouilles.

— Ils avaient deux enfants qui sont grands, maintenant. Étienne, le fils. Isabelle, la fille. Ils étaient gentils avec moi.

— Mais vous les avez perdus de vue, hein ?

— Je me demande où ils sont.

Celestino avait l'impression que le regard d'Arturo allait percer son armure d'un instant à l'autre. Quelle importance ?

— Vous n'avez qu'à chercher sur Google, a répliqué Arturo, avant d'éclater de rire. Comme si vous aviez un ordinateur en libre accès. Désolé. Mais attendez.

Il a plongé la main dans une poche en se tortillant et a sorti un portable. Il était rouge vif métallisé avec un grand écran sans touche comme celui de Loud. Turo a pianoté sur l'écran avec ses pouces.

— Alors, Isabelle avec deux l – ou… voilà, ça y est. C'est quand même un truc monstrueux, le Net, hein ?

Arturo a tendu le téléphone à Celestino.

— C'est elle ?

Son nom se détachait en bleu ciel sur l'écran. "*Le traumatisme de la célébrité parentale : grandir dans l'ombre d'un parent illustre ou tristement célèbre.*" *Débat avec les doctorants… Département de Psychologie, salle William James 765, Harvard University. 3 décembre, 16 h 00.*

— Bon sang ne saurait mentir, a dit Arturo. Étonnant, hein.

Il a repris son portable et recommencé à pianoter sur l'écran en assimilant des informations sans les lui communiquer. Puis il a regardé Celestino d'un air entendu.

— À voir votre tête, vous n'avez pas fait que vous demander ce qu'elle était devenue.

Si Celestino avait rencontré Isabelle dans son village et non à Cambridge, ses petites sœurs ou ses jeunes cousins les auraient accompagnés au cinéma la première fois où ils seraient sortis tous les deux. Mais naturellement, il n'y avait pas de cinéma dans son village : il y avait bien une poignée de télévisions quand il était parti, mais de là à avoir une salle de cinéma, tout de même pas.

Cela faisait deux mois que Celestino était revenu à Cambridge pour entrer à l'université. Isabelle, qui entamait sa dernière année de lycée, lui avait proposé d'aller à Harvard Square voir *En pleine tempête.* Après, ils étaient allés prendre une glace chez Brigham's.

— C'est fou ce que c'est démodé, avait dit Isabelle en léchant le chocolat qui dégoulinait sur le manche de sa cuillère. Je me croirais dans les années 1950. Un film et un sundae nappé de chocolat. Je m'amuse tellement avec toi, Celestino. Tu es le seul avec qui je m'amuse comme ça. Tu ne te la joues pas.

— Comment ça ?

— Mais si. Style, un jour, tu seras le maître du monde. Autour de moi, ils sont quasiment tous comme ça. Quoique tu le deviendras peut-être – à la place de ces espèces de petits princes bien propres sur eux avec lesquels je suis obligée de passer mes journées au lycée. J'angoisse quand je pense que je suis censée finir avec un de ces mecs-là.

— Tu finiras avec quelqu'un comme ton père.

— Ce n'est pas si sûr, avait-elle répondu. Tu ne connais qu'une toute petite facette de mon père. Si l'ego était une maison, lui, ce serait Versailles.

Celestino n'avait pas relevé cette remarque. Elle s'était excusée et avait posé sa main sur la sienne.

— Pour toi, mon père est un véritable saint et c'est bien normal. C'est juste qu'il est tellement… français, avait-elle ajouté en éclatant de son rire d'oiseau, léger et insouciant.

— Ta mère, elle est française elle aussi.

— Et comment. Mais moi – plus qu'Étienne – j'ai grandi ici. Alors le côté français, leur truc tordu, genre xénophobe mais hyper magnanime ? Comme si c'étaient des ambassadeurs de la culture avec un grand C. Tu vois ? C'est juste une façade.

Il lui avait demandé ce que signifiait xénophobe. Elle avait réfléchi un instant.

— Ça veut dire qu'on a peur des choses ou des gens qui sont étrangers.

Elle avait un air de défi ; qu'est-ce qu'il disait de ça ?

Il en avait conclu qu'elle voulait dire que ses parents étaient des gens riches qui luttaient contre leurs préjugés envers les pauvres. Pouvait-on leur en vouloir d'avoir de tels préjugés s'ils essayaient de changer les choses ?

Avant qu'il n'ait eu le temps de trouver ses mots, Isabelle s'était remise à parler du film.

— Je vais faire des cauchemars de noyade, avait-elle dit. On m'a dit que le livre décrit exactement ce que ça fait de se noyer. (Elle avait frissonné.) Je crois que je préfère faire l'impasse.

Celestino lui avait alors confié qu'il ne savait pas nager.

— Non, c'est pas possible, je vais t'apprendre, tu vas voir ! s'était-elle exclamée en lui prenant la main. Mes parents ont des amis qui ont une piscine absolument démente, ici, à Cambridge.

En un sens, Celestino et Isabelle se connaissaient depuis trois ans déjà. La première fois qu'il était venu vivre chez eux, quand il avait quinze ans, ils n'avaient pas passé beaucoup de temps ensemble. D'abord, il avait été débordé de travail. Et à l'époque, il avait l'impression qu'elle appartenait à une autre espèce. Il la voyait comme un jeune ocelot ou un bébé puma se faufilant avec aisance dans son monde, libre de jouer à sa guise, n'ayant peur de rien. Celestino, en revanche, avançait à tâtons dans ce monde, avec trop de prudence pour jouer, assuré de rien. Trois ans plus tard, le côté frivole d'Isabelle lui pesait encore, mais à présent il était plus grand (ne serait-ce que de deux ou trois centimètres), davantage familiarisé avec les habitudes de la jeune féline, conscient que c'était pour elle une manière de retenir son attention.

Isabelle était dans un lycée privé situé à quelques rues de chez eux. Souvent, l'après-midi, elle revenait avec d'autres filles, qui s'affalaient autour de la table verte dans la magnifique cuisine. Quand Celestino travaillait en haut, il les entendait s'engouffrer dans la maison comme une volée bruyante de perroquets. Il descendait parfois dans la cuisine sous le prétexte de venir chercher quelque chose à boire ou à grignoter – mais il repartait très vite, après avoir juste glissé un œil derrière une porte de placard pour entrevoir les filles. Elles avaient des mouvements si fluides qu'on aurait dit que leur corps était entièrement liquide, leurs membres enroulés autour des meubles dans des positions impossibles, leurs pulls et leurs foulards soyeux éparpillés ici et là et même, en hiver, leurs grosses bottes en fourrure. Elles avaient les ongles des pieds vernis en noir, en vert ou en violet foncé, jamais en rouge ou en rose.

Quand elles s'enfermaient dans la chambre d'Isabelle, il les entendait parler à travers la cloison, presque toujours des garçons qu'elles traquaient – ou évitaient. Elles avaient un côté prédateur, rusé – ce côté félin, toujours, à l'aise dans la jungle – et il ne cherchait pas à les connaître (même s'il les entendait poser des questions sur lui, interroger Isabelle sur le "canon" qui vivait chez elle). Mais quand il avait Isabelle pour lui tout seul, il était… bien avec elle. Puis rapidement, plus rapidement qu'il n'aurait jamais osé l'imaginer, trop bien – quoique, il faut reconnaître que c'était mutuel. Il n'y avait eu ni séducteur ni séductrice.

Lorsqu'ils s'étaient aperçus qu'il était aussi agréable de mêler leurs corps que d'aller au cinéma, se promener au bord de la Charles River ou parler (naturellement, c'était Isabelle, et de loin, qui parlait le plus), il leur avait été facile de se retrouver pendant les longues heures veloutées de la nuit. Et comme elle lui apprenait également à nager dans la piscine absolument démente, ainsi qu'elle le lui avait promis, ce besoin de proximité physique n'en était que plus logique encore.

Isabelle attendait que la lumière s'éteigne sous la porte de la chambre de ses parents. Celestino était devenu si vigilant que de l'ancienne chambre d'Étienne à l'autre bout du couloir, il entendait le déclic de l'interrupteur de la señora Lartigue. Dans quelques minutes, il verrait la porte de sa chambre s'ouvrir dans l'obscurité…

Mais ils ne prenaient pas le risque de se servir de leurs lits, car leurs deux chambres étaient au même étage que celle des parents d'Isabelle. Ils montaient sur la pointe des pieds l'escalier moquetté jusqu'à la chambre du second, où Celestino avait dormi lors de son premier séjour. C'était à présent une chambre d'amis froide, meublée de façon spartiate. Ils cachaient une grande serviette de plage bien roulée sous le petit lit. Isabelle l'étendait et ils se laissaient tomber ou se jetaient l'un l'autre sur le lit en retenant leur rire comme on retient son souffle sous l'eau, manquant de se noyer sous ce silence forcé, mais plus heureux qu'ils ne l'avaient jamais été. C'est ce qu'ils se répétaient souvent pendant ces heures où ils devaient faire attention à ne pas s'endormir avant de redescendre en douce et de se glisser dans leurs lits respectifs en tremblant entre les draps glacés.

Dans la précipitation du petit déjeuner, avant de partir en cours chacun de leur côté, Isabelle et Celestino jouaient en secret à un jeu. Le premier à craquer et à croiser le regard de l'autre lui serait soumis, au début du moins, lorsque des heures et des heures plus tard ils regagneraient le petit lit de la petite chambre sous les toits, la chambre où Celestino avait pour la première fois éprouvé le désir de vivre pour toujours dans ce pays, et non dans son pays natal, qu'il croyait autrefois ne jamais devoir quitter.

## 8

Au début du mois de novembre, fidèle à sa parole aux accents façonnés sur les bancs de la très chic Vassar, Maîtresse Domina a déployé un escadron d'adolescentes étonnamment efficaces pour attaquer ma maison à coups de chiffons à poussière, de balais-éponges, de pâte à polir et de détergents en aérosol suffisamment puissants pour m'envoyer passer mes journées au Narval pendant toute une semaine. (Norval commençait à se lasser de mes jérémiades.)

Un après-midi, en rentrant à la maison juste avant la tombée de la nuit, j'ai vu une véritable apparition : au milieu de la pelouse gelée, quatre de ces jeunes filles secouaient vigoureusement le tapis de mon salon qu'elles tenaient chacune par un coin. Dans mes phares, le nuage de poussière qui s'élevait était un véritable champignon atomique. Nullement impressionnées, les filles mâchaient leurs chewing-gums d'un air placide, les oreilles équipées de fils entortillés reliés aux iPods glissés dans la poche de leur jean très moulant. Un des effets troublants de ma sexualité renaissante était une propension aussi soudaine que déplacée à apprécier l'anatomie féminine, même lorsqu'elle était à peine éclose.

J'avais laissé Laurel entrer dans ma maison avec une extrême réticence ; de son côté, elle avait masqué sa désapprobation. ("Dites-moi, Percy, ces ravissantes appliques noires seraient-elles en bronze, par hasard ?") Nous avons décidé que la visite de ma maison se bornerait au rez-de-chaussée. Chez Domina, les visiteurs pourraient suivre un parcours – délimité par un cordon de velours rouge – qui les conduirait même en haut de l'échelle de meunier du second étage, où ils seraient à même de s'extasier devant le mobilier au charme suranné d'un ersatz de nursery et de caresser les briques d'origine d'une robuste cheminée de style colonial.

Sarah me regardait endurer ce récurage avec un plaisir diabolique. Elle prenait un thé dans ma cuisine l'après-midi où deux tableaux ont été emportés pour être nettoyés. (Cette fois, j'avais accepté de prendre le coût à ma charge et ce ne serait pas donné.)

— Tu devrais voir ta tête, Percy, on dirait qu'on vient de te pousser tout nu sur le plateau de Larry King.

— Qui ça ?

Elle a eu un rire de stupéfaction.

— Un dompteur de lion de Barnum & Bailey.

— Un type des médias que je suis censé vénérer.

— Vénérer ? Tout dépend de ta religion.

Je me rappelais la chanson d'une comédie musicale qu'à une époque Poppy fredonnait dans ses moments perdus. C'est une chanson sur ce qui arrive quand on est marié, le fait que tout est transformé, alors que rien n'a changé. Je lui disais que la chanson avait tort, que si nous n'étions pas mariés, ma vie serait aussi différente de celle que nous partagions que deux continents éloignés. Un autre monde.

Cette chanson, ou du moins les quelques bribes dont je me souvenais, me traversait souvent l'esprit cet automne-là.

Car au fur et à mesure que tout se transformait autour de moi, de la grange au hêtre en passant par la disposition des meubles, je me sentais de plus en plus moi-même, cet homme-là dans ce corps-là à ce moment-là. Étrangement, ce sentiment, je le devais à Sarah, plus qu'à quiconque ou à quoi que ce soit.

Avec Sarah, je me sentais rajeuni – les rapports sexuels y étaient pour quelque chose, évidemment, mais tout autant les conversations et les plaisanteries que nous échangions, le seul fait de rire davantage – et en même temps tellement plus âgé. Je me surprenais à souffrir de douleurs et de crampes dans des ravines et des replis anatomiques que mes séances de jogging et de natation n'avaient jamais explorés. J'éprouvais également des blocages plus indéfinissables. Après avoir dormi deux fois à Packard, il m'avait fallu informer Sarah que je ne m'y sentais pas et ne m'y sentirais jamais à l'aise. Quand je me réveillais au milieu de la nuit, j'étais dérouté par l'espace ouvert du loft, son ampleur. Je restais sur le qui-vive, en proie à une agoraphobie inhabituelle, perturbé par les ombres projetées sur le plafond industriel bien trop haut pour moi. J'étais comme un enfant qui a peur que des mauvais génies soient cachés dans son placard. Alors que je me rendais aux toilettes au milieu de la seconde nuit en cherchant l'interrupteur à tâtons, j'ai trébuché contre le tricycle de Rico. Sarah, qui était une bonne dormeuse (parfois bruyante), n'a pas été réveillée par le bruit. Je suis resté en caleçon sur le sol en béton en grimaçant, le souffle coupé, serrant mon tibia meurtri en ne sachant trop si je préférais ou non qu'elle vienne à mon secours.

Ce Percy rajeuni à l'appétit sexuel débordant et l'autre, vieux et sclérosé, étaient constamment forcés de se retrouver à mi-chemin, pour exécuter une danse si mesurée que je savais, comme je ne l'avais jamais su (ou voulu le savoir), exactement où je me situais sur la route sinueuse de ma vie. Cela paraît pompeux ? Tant pis. C'est pourtant vrai. Je regardais mes filles et mes petits-enfants sous un autre angle, mieux ajusté, comme si je pouvais littéralement les voir au milieu des générations suivantes, comme si nous étions sur une estrade en gradins.

Selon cette configuration, Poppy se tenait désormais bien plus en arrière, définitivement perdue, éclipsée par les dizaines de tournants de la route. Lorsque j'étais livré à moi-même, il m'était quasiment insoutenable d'affronter sa disparition. Dans ces moments-là, j'accueillais avec soulagement l'intrusion des équipes de nettoyage, des mères qui bavardaient devant la véranda de la cuisine ou des instituteurs qui vidaient la cabane pour l'hiver et me faisaient discrètement signe derrière la fenêtre de mon bureau en se passant les chaises et les tables d'enfant pour les descendre au bas de l'échelle et les ranger dans la grange.

— J'ai rêvé que j'épousais un chauffeur de taxi musulman. Il avait de très vilaines dents mais un beau sourire. Il me disait qu'il savait cuisiner un ragoût d'agneau extraordinaire. Et puis, on était chez lui, il le préparait, et c'est vrai qu'il était fabuleux. Je me rappelle presque le goût.

— Dis-moi que c'est du domaine du cauchemar, lui ai-je dit.

Nous prenions une douche ensemble, comme toujours après les rares nuits que nous passions ensemble. J'étais derrière Sarah et je savonnais son joli dos. Ses cheveux mouillés enveloppaient ses épaules comme une étole de fourrure glissante. Ils sentaient le pamplemousse, le parfum du shampooing qu'elle gardait dans ma salle de bains.

— Non, pas du tout. Dans l'ensemble, je me sentais bien avec lui, même si je me disais qu'il n'était peut-être pas très cultivé – ça m'inquiétait vaguement –, mais au fond de moi, j'avais comme un doute, l'impression d'une complication sur laquelle je ne pouvais pas mettre le doigt.

— C'est-à-dire moi.

— Non. Rico.

Le soleil oblique qui pénétrait par la fenêtre de la salle de bains soulignait la bordure de moisissure qui entourait le bac, à la limite du mur en carrelage. L'inconvénient de voir mon rez-de-chaussée vidé et astiqué de fond en comble était que le premier étage avait désormais l'air effroyablement crasseux. C'était une pente glissante que ces histoires de rénovation. Tout en établissant distraitement de vertueux parallèles avec la chirurgie esthétique, j'ai glissé les bras sous ceux de Sarah pour lui savonner les seins. Elle s'est légèrement penchée en avant en gloussant, sans pour autant se retourner ni écarter mes mains.

J'adorais les seins de Sarah, jusqu'à l'obsession, même. À l'encontre de la tendance qui prévalait à l'époque, Poppy avait allaité nos deux filles. Ce partage n'avait suscité chez moi aucune angoisse – aucun "complexe" comme on disait à l'époque, bien qu'un ami m'ait avoué après quelques verres que j'aurais éprouvé tout autre chose s'il s'était agi de garçons. Le fait est que je n'avais jamais autant aimé la poitrine de Poppy que lorsque Clover avait été sevrée. J'adorais les veines violettes qui s'étaient dessinées sur sa peau claire et je les suivais du bout de la langue. Ses seins paraissaient plus généreux, plus accueillants, comme si c'étaient des êtres vivants qui tiraient leur plaisir indépendamment de ceux dont je voulais combler ma femme. Mais le deuxième allaitement, pour Trudy cette fois, les avait laissés amoindris. Sous mes doigts, sous ma bouche, ils paraissaient avoir été évidés, comme s'ils avaient payé leur tribut biologique.

La poitrine de Sarah, comme le reste de son corps, paraissait invaincue, presque virginale tant elle était souple. Secrètement, sa poitrine m'apparaissait comme une poitrine de guerrière. Je veillais à ne jamais laisser échapper de comparaisons, mais peut-être savait-elle à quel point elles étaient inévitables, alors même qu'elles occultaient peu à peu les souvenirs que je gardais de Poppy.

Elle est restée silencieuse pendant que je me délectais de ses seins sous la douche. Puis elle a dit :

— Ça doit être les restes d'un trajet que j'ai fait hier en taxi à Boston. (Elle a appuyé son derrière sous mon ventre obstiné.) Parfois, j'ai l'impression que les rêves viennent d'un endroit du cerveau qui doit ressembler au filtre du sèche-linge. Toutes les petites peluches de la journée s'y accumulent. Parce que là, je me rappelle avoir regardé la photo du chauffeur sur sa licence. Il était bel homme, dans le genre buriné, mais il devait avoir vingt ans de moins, car dans le rétroviseur, il avait le visage tellement… affaissé. Les cheveux gris. Mon Dieu, je me suis dit, il fait ce boulot depuis qu'il est jeune, probablement pour ses enfants. J'ai essayé de deviner sa nationalité à son nom. Il y avait beaucoup de consonnes, des *z* et des *y*.

Elle savait pertinemment qu'elle me taquinait en soliloquant ainsi d'un ton désinvolte, que plus elle se répandrait en paroles en se collant à moi, moins j'en aurais à ma disposition.

Je me taisais, mais ce n'était pas le désir qui me rendait muet. Alors que ma main gauche caressait et pétrissait le côté correspondant de sa merveilleuse poitrine, j'ai clairement senti un nœud, distinct de son téton. Un petit, discret… quoi ? Un bout de cartilage égaré ?

Je m'apprêtais à chercher une forme analogue sur son autre sein quand elle s'est retournée, toujours dans mes bras.

— Il faut que j'aille chercher Rico dans une heure, m'a-t-elle dit, mais si on se dépêche…

Elle a fermé le robinet et m'a attiré vers elle en me regardant droit dans les yeux. En s'apercevant que je n'étais plus excité, elle m'a embrassé avec plus de tendresse que de passion et elle est sortie de la douche. C'était une de ses nombreuses qualités ; elle changeait de cap si nécessaire, percevant la moindre fluctuation d'humeur ou d'envie chez ceux qui l'entouraient.

En se séchant, elle m'a parlé du reste du week-end. Elle avait pris du retard – et me le reprochait – sur la commande d'un vaste panneau représentant un saule, destiné à orner la fenêtre d'un grand escalier tournant. Son client était un animateur de la National Public Radio de Boston. Sarah avait entendu dire qu'il recevait beaucoup et espérait que ce vitrail lui gagnerait des admirateurs qui avaient de l'argent à ne savoir qu'en faire. Elle rêvait de pouvoir lâcher un jour son poste au Great Outdoorsman et pouvoir enfin se consacrer entièrement à son art. Je me suis gardé de lui dire qu'il était rare de pouvoir vivre ainsi, surtout lorsqu'on avait des enfants à charge.

Ce samedi-là, de mon côté, je devais m'atteler à la tâche délicate et nettement moins créative d'expliquer à Clover l'avis – peu encourageant – que j'avais reçu d'un ancien membre de la faculté de droit, un professeur pour qui j'avais autrefois effectué des recherches sur la représentation du divorce dans le roman britannique du XIXe siècle. Cependant, j'étais tellement obnubilé par la grosseur que j'avais sentie dans la poitrine de Sarah que toutes ces histoires de divorce, de saules en vitrail et de célébrités mondaines de la

NPR étaient reléguées quelque part dans le filtre de ma conscience.

Sarah courait aux quatre coins de ma chambre, enfilant sa jupe, cherchant ses chaussettes par terre, attachant sa montre à son poignet.

— Arrête-toi une minute, tu veux, lui ai-je dit, craignant de la voir filer.

À présent, nous nous retrouvions et nous nous quittions sans cérémonie. Souvent, elle était en retard.

— Écoute, Percy. (Elle s'est immobilisée en me souriant tendrement.) J'ai deux secondes, mais pas plus.

— Sarah. Ton sein. Ton sein gauche.

Elle a posé sa main droite dessus, comme si elle s'apprêtait à prêter serment.

— Mon sein ?

— J'ai senti quelque chose.

— Ça doit être mon cœur. Qui t'appartient.

Mais elle a froncé imperceptiblement les sourcils.

— J'ai senti… (Certains mots sont parfois si difficiles à prononcer. Je me suis forcé.) Une grosseur.

J'ai eu l'impression de lui enfoncer le doigt dans l'œil.

Cependant, elle s'est approchée de moi en souriant. Elle m'a caressé la joue de la main qu'elle avait posée sur sa poitrine.

— Percy, j'ai… facilement des grosseurs. J'ai les seins kystiques. Il n'y a pas de quoi s'inquiéter.

Je l'ai regardée aller vers le lit et enfiler son gros pull par-dessus la tête, retirer ses cheveux mouillés du col torsadé et les lisser avec les doigts.

— Bon, tant mieux, ai-je dit. C'est bon à savoir.

D'après mon expérience, aussi maigre soit-elle, les femmes estiment être mieux placées pour connaître leur corps et parfois même le nôtre. Par défaut, nous autres les hommes, nous sommes des balourds en matière de biologie.

En sortant de la pièce, elle s'est arrêtée devant moi pour me serrer le bras. Elle m'a chuchoté à l'oreille.

— À lundi matin.

Je suis resté planté là, enroulé dans ma serviette, grelottant.

Je lui ai proposé mon mouchoir. C'était ce que je craignais.

— Quel désastre, j'ai du mal à le croire, a-t-elle soupiré en s'essuyant les yeux.

Elle n'avait pas touché à son sandwich au thon. J'étais si affamé après ma nuit avec Sarah que j'avais englouti le mien et réfrénais l'envie de me jeter sur celui de Clover.

— Écoute, mon petit, lui ai-je dit. J'ai peur que tu ne gaspilles des milliers de dollars – venant de ma poche, probablement, me suis-je gardé d'ajouter – pour te retrouver dans une situation encore plus hostile avec Todd. Gerald m'a dit qu'il fallait être réaliste et que si tu voulais obtenir ne serait-ce qu'une garde partagée, tu devais te réinstaller à New York.

Gerald, que j'avais retrouvé pour déjeuner au Faculty Club, m'avait questionné devant des assiettes débordant de l'obscène débauche de nourriture qu'offrait le buffet du jour et à mesure que je lui détaillais la situation de Clover, il avait de plus en plus de mal à conserver son optimisme foncier.

— Dites-moi, Percy, y a-t-il la moindre raison de penser que les enfants choisiraient plutôt de vivre avec leur mère ?

Je me suis senti rougir en lui répondant qu'à mon avis, c'était peu probable. Mais qu'est-ce que j'en savais ? J'étais honteux. Clover avait récemment lâché que ce qui l'avait entre autres poussée à partir, c'était que Todd lui avait avoué qu'il était peut-être gay. Par la suite, j'ai fait parler Trudy et je crois maintenant que Clover disait sans doute vrai, mais sur l'instant, cette confession avait suscité chez moi une réaction instinctive de désarroi et non d'empathie : ce n'était qu'une illusion puérile, une ruse de son inconscient fragile. Je me suis abstenu de dévoiler à Gerald cet épisode de la saga. (Aurais-je dû le faire ? Y avait-il une jurisprudence tordue selon laquelle le fait qu'un mari admette une soi-disant orientation sexuelle différente puisse justifier une rupture conjugale, voire le rendre inapte à être père ?)

— Je ne peux pas lâcher ce boulot, papa. Je n'en ai jamais eu d'aussi bien. Avec Evelyn, on forme une équipe.

— Tu m'en vois ravi, ai-je dit.

— Mais ce n'est pas juste de devoir choisir !

Combien de fois avais-je dit à mes enfants, comme tant d'autres parents, que la justice était chose rare en ce bas monde. Acculé, je lui ai demandé :

— Qu'est-ce qu'en dit ton thérapeute ?

Clover a soupiré.

— Que je dois arrêter de m'opposer à tout. Rester calme et être plus… humble.

Elle a enfoui le visage dans mon mouchoir. Je ne savais pas si c'était pour pleurer ou se cacher. Elle s'est redressée en dévoilant son visage. Elle a levé vers moi un regard pressant.

— Thanksgiving, m'a-t-elle dit. Quand ils viendront pour Thanksgiving, tu pourrais peut-être leur parler. Ou seulement à Lee. Il est assez grand, maintenant. Tu pourrais peut-être le…

Ses lèvres se sont scellées. J'ai eu l'impression qu'elle s'apprêtait à dire *persuader, dévoiler* ou *convaincre.*

— Tu as parlé à Douglas ? lui ai-je demandé.

Le fait que mon gendre puisse gagner sa vie en recevant des couples qui avaient déjà décidé que rien ne pouvait les inciter à rester ensemble – ou, plus exactement, le fait qu'il ait résolument choisi ce métier – ne cessait de me surprendre. Au début, je m'étais demandé si cette vocation camouflait des arrière-pensées (qui sait, peut-être voulait-il recueillir des éléments pour des romans), mais j'avais fini par comprendre que le mari de Trudy était de ces rares hommes qui aiment élaborer un compromis pacifique comme un peintre aime remplir une toile ou un athlète remporter une victoire.

— Je ne veux pas m'appuyer sur Douglas, papa. Trudy n'est pas…

— N'est pas quoi ?

— Elle n'est pas vraiment de mon côté.

— C'est ridicule. C'est ta sœur. Elle est… j'avoue qu'elle est un peu intimidante, même pour moi, mais enfin, elle t'aime.

— Ça, je veux bien le croire. Mais elle m'aime à sa façon. Pour elle, ça consiste à me faire prendre conscience de ce qui est "bon pour moi". Sachant que ça vient de celle qui est adulée par près d'un million de femmes dont elle a sauvé la vie. Ou du moins c'est ce qu'elles pensent.

J'ai soupiré.

— C'est un peu dur.

Un silence pesant s'est abattu.

— Ira, a fini par dire Clover.

— Oui, mon ange.

— Ira, l'instituteur, le type fabuleux qui a construit la cabane dans l'arbre.

— Tu l'as invité aussi à Thanksgiving ?

— Non, non, papa. (Elle a esquissé un piètre sourire.) Il a un colocataire, un avocat qui s'occupe de divorces, de gardes… tout ça.

Un avocat spécialiste du divorce qui vivait en colocation ; les clients ne devaient pas se bousculer à sa porte, ai-je pensé non sans dédain en attendant qu'elle me révèle le fond de sa pensée.

— J'ai rendez-vous avec lui vendredi, m'a annoncé Clover. Ira m'a dit qu'il me recevrait gratuitement. La première fois, en, tout cas. En consultation. Il faut que je me sorte de ce dilemme. Toute seule. Le problème vient en partie de là, non ? De mon incapacité à faire face toute seule à mes responsabilités. De cette façon que j'ai eue de me précipiter ici sans prendre le temps de réfléchir.

*Amen,* ai-je soudain pensé. J'ai attendu la suite.

— Voilà donc ce que je vais faire. Et après j'aviserai. (Elle a pris un bout de son sandwich, puis elle l'a reposé et s'est levée.) Mais en tout cas, merci, papa. C'est gentil d'avoir essayé, m'a-t-elle dit.

Puis, tout comme Sarah l'avait fait deux heures auparavant, elle m'a embrassé sur la joue et elle est partie.

J'ai englouti son sandwich en quelques bouchées. Outre des spasmes de l'œsophage, j'avais la désagréable sensation d'être partagé entre des espoirs contradictoires : que mon rôle dans cette histoire s'arrête là et qu'il soit préférable pour tout le monde que ce ne soit pas le cas.

De : Laurel@matlockhistoricalforum.org
À : bookman37@econet.net
Objet : plus que 28 jours !
Cher Percy,

Je parie que cette technologie est aussi nouvelle pour moi qu'elle l'est pour vous, mais heureusement qu'elle existe à présent que le grand jour approche ! Sept des dix maisons sont prêtes – dont la mienne, naturellement, mais je me dois d'être exemplaire ! – et le mailing a été envoyé vendredi, il était temps ! Si je tire un coup de semonce aujourd'hui, c'est pour vous avertir que l'on risque de vous aborder chez Wally's ou à la poste pour vous parler de votre participation. J'ai cru comprendre que l'événement créait déjà le "buzz" de l'automne. J'ai même eu un ou deux appels de gens qui sont offusqués de ne pas avoir été intégrés. Ce n'est pas entièrement bénéfique pour notre cause, mais inévitable. La "bonne nouvelle", c'est que les billets se vendent comme des petits pains et que nous en sommes déjà à parler de la programmation de l'an prochain ! Nous assistons là à la genèse d'une tradition de notre ville !

Je me demandais si je pourrais venir jeter un œil chez vous cette semaine, pour voir si vous avez besoin d'aide dans la touche finale. (Qu'a donné le travail de Deirdre sur vos magnifiques portraits ? C'est vraiment la meilleure !)

Est-ce que je pourrais passer demain après-midi, une fois que les grilles de F & F seront fermées ? Je peux également mardi.

Affectueusement,

Laurel

De : Trudy Barnes, M. D. <tbarnes@mattmet.org>
À : Papa <bookman37@econet.net>
Objet : thksgiving etc.

papa : à propos des derniers prépar., dîner… etc. douglas veut faire une dinde en saumure farcie aux huîtres, j'apporte 2 tartes, robert amène turo. te tél. ce soir ou dem. pour vérifier le reste, désolée d'être aussi brève, t'embrasse, trudy

De : Robert, <baobabob@econet.net
À : GP <bookman37@econet.net
Objet : salut !

salut gp, désolé de ne pas donner de nouv. j'ai hâte d'être à txgvg ! j'espère que ça te dérange pas que j'amène turo, il aime bien traîner avec toi et on restera pt-être 1 nuit ou 2, faire de la rando ou du ski si neige, c'est bon ? les skis de maman sont tjs à la cave ? tgo fait tjs de la loc ?

tonnes de bouq à lire, 2 mémo à rendre déb déc + exp. labo, si c'est rien comparé à méd. suis pas sûr d'y arriver.

widener a changé, gp, je blague ps ! depuis que t'es + là, je px plus aller glander en salle de réf. j'airegardé par le trou de la serrure et j'ai vu un jeune type chauve, la nouv fac est trop bizarre.

bise,

rbt

Les planètes avaient dû s'aligner sur la maison de la communication, car il était rarissime que je reçoive plus de deux e-mails à la fois, alors que j'avais l'habitude de n'ouvrir ma boîte qu'un jour sur deux. En dehors du cercle familial, Norval était le seul à qui j'avais donné mon adresse, aussi j'étais particulièrement agacé d'être contacté de cette manière par Maîtresse Domina.

J'ai observé que l'e-mail de Laurel avait été expédié à 20 h 01 la veille au soir – ce qui signifiait que "demain" était en fait "aujourd'hui" –, que ma fille avait envoyé le sien à 2 h 24 et Robert, à 4 h 07. C'était curieux, ces signatures temporelles révélatrices, qui me permettaient de déduire que soit ma fille était surchargée de travail, soit elle souffrait d'insomnie – dans un cas comme dans l'autre, le scénario n'était guère réjouissant – alors que mon petit-fils avait des horaires normaux pour un brillant étudiant qui se destinait à des études de médecine dans une des meilleures universités du pays.

Ma triple inclination – inutilement grincheuse – était d'effacer la requête de ma voisine sans y répondre, d'interroger ma fille sur ses horaires et de me demander pour quelle raison mon petit-fils préféré flattait mon ego de manière aussi éhontée. Son ami Arturo n'avait certainement jamais "traîné" avec moi, bien qu'il parût en effet apprécier les agréments champêtres de Matlock. Cependant, je crois foncièrement que "txgvg" est une fête qui doit se partager, et notamment avec ceux de notre entourage que la géographie a rendu orphelins. Le poltron qui sommeillait en moi était par ailleurs soulagé qu'une tierce personne soit là lorsque je présenterais officiellement Sarah à mes filles. Si Clover n'avait pas été aussi préoccupée par ses assauts chimériques contre un droit de la famille somme toute assez raisonnable, elle m'aurait davantage questionné sur ma liaison piètrement camouflée. J'avais l'impression qu'elle était au courant et n'y trouvait rien à redire. Quant à Trudy, à en juger par les remarques de Clover, j'avais cru comprendre qu'elle était en froid avec sa sœur et en concluais qu'elle pataugeait en plein cosmos, comme aurait dit Robert.

Après avoir jeté un œil à mon arbre préféré que l'hiver avait effeuillé en le laissant affublé d'un corset de bois des plus inconvenants, j'ai respiré profondément.

— Allez, mon grand, tu es un nouvel homme, me suis-je dit. Cool.

J'ai répondu à Laurel qu'elle pouvait venir entre trois et cinq heures cet après-midi. Annoncé à Trudy qu'il fallait absolument que je déjeune avec elle cette semaine, n'importe quel jour ; que je la retrouverais en ville, où elle voulait. À Robert, j'ai dit que son ami était le bienvenu, que les skis étaient bien à la cave mais qu'ils n'avaient pas été fartés depuis une éternité, qu'il valait sans doute mieux en louer au TGO et qu'il était bien plus important qu'il étudie au lieu de garder l'œil sur son grand-père, qui était bien occupé.

— C'est bien, mon grand, ai-je dit en mettant mon ordinateur en veille (l'écran s'obscurcissant avec obéissance, en me renvoyant l'image de mon visage stupéfait avec ses bajoues et sa couronne de cheveux laineux). Continue comme ça.

Une fois franchie l'énorme porte à tambour obstinément autonome, j'ai eu l'impression d'être dans un vaisseau spatial. Devant moi, se déployait une profusion de lumière et d'espace indéniablement dispendieuse – baptisée de nos jours atrium –, d'où jaillissait de toutes parts un éventail hallucinant d'ascenseurs, de balcons, de passerelles, d'escaliers et de parcours balisés au sol par des moquettes ornées de motifs. Çà et là, des plantes ingénieusement artificielles me maintenaient dans l'illusion que je n'avais pas quitté la planète.

Je suis resté au beau milieu de cet espace, regardant tout autour de moi puis au-dessus, le bas de mon imperméable et le bout de mon parapluie s'égouttant sur le sol en marbre. J'étais venu à pied depuis le métro.

J'ai vu le bureau d'accueil, mais plusieurs de mes compagnons terriens s'y pressaient déjà. Je me suis retrouvé propulsé bon gré mal gré par une fierté masculine, en me rappelant les instructions que m'avait données Trudy à la table de la cuisine de Matlock.

Je n'étais jamais allé voir ma fille dans son bureau. Les rares fois où nous nous retrouvions en ville, toujours pour le dîner, c'était elle qui fixait l'heure et le nom du restaurant. Le plus souvent, quand j'arrivais, Douglas était déjà là. Nous devisions poliment jusqu'à ce que Trudy arrive avec au moins une demi-heure de retard. L'avènement des téléphones portables lui permettait d'être plus en retard que jamais. Dès l'instant où je serrais la main à Douglas, j'attendais simplement que sa poche sonne.

Le rendez-vous de ce jour-là était donc une grande première, résultant du refus que je lui avais opposé lorsqu'elle avait voulu le remettre à la semaine suivante. Cela ne pouvait pas attendre Thanksgiving ; il fallait que je la voie en privé.

Je n'avais pas mis les pieds dans un grand hôpital depuis une éternité, depuis l'infarctus auquel mon père avait succombé quand les filles étaient petites. Je voyais mon médecin à Ledgely dans un cabinet sur rue, dont le parking desservait également le Narval et trois autres magasins du quartier. Lorsque je devais faire une radiographie ou une coloscopie ou, plus récemment, quand j'avais dû accompagner Norval pour une opération délicate dont je ne révélerai pas la nature, je me rendais à l'hôpital de Packard que Trudy critiquait avec tant de virulence. ("Si tu meurs de pneumonie dans ce service d'urgence, je ne sais pas ce qui me rendra le plus furieuse : la certitude que tu ne serais jamais mort comme ça à St Matt's ou la frustration de ne plus t'avoir en face de moi pour te dire que je t'avais prévenu.")

Je me suis dirigé vers un couloir qui faisait manifestement le tour de la galaxie, L'ARTÈRE MAX STENHOUSE, ainsi que le proclamait une rangée de lettres en chrome fixées au mur. Sur ce boulevard incurvé s'affairaient des gens de toutes les couleurs et de toutes les dimensions, la plupart jeunes, en uniforme et auréolés de leur importance. Des panneaux portant des dizaines de flèches indiquant la direction de toutes les spécialités médicales connues du genre humain (dont ma préférée, l'unité voix-parole-déglutition), excepté celle qui m'intéressait. Que se passerait-il, ai-je songé, si une hémorragie venait à frapper l'Artère Max Stenhouse ?

— Puis-je vous aider ?

Une fille avec beaucoup d'allure qui arborait un stéthoscope, une queue-de-cheval et des lunettes violettes rectangulaires avait remarqué mon inertie.

— Oncologie, ai-je dit. Je cherche le service d'oncologie.

— Ça dépend, m'a-t-elle répondu d'un ton enjoué. Vous êtes là pour un traitement ou pour un check-up ?

— Je viens voir le Dr Trudy Barnes.

— Ah ! Le sein ! Vous venez voir une épouse ou une fille ?

— Une fille.

Elle a hoché la tête.

— Par là. Vous voyez les fontaines à eau ? Après les toilettes pour hommes, tournez à droite et vous vous retrouverez dans le grand hall des ascenseurs. Si vous arrivez en neurologie, c'est que vous êtes allé trop loin. Vous montez au troisième et vous prenez le pont du Rabbin Newman.

— À ne pas confondre avec l'aqueduc du Cardinal Law.

Elle s'est interrompue.

— Pardon ?

— Ou la soufflerie de Phil Rizzuto.

Son expression s'est figée. Manifestement cette fine allusion à notre célèbre joueur et commentateur sportif tombait à plat. Sans parler de ma petite blague sur le scandale des prêtres pédophiles. J'ai failli lui demander où je pouvais trouver le capitaine Kirk et Mr Spock, mais je me suis contenté de lui tapoter l'épaule en lui disant :

— Merci, jeune femme.

L'ascenseur était couvert d'avertissements m'informant que les ballons en latex et les conversations sur les patients étaient interdits, tout comme la cigarette. Je commençais à me demander si on allait me réclamer mon passeport.

Le prétendu pont n'était en fait qu'une passerelle menant à un bâtiment plus ancien, qui avait dû être cannibalisé par le vaisseau mère. Les plafonds étaient plus bas, la lumière crue, les panneaux rarissimes. Ne pouvant faire autrement, j'ai tourné deux fois à gauche et je me suis retrouvé face à une porte d'un bois sombre à l'aspect luxueux.

SERVICE D'ONCOLOGIE GRAZZIELLA MURCHISO
SONNER ET ENTRER

D'un terrier l'autre. De l'*Enterprise* de Star Trek en passant par l'univers du Dr Seuss et de Lewis Carroll. Le Pays des Merveilles avec une touche de Borgès.

Ma destination finale s'est avérée être une salle élégante mais froide, dépourvue de fenêtres, meublée de canapés couverts de velours safran et ornée de grandes aquarelles représentant des oiseaux en vol. Des appliques en lin projetaient une lumière douce couleur cheddar sur une demi-douzaine de femmes qui attendaient en silence, en lisant des magazines ou en somnolant. Deux d'entre elles ont levé la tête et n'ont pas paru étonnées le moins du monde de me voir arriver. Je me suis efforcé de rester tout aussi blasé devant une femme totalement et allègrement chauve.

Les accords tristes et apaisants d'un violoncelle s'échappaient des haut-parleurs accrochés au mur.

Trois autres femmes étaient assises derrière un comptoir en forme d'ellipse, chacune face à un ordinateur. Mon entrée ne leur avait fait aucun effet. J'avais le sentiment de venir dans l'espoir de consulter l'oracle de Delphes. Je me suis approché du comptoir et, au bout de quelques secondes, l'une d'entre elles a levé les yeux en me disant :

— Oui ?

C'était une grosse dame robuste, au teint rayonnant de santé, avec des tresses plaquées sur le crâne.

Je me suis penché par-dessus le comptoir et je lui ai chuchoté :

— J'ai rendez-vous pour le déjeuner avec ma fille. Le Dr Barnes. J'ai quelques minutes d'avance.

J'ai tapoté ma montre.

Elle m'a souri en me chuchotant à son tour :

— Je suis ravie de faire votre connaissance. Je vais la prévenir que vous êtes arrivé. (Elle a pris le téléphone et a poursuivi en parlant normalement, cette fois :) Asseyez-vous. Le Dr Barnes vit dans un fuseau horaire qui lui est propre. Mais quand on la tient, on la tient. Comme ces dames ici présentes peuvent en témoigner.

Certaines des femmes installées sur les canapés dorés ont croisé mon regard et m'ont souri. En me détournant des réceptionnistes – toutes trois noires –, je me suis aperçu que toutes les femmes qui attendaient étaient blanches. Je me suis efforcé de n'en tirer aucune conclusion.

Je me suis trouvé un canapé pour moi tout seul. Les seules revues à portée de main étaient deux magazines féminins. Un présentoir de brochures offrait davantage de choix : les signes avant-coureurs du cancer de l'ovaire, comment bien se nourrir quand on suit une chimiothérapie, comment prendre soin d'un cathéter, une liste de groupes de soutien.

Je n'avais pas apporté le livre que je lisais en ce moment ; il était resté sur la table de la cuisine avec les instructions de

Trudy. Pas plus que je n'avais pris le temps de réfléchir à ce que je dirais à Trudy une fois que j'aurais son attention.

J'ai contemplé les aquarelles que je voyais de mon siège : un faucon, un cardinal, un oriole. Le trait de crayon de l'artiste qui apparaissait sous l'aquarelle me paraissait factice, d'une nonchalance affichée.

Je suis retourné voir ma réceptionniste. J'ai aperçu son badge : CHANTAL.

— Ne vous faites pas trop d'illusions, m'a-t-elle lancé joyeusement. Vous voulez du café ou du thé ?

Elle a montré le couloir que gardait son bureau. Prétendant que c'était exactement ce qu'il me fallait pour remédier à mon impatience, j'ai suivi la direction qu'elle indiquait. En passant devant d'autres couloirs qui partaient des deux côtés, j'ai aperçu des portes et des box fermés par des rideaux. Je suis arrivé devant un comptoir qui offrait un assortiment de snacks peu appétissants et je me suis plongé dans les instructions à suivre pour préparer un café dont je n'avais aucune envie.

— J'essaierai de m'arranger pour venir avec vous, promis. La première fois, j'essaie toujours. (C'était la voix de Trudy.) Absolument. Et comment.

Je l'ai vue au bout d'un couloir voisin, le bras sur les épaules d'une femme bien plus âgée qu'elle. Plus âgée et plus petite. Elle l'a serrée contre elle et lui a montré le couloir en pointant le doigt dans ma direction avant de repartir dans l'autre sens. M'avait-elle vu ?

Mon gobelet s'était rempli et je l'ai retiré de sous le bec verseur. Il était si brûlant que j'ai failli le lâcher.

Je l'ai laissé sur le comptoir et je suis allé aux toilettes les plus proches pour me laver les mains, car elles étaient pleines de café. Le distributeur de serviettes en papier était surmonté d'un panneau encadré qui disait : VOUS AVEZ PEUR DE QUELQU'UN QUE VOUS AIMEZ ? PARLEZ À VOTRE PRESTATAIRE DE SOINS. NOUS POUVONS VOUS AIDER.

Qu'est-ce que c'était que cet endroit ? Pas étonnant que ma fille cadette soit devenue aussi sérieuse. Mais je ne devais pas oublier que si j'étais là, c'était précisément en raison du sérieux de Trudy.

En arrivant à la maison, le lundi matin, Sarah était d'humeur enjouée.

— J'ai quelque chose à te montrer, m'a-t-elle dit.

Elle a sorti un appareil photo de son sac et m'a emmené vers le canapé du salon. Elle n'a pas eu l'air de remarquer que les housses bleues, qui sortaient de chez le teinturier, avaient totalement changé de couleur.

Nous nous sommes penchés tous les deux sur l'appareil photo.

— Regarde un peu cette nuance d'or. Il y a des années que je garde ce verre en attendant de trouver le projet idéal. Je l'ai trouvé en France. J'adore les reflets verts qu'il prend quand il est éclairé en biais, on dirait un vert de jeune pousse.

Nous regardions le vitrail du saule, encore inachevé.

Au bout de quelques photos, Sarah s'est tournée vers moi.

— Quoi, qu'est-ce qu'il y a ?

— Quoi ?

— C'est moi qui te demande ça. Qu'est-ce qui te rend nerveux ?

— Je suis nerveux ?

Je lui ai dit que ce n'était pas facile de regarder des photos comme cela ; qu'étaient devenus les clichés ?

— Il faut savoir s'adapter, Percy.

Nous nous sommes chamaillés sur ma propension à être réfractaire au changement, sujet sur lequel nous nous querellions trop souvent.

— Oh et puis zut. On les regardera plus tard.

Sarah a éteint l'appareil photo et l'a posé sur la table basse (cirée, débarrassée des livres et des papiers).

Une heure plus tard, nous étions allongés au lit. Les hurlements déchaînés des enfants qui sortaient de la grange en courant pour la première récréation résonnaient en bas du jardin. J'ai entendu Ira crier : "Oui ! Toi ! Allez ! Vas-y !" Une salve de joyeuses injonctions musclées.

— Sarah. (Après ce long silence, ma voix était rouillée.) Ton sein…

Elle s'est redressée aussitôt et m'a regardé.

— Je vais bien, Percy. Je suis en parfaite santé. Je connais mon corps, crois-moi.

— Tu fais des check-up, des… mammographies.

— Arrête de te faire du souci. Sérieusement. On dirait une campagne d'information.

Elle m'a dit de m'occuper de ma santé et qu'elle s'occupait de la sienne. Elle avait parlé gentiment, mais je voyais bien que cela lui demandait des efforts. Elle s'est mise au bord du lit et a commencé à s'habiller. J'ai regardé à regret son dos marbré de traces qui rappelaient vaguement la forme de mes mains disparaître sous un T-shirt.

— Tu t'en vas ? lui ai-je demandé d'un ton morose.

— Une fois que tu m'auras fait à déjeuner.

Elle était campée au pied du lit, les mains sur les hanches.

— Ou plutôt, non, tiens. Je suis grande. Je vais le préparer toute seule.

Et elle est descendue comme ça, ayant changé de sujet. Bientôt, au milieu du vacarme ininterrompu des enfants pris dans l'euphorie de la récréation, j'ai entendu la radio, puis Sarah, qui reprenait une chanson en ouvrant les placards et posait une casserole sur le feu. Elle s'était faite à beaucoup de choses : à ma cuisine, à mon côté ombrageux et là, à mon inquiétude envahissante.

Trois quarts d'heure s'étaient écoulés depuis mon arrivée quand j'ai vu Chantal se lever de derrière son bureau et me faire signe. Je lui ai emboîté le pas et trois couloirs plus loin, elle a frappé à une porte anonyme. Entre-temps, une dame plantureuse en blouse bariolée de fleurs criardes était venue dans la salle d'attente, s'était présentée sous le nom d'Angel et m'avait donné le menu des plats à emporter pour commander mon déjeuner (“Aux frais de la maison”).

— Oh, je suis désolée, papa.

Trudy a fait le tour de son bureau pour me serrer dans ses bras avec plus d'affection qu'elle ne m'en avait montré depuis des années. Elle était vêtue de la blouse blanche de rigueur, avec son badge de médecin épinglé à une poche.

— Déjà que je t'oblige à me courir après jusqu'ici. J'ai été retardée, je suis désolée.

Chantal a pouffé de rire en posant le sac repas sur le bureau de Trudy.

— Comme si ça ne lui arrivait jamais, à notre Dr Barnes, d'être “retardée”.

Elles ont échangé un sourire moqueur, puis Chantal est ressortie.

J'ai pris un des deux fauteuils qui étaient face au bureau. En attendant de pouvoir enfin être reçu à mon tour par cette célébrité qu'était ma fille, j'avais songé à une série d'entrées en matière plus ou moins subtiles ("Dis-moi, qu'est-ce que tu as contre les ballons ?" "Vite, téléportation, Trudy !" "Depuis quand la douleur se réduit-elle à une armée de petites icônes ?"). Mais à présent, je voulais seulement contempler son sanctuaire en détail. C'était un endroit bien plus modeste que je ne l'avais imaginé toutes ces années. La seule fenêtre était exiguë et n'offrait qu'une morne vue partielle sur les fenêtres de l'immeuble d'en face, qui n'étaient guère mieux loties. Derrière Trudy, des rangées d'étagères en contreplaqué débordaient de revues médicales et d'ouvrages de référence. Je ne voyais que deux photos de famille, l'une de Robert, encore tout dégingandé et le cheveu en bataille, le jour de la remise de son diplôme, l'autre d'elle et Douglas, en tenue de cérémonie, joue contre joue dans la blancheur du flash.

Sur le mur d'à côté, des dizaines d'autres photos cornées – les cartes de Noël et les faire-part de bar mitzvah de gens que je n'avais jamais rencontrés – étaient punaisées à un grand panneau. Et partout – sur les bloc-notes et les brochures, sur un ours en peluche vêtu d'un T-shirt avachi dans un coin et même sur la blouse de Trudy, en strass cette fois – se nichait le ruban rose, cette façon non dénuée d'hypocrisie de lâcher à une inconnue *C'est affreux, vous avez un cancer, mais on va se battre ensemble, youpi !*

Et pourtant, au milieu de tout ce kitsch, j'ai été saisi d'une vague de nostalgie en voyant tous les certificats encadrés : les diplômes couronnant ses études de master puis de médecine, pour lesquelles j'avais une nouvelle fois hypothéqué la maison, et un certain nombre de distinctions honorifiques dont j'ignorais tout. Y avait-il eu une cérémonie d'inauguration de la chaire d'oncologie médicale Geraldine & James Quingley ? N'avait-elle simplement pas pris la peine de m'inviter ? S'était-elle dit que je n'aurais pas envie d'y aller ?

— Papa ? Tu m'entends ?

J'ai regardé Trudy.

— Je suis désolé, mon petit. Je… m'imprègne de l'atmosphère, c'est tout.

— Dans toute sa splendeur. (Elle a ri.) Je vois que tu es effaré que ça puisse être aussi sordide. Tu comprends mieux pourquoi les médecins sont prêts à vendre leur âme pour assister à des conférences à Hawaï ou en Arizona. De l'air frais !

Elle a ouvert le sac et m'a tendu deux serviettes en papier. Elle a sorti nos sandwichs et déplié le papier.

— Du rosbif, papa ?

Elle a secoué la tête d'un air faussement réprobateur.

— Seulement dans les grandes occasions.

— Écoute. Je suis désolée de te faire ce coup-là, mais on n'a qu'une vingtaine de minutes et après, il faudra vraiment que je retourne voir mes patientes. Je ne les reçois plus que deux jours et demi par semaine, maintenant. C'est ridicule. Chantal les entasse, on se croirait sur la piste de Logan Airport.

Elle me coinçait, sans m'accorder le moindre traitement de faveur, et pourtant, je ne me rappelais pas avoir vu Trudy – depuis qu'elle était adulte – aussi détendue et enjouée. Était-ce à dire que ce labyrinthe privé d'air était son refuge, le lieu au monde où elle se sentait le plus chez elle ?

À présent, son regard attentif m'appartenait exclusivement. *Quand on la tient, on la tient !* Elle était immobile, clouant sous ses avant-bras les dossiers éparpillés sur son bureau. Elle avait déballé son sandwich mais l'avait laissé intact sur son papier.

— Tu m'as dit que tu voulais me parler d'une affaire urgente.

— Oui ! Voilà…

Elle a attendu. Évidemment, elle devait avoir l'habitude de se retrouver face à des gens qui étaient incapables de poser la question la plus importante de leur vie. *C'est grave, dites-moi ? Est-ce qu'il y a des métastases ? Pouvez-vous me guérir ? Combien de temps me reste-t-il, doc ?* Quoique, il était peu probable que qui que ce soit l'appelle "doc".

Je ne l'avais jamais entendue parler de cet aspect-là de son travail – les gens, plus que la question scientifique –, et pourquoi l'aurait-elle fait ? La vision que j'avais de ce genre de drame se limitait à celle du téléspectateur habitué des émissions diffusées en journée.

— C'est à propos de Clover, papa ?

— Non. C'est… (Son téléphone s'est mis à clignoter, mais elle n'y a pas prêté attention.) C'est quoi, des seins kystiques ?

Je pensais qu'elle allait rire, mais il n'en a rien été – bien qu'une légère grimace ait trahi son étonnement.

— Tu dois parler d'une maladie fibrokystique du sein, j'imagine.

— Donc les femmes qui ont ça – cette maladie – doivent voir un médecin, régulièrement afin de… pour…

Trudy a interrompu mon bafouillage.

— Il s'agit bien de Clover.

— Non, ai-je répondu. Il s'agit de la femme avec… de cette amie. Elle s'appelle Sarah.

J'ai soufflé un grand coup. À quel moment avais-je pu emmagasiner autant d'air ? J'ai été saisi par la réaction de

Trudy. Elle a rougi et souri. Puis elle a levé les mains en signe de capitulation.

— J'avoue, papa. J'ai entendu parler de Sarah. Clover m'en a parlé dans un mail, la semaine dernière. C'est génial, papa. Ça fait une éternité qu'on attend ça. Pour toi.

Elle pensait que je reprendrais la parole, mais j'en étais incapable. Elle s'est penchée sur le bureau.

— Clover dit que tu es un peu cachottier depuis quelque temps, comme s'il y avait quelque chose qui n'allait pas. Tu craignais qu'on soit fâchées ? Mais au contraire !

Si nous avions été en train de discuter normalement avec ma fille de ma soi-disant vie amoureuse – si tant est que l'on puisse qualifier de normale une telle conversation – aurais-je succombé avec soulagement à la joie qu'elle éprouvait pour moi, décrit allègrement Sarah en soulignant sa maturité plus que sa jeunesse, affirmé qu'elle était "faite pour moi" en dépit des vingt ans qui nous séparaient, en dépit du fait qu'elle avait un enfant à peine sorti des couches ? Aurais-je rassuré Trudy en lui certifiant que je n'avais aucune intention de me remarier ? Jusqu'à la semaine précédente, telle était la teneur de la conversation que j'essayais d'imaginer. Et dire qu'elle me paraissait déjà si difficile !

— Si je suis là, Trudy, lui ai-je dit, c'est parce que tu es médecin. Et ce médecin-là en particulier. Je… je ne peux pas m'empêcher de me faire du souci pour elle. Pour Sarah.

— Je suppose qu'elle a un médecin à elle. Ce que tu décris est normal. Mais si son médecin veut qu'elle consulte un spécialiste…

— Elle refuse d'en parler. Mais j'ai la nette impression qu'elle… qu'elle ne se soucie pas suffisamment de certains… de problèmes spécifiques que…

Tandis que je sombrais dans le silence en bredouillant, j'ai vu Trudy jeter furtivement un œil à son écran. Elle a froncé les sourcils. Quand elle m'a regardé, elle avait le visage toujours tendu. Dieu merci, elle ne m'a pas demandé ce que je racontais.

— Es-tu en train de me dire qu'elle ignore un symptôme alors que son médecin estime qu'elle devrait s'en préoccuper ?

— Je ne sais pas.

— Papa, si tu es là et pas elle, c'est qu'il y a une raison.

Trudy a trempé ses lèvres dans un café qui semblait avoir été préparé des heures auparavant. Elle a reposé la tasse et l'a écartée.

— Bon. C'est drôle de te dire ça à toi, mais en bref, la plupart des grosseurs se révèlent être sans gravité. L'immense majorité des biopsies aboutissent à un résultat bénin. Mais tout de même. (Elle a ouvert un tiroir et sorti une carte de visite. Elle a noté quelque chose au verso.) Je suppose qu'il faut peut-être qu'elle aille voir un chirurgien. Dis-lui d'appeler Chantal sur sa ligne directe – la voilà – et de dire qu'elle est ton amie. Il faut absolument qu'elle mentionne ton nom. Chantal peut lui obtenir un rendez-vous rapidement avec un des chirurgiens dont j'ai noté le nom ici. Ils sont tous les deux excellents. Son médecin peut l'adresser.

— Des chirurgiens !

— Il faut commencer par là, m'a répondu Trudy. Ils regardent les images. Elle a bien des mammographies ? Ne fais pas cette tête, papa. Ça ne veut pas dire qu'ils vont sortir le scalpel !

J'ai pris la carte.

— J'ai invité Sarah et son fils pour Thanksgiving. Je me demandais si, à l'occasion… je me disais que tu pourrais… peut-être…

Une fois de plus, je pataugeais dans les congères de la syntaxe.

— Que je l'emmène en haut et que je lui demande de se déshabiller ? (Trudy a attaqué son sandwich, mâché et avalé sa bouchée.) Papa, j'ai vraiment hâte de la rencontrer, je suis ravie que tu l'aies invitée, mais en tant que médecin, je ne peux rien pour elle si elle est dans le déni. Tu connais certaines de ses amies ?

On a frappé à la porte. Trudy est passée devant moi pour aller ouvrir. Elle est sortie en refermant la porte derrière elle. J'ai examiné la carte que j'avais dans la main, avec la cohorte d'initiales qui suivaient le nom de ma fille. À quoi correspondaient tous ces titres ? La patiente lambda savait-elle ce qu'ils signifiaient ?

Je suis resté là sur le siège qui m'était assigné comme un enfant obéissant, en me contentant de fureter du regard. Un petit cardigan ultra féminin était aplati contre le dossier de son fauteuil, d'un jaune aussi timide que Trudy était audacieuse, qui se fermait par une rangée de boutons en forme de perles. Derrière son fauteuil, sur une étagère, il y avait une photo que je n'avais pas vue quand Trudy était assise. Poppy et moi, à presque trente ans, déjà parents mais sans les filles ce jour-là, sur notre trente et un, lors d'une fête. Je portais une chemise blanche et un gros nœud papillon orange quasi clownesque, que Poppy m'avait offert tout au début de notre rencontre. (Qu'était-il devenu ?) Elle était vêtue d'une robe d'été très légère dont on ne voyait que les bretelles, blanche avec des marguerites bleues.

C'était plus fort que moi : je me suis levé et j'ai fait le tour du bureau pour la prendre. En avais-je un exemplaire, quelque part dans un album ?

Le mariage de Norval et Helena. C'était à cette occasion. La pelouse des parents d'Helena, à Ipswich, avec sa vue sur la végétation luxuriante des marais aux tons fauves qui s'éloignaient vers l'océan. Ce soir-là, nous étions assaillis par les moustiques. La seule façon d'y échapper était de rester en mouvement sur la piste de danse. Heureusement, il y avait un bon groupe, plein d'entrain. Poppy avait ôté ses chaussures et les avait égarées. À la fin de la soirée, je l'avais portée jusqu'à la voiture. Avant de nous écrouler au lit, titubant, les pieds endoloris, je lui avais massé le dos avec de la lotion à la calamine. Le lendemain, au réveil, les draps étaient rose bubble-gum.

Les événements de la journée et de la soirée défilaient sous mes yeux comme si je feuilletais mon livre d'enfant préféré. Helena portait une robe de mariée rouge, dont la couleur frisait le scandale pour les invités de la génération de nos parents. Norval m'avait confié par la suite que, ce jour-là, elle croyait, elle espérait être enceinte. Ils n'avaient jamais eu d'enfant, et je me rendais compte, en regardant cette photo de Poppy et moi dans le bureau de Trudy, que je ne savais pas exactement pourquoi. Aurais-je dû le savoir ? Aurais-je dû leur poser la question à un moment ou à un autre ? Poppy devait le savoir et me l'avait probablement dit, il y a longtemps.

— Papa ?

Je me suis retourné vers Trudy.

— Pris la main dans le sac.

— Non. C'est moi la coupable. J'ai toujours adoré cette photo de maman et toi. Je l'ai volée dans ton bureau il y a des années. Je m'étais dit que si tu mentionnais un jour qu'elle avait disparu, je la remettrais en place. Reprends-la.

Je l'ai tendue à Trudy.

— Elle est à toi mon petit. Garde-la.

— Je suis obligée de te mettre à la porte, maintenant. Je n'ai pas eu le temps de te demander, pour Robert. Tu as des nouvelles de lui ? J'ai l'impression qu'il a totalement disparu, cette année.

— Il croule sous les livres, ce qui est normal. Ou du moins c'est ce que j'ai cru comprendre dans son dernier mail.

— Il t'en dit plus qu'à moi. (Trudy s'est interrompue.) Tu savais qu'il avait rompu avec Clara ?

— La petite amie ?

— Elle m'a appelée la semaine dernière. Elle est effondrée. À la fois triste et en colère contre lui. (Trudy a soupiré.) C'est tellement compliqué, quand on les aime bien.

— Qui donc ?

— Les… partenaires de nos enfants. Voilà *qui*.

— C'est un dilemme que je n'ai jamais connu, que ce soit avec toi ou avec Clover. Avec Clover, lesdits partenaires changeaient un peu trop souvent, et toi… tu as raflé un bon parti du premier coup en décrochant Douglas.

— "Raflé" n'est pas vraiment flatteur, papa. Et un licencié en psycho n'est pas exactement ce que j'appellerais un "bon parti". Disons que j'ai simplement suivi votre exemple, à maman et toi.

Elle avait encore à la main la photo du mariage de Norval. Elle l'a regardée ostensiblement puis elle a nettoyé le verre avec l'envers de sa blouse avant de la reposer sur l'étagère.

— On peut dire ça, oui, ai-je concédé.

Je ne voyais pas chez Trudy et Douglas la passion qui nous unissait, Poppy et moi – mais comment aurais-je pu ? Que savais-je de leur vie quand ils étaient seuls ? Peut-être se mettaient-ils tout nus tard le soir, à l'abri des rideaux tirés de leur élégant salon gris tourterelle, pour danser le tango pendant des heures, une rose entre les dents.

— Au revoir, papa. À la semaine prochaine. J'ai hâte de rencontrer Sarah.

Trudy m'a de nouveau serré dans ses bras, mais elle était redevenue la Trudy que je connaissais, chaque geste s'enchaînant comme en préambule au suivant, sa vie en perpétuel mouvement tel un voilier filant le vent en poupe.

Dix minutes plus tard, après avoir rebroussé chemin dans le labyrinthe de l'hôpital pour me retrouver dans la rue (en entendant résonner la voix de Trudy : "De l'air frais !"), je me suis aperçu que j'avais oublié mon parapluie dans la salle d'attente – et lorsque j'ai enfoncé les mains dans les poches de mon imperméable, que j'avais omis de lui donner le cadeau d'anniversaire que j'avais choisi à l'atelier de Sarah : un pendentif en verre couleur rubis.

Le lendemain, il pleuvait toujours – une fois encore, j'avais décidé de m'aventurer en ville. Je me suis garé dans le parking du Charles Hotel et j'ai traversé Harvard Square en direction du campus. Heureusement, il a cessé de pleuvoir à ce moment-là et j'ai fait le détour en longeant la phalange de bâtiments en briques, m'arrêtant pour contempler un instant le seul lieu de travail que j'avais réellement connu.

N'eût été une noyade, cette institution n'aurait pas vu le jour : un fait macabre auquel je n'avais jamais songé, ou du moins jamais réellement prêté attention, jusqu'au jour où j'étais retourné travailler après la mort de Poppy. Pendant les seize ans où j'avais monté et descendu ces trente marches en granit, j'avais été saisi d'une admiration exaltante devant l'envergure des lieux, que soulignait la grandeur légitime des lettres gravées sur sa façade virile. J'éprouvais une fierté incommensurable (bien que ridicule, je le savais) à l'idée que le travail que j'effectuais entre les murs de ce monument contribuait à donner un sens à ma vie. Et pourtant, la tragédie publique sans laquelle elle n'aurait jamais été dotée ni bâtie faisait partie de ces choses dont je ne gardais qu'un souvenir lointain, comme voilé.

Mme Widener avait une aversion particulière pour le mélodrame et c'est tout à son honneur. D'autres mères éplorées auraient fort bien pu choisir de souligner le caractère dramatique de la mort prématurée de leur fils par des fresques empreintes du plus violent désespoir (il était facile d'imaginer une scène digne du *Radeau de la Méduse*) ou d'interminables récits décrivant le sort cruel de Harry, de son père et de leurs compagnons d'infortune. Mais Mme Widener n'avait aucunement envie de sombrer ainsi dans le ridicule. Elle souhaitait simplement commémorer la vie de son fils qui, malgré sa brièveté, avait été consacrée de bonne heure à une passion d'érudit pour les livres. En entrant dans le banal hall de la bibliothèque, il faut se tourner vers la gauche pour voir la simple plaque de marbre qui informe le visiteur que Harry Elkins Widener, de la promotion 1907, est "mort en mer" lors du "naufrage du paquebot *Titanic*".

Le jour où j'étais retourné travailler, après la mort de Poppy, j'étais allé directement dans le Mémorial pour retarder l'instant des retrouvailles avec mes collègues – qui devaient attendre avec la même appréhension à leur poste de travail, derrière ce que nous appelions le "hublot" (la fenêtre ménagée dans la porte capitonnée en cuir qui séparait nos bureaux de la salle de référence). Devant la bible de Gutenberg de Harry – et, derrière elle, les cordons qui interdisaient modestement l'entrée –, j'avais contemplé avec un regard neuf le petit salon entouré des bibliothèques qui renfermaient des livres. Le portrait du jeune Harry, le teint cireux, était toujours là, au-dessus de la cheminée, où était dressé un feu de hêtre que personne n'allumait jamais, ainsi que son bureau vide orné d'un vase d'œillets que peu de visiteurs avaient le droit d'approcher pour en humer le parfum.

C'était à l'époque où la salle donnait sur les profondeurs de cendre de deux puits d'aération. Pour admirer les arbres à fleurs qui entouraient la Widener, il fallait ressortir. C'est la vue que j'avais eue de mon poste de travail pendant les vingt dernières années. La salle de Harry était un véritable tombeau, excepté au sens littéral du terme, naturellement.

À partir de ce jour-là, j'ai mis un point d'honneur à rendre visite à Harry dès que j'arrivais au travail. Je ne croyais pas au paradis, bien sûr, mais je voulais croire que Harry et Poppy étaient quelque part ensemble, dans les mêmes profondeurs de la mémoire – réservées aux seuls noyés –, tout comme les dictionnaires de latin et de japonais partagent les mêmes rayonnages dans toutes les bibliothèques du monde. Je laissais mon être primitif puiser une consolation dans cette logique superstitieuse.

Sarah devait me retrouver là dans une heure. J'avais décidé de me donner un peu de temps pour aller voir seul mes anciens collègues – du moins les deux avec lesquels j'étais vaguement resté en contact. Je n'étais pas encore prêt à la présenter à tout mon entourage, et en repensant à la question banale de Trudy (si je connaissais certaines des amies de Sarah), je me disais qu'elle devait faire preuve d'une même prudence. Je rejetais l'idée qu'elle puisse avoir honte de moi.

J'avais demandé à Sarah si elle aimerait faire une petite visite de la Widener, avant qu'on aille dîner tous les deux au restaurant. Elle était ravie. Elle m'avait dit qu'elle avait traversé le Yard des centaines de fois – comme tous les visiteurs et les touristes y sont encore étonnamment autorisés malgré la paranoïa qui règne depuis quelque temps – mais qu'elle n'avait jamais franchi les portes de la bibliothèque.

J'ai passé un moment agréable avec Suzannah et Earl. Nous avons bu du thé en échangeant les derniers potins, entassés dans le box de Suzannah. Le nouvel occupant de mon ancien poste de travail était absent et j'ai essayé de ne pas m'attarder trop longtemps devant l'entrée. À quatre heures et demie, je leur ai fait mes adieux et leur ai dit qu'ils étaient les bienvenus à Matlock quand ils le souhaitaient. Il était peu probable qu'ils acceptent l'invitation, mais je savais qu'ils m'aimaient bien et qu'ils étaient contents de m'avoir revu. Après le départ de Norval, je ne m'étais pas réellement fait d'autres amis à la Widener.

C'est donc avec une nostalgie inhabituelle que j'ai accueilli Sarah en haut des marches et que je l'ai fait entrer à l'abri du froid. Je l'ai embrassée rapidement devant la plaque de marbre mentionnant la mort en mer de Harry. Pour la seconde fois, j'ai sorti ma carte de bibliothèque et salué l'employée de la sécurité qui avait été engagée peu de temps avant que je prenne ma retraite.

Nous avons gravi le grand escalier en nous laissant guider par l'architecture jusqu'aux salles du Mémorial. J'ai raconté à Sarah comment, pendant les rénovations qui avaient eu lieu quelques années auparavant, lorsque les puits d'aération avaient été transformés en salles de lecture, nous avions travaillé avec mes collègues dans la rotonde, où un faux plancher en bois avait été posé sur les dalles de marbre pour faire passer nos câbles d'ordinateurs, comment nous avions réussi à garder notre concentration au milieu des rafales de perceuses, de scies électriques et de pistolets à clous, en nous émerveillant qu'aucune des feuilles d'acanthe et de chêne en marbre qui ornaient le plafond ne soit tombée sur nos têtes déconfites.

Sarah me regardait tendrement.

— Quelle existence exaltée. Noble, même.

— Parfois, j'avais l'impression de n'être guère plus qu'un garçon de courses surdiplômé, lui ai-je répondu.

Quoique, à d'autres moments, je me faisais l'effet d'un inspecteur de choc. À la fin de ma carrière, j'étais chargé des relations avec le département de littérature et de langues pour les ouvrages de référence. Les bibliographes de la bibliothèque (tous titulaires d'un doctorat) considéraient les membres de ma tribu comme de simples sous-fifres, mais l'Internet avait tout changé. Qu'on le veuille ou non, nous étions passés à l'avant-poste quand il s'était agi de montrer à la classe des professeurs de Harvard comment naviguer et se maintenir à flots sur le Nil d'informations provenant de domaines inexplorés situés bien au-delà du continent constitué par nos collections. J'étais loin d'être très doué pour naviguer – je m'appuyais largement (et quelque peu furtivement) sur les moniteurs étudiants qui m'avaient été assignés les dernières années – mais je me débrouillais. Tous les jours, en rentrant à Matlock, je retournais avec bonheur à une existence enracinée dans le passé. Le seul gadget électrique dont je dépendais chez moi était mon grille-pain.

J'ai raconté tout cela à Sarah en parcourant avec elle les vitrines qui présentaient les souvenirs de l'époque où Harry faisait partie de la troupe de théâtre de Harvard, le code qu'il utilisait pour noter ses achats de livres et la construction du bâtiment lui-même.

— Je savais que j'étais tombée amoureuse d'un original, mais un technophobe ?

— Pas tout à fait. Et c'est à mon petit-fils Robert que tu le dois.

J'espérais vaguement tomber sur lui. Pendant les deux ans où nous étions en même temps à Harvard, il avait préféré étudier là plutôt qu'à la bibliothèque Lamont, où se réunissaient la plupart des étudiants de premier cycle. Quand j'allais flâner dans les allées de Locker, la principale salle de lecture, j'adorais le trouver assis à côté des dictionnaires de proverbes et d'aphorismes.

Ce jour-là, je l'ai donc cherché, mais en vain. Puis j'ai emmené Sarah dans la salle de référence. Je lui ai montré le hublot, la porte derrière laquelle je travaillais. Elle a jeté un œil par le carreau, sans demander à entrer.

Au fil de notre promenade, Sarah n'arrêtait pas de lever les yeux et de chuchoter en s'extasiant devant les plafonds ornementés aux couleurs pastel, si hauts que les gens pouvaient passer là des jours ou des semaines sans même les remarquer.

Quand nous sommes sortis de la bibliothèque pour aller au restaurant, Sarah m'a pris par le bras en me remerciant.

— C'est extraordinaire, m'a-t-elle dit. Je n'aurais qu'une critique à faire.

— Laquelle ?

— Il manque des vitraux. Des quantités de vitraux.

Nous avons pris l'apéritif et partagé un bol de soupe en bavardant joyeusement de choses et d'autres. Puis c'est venu tout seul, lorsque Sarah m'a parlé de son cousin (le rencontrerais-je un jour ?) qui venait d'avoir des résultats rassurants après avoir subi une batterie d'examens : il n'avait pas de cancer de la prostate.

Peut-être a-t-elle compris trop tard sur quel terrain elle nous avait amenés.

— Et toi, lui ai-je dit sans lui laisser le temps de changer de sujet. Tu as fait un check-up récemment ?

— Aux dernières nouvelles, Percy, je ne possédais pas de prostate.

— Et crois-moi, j'en suis heureux. Mais sérieusement, j'ai l'impression que tu me caches quelque chose. Ce que je te demande, c'est la garantie – certifiée par un vrai médecin et non par ton intuition féminine – que tu es en bonne santé. Maintenant que tu es sur la liste de ceux dont je dois m'inquiéter.

— C'est compliqué, les garanties.

— Sarah. (J'ai posé mon couteau et ma fourchette.) Je t'en prie. Tu pourrais me faciliter la tâche, tu oublies que je suis né à l'époque des corsets à baleine.

Elle s'est rembrunie.

— J'ai toujours été en bonne santé, Percy. Je me sens en pleine forme. Je trouve que les gens sont bien trop obsédés par le moindre symptôme.

— Je ne tiens pas à discuter. Dis-moi seulement à quand remonte ta dernière visite chez un médecin et je te laisse tranquille.

Sarah a posé ses couverts à son tour. Elle s'est adossée contre le velours capitonné de la banquette en croisant les bras avec un air de défi. Manifestement agacée par mon insistance, elle m'a expliqué que Rico était couvert par le régime d'assurance sociale, mais que son assurance à elle avait expiré. Elle datait d'un emploi qu'elle avait eu quelques années auparavant.

— Pour Rico, je ne lésine sur rien. C'est l'essentiel. D'accord ?

Je me suis également adossé.

— Non, je ne suis pas d'accord. Et Rico ne le serait pas non plus s'il comprenait de quoi il s'agit. Tu es son seul parent.

— Tu veux dire que si je ne suis plus là, il ira à l'orphelinat, c'est ça ? Tu estimes peut-être que le fait d'être veuf t'autorise à donner des conseils en matière de famille monoparentale ?

Sarah affichait un air de mépris affreusement convaincant. Puis elle a fermé les yeux un instant et poussé un soupir. Quand elle les a rouverts, elle m'a dit à mi-voix en pesant ses mots :

— Nous ne sommes pas mariés, Percy. Tu sais ce que j'éprouve pour toi, mais tu ne dois pas te croire obligé de m'offrir un toit, un compte en banque ou…

— Sarah. (J'ai voulu lui prendre la main, mais elle a refusé.) Comment ça, ton assurance a "expiré" ? Il faut que tu t'en occupes. Entre-temps, je voudrais que tu te fasses faire un check-up chez mon médecin. Je peux faire ça, au moins ? Juste ça ?

Je ne l'avais jamais vue aussi furieuse.

— Et si je te disais de t'occuper de tes affaires ?

— Alors tu ne me laisserais pas le choix. (Et je me suis entendu, stupéfait, ajouter :) Et ça me briserait le cœur.

Son expression s'est adoucie et elle s'est penchée vers moi. J'ai été soulagé, jusqu'à ce qu'elle me dise :

— C'est à cause de ta femme ? À cause de Poppy ? Tu veux sauver tout le monde parce que tu n'as pas pu la sauver, elle ? Tu es terrifié à l'idée que quelqu'un que tu aimes puisse courir le moindre danger et que ce soit à toi de partir en croisade ?

— C'est cruel de dire ça. Cruel et présomptueux.

— En ce cas, excuse-moi. Mais tu as vu un peu ce que toi, tu présumes ?

— Je ne présume rien. C'est bien pour ça que je m'efforce de te faire entendre raison.

Le serveur rôdait du côté de notre table en lorgnant nos assiettes avec convoitise. Je lui ai fait signe de s'éloigner.

— Si tu aimes Rico, fais-le pour moi.

Elle a eu l'air offusqué, mais elle était acculée.

— Il y a peu de gens qui pourraient se permettre de me parler ainsi.

— Et moi ? Est-ce que j'en fais partie ?

— Oui, a-t-elle répondu brièvement. On en parlera dans la voiture. J'ai envie d'un dessert et je ne veux pas qu'il soit gâché par ce genre de propos.

— Très bien.

Quand je l'ai raccompagnée chez elle, elle m'a dit qu'elle réfléchirait à ce que je lui avais demandé. J'ai appelé le Dr Fields et pris rendez-vous pour moi sous un faux prétexte. J'étais bien décidé à remporter cette bataille. Peut-être Sarah avait-elle raison. Peut-être était-ce Poppy que j'essayais de sauver. Mais quel mal y avait-il à être simplement prudent ?

# 9

Alors qu'Ira harnachait le dernier enfant avec son manteau, ses bottes et son sac à dos, il a vu Clover qui l'attendait, un long cône en papier à la main.

— Allez file, petite, a-t-il lancé à Marguerite en la propulsant dans le couloir comme un missile rembourré sur Heidi, qui la réorienterait vers la sortie, direction le jardin et la voiture de sa mère.

Il a fait signe à Clover, qui l'a suivi dans sa classe. Elle s'est exprimée avec effusion d'une voix hachée, comme essoufflée.

— Merci… merci à vous… du fond… du cœur.

Elle lui a tendu les fleurs.

— C'est Anthony qu'il faut remercier, pas moi.

Ira a déballé le bouquet – des lys tigrés – et lui a dit qu'elle n'aurait pas dû, sans pour autant en rajouter. Il a regardé autour de lui, jusqu'à ce qu'il aperçoive l'espèce de vieux pot qui leur servait de vase en classe.

Après avoir mis les fleurs dans l'eau, il a entrepris de faire le ménage de l'après-midi, préparant une solution javellisée pour essuyer les tables, allant chercher le couteau à mastic dont il se servait pour enlever les amas de peinture et de colle. Clover lui a proposé son aide, mais Ira lui a dit qu'il avait ses habitudes et que cela risquait de le perturber.

Clover s'est installée sur le canapé de lecture près de la fenêtre.

— Je suis sûre que je n'aurais pas les moyens de le prendre comme avocat, a-t-elle dit, et il ne m'a pas raconté que c'était gagné d'avance – je ne suis pas idiote, je sais que ce ne sera pas facile – mais il s'est montré optimiste en ce qui concerne certains aspects de ma situation. Si je pouvais être plus souple.

— C'est bien, l'optimisme. La souplesse aussi.

*Et le réalisme donc,* a ajouté le cruel alter ego d'Ira.

Il a frotté la tache fuchsia de la table sur laquelle Lily avait peint. Lily refusait de s'habiller ou de faire le moindre travail artistique autrement qu'en rose.

Depuis que Clover lui avait raconté sa rupture dans ses détails les plus sordides, Ira avait le sentiment que s'il l'encourageait dans ses velléités de rapprochement, il risquait de se retrouver face à une gigantesque dépression. À l'époque de ses études, il avait eu deux ou trois amies drôles et intelligentes qui étaient tout autant en manque d'affection – comme son amie Sadie qui, sous prétexte qu'il était gay, voyait en lui un port à l'abri de l'ouragan des relations amoureuses. Après leur diplôme, ils avaient pris une location d'été à deux à Hampton Bays – un arrangement parfait jusqu'au jour où elle avait avalé deux flacons de cachets (dont un à lui !).

Il savait à présent qu'il préférait encore être enfermé au milieu d'une douzaine de bambins de trois ans en pleine crise de sanglots que de se retrouver dans un hôpital, au chevet d'une femme qui avait failli jeter sa vie en l'air pour un goujat marié et considérait Ira comme “le seul véritable ami qu'il lui restait”. Il s'en voulait encore de l'avoir perdue de vue. Il n'avait jamais effacé le dernier mail de Sadie – faussement enjoué, comme tous leurs échanges depuis qu'elle avait quitté la ville – et se demandait parfois en fin de soirée s'il ne devrait pas lui faire signe. Mais il ne le faisait jamais, prétextant (de façon peu convaincante) qu'elle avait dû changer plusieurs fois d'adresse depuis et que ses mots s'éparpilleraient dans l'espace infini des octets qui ne parviennent jamais à leur destinataire.

— Ce qui me fait le plus mal, dans cette histoire, disait Clover, c'est qu'il ait l'intention de se remarier aussi vite. On aurait pu s'attendre à ce qu'il se montre extrêmement prudent, surtout s'il estime que sa première femme était une calamité ambulante.

Elle a eu un rire amer.

Ira a remis l'eau de Javel et le vaporisateur tout en haut d'une étagère. Il a regardé brièvement Clover.

— Les gens sont incompréhensibles, hein ? a-t-il dit avant d'aller chercher le balai dans le placard.

*L'amour est irrationnel,* aurait-il pu dire, mais cela aurait été blessant – et probablement faux, dans ce cas précis. Inutile d'être un génie pour comprendre ce qui le poussait à se remarier aussi rapidement. Il voulait sans doute quelqu'un pour partager à plein-temps avec lui la vie de ses enfants, assumer une part de toutes ces tâches et responsabilités le plus tôt possible. Et il y avait de bonnes chances que la seconde femme veuille un enfant ou deux à elle.

— J'aurais dû emmener les enfants avec moi, a dit Clover.

— Non. Ils étaient trop grands pour être arrachés à leurs racines. En les laissant avec leur père, vous avez pris la bonne décision, la moins égoïste.

À quel point cette consolation était-elle sincère ? Quand bien même Clover se dénigrait, l'histoire qu'elle lui avait racontée était certainement biaisée ; or rien, dans l'histoire en question, ne lui donnait à penser que son mari et sa nouvelle femme ne devaient pas élever ces enfants. Que dirait-il s'il entendait la version du mari ?

Ira essayait d'imaginer retourner chez ses parents si sa vie devait partir en fumée. Si, il y a six mois de cela, il avait perdu son poste aux Premiers Pas sans avoir le filet de sécurité de Fées & Follets et sombré dans une profonde dépression, qui aurait poussé Anthony à le quitter ? Que se serait-il passé ?

Il se voyait arrivant sa valise à la main devant la porte de la maison Tudor de ses parents à Forest Hills, et prenant la clef dissimulée sous le hérisson en pierre tapi sous un massif de cœurs-de-marie.

Le père et la mère d'Ira faisaient tout en tandem : gérer le cabinet de chiropractie de son père, sortir les poubelles, préparer le dîner, accompagner à l'école Ira et ses deux sœurs tous les matins quand ils étaient jeunes – un pas de deux réglé au millimètre. Certains magazines féminins se seraient délectés de cette harmonie – ce "partage des tâches" comme ils disaient – si ses parents avaient voulu connaître leur quart d'heure de gloire, mais rien n'était plus éloigné de leurs modestes intentions.

Mettons donc qu'Ira ait débarqué ainsi sans prévenir avant 17 h 22, l'heure à laquelle sa mère revenait du cabinet. Bien que le nid soit vide, elle aurait peut-être lancé par simple habitude.

— Il y a quelqu'un ?

Elle aurait sursauté en l'entendant lui répondre qu'il était là – "Juste moi !" – comme autrefois. (Ruthie et Joanna, ses sœurs, étaient celles qui faisaient du sport, de sorte qu'Ira était souvent le seul à être rentré quand sa mère arrivait.)

— Tu veux un petit quelque chose à grignoter, mon chéri ?

— Je veux bien, maman !

Elle garnirait les coupes posées sur le plateau tournant qui trônait sur la table de la cuisine : fromage frais saupoudré de sel aromatisé, crackers, olives noires, tomates cerises. Pendant qu'il mangerait en répondant aux questions qu'elle lui posait sur sa journée, elle s'occuperait des "préparatifs" du dîner en finissant presque au moment où son père franchirait le seuil, à 18 h 30. Elle tendrait à ce dernier sa seule boisson alcoolisée de la journée (une vodka collins) et quand il lui dirait :

— Alors, fiston, qu'est-ce qui t'amène ? – avec un plaisir sincère – Ira lui raconterait tout : qu'il avait perdu son travail, que son petit ami pensait qu'il n'était qu'un lâche et un loser, qu'il n'avait pas eu d'autre choix que de déménager, qu'il n'avait presque plus d'économies et qu'il n'était pas sûr de vouloir continuer à enseigner…

Mais d'où lui venait ce fantasme morbide ? Il n'avait pas à retourner chez lui. À regarder ses parents tâcher de se rappeler (à grands renforts de coups d'œil qu'ils croyaient discrets) qu'ils étaient des parents modernes et larges d'esprit qui n'éprouvaient pas la moindre honte ni la plus petite déception de voir que leur seul fils était homosexuel et remercier le ciel qu'il n'ait pas le sida ! Il était en couple avec le type d'homme qu'ils auraient rêvé de voir une de ses sœurs épouser. (Ruthie avait épousé un dentiste – ce qui n'était pas trop mal – tandis que Joanna était devenue analyste financière mais était incapable de garder un homme plus de deux mois.)

Clover poursuivait :

— Vous croyez que je dois tout simplement demander à Filo et à Lee ce qu'ils pensent de tout ça ? Et de cette... belle-mère ? Risquer d'entendre le pire pour pouvoir avancer, leur demander pardon s'il le faut ?

Ira a posé le balai contre une étagère. Il s'est assis sur le canapé à côté de Clover.

— Je ne sais pas, a-t-il dit. Ça risque d'être effrayant.

— Vous avez raison. Je serais terrifiée.

Ira a mis une main sur le genou de Clover en soupirant. Il voulait dire que ce serait effrayant pour ses enfants, mais il s'est contenté de dire :

— Je sais.

Le samedi, ils s'entraînaient ensemble dans la luxueuse salle de sport à laquelle Anthony les avait abonnés. Ou Ira allait nager pendant qu'Anthony faisait de la musculation, puis ils se rejoignaient dans le sauna. Généralement, ils transpiraient en silence, côte à côte sur le banc. Ira adorait ce silence, surtout quand ils avaient le sauna rien que pour eux. Ils se touchaient à peine et pourtant ils éprouvaient un merveilleux sentiment d'intimité. Il imaginait les angoisses de la semaine qui s'échappaient par leurs pores pour être absorbées par les énormes serviettes bleues moelleuses fournies par le club.

Mais ce jour-là, Anthony lui avait adressé la parole.

— Ta copine, Clover.

— Mmm.

— Je l'ai vue.

— Je sais. Elle t'est incroyablement reconnaissante.

— C'est bien ce que je craignais.

— Pourquoi donc ?

— Elle nage en plein rêve, Ira. N'y a-t-il personne pour la traiter en adulte ? Pour lui faire voir la réalité en face ?

Anthony avait le chic pour poser les questions évidentes.

— Ce n'est pas comme si c'était ma meilleure amie, tu sais. Et elle a un thérapeute.

Anthony a éclaté de rire.

— Un thérapeute. Les thérapeutes, il y en a pour tous les goûts.

Ira a laissé échapper un petit rire amusé. Ne parle pas, l'a-t-il imploré en silence. Anthony, qui n'avait aucun don pour la télépathie, a poursuivi :

— Bien que ça remonte à Mathusalem, j'avais envie de lui demander pourquoi elle n'avait pas tenté de se réconcilier avec lui. Et je me demande bien pourquoi personne ne l'y a incitée. À moins qu'on l'ait fait. Mais l'histoire qu'elle m'a racontée… pff, si tu savais, il était entre autres question de ces horribles conversations qu'on peut avoir avec un copain et qui restent entre vous comme une espèce de nuage de gaz toxique. Le genre de truc qu'on rêverait de pouvoir retirer. Le style bombe à retardement qui attend au fond d'un placard de pouvoir t'exploser à la figure.

Ira a glissé un coup d'œil à Anthony. Était-ce une allusion à quelque chose qui s'était passé entre eux ? Comme trop souvent et toujours involontairement, Ira a repensé au soir où il avait annoncé à Anthony qu'il avait été renvoyé ; le soir où Anthony l'avait traité de veule – et qu'au lieu de lui tendre l'autre joue, il avait à son tour accusé son compagnon d'être sans cœur. Était-ce là une de ces "horribles conversations" ?

— Il y a des cas, a poursuivi Anthony, où, contrairement à toute attente, un avocat futé réussit à convaincre le juge que la mère tient un rôle essentiel dans l'éducation de ses enfants, que tant qu'elle a un foyer stable et des ressources, la garde principale doit lui revenir. Mais généralement les enfants sont petits et – il a ri – le juge est le plus souvent un monsieur plus âgé, qui a dû prêter serment à l'époque où la mère de Zorro en était encore à lui tricoter des chaussons.

Ira a ri de concert avec Anthony. Anthony lui a lancé une bourrade.

— Hé, c'est ton amie.

— Elle a été extrêmement gentille avec moi, mais je la connais à peine. Bon sang, Anthony, ça fait moins de trois mois que je suis là. (Ira s'est levé en retenant sa serviette.) Viens, on va se faire une expo. Tu veux déjeuner à Cambridge ? On se balade un peu, histoire de reluquer les plus beaux spécimens de la ville, et puis on va se cultiver.

Dans la douche, il s'est surpris à penser à Sadie pour la seconde fois en deux jours. Sa conscience s'était-elle endurcie – ou était-elle en train de se radoucir ? Il s'apercevait que lorsqu'il n'était pas avec les enfants qui étaient actuellement sous sa responsabilité, il se faisait moins de souci pour eux que pour ceux dont il s'occupait à Lothian. Certes, sa classe était plus petite, mais la différence essentielle était qu'il avait bien moins d'inquiétudes pour ces enfants. Marguerite se mettait trop en avant, Rico avait tendance à bouder et Lucian avait été renvoyé chez lui parce qu'il avait des poux. Et grâce à Lily, ils utilisaient deux fois plus de fournitures d'art plastique de toutes les nuances de rose possibles et imaginables.

Se pouvait-il que son cerveau se soit rendu en partie disponible, qu'il ait libéré un espace où seraient venus s'installer de nouveaux locataires (des questions sur ses amitiés, anciennes ou récentes, d'autres sur Anthony et lui) ?

Ira avait les émotions à fleur de peau, ça le démangeait de partout comme s'il avait enfilé un pull de laine qui l'irritait au plus haut point mais qu'il craignait d'enlever de peur d'avoir atrocement froid.

— Ce n'est franchement pas marrant, marmonnait-il ce dimanche-là alors qu'il coupait par le terrain de jeu du quartier, en passant devant les balançoires, recroquevillé dans son col. S'il n'avait pas eu les bras qui tiraient à force de porter les courses, Ira aurait contourné le parc. Il aurait dû prendre la voiture – mais comment aurait-il pu deviner qu'il y aurait des promotions sur le jus d'orange et sur les boîtes d'assortiment apéritif de noisettes et de noix de cajou dont raffolait Anthony?

Lothian lui paraissait tellement plus agréable – et pour être honnête, Ira se sentait tellement plus détendu – à l'époque où il allait travailler à pied aux Premiers Pas, fier d'être membre à part entière d'une communauté authentique et colorée, qui, malgré toutes ses difficultés, commençait peu à peu à s'en sortir. Il avait même la vague intention de se présenter au conseil d'administration de l'école. Il adorait se balader dans les rues bordées de maisons ouvrières en bois brut ou revêtues d'aluminium, peintes en blanc, en gris ou en jaune. Certaines d'entre elles étaient ornées de vérandas et de tonnelles achetées à Home Depot.

Mais il y avait encore des quartiers de la ville à l'identité culturelle clairement définie, où les Ukrainiens, les Brésiliens et les Italiens résistaient à la vague yuppie. Dans les quatre rues qui composaient le quartier baptisé la petite Palerme, les jardins de la taille d'un mouchoir de poche se couvraient de vigne tous les étés. De vieilles baignoires abritaient des arbres fruitiers qui s'épanouissaient avec autant de bonheur que sur une colline en terrasse sicilienne. Ces vignes et ces vergers minuscules étaient quadrillés de cordes à linge tendues d'une maison à l'autre, où des draps gonflés claquaient comme des voiles en plein soleil. À Noël, le quartier était magnifiquement décoré de guirlandes clignotantes, de Pères Noël gonflables et de Rois mages lumineux avec des rallonges électriques qui sortaient du bas de leurs vêtements en plastique. Anthony disait toujours que le charme de ces îlots ethniques lui faisait penser à des boules de neige souvenirs.

Mais si Ira se risquait encore à faire de longues promenades ou un jogging de temps à autre, il évitait ces rues pittoresques. Il se rappelait plus ou moins où habitaient les familles qu'il avait connues par l'intermédiaire de l'école, et il n'avait aucune envie de tomber sur les parents (allez savoir ce qu'on avait été leur raconter pour expliquer son départ) ni même sur les enfants innocents qu'il avait eus en classe (ce qui l'attristerait, qu'ils le reconnaissent ou pas dans la rue). À sa grande honte, Ira avait plus d'une fois renoncé à entrer dans un magasin ou traversé une rue afin d'éviter ce genre de confrontation. (Je préfère leur épargner ça, se disait-il.)

Le mois dernier, Anthony avait râlé en voyant qu'il hésitait à aller à la Courgette, le seul bistrot chic où ils pouvaient se rendre à pied de leur appartement. Ira avait prétendu qu'il n'avait pas envie de dîner dans un restaurant français, mais Anthony avait aussitôt vu clair dans son jeu.

— Tu as peur de tomber sur ce pervers, je le sais, lui a-t-il dit. Mais moi, je meurs d'envie de me retrouver face à ce sale con. Amène-le moi.

— Ah oui ? Et qu'est-ce que tu lui dirais ?

— Ça me viendrait naturellement. Je suis super bon quand j'improvise. C'est comme ça que je remporte mes procès, mon ange. Je sais m'y prendre avec les hypocrites. Les riches ? Je les aligne comme des éléphants roses dans un couloir.

Ils y étaient donc allés et, bien entendu, ils n'avaient croisé personne. Mais à chaque fois qu'un nouveau client poussait la porte du restaurant, le cœur d'Ira battait à tout rompre.

Il traversait donc le banal terrain de jeu comme un fugitif, les yeux rivés sur l'allée goudronnée, en marchant aussi vite que le lui permettaient ses cabas pleins à craquer, quand il est tombé nez à nez avec quelqu'un qu'il connaissait – mais qui n'avait rien à voir avec les Premiers Pas.

Les chaussures – de grosses chaussures montantes éculées – s'étaient arrêtées pile en face de lui. Ira a aussitôt levé les yeux pour voir la tête qui était assortie aux chaussures.

— Mais c'est incroyable ! Bonjour ! s'est-il exclamé en posant ses provisions.

À son grand embarras, il haletait et transpirait même.

— Bonjour. Vous avez besoin d'aide ?

Celestino a souri en tendant une main.

— Qu'est-ce que vous faites là ? lui a demandé Ira, avant de se rendre compte de la grossièreté de sa question. Je veux dire, ce n'est… vous habitez dans le coin ?

— Je rentre de la messe.

— Incroyable, nous sommes voisins ?

— J'habite par là-bas. (Celestino montrait l'épicerie, du côté du parc le moins embourgeoisé.) Vous avez besoin d'un coup de main pour porter ça, lui a-t-il de nouveau proposé.

Ira a soupiré.

— Ça se voit, hein ? Je ne suis vraiment pas en forme, en ce moment.

Celestino a pris les provisions.

— Ah non, a protesté Ira en reprenant un des cabas. Et je vous laisse m'aider uniquement si vous venez manger un morceau avec nous. Vraiment. Ou au moins prendre un café.

Trop tard, il avait parlé sans réfléchir. Comme s'il vivait dans un monde bienveillant qui accueillait les homosexuels à bras ouverts, ainsi qu'il le croyait naïvement hier encore.

Celestino a eu l'air hésitant et l'espace d'un instant, Ira a espéré qu'il refuserait – mais comment aurait-il pu ? Et Ira se demandait dans quelle mesure cette invitation enthousiaste ne jaillissait pas de la même source que les rêves : à deux reprises, il avait rêvé que Celestino et lui se trouvaient tous les deux seuls dans la cabane, seuls et nus. Le seul obstacle à leur fougueuse passion (mutuelle, cela va sans dire – ah le pouvoir des rêves !) était la présence des Joncs et des Bouleaux, qui tournaient en rond au pied de l'arbre en attendant de pouvoir grimper.

— Un café, je veux bien, merci, a répondu Celestino.

Ira est passé en premier d'un air gêné, montrant le chemin. Ils ont longé ainsi deux pâtés de maisons en silence, l'un derrière l'autre.

Pourvu qu'Anthony soit habillé, se disait Ira. Il aurait pu appeler pour le prévenir, mais il n'avait pas envie de s'arrêter à nouveau. Il a décidé de faire un compromis et sonné à l'interphone. Il a agité la main devant la caméra.

— On a un invité !

Anthony s'était douché et habillé. Le *Sunday Times* était éparpillé sur le plan de travail de la cuisine, mais il n'avait pas touché au *Boston Globe.*

— Tu te souviens, je t'ai parlé de ce garçon avec une force et un talent incroyables qui nous a aidés à construire la cabane ? En fait, on est voisins ! a expliqué Ira.

Anthony a serré la main de Celestino.

— Enchanté.

En suspendant le manteau de Celestino dans le placard, Ira s'est aperçu que la doublure était déchirée en plusieurs endroits. Il a été saisi d'une étrange réaction pudibonde en entendant Anthony offrir à Celestino un cappuccino puis examiner les provisions en lançant à Ira :

— Tu as pris du scotch ou du vin ? Dis-moi, j'ai de quoi tenir tout l'hiver, avec ce stock de noisettes ! Je n'irai pas fouiner dans les buissons, cette année !

Celestino buvait son café à côté du plan de travail en tenant avec précaution la toute petite tasse.

— Allez, restez donc manger un bagel avec nous, lui a offert Ira.

Celestino a esquissé son sourire habituel : était-ce un sourire timide, simplement distant, ou même dédaigneux, peut-être ?

— S'il y en a assez, je veux bien, merci.

Ira a mis le couvert pour trois pendant qu'Anthony coupait les bagels en deux et demandait à Celestino de lui parler de la cabane.

— Tu l'as déjà vue en photo, a dit Ira. Pour l'amour du ciel, ça doit être la cabane perchée la plus photographiée de la planète.

Anthony l'a interrompu d'un coup d'œil furtif. Ah oui – engager la conversation. Mettre ses invités à l'aise en parlant des sujets que l'on a en commun. En lui montrant l'exemple, Anthony rappelait constamment à Ira l'art de s'entretenir avec des *adultes*. Des adultes qui ne passaient pas la majeure partie de leur journée avec des bambins de quatre ans.

— Un jus de fruit ?

Ira a ouvert le placard où étaient rangés les verres. Il aurait pu lui proposer un Buck's Fizz, mais pour une raison ou pour une autre, il trouvait que ça faisait trop. *Quoi*, l'a grondé l'autre Ira, *tu n'offres pas de champagne à un type engagé comme jardinier saisonnier ? Voilà qui en dit long sur toi, mon grand.*

Mais qu'est-ce qui prouvait que c'était un journalier ? Ira le voyait travailler dans la propriété voisine depuis qu'il avait commencé chez Fées & Follets. Peut-être était-ce Ira qui finirait journalier, passant d'un travail à l'autre.

Ira a enlevé le *Globe* du plan de travail pour pouvoir poser les verres. En première page, il y avait une photo en couleurs d'une énorme maison située en banlieue. Encore un article sur le marché de l'immobilier ? Il a regardé de plus près. C'était une photo aérienne. La vaste pelouse était ornée d'une empreinte tout aussi vaste – une empreinte de pas… scintillante. Ira a approché le journal de la lumière et lu la légende. L'empreinte avait été réalisée avec des centaines et des centaines de bouteilles en verre. *Les CHIENS blagueurs de retour à Ledgely,* disait la légende, qui renvoyait le lecteur à un article à l'intérieur du journal.

— Qu'est-ce qui leur dit que ce n'est pas de l'art ? a-t-il commenté à voix haute.

Anthony et Celestino, dont la conversation avait du mal à démarrer, se sont retournés vers Ira. Il a brandi le journal.

— Ils commencent à devenir fatigants, a déclaré Anthony.

— Ce n'est pas faute d'imagination. En fait, ils feraient de super bons instituteurs de maternelle. Je veux dire, ça leur a demandé une minutie et une créativité incroyables.

— Ce qui signifie un gaspillage d'heures inimaginable pour faire aboutir l'enquête. Donc de l'argent du contribuable. Il n'y a pas de quoi rire.

— Au moins, ils ne s'en sont pas pris à Lothian.

— Un type comme lui ne choisirait pas d'habiter à Lothian, a poursuivi Anthony en montrant le journal. Il se trouve qu'il est à la tête de la plus grande brasserie de Nouvelle-Angleterre.

Ira a jeté un coup d'œil à Celestino qui les observait. Il avait fini son cappuccino. Quand leurs regards se sont croisés, Ira a détourné les yeux en rougissant.

— Asseyez-vous donc, lui a-t-il dit en posant la corbeille de bagels sur la table.

Une fois à table, Anthony a fait passer les divers plats : bagels, saumon, tranches d'ananas, tomates, fromage.

— À ce qu'on m'a dit, vous avez la chance de voir les plus beaux jardins de Matlock.

Ira n'aurait jamais su faire preuve d'autant de tact pour interroger Celestino sur son travail. Parfois, dans le domaine du savoir-vivre et de l'intelligence, Anthony le surpassait réellement.

— Oui.

Celestino avait l'air sur le point de rajouter autre chose, mais il s'est tu.

— Vous travaillez pour le propriétaire des camions rouges qu'on voit partout en ville ? a demandé Ira.

— Thomas Loud.

— J'ai cru comprendre qu'il avait un vrai monopole.

Celestino mangeait. Rien dans son attitude ne permettait de savoir qu'il approuvait ce qui venait d'être dit. Après avoir avalé sa bouchée, il a répondu :

— Il travaille dur. Et il nous fait travailler dur aussi. Avec d'autres comme lui, il y a du travail seulement à la saison chaude. Lui il fait travailler beaucoup de journaliers toute l'année.

— C'est un marché, si je comprends bien. Pour bosser toute l'année, il faut bosser comme des bêtes.

Pour la première fois, Celestino s'est mis à rire.

— C'est ça.

Ira commençait à comprendre que Celestino n'avait peut-être pas de papiers. Aux Premiers Pas, il y avait deux familles dont le statut vis-à-vis des services de l'immigration n'était "pas très clair", pour reprendre la formule de Betty. Chaque année, elle était inquiète lorsque les inspecteurs venaient contrôler les certificats de naissance et les carnets de santé.

Celestino avait-il des raisons de craindre que les gens qu'il rencontrait puissent le dénoncer d'une manière ou d'une autre ?

Il parlait à présent de suivre des études pour devenir arboriculteur.

C'était Anthony qui l'interrogeait : poliment, sans indiscrétion. En regardant Celestino se détendre peu à peu, Ira a brusquement songé que, malgré tout ce qu'il partageait avec Anthony, il ne verrait sans doute jamais son amant faire ce qu'il savait si bien faire : plaider une affaire devant un tribunal. Pendant quelque temps, Ira avait été accro à la série *The Practice : Bobby Donnell & associés*, qui avait pour cadre un grand cabinet de Boston. Il adorait les introductions et les conclusions des plaidoiries. Anthony, qui faisait généralement les cent pas dans l'appartement, plongé dans ses propres batailles juridiques, passait dans le salon en ricanant devant les scènes qu'il voyait. "C'est beau, la fiction", lâchait-il, ou encore, en s'adressant à McDermott, l'acteur principal : "Allez, Dylan McDorable, disculpe-moi ce type."

Une heure plus tard, Celestino est reparti en les remerciant chaleureusement. Ira a protesté en lui disant que c'était lui qui le remerciait : si Celestino ne s'était pas trouvé là, il aurait pu avoir une crise cardiaque à force de porter ces provisions.

Dès qu'il a entendu la porte se refermer en bas, il a dit à Anthony :

— C'est fou ce que tu es plus doué que moi pour parler aux gens.

— Comment ça?

— J'ai tellement d'inhibitions avec les gens, de préjugés basés sur l'idée que je me fais d'eux.

— On en est tous là, mon ange. C'est juste que je suis plus habitué que toi à fréquenter des inconnus. Aux surprises, le plus souvent désagréables. Toi tu travailles dans une famille, une famille qui se doit d'être un cocon chaleureux. Moi je travaille dans une friche sociale, un champ de bataille émotionnel.

Le fait d'exercer des métiers si différents avait des bons côtés, mais cela pouvait être une source de conflits. Ira s'inquiétait quand ils parlaient trop de leur travail respectif.

Leurs amis Mark et Charles, des pionniers qui, à une vingtaine d'années, étaient déjà déterminés à avoir des enfants (et y étaient arrivés au terme d'un arrangement aussi complexe que coûteux, qui avait nécessité l'envoi de sperme sur de la glace carbonique, une donneuse d'ovules, une mère porteuse et une flopée de paperasses juridiques), leur avaient dit qu'un des grands avantages de fonder une famille, c'est que cela évitait d'être obnubilé par le travail.

— Quand bien même on aime son boulot, quand bien même on serait le dalaï-lama ou le chef des Nations unies, avait dit Mark, un jour ou l'autre, on finit par se lasser d'échanger des histoires de bureau.

— Même les histoires de couches-culottes évitent de penser à la secrétaire que tu rêves d'étrangler, tu sais, celle qui passe la moitié de la matinée à admirer son immonde vernis, avait renchéri Charles, un des associés du cabinet d'Anthony.

— Jusqu'à un certain point, avait ajouté Mark. Au cas où tu ne t'en serais pas aperçu, Charles, il y a des gens qui *mangent* ici.

Tout le monde avait ri.

Le projet de vente aux enchères de la classe reflétait à un tel point la quintessence de Matlock qu'Ira avait eu du mal à garder son sérieux lorsque la mère de Tristan, qui s'était autoproclamée déléguée des parents, le lui avait expliqué.

Il restait à Matlock une laiterie – ou, plus exactement, une ancienne laiterie qu'avait reprise un couple qui avait fait fortune très jeune, le mari ayant conçu une série de jeux vidéo combinant guerre médiévale et voyage intergalactique. S'étant retiré du monde du carnage virtuel, ce dernier avait reconstruit avec sa femme la maison et la grange qui tombaient en ruine, suivi une formation dans une "école agricole" du Vermont et acheté un petit troupeau de vaches frisonnes dignes de Ben & Jerry. Ils vendaient leurs produits de première qualité à une poignée d'épiceries fines, mais ils devaient surtout leur renommée à la distribution clandestine de lait cru qu'ils réservaient à quelques familles privilégiées de Matlock ayant dû jurer le secret (ou une relative discrétion, tout du moins) en échange de l'assurance que leurs enfants auraient un système immunitaire d'une exceptionnelle résistance aux bactéries.

Pour être admis dans cette coterie, il y avait une liste d'attente, mais la mère de Kendra avait noblement fait don de sa "place" à Fées & Follets, se reléguant ainsi en fin de ladite liste. Elle s'était procuré dix bouteilles de lait vides auprès de Farmer Xbox, sur lesquelles elle appliquerait des autoportraits peints par les enfants avec deux autres mamans habiles. Ces bouteilles seraient placées dans une caisse en bois qui devait être fabriquée par le père de Kendra, amateur de menuiserie à ses heures perdues. On s'attendait à ce que cette création atteigne une somme qui dépasse le tarif de quatre abonnements à Fenway Park ou peut-être même celui d'une location pour huit avec vue sur la mer à Martha's Vineyard le week-end de la fête de l'Indépendance.

Le comité des mères venait de quitter la classe d'Ira après avoir annoncé cette merveilleuse nouvelle. Et de fait, si les enfants n'avaient qu'à créer des portraits ovales destinés à être collés sur des bouteilles de lait à l'ancienne (quoique, l'espace d'un instant, il ait frémi en repensant aux photos d'enfants disparus qui figuraient autrefois sur les cartons de lait), Ira s'en tirait bien. Joyce, la maîtresse des Feuilles de Chêne, se retrouvait embringuée dans la confection d'un dessus-de-lit en patchwork. Chaque enfant devait réaliser un carré en ikat, dont un papa de la classe devait leur apprendre la technique. Ira trouvait celle-ci salissante et compliquée, et préférait les projets artistiques plus simples comme d'aller chercher des feuillages d'automne pour les assembler entre deux feuilles de papier paraffiné.

C'était précisément pour découper et punaiser ces travaux qu'il s'était attardé dans sa classe après la réunion de préparation de la vente aux enchères. Après avoir fini, il est sorti se promener dans la douceur d'un de ces après-midi d'automne idéaux où le soleil rasant projette des rayons prismatiques à travers les arbres dépouillés de leurs feuilles. Il est descendu au bord de l'étang et s'est assis sur un rondin qui faisait office de banc rudimentaire. Alors qu'il était là, il a entendu des bruits dans la partie basse de la grange, située sous l'école, qui servait encore d'espace de rangement et que Percy Darling partageait à présent avec Fées & Follets.

En se retournant, il a vu Arturo, l'ami de Robert, qui en émergeait. Ils ont été aussi effrayés l'un que l'autre.

— *Hola!* s'est exclamé Turo. Vous êtes là en douce.

— Vous pouvez parler, a rétorqué Ira.

— J'entrepose le canoë. C'est fini pour cette saison.

Ira s'attendait à voir Robert sortir du hangar, mais cela n'a pas été le cas.

Après être resté bouche bée un moment, il a lancé :

— Alors, ça va comment dans la plus grande université intergalactique ?

Turo a ri poliment. Il s'est assis à côté d'Ira.

— Le nombril intellectuel du monde. J'en suis parfois au point où je ne m'impressionne même plus.

— Tant mieux.

— Et vous, comment cela se passe-t-il avec vos petits ?

Son langage recherché laissait Ira perplexe, mais sans doute fallait-il y voir le signe, aussi discret soit-il, que, même s'il le parlait couramment, l'anglais n'était pas sa langue maternelle.

— Quand je viens ici, a dit Ira, j'ai l'impression d'être arrivé au paradis de façon prématurée et qui plus est totalement imméritée.

Sauf que ce n'est pas si sûr, a rétorqué sa voix intérieure. C'est le moins qu'on puisse dire.

— C'est un paradis compliqué, non ? a lancé Turo.

— Comme tous les plaisirs durables, vous ne croyez pas ?

Ça a amusé Turo.

— Non, je ne crois pas, mais je ne suis pas philosophe et à mon âge, qu'est-ce que j'en sais, hein ?

Ira commençait à avoir froid aux fesses sur le rondin. Il s'est levé.

— Sûrement plus que vous ne le pensez, a-t-il répondu. Mais il est toujours plus sage de se montrer humble.

Il a regardé sa montre, bien qu'il n'ait rien de pressé à faire. Anthony ne serait pas rentré avant des heures.

Il pouvait aller à la salle de sport, ou acheter les ingrédients qui lui manquaient pour préparer des pâtés de crabe.

— Dites bonjour à votre copain de ma part, a-t-il dit.

— Je n'y manquerai pas, a répondu Turo. À un de ces jours.

Il est resté assis sur le rondin, tandis qu'Ira retournait dans sa classe. *Comme c'est étrange,* a déclaré la voix indésirable.

## 10

— Hé mon pote, où est la vierge de fer ?

— Je t'avais dit de rester en haut, a répondu Robert. Tu vas finir par te retrouver avec un clou de l'époque coloniale dans le crâne.

Turo l'avait suivi dans la cave de son grand-père. Comme Robert l'espérait, il s'était mis à neiger juste à la veille des vacances. Génial, hein ? Quand il était descendu en octobre chercher un pot de teinture, il avait vu un stock de skis.

Courbés en deux, ils avançaient prudemment dans les profondeurs du sous-sol de la maison. On se serait presque cru dans une grotte. Le sol était en terre battue, des roches affleuraient pareilles aux vertèbres de créatures souterraines remontant aux temps primitifs. Quand Robert était petit, il regardait par l'escalier du sous-sol avec un mélange de terreur et d'émerveillement. Tout comme Turo, il imaginait alors des cachots, des prisonniers menottés, des colonies de chauves-souris.

Il a allumé le néon placé au-dessus d'un établi encombré d'outils. Au fond de la cave, on apercevait des rais de lumière électrique qui transperçaient le parquet du salon, aux endroits où les lames disjointes n'étaient pas recouvertes par des tapis. Grand-père n'y avait jamais fait poser d'isolation – encore un des innombrables détails qui agaçaient sa mère, se disait Robert.

Robert s'est glissé à tâtons derrière la grosse arche en pierre qui soutenait la cheminée de la cuisine.

— Nom de Dieu !

Il a toussé et craché en balayant les toiles d'araignée qui s'étaient collées sur son visage. Il a sorti deux paires de skis de fond l'une après l'autre. Un sac en plastique était suspendu à un clou. C'était bien ce qu'il pensait : des chaussures de ski.

Turo a joué avec des outils qui traînaient sur l'établi, puis il s'est essuyé les mains sur son jean.

— Personne ne vient jamais ici, ou quoi ?

Robert lui a tendu les skis de Clover, Ils étaient recouverts d'années de résidus poisseux de fioul et de poussière agglutinée. Il n'avait pas pensé à des chaussures pour Turo. Sa mère avait des pieds immenses, il pourrait mettre les siennes, mais celles de Clover seraient bien trop petites pour Turo.

Quand ils ont remonté les skis dans la cuisine, le père de Robert fouettait de la crème.

— Mettez-les dehors, soyez gentils ! Je ne veux pas d'araignée dans mon tiramisu !

— Comme intitulé de mémoire, c'est super, papa.

— Dehors !

Son pull bleu marine était moucheté de crème.

C'était la veille de Thanksgiving. Dans la cuisine de son grand-père, la moindre surface était occupée par des saladiers, des planches à découper, des gros couteaux posés en équilibre précaire, des boîtes d'œufs, des miches de pain, des légumes, du fromage. Le père de Robert préparait un tiramisu au potiron, une terrine de légumes et de la farce. À croire qu'il avait l'intention de nourrir l'Afghanistan.

Certains pères traversaient une crise de la cinquantaine qui se traduisait par une soudaine passion pour les voitures ou les bateaux, ou une liaison totalement sordide avec une jeune femme désespérée, mais Douglas Barnes avait noyé sa peur de vieillir sous une avalanche de beurre. Ou c'est du moins ainsi que Robert voyait les choses. À chaque fois qu'il rentrait à Newton, l'année passée, il trouvait son père empêtré dans trois ou quatre recettes à la fois, généralement françaises. S'il se rebellait contre le régime "sain pour le cœur" qu'avait connu Robert dans son enfance, cela n'avait pas l'air d'énerver sa mère outre mesure. Elle plaisantait en disant que la cuisson présentait en soi davantage de danger que les aliments. Régulièrement, l'alarme incendie se déclenchait, quelque chose brûlait, et sa mère passait la moitié de la nuit à récurer tous les plats de la maison. Un jour, un torchon qui traînait avait pris feu et alors que son père sautait dessus pour éteindre les flammes, trois beaux verres à pied s'étaient cassés en tombant du plan de travail.

Robert s'est arrêté devant la porte de la véranda.

— Grand-père a vu ce bazar ?

— Il est à Packard, avec son amie. Quand j'aurai fini ça… Zut !

Le contenu d'une casserole débordait sur le feu. Robert est sorti.

Les deux amis ont frotté les skis sur la neige pour les nettoyer. D'après le père de Robert, "l'amie" de son grand-père – ça lui faisait bizarre ! – travaillait au Great Outdoorsman et avait promis de prendre du fart au magasin. Et dire qu'il était *senza ragazza*, pour reprendre l'expression de Turo, alors que Grand-père avait apparemment décroché une fille, quelle ironie tout de même.

La grange – l'école maternelle – se découpait, vide et sombre, sur le ciel, bien que Robert parvienne à distinguer par une fenêtre un voyant rouge qui clignotait ; même au pays de la pâte à modeler, la technologie veillait. L'étang miroitait derrière la grange. Il avait gelé juste suffisamment pour retenir la neige, mais la glace ne formait qu'une fragile pellicule sur l'eau, pareille à une coquille d'œuf. Robert espérait qu'il pourrait aller skier au clair de lune avec Turo, ne serait-ce que pour éviter l'atmosphère probablement pesante de cette réunion de la famille au complet. Une fois le vin débouché et les tensions et les agacements dissipés (genre "Ah oui, Todd n'est plus là"), le danger était passé. Les gens avaient l'air heureux, même s'ils ne l'étaient pas.

Robert a maugréé.

— Et merde, les bâtons !

Cette fois, il est descendu à la cave avec une lampe électrique qu'il a braquée du côté où il avait trouvé les skis. En trébuchant sur une roche, il est tombé entre l'arche de la cheminée et le mur rugueux.

Il est resté coincé un moment en poussant des jurons, attendant que son bras lui fasse moins mal. Quand il s'est relevé, son coude a heurté la paroi. Ça sonnait incroyablement creux. Une porte de placard en bois. Il a essayé de l'ouvrir par simple curiosité, mais elle n'avait pas de poignée et refusait de céder. Probablement un garde-manger oublié, un réfrigérateur antédiluvien.

Son pied a buté contre quelque chose et il a dirigé sa lampe dessus. Les bâtons de ski avaient glissé entre la cheminée et le mur.

— Robert ? Tu peux venir m'aider ? Tout de suite ?

Serrant les bâtons d'une main, l'échelle de meunier de l'autre, Robert est remonté dans la cuisine. Son père était devant la cuisinière où trois plats mijotaient. Il avait l'air d'un homard, le visage cramoisi par la chaleur, les mains revêtues de maniques rouges dressées telles des pinces comme s'il cherchait à se défendre.

— Les asperges ! Dans la passoire, l'évier ! Tu peux les passer sous l'eau froide ? Pour éviter qu'elles noircissent ?

Robert a jeté les bâtons sous la table et fait un salut militaire.

— Brigade des asperges au rapport.

C'est drôle comme son père ne piquait de crises que dans la cuisine ; et encore, il haussait à peine le ton.

Au moment où il ouvrait le robinet, Grand-père est arrivé du salon, suivi d'une femme radieuse avec de beaux cheveux pleins de vitalité, suivie à son tour d'un petit garçon qui portait un petit camion. Grand-père a balayé la cuisine du regard et lancé :

— Aurais-je accepté de recevoir chez moi la dernière émission de cuisine ? Décidément, je suis trop bon.

Sa compagne a ri comme si on la chatouillait. Elle a mis la main autour de la taille de Grand-père ; de l'autre, elle serrait celle de son fils.

Robert ne pouvait s'empêcher de la dévisager. Elle n'était pas exactement sexy – elle était trop vieille pour ça – mais elle était habillée comme la prof de lettres hyper cool qu'il avait eue en première année (longue jupe flottante, longues boucles d'oreilles pendantes, bottes de cowboy bleues) et il voyait qu'elle appréciait l'humour impérial de son grand-père.

Robert leur a fait signe depuis l'évier.

— Salut !

— Salut à toi, jeune étranger.

Grand-père a traversé la cuisine et surpris Robert en l'embrassant sur la joue. Robert a rougi. Du côté cuisinière, l'amie se présentait à son père. Le petit garçon était planté devant la porte de la véranda, le nez au carreau.

Turo était-il toujours là-bas ?

Robert serrait à présent la main de l'amie en continuant à rincer les asperges (qui avaient vaguement noirci malgré le trempage).

— Enchanté, Mme Straight.

— Je vous en prie. Tout le monde m'appelle Sarah, jamais Mme Straight. Je ferais une très mauvaise surveillante-chef.

Robert a hoché la tête en souriant, ne sachant trop quoi répondre. Il a fermé le robinet et cherché une serviette pour se sécher les mains. (Quand son père faisait la cuisine, tous les torchons finissaient par terre.)

Le petit garçon a tourné la tête, l'air inquiet.

— Mon école est toute noire, a-t-il dit à sa mère.

— C'est les vacances, Rico ! (Elle l'a hissé sur sa hanche.) Je parie qu'on pourra faire un bonhomme de neige, demain. Chez nous, on ne pourrait pas, hein ?

Robert est ressorti. La nuit était tombée brusquement, comme toujours en novembre, mais il distinguait les skis dans la neige. La lumière de la véranda éclairait les pas de Turo ; on aurait dit des notes bleues s'égrenant sur une partition de musique en une mélodie qui s'enroulait derrière la grange.

Turo se tenait au bord de l'étang, croisant les bras pour se protéger du froid. Il fixait les maisons de la rive opposée. Les Trois Grecques étaient éclairées jusqu'au dernier étage, toutes les fenêtres illuminées.

— Ça en consomme du kilowatt, les fêtes. Toute cette débauche carnivore, ces flots d'alcool.

— C'est Thanksgiving, a protesté Robert. Toutes les maisons de la ville sont pleines à craquer. Si tu habitais ici, toi aussi tu aurais un million d'invités. Tout le monde veut être ici, nulle part ailleurs. C'est un mélange très Nouvelle-Angleterre, style Norman Rockwell et Andrew Wyeth, relevé d'un soupçon de riches camés et de créateurs d'entreprises alternatives.

Le sourire languide de Turo est apparu dans le miroitement de l'étang couvert de neige.

Robert grelottait sans veste.

— Allez. Viens dire bonjour une minute, histoire d'être poli. On trouvera une solution pour les chaussures, on s'échappera après.

Ils ont remonté la pente. Robert a vu des phares balayer la route à travers l'enchevêtrement de branches qui entourait la maison. L'espace d'un instant, la cabane perchée est apparue en silhouette, dessinant une forme noire qui reflétait celle de la grange.

Sa mère ou Clover : ces deux perspectives le mettaient aussi mal à l'aise l'une que l'autre. Le mois dernier encore, il n'avait rien à cacher à personne.

Dans la cuisine, le père de Robert chantonnait un morceau qui passait à la radio – signe qu'il était temporairement tiré d'affaire, grâce à l'aide, peut-être, de l'amie qu'il avait recrutée pour le seconder aux fourneaux.

Au passage, Robert s'est arrêté devant elle.

— Ça ne vous dérange pas ?

— Bien au contraire, a-t-elle répondu. Il y a des années, j'ai travaillé en cuisine. C'était juste pour gagner ma vie, mais en fait, ça me plaisait. Ah au fait, j'ai le fart, si vous en avez besoin. Je n'en reviens pas d'y avoir pensé.

Robert se demandait si elle avait d'une façon ou d'une autre le sentiment de passer une audition – de devoir réussir une sorte d'examen de passage, se faire aimer de tous. En ce cas, c'était mal connaître son grand-père.

Dans la salle à manger, le couvert avait été mis – mais non par Grand-père. La grand-mère que Robert ne connaîtrait jamais collectionnait ce qui venait du Mexique et dans les grandes occasions, on ressortait tout : les grosses assiettes à fleurs, les coupes branlantes en céramique bleue, les serviettes aux rayures fanées. Mais il y avait des fleurs dans de vrais vases – Grand-père ne mettait jamais de fleurs – et les serviettes rayées avaient été pliées dans les coupes comme des oiseaux en origami.

Par la porte du salon, Robert a vu sa mère encore en manteau qui tendait les mains vers le feu. Son grand-père poussait les bûches, agenouillé à côté d'elle. Dès qu'elle a vu Robert, elle s'est précipitée vers lui avec un tel empressement qu'il a reculé de quelques pas.

— Tu m'as tellement manqué, mon cœur.

Elle l'a pris dans ses bras puis, étonnamment, elle l'a retenu. Son manteau lui faisait froid dans le cou.

— Bonjour Arturo, a-t-elle dit en relâchant Robert.

— Je suis ravi de vous revoir, Dr Barnes.

Arturo a incliné la tête avec cet air lèche-cul, très M. Roarke dans *L'Île fantastique.* Il était incapable de se comporter naturellement avec les parents. À moins que ce ne soit culturel, mais Robert trouvait ça limite.

— On va peut-être aller skier, avec Turo, a-t-il annoncé. Il faut qu'on lui trouve des chaussures. À quelle heure ça ferme, TGO ?

— Il est trop tard, a dit Grand-père. Reste bavarder avec nous. Raconte plutôt à ta mère où passent tous ces frais de scolarité, hmm ? (Il lui a fait un clin d'œil.) On te trouvera un attelage de chiens de traîneau demain, de quoi vous livrer au noble effort viril. Auquel j'adhère et me joindrai volontiers, mais pas avant demain matin. Pour l'heure, j'ai l'intention de manger, boire, et paresser comme un émir dans son palais.

— Ton palais est splendide, papa, a dit la mère de Robert. Regarde la coupe de maman.

Elle examinait une coupe en argent posée sur la cheminée comme si elle ne l'avait jamais vue.

— Ne t'étends pas sur les détails, s'il te plaît. Après cette infernale visite de la maison, je n'ai aucune intention de faire de la propreté immaculée une habitude. Ni d'astiquer l'argenterie. Prends-y garde.

Grand-père avait ouvert une bouteille de rouge. Il a servi six verres et les a fait passer. Il est allé en porter deux à la cuisine puis il est revenu s'asseoir sur le canapé à côté de la mère de Robert. Elle a été clairement surprise de voir qu'il mettait le bras sur son épaule. Il s'est penché vers Robert.

— En parlant de palais, il faut absolument que je te raconte quelque chose d'extraordinaire, a-t-il dit. Pour la première fois, je viens de visiter le royaume de ta mère dans les vénérables locaux de la Synagogue œcuménique St Matthew des Cœurs faibles et des Ventres las.

De tous, c'est Turo qui a le plus ri. La mère de Robert a levé les yeux au ciel.

— Papa.

Grand-père a continué de s'adresser à Robert.

— Mais sérieusement, je n'avais pas la moindre idée du pouvoir qu'a ta mère. Extrêmement bienveillant, je m'empresse d'ajouter.

— Arrête de plaisanter, papa. Les hôpitaux, c'est la folie, personne ne dit le contraire. Mais l'un dans l'autre, ça ne marche pas trop mal chez nous.

— Je ne me moque pas, mon petit. J'ai vraiment été impressionné. Tu as un personnel qui t'adule, des patientes prêtes à attendre toute la journée que tu les reçoives…

— Papa.

— Ne m'interromps pas. Je n'avais jamais pensé honnêtement à la difficulté de ton travail, au courage, à la détermination qu'il exige. Non pas l'aspect médical, non, mais la vulnérabilité de toutes ces femmes qui dépendent de toi, mon petit. Cette façon que tu as de les faire tenir.

— C'est un peu idyllique, comme vision, papa.

Robert a vu les larmes monter aux yeux de son grand-père. Il ne savait pas si sa mère s'en apercevait, car il la tenait collée à lui. D'ordinaire, leur relation était plutôt rugueuse, si bien que l'émotion de l'instant lui faisait tout drôle, comme celle de son grand-père.

— Elle est très dévouée, a lâché Robert. Elle ne s'en aperçoit même plus. Mais elle l'est vraiment.

Il a ri nerveusement. Sa mère l'a regardé en fronçant les sourcils, perplexe.

— Et si tu me passes de la pommade, c'est que…

— Que tu ferais mieux de ne pas avoir oublié les tartes, a répliqué Robert. Tu as bien pris celle aux pommes fourrée à la crème, hein ?

Les autres mères faisaient des tartes démentes ; la sienne savait exactement où les acheter. Elle a envoyé Robert à sa voiture. Quand il est revenu avec les sacs, Turo s'excusait en disant qu'il devait monter travailler.

— Contrairement à Roberto, je me suis un peu trop amusé ce semestre.

— Mais ne ratez pas le dîner. Sarah a fait un curry de légumes, lui a répondu Grand-père. Vous pourrez vous servir vous-mêmes et manger dans la cuisine. J'ai eu un coup de fil de Clover, qui est coincée dans les embouteillages sur la route du Connecticut. Elle amène les enfants directement chez elle et nous rejoint demain matin.

Robert a apporté les tartes sur le champ de bataille culinaire en suivant d'une oreille ces détails logistiques. Son père se tenait à présent devant une bonne dizaine de bols de purées de toutes les nuances de vert, de rouge et d'orange. Le mur qui se trouvait derrière le robot (fourni par le chef quinquagénaire) était décoré d'une gerbe flamboyante de… jus de betterave ? Sauce aux cranberries ?

— Hé, c'est vraiment toi qui te charges du repas de fête demain ?

— J'aurai maîtrisé la situation avant qu'on aille se coucher. Homme de peu de foi.

Sarah s'est détournée de l'évier en souriant à Robert. Elle faisait la vaisselle. Si l'amie avait eu besoin d'un quelconque agrément, sa mère lui aurait donné un A+.

Après avoir trouvé de la place dans le réfrigérateur de Grand-père, il est monté par l'escalier de derrière en se baissant à l'endroit où le toit commençait à descendre à pic. Le premier étage de la maison était un nid douillet et chaleureux, un endroit rêvé pour les enfants car il était peuplé de recoins inaccessibles aux adultes. Quand il faisait beau, la chaleur du soleil traversait le bois et le plâtre, juste en dessous. En haut de l'escalier, il suffisait de poser la paume sur le plafond ou ne serait-ce que sur une des grosses poutres pour sentir la chaleur. Les après-midi d'été, c'était éprouvant ; en hiver, c'était délicieux. Toute la maison avait besoin d'être mieux isolée, mais Grand-père avait bien fait comprendre à tout le monde qu'il mourrait dans cette maison "en l'état".

Dans la chambre de Clover, le toit en pente raide descendait jusqu'aux fenêtres basses. Juste en dessous, le mur était flanqué de deux lits en cuivre placés pied contre pied. Turo avait fermé les rideaux de velours violet – héritage de l'époque où Clover était au lycée – et s'était approprié un lit en s'enfouissant sous la couette. Il était replié sur son ordinateur portable, l'air absorbé, ravi. En voyant Robert traverser la pièce, il l'a refermé.

— Alors ça travaille dur ?

— Oui, oui, a répondu Turo.

— Sache que tu continues à me faire flipper.

Turo a souri brusquement comme s'il abritait ses pensées derrière un bandeau d'amabilité.

— En ce cas, mon pote, ne prends pas garde à moi. Comme dirait ton érudit de grand-père.

Le téléphone de Turo a sonné sous la couette. Il l'a sorti et l'a déplié.

— Ma mère.

Il a répondu d'un ton chaleureux, aimant, dans la langue inconnue qu'ils partageaient.

Robert s'est assis sur son lit et a défait son sac à dos. Il avait du travail de son côté, un devoir sur la barrière hématoméningée. Il ne devait le remettre que dans dix jours, mais s'il ne l'avait pas fini lundi, il se retrouverait coincé dans deux autres matières. Il avait espéré qu'en amenant Turo avec lui, il pourrait garder l'œil sur son ami, le mettre en quarantaine comportementale.

Après "l'opération piscine", comme l'appelait Turo, Robert avait participé à deux autres MdM. C'était l'abréviation des CHIENS pour Mission de Minuit. Les chiens avaient un faible pour le jargon. Robert commençait à ressentir l'euphorie de passer à l'acte et de semer cette pagaille savamment orchestrée en toute impunité, mais il n'était pas vraiment persuadé que le fait de saccager l'existence de riches connards puisse changer quoi que ce soit à la manière dont d'autres riches connards choisissaient de dépenser leur argent. Turo disait de la honte que c'était une arme redoutable, employée partout, du mouvement des droits civiques aux manifestations contre la fourrure, et encore, il ne s'agissait que des États-Unis, ce pays docile et choyé. Il parlait de Paris, de l'Argentine, du Chili. Et chaque fois qu'une des MdM se retrouvait dans les pages du *Globe*, il y avait désormais des lettres de gens qui les encourageaient à poursuivre leur action. *Il faut parfois enfreindre la loi pour faire évoluer la loi*, avait écrit un étudiant en écologie de Columbia qui avait contribué à la renaissance du SDS, le mouvement contestataire étudiant des années 1960. Une lettre d'un célèbre professeur de sciences politiques de Harvard, de ces gourous dont les cours avaient des allures de réunions de sociétés secrètes, avait rempli toute une colonne en concluant : *Si nous voulons assurer notre survie, il est essentiel de remettre en cause notre complaisance à l'égard des nouvelles technologies. Certes, les méthodes de ces activistes ne sont pas toujours avisées, et leurs positions parfois difficiles à défendre, mais s'ils élèvent la voix, c'est pour exiger un nouveau patriotisme mondial auquel nous devons tous nous rallier. C'est littéralement une question de vie ou de mort.* La lettre avait été publiée en caractères gras. Turo avait pratiquement dansé de joie au milieu de Massachusetts Avenue.

Il n'avait jamais invité Robert à participer aux réunions du "cercle restreint", et pour être franc, Robert était soulagé. Apparemment, lors d'une de ces réunions, une fille avait suggéré de cibler une nouvelle communauté dans le New Hampshire, mais quelqu'un l'avait descendue en flammes en disant que s'ils franchissaient les frontières de l'État, le FBI interviendrait. Tant que leurs adversaires étaient de simples flics de la banlieue huppée de Boston, ils pouvaient continuer à travailler – quoique, un jour ou l'autre, l'un d'entre eux finirait par se faire arrêter et irait en prison. D'ici peu, sans doute. Et c'est là qu'ils perceraient. Ils parlaient déjà de New York, de former une chaîne prête à agir à une plus grande échelle. Les CHIENS deviendraient le nouveau Greenpeace.

— Tu n'as qu'à partir si ça t'angoisse trop, lui avait dit Turo, mais dis-moi, l'ami, quand tu te retrouveras à la fac pour entreprendre tes études de médecine, la première chose que tu feras, c'est de découper un cadavre, si je ne me trompe ? Si l'on veut sauver quoi que ce soit, par quoi faut-il commencer ? Par démolir les structures, dénoncer la corruption, éventrer le statu quo. Voilà comment.

— Super. Je veux bien, avait répondu Robert, mais dans ce cas, pourquoi perds-tu ton temps à l'université ? Pourquoi ne pas tout simplement annoncer au doyen que tu prends une année sabbatique pour redresser notre société déglinguée ?

Turo lui avait répliqué d'un ton sec :

— S'il y a bien une chose dont tu peux être sûr, c'est que je ne perds pas mon temps. Jamais.

Robert n'était pas franchement convaincu par l'analogie du cadavre, mais peut-être qu'avec du recul, Turo avait raison. Turo avait quelque chose que Robert pensait avoir également connu mais qu'il était peut-être en train de perdre : un engagement inconditionnel qui ne laissait aucune place au doute. On ne pouvait pas s'empêcher de l'envier. Et quand il rencontrait des gens dans les fêtes ou les réunions politiques du campus, il voyait bien que certains étaient impressionnés d'apprendre qu'il était le colocataire d'Arturo Cabrera. Génial.

Lorsque Turo a raccroché le téléphone après avoir parlé avec sa mère, ils ont passé l'heure suivante à taper paisiblement sur leur ordinateur. Ils étaient étendus de tout leur long sous les édredons de tante Clover (turquoise avec de grosses marguerites violettes), comme deux jumeaux siamois joints par les pieds, en se tassant au fond du lit pour se protéger des courants d'air qui filtraient par les rideaux. Turo marmonnait de temps en temps en espagnol, l'air renfrogné. Il disait à Robert qu'il était tourmenté par un crétin d'économiste qui prévoyait une croissance perpétuelle du marché boursier. De son côté, Robert essayait de décrypter le mécanisme grâce auquel de nouveaux agents chimiothérapeutiques pouvaient escalader les remparts du cerveau pour attaquer les tumeurs malignes qui étaient parvenues à les franchir. Le corps humain était sans aucun doute une machine prodigieuse mais, comme certains individus, elle était parfois obstinément et aveuglément contre-productive. À un moment, Robert a jeté un regard par-dessus son écran. Turo avait l'air si pitoyable qu'il devait probablement travailler.

Mais Turo a levé les yeux.

— Je meurs de faim. Tu sens cette odeur ?

Quelqu'un était en train de réchauffer le curry de l'amie.

Ils ont rejeté leurs édredons pour descendre au rez-de-chaussée.

La cuisine avait retrouvé un aspect presque normal. Le lave-vaisselle ronronnait et tout ce qui restait du désordre de son père était un tas de récipients qui trempaient dans l'évier. Sarah mettait le couvert sur la table de la cuisine. Elle ouvrait les tiroirs et les placards sans une hésitation, sachant où trouver les couteaux et les assiettes. Robert lui a proposé son aide.

— Remplir les verres d'eau, peut-être ? lui a-t-elle dit. Trouver une autre bouteille de vin ?

Grand-père jouait à un jeu avec le petit garçon devant le feu. Ça ressemblait à un morpion, mais à la verticale.

— Hé, a lancé Robert.

— Les haies, c'est pour le 110 mètres et les troènes, je n'arrête pas de te le répéter.

Grand-père n'a pas détaché son regard du jeu, mais le petit garçon a levé les yeux, surpris.

— Je m'appelle Robert, a-t-il dit. Ça a l'air super, ce jeu.

L'enfant l'a dévisagé.

— Puissance 4, a-t-il dit timidement.

— C'est mon ami Rico, a dit Grand-père, et il est en train d'écrabouiller mon imposant derrière.

Il s'est penché pour se donner une claque sur les fesses. Rico s'est mis à rire.

— C'est bien, a dit Robert à Rico, parce qu'il faut l'écrabouiller. Tout le monde n'est pas capable d'écrabouiller mon grand-père.

— Il m'a battu une fois, a dit Rico. Ça va faire quatre fois que je le bats.

— Vas-y mon pote. (Robert s'est tourné vers son grand-père.) Il n'y a plus de vin dans l'armoire, à part une bouteille poussiéreuse de Grèce qui m'a l'air franchement louche. Tu as une autre réserve quelque part ?

Grand-père a réfléchi un instant puis il a soupiré.

— J'ai laissé le vin chez Sarah. Toute une caisse.

— On peut très bien se passer de vin. Boire du lait.

Au moment où Robert s'apprêtait à retourner dans la cuisine, sa mère est sortie du bureau de son grand-père.

— Je vais faire un saut à Ledgely, a-t-elle dit. Viens avec moi, Robert.

Il est resté planté là, tandis que les excuses fusaient dans l'irréductible forteresse de son cerveau. Pourquoi voulait-il éviter à tout prix cette commission ?

— Va chercher ton manteau. (Elle avait son ton de "c'est le médecin qui parle".) Tu peux aller faire chauffer le moteur ? Je vais demander à ton père s'il a tout ce qu'il lui faut. Il lui manque toujours un demi-litre de crème. Les clefs sont dans mon sac, devant.

La neige scintillait comme du mica. La lune presque pleine apparaissait à travers les branches des pins qui séparaient la maison de la route. C'était une soirée idéale pour aller skier, s'est lamenté Robert.

Il a réglé le siège du conducteur et démarré le moteur. La radio de sa mère a déversé un fracas de trompettes, une musique noble, baroque. Robert a trouvé une station qui passait du blues en direct d'un club de La Nouvelle-Orléans. Katrina, Katrina et encore Katrina. Voilà un scandale pour lequel se mobiliser. Il pouvait faire ça, plutôt; un groupe d'étudiants de Harvard s'était engagé à passer toutes les vacances à reconstruire des maisons à La Nouvelle-Orléans. Peut-être allait-il étudier la question, après ses examens de janvier. Pendant les vacances de Noël, il ne pourrait rien faire d'autre que travailler comme un malade. Pourtant, d'autres étudiants y arrivaient bien.

Il a attendu, en regardant vers la maison. La seule fenêtre allumée encadrait le profil de son grand-père avec, en arrière-plan, la flambée dans la cheminée. Ses cheveux blancs étaient hirsutes. Il les frottait d'un air théâtral, déplorant sans doute une nouvelle défaite face à Rico. Robert n'avait quasiment aucun souvenir de l'époque où il avait cet âge-là, mais il se rappelait avoir joué avec son grand-père ; au morpion à l'ancienne, sur du papier, ou aux cartes, à la bataille ou au pouilleux. Il y avait aussi Life, Monopoly – quoique, les jeux de société étaient venus plus tard. Quel âge avait-il quand il avait commencé à soupçonner son grand-père de le laisser gagner – pas toujours, mais de temps en temps ? Robert a souri à l'idée que son grand-père puisse avoir une amante. Et qu'il soit son amant. Sacré grand-père. Il a ri.

Sa mère riait aussi quand elle est montée dans la voiture.

— Tu prends le volant.

— Qu'est-ce qui te fait rire ?

— Ton père est en train de bichonner sa dinde dans la véranda de derrière et je lui ai fait si peur en ouvrant la porte qu'il l'a laissée tomber au bas des marches. Du coup, il court après, il la prend dans ses bras, me regarde et me dit avec cette voix horrible, on aurait dit Julia Child : "Les invités n'en sauront jamais rien." C'est un éternel optimiste.

— OK, mais, maman, cette obsession de la grande cuisine ? Il est totalement malade.

— Oh, ça l'amuse. Et maintenant, je n'ai plus jamais à préparer à manger. Il a l'air heureux, même quand il rate un repas. Pour lui, c'est une espèce d'Everest domestique. Les hommes sont un éternel mystère.

En débouchant de l'allée, Robert a accéléré doucement au cas où il y aurait du verglas sur la route (le sel était proscrit à Matlock). Il sentait le regard perçant de sa mère. Cette remarque sur "les hommes" lui était en partie destinée.

— Alors comme ça, a-t-il dit, Grand-père a débarqué dans ton bureau.

— C'était bizarre, je dois dire. On n'y avait pas pensé, je crois, mais en fait il n'était jamais venu. Évidemment, qu'est-ce qu'il serait venu faire ?

— Est-ce qu'il a dit plein de trucs embarrassants à Chantal et aux infirmières ? J'adore le surnom qu'il donne à l'hôpital, c'est hyper politiquement incorrect.

Le véritable nom de l'hôpital de sa mère était le résultat de l'alliance entre trois hôpitaux qui avaient chacun refusé de renoncer à son identité. Son nouveau nom ressemblait à un carambolage d'autoroute : St Matthew Sinaï Mères de la Miséricorde – que ses fervents admirateurs appelaient St Matt's et les autres La Mère de Matt.

— En fait il s'est bien tenu. Je crois qu'il était légèrement terrifié. Ce n'est pas la même chose de se balader dans un service de cancérologie quand on a soixante-dix ans que lorsqu'on en a vingt. Surtout quand on est en bonne santé.

— Il n'a rien, hein ? J'espère.

— Il voit ses médecins. Ce qui n'est déjà pas mal pour un homme seul de son âge. Mais écoute, Robert. Je n'ai pas envie de parler de Grand-père. Grand-père va bien.

Et merde, c'était parti. Même s'il roulait à la limite de la vitesse autorisée et ne dérapait pas sur une plaque de verglas, il lui faudrait au moins dix minutes pour arriver chez le caviste de Ledgely.

Elle a éteint la radio.

— Clara m'a appelée.

Il a maugréé.

— Tu peux me dire ce qui se passe ? Je sais que tu travailles dur, mais je croyais que nous… Je croyais que tu me préviendrais s'il y avait quelque chose d'important.

— Je l'ai toujours fait.

— Ce n'est pas important d'avoir rompu avec Clara ? Ça fait un an que vous êtes ensemble.

Il s'est engagé sur la grande route. Un animal sombre à poils, un raton laveur ou un chat, a détalé devant les phares. Son corps tout entier se crispa.

— Je n'ai pas envie de parler de Clara, maman.

— Eh bien moi si, mon ange. Clara a le cœur brisé. Et tu m'as l'air assez ému, toi aussi. Je l'aimais bien – je l'aime beaucoup. Elle était très attachée à toi. Enfin, bon sang, pendant un an, elle est venue chez nous à chaque grande occasion, elle a passé le week-end à Cape Cod avec nous juste avant que tu partes dans le Maine… En tout cas, elle va me manquer.

— Je suis désolé, maman. Mais tu ne sais pas exactement ce qui s'est passé.

Il avait un ton agressif, il s'en rendait compte. Qu'est-ce qui s'était passé au juste ? S'était-il passé quoi que ce soit ? C'est vrai que Clara avait arrêté de lui envoyer des textos et de l'appeler après s'être entendu dire qu'il avait besoin "d'un peu de distance", mais cela faisait moins d'un mois qu'ils s'étaient séparés, si tant est qu'on puisse parler de séparation. Qui sait, ce n'était peut-être pas définitif ?

— C'est précisément ce que je veux savoir. Non seulement sa version, mais la tienne.

Mais quel besoin avait-elle de tout rationaliser ? Pouvait-il lui dire que cela ne la regardait pas ? Difficilement, car il avait intégré Clara à leur vie de famille. Robert avait beaucoup d'amis qui regrettaient que leurs parents se désintéressent totalement de la question et se trompent de priorité. Il les plaignait. Ses parents avaient-ils réellement l'esprit plus ouvert ? En ce cas, il avait de la chance. Mais là, il voyait l'avantage de cloisonner, de séparer clairement sa vie de la leur.

— Écoute, maman, on a vingt ans. Personne ne s'engage pour la vie à cet âge-là. En tout cas, personne qu'on connaît. Ça ne veut pas dire qu'on ne se remettra pas ensemble. Franchement, Clara en rajoute. Il se peut qu'on fasse juste un break. Ça arrive.

— Je n'appelle pas ça un break, si tu ne réagis pas quand elle dépose tes affaires devant ton appartement dans un sac-poubelle.

Bon d'accord, ça avait été loin. C'était, voyons voir, il y a deux semaines à peine ? Robert avait l'intention de lui écrire un mail le soir même, mais Turo l'avait convaincu encore une fois de l'accompagner en mission, pour le coup du bois de chauffage. Le problème, c'était entre autres que Clara lui paraissait soudain si... lointaine. Et elle (sa compagnie, son humour) ne lui manquait pas autant qu'il l'avait imaginé. Ce qui lui manquait le plus, c'était de ne plus baiser. C'était cruel mais vrai. Cette façon de vouloir passer à la vitesse supérieure avec cette histoire ridicule de bague l'avait fait flipper. Et là, elle appelait sa mère ? Un sentiment de rage envers Clara lui a étreint la poitrine. C'était quoi, cette connerie ?

Sa mère lui racontait qu'elle avait rencontré son père quand elle avait son âge. Ils sortaient déjà ensemble en première année de fac. Comme scoop, c'était carrément préhistorique.

— Nous avons passé deux étés loin l'un de l'autre et nous avons chacun eu des histoires de notre côté, pour nous mettre à l'épreuve, mais nous savions tous les deux que nous avions trouvé un véritable ami et une âme sœur. Si nous nous étions séparés, nous aurions cherché quelqu'un d'autre, nous n'y aurions peut-être même plus jamais repensé. Mais nous savions qu'en nous engageant, cela nous aiderait à avancer plus vite, à savoir clairement où nous allions. Et c'est ce qui s'est passé.

— Attends, c'est quoi cette vision du mariage, le coup de la proie et de l'ombre, c'est ça ? Ou genre, le mariage, c'est la voie express ? Pourquoi veux-tu que je me marie si jeune ? Ah, je vois. Tu as hâte de devenir grand-mère. C'est ça ?

— Je n'ai jamais dit que je voulais que tu te maries jeune. Je me demande seulement si tu n'as pas agi sur un coup de tête.

Sa mère s'exprimait d'un ton posé, qui le mettait encore plus en rage.

— S'ils étaient à ma place, j'en connais qui te diraient que ce n'est pas tes oignons.

— Ne me parle pas sur ce ton, Robert. Par rapport à d'autres mères, je t'ai toujours laissé pas mal de liberté, non ?

Ils étaient arrivés dans le centre de Ledgely, où tous les cousins plus ou moins éloignés de chaque habitant à quinze kilomètres à la ronde semblaient s'être donné le mot pour venir faire les courses à cette heure-là. Certain de ne pas trouver de place pour se garer à côté du caviste, Robert s'est engagé dans une rue résidentielle.

— Non ? a-t-elle insisté.

— C'est ton mode de fonctionnement. Même si je me suis toujours demandé si c'était pour ça que tu n'avais jamais eu d'autre enfant. Je veux dire, c'est facile de laisser de la liberté à un enfant quand un seul te suffit déjà amplement.

Sa mère a retenu son souffle.

— Tu vois ce que ça fait, hein ? Ça ne me regarde pas hein ? Ou peut-être que si, après tout.

Trois pâtés de maisons plus loin, il a trouvé une place dans une ruelle sombre bordée de demeures coloniales luxueusement rénovées. Il s'est garé et a coupé le moteur.

— Robert ? Es-tu en train de me dire que tu t'es senti mal aimé ?

— Mais bien sûr que non, maman.

Sa voix s'est fêlée, comme s'il était encore un adolescent. Il a ouvert la portière.

— Non, une seconde. J'ai quelque chose à te dire.

Robert s'est forcé à la regarder.

— Je suis heureuse et j'ai toujours été heureuse d'être ta mère. Tu n'imagines pas à quel point. Ton père dirait la même chose sur ce qu'il ressent en tant que père – mais ça paraît plus évident, n'est-ce pas ? Quand j'étais en médecine, mes copains trouvaient que j'étais totalement folle de vouloir un bébé au beau milieu de mes études, mais je savais que si je remettais ça à plus tard, si je me disais que le moment était mal choisi et qu'il valait mieux attendre d'être sortie des stages sans fin, des examens à potasser et de tout ce qu'il a fallu pour en arriver où j'en suis aujourd'hui, je finirais sans doute par essayer de tomber enceinte quand ce ne serait plus possible.

Il faisait de plus en plus froid dans la voiture et Robert était parti sans ses gants ni son bonnet. Il s'apprêtait de nouveau à descendre, mais sa mère l'a pris par le bras.

— Attends. (Elle gardait la main sur sa manche.) Je vais te dire ce que je vois tous les jours dans mon service. Des femmes d'une trentaine, parfois d'une quarantaine d'années, qui croyaient qu'elles avaient tout le temps d'avoir des enfants. Même si elles n'avaient pas eu de cancer, elles se faisaient probablement des illusions. Quand elles arrivent, elles sont dans une détresse inimaginable. Certaines réussissent à avoir un bébé après, quelques autres adoptent, mais la plupart de ces femmes sont seules. Elles ont laissé passer la chance de fonder un foyer et le regret auquel elles doivent faire face alors même qu'elles suivent un traitement… c'est affreux, Robert. On me demande souvent comment je fais pour supporter de m'occuper de toutes ces femmes dont je sais qu'elles vont mourir, mais parfois, ce n'est pas ça qui est le plus difficile à supporter. Le regret – le regret qui les ronge de l'intérieur bien plus qu'une tumeur –, c'est ce qui me fait le plus mal chez mes patientes.

Robert ne pouvait pas la regarder. Mais de quoi elle parlait ?

— Maman, ne me projette pas dans ce genre de scénarios. Ni Clara, d'ailleurs.

— Très bien.

Elle est sortie et sans une hésitation s'est dirigée vers Maple Street avec ses lumières et ses voitures qui tournaient en rond. Il la suivait à quelques pas. Ses bottes ultra-chics claquaient sèchement sur le trottoir en martelant *j't'emmerde j't'emmerde j't'emmerde.* Si ce n'est qu'elle n'aurait jamais dit une chose pareille.

Vini Viti était bondé, les rangées de bouteilles qui dépassaient attendaient manifestement d'être renversées dans la cohue des gros manteaux et des sacs de courses. Sa mère lui a tendu un panier et demandé de prendre une bouteille de cream sherry Harveys Bristol et quatre de cabernet coûtant entre douze et quinze dollars. Elle le rejoindrait à la caisse.

Il a trouvé le rayon des vins de Californie avec son éventail de choix ahurissant. Turo avait raison. La civilisation risquait bien d'être anéantie par la seule débauche de choix. On avait tout au plus besoin d'une sélection d'une douzaine de bouteilles, mettons, si on voulait conserver les ressources, consacrer la terre à des cultures plus utiles. Après avoir pris deux bouteilles d'un cabernet et deux d'un autre, il est passé devant un rayon baptisé AVENTURES ŒNOLOGIQUES ! Quelqu'un avait rédigé une série de mignons petits panneaux vantant de nouvelles combinaisons de cépages, de nouvelles régions du monde qui se lançaient tout juste dans la viticulture.

En arrivant près du comptoir, il a vu sa mère bavarder avec Norval Sorenson, l'ami de son grand-père. Robert est allé le saluer et répondre poliment à mi-voix aux habituels compliments des adultes s'extasiant de voir à quel point il avait grandi, aux questions (qui n'appelaient pas nécessairement de réponse, en fait) sur l'université, les cours, les amis.

— Écoutez, a dit sa mère. Vous devriez passer à la maison demain. Ça fait une éternité que je n'ai pas vu Helena. Vous pourriez même venir déjeuner avec nous. S'il vous plaît.

M. Sorenson a hésité.

— On est habitués à passer les fêtes en tête à tête, Trudy.

— Allez, venez. Douglas a acheté une dinde de la taille d'une autruche.

Robert était agacé de voir sa mère d'une humeur aussi décontractée deux minutes après lui avoir sorti son discours sinistre sur l'infertilité.

— Je vais dire à papa de vous appeler ce soir, d'accord ? a-t-elle ajouté.

M. Sorenson a eu l'air enchanté par cette idée, à moins qu'il n'ait simplement été soulagé de s'en tirer à si bon compte. Il leur a dit au revoir puis il est sorti du magasin.

Robert et sa mère ont attendu dans la file avec leur panier sans échanger un mot. Arrivée à la caisse, elle lui a demandé d'aller chercher la voiture pour ne pas avoir à porter toutes les bouteilles aussi loin. Toujours aussi efficace.

Ils sont rentrés de Ledgely en silence. Robert n'avait même pas envie de mettre la radio. Il bouillait encore de colère en songeant aux deux femmes, à leur connivence. Il a allumé le chauffage.

Il a été stupéfait de la voir sortir son portable pour passer un coup de fil.

— Papa ? a-t-elle dit. On est tombé sur oncle Norval. Ils sont seuls pour Thanksgiving, tu savais ? Tu pourrais les inviter, dis, ça me ferait tellement plaisir. À Clover aussi, je crois… ah, formidable. On est là dans dix minutes.

*Ah formidable.* Comment pouvait-elle avoir le culot de lui donner une Leçon de Vie et d'aller s'enthousiasmer ensuite pour un dîner ? Après tout, pour être un bon médecin il fallait aussi être bon comédien.

Ils sont entrés dans Matlock ; par habitude, il s'est mis en pleins phares. La nuit, quand Robert était petit, la soudaine densité des arbres et l'absence tout aussi soudaine de réverbères lui donnaient souvent l'impression de pénétrer dans une forêt de conte de fées. À Matlock, l'obscurité devenait plus obscure et les étoiles qui peuplaient les ruisseaux de ciel coulant entre les cimes des arbres avaient davantage d'éclat. En hiver, la neige que l'on apercevait dans les quelques champs semblait plus profonde, plus blanche, plus froide que nulle part ailleurs.

— Alors maman, a-t-il dit, brisant le silence, c'est vrai que tu t'es fait avorter ?

Elle a poussé un cri, comme s'il l'avait frappée, mais il n'a pas éprouvé le moindre remords.

— Qui t'a dit ça ?

— Il y a deux ans, à la maison, je l'ai entendu par hasard.

— Comment ça entendu par hasard ? Qu'est-ce que tu me racontes ?

— À l'époque où tante Clover a passé quelques jours à la maison. Quand elle a pété un câble, avec l'oncle Todd.

Sa mère n'a pas prononcé un mot d'un bout à l'autre de Quarry Road. Ils étaient à huit cents mètres de chez son grand-père.

— Gare-toi, lui a-t-elle ordonné. Gare-toi, je te dis.

Le bas-côté déjà étroit était d'autant plus réduit que la neige avait été déblayée sur le bord de la route.

— Je ne peux pas.

— Alors entre dans l'allée et arrête-toi.

Elle avait un ton lourd, presque menaçant.

— OK.

Ils ont roulé en silence quelques minutes de plus. Robert a tourné à la boîte aux lettres et s'est garé.

— Coupe le moteur. Les phares. Éteins.

Robert s'est exécuté.

— La réponse est oui. C'est une décision que nous avons prise ensemble ton père et moi. Tu avais sept ans. Parce que vois-tu, Robert, j'étais tellement heureuse d'être mère que je voulais que tu aies un frère ou une sœur. Absolument. Si cela n'avait tenu qu'à ton père, nous en aurions eu trois ou quatre. J'étais donc enceinte. Une fois passé le premier trimestre, ton père voulait te l'annoncer. Mais j'ai fait un test sanguin qui n'était pas bon. Et puis on m'a fait une amnio. Tu sais ce que c'est, Robert ? Je suppose que oui.

Robert l'a regardée, persuadé qu'elle pleurait, mais ce n'était pas le cas. Elle avait la mâchoire serrée – pour refouler ses larmes, peut-être. Elle attendait une réponse. Timidement, il a dit :

— Le bébé avait, genre, une malformation ?

— Il était trisomique, a répondu sa mère. Et j'ai envisagé, nous avons envisagé de garder ce bébé. Mais ce n'était pas aussi… à l'époque…

— Je suis désolé, a dit Robert. Vraiment, je suis désolé.

— Ta tante Clover m'a causé beaucoup de chagrin au fil des années, Robert. J'ai dissimulé, j'ai menti pour elle – ton grand-père n'a pas la moindre idée des coups qu'elle a pu faire. La drogue à la fac. Le… Je n'en dis pas plus. La discrétion existe dans cette famille. Et pour couronner le tout, je lui ai donné des tonnes de bons conseils qu'elle a refusés, et j'ai accepté ça de bonne grâce. Ce n'est jamais qu'un autre cadeau de ma sœur, cette espèce de pauvre ratée. Ça tombe bien qu'elle ne soit pas là ce soir, je peux te dire. (Elle a poussé un soupir exaspéré.) OK, démarre. Vas-y.

Robert lui a demandé aussi calmement qu'il le pouvait :

— Tu ne me l'aurais jamais dit ?

— Et pourquoi aurait-il fallu que tu le saches ? Pourquoi aurais-tu voulu savoir ?

Elle élevait le ton, comme s'il avait posé une question idiote, puis elle a tendu la main et lui a caressé le bras quelques instants.

Quand ils se sont garés devant la maison, elle a ajouté :

— Parce que tu vas sûrement t'interroger et que je ne tiens pas à ce que tu le demandes plus tard, c'était une petite fille. Tu aurais eu une sœur.

Elle est sortie en claquant la portière derrière elle et est aussitôt entrée dans la maison. Elle ne l'a pas attendu pour lui tenir la porte alors qu'il avait les bras chargés du carton de vin.

Turo jouait à Puissance 4 avec Rico. Le père de Robert lisait un magazine, ses pieds en chaussettes dirigés vers le feu. Robert est resté pétrifié un instant devant les chaussettes de son père, qui étaient toujours les mêmes : noires, côtelées, une fine rayure orange en travers des orteils. Solides. Une métaphore. Il a émergé de cet état second et s'est tourné vers la salle à manger. Dans un coin, presque hors de vue, Grand-père embrassait Sarah (et le moins qu'on puisse dire, c'est qu'elle y mettait du sien). Sa mère était allée dans la cuisine ou directement dans sa chambre ; son manteau était jeté sur le banc de l'entrée, près du placard, mais il ne la voyait nulle part.

À tous les coups, il ne fermerait pas l'œil de la nuit, trop énervé pour trouver le sommeil et pas assez disponible pour travailler sur son devoir de biologie.

Le dîner avait été relativement flottant. Tout le monde avait mangé où et quand il le souhaitait : Sarah, Grand-père et le père de Robert dans la cuisine, Turo et Robert sur la table basse près du feu. Prétextant qu'elle avait des mails à écrire, sa mère avait emporté son assiette dans le bureau de Grand-père. Rico avait été couché bien plus tôt sur un divan de l'alcôve du premier, que tout le monde persistait à appeler le dressing de Poppy.

Turo en premier, puis son père, et enfin Robert étaient montés. Il n'avait pas vu Grand-père et Sarah se retirer, mais au passage il avait aperçu la lumière sous la porte de son grand-père et les avait entendus chuchoter tous les deux, puis elle qui riait, comme si on la chatouillait. Derrière une autre porte fermée, celle qui menait à l'ancienne chambre de sa mère, il avait entendu son père ronfler.

Dieu merci, Turo ronflait rarement. Il s'était endormi à la seconde où il avait posé la tête sur l'oreiller. Robert avait baissé sa lumière et essayé de se plonger dans un article truffé de graphiques sur la politique américaine de l'immigration dans les années 1990.

Mais il était incapable de penser à autre chose qu'à sa sœur fantôme, la fille que sa mère avait pensé avoir mais n'avait pas eue. Avait décidé de ne pas avoir. Mais qu'est-ce que c'était au juste, la trisomie, à part un certain physique, la combinaison d'une tête disgracieuse, d'un visage plat et des yeux de biche effarouchée qu'il identifiait instantanément ? Jusqu'à quel âge vivait-on ? La santé se dégradait-elle ou restait-elle stable ? La – quoi, déficience ? – mentale s'accompagnait-elle de souffrance ? Sa mère devait sans doute repenser à cette enfant, à cette décision, à chaque fois qu'elle voyait quelqu'un comme ça dans la rue, à l'hôpital. Et pas seulement dans ces moments-là. Y pensait-elle souvent ?

Chaque jour, chaque heure – ou pas si souvent que cela ? Lui arrivait-il d'en reparler avec son père ? Mince, et son grand-père était-il au courant ?

Sept ans. Robert essayait de se souvenir de lui quand il avait sept ans, de sa mère quand il avait sept ans. Il se rappelait sa maîtresse de cours préparatoire, sa classe, ses meilleurs amis. Mme Kilgore leur lisait *Stuart Little* à l'heure de la pause. Les enfants l'écoutaient après le déjeuner, allongés sur des couvertures à carreaux. Son père emballait des sandwichs à la mortadelle. La mortadelle. Qui mangeait encore de la mortadelle ?

Sa mère avait raison : c'était quelque chose qu'il n'avait pas besoin de savoir, qu'il n'aurait jamais dû savoir. Ça n'éclaircissait aucun mystère, ça ne soulageait personne. Ce qu'on ignore *peut* nous faire du mal.

Paradoxalement, la formule accrocheuse de Turo lui est venue à l'esprit : *senza ragazza.* Sans fille. L'année précédente, Turo avait élaboré une philosophie selon laquelle résister à l'attrait que suscitait l'émotion des femmes donnait encore plus de force et de détermination. Une sorte d'éthique d'ancien guerrier. Ce n'était pas une excuse pour ne pas séduire. À la fin de leur année à Kirkland House, Turo jonglait avec *due* sinon *tre ragazze.* Il n'était pas très grand et il n'avait pas le côté beau gosse au look BCBG ; Robert estimait qu'il était trop maigre. Mais à en croire Clara, Turo avait le "charme facétieux du Latino baratineur". Peut-être les autres garçons le jugeaient-ils efflanqué, mais les femmes lui trouvaient quelque chose de félin – une certaine sensualité, si l'on était rebuté par les physiques de footballeur. "Un mélange de Fred Astaire et d'Antonio Banderas", avait-elle dit. Ce sur quoi Robert en avait assez entendu. Comme s'il n'avait pas été le premier à songer au charme de Turo. Non qu'il fût jaloux, pas avec Clara.

Et le voilà à présent *senza* Clara. Avant d'avoir cette pénible conversation avec sa mère, il n'en avait pas réellement pris conscience. Jusqu'alors, il avait le vague sentiment qu'il se… rebellait contre la vision ridiculement démodée du petit couple rangé. À la demande pressante de Clara, ils avaient même célébré leur "premier anniversaire" un jour précis du mois d'octobre. Quand il lui avait demandé en quoi ce jour marquait-il un anniversaire, elle lui avait répondu à mi-voix :

— Comme si tu ne le savais pas, *bobcat*.

Manifestement, elle avait mémorisé – ou quoi, écrit dans un journal intime de collégienne ? – le soir où elle l'avait invité pour la première fois dans sa chambre de l'université (sa camarade était absente pour le week-end). C'était attendrissant, cette façon d'avoir noté le jour… mais ça donnait un peu la chair de poule.

Avait-il eu plus de mal qu'il ne l'imaginait à encaisser cet anniversaire ? Ils étaient allés chez Harvest, le restaurant exorbitant où on était susceptible de croiser la moitié de ses professeurs accompagnés de leur épouse (même si on était curieux, ça revenait quasiment à les voir en petite tenue). Le dîner était super bon – bien qu'ils n'aient pas pu prendre de vin, dans ce genre d'endroit on contrôlerait même le pape – et ils s'étaient partagé l'addition le plus naturellement du monde. Clara était absolument ravissante à la lueur des bougies. En rentrant à l'appartement, ils avaient bu du champagne, nus, dans sa chambre.

Turo avait frappé à la porte à deux heures du matin pour lui demander s'il pouvait lui emprunter la voiture. Robert lui avait dit non, pas à cette heure-là. Turo n'avait pas eu l'air de râler, mais le lendemain, il l'avait taquiné sans pitié en lui parlant de "sa petite femme".

— Tu as déjà donné, c'est ça ? lui avait rétorqué Robert.

— Au contraire, mon ami. Je me réserve cela pour plus tard.

— Ta femme sur catalogue, une fois que tu auras l'hacienda ?

— Là, ça fait mal.

Robert lui avait souri de l'autre côté de la table.

— C'est toi qui a commencé.

— Attends, Clara est un canon. Tu le sais.

— Allez. Je suis sûr que tu baises ton écolo. Le super coup ?

Turo était resté un instant perplexe, puis il avait poussé discrètement un long sifflement.

— Robert, mon pote, je croyais que tu me connaissais mieux que ça. Miss Tracts et Beaux Nichons ? Je ne mélange pas le sexe et le business. Même pas en rêve. *Negativo. Nietzka.*

Ils avaient rigolé. Sans trop savoir pourquoi, Robert était soulagé que Tamara ne soit qu'une collègue de Turo.

Semblant deviner le soulagement de Robert tout en se méprenant sur sa signification, Turo s'était penché en travers de la table pour l'embrasser sur le front.

— Pour l'instant, tu es la seule femme de ma vie. Qui sait, peut-être que j'attends la fin de ton joli petit duo avec l'estimable Clara. Peut-être qu'elle se réveillera un beau matin à côté de toi et se dira que tu n'es pas assez bien pour elle.

Turo avait roulé un joint ; n'écoutant pas son instinct, Robert l'avait partagé avec lui. À neuf heures du soir, il s'était endormi comme une masse après avoir englouti un sachet de noix de cajou, qui devait servir à une recette au wok qu'ils avaient prévu de faire à la fin de la semaine. Clara avait été un peu peinée – comme elle lui avait écrit dans un mail qu'il avait trouvé le lendemain – qu'il ait oublié de l'appeler. Leur anniversaire n'avait-il pas été merveilleux ?

— C'était très bien, vraiment romantique, lui avait-il dit en l'appelant dès qu'il avait reçu son message.

Mais peut-être était-ce le début de la fin.

Et peut-être en étaient-ils arrivés à la fin ultime sans qu'il s'en rende réellement compte.

Comme si souvent quand il était petit, Robert a entendu sa mère éteindre les lumières en bas. Elle était presque toujours la dernière à aller se coucher.

Il a fixé le plafond en admirant les reflets que projetait la neige qui entourait la maison de Grand-père. Il commençait à se dire qu'au fond d'elle-même sa mère ne s'était peut-être jamais remise de la mort soudaine et prématurée de sa propre mère. Son efficacité extraordinaire, son flegme professionnel n'était peut-être que l'envers de la solitude. La grand-mère que Robert n'avait jamais connue avait laissé le souvenir d'une figure haute en couleur, aimée de tous, héroïque presque, et dont la mort était d'autant plus tragique que sa vie avait été extraordinaire. On parlait des projets qu'elle n'avait pas eu le temps d'accomplir. La tragédie que cela représentait pour sa mère – et Clover –, il n'en était jamais vraiment question.

Imaginez un peu, perdre sa mère si jeune, puis une fille avant même qu'elle ne soit née ? Ça devait être terrible de supporter des trucs pareils, mais qu'est-ce que Robert en savait ?

Grand-père et le père de Robert étaient assis en bout de table. Robert, entre Sarah et sa cousine Filo, en face de lui il avait sa mère, placée entre Lee et Turo. Clover était entre son beau-frère et Norval Sorenson, et Mme Sorenson à côté de Sarah (avec Rico glissé entre elles deux).

Robert se disait qu'ils devaient sans doute à Sarah d'avoir évité à son père d'embraser toute la maison. Elle avait organisé un buffet dans la cuisine afin que tout le monde puisse aller se servir avant de se rendre à la salle à manger, où la table était embouteillée de verres à pied, de verres à eau, de bougeoirs, de fleurs, de sauces et de condiments.

Une fois tout le monde installé (était-ce l'écriture élégante de Sarah sur ces petits cartons rouges ?), Grand-père s'est levé. Il se mettait toujours sur son trente et un pour les fêtes, mais cette fois, il en jetait carrément avec sa chemise menthe à l'eau et son nœud papillon orange si énorme qu'on aurait dit une explosion. Il a attendu que tous les regards soient tournés vers lui et a déclaré :

— Une fois de plus, nous exprimons notre reconnaissance. Ce rituel, nous le répétons année après année. Étonnant, non ?

Il a ri. Puis il a jeté un coup d'œil à Sarah.

La tradition voulait que chacun se lève, à commencer par Grand-père, et mentionne quelque chose dont il était particulièrement reconnaissant cette année-là. D'ordinaire, les remerciements de Grand-père commençaient systématiquement par "ne pas" (ne pas vivre dans une maison de retraite, ne pas avoir d'enfant en Irak, ne pas être sénile ou ne pas savoir s'il l'était), donnant ainsi le ton à tous les invités, qui se lançaient dans des listes sans queue ni tête dignes du *Late Night Show* de David Letterman.

Cette année, cependant, Grand-père a dit :

— Tout. Avec une petite clause par-ci, un avenant par-là, je suis reconnaissant pour tout.

Il s'est rassis.

La mère de Robert et Clover ont eu l'air stupéfaites, presque alarmées. Filo et Lee ont pouffé de rire. C'était le tour de Lee.

— Euh, d'être passé en équipe 1 en foot.

(— Mets-toi debout, lui a chuchoté Clover. Il s'est levé un peu tard, puis s'est rassis.)

La mère de Robert a exprimé sa reconnaissance envers Douglas. Turo (obséquieusement), d'avoir été invité à ce repas. M. Sorenson était heureux d'avoir une librairie solvable, Clover, d'être aimée par ses deux merveilleuses familles (peu importait l'air sombre de sa sœur).

Le père de Robert s'est levé d'un bond en tendant les bras comme un chef d'orchestre.

— Je manque peut-être d'imagination, mais je vais juste me faire l'écho de ce qu'a dit ma belle-sœur. Comme dirait mon fils, je suis un sacré veinard.

Mme Sorenson était reconnaissante d'avoir vécu une année de santé et de prospérité dans un monde où si peu de gens avaient cette chance. Après que sa mère lui eut murmuré quelque chose à l'oreille, Rico a lancé :

— C'est bon, la dinde !

Rires, acquiescements, regards attendris.

Puis Sarah s'est levée.

— Chaque jour, je m'estime heureuse et pourtant jamais je ne me suis sentie aussi heureuse que cet automne, où ce lieu enchanteur est entré dans la vie de mon fils et que, grâce à cela, Percy est entré dans la mienne.

— Waouh, a murmuré Robert. Puis il s'est mis debout.

— C'est vrai, Grand-père, elle a raison. Tu es le meilleur. C'est génial, ici. À toi.

Il a levé son verre, bien que les remerciements ne soient pas censés être des toasts.

Les bras se sont levés. Le père de Robert a lancé “bravo, bravo”. Les verres se sont entrechoqués.

Puis tout le monde s’est mis à parler en même temps en prenant les fourchettes et les couteaux et, comme une symphonie, le festin a commencé.

Robert s’est tourné vers sa cousine qui avait été oubliée et lui a chuchoté :

— J’ai merdé. Tu veux parler ?

— Surtout pas, lui a-t-elle murmuré à son tour.

— Mais dis-moi de quoi tu es reconnaissante. Il faut le dire à quelqu’un, autrement ça porte malheur.

Elle lui a chuchoté au creux de l’oreille.

— Que mon père se remarie.

Robert s’est penché pour voir son expression. Elle ne plaisantait pas.

— Tu n’aurais pas dit un truc pareil.

— Ça va pas non ? J’aurais dit que j’étais contente d’avoir été en stage d’équitation l’été dernier. C’était ici, avec maman. Et c’était vraiment génial. Je vais le refaire l’an prochain. Après le mariage.

Robert avait oublié la nouvelle de Todd, que sa mère lui avait annoncée. Il a jeté un œil à Clover. Elle avait l’air absolument ravie ; Turo flirtait avec elle en jouant les chevaliers servants (son côté Fred Astaire) sous le regard perplexe de M. Sorenson. Ils discutaient des avantages et des inconvénients des cuisinières à bois. Turo était-il capable de penser à autre chose qu’aux émissions de carbone ?

Grand-père taquinait Filo qui venait de se faire percer les oreilles. Elle n’arrêtait pas de les tripoter.

— On ne te prend pas pour une bohémienne ? disait-il. Un tas de gens rêvent d’être bohémiens sans avoir la moindre idée de ce que cela représente. Je vais t'apprendre deux ou trois choses sur les bohémiens.

Puis, à gauche de Robert, Sarah a pris la parole.

— Vous avez vraiment l'intention de devenir médecin ? Parce qu'en voyant cette cabane, franchement, je suis sceptique. Je crois que vous êtes un artisan-né.

De près, elle avait des yeux hallucinants : bleus mais aussi gris. Des yeux Atlantique. Elle avait beaucoup de rides autour, causées moitié par l'inquiétude, moitié par le rire. Une masse de cheveux frisés comme ceux de Clover, mais en brun. Un grand nez à la Carrie Bradshaw.

— Vous croyez, a répondu Robert.

— J'en suis sûre, a répondu Sarah.

— Dites ça à mes parents, qui espèrent sans doute un retour sur investissement. Et pour information, je vous signale que je n'étais que l'entrepreneur, pas l'architecte.

Elle le regardait posément en souriant.

— Ça se voit dans vos yeux, vous vous dites "ah ! si j'étais jeune", a-t-il dit.

— C'est vrai, a répondu Sarah. Parce que j'étais partie pour être avocate. Changer le monde en changeant les règles. Mais j'avais un conseiller très perspicace qui n'hésitait pas à intervenir, un professeur de sculpture du lycée. Il m'a convaincue qu'au bout du compte, les règles – ces règles-là – ne changent pas. Ou pas vraiment. La plupart du temps, ce sont les règles qui changent ceux qui font la loi et non l'inverse.

— C'est ce que j'ai cru comprendre.

Robert a jeté un œil à Turo. Il était plongé en pleine discussion avec son père et M. Sorenson.

— Mais avec la médecine, ce ne sont pas les maladies qui traitent les médecins. Et les médecins travaillent avec de vrais gens, pas avec des mots qui sont censés réglementer la vie de ces gens. Tôt ou tard, les gens changent.

— Ou bien ils meurent.

Sarah a éclaté d'un rire qui partait du plus profond de son être, comme un rire de chanteuse.

— Et il y a un aspect commercial dans la médecine, mais c'est autre chose.

Il sentait que sa mère l'écoutait. Elle ne lui avait pas adressé la parole depuis l'expédition à Ledgely, excepté le matin, pour lui demander d'aller chercher des bûches pour le feu. Il ne savait pas trop si elle l'évitait, mais une chose était sûre, c'est qu'elle évitait sa sœur. (Cela aurait-il changé quoi que ce soit si Grand-père n'avait pas oublié le vin ?)

À côté d'elle, Lee avait l'air de s'ennuyer ferme. Il passait sa fourchette dans les patates douces au gingembre en fredonnant Coldplay. Robert s'est penché.

— Hé, tu as envie d'aller faire du ski de fond avec Turo et moi ? Ce soir ?

À la grande surprise de Robert, Grand-père avait parlé du dilemme des skis et des chaussures à M. Sorenson, qui en avaient apporté trois paires.

— J'en ai jamais fait, a répondu Lee.

— C'est super facile. La piste de derrière est totalement plate.

— Cool.

Il s'est remis à sculpter ses patates douces. Robert lui a dit :

— C'est génial, pour l'équipe de foot.

— Ouais.

— Tu vas toujours à la soupe populaire avec ton père ?

— Ouais. Ça me forge le caractère.

Il a eu un sourire narquois.

— Qui veut se resservir ? a lancé son père. En tout cas, moi, j'y vais.

Un par un, les convives se sont levés en prenant leur assiette. Ils ont soupiré et se sont livrés au rituel habituel, disant qu'ils ne devraient pas mais que c'était trop bon…

Quand Robert s'est levé, sa mère l'a appelé. Elle était allée dans le salon ajouter une bûche dans le feu.

— Tu peux m'aider une minute, Robert ?

Elle essayait de placer la bûche avec la pince. Elle la lui a tendue en lui jetant un regard triste.

— J'ai été dure avec toi, hier soir. Je suis désolée, lui a-t-elle dit à mi-voix.

— Laisse tomber, maman. Tu avais raison sur plein de trucs.

— Parfois, je me dis que j'ai trop souvent raison et que ça finira par me jouer des tours.

Il a baissé la voix.

— Alors arrête un peu, avec tante Clover.

Elle s'est levée et l'a regardé.

— Je refuse qu'on en discute. Toi et moi.

Le père de Robert est entré dans la pièce.

— Hé, vous deux. J'en ai fait assez pour que tout le monde se goinfre jusqu'à plus faim. Allez, on se dépêche !

Docilement, ils ont apporté leur assiette à la cuisine.

Et étonnamment, durant le dessert, le café et encore le dessert, pendant que le ciel s'obscurcissait et qu'une douzaine de bûches venaient peu à peu se rajouter au feu, personne ne s'est disputé.

L'unique tension, et encore, peut-être Robert a-t-il été le seul à la ressentir, c'est lorsque son père a évoqué la dernière histoire des CHIENS. Une fois de plus dans la banlieue résidentielle, mais cette fois du côté de Northampton. La façade entière d'une vaste maison avait été uniformément tapissée de pages du *New York Times* (provenant semble-t-il de tas empilés dans le garage). Les pages avaient été agrafées une à une aux bardeaux et aux encadrements de fenêtre. Sur l'immense surface de journal, une main avait peint en vert fluo l'information AU SERVICE DE LA DÉFORESTATION.

Grand-père a eu un petit rire malicieux.

— Visiblement, les croisés migrent vers l'ouest.

La mère de Robert a soupiré.

— Visiblement, les croisés deviennent répétitifs.

— C'est un peu potache, a dit Mme Sorenson.

— Ils auraient mieux fait d'emballer la maison dans du papier toilette. Le message aurait été le même et ils se seraient facilité la tâche, a répondu sa mère. Et en fait, le papier journal provient essentiellement du recyclage, non ?

Robert s'efforçait de ne pas regarder Turo, mais ce dernier a pris alors la parole.

— Vous oubliez les encres et leurs sous-produits – et vous avez déjà vu une usine qui fabrique du papier recyclé ? Ou senti l'odeur qui s'en dégage ? (Turo avait un sourire condescendant.) Si vous croyez que c'est un procédé qui consomme peu d'énergie et génère peu de pollution, vous vous faites des illusions.

Robert a été saisi d'une sensation de chaleur lancinante aux joues et au front.

— S'il y a un incident de plus à Matlock, est intervenue Clover, ça va mal finir. Il paraît que les élus ont lancé une souscription pour engager une équipe d'investigation.

— Waouh, la police scientifique à Matlock. Trop cool, a lancé le père de Robert.

Au grand désarroi de Robert, son père lui a glissé un clin d'œil. Quand il lui a rendu son sourire, son visage lui a fait l'effet d'un masque d'Halloween en caoutchouc.

Il savait qu'il était impossible que Turo ait été impliqué dans cette mission, directement, en tout cas. L'organisation des CHIENS devenait soudain plus réelle à ses yeux. Il avait cru à un moment qu'en gros, c'était Turo qui faisait à peu près tout. Comme ces musiciens de cirque qui jouent d'une douzaine d'instruments à la fois.

Mais s'il s'avérait que c'était plus sérieux – une machine au service de la contre-culture dans laquelle Robert n'avait été qu'un rouage –, ça devenait plus effrayant qu'excitant. Le fait est que Robert n'avait pas suffisamment de cran pour la guérilla. En tout cas – et il suffisait pour s'en convaincre de jeter un œil au visage rayonnant de son ami de l'autre côté de la table – Turo, lui, l'avait à cent pour cent. À cent pour cent.

— Hé, a lancé Robert, qui est partant pour aller skier un peu, histoire d'évacuer ne serait-ce qu'une bouchée de ce super tiramisu ?

La lune se découpait dans le ciel, semblable à une médaille. Elle les accompagnait, paisible et vigilante, en défilant derrière les arbres, tandis que leurs skis crissaient le long du sentier enneigé qui bordait l'étang avant de bifurquer dans les kilomètres de pistes serpentant à travers la forêt de conte de fées de Matlock.

Ces sentiers, Robert les connaissait dans les moindres nuances de chaque saison. C'était Clover qui l'emmenait en promenade, à l'époque où il était trop jeune pour partir seul (l'unique danger étant qu'il se perde). Quand il avait été en âge de se balader seul dans la forêt, il avait adoré la solitude. On pouvait marcher une heure aller, une heure retour, en apercevant seulement en incise l'éclat lointain d'une maison ou d'une grange. Il lui arrivait parfois de croiser des joggeurs ou des gens qui promenaient leur chien. On se souriait, on s'adressait un petit salut, mais on ne s'arrêtait jamais pour bavarder. C'était la règle tacite.

Comme s'il sentait d'instinct ce protocole, Turo suivait Robert dans un silence quasi absolu. Lee fermait la marche. Robert aurait pu les laisser tous les deux dans un nuage de poudreuse, mais il avançait lentement, pour leur faciliter les choses. Au bout de vingt minutes, il a entendu le souffle haletant des deux novices.

— Vas-y, lui a lancé Turo. Ne te laisse pas ralentir par les citadins. Si on renonce, on pourra toujours revenir sur nos pas.

Robert s'est arrêté et s'est retourné.

— Sûr ?

— File, lui a dit Turo. Laisse les touristes prendre leur temps.

— Ça me va, a ajouté Lee.

Robert a donc foncé seul, tête en avant, en abandonnant derrière lui l'interminable après-midi de bavardages harassants, luttant contre l'abrutissement de son corps trop nourri. À l'endroit où le sentier bifurquait vers la gauche en s'éloignant de l'étang, il s'est enfoncé dans les arbres pour longer la rive. Il n'a pas tardé à émerger sur l'immense pelouse que se partageaient les Trois Grecques. Si jamais des gens l'apercevaient, dans les maisons, ils ne s'inquiéteraient pas. Ils lui feraient peut-être un petit signe, même s'ils ne le connaissaient pas. On était en sécurité à Matlock – à moins que ? Jusqu'à quel point les gens étaient-ils énervés par Turo et sa bande de fauteurs de troubles ?

Robert s'est arrêté pour admirer la vue sur la maison de son grand-père, de l'autre côté de l'étang. La grange avait l'air si étrange, avec toutes ces fenêtres contemporaines.

Au-delà du toit, il distinguait la fenêtre de la cuisine, les silhouettes des membres de sa famille qui déployaient bien plus d'efforts à nettoyer les vestiges du repas qu'ils n'en avaient fournis pour le consommer. Que rapportaient tous ces efforts ? Quel était le trapport coût/bénéfices ? Quelque mystérieux rapprochement entre les gens était-il à l'œuvre derrière ces conversations courtoises ? Les kilos de sucre contenus dans la demi-douzaine de desserts étaient-ils parvenus à adoucir la colère que sa mère éprouvait à l'égard de Clover ? Pourvu que oui.

Il a poursuivi son orbite autour de l'étang. Le chemin du retour était couvert de buissons, surtout à proximité de la grange. Il s'est arrêté pour détacher ses fixations et porter ses skis afin de traverser un enchevêtrement de genévrier et de douce-amère.

Quand il est arrivé à la pelouse, la sueur qui coulait entre ses omoplates s'était refroidie et le faisait frissonner, mais ce n'était pas déplaisant et il n'avait pas envie d'entrer. Il voyait les visages de son père, de Sarah et de Clover par la fenêtre de la cuisine. Il a discrètement posé ses skis contre la véranda.

Il n'était pas monté dans la cabane depuis le jour de son "inauguration". Il a déblayé la neige de l'échelle et commencé à escalader lentement, en prenant soin de ne pas glisser sur les barreaux avec ses chaussures rigides. Il est monté jusqu'au troisième niveau, tout en haut. Au clair de lune, il apercevait les formes éclatantes que les enfants avaient appliquées à l'intérieur, sur le contreplaqué fixé aux branches astucieusement assemblées qui formaient la paroi extérieure. Il discernait des animaux grossiers, bariolés de taches et de rayures couleur sucette, de grosses figures joyeuses de marguerites, tous les motifs habituels de l'art enfantin. Les enfants de

Matlock étaient peut-être favorisés par le destin, mais ils étaient comme les autres.

Quelle révélation de découvrir la vue d'en haut, à présent que le hêtre était dépouillé de ses feuilles. Non seulement Robert distinguait les Trois Grecques, mais les collines basses au-delà et les quelques maisons éparpillées dans la forêt somptueuse. De l'autre côté, il voyait le toit de l'ancienne artillerie, les clochers des églises sur les places. Les nuages glissaient dans le ciel en luisant comme le pelage d'un chat tigré à chaque fois qu'ils passaient devant la lune.

Turo et Lee ont surgi de la forêt, arrivant du sentier qu'ils avaient pris à l'aller. Ils skiaient lentement, en traînant leurs jambes lasses. Ils parlaient en riant. Lee avait l'air incroyablement expressif. On pouvait compter sur Turo pour sortir de sa coquille le plus maussade et le plus renfermé des adolescents. Robert perdait sans doute son temps à s'inquiéter pour son ami. Quand bien même Turo omettrait de rendre le travail demandé ou de venir aux examens, Robert le voyait d'ici dégainer son charme persuasif à la moindre remarque désobligeante d'un professeur. Bam. Moi, raté ? *Negativo,* mec.

Turo était capable de parler à tout le monde. Disons même qu'il aimait parler à tout le monde. (Le syndrome des politiciens, disait Grand-père.) Comme cette fois où il l'avait rejoint pour interroger Celestino. La barrière de la langue était accessoire ; Robert s'était rendu compte qu'en termes de classe, le fossé était énorme entre les deux. Robert n'avait pas revu Celestino depuis l'entretien (il avait décroché un B+ pour son dossier, le professeur regrettant le manque de *détails sur les liens familiaux/la hiérarchie/les obligations),* mais Turo avait dit être resté environ une heure de plus à la pizzeria.

— C'est un type bien, avait-il dit. Il a pas mal de raisons d'être aigri, mais en fait, pas du tout. Apparemment, en tout cas.

Turo était-il resté en contact avec Celestino ? Étaient-ils amis ?

Robert se demandait bien ce qui lui prenait. Il se comportait comme s'il était marié avec Turo, comme s'il lui fallait absolument savoir ce qu'il faisait, avec qui il traînait, et ce 24 heures sur 24 et 7 jours sur 7. Et voilà qu'à présent, il espionnait quasiment son ami, en tendant l'oreille pour entendre ce qu'il disait à Lee.

— Hé, a-t-il lancé quand ils se sont arrêtés devant la maison pour ôter leurs skis. Là-haut, a-t-il ajouté en les voyant regarder autour d'eux, ne sachant trop d'où venait sa voix. Il faut que vous veniez voir la vue qu'on a d'ici.

## 11

*VOUS êtes bien chez Sarah Straight, à la verrerie d'art Halcyon, et enfin et surtout chez Rico. Laissez-nous un message et nous vous rappellerons.*

J'avais écouté cet enregistrement au moins vingt fois en trois jours. J'en connaissais la moindre intonation, le moindre accent, de l'inflexion montante de l'unique syllabe *chez* murmurée dans un souffle, à la tendresse lumineuse de *Rico* et jusqu'à la promesse contrite, et dans mon cas non tenue, du *nous vous rappellerons.*

Après mon deuxième message, j'avais cessé de m'adresser au bip. Si je continuais à téléphoner, c'est que je prenais mes désirs pour des réalités et si je continuais à écouter son message en entier, c'était pour entendre le son de sa voix. Était-elle là, s'écoutant également ? (Ajouter à ma longue liste des vexations modernes l'invention de l'identification de l'appelant.) Je savais qu'elle savait que je voulais lui parler – être avec elle, bon sang ! J'avais envie d'aller à Packard, de me planter sous la pluie au pied de chez elle et d'appuyer sur l'interphone jusqu'à ce qu'elle descende. Mais elle me laisserait sans doute en plan.

Depuis cinq jours, nous étions assaillis quasiment sans répit par la pluie, le grésil, le brouillard et la neige fondue ; le ciel mesquin refusait même à la charmante Matlock la consolation de la neige. La visite de la maison avait eu lieu le premier jour de ce déluge ; le diagnostic de Sarah le lendemain. Rico n'avait pas raté un seul jour d'école depuis, et pourtant, c'était en vain que je guettais deux fois par jour la voiture de Sarah, car, le désespoir l'ayant emporté sur la discrétion, j'avais fini par apprendre de la bouche d'Ira que d'autres mamans se chargeaient à tour de rôle d'accompagner Rico à l'école et de le ramener.

J'ai craqué le jeudi après-midi et je suis descendu après m'être assuré que le dernier enfant était parti. Ira était dans sa classe.

— Nous sommes au courant, pour le cancer, m'a-t-il dit. Les parents de la classe s'unissent pour aider Sarah à s'occuper de Rico pendant qu'elle subit cet horrible calvaire des examens. Une fois que la date de l'opération sera fixée, nous organiserons un roulement pour les repas. Ça doit être l'enfer pour vous deux. Je suis vraiment désolé.

Apparemment, à Fées & Follets, tout le monde était désormais au courant de ma liaison avec Sarah. Restait à savoir pourquoi je n'en concevais aucun soulagement.

Ira a recommencé à balayer. J'allais me retirer quand il s'est arrêté.

— Autre chose.

Il s'est penché pour frotter une tache rose sur une petite table blanche.

— Oui ?

— Le seul qui ne soit pas encore au courant, c'est Rico. Je me demande si vous pourriez éventuellement dire à Sarah à quel point il est important d'en parler tout de suite avec lui.

Il est très sensible, et s'il ne parle pas beaucoup, il se rattrape en écoutant! Je lui envoyé un mot en lui disant que je l'aiderais bien volontiers à trouver comment le lui annoncer – j'ai déjà vécu ça, malheureusement – mais je ne veux pas l'importuner davantage…

Il cherchait à obtenir la garantie qu'en tant que compagnon digne de confiance, je persuaderais Sarah de parler de cette catastrophe avec son fils. Ce qu'il ne savait pas et que je découvrais à peine, c'est que sous la Sarah ouverte, généreuse, non conformiste, se cachait une autre femme, obstinée, se construisant des remparts et (même si je savais qu'elle le nierait jusqu'à la fin des temps) secrètement terrifiée.

— Je vais faire de mon mieux, lui ai-je répondu, histoire de couper court à notre conversation.

J'ai couru de la grange à la maison en tenant mon imperméable au-dessus de ma tête.

Ma pauvre maison, trempée, piétinée avec enthousiasme. Si elle avait pris forme humaine ce jour-là, elle serait apparue sous les traits d'une jeune mariée au lendemain de noces festives à l'excès. Moi, dans le rôle du marié, Maîtresse Domina dans celui de l'organisatrice du mariage, Clover en demoiselle d'honneur et la moitié des citoyens des douze villes environnantes en invités éperdus d'admiration et d'adoration, et cependant d'une indulgence grotesque.

Si ce n'est que sur les conseils de l'organisatrice du mariage, le marié avait décampé pour l'occasion. Imaginez la détresse de la mariée.

Après avoir lu les prévisions météorologiques du samedi, Laurel (on dira tout ce qu'on voudra, mais une chose est sûre, c'est que cette femme ne se laisse pas prendre au dépourvu!) avait distribué dans toutes les demeures élues des tapis de protection en plastique, qu'elle avait fait mettre de côté “au cas où” dans une agence de location. Mais dans la mesure où ces maisons n’étaient pas des musées pourvus d’alarme et de gardiens, les gens, qui traversaient les pièces en roucoulant, s’aventuraient sur les tapis, bousculaient des tables, renversaient des lampes, passaient leurs doigts gras sur les lambris d’époque et, en repartant, creusaient des ornières boueuses dans les jardins. (Heureusement que Laurel avait eu l’idée d’organiser une navette partant de la bibliothèque municipale pour amener les visiteurs en groupes.)

Les traces de doigts pouvaient être nettoyées, tout comme les empreintes de pas boueuses sur le parquet de mon entrée, mais une aquarelle encadrée s’était fracassée par terre et le tableau avait été endommagé par les éclats de verre, et un petit soliflore en cristal qui appartenait à ma mère avait disparu. Une pile de livres placée sur mon bureau était tombée sur un vase de fleurs (offert par le “comité” de Laurel), déversant une cascade d’eau sur un panier posé au sol qui contenait de vieux albums photo qu’avait réunis Poppy, Le temps que je m’en aperçoive, le mardi, celui du dessous, qui était un de ces vieux albums d’autrefois en papier noir, n’était plus qu’une bouillie aux allures de goudron mêlée à des clichés qui se désagrégeaient.

Jamais je ne pourrais dire que cela tombait bien, mais la biopsie de Sarah prévue le lundi chez le collègue chirurgien de Trudy, le Dr Wang, était venue me distraire de ce cauchemar sans grande importance. Cela avait été un tel drame de convaincre Sarah d’accepter d’aller faire une mammographie, de persuader Trudy d’user de son influence pour lui obtenir un rendez-vous la semaine qui avait suivi Thanksgiving, que je méritais le grand prix du théâtre pour ma persévérance, à défaut d’autre chose.

— Si ça peut te décider à changer de sujet une fois pour toutes, avait dit Sarah, je vais le faire. Je sais que je vais bien et il faut juste que je te le prouve. Et après ça, on te trouvera une punition.

Elle m'avait fait cette déclaration pendant que je lui préparais à dîner pour fêter l'achèvement du vitrail au saule. J'étais même venu cuisiner dans son atelier, d'une part pour voir le vitrail avant qu'il ne soit transporté dans sa maison huppée, mais aussi pour pouvoir aborder (une fois Rico mis au lit) le sujet de sa santé sans qu'elle puisse s'enfuir. Ce soir-là, cependant, elle était d'humeur enjouée, enchantée par le résultat du vitrail, ravie à l'idée que cela puisse lui rapporter d'autres commandes, peut-être même institutionnelles, et pleine d'espoir.

Je ne l'ai pas accompagnée en ville pour la mammographie, pas plus que je ne le lui avais proposé. De toutes les manières, le rendez-vous tombait pendant la dernière semaine de préparation de la visite de la maison et Maîtresse Domina, bloc-notes en main, accompagnée de ses caporales, était susceptible de débarquer à tout instant pour une visite d'inspection surprise.

Le soir de la mammographie, j'ai appelé Sarah une fois certain que Rico serait couché. Elle avait l'air fatigué et m'a dit qu'elle avait besoin d'une bonne nuit de sommeil.

— Mais comment ça s'est passé ? lui ai-je demandé.

— On m'a mis les nichons dans un moule à gaufre. C'était marrant.

— Et alors ? Tout va bien ?

Je me suis efforcé de ne pas prêter attention à son langage cru.

— Mes nichons s'en sont remis.

J'ai attendu.

— Ils ne donnent pas le résultat tout de suite ? ai-je fini par demander. Je ne lui ai pas précisé que j'avais questionné Trudy sur le protocole.

— Pas toujours, apparemment. Il faut que j'y retourne pour… remettre ça.

— Le moule à gaufre ?

Une fois de plus, elle a gardé le silence.

— Sarah ?

— Oh, a-t-elle soupiré d'un ton impatient, je vais devoir faire une biopsie. Ils ont fait une échographie, aussi. Tous ces examens sans fin, c'est à cause des risques de poursuite pour erreur médicale. C'est ridicule.

— Mais tu vas la faire, la biopsie ?

— Étant donné que tu me harcèlerais à n'en plus finir, Percy, je n'ai pas vraiment le choix – mais as-tu la moindre idée de ce que ça va me coûter ? Ça représente au moins la moitié de ce que me rapporte ce vitrail.

— Je paierai, Sarah.

Cette fois, son silence était différent des précédents.

— Percy, j'ai toujours payé ma part. Je ne demande pas la charité. En fait, je m'en veux de t'avoir parlé de la bourse dont bénéficie Rico. J'ai eu du mal à joindre les deux bouts, mais ça va mieux, maintenant. Je n'ai pas besoin d'un petit ami fortuné pour venir à mon secours, OK ?

— Je suis désolé. Honnêtement, je…

— Je sais, s'est-elle empressée de dire. Mais laisse tomber cette histoire d'argent, tu veux.

— Très bien. Mais cette fois, je t'accompagne. Pour la biopsie.

Je m'attendais à ce qu'elle proteste, mais elle a soupiré.

— Eh bien, tu as de la chance, Percy. Il faut que quelqu'un vienne avec moi. Ils refusent que je sois "non accompagnée" . La maman de l'école que je connais le mieux s'occupe de venir *chercher* Rico. Alors, félicitations ! Tu as la chance de me chaperonner dans le service de cancéro. Tu as remporté la médaille. (Un petit rire a balayé l'amertume que je percevais dans sa voix.) Je suis éreintée, Percy. Dis-moi bonsoir. Allez, bonsoir.

— Fais de beaux rêves, lui ai-je dit, comme autrefois je le disais à mes filles.

— Toi aussi, a-t-elle répondu.

Naturellement, j'étais blessé qu'elle ne veuille pas de moi, plus que tout autre, comme chauffeur. Qu'est-ce que cela signifiait ?

Parmi les innombrables termes et procédés médicaux que j'ai demandé à Trudy de me préciser et de m'expliquer au cours des mois qui ont suivi, je n'ai pas pris la peine de l'interroger sur la nature exacte d'une coupe à congélation qui nous a apporté la première mauvaise nouvelle. À mon grand étonnement, elle nous a été annoncée rapidement, pour ne pas dire avec détachement, une demi-heure après que Sarah fut sortie de la biopsie, encore assommée par le tranquillisant, en se penchant vers la gauche pour protéger son sein bandé.

Tandis qu'elle flottait dans les brumes d'un demi-sommeil, j'ai patienté à ses côtés dans la salle d'attente (quasi jumelle de celle du service de Trudy, avec des canapés olive et non safran, et des tableaux d'arbres à la place des oiseaux). Nous avons été appelés par une infirmière en blouse à la Carmen Miranda, qui nous a accompagnés au bureau du chirurgien. Le Dr Wang était une femme excessivement mince qui, étonnamment, semblait avoir une dizaine d'années de moins que Trudy. Elle avait les cheveux coiffés en un chignon brillant dont on voyait toute l'élégance, car en entrant, nous l'avons trouvée penchée sur un bloc-notes, en train d'écrire consciencieusement.

Quand je me suis présenté, elle m'a adressé un sourire guindé.

— Le père de Trudy. Enchantée, je suis très honorée. Elle s'est levée à demi pour me serrer la main et nous a dit de nous asseoir.

— Sarah, c'est une tumeur maligne, j'en ai bien peur. Nous allons faire d'autres examens, ce qui va nous prendre deux ou trois jours, mais cela ne changera rien à cette mauvaise nouvelle, je peux presque vous l'assurer. Je suis désolée.

J'ai voulu prendre la main droite de Sarah, mais elle était serrée au creux de la gauche, dans les plis de la grande chemise ample qu'on lui avait demandé de porter. Elle n'a pas détourné les yeux du médecin. Elle n'a pas émis un son.

— Mais, a poursuivi le Dr Wang, vous avez la chance d'avoir été diagnostiquée à un moment où d'énormes progrès ont été accomplis dans les traitements. Ce qui est compliqué, mais positif, c'est que nous considérons aujourd'hui le cancer du sein comme une panoplie de maladies bien distinctes, qui appellent chacune un traitement sur mesure, bien plus adapté que ce que nous avions à offrir il y a quelques années encore. Nous avons donc beaucoup de choses à apprendre sur les facteurs qui entrent en ligne de compte, mais nous pourrons cibler chacun d'entre eux avec précision. Si vous le voulez, je peux vous donner de la lecture sur le sujet. Il y a des gens qui veulent tout comprendre le plus tôt possible.

Elle semblait demander à Sarah si elle faisait partie de ces gens. Mais Sarah ne disait toujours rien.

— La première chose à faire, c'est de rentrer chez vous et de vous reposer. En sortant, Lily va vous donner une ordonnance pour un antalgique, mais ça devrait aller. L'incision est relativement superficielle et j'ai de bonnes raisons de penser que les bords sont nets. On se reparle d'ici quelques jours, quand nous en saurons plus et nous discuterons alors de la manière dont nous procéderons.

— C'est-à-dire ? a demandé durement Sarah, mais sa voix était à peine audible.

— Pour l'étape suivante. Sans doute, une opération d'abord. Mais encore une fois, attendons ce que nous dit le compte rendu anapath.

— Mais je ne peux pas.

— Ça fait beaucoup d'un seul coup, je le sais.

Un bref instant, le Dr Wang m'a jeté un regard appuyé. Puis elle a demandé à Sarah :

— Est-ce que ça va ?

— Non, bien sûr que non.

Je lui ai posé la main sur le bras. Le Dr Wang a souri tristement.

— C'est bien d'être franche. Vous êtes bouleversée, n'importe qui le serait à votre place.

De nouveau, elle m'a regardé avant de se retourner vers Sarah.

— Avez-vous des questions ou préférez-vous les réserver pour plus tard ?

— Plus tard, a répondu Sarah. Sans aucun doute.

Le Dr Wang s'est levée. Non seulement elle était d'une minceur étonnante, mais elle était toute petite. Elle a fait le tour de son bureau et posé la main sur l'épaule de Sarah. Celle-ci a tressailli.

— Vous l'appellerez donc dès que vous en saurez plus, ai-je dit.

— Tout à fait, a répondu le Dr Wang. Et n'hésitez pas l'un comme l'autre à m'appeler, moi ou bien Lily. Nous pouvons également communiquer par mail.

Elle m'a tendu sa carte. Tout comme celui de ma fille, le nom du Dr Wang était suivi d'un cortège d'abréviations ésotériques.

Je l'ai remerciée. Nous sommes allés à l'accueil où on nous a donné l'ordonnance promise puis j'ai guidé Sarah (ou plus exactement suivi) dans le labyrinthe de couloirs, d'artères et de passerelles qui nous ramenait vers le parking souterrain de l'hôpital.

Dans la voiture, j'ai cherché le ticket de parking. Sarah n'avait pas prononcé un mot depuis notre entretien avec la minuscule Dr Wang.

J'ai ouvert la boîte à gants.

— Ce n'est vraiment pas le moment de…

Sarah a glissé la main dans un creux entre les sièges et retiré le ticket d'un nid de reçus et de serviettes en papier. Elle me l'a tendu sans commentaire. Elle avait l'air calme, les yeux secs. Je me suis demandé si elle était littéralement en état de choc.

Je lui ai demandé si elle avait faim. Voulait-elle un café ou un thé ? Un doughnut ? Un bagel ? Dîner de bonne heure ? Elle regardait par le pare-brise un pilier de béton numéroté qui portait une pancarte disant ATTENTION À VOTRE HAUTEUR.

Je n'avais pas la moindre idée de ma hauteur. Je n'avais ni sol sous mes pieds ni ciel au-dessus de la tête.

— Ramène-moi, c'est tout, a-t-elle dit.

Quand nous avons atteint Storrow Drive, un silence acide flottait entre nous. Mais que pouvais-je dire ? Comment éviter des accents de “Je te l’avais bien dit” ? Quelles promesses de dévouement pouvaient-elles la consoler ? J’aurais voulu qu’elle pleure, surtout. Je m’apercevais qu’en fait je n’avais jamais vu Sarah pleurer. Pas une seule fois. Évidemment, je ne la connaissais que depuis trois mois, à peine.

Quand je me suis garé au bas de chez elle, elle s’est contentée de me dire “merci”.

— Lâche cette portière, lui ai-je dit. Parle-moi.

— On peut se parler plus tard, Percy ? Je suis crevée.

— Très bien. Inutile de te demander, je me doute que tu préfères monter toute seule. Mais fais-moi plaisir. Laisse-moi t’accompagner à ton prochain rendez-vous. Commence par ça. Ou alors laisse-moi accompagner Rico, aller le chercher à l’école, lui montrer ma collection de photos de charme. Lui apprendre à fumer. À jouer au poker. Qu’est-ce que tu en dis ?

Elle m’a gratifié d’un sourire bref et impersonnel, comme d’autres donnent un pourboire.

— Tu es incroyable, Percy. Tu n’es jamais fâché contre moi.

— Si. C’est déjà arrivé. Mais pas aujourd’hui.

— Il y a trop de choses auxquelles je dois réfléchir avant de prendre la moindre décision.

— Laisse-moi réfléchir avec toi. Laisse-moi te faire à manger pendant que tu réfléchis toute seule.

J’avais l’air si désespéré. L’air vieux. Laisse-la partir, espèce de vieux schnock, ai-je admonesté le lâche que j’étais.

— Il y a une part de moi qui se dit que c’est à cause de toi que je suis dans cette merde, Percy. C’est injuste, je sais. Mais il faut que je dépasse ça. J’ai besoin de m’éloigner un peu.

— De moi.

— De cette pression que tu exerces en permanence. Cette façon que tu as de me scruter.

— Et qui a provoqué chez toi un cancer.

Elle a ouvert la portière.

— C'est pour ça qu'on ne peut pas parler maintenant.

— Je t'appelle ce soir, lui ai-je dit. Une fois que Rico sera couché.

— Pas ce soir. Il faut que je dorme.

— Demain.

— Demain, je serai en ville. Je dois faire une ou deux retouches sur le vitrail, pour l'ajuster. C'est un contact que je ne veux pas griller. (Elle m'a embrassé rapidement avant de sortir.) Je t'appelle dès que je peux.

Je m'apprêtais à sortir pour l'accompagner jusqu'à la porte.

— Non, m'a-t-elle dit. Rentre chez toi, Percy. Tu as besoin de repos, toi aussi.

Parce que je suis un vieux et un vieux, ça a besoin de sa petite sieste !

Je ne pouvais pas m'empêcher de me demander si cette brusque confrontation avec l'idée de mort ne me vieillissait pas encore à ses yeux, si elle ne m'expédiait pas dans le club-house de ceux qui sont clairement plus proches de la mort que de la naissance.

L'hiver, avec son obscurité sans cesse menaçante, attire le soupçon et l'angoisse comme le sel attire l'eau. Et ce en dépit de circonstances atténuantes, telles que l'obstination de sa bien-aimée à ne pas rappeler quatre jours d'affilée à la suite d'un diagnostic de cancer ou le curieux agacement mêlé de nervosité de son petit-fils quand on lui demande le plus innocemment du monde ce qu'il aimerait faire pendant les vacances de Noël.

Pour me changer les idées et ne plus penser au repli de Sarah (je lui donnais jusqu'au week-end avant d'armer ma catapulte), j'ai proposé à Robert de l'inviter à dîner ce mercredi-là. Je l'ai emmené au Gabriella's Garden, un restaurant niché dans une maison à bardeaux d'une des rares ruelles des alentours de Harvard Square qui avait échappé au massacre.

Le pain était extraordinairement bon, tout comme, hélas, le beurre que j'avais abondamment étalé sur ma deuxième tartine.

— Maintenant que tu es de nouveau célibataire, ai-je dit à Robert, tu es libre de vadrouiller à ta guise dès la fin des cours.

— Oui, enfin, tu oublies les révisions. Les examens sont en janvier, Grand-père.

— Tu peux bien prendre une semaine, tout de même. Ou ne serait-ce que quelques jours. Tu pourrais peut-être passer le Nouvel An à Chicago avec ton copain Turo.

Cette suggestion n'a pas eu l'air d'enchanter Robert.

— C'est là que sa mère habite, si je m'en souviens bien ?

— Ça, c'était il y a un bail, Grand-père.

— Ah oui, c'est vrai. Il habite aux Philippines, c'est bien ça ?

— Sa mère, oui. Il n'a pas vraiment de chez-lui. Son seul chez-lui, pour l'instant, c'est l'appartement.

Robert déchirait de fines bandes de la serviette censée être posée sur ses genoux.

— Et si vous alliez faire un tour quelque part tous les deux ? À New York. Ou vous pourriez aller faire du ski dans le Vermont.

— Turo va rester ici. Et moi aussi, a répondu Robert d'un air irrité.

Nos salades sont arrivées. J'aimais bien cet endroit car on pouvait y commander telle ou telle spécialité dite "du chef", en demandant éventuellement ce que ce dernier conseillait ce jour-là et composer un bon repas sans jamais avoir à consulter un menu.

— Voilà qui n'est guère inspirant. Ton grand-père peut-il te proposer de financer de modestes vacances ?

— C'est très généreux, Grand-père, vraiment, au printemps, peut-être ? Ça me dirait bien aller à New York à ce moment-là. Genre, passer quelques jours chez oncle Todd.

Sur l'instant, cette idée m'a alarmé, mais en fait, elle n'avait rien d'extravagant. Depuis quand Todd était-il devenu le méchant ?

— Voir tes cousins – excellente idée, ai-je dit. Mais d'ici là, tu pourrais venir à la maison après Noël. Faire tes révisions, traîner, comme tu dis, nourri blanchi logé.

— Ça peut se faire, a-t-il répondu d'un air distrait.

Il regardait par la fenêtre le jardin en hibernation plongé dans la pénombre. Il mâchait sa salade méthodiquement.

— Tu pourrais amener quelques amis, ai-je ajouté en tentant de regagner son attention.

Robert m'a regardé.

— Tu es sûr que ça va, Grand-père ?

— Ça va parfaitement, jeune homme.

— Ça se passe bien avec Sarah ? Elle est hyper-cool d'ailleurs.

Il a souri sincèrement pour la première fois depuis que je l'avais retrouvé à l'accueil du restaurant.

— Je suis content que tu l'aimes bien, ai-je répondu. Ce n'est pas anodin pour moi.

Évidemment que ça n'allait pas. Évidemment que ça ne se passait pas bien avec Sarah. Et évidemment, mon petit-fils me connaissait assez pour savoir que j'avais la tête ailleurs. Tout comme lui.

— Écoute, Grand-père, même si je refuse cette offre de vacances hyper-cool – c'est vraiment sympa de ta part et je regretterai peut-être de ne pas l'avoir acceptée —, je me demandais si, peut-être, autre chose…

La serveuse a débarrassé les salades et apporté les plats puis elle nous a proposé du poivre (comme si nous n'étions pas assez grands pour en mettre nous-mêmes).

— Que te demandais-tu ? ai-je dit une fois que nous avons été dûment servis et poivrés.

— OK. Je devrais peut-être demander à maman, genre, mais je n'ai pas envie d'un sermon. Je me demandais si je pouvais t'emprunter un peu d'argent pour le loyer.

— Ah. Tu as tout dilapidé en hamburgers et en bières illicites ?

— En fait, ce n'est pas moi. C'est juste que la mère de Turo a merdé sur le dernier transfert. À moins que ce ne soit la banque. Ça va pour décembre, parce que je l'ai couvert, mais c'est au cas où il n'aurait pas réussi à régler ça le mois prochain.

— Il faut bien que les grands-pères servent à quelque chose, lui ai-je dit en coupant en deux un succulent ravioli. Quel soulagement : enfin un problème que je pouvais résoudre.

— Merci, Grand-père. Je te rembourserai, promis. Avec des intérêts.

J'ai balayé sa suggestion d'un geste.

— Ne sois pas ridicule. On va s'en occuper tout de suite.

J'ai sorti un chèque de mon portefeuille et je l'ai rempli d'un montant qui m'a paru légèrement excessif – mais j'entendais depuis des années que les loyers étaient devenus exorbitants à Cambridge.

Pendant le reste du repas – dont la glace du jour, une alliance divine de mangue et de vanille noix de pécan –, Robert m'a parlé de sa nouvelle série de cours. J'ai été heureux d'apprendre qu'il allait suivre un cours de littérature. Je n'aurais pas porté mon choix sur "Le réalisme magique dans la littérature latino-américaine" (qui révélait peut-être une influence indue de son colocataire), mais j'avais hâte de voir mon petit-fils plongé dans un livre qui ne soit pas rempli de graphiques, de schémas moléculaires ou de formules chimiques. Pendant les dizaines d'années que j'avais passées à la Widener, à chaque fois que je traversais des salles entières de jeunes gens brillants qui se consacraient à la maîtrise de la science, je me demandais combien d'entre eux étaient destinés à devenir ingénieurs en armement ou experts en destruction massive via l'informatique. Quand je les voyais le nez dans un roman de Fielding ou de Cheever, j'éprouvais un réconfort naïf en y voyant la preuve qu'en dépit de toutes ses vicissitudes, le monde était encore protégé par le cœur humain.

Le jeudi, le *Grange* est arrivé tard en raison du temps exécrable. J'étais de mauvaise humeur, car je ne voulais pas prendre le risque d'aller courir sur les routes glissantes et verglacées. Le lait destiné à mes céréales avait tourné. Et je venais de raccrocher après avoir essayé une énième fois de joindre Sarah.

J'ai pris le *Grange*, réchauffé ma dernière tasse de café au micro-ondes et ouvert le journal à la page Opinions. Mon regard est passé aussitôt à la chronique de l'Indécise.

"Cède ta place, ô Martha!" Tel était le titre de la chronique du jour.

Que soit ici remerciée notre illustre historienne Laurel Connaughton, qui a lancé avec succès la première grande visite des demeures historiques de Matlock, et ce malgré un temps à faire sortir le vieux Noé de son cercueil nautique attitré. Félicitations, Laurel! Ces efforts ont rapporté une somme dont le montant n'a pas encore été révélé (mais qui se situerait selon nos sources dans la fourchette basse quoique respectable des cinq chiffres), destinée à financer un programme éducatif intitulé "Qui a dit que l'histoire appartenait au passé?". Le titre est maladroit, certes, mais l'idée est claire, Laurel, et nous la partageons – ceux d'entre nous du moins qui sommes attachés au patrimoine de notre belle ville patinée par les ans. Qu'en cette prochaine fête de l'Indépendance, votre nom soit ovationné et salué de sept coups de mousquet, (Capitaine Jim Cusak, de l'armée régulière, lisez-vous ces lignes?) Et maintenant, accordez-moi un instant de cette modeste tribune coloniale pour distinguer également notre concitoyen de longue date Percival Darling, un des généreux propriétaires qui ont ouvert leurs salons lambrissés aux amateurs éclairés d'histoire, aux curieux d'architecture et à tous ceux qui cherchaient simplement de l'inspiration pour la robinetterie de leurs salles de bains ou leurs revêtements muraux (comme vous, Jessalyn Paine). Mais voilà que je m'éloigne de mon sujet! Au début de l'année, j'ai omis de féliciter Percival Darling (puis-je vous appeler Percy après toutes ces longues années?) qui a sauvé la mise, comme l'on dit, à Fées & Follets en lui ouvrant les portes de sa vieille grange… autrefois refuge de la talentueuse ballerine qu'était sa femme Penelope (puisse-t-elle reposer en paix, d'autant plus maintenant que de toutes petites danseuses gambadent sur ses pas ô combien gracieux). Les plus nouveaux d'entre vous ignorent peut-être encore que la fille de Percival, Trudy Barnes, la célèbre oncologue de St Matt's, a passé son enfance dans cette maison admirablement biscornue que vous avez découverte dimanche dernier. Percy, merci du fond du cœur d'être revenu parmi nous après tant d'années où vous aviez quasiment disparu. Bienvenue, camarade !

Enchaînons à présent sur la recette de succotash que j'ai promise à mes lecteurs gastronomes…

Certains se fichent comme de leur première couche-culotte de se voir dépeints sous la prose dégoulinante de fadeur d'une commère locale comme Mandy Pinkerton. (Félicitez mon postérieur.) Et Dieu sait que de pauvres hères se délectent probablement de ce genre d'attentions. Pas moi (vous l'aurez deviné).

J'ai jeté le journal en maudissant d'une part ma générosité et d'autre part ma crédulité. Toutes deux m'avaient plongé dans une vaste marmite d'eau bouillante (ou de *succotash* tiède, imaginez un peu, barboter dans les haricots et le maïs !). Je savais pertinemment ce qui m'attendait après cette apparition vedette dans la rubrique des potins mondains. J'étais voué à perdre davantage encore mon intimité et à essuyer des ricanements dans tous les établissements commerciaux, de Wally's Grocery Stop au caviste de Ledgely, durant les quelques semaines à venir. Et c'était bien la dernière chose dont j'avais besoin en ce moment.

Au diable le monde imaginaire de Matlock et ses bonnes manières. Au diable mes résolutions, mon respect des "limites" et des "sentiments" des autres.

J'ai pris mon téléphone et appelé Sarah. Quand j'ai entendu le bip, j'ai dit : "Sarah, si tu ne me rappelles pas aujourd'hui, je te promets que je me menotte à Rico la prochaine fois qu'il quitte cette satanée école qui se trouve dans mon jardin si c'est le seul moyen de te voir. J'en ai assez de jouer au chat et à la souris. Assez de..."

— Percy.

— Sarah.

J'ai failli pleurer en entendant sa voix, sa voix qui prononçait mon nom. Elle a poussé un soupir (qui n'avait rien de romantique).

— Oh, Percy.

J'ai attendu, mon vieux cœur battant à tout rompre.

— Voilà, je sais bien que tu as le sentiment d'avoir agi au mieux pour moi, et je sais qu'objectivement, c'est vrai. Mais j'espérais...

De nouveau, j'ai attendu.

— J'espérais qu'avec cette commande, ma situation changerait. Je sais que c'est naïf, mais je pensais que ça pourrait me permettre de décrocher un boulot, avec des avantages... À cause de Rico... Et zut. Plus j'en dis, plus je risque de passer pour une idiote.

— Parle, Sarah, parle. Parle-moi de l'heure. Du temps qu'il fait. De la boue sur tes chaussures. Ça ne fait rien si c'est idiot. Essaie.

Elle m'a dit que la veille, elle avait eu des nouvelles du Dr Wang dans l'après-midi. La pathologie de la tumeur était compliquée. Il y aurait une autre opération, mais plus tard, sans doute, après d'autres traitements, qui chacun serait administré par un médecin différent. Tout cela – les interventions, les examens, les médecins – coûterait les yeux de la tête.

— Ça n'a pas d'importance, pour l'instant.

— Mais bien sûr que si. Bien sûr que c'est important. (Elle s'est interrompue.) À moins que tu ne sois plus riche que je ne l'imagine ? Que l'argent ne soit qu'un simple détail pour toi ? Serais-tu du genre à cacher des pièces d'or dans ton armoire sous des allures d'universitaire mal fagoté ? Un fils à papa viré hippie qui n'aurait pas trop mal vieilli ?

— Malheureusement pas. Mais je peux te prêter de l'argent le temps qu'on règle tes histoires d'assurance maladie.

Curieusement, j'étais insensible à sa colère.

— Percy, ça se chiffre en milliers et en milliers de dollars. Et tu peux en ajouter deux ou trois de plus. Je suis déjà dans le pétrin parce que je n'ai pas d'assurance dans le seul État qui te punit si tu n'en as pas.

— Tu en auras une. Je vais m'en occuper.

— Ma situation est compliquée…

— Mais enfin, qui n'a pas une situation compliquée ?

— Certaines raisons font que je n'ai peut-être pas le droit à cette assurance d'État dont tout le monde parle.

J'avais entendu parler du nouveau système public d'assurance maladie mis en place dans le Massachusetts, mais je n'y avais pas prêté attention et j'avais sauté tous les articles que les journaux y avaient consacrés. Et si Sarah ne pouvait pas être assurée ? J'ai pensé à mon compte épargne retraite, au second emprunt (la moitié des frais d'études de médecine de Trudy) dont il me restait encore quelques années à rembourser. Je commençais à regretter de ne pas avoir, tout comme mon père, pris soin des livres rares et constitué une réserve afin de pouvoir les vendre dans un moment comme celui-ci.

— Percy, j'ai rendez-vous avec ta fille la semaine prochaine.

Trudy, me suis-je dit. Trudy saurait résoudre ce sac de nœuds.

— C'est une très bonne chose, ai-je dit. Quel jour ?

— J'y vais seule, cette fois. Je prends la voiture. Inutile de protester.

J'étais dans la cuisine, pieds nus. Je me suis aperçu que j'avais les pieds gelés. J'ai baissé les yeux. Qu'est-ce qu'ils étaient vilains, en plus.

— Très bien. Mais on peut se voir ce week-end. Emmener Rico à… Tu savais qu'il y avait un musée consacré aux chevaliers et aux armures à Worcester ? Je nous y emmènerai samedi.

— Les chevaliers et les armures ? Oh, Percy.

— C'est exactement ce qu'il te faut. Des armes. De la chevalerie ! Qu'est-ce que tu en dis ?

Dans le silence qui s'est ensuivi, je l'ai entendue s'efforcer de me repousser. Et je me suis entendu gagner. J'ai serré mon poing libre.

— Je ne sais pas trop ce dont j'ai besoin, m'a-t-elle dit. Bon d'accord, à part toi.

Juste après la mort de Poppy, pendant un an ou deux du moins, j'ai changé mes habitudes. Je fermais les portes la nuit. Je ne buvais plus. Quand j'étais en ville, je me limitais à un cheeseburger par semaine. Le lundi et le mercredi, je jouais au squash à l'heure du déjeuner avec Earl, mon collègue de la salle de référence qui s'occupait des sciences physiques. Tout ce qui m'importait alors, c'était que les filles avaient besoin de moi. De moi. S'il le fallait, je vivrais éternellement.

Les dernières semaines de cet été-là, nous ne nous sommes plus approchés de l'étang. Helena se chargeait de sortir les filles de Matlock aussi souvent que possible. Elle les accompagnait au musée, à Crane's Beach, loin d'ici, sur la côte nord, au centre commercial, pour des virées shopping. Quand les filles avaient repris le chemin des cours et retrouvé le rempart que leur offrait la compagnie aimablement égoïste de leurs amis, la maison s'était mise à résonner de nouveau de rares éclats de rire qui fusaient brièvement, par instants.

Pendant un moment, elles ont eu l'air de beaucoup s'apprécier, et même de se chérir. Le son des querelles sororales était plus rare que celui de leur rire. Elles passaient plus de temps l'une avec l'autre dans leur chambre. Elles faisaient leurs devoirs ensemble, que ce soit à la maison ou à la bibliothèque. Le cliché selon lequel "à toute chose malheur est bon" me traversait la tête. Je trouvais dans cette harmonie si plaisante une nouvelle source de culpabilité.

Un soir de septembre, en sortant de ma salle de bains, je les ai entendues discuter avec le plus grand sérieux derrière la porte de Clover qui était restée ouverte. Je suis resté à les écouter dans la pénombre du couloir.

— Si on était croyantes, disait Clover, on croirait que l'esprit de maman est toujours vivant. Qu'elle est là, près de nous, flottant au-dessus de l'étang, peut-être. Qu'on va la retrouver au paradis.

— Mais on ne l'est pas, lui a répondu Trudy. On ne croit pas en Dieu.

— En fait, je n'en suis pas si sûre.

— Comment ça ?

— Je crois que papa et maman ne comprennent pas vraiment les trucs spirituels. C'est un peu comme une espèce d'aveuglement.

— Comprenait, a dit Trudy.

— Quoi ?

— Tu veux dire maman ne *comprenait* pas. Elle n'a plus rien à comprendre, maintenant, elle n'est plus là.

— Ce n'est pas si sûr, lui a dit Clover. Des fois, la nuit, j'ai comme des drôles d'impressions. Genre, quand je suis au bord de l'étang. J'y vais des fois, quand je n'arrive pas à dormir.

Seigneur, me suis-je dit – en saisissant aussitôt l'ironie de la formule. Mais comment pouvais-je interdire à Clover d'essayer de communiquer avec sa mère disparue ? J'avais remarqué récemment qu'elle lisait entre autres Hermann Hesse et *Tactique du Diable* de C.S. Lewis. J'avais tenu ma langue jusqu'au jour où je l'avais vue avec un exemplaire en poche d'*Attente de Dieu* de Simone Weil. Elle m'avait dit que c'était un de ses professeurs qui lui avait recommandé ce livre. Elle paraissait sur la défensive, aussi ne l'avais-je pas questionnée davantage.

— Mais, genre, tu ne vas pas dans l'eau, hein ? lui a demandé Trudy.

— Ça serait trop glauque.

— Et ça fait peur ? a demandé Trudy. Genre, tu crois que c'est un fantôme ?

— Une présence, plutôt. Une présence spécifique à ici. Comme, je ne sais pas, une espèce de chaleur. Est-ce que c'est un fantôme, ça ? Définis-moi un fantôme.

— Je ne sais pas ce que c'est, mais en tout cas, je ne crois pas plus aux fantômes qu'à Dieu. À l'heure qu'il est, la science aurait prouvé leur existence, autrement. (Mais au bout d'un moment, elle avait ajouté :) Mais je le regrette presque. Je t'envie un peu pour ça.

Ces mots m'ont transpercé jusqu'au cœur (une douleur que j'avais amplement méritée pour avoir espionné mes enfants). Malgré la disparition de Poppy, je ne pourrais jamais me laisser tenter par quelque vague et réconfortante perspective de retrouvailles dans l'au-delà ni l'absurde illusion d'apparitions fantomatiques. Mais si Clover la voyait comme "une présence spécifique à ici", alors, il fallait que je fasse tout mon possible pour rester ici. Je me rendais compte qu'en dépit de son pragmatisme virulent, de sa foi absolue dans l'empirisme, Trudy serait également désespérée si – comme tant de gens me l'avaient déjà conseillé – j'emmenais ma petite famille pour nous rapprocher de Boston.

À l'époque, Matlock n'était pas cette oasis fortunée qu'elle est devenue, et pourtant, avec Poppy, nous avions toutes les peines du monde à faire face au remboursement de notre emprunt, aux impôts et à l'entretien permanent de cette maison antédiluvienne. Les revenus que ses cours de danse rapportaient à Poppy étaient moins importants que les miens, mais c'était un apport non négligeable.

De ce jour, j'avais fait attention à chaque penny, établi un budget et orienté les filles vers des vacances et des loisirs moins onéreux, en m'efforçant de ne pas le leur montrer (bien que je sois sûr que cela ne leur avait pas échappé). Elles ne partaient jamais en colonies et nous passions les vacances dans les résidences d'été de nos amis. (Helena avait eu la gentillesse d'emmener Clover puis Trudy à Paris après leur baccalauréat.) J'avais juré que rien ne nous ferait bouger de notre maison avec une grange au bord de l'eau.

Malgré toutes mes économies, cependant, je m'obstinais à veiller jalousement sur la grange. Que se serait-il passé, me demandais-je aujourd'hui, si j'avais accepté de la partager bien avant le coup de téléphone d'Evelyn – si elle était aisément, injustement peut-être, passée d'une école de danse dirigée par quelqu'un d'autre à un cabinet d'architecte, d'avocat ou de dentiste ? À part les petites troupes d'enfants turbulents, les portiques de jeux, les cabanes perchées et Sarah, en quoi cela aurait-il changé ma vie ? Qu'est-ce qui m'aurait manqué d'autre ?

## 12

Les hirondelles, c'est ainsi que Loud appelait ces gens qui partaient tous les hivers pour aller sous des climats plus chauds : pas au Guatemala, non, c'était trop imprévisible, trop sauvage, mais en Floride ou dans les îles les plus policées des Caraïbes. Ils laissaient leurs grandes maisons élégantes de Matlock vides pendant plusieurs mois. (À la nuit tombée, des programmateurs allumaient et éteignaient les lumières pour donner l'illusion que des gens circulaient dans toute la maison. Si quelqu'un avait des intentions criminelles, il était peu probable qu'il s'y trompe.) Après avoir envoyé Celestino s'occuper des plantes de Mme Bullard quand elle était partie en novembre, Loud a eu l'idée de proposer un service d'entretien des plantes pendant l'hiver, éventuellement lié à un forfait "déneigement".

— A priori, a expliqué Loud, s'ils ont une serre d'orchidées, ou même une vague collection de géraniums et de plantes-araignées, ils ne peuvent pas faire venir quelqu'un si la maison est inaccessible à cause de la neige, pas vrai ? Et certains d'entre eux ont quelqu'un qui vient s'assurer sur place qu'il n'y a pas de canalisations gelées ou de fuites soudaines… Du coup, si je déneige pour le gardien, tant qu'à faire, autant que ça soit moi, le gardien. Qu'est-ce que tu en penses, maman ?

— Eh bien nous avons un nouveau service à offrir, a répondu Mme Loud. Je vais imprimer les prospectus cet après-midi. Qu'est-ce que vous en dites ? Ou un mail que j'envoie en nombre ? À force, je suis devenue assez douée.

Elle a fait un clin d'œil à Celestino.

Celestino avait fini par apprécier Mme Loud, peut-être parce qu'elle ne l'appelait jamais *hombre* et ne lui posait jamais aucune question sur sa vie privée. Tous les deux, trois jours, il passait au bureau pour aller chercher les clefs de Mme Bullard et les redéposait en allant prendre son train. Ils bavardaient du temps ou de sujets d'actualité sans rapport avec la politique ou la guerre (ni avec les expulsions des services de l'immigration, qui faisaient souvent la une ces derniers temps). Mais il ne pouvait toujours pas se résoudre à l'appeler Happy.

Celestino était venu rendre les clefs pour la dernière fois. Ce jour-là, Loud l'accompagnait, afin de s'assurer que tout était en ordre pour le retour de sa cliente. Il était venu deux fois avec Celestino pendant son absence.

— Histoire de m'assurer que tu n'embarques pas l'argenterie. Ne te vexe pas, *hombre*, avait-il dit. Moi je sais que je serais tenté !

Plus le temps passait, plus Celestino méprisait Loud et plus il était dépendant de lui. D'où lui venait cette impression qu'il y avait quelque chose de mal, d'immoral dans cette relation ? Si Loud voulait lui donner davantage de responsabilités, tant mieux, non ? Tandis qu'il était planté là gauchement devant le bureau de Mrs Loud, Celestino se demandait s'il était en droit d'espérer que le “nouveau service” de Loud lui éviterait de passer des journées entières dehors, les pieds transis et le visage gelé, à déblayer la neige qui n'en finissait pas d'encombrer les longues allées, les terrasses, les toits et les gouttières, les accès aux jacuzzis et aux abris de jardin. Cet automne, Loud avait également ajouté la livraison de bois. Après une énième écharde, Celestino avait fini par craquer et s'était acheté de gros gants de cuir.

Au bout d'un moment, Loud s'est tourné vers lui.

— Alors, tu es partant, *hombre* ? Du jardinage d'intérieur ? Pas mal comme amélioration des conditions de travail, hein ?

— J'accepte volontiers, lui a répondu Celestino avec raideur.

S'il se montrait trop enthousiaste, Loud refuserait-il de lui donner plus d'argent ? Oserait-il demander plus d'argent ?

— Tu as entendu ça, maman ? (Loud a ri.) Notre *compadre* "accepte volontiers". Mais pour l'instant, les Pellini piquent une crise parce qu'ils pataugent dans les feuilles. L'énorme chêne leur fait ça chaque année : il lâche une cargaison de feuilles d'un coup, juste après Thanksgiving. C'est l'horloge biologique ! Exactement comme une femme.

Ce seul mot de "femme" a ramené Celestino à Isabelle. Non pas qu'elle ait quitté ses pensées ou ses rêves depuis qu'Arturo lui avait dit l'avoir vue.

Après le déjeuner au Big Oven, le jour où Celestino avait accepté que Robert l'interroge, Arturo l'avait raccompagné chez lui. Celestino lui avait parlé d'Isabelle. Il lui en avait trop dit, il s'en rendait compte, mais ce jeune garçon qu'il aurait méprisé dans une autre vie savait faire parler les gens. (Peut-être était-ce pour ça que Robert l'avait invité à venir, et non seulement à cause de la langue qu'ils partageaient.)

Deux semaines plus tard, Arturo était passé un soir chez Mme Karp. Elle avait été très étonnée, car Celestino ne recevait jamais de visite, mais elle aussi était tombée sous le charme.

Arturo avait invité Celestino à dîner dans un bar du quartier. Il s'était mis à bavarder avec assurance en espagnol sans but précis, sautant d'un sujet à l'autre : les quartiers de Lothian, la course aux élections des démocrates, le climat. (Malgré Chicago, il ne s'était jamais fait au climat du Nord ; était-ce la même chose pour Celestino ?)

Celestino se demandait en silence pourquoi Arturo voulait être en sa compagnie. Ils avaient trouvé une table et commandé des bières, quand Arturo lui a soudain confié qu'il avait le mal d'un pays où il n'avait plus sa place. Il a parlé de ses demi-frères et sœurs, qui avaient repris les plantations de café de son père.

— Je pourrais toujours débarquer là-bas, ils ne lâcheraient pas les chiens sur moi – et ce sont des chiens, des vrais chiens, croyez-moi ! Mais ça serait bizarre. Ce qui est dommage. Ils en veulent encore à ma mère. Pas pour l'argent, je crois, mais parce que mon père l'aimait plus que leur propre mère. J'en suis le témoignage. L'enfant de l'amour.

Cela faisait une heure qu'ils étaient dans le bar, ils avaient terminé leur hamburger, quand Arturo a parlé d'Isabelle. Il était allé au séminaire de Harvard, le séminaire de psychologie qu'il avait vu sur son téléphone dernier cri. Il avait invité Celestino à y aller – mais évidemment il travaillait, comme presque tous les jours de la semaine, à part le dimanche. Celestino était choqué d'apprendre qu'Arturo y avait été seul.

— J'étais curieux. Je voulais juste voir quel genre de femme peut fasciner un homme pendant des années et des années. Si c'était une sirène, une mégère, un ange ?

La terrible jalousie qui s'était brusquement emparée de Celestino devait se voir sur son visage.

— Holà, pas besoin de m'arracher les couilles. C'était par simple curiosité, j'ai dit, s'est défendu Arturo. Je suis curieux d'esprit, Celestino, c'est dans ma nature. Je suis un étudiant, pas un intrigant.

*No soy un maquinador.*

Celestino s'est efforcé de se détendre.

— Vous lui avez parlé.

— Non, non. Pas du tout. J'étais juste là en observateur – c'était sûrement elle. Le nom, le contexte... On ne peut pas ignorer une coïncidence pareille. Et ça n'a pas raté. Elle a évoqué son père qui était un célèbre archéologue, le fait que ça l'a marquée bien plus que s'il avait été un homme comme les autres. Elle a raconté l'effet que ça fait de voir la réaction des gens quand ils découvrent qui est ton père. Que tu as envie de t'enfuir à l'autre bout du monde, parce que là-bas, personne ne sait qui il est, mais que là encore, tu le laisses diriger ta vie. (Arturo s'est interrompu. Il a observé Celestino un moment.) Vous êtes bien silencieux. Il n'y a pas de questions qui vous brûlent les lèvres ?

Celestino ne savait pas quoi lui demander. Mais il y avait tant de choses qu'il voulait savoir !

— Elle a de la classe, votre Isabelle.

— Oui. Pour ça, elle était comme sa mère.

— Ce côté français.

Celestino était abattu alors qu'il aurait dû être fou de joie. Non ? Il rêvait de la retrouver, il voulait la retrouver – pensait-il réellement qu'il y parviendrait ? – mais seul. La chercher de son côté, en temps voulu. Attendre *le bon moment,* comme disait Loud à propos de tel ou tel projet. Il ne pensait pas y mêler qui que ce soit. Lui non plus n'était pas un *maquinador.*

Arturo jouait avec sa bouteille de bière vide, imprimant sur la table des cercles humides qui formaient une chaîne d'anneaux.

— Bon, il faut que je vous l'avoue. Je l'ai suivie. À la fin du colloque, elle est repartie seule. Je sais où elle habite.

Il avait un air tellement jubilatoire que Celestino en a eu la nausée.

— Vous ne voulez pas savoir où ?

Celestino regrettait d'avoir mangé ce hamburger. Il était trop gros, c'en était obscène, il ne mangeait jamais autant en un seul repas.

— Pourquoi me racontez-vous tout ça ?

— Et pourquoi je ne le ferais pas ? a rétorqué Arturo. Je me suis dit… Ah, vous croyez que si je vous aide, c'est par condescendance ? C'est ça ? C'est pareil avec Robert. Il m'accuse de jouer les bienfaiteurs.

Il a poussé un soupir écœuré. Ce garçon était peut-être sincère, après tout. C'était manifestement un romantique. Et s'il y avait bien quelqu'un de romantique, c'était Celestino. Sa mère le lui répétait en permanence. Dans sa bouche, c'était un reproche.

— Je veux la voir, a-t-il répondu. Mais je pensais que ça viendrait quand je serais… prêt.

— Comment ça, prêt ? On n'est jamais prêt pour quelque chose d'aussi important. D'accord, c'est risqué. Mais on ne sait jamais, la semaine prochaine, elle pourrait partir s'installer en Californie. OK ? Ou rencontrer un mec. Je vais vous dire un truc qui vaut ce qu'il vaut. (Arturo s'est penché vers Celestino avec un grand sourire. Il a levé la main gauche en écartant les doigts.) Elle n'avait pas de bague, mon pote. Et juste son nom sur son interphone.

Se rendant compte qu'il rougissait, Celestino a repensé à la fille qu'il avait connue : elle était mûre pour son âge, certes, mais ce n'était encore qu'une jeune fille ; non une femme adulte qui avait de la classe, de l'argent et… des avantages avec lesquels il ne pouvait pas rivaliser. Il a ri.

— Quoi ? a demandé Arturo. Qu'est-ce qui vous fait rire ?

— Je repense à ma mère qui croit tellement au destin. Au-delà des choix qu'on fait. Comme si les projets n'avaient aucune importance. Au bout du compte, tout est écrit. Depuis toujours.

— Je m'excuse, mais c'est n'importe quoi, a répliqué Arturo. Tout ce discours de la volonté divine que nous ressert l'Église catholique, à cinq ans, je n'y croyais déjà plus. (Il a regardé sa montre.) Désolé, mais il faut que je prenne le dernier train. Tenez. (Il a tendu à Celestino un bout de papier plié.) Son adresse. Et puis mon numéro de téléphone, au cas où vous la perdriez.

Quand il était question de rafles et d'expulsion à la radio, ça se passait presque toujours ailleurs, loin de là – dans l'Illinois ou l'Oklahoma, ou encore en Californie. Dans des communautés où les Blancs pauvres "dans la légalité" détestaient les Latinos qui avaient des emplois alors qu'eux n'en avaient pas. Ce n'est pas pour autant qu'ils en auraient voulu, de ces emplois, à tuer les cochons, récurer les égouts, cueillir les fruits en grimpant aux arbres. Parfois cependant, les gens qui étaient expulsés avaient des commerces, des petites affaires, des échoppes de tailleur ou des stands de souvenirs. Mais cela se passait toujours à l'autre bout du pays.

Celestino connaissait sa géographie, et même mieux que certains Américains, mais il savait aussi qu'il était dangereux de se sentir en sécurité sous prétexte que ces persécutions avaient lieu ailleurs.

Après avoir rendu les clefs de Mme Bullard, il a passé une journée à enlever et broyer une cargaison de feuilles de chêne de la pelouse des Pellini. Quand Gil l'a déposé à la gare, Celestino est allé directement au bureau de Loud.

La mère de Loud a levé les yeux du bureau qu'elle ne semblait jamais quitter.

— Celestino ! Je vous manquais déjà ? Quel plaisir de vous voir.

Son enthousiasme était intimidant. Il espérait que son sourire était sincère.

— M. Loud rentre-t-il bientôt ?

— Mon petit-fils passe un test de sélection en basketball, alors non. Pas ce soir, a-t-elle répondu. Je reste un peu car il y a du retard sur la comptabilité.

Celestino essayait d'imaginer sa mère, qui était bien plus jeune que Happy Loud, consacrer autant d'énergie, autant d'efforts sans se plaindre à l'entreprise de l'un de ses enfants. (Mais peut-être l'aurait-elle fait si Celestino était retourné là-bas.) Puis il s'est rappelé qu'elle était incapable de faire des comptes, et n'apprendrait jamais à se servir d'un ordinateur.

— J'aimerais discuter avec M. Loud de l'idée dont il a parlé hier.

Elle a réfléchi un instant avant de se rappeler. Elle a montré un tas d'enveloppes posé sur le coin de son bureau.

— Oui ! Les prospectus seront postés demain. *Confiez-nous votre jardin en hiver. Partez l'esprit tranquille !* C'est bien ce que j'ai concocté, non ?

— J'aimerais le faire.

— Oui, je pense que Tommy l'a bien compris, mon cher.

Elle lui a fait un clin d'œil.

— Oui, a répondu Celestino. Tant mieux.

Elle l'a raccompagné à la porte en lui tapotant l'épaule. Son train habituel venait de partir. Il est allé un peu plus loin sur le quai jusqu'au distributeur de journaux gratuits qui parlaient de Boston, mais il était vide.

Il s'est assis sur le banc et a pensé à la seule chose qui l'obnubilait depuis quelque temps : Isabelle. Sa main dépourvue de bague. Son adresse – une rue de Cambridge qui ne lui disait rien. Irving Street. Il pouvait toujours prendre le train jusqu'à Cambridge sans s'arrêter à Lothian. Trouver cette rue. Il s'est regardé : il avait des feuilles hachées partout sur ses vêtements.

Il faisait nuit depuis plus d'une heure ; les longues nuits glaciales de décembre étaient comme une sorte de pénitence à accomplir avant de pouvoir célébrer Noël. De toutes les lointaines variantes américaines des rites de son enfance, ceux qui entouraient Noël étaient ses préférés. Il aimait les guirlandes de couleur, dehors dans la neige ou à l'intérieur au milieu des branches des sapins. Il aimait les cantiques de Noël, les voix des chanteurs qui s'élevaient dans l'air vif et sec, pareilles à des ballons. Mais plus que tout, Celestino aimait les églises : les gens qui emplissaient ces hauts espaces glacés de lueurs de bougie, de chants, de vêtements soudain éclatants (les hommes en blousons rouge ou vert, du houx épinglé au revers ou au bonnet de laine). Les enfants jouaient un rôle important, comme chez lui. Ils jouaient les scènes de la Nativité, les bébés n'embêtaient plus personne, malgré leurs pleurs et leur agitation.

Noël était dans moins de deux semaines. Passerait-il le réveillon seul cette année encore, en se joignant à Mme Karp pour le petit déjeuner si son fils, une fois de plus, ne venait pas la voir de Californie ? (Mais comment Celestino aurait-il pu critiquer un homme qui, comme lui, n'était pas auprès de sa famille pour cette grande fête religieuse ?)

Celestino avait passé trois Noëls avec les Lartigue : le premier quand il avait quinze ans, les autres lorsqu'il était revenu faire ses études. Chez le professeur et sa femme, la période de Noël était marquée par une série de réceptions. Le Dr Lartigue grimpait en haut d'une échelle pour accrocher des guirlandes blanches lumineuses dans les branches des deux épicéas qui séparaient leur maison du trottoir et il déplaçait les meubles du salon afin de pouvoir mettre également un sapin à l'intérieur. Il mettait des bougies électriques à toutes les fenêtres qui donnaient sur la rue et Celestino l'aidait à draper des guirlandes de pin et de houx sur les rampes, les dessus de cheminée et les encadrements de porte. La maison était une fête pour les yeux. La señora Lartigue passait deux jours à préparer à manger pour deux réceptions. La première était destinée aux collègues de Harvard qui venaient en famille. Les adultes se rassemblaient dans le salon pour discuter entre gens civilisés, tandis que les enfants (qui ne se connaissaient pas vraiment, pour ne pas dire du tout) finissaient par regarder au magnétoscope un film de Disney dans le sous-sol rempli de jeux, de puzzles et de casse-tête.

La seconde réception était moins importante mais plus animée. Les invités étaient une douzaine de familles françaises qui, comme les Lartigue, avaient choisi de s'expatrier aux États-Unis (même si tout un chacun, y compris Celestino, pouvait dire qu'ils considéraient ce choix comme un sacrifice significatif). À cette soirée-là, les adultes riaient et s'exclamaient dans leur langue préférée tandis que les plus jeunes de leurs enfants couraient joyeusement dans l'escalier en s'amusant ensemble. Les plus grands descendaient au sous-sol jouer au ping-pong à tour de rôle. En attendant leur tour, ils bavardaient et flirtaient en passant indifféremment du français à l'anglais. La télévision était allumée, mais ils la regardaient à peine. La première année, Étienne, le frère d'Isabelle, avait rapporté en douce une bouteille de la cuisine et versé des rasades de rhum dans les verres de ginger ale et de lait de poule sans alcool. C'était aussi l'année où Isabelle l'avait fait entrer dans ce groupe, ("Surtout, si George veut t'attirer dehors, ne le suis pas, l'avait-elle prévenu. Il est à peine au lycée et il passe déjà quatre-vingt-dix pour cent de ses journées – si on peut encore appeler ça des journées – totalement défoncé.").

Cette année-là, Celestino avait eu du mal à suivre leur conversation. Mais ils lui avaient appris à jouer à la Dame de pique et comme Isabelle lui souriait au-dessus de son jeu de cartes, il ne se sentait pas exclu même s'il ne parlait jamais.

Trois ans plus tard, il avait été immédiatement intégré. Les "grands" étaient encore plus grands, une demi-douzaine d'entre eux étaient en troisième ou quatrième année de fac. Ils n'avaient plus besoin de se cacher pour apporter du rhum et encore moins des bouteilles de vin. Mais ils continuaient à jouer au ping-pong et à la Dame de pique, même s'il y en avait quatre, parmi les étudiants, qui étaient passés au poker et jouaient de l'argent.

Isabelle avait mis une cassette de ce qu'elle disait être son film français préféré, *Les Enfants du paradis*, un long film d'amour en noir et blanc mêlé de fantastique, une sorte de conte de fées, apparemment. Mais c'était en vain qu'elle avait essayé de convaincre les autres de s'asseoir et de se concentrer sur le film.

— Tout à l'heure, avait-elle dit à Celestino, je te force à le regarder avec moi. C'est hallucinant. Ces brutes épaisses se fichent complètement de l'art.

Celestino faisait attention à ne pas abuser du vin ou des sodas additionnés d'alcool. Ce Noël-là, pendant sa première année à l'université, il était encore pétrifié tant il était submergé par la gratitude d'être là, de retour dans l'univers magique des Lartigue. En jouant à la Dame de pique avec Isabelle et ses amies ce soir-là, il regardait l'écran d'un œil, fasciné par les visages mélancoliques au teint de craie du héros et de l'héroïne du film. Leur monde avait l'air étrange, mais pas plus que le monde du sous-sol de cette maison richement décorée.

Les invités étaient partis après minuit. Le professeur et la señora Lartigue étaient allés se coucher en laissant traîner la vaisselle, les verres à vin et les serviettes. Étienne était allé à Harvard Square avec les autres joueurs de poker.

Au moment où Celestino s'apprêtait à emboîter le pas des parents d'Isabelle, elle lui avait lancé :

— Je ne plaisantais pas, pour le film. Allez, viens.

Il était fatigué, mais il s'était laissé entraîner au sous-sol. Elle avait remis la cassette au début. Il s'était assis à côté d'elle sur le canapé.

Les sous-titres en anglais étaient difficiles à suivre, mais l'histoire, son caractère de conte de fées lui semblait familière. Il commençait à peine à s'absorber dans la vie des personnages quand il avait senti la main d'Isabelle. Elle avait doucement posé sa paume sur sa cuisse. Elle gardait les yeux fixés sur les acteurs. Terrifié, il n'avait pas réagi. Il s'était figé. Au bout d'un quart d'heure environ, elle l'avait ôtée.

À la fin du film, elle s'était tournée vers lui en lui disant :

— Tu as déjà vu une aussi belle histoire d'amour ? Tu ne trouves pas que Jean-Louis Barrault est le plus envoûtant, le plus mélancolique, le plus bel homme que tu aies jamais vu ? Sans vouloir parler d'attirance homosexuelle, je… Mais qu'est-ce que tu en penses, Celestino ? Tu as aimé ?

Celestino avait répondu :

— Oui. Ça m'a… empêché de dormir.

Il avait regardé la pendule. Il était trois heures et demie du matin.

Elle avait ri.

— Empêché de dormir ? J'espère que c'était mieux que ça.

C'était le début – non pas littéralement, parce qu'il avait tenu jusqu'au printemps, quand Isabelle lui avait appris à nager comme promis –, mais c'était à ce moment-là qu'il aurait pu faire un autre choix, plus clair, lui parler, fixer les règles. Mais Celestino n'avait jamais été du genre à fixer des règles.

— Nous sommes les enfants du paradis, toi d'un paradis, moi d'un autre, avait-elle dit la première fois où ils s'étaient déshabillés et avaient trouvé avec une facilité déconcertante comment ajuster leurs jeunes corps l'un à l'autre.

— Quoi qu'il arrive, je nous verrai toujours comme ça. *Les enfants du paradis, c'est nous**.

Le mois suivant, il était rentré dans sa famille. L'été était passé comme un long rêve pluvieux. Il avait travaillé avec son père dans une exploitation forestière et à l'entrepôt du site archéologique où il était employé à nettoyer des objets. Raul taquinait Celestino en lui disant qu'il n'allait pas tarder à devenir un intellectuel mou, mais il le disait avec fierté.

Isabelle lui avait écrit deux longues lettres passionnées, mais en revenant en septembre, il éprouvait plus de peur que d'excitation – jusqu'au moment où, à l'aéroport, Isabelle avait devancé son père pour se précipiter en courant à sa rencontre et lui avait murmuré à l'oreille "*Salut, enfant**".

* Les termes en italique suivis d'un astérisque sont en français dans le texte.

Deux dimanches avant Noël, il a pris de bonne heure le train qui menait de Lothian à Cambridge et il s'est rendu dans leur église – l'église où ils l'emmenaient du vivant du Pr Lartigue. Un panneau annonçait que le premier office commençait à neuf heures, le second à onze heures.

À huit heures, quelqu'un a ouvert les portes. Celestino est entré et a choisi un banc tout au fond. Rien n'avait changé. L'église était aussi blanche qu'un gâteau au glaçage immaculé, les bancs garnis de coussins avachis en velours couleur de sang séché. Les fenêtres étaient aussi hautes que des arbres adultes et remplies de dizaines de carreaux en verre translucide ondulé. Au-dessus de l'autel, la croix en bois grossièrement taillée était une épure, sans Christ supplicié, ni sculpture ornementale, ni même une touche de couleur pour suggérer le drame extraordinaire entourant la Crucifixion. Celestino n'éprouvait aucune des émotions fortes qu'il pensait ressentir dans ce lieu. Il était déçu et cependant soulagé.

Un musicien invisible s'est mis à jouer de l'orgue. Une jeune femme en longue chasuble noire a apporté un vase d'œillets rouges et blancs à l'avant de l'église et l'a posé sur un rebord, à côté de la chaire. Elle n'avait pas l'air d'avoir remarqué Celestino. Si quelqu'un s'approchait, il ferait semblant de prier. Ou il prierait vraiment.

En supposant qu'elle aille toujours à l'église – ce qui était peu probable, elle n'avait jamais manifesté une grande dévotion – y allait-elle de bonne heure ou plus tard ? Y allait-elle seule ?

Il a feuilleté le missel puis le livre de cantiques.

À huit heures et demie, l'organiste a joué avec plus de force, comme s'il se lançait véritablement après avoir répété. Quelques fidèles sont arrivés et sont allés s'asseoir devant. Une femme a regardé Celestino en souriant.

Les gens bavardaient en riant sur le parvis de l'église, de l'autre côté du mur qui se trouvait derrière lui. Mais une fois à l'intérieur, ils se taisaient ou poursuivaient leur conversation en chuchotant. Une femme est entrée avec un bébé revêtu d'une longue robe, suivie d'un homme et d'un couple plus âgé. Un baptême. Celestino a souri.

Elle est arrivée à neuf heures moins cinq et s'est dirigée tout droit vers l'avant. Elle était toujours coiffée de la même manière – en un chignon enroulé à l'arrière de la tête, bien lisse et serré, comme une sorte de casque élégant – mais elle avait beaucoup de cheveux gris. Un grand monsieur mince à l'allure tout aussi professorale que le Pr Lartigue suivait la señora Lartigue, juste derrière, alors qu'il s'agissait manifestement de son compagnon.

Ils se sont assis tout devant, à droite, si bien que Celestino la voyait presque de profil.

La logique voulait qu'il rencontre la mère et non la fille, il s'en rendait compte à présent. C'était évident. Mais ce n'était pas ce qu'il espérait, pas du tout. S'il n'avait rien ressenti de particulier en entrant dans l'église, il avait frémi en voyant la señora Lartigue. Sa peur était si viscérale qu'elle l'étouffait comme une lourde capuche.

Au moment où le prêtre a pris place en chaire et tendu les mains, en demandant à l'assistance de se lever et de chanter, Celestino s'est enfui de l'église.

Il s'est précipité vers le centre de Harvard Square. Quel imbécile. Qu'est-ce qu'il croyait ? Et bon sang, qu'est-ce qu'il comptait faire, de toute façon ?

Il s'est arrêté devant le nouveau kiosque qui vendait des journaux dans toutes les langues possibles et imaginables. Il a cherché quelque chose en espagnol ; il y avait un journal mexicain qui titrait sur un scandale politique qui aurait tout aussi bien pu se dérouler en Chine.

Il est entré dans une boulangerie pour s'acheter un bagel et un café à emporter. Il est allé s'installer sur un banc au milieu de la place en brique. Le banc était froid, mais il avait besoin d'être dehors, de respirer au grand air.

Que faisait-il ici, dans cette ville, dans ce pays, dans cette vie ? Était-ce à cause d'un groupe d'étrangers qui avaient débarqué dans son village avant même sa naissance ? Toute sa vie se dévidait-elle depuis ce jour-là à la manière d'une bobine ? Pouvait-il couper ce fil et entamer une nouvelle bobine – ou y faire un nœud, pour enrayer ce fascinant déroulement soyeux sur lequel il n'avait que peu de prise ?

Il faisait un froid glacial, mais le café était trop brûlant pour qu'il puisse le boire. Il l'a posé sur le banc à côté de lui pour manger le bagel. Des graines se sont collées à ses lèvres et sont tombées sur ses genoux. Il les a balayées d'un geste rageur en heurtant le gobelet de café qui s'est renversé sur le banc contre son pantalon. Il s'est levé brusquement en poussant un juron. Il a fouillé dans la poche de son manteau, espérant trouver un bout de serviette en papier. Mais il n'en a ressorti qu'une petite feuille arrachée à un calepin, qui portait le numéro de téléphone d'Arturo, le garçon à moitié guatémaltèque qui regrettait sincèrement son village dans la jungle. Pour le moment, Celestino n'avait pas vraiment d'autre ami que lui dans la vie, si tant est que l'on puisse parler d'ami. Cela en disait long sur sa vie.

# 13

Les deux jeunes mariés coupaient le gâteau. Sous un concert d'ovations masculines, Joe et Jonathan se sont amusés à s'enfourner mutuellement dans la bouche des tranches de forêt-noire. Ils étaient en smoking, avec une chemise jaune canari pour Joe et bleu électrique pour Jonathan. Anthony les a acclamés si fort qu'Ira en avait encore l'oreille gauche qui tintait quand la clameur s'est apaisée, laissant place à la musique qui encourageait les danseurs à se lancer sur la piste.

Un mariage à la veille de Noël, il fallait oser, se disait Ira, mais quelque deux cents amis du couple avaient accepté – et avec quel enthousiasme – de renoncer aux traditions qui étaient les leurs pour être présents ce jour-là. Il y avait aussi les juifs, et parmi eux les juifs non pratiquants comme Ira, qui célébraient Noël en clandestins. (Les parents d'Anthony, qui étaient catholiques, vivaient dans l'Ohio ; ils n'étaient allés qu'une fois là-bas pour la grande fête de famille.)

Joe était un associé du cabinet d'Anthony. Cela faisait quatre ans qu'il était avec Jonathan. Ils avaient déposé une liste chez Shreve, Crump & Low, échangé leurs vœux à l'église épiscopale libérale la plus huppée de la ville et voilà qu'ils se retrouvaient à présent dans les salons de Locke-Ober, un des plus grands restaurants de Boston, où la réception certes élégante n'en était pas moins une claque ouvertement gay à la figure de l'élite protestante hétéro, avec ses gros cigares, qui constituait autrefois l'essentiel de sa clientèle. Huîtres Rockefeller, asperges blanches, bisque de homard, filet mignon accompagné d'un gratin de pommes de terre. Ira avait du mal à croire qu'ils s'apprêtaient à ingérer du gâteau.

— Souris. On dirait que tu assistes à un enterrement, lui a chuchoté Anthony tandis qu'ils apportaient leurs assiettes à une table vide. Je te chatouillerais si j'avais une main libre.

— Et j'éclaterais, lui a répondu Ira.

Ils se sont assis au bord de la petite piste de fortune. Joe et Jonathan dansaient seuls sur *They All Laughed*. De nouveau, des acclamations ont fusé, mais plus tendres cette fois. La chemise jaune de Joe était souillée par une petite tache de glaçage au chocolat qui sautait aux yeux, mais les deux garçons enlacés qui évoluaient avec grâce sur les accords jazzy de ce trombone si sensuel étaient une icône moderne du bonheur de jeunes mariés.

Côte à côte, Ira et Anthony mangeaient leur gâteau en silence.

Puis Ira l'a vue venir. Janine, une des collaboratrices du cabinet, s'est approchée de leur table avec ce sourire reconnaissable entre tous. Avant qu'Ira n'ait eu le temps d'esquiver la passe, elle s'est penchée en disant :

— Alors, la prochaine fois, c'est votre tour ? Hmm ?

Anthony avait appris à faire mine de s'en amuser au lieu d'être gêné. Il s'est tourné vers Ira en inclinant la tête.

— Voyons voir, combien de jarretières avons-nous attrapées à nous deux, mon chéri ? Toutes ces années de quarterback chez les Patriots t'ont bien servi.

— Bon, bon, d'accord, a répondu Janine. J'arrête. C'est juste que… je n'ai jamais vu un mariage aussi romantique. En comptant les je ne sais plus combien où j'étais demoiselle d'honneur.

Ira a résisté à l'envie cruelle de lui demander, *Et toi, Janine ?* Janine avait quarante ans et ne s'était jamais mariée. Ira savait, bien qu'Anthony lui ait fait jurer le secret, que Janine avait une liaison de longue date avec un des associés principaux du cabinet, qui ne quitterait jamais sa femme, d'après Anthony, ne serait-ce que parce que la maison de Nantucket était à son nom.

À la place, il lui a répondu :

— On ne m'a jamais demandé d'être demoiselle d'honneur, à moi.

Janine a ri et Ira a été soulagé de la voir se diriger vers une autre table. Il était également soulagé que l'associé qui lui avait ravi le cœur (et la possibilité d'avoir des enfants un jour) n'ait pas pu assister au mariage.

Anthony avait fini son gâteau et contemplait Ira en souriant.

— Je t'adore avec cette veste.

Ira a rougi.

— Je passe, en public ?

— Et en privé. Tu le sais. N'importe où, n'importe quand.

Ira a détourné la tête par réflexe. Des invités se bousculaient sur la piste, réfrénant les mouvements désordonnés que leur inspirait *In the Mood.*

— Je crois que c'est le bon.

— Qu'est-ce qui est le bon ? Le bon quoi ?

Ira avait essayé de prendre un ton désinvolte.

— Le mariage qui va nous décider à aborder enfin la question de savoir si on se jette à l'eau.

— L'endroit est mal choisi, Anthony.

Anthony s'est penché vers lui.

— Où ça, alors ? Dis-le-moi et j'y serai. Et même à l'heure. (En voyant qu'Ira se taisait, il s'est levé.) Viens, on va dehors. On va faire un tour dans le parc.

— Pour nous faire agresser ? Il fait un froid polaire là-bas et il n'y aura pas un chat.

Il sentait le regard accusateur d'Anthony.

Anthony s'est rassis. Il a posé la main sur le bras d'Ira.

— Juste une chose, on dirait que tu es encore paralysé par ce qui s'est passé au printemps dernier. Que tu as été renversé par un bus et que tu es encore en réanimation sous respirateur.

— Au cas où tu ne l'aurais pas remarqué, je suis très heureux à Matlock. Parfois, le hasard fait bien les choses. La crise, c'est à la fois le danger et l'opportunité. C'est bien ce que disent les Chinois, non ?

Anthony a soupiré.

— Pourquoi me parles-tu sur ce ton ?

— Je pourrais te dire la même chose.

Ira s'est mis à pleurer. Il a pris la serviette avec laquelle il s'était essuyé la bouche après avoir mangé le gâteau et l'a portée à ses yeux.

— Je suis désolé, a-t-il dit. Désolé.

Il a senti la main d'Anthony qui lui caressait le dos de haut en bas. Le geste se voulait réconfortant. S'apercevant que ses excuses pouvaient être mal interprétées, Ira s'est rapidement séché les yeux.

— Je ne suis pas en train de rompre avec toi. Je t'en prie, pas ça.

— C'est déjà ça.

Anthony avait l'air las.

— Il est temps qu'on rentre. On ne danse pas, de toute façon.

Ira a cherché les jeunes mariés du regard. Joe dansait tendrement avec la grand-mère de Jonathan. Ce dernier était entouré d'un groupe d'amis à l'air ivre qui le serraient tour à tour dans leurs bras. À moins qu'ils ne soient pas ivres. Peut-être étaient-ils sincèrement émus et ne craignaient-ils pas de le montrer.

— D'accord, allons-y.

Anthony s'est levé et s'est dirigé vers le vestiaire en contournant les danseurs.

Ira était bien forcé de le suivre. Il a jeté un œil aux mariés, espérant un petit salut, un geste de joie et de reconnaissance, mais les deux hommes étaient dans leur cocon – c'était vraiment le mot.

Ils ont attendu leur manteau dans un silence coupant comme une lame, puis ils ont patienté dehors le temps que le voiturier aille chercher leur voiture.

— Au risque de creuser ce gouffre, a brusquement déclaré Anthony, j'ai une seule chose à ajouter et après, je ne dirai plus rien. Je crois que ce qu'il nous faut, c'est une grande fête. En notre honneur. Il est temps. Et tu sais quoi ? Je suis prêt pour un acte de défi. Je vois tellement de divorces. Je commence à en avoir marre que ce soit ça qui paie nos factures.

— Je sais bien, lui a répondu Ira avec douceur. C'est décourageant. De mon côté, je vois tellement de petits garçons et de petites filles se demander en mariage, se tenir la main, échanger des baisers. Ils traitent le grand amour comme la vaste blague qu'il devrait être.

*Mais que tragiquement il n'est absolument pas,* s'est-il abstenu de rajouter. Et pourtant, comment ne pas admirer cet “acte de défi” dont rêvait Anthony ? Et si le mariage était tout aussi noble quand il voulait dire *non* que lorsqu’il voulait dire *oui* ?

Comme promis, Anthony n’a rien dit de plus. Leur voiture est arrivée et il les a ramenés chez eux.

Quand ils n’étaient pas invités quelque part, Ira et Anthony fêtaient paisiblement Noël en toute sobriété. Ils décoraient un petit sapin – ceux qui se posaient sur la table, comme un bouquet – et ils échangeaient quelques cadeaux, luxueux mais pratiques (le pull en cachemire, la pile de romans policiers intelligents, la casserole en cuivre). Pas de chaussettes, pas de gadgets inutiles de Brookstone, pas de cake ou de *mince pie*, pas de gui ni de houx. Et encore moins ces sempiternels CD de *Jingle Bells* interprété par Ella Fitzgerald, Elvis Presley ou Bing Crosby.

Cette année, Clover les avait invités dans son appartement de Matlock pour un “goûter festif”. Ira craignait qu’elle lui ait réservé une surprise avec les enfants et Anthony, mais ce dernier lui avait assuré que s’ils se voyaient en dehors, cela pourrait porter préjudice à d’éventuelles négociations sur le droit de garde.

— Et puis tu n’arrêtes pas de me répéter que tu aimes bien les gens avec lesquels tu travailles là-bas, mais je n’ai jamais l’occasion de les rencontrer !

— C’est parce que tu es tellement occupé !

Anthony s’est détourné de la poubelle de recyclage où il venait de jeter les papiers de soie de leurs cadeaux après les avoir pliés.

— Ça c’est des conneries, Ira.

Clover habitait au dernier étage d'une ancienne remise à calèches qui avait été rénovée. Elle avait allumé des dizaines de bougies et mis *Le Messie* de Haendel. Ils étaient les premiers.

— Bienvenue, troubadours! leur a-t-elle lancé en ouvrant la porte.

— Nous avons oublié nos luths, j'en ai bien peur, a répondu Ira.

— Mon fils étudie le Moyen Âge, a expliqué Clover à Anthony. Du coup, on était en train de parler des arts à cette époque. Avec toute l'atmosphère de violence et de guerre qui régnait en ce temps-là. Si je devais choisir une vie antérieure, ce ne serait sûrement pas à cette époque-là!

Elle a posé leurs manteaux sur le banc – un ancien banc d'église – adossé au mur. En parcourant du regard le grand salon à la charpente apparente, Ira n'a pas été étonné de voir sa collection hétéroclite de meubles décalés: une table en formica des années 1950, un vaste miroir rococo marbré par le temps, un vieux présentoir de cartes postales dont les crochets en hérisson étaient peints en bleu cobalt et garnis de chapeaux de toutes les saisons. Il avait davantage des allures de sapin de Noël – il était plus bariolé, plus festif – que le sapin installé pour l'occasion.

Les enfants de Clover étaient rivés sur une console portable, blottis l'un contre l'autre dans le canapé. Clover leur a demandé de la poser et de venir dire bonjour. Ira leur a parlé des vacances qui étaient selon lui le moment fort de l'année scolaire. La fillette, Filo, était une ravissante petite nymphe qui offrait la vision de ce que sa mère avait dû être à neuf ou dix ans. Lee était distant, hochant à peine la tête, affichant cet air de souffrance absolue typique des adolescents prépubères, et semblait implorer qu'on le ramène auprès des siens.

Clover est allée poser à la cuisine la bouteille de champagne qu'ils avaient apportée. En revenant, elle leur a proposé du sherry, du lait de poule (avec ou sans alcool), du cidre chaud aux épices et un Shirley Temple.

— Pour les rabat-joie, il y a de l'eau gazeuse.

Anthony a déclaré faire partie de ces derniers. Ira a accepté un verre de sherry, bien que l'idée de boire quelque chose de sirupeux l'ait vaguement déprimé.

Anthony s'est approché d'un guéridon (un ancien meuble de machine à coudre) où étaient disposées des photos encadrées. Il avait cette habitude quand il arrivait chez quelqu'un pour la première fois. Au début, cela agaçait Ira, qui trouvait que c'était indiscret – mais Anthony lui répondait que les gens qui exposaient ces photos voulaient qu'on les regarde, qu'on leur pose des questions, qu'on les amène à parler de leur vie. ("Qui est cette grande dame avec cette extraordinaire robe années 1920 ?" "C'est Provincetown, non ?" Ne me dites pas que c'est vous avec ce T-shirt Jim Morrison !") À quelques rares exceptions près, disait Anthony, tout ce dont les gens veulent parler, ou presque, c'est de leur famille.

— S'il y a bien quelque chose que mon métier m'a appris, c'est qu'au bout du compte, nous avons tous un côté tribal.

À point nommé, la sonnette a retenti et le père de Clover est entré.

— Percy ! Joyeux Noël ! s'est exclamé Ira.

— Bonjour, bonjour, a répondu Percy en traversant la pièce pour venir leur serrer la main. (Il a regardé autour de lui en fronçant légèrement les sourcils devant les bougies allumées sur un rebord de fenêtre.) Où sont les autres ? J'imagine qu'il y aura du monde à ce "goûter festif".

— Juste la famille et les meilleurs amis, a répondu Clover. Je n'aime pas les grands rassemblements.

Elle a pris le manteau de son père. Percy a examiné Ira.

— Ce qui fait de vous un des meilleurs amis si je ne me trompe ?

Anthony s'est approché pour se présenter.

— C'est grâce à Percy que la nouvelle école a pu ouvrir, a expliqué Ira, bien qu'Anthony soit déjà au courant.

Ira lui avait raconté un certain nombre d'histoires de “M. Darling”.

— Je lui ai donné une nouvelle peau, c'est tout. Disons que l'école a mué. (Il a accepté le lait de poule que lui proposait Clover.) Hello, a-t-il lancé à l'adresse de ses petits-enfants, qui s'étaient replongés dans leur jeu électronique. Posez ce bidule et venez vous exercer à vous comporter en société. Cela vous sera très utile dans la vie ! Venez parler à nos amis de la vraie vie par-delà les douves de notre château.

— J'ai grandi à New York, a expliqué Ira à Lee.

— Ah ouais ?

— Enfin, à Forest Hills, autant dire à l'autre bout du pays. Mais j'allais souvent à Manhattan quand j'avais ton âge.

Hochement de tête de Lèvres pincées.

— C'est cool, le Queens, a dit Filo. J'ai des copains de colo qui habitent là-bas. Et de toute façon, on habite à Brooklyn, alors on ne peut pas vraiment critiquer les quartiers éloignés.

— Parle-leur de ta colo, lui a suggéré Clover.

Filo leur a alors décrit le camp d'équitation à une heure de Matlock, où elle était déjà inscrite pour l'été prochain et qu'elle avait hâte de faire.

— C'est un luxe dont mes filles ont été privées, a déclaré Percy.

— On avait les 4-H, tu te rappelles ? C'était l'équivalent d'autrefois, a répondu Clover. Arrête un peu de comparer ce que tu nous donnais et ce que les parents donnent aujourd'hui à leurs enfants. Je suis sûre qu'on en rajoute.

On a sonné à la porte et Robert est entré, accompagné d'un monsieur qui semblait être son père. Le fait est qu'ils avaient les mêmes yeux noisette, a remarqué Ira, ceux du père encadrés par des lunettes écaille. Ce dernier portait également une cravate ringarde ornée de rangées diagonales de rennes bondissant au nez rouge.

Clover s'est précipitée pour les prendre dans ses bras.

— Où est ta mère ? a-t-elle demandé à Robert.

— Elle est de garde. Elle nous a déposés, elle est désolée.

— Comment peut-on être de garde le jour de Noël ? C'est bien elle la patronne, non ? (Clover a ri mais elle avait l'air perplexe.) Elle ne m'en a pas parlé ce matin.

— Quelqu'un a dû se faire porter malade au dernier moment. Tu connais maman. C'est la perfection incarnée.

Sans confirmer les dires de son fils, le père est allé parler aux autres invités. Il s'est d'emblée présenté à Ira et Anthony. Il avait un physique assez quelconque. Peut-être avait-il simplement perdu en vieillissant la grâce longiligne de Robert, sa toison de cheveux bruns aussi lisses qu'un pelage d'ours – mais il était admirablement bâti et il avait des dents magnifiques, a remarqué Ira avec envie. Bien qu'il ait le visage marbré par le froid, il avait une peau jeune, révélatrice d'une vie relativement dénuée de préoccupations, un tempérament exempt de névrose.

Douglas a serré la main d'Anthony un peu plus longuement que nécessaire.

— J'ai déjà entendu votre nom quelque part, a-t-il dit. (Puis il a ri.) Ah oui, le Python. J'ai des clients qui ont été tentés par vos services. Tentés de vider leur compte en banque, ajouterais-je !

Ira a observé la réaction d'Anthony. Ce dernier a choisi de s'en amuser.

— La conversation promet d'être croustillante.

— Le Python ? s'est étonné Percy. Le gardien de la funeste pomme ?

Anthony paraissait réfléchir à sa réponse, mais Douglas l'a devancé.

— Il est connu pour étouffer ses opposants avec une telle force – et une telle subtilité – qu'ils sont bien forcés de cracher leurs actifs dissimulés.

Percy affichait toujours une perplexité agacée.

— On parle d'affaires de divorce, papa, a dit Douglas.

Anthony était désormais le centre de l'attention – ce dont il raffolait en toutes circonstances.

— Vous êtes donc un des artisans de l'éclatement de la société, a lancé joyeusement Percy.

— Je reformulerais les choses en disant plutôt un artisan de la paix lorsque pèse la menace d'une guerre atomique, a répliqué Anthony.

Percy a éclaté de rire. Douglas a fait de même, mais en léger décalage, comme s'il ne trouvait pas cela si drôle que ça. Filo et Lee fixaient les aînés comme s'ils venaient d'une autre planète.

En sortant des toilettes, Robert a appelé ses cousins.

— Vous voulez que j'installe votre Wii ? J'ai vraiment envie d'essayer.

Sans un mot, les enfants ont filé et disparu dans une autre pièce avec Robert. Ira s'est senti abandonné, car Robert était la seule personne qu'il espérait réellement voir lors de cette réunion.

Anthony et Douglas étaient plantés devant la table des boissons, occupés à parler boutique ou à échanger des potins. Le père de Robert était-il également un avocat spécialisé en divorce ? Si deux adultes sur cinq exerçaient ce métier, le monde était bien triste.

— Dites-moi, Ira, a lancé Percy, stupéfiant ce dernier en l'appelant par son prénom, vous n'avez pas une famille qui exige votre présence en ce jour sacré ?

— Ma famille est juive – bien qu'ils n'y attachent pas une grande importance. Ils font le séder. Allument la menorah. C'est à peu près tout. La plus grande fête qu'organise ma mère, c'est le jour de l'Indépendance.

La bar mitzvah d'Ira n'avait rien eu d'exaltant ; il avait passé plus de temps à réciter à la synagogue qu'à faire la fête dans la salle qui avait été louée au centre communautaire juif du quartier.

— Vous habitez ici ?

— Ici ?

— À Matlock.

— Oh non, a répondu Ira. Vous plaisantez ? On... vit à Lothian.

*Pris la main dans le sac, chéri.* Quand est-ce que cette maudite voix se déciderait-elle à se taire ?

Percy a incliné la tête en direction d'Anthony.

— Votre colocataire doit être le Python.

— En effet.

— Vos deux karmas doivent s'équilibrer. Pour chaque fonds qu'il pille, vous éduquez une jeune âme.

Ira s'est entendu éclater d'un rire qui frôlait la démence.

— C'est une manière légèrement abrupte de décrire les choses.

Clover s'est jointe à eux.

— Qu'est-ce que j'entends là ? On t'a dit que tu étais "abrupt" une fois encore ? Tu ne pourrais pas te tenir un peu ? (Elle a jeté un œil à Ira.) Qu'est-ce que tu as encore dit ?

— J'ai dit, a répondu Percy, que les jeunes gens qui s'occupent de petits enfants sans perdre la boule méritent une médaille.

De nouveau, Ira a poussé un rire hystérique. Il a posé son sherry et pris un feuilleté au fromage. Soudain, il était affamé. Et tant pis pour le mariage à quatre mille calories.

Heidi, Evelyn (sans Maurice) et Ruth sont arrivées ensemble. Ira a été soulagé et il est allé les saluer, abandonnant Percy de façon grossière. Ce dernier était certes brillant et même sympathique, mais intimidant. Ira se sentait trop fragile pour être intimidé. S'il discutait avec lui dix minutes de plus, il craignait que le père de Clover n'aille lui demander de but en blanc pourquoi il traînait les pieds à l'idée d'épouser le Python. (Était-ce précisément parce qu'Anthony était le Python ? Voilà qui méritait réflexion.)

Les invités étaient au complet et une heure plus tard (une fois que Clover eut arraché les enfants à la salle de télévision), Ira a vu Anthony plongé en pleine conversation avec Robert, tandis que Lee restait à proximité. Ira avait lamentablement choisi la facilité et s'en était tenu à la compagnie de ses collègues, laissant Douglas avec son beau-père.

Il a entendu Percy demander :

— Trudy n'est pas vraiment de garde ?

Douglas a hésité.

— Elle est claquée. Cette époque de l'année l'épuise.

— C'est le cas pour tout le monde. À moins qu'elle ne prépare des cookies pour toutes ses patientes ?

— Adressez-vous au Dr Barnes. Je n'ai quasiment aucune influence sur ses mouvements. Et au fait, votre moitié ? Où est Sarah ?

— Elle était déjà prise, a répondu Percy. Et puis n'exagérons rien. La dernière fois que j'ai regardé, j'étais encore là, entier, dans toute ma splendeur.

Soudain, Robert se tenait à côté d'Ira.

— Alors, chef. Comment ça se passe avec les mini-poussins ?

— Bien, mais c'est encore mieux de faire une pause.

Ira se demandait parfois si ce qu'il ne préférait pas chez Robert, c'était cette aisance juvénile, cette gentillesse désinvolte.

Le jeune homme se balançait d'un pied sur l'autre, à la manière d'un cheval.

— Avec Turo, a-t-il dit, on se disait qu'on pourrait peut-être décorer la cabane pour la vente aux enchères.

— Fabuleux ! s'est exclamé Ira. Nous avons même le thème. Woodstock. Sur les invitations, on demandera à tout le monde de venir habillé en mode "contre-culturel".

— C'est tante Clo qui a eu l'idée. Je vois ça. C'est comment la contre-culture d'un arbre ?

— Il pousse à l'envers ? Il écoute Donovan, vous savez *Jennifer Juniper* ?

Robert a pouffé de rire.

— Les mini-poussins voudront sûrement vous aider, a dit Ira en s'efforçant de ne pas montrer à quel point il était ravi de ses petites plaisanteries pitoyables.

— Ça marche.

— Où est Turo ? J'ai eu l'impression de le croiser en venant ici.

Robert a fait non de la tête.

— Turo passe Noël chez un ami, à Harvard Square. Je crois qu'il aurait préféré être ici, mais il a dit qu'il ne pouvait pas s'incruster à deux fêtes de suite.

Ira a hoché la tête bien qu'il ait la certitude d'avoir aperçu Turo dans les bois, à l'instant où ils s'engageaient dans la rue de Percy. Il n'avait rien dit à Anthony qui fulminait sur le cas de trois enfants dont les deux parents étaient drogués. Ira avait fait un signe de la main, mais Anthony ne l'avait probablement pas vu. Était-il à skis ? Mais quelle importance ? Finalement, ce n'était pas Turo.

La semaine à New York a été, en un mot, réparatrice – et qu'importe s'ils se sont épuisés à courir d'un spectacle à l'autre, comme s'ils essayaient désespérément de voir toutes les pièces qui se donnaient à Broadway et en dehors, à écluser tous les soldes de Barneys à East Ninth Street, toutes les œuvres d'art ultra-contemporaines de la fondation Dia à Williamsburg. Ils ont si bien mangé que c'en était ridicule ; italien à Chelsea, japonais à TriBeCa, français sur Gansevoort Street, thaï dans le Queens (un restaurant découvert par hasard le jour où ils étaient allés rendre visite aux parents d'Ira).

Peut-être était-ce parce qu'ils étaient constamment en mouvement qu'ils s'entendaient si bien et étaient aussi heureux d'être ensemble. Puis ils se retrouvaient au lit dans le noir, où toutes les conversations intimes – inévitablement et délicieusement lassantes – tournaient autour de Richard Serra ou Stephen Sondheim, ou encore le costume rouge betterave d'agnès b. qu'Anthony n'avait pas tout à fait le courage d'acheter. ("Si encore tu étais surnommé le Coq, au tribunal", avait dit Ira en sortant de la boutique de Prince

Street. “Le roi de la basse-cour”, avait suggéré Anthony. “De la cour d’appel”, avait renchéri Ira, et ils avaient ri à gorge déployée dans la rue, s’attirant les regards envieux de tous les passants.)

Ira se rendait compte que si New York lui manquait, il n’avait plus ce besoin agaçant de se conduire autrement qu’en simple touriste. De même, il éprouvait une indulgence étonnante à l’égard des goûts et des habitudes bien enracinés de ses parents, qu’il avait tant de mal à supporter autrefois. Le fait qu’Anthony les accepte comme ils étaient y était sans doute pour beaucoup (ses propres parents étaient tout aussi bizarres, à leur façon), mais pour la première fois, Ira acceptait comme telle l’acceptation d’Anthony et comprenait ce qu’elle signifiait réellement.

Le soir de leur visite, la mère d’Ira avait préparé un poulet aux brocolis et au fromage – le tout mélangé à une boîte de soupe Campbell aux champignons. Quand il était petit, c’était son plat préféré, mais comment lui dire que ce genre de cuisine avait perdu de son attrait sitôt quitté le toit familial ? Et naturellement elle le lui préparait à chaque fois qu’il venait – et tandis que tout le monde finissait sa salade (servie en entrée, à l’américaine, avec des quartiers de tomates vaguement saumon et de la sauce en bouteille), elle retirait cérémonieusement l’increvable cocotte en céramique du four pour la poser sur le dessous-de-plat en forme de cœur qu’il connaissait si bien.

Elle souriait fièrement en mettant tout son amour à apporter avec précaution le plat brûlant sur la table. Avant, Ira détournait souvent le regard, embarrassé, pour ne pas voir son sourire. Mais cette fois-là, il était touché par sa fidélité à ce rituel et une pensée curieuse lui a traversé l’esprit. Il avait eu une enfance heureuse, pour autant qu’on puisse avoir une enfance heureuse. L'enfant qu'il était n'avait peut-être pas été heureux tout le temps, ni même la plupart du temps, mais il vivait dans un environnement extraordinairement serein et joyeux – ce qui fait l'enfance, le contexte, le milieu, l'écosphère, appelez cela comme vous le voudrez. À l'université, Ira avait suivi un cours consacré à la question de l'inné et de l'acquis : ce qui fait qu'un enfant développe un accent particulier ou un mauvais caractère, une tendance à la dépression, à l'obésité ou à l'alcoolisme, un penchant pour le sport ou la religion.

Les parents d'Ira souriaient à Anthony comme s'il était déjà leur gendre. Que demander de plus à ses parents à ce stade de sa vie ? À part son plat préféré de l'âge de sept à dix-sept ans ?

L'évidence s'est imposée à Ira si subitement qu'il a failli s'en étouffer sur son riz pilaf : pour une fois, la voix de son alter ego, le cynique à demeure, ne l'avait pas accompagné en vacances.

— Retour aux sources, maman, a-t-il dit après avoir avalé la première bouchée du plat trop salé.

Le jour de la rentrée, Ira et Evelyn sont arrivés avant tout le monde, si bien que c'est eux qui ont découvert les dégâts occasionnés par la canalisation qui avait gelé. Evelyn a persuadé l'unique plombier de Matlock de les faire passer en tête de liste ce jour-là. Mais malgré tout, les toilettes des enfants devraient être fermées pour la matinée.

Ira s'est vite rendu compte qu'une serpillière ne suffirait pas à éponger le petit lac qui s'était formé dans le couloir. L'agent d'entretien à mi-temps de l'école, qui apportait son matériel, ne venait qu'à la fin de la semaine.

Ira est monté jusqu'à la maison et il a vu de la véranda de derrière que Percy Darling était réveillé et prenait son petit déjeuner à la table de la cuisine.

— Je suis vraiment désolé de vous déranger, mais c'est un cas d'urgence, on aurait besoin d'un aspirateur à eau. Ou d'un gigantesque tas de chiffons.

— Bien. (Percy a esquissé un sourire narquois.) Tout d'abord, bonne année.

— Ah oui, à vous aussi !

Percy a ouvert la porte à Ira.

— Je vais aller jeter un coup d'œil au sous-sol. Le seul qui soit vraiment au courant de ce genre de choses, c'est mon petit-fils.

— Laissez-moi y aller, a répondu Ira. Je vous ai assez dérangé comme ça.

— Asseyez-vous. (Percy lui a montré une chaise au bout de la table.) Je ne tiens pas à ce que vous trébuchiez sur les corps. Nous déconseillons le spectacle aux âmes sensibles.

Ira s'est mis à rire nerveusement. Il s'est assis là où il en avait reçu l'ordre. À côté d'une assiette qui contenait un demi-muffin, le journal de Matlock était ouvert à la rubrique des faits divers. Il a parcouru les péripéties de la semaine : la plus grande tragédie était qu'un chien était tombé dans la mare locale qui était gelée ; on avait empêché son maître de le secourir. On ne disait pas ce qu'il était advenu du chien.

Ira a entendu un vacarme dans le sous-sol. Il est allé se pencher par la porte ouverte.

— Tout va bien ?

Il a descendu l'escalier raide et une fois au bas des marches, il a dû se baisser pour éviter de se fracasser le crâne contre une des poutres anguleuses. L'endroit était incroyablement primitif.

Percy, qui était également penché, lui a montré un appareil en forme de tonneau glissé sous un établi.

— Serait-ce cet engin que vous cherchez ? Autrement, cela doit faire partie du système de fabrication de bière artisanale de Norval. Qui m'a toujours paru absurde dès le départ. Mais devinez qui avait la place pour une installation de ce genre ?

Ira s'est abstenu de lui demander qui était Norval. Après avoir enjambé un tuyau d'arrosage enroulé, une caisse en plastique remplie de câbles électriques et un carton étiqueté HIVER DIV., il a découvert que la machine en question était bel et bien un aspirateur à eau.

— Merci mille fois, a-t-il dit en la portant jusqu'à l'escalier.

Ira avait pris le corps de l'aspirateur, Percy, les accessoires. Une fois dans la cuisine, les deux hommes se sont mis à éternuer à cause de la poussière. Puis ils ont éclaté de rire. Percy a proposé à Ira un thé ou un café.

— J'aimerais bien, a répondu Ira. Mais les enfants arrivent dans un quart d'heure et là-bas, ce sont les chutes du Niagara.

Percy, qui se tenait près de la table, a jeté un œil au journal.

— Rien à signaler sur le front écolo-terroriste. Les croisés seraient-ils en train de migrer vers le sud pour l'hiver ? Les – comment se sont-ils baptisés, déjà – ah oui, les CHIENS ?

Depuis un mois, Ira n'avait plus repensé aux blagues. Percy avait raison.

— Comme les oies, a-t-il répondu. Qui sait, peut-être sont-ils en train de souiller les piscines de Palm Beach, pour changer.

Percy l'a raccompagné à la porte.

— Dommage. J'aimais bien leurs plaisanteries. La dernière réunion municipale était presque aussi drôle qu'un film de Woody Allen.

— Ça m'étonnerait qu'on en ait fini avec eux, a dit Ira. Ils sont trop fous – ou ils ont trop de panache – pour se contenter de disparaître comme ça.

À la fin de la journée, les sols miroitants de Maurice Fougère, les parquets en cerisier comme les carrelages, étaient marqués d'empreintes de pas boueuses. Les enfants avaient été chercher l'eau dans tous les recoins de la moindre salle. L'école était dans un état désastreux.

Ira devait rester tard non seulement pour effectuer sa part de nettoyage, mais parce que la mère de Rico avait demandé à le rencontrer après le départ des autres enfants. Rico patienterait dans une classe avec Heidi pendant qu'Ira et Sarah discuteraient dans la petite salle des professeurs qui donnait sur l'étang.

Sarah l'attendait devant la fenêtre. Elle avait perdu du poids pendant les vacances, c'était évident. Comme elle était loin d'avoir le physique anémique de la maman standard de Matlock, cela aurait dû la rendre plus séduisante, mais quand elle s'était retournée vers Ira, tout son corps respirait l'angoisse.

— Comment allez-vous, Sarah ?

Il a traversé la pièce pour aller la voir.

— Je tiens le coup. (Elle a haussé les épaules.) Je dramatise. Peut-être plus que ça.

Ira a hoché la tête et l'a priée de s'asseoir.

— Comment va Rico ? C'est le plus important, a-t-elle dit.

— C'était le premier jour après quasiment un mois de vacances. Il était peut-être plus silencieux que d'habitude, mais bon, nous avons eu le club des miss qui ont échangé des potins sur leurs nouvelles poupées. Les garçons n'ont pas pu placer un mot.

— Il est de plus en plus silencieux.

— Tout le temps ou ces dernières semaines ? Peut-être est-ce parce qu'il écoute ? Il sait qu'il se passe quelque chose de grave. J'imagine que vous ne lui avez pas encore dit ce qui va arriver à sa maman ?

Ira s'efforçait de parler aussi gentiment que possible. Il s'inquiétait déjà un peu pour Rico avant ce cruel coup du sort. Sa réticence chronique ressemblait davantage à de la retenue qu'à de la timidité. Depuis septembre, les garçons avaient resserré leurs liens, accentuant sa tendance à la solitude – même si Marguerite, toujours aussi maternelle, essayait en permanence de l'intégrer à son cercle d'influence. Chez les filles, c'était elle la reine des abeilles et elle dirigeait tous les jeux où il était question de jouer un rôle. Rico lui était utile quand elle avait besoin d'un Aladdin pour sa Jasmine, d'un Wilbur pour sa Charlotte. Elle ne voyait pas d'inconvénient à dire tous les textes, y compris les siens.

— Le traitement commence la semaine prochaine.

— Evelyn m'a dit. (Voyant qu'elle se taisait, il a poursuivi :) Voulez-vous que je vous aide pour lui parler ? Inutile de rentrer dans les détails les plus pénibles.

— Ce n'est pas tant les détails, le fait que je serai fatiguée ou nauséeuse… ce n'est pas ce que je crains de lui expliquer. En un sens, c'est le plus facile, a dit Sarah. C'est ça. Facile. (Elle a ri.) Dites-moi Ira, vous êtes au courant de ma relation avec Percy ?

— Bien sûr. Je trouve ça formidable.

Elle s'est rembrunie.

— Je ne veux pas vous vexer, mais que les gens trouvent ça formidable ou pas, je m'en fiche totalement. Cela me dérange qu'il habite ici, à l'école, mais autrement, je ne l'aurais sans doute pas rencontré. Quoique, ce n'est pas tout à fait vrai. (L'espace d'un instant, elle a paru s'en amuser.) Voilà. La personne qui m'aide à m'occuper de Rico – de temps en temps seulement, quand je dois m'absenter pour le travail, ce qui est plutôt rare – est mon ancien petit ami. Il adore Rico. Je l'ai rencontré juste après avoir adopté Rico. Mais ça n'a pas marché entre nous. J'ai eu le sentiment qu'il voulait des enfants à lui et je ne… (Elle a soupiré.) Enfin ça n'a aucun rapport. Peu importe. Mais Gus va être essentiel, à présent. Il se peut même qu'il – enfin, vous le rencontrerez probablement.

— Je suis heureux que vous soyez soutenue, a répondu Ira.

Il y avait tant de questions qui lui brûlaient les lèvres, mais il avait la sagesse de ne pas les poser.

Sarah a regardé par la fenêtre. Elle a mis ses mains à plat sur la table. Ira a cru un moment qu'elle allait poser également la tête.

— Sarah ?

— Percy n'est pas au courant, pour Gus. (Elle a secoué la tête.) Pourquoi est-ce que je vous raconte tout ça ?

— Parce qu'il faut que je sache ce qui se passe pour Rico.

— S'il n'y avait pas Rico, nous ne serions peut-être même plus en contact, avec Gus. Ils… se sont attachés l'un à l'autre. Ils sont amis. Et bien que je sois féministe, je crois que c'est important que les petits garçons aient des hommes qu'ils peuvent admirer, des hommes qui ont de l'affection pour eux. (Elle a regardé Ira avec tendresse.) Comme vous. N'est-ce pas ?

— Cela va sans dire.

Il a ri, mais avec prudence. Elle l'a observé quelques instants, comme si elle se demandait s'il était réellement un bon modèle pour son fils.

— Certains de mes amis me disent que j'ai été bête de rompre avec Gus. Il était gentil. Il était fiable. Il avait un grand sens de l'humour. Et c'est toujours le cas ! C'est juste que… nous n'avions pas assez en commun.

Ira se demandait si elle pensait avoir plus en commun avec Percy. Quand il voyait Sarah, il avait l'impression qu'elle avait un siècle d'avance sur M. Darling. Mais qui sait ? Sur ce, il a repensé à Anthony : gentil… fiable… sens de l'humour…

Sarah s'est levée.

— Holà, j'en ai trop dit. Non ? Je tiens seulement à ce que vous sachiez combien je vous suis reconnaissante d'être là pour Rico. Il a beaucoup d'admiration pour vous.

Ah oui ? Ira avait repéré les filles qui l'adoraient, les garçons qui épiaient le moindre de ses gestes en voulant l'imiter. Rico était obéissant, gentil même, mais il ne figurait pas sur la liste de ses groupies.

— Vous pouvez compter sur moi, Sarah. Si j'ai la moindre inquiétude, je vous tiendrai au courant. Mais encore une fois, il faut que vous lui parliez. Dès que possible.

— C'est promis.

Dans le couloir, il s'est arrêté en voyant Evelyn éponger. Evelyn Fougère en femme de ménage. Sentant l'amusement d'Ira, elle a glissé les yeux à travers ses cheveux en bataille et lui a tendu la serpillière.

— À votre tour, mon grand.

## 14

À MON âge – quand j'étais contraint d'y penser – je m'étonnais de n'avoir encore jamais vu quelqu'un de mon entourage vivre le cauchemar inhérent à la chimiothérapie. Je gardais de vieux films et d'un ou deux romans la vision d'interminables vomissements en jet, d'affaiblissement physique, de perte de cheveux. (En effet, avait reconnu Trudy, elle perdrait ses cheveux.) Ma naïveté sur ces questions pouvait laisser à penser que j'avais peu d'amis proches et plus je passais du temps avec Sarah, plus je me disais que c'était peut-être le cas.

Nous avions tous deux été étonnés d'apprendre qu'elle commencerait la chimiothérapie – accompagnée d'une sympathique "biothérapie" – avant l'opération ou les rayons. Sans avoir la moindre expérience concrète, nous partagions la même conception de la chimiothérapie comme étant la sublime cerise – ou le panier de cerises – sur le gâteau du traitement anticancéreux.

Sarah avait tenu bon pour voir Trudy la première fois sans moi. Comme je l'avais soupçonné, la seule tentative que j'avais faite pour contourner l'obstacle en téléphonant à

Trudy chez elle ne m'avait mené à rien, si ce n'est dans le mur. ("Dis-moi papa, tu as déjà entendu parler du secret médical?")

Mais Sarah m'a fait l'honneur de me laisser l'escorter à sa première "infusion". Elle m'a bien fait comprendre qu'elle voulait être seule pour le plus dur – là où on vous branche de tous les côtés pour vous injecter du poison à haute dose –, du moins pour le premier tour. Cela pouvait prendre des heures, m'avait-elle prévenu, aussi il fallait que je me trouve quelque chose à faire en ville en attendant qu'elle puisse rentrer.

Je l'ai fait asseoir sur un des canapés et je suis allé à l'accueil. À côté de la feuille de présence était posé un vase de roses roses orné d'une carte en forme de cœur couverte de paillettes. LOVE IS ALL YOU NEED ! proclamait-elle.

— De l'amour? C'est tout ce qu'il nous faut? ai-je lancé. Quel soulagement! Moi qui croyais que nous étions là pour mener une guerre par intraveineuse.

Chantal a laissé le silence se prolonger un moment avant de détourner les yeux de son écran d'ordinateur. Elle m'a adressé un sourire réprobateur.

— Peut-être aimeriez-vous ajouter une note de bas de page. Un petit astérisque *all*. Lister toutes les exceptions.

— Les gens qui prennent tout au pied de la lettre sont enquiquinants, n'est-ce pas?

Déjà, j'omettais de respecter un des derniers conseils que m'avait prodigués Trudy: me "conduire comme un être normal", du moins dans ces circonstances. Ma fille m'avait informé que le type d'humour qui était le mien pourrait se révéler fatigant pour quelqu'un dont le système immunitaire était atteint.

Chantal s'est tournée vers Sarah qui m'avait rejoint.

— Je vois bien que vous êtes terrifiée, ma petite. Mais on va tellement bien s'occuper de vous, ici. Je vous le promets. Maintenant, tendez votre main. (Sarah s'est exécutée et Chantal lui a mis quelque chose dans la paume.) Pour après. Un petit remontant.

Dans la main de Sarah, il y avait trois chocolats.

— Le meilleur remède que je connaisse, a dit Chantal. (Elle s'est levée.) Bon, on commence par les tests sanguins. Venez voir nos biologistes de classe internationale.

Sarah m'a tendu les chocolats. Je les ai glissés dans une poche de mon imperméable. Puis elle m'a adressé un regard que je n'ai eu aucune peine à interpréter. *Maintenant, tu dois y aller.*

— À quelle heure aura-t-elle… à quelle heure dois-je venir la chercher ? ai-je demandé à Chantal.

— Vous ne restez pas, M. D. ?

Chantal s'est tournée vers Sarah.

— Non. Je ne préfère pas, a-t-elle dit.

Chantal a tapoté Sarah sur l'épaule.

— Une indépendante. Bravo. Je vois que vous avez du cran, et c'est une arme redoutable, le cran.

Elle a emmené Sarah vers les profondeurs reculées du service, mais avant de s'éloigner, elle s'est retournée pour me lancer :

— Revenez entre trois et quatre heures. Mais attendez une minute. Le Dr B. veut vous voir.

Les trois femmes qui attendaient sur le canapé m'ont regardé fixement. Pas de sourire aujourd'hui.

Cette fois au moins, j'avais pensé à prendre mon livre. Je m'étais replongé dans le top ten de Henry James et j'en étais à la moitié des *Dépouilles de Poynton.* Mais après avoir relu sept fois de suite le même paragraphe, j'ai refermé le livre. La dame qui était en face de moi décrivait à mi-voix au portable les plaies qu'elle avait dans la bouche.

J'ai fermé les yeux.

— M. Darling ?

Une infirmière que je n'avais jamais vue était penchée au-dessus de moi.

— Tout va bien ! ai-je lancé d'une voix retentissante.

— Je sais. Le Dr Barnes est prête à vous recevoir.

Elle parlait si doucement que ma sortie faisait l'effet d'un crime. Une nouvelle brochette de patientes me fixait à son tour. Cette fois, l'une d'entre elles a souri. Elle m'a montré le sol.

— Votre livre.

Je l'ai ramassé en la remerciant.

— Bonne chance, m'a-t-elle dit.

J'ai regardé la pendule en traversant les couloirs. J'avais dormi une demi-heure. Et il était probable que j'avais ronflé.

C'était ma seconde visite dans le petit royaume de Trudy. Finirais-je un jour par connaître ce dédale de couloirs comme le fond de ma poche, à force de venir ici ? C'était si étrange que je puisse espérer une chose pareille. J'avais été stupéfait d'apprendre que Sarah viendrait ici toutes les deux ou trois semaines au moins pendant un an.

Comme pour accentuer encore mon absence d'orientation, on m'a fait entrer dans une pièce inconnue et non dans celle où j'avais vu Trudy le mois d'avant. Une table d'examen se dressait au milieu et deux chaises étaient tapies contre un mur. À l'autre bout de la pièce, Trudy était assise sur un tabouret tournant devant un ordinateur, le dos tourné. En m'entendant entrer, elle a pivoté d'un coup sans se lever et m'a indiqué une des chaises.

— Écoute, papa, je m'apprête à commencer avec Sarah. Elle m'a demandé de te décrire son traitement. Dans les grandes lignes.

— Elle m'a déjà expliqué. La pathologie et Dieu sait quoi encore. Les examens cardiaques. Cette histoire d'"HER2".

— Ne te hérisse pas comme ça, papa. Sarah veut être sûre que je te donne toutes ces informations. Elle a suffisamment à faire sans avoir en plus à répondre à tes inquiétudes. C'est pour ça que je suis là.

Les dix minutes suivantes m'ont ramené au temps des cours de sciences naturelles du lycée. Aurais-je le droit à un examen me demandant de différencier les récepteurs hormonaux des anticorps monoclonaux, les thérapies adjuvantes des ganglions axillaires, la neuropathie de la neutropénie ? (Trudy n'en rajoutait-elle pas un peu ?) L'horrible HER2 était plus simplement une protéine que la tumeur de Sarah "surexprimait".

J'ai interrompu Trudy.

— Comme un mauvais acteur shakespearien ?

— Bien vu, papa. J'y penserai pour mes patientes du show-business.

Trudy et le Dr Wang n'aimaient ni la nature agressive ni la taille de ce cancer. (J'imaginais une grosse brute telle qu'on en voit dans les cours de récréation, en l'occurrence Lester McClintock en primaire.) Sarah aurait besoin d'une mastectomie, mais tout d'abord, ils allaient attaquer la tumeur par voie systémique.

— Ce qui veut dire six mois de chimio, plus un traitement par anticorps qui cible son facteur HER2, a expliqué Trudy. Puis il y aura l'opération et après ça, sans doute des rayons et une thérapie hormonale. La mauvaise nouvelle, c'est que le cancer de Sarah s'est propagé à ses ganglions lymphatiques. La bonne, très bonne nouvelle, c'est que d'après les scanners, il n'y a pas de métastases. (J'ai vu à son expression qu'elle oubliait un instant son rôle de médecin pour redevenir ma fille.) Pour résumer, papa, la route est longue.

— Tu doutes de ma résistance, à ce que je vois.

Trudy est venue s'asseoir à côté de moi.

— Sarah est coriace, mais elle doit faire face à beaucoup de choses. Autant sur le plan personnel que médical. Ça ne fait pas si longtemps que ça que vous êtes ensemble, tu n'es pas son mari.

— Elle n'en a pas, au cas où tu ne l'aurais pas remarqué.

Trudy m'a regardé avec tendresse. Était-ce de la pitié que je lisais sur son visage ?

Au bout d'un moment, je lui ai demandé :

— Serais-tu en train de me dire que je dois l'abandonner ? "Rompre" ? Je ne suis pas du genre "prendre et relâcher", au cas où tu te poserais des questions.

— Inutile d'être agressif, papa. Je veux juste que tu saches ce qui t'attend. Je pense aussi à son enfant. Son fils. Il doit avoir une vie la plus stable possible, à l'écart de tous ces changements.

Norval avait récemment déclaré que les médecins tout comme les avocats étaient entraînés, parfois malgré eux, à manier l'art de l'euphémisme et des faux-fuyants.

— Est-ce qu'elle va mourir de cette tumeur ? C'est à ça que tu veux me préparer ?

— Ce n'est absolument pas ce que je dis, papa. Il y a des facteurs que nous ne connaissons pas encore, mais ce que je peux t'affirmer, c'est que cette tumeur, je n'aimerais pas la croiser dans une ruelle sombre, même en plein jour.

— Très drôle.

Soudain, Lester McClintock a pris les traits bien plus sinistres de Reggie Kosinski, capitaine de l'équipe de hockey sur glace du lycée.

— C'est toi qui as parlé en premier d'acteur shakespearien.

Elle a touché son bip, me faisant comprendre que le temps qui m'était imparti était écoulé.

— Est-ce qu'elle t'a parlé de cette histoire d'assurance ? lui ai-je demandé. Elle n'en dort pas de la nuit. Sarah m'avait dit qu'un seul de ses médicaments, en admettant qu'on puisse l'acheter à la pharmacie du coin, revenait à quarante mille dollars par an.

Trudy a fait non de la tête.

— Je ne peux pas en discuter avec toi, papa. Il faudra qu'elle règle ça avec le service financier. Je vais tout faire pour l'aider. Et si je fais ça, c'est pour te faire une faveur.

— Je veux que tu saches que je paierai tout ce qu'elle ne peut pas payer. Tout.

— Je ne vais pas discuter des questions d'argent avec toi, papa. Et pour l'instant, il faut que j'aille retrouver mes patientes. Et entre autres Sarah, qu'on doit être en train de brancher.

En me levant, j'ai dû me tenir au mur pour ne pas perdre l'équilibre. J'avais des fourmillements dans les jambes.

— J'ai rêvé de ta mère en t'attendant. Et de toi.

Le sourire professionnel de Trudy a vacillé.

— De maman ?

— J'ai rêvé que j'emmenais ta mère dîner pour la Saint-Valentin. Nous étions dans ce restaurant thaï où nous avons fêté l'anniversaire de ta sœur. Nous étions seuls à notre table – j'avais tellement de choses à lui dire après tout ce temps –, mais les gens n'arrêtaient pas de s'entasser autour de nous, de nous interrompre. La serveuse. Ira, l'instituteur de Fées & Follets. Norval et Helena – qui disait qu'elle voulait faire le portrait de ta mère. J'étais tellement énervé que j'ai fini par m'emporter. Je leur ai dit à tous de partir, de nous laisser seuls. Mais ta mère leur a dit de rester. Elle faisait comme si c'était un jour comme les autres, comme si elle ne nous avait jamais quittés. J'avais envie de lui demander si elle était revenue pour de bon, mais je savais que ce serait une erreur…

— Comme Orphée.

Trudy s'était détournée de la porte pour se planter devant moi, les mains dans les poches.

— C'est alors que tu es arrivée, ai-je poursuivi. Tu avais toute ta panoplie de médecin – j'ai montré sa tenue – et tu t'es assise directement à notre table sans même me saluer, tu as mis ton stéthoscope sur la poitrine de ta mère et tu as dit "Maman, ton cœur bat encore. Commande quelque chose de léger et on partagera". Après toutes ces années, j'étais donc assailli de toutes parts au milieu de ces retrouvailles avec ma femme, quand soudain, qui est-ce que je vois entrer, ma mère. Elle s'est avancée tout droit vers moi et elle m'a dit…

— Papa ? (Trudy a posé une main sur mon épaule.) Rassieds-toi une seconde, tu veux ?

J'ai senti ses doigts palper mon poignet, vérifiant mon pouls.

— Je vais très bien, mon petit. Je te raconte un rêve.

Après m'avoir forcé à m'asseoir, elle s'est rassise à son tour.

— D'accord, papa. Termine. Je te trouve un peu pâle, c'est tout.

— Ta grand-mère m'a dit de me calmer parce qu'elle avait quelque chose à nous dire. Elle m'a dit "Trudy a toujours réussi ses examens. Haut la main. Elle était première de sa classe". Cela faisait longtemps que je n'avais pas vu ma mère aussi heureuse.

Trudy a soupiré.

— Inutile d'être Freud pour interpréter ça, m'a-t-elle dit. Dis-toi bien que Sarah est dans les meilleures mains qui soient.

— Comme si j'en avais jamais douté.

Je me suis prestement essuyé les yeux.

— Je ne me vante pas. Je ne suis pas la seule à la soigner. Je suis désolée, papa, mais il faut vraiment que j'y aille. Ça fait déjà trois fois que Chantal me bipe. Qu'est-ce que tu fais, maintenant ? Je veux que tu te ménages.

— Je vais retrouver Norval au musée. Il m'a dit qu'il avait envie de voir des Monet. Les meules de foin. Les nénuphars. La France sans les Français.

— Bonne idée, m'a répondu Trudy.

D'une main, elle m'a doucement poussé dans le couloir pour m'encourager à émerger des enfers et retrouver les régions ensoleillées des cellules bénignes à croissance symétrique.

— Je crois que nous avons épousé nos femmes pour la même raison, ai-je dit en brisant le silence paisible. Mais je t'ai peut-être déjà parlé de cette théorie ?

Norval a ri.

— Je ne m'en souviens pas. Vas-y, raconte.

— Le camouflage.

Il m'a lancé un regard noir en faisant mine de s'offusquer.

— Quand nous sommes seuls, nous nous démarquons trop ? Elle est bien bonne, celle-là.

— C'est exactement l'inverse. Nous risquons d'être invisibles sans une femme chaleureuse, les pieds sur terre, qui nous rattache au présent. Dans tous ses aspects pratiques et ses limites.

Nous nous trouvions devant une vitrine qui présentait trois kimonos éclatants de couleur. Nous en avions eu assez des nus parisiens, des cathédrales bleues et des fleurs bourgeoises de Giverny. Nous nous étions donc arrêtés au café pour déjeuner (devant un verre de bourgogne) avant de poursuivre sur notre lancée en somnolant jusqu'aux confins de l'Asie. Il y a des années de cela, Poppy et Helena avaient décrété que la collection qu'elles préféraient au musée était celle des kimonos.

Norval s'est approché de la vitrine pour lire le cartel qui décrivait le kimono noyé sous une multitude de carpes koï orange et or sur un fond argent strié de bleu. J'imaginais ce qu'il se disait : en ce cas, comment avais-je fait pour rester ancré dans la réalité depuis la mort de Poppy ?

— Tu sais, ai-je poursuivi, depuis toujours ou presque, je me vois comme un passager d'un train qui traverse des paysages variés. Certains se répètent, d'autres sont uniques – les uns sont très laids, d'autres magnifiques. Mais là... là, j'ai l'impression d'être un point fixe dans le paysage et les trains défilent devant moi. Ils sont de plus en plus rapides.

— C'est plutôt mélancolique. Et quel type de paysage es-tu ?

— Je n'en ai pas la moindre idée. Un champ. Envahi par la végétation et les mauvaises herbes.

— Ou un gros arbre noueux.

— Creux et à moitié pourri.

— Peuplé d'une dizaine d'espèces sauvages.

— Un zoo.

— Un écosystème équilibré.

Je me suis tourné vers mon vieil ami.

— Norval, nous avons l'air dangereusement homo.

Il m'a arrêté d'une main sur l'épaule.

— Cours toujours.

— Nous n'aurions pas dû boire ce vin.

— N'importe quoi. Nous l'avions bien mérité.

Nous avons laissé les kimonos.

— En parlant d'arbres noueux, où est la salle du sage chinois ? ai-je demandé. Tu te souviens de cette exposition ?

Norval est passé devant, en faisant mine de connaître le chemin.

Quand nous nous étions retrouvés dans le hall du musée, le matin, il m'en avait demandé juste assez sur Sarah pour savoir que j'avais besoin de distraction et non d'un confident. Helena serait contrariée, comme toutes les femmes qui veulent être au courant des nouvelles les plus désespérées, les plus intimes, qui n'imaginent pas que deux amis puissent parler d'autre chose quand l'un traverse une crise. En sillonnant les galeries, les siècles et les océans, j'ai mis les mains dans mes poches. Ma main droite est tombée sur les trois chocolats dans leur emballage d'aluminium. Je les ai fait rouler entre mes doigts en me rappelant que je devais les rendre à Sarah quand j'irais la chercher.

Avec Norval, nous étions devenus amis à l'époque tumultueuse du printemps 1969. Je venais d'arriver aux ouvrages de référence. Norval, qui avait cinq ans de plus que moi, était déjà un bibliographe chevronné. Nous nous étions croisés dans les réserves, mais nous n'avions aucune raison d'engager la conversation. Jusqu'au soir où le Yard avait été envahi d'étudiants en colère qui allumaient des feux et scandaient des slogans en réclamant un cursus d'études afro-américaines

– ou se servant de cette cause comme d'un prétexte éclatant pour exprimer leur double mécontentement : celui de tous les jeunes qui rêvaient de changement dans un statu quo guindé et celui des Américains qui en avaient assez de la malveillance politique qui pesait au-dessus de nous comme un brouillard suffocant. En partie par dévouement, en partie par curiosité et avec un certain goût pour les plaisirs de la jeunesse – voulant participer aux "actions" qui se préparaient –, nous avions rejoint avec Norval le groupe de professeurs en tweed qui avaient décidé de défendre la bibliothèque jour et nuit des éventuelles incursions des jeunes barbares. Il était hors de question qu'ils brûlent les livres ou défigurent les fresques de Sargent. Nous protégerions ces trésors poussiéreux coûte que coûte, quitte à payer de notre chair !

Norval avait une flasque d'un brandy incroyablement fruité qu'il avait partagé avec moi et l'autre employé de la bibliothèque qui avait veillé cette nuit-là. Les professeurs avaient mis en place leur propre surveillance : une brigade en nœud papillon où figurait une poignée de sommités sociodémocrates. C'était également ce printemps-là que Norval avait rencontré Helena, une étudiante en études slaves. Avec Poppy, nous l'avons adorée dès qu'elle a mis les pieds dans notre cuisine.

J'ai donc été saisi d'une impression de déjà-vu quand, la première fois que j'ai revu Norval après Thanksgiving, il m'a dit que Helena était "enthousiasmée" par Sarah. Elle avait hâte que nous puissions nous réunir tous les quatre autour d'un somptueux repas. Peut-être Sarah réussirait-elle à me traîner hors de ma tanière le temps d'un week-end dans le Vermont. Naturellement, elle pouvait amener son petit garçon.

Mais ni Helena ni son mari n'avaient revu Sarah au cours des deux mois qui s'étaient écoulés depuis les vacances.

Il s'était passé trop de choses entretemps. Et c'était loin d'être fini.

Rico parlait du cancer et de la prolifération des symptômes de son traitement en disant “la maladie de maman”. Il prononçait ce mot si laborieusement que je me demandais s'il savait ce qu'il signifiait. Peut-être était-il synonyme de *fenêtre* ou de *chien* ou d'*automobile.* “La maladie de maman l'oblige à rester à la maison aujourd'hui.” “Maman a un rendez-vous de docteur pour sa maladie.” “Je vais chez Gus demain pour que maman repose sa maladie.”

Je n'avais pas encore rencontré ce cousin de Sarah, et je commençais à trouver exaspérant qu'elle ne veuille visiblement pas me laisser seul avec Rico.

— Mais bon sang, je suis retraité, moi, je peux regarder des séries télévisées et boire du scotch toute la journée sans laisser tomber qui que ce soit. Rends-moi utile ! m'étais-je emporté une semaine après sa première infusion.

— Je ne me sers pas de Rico en l'expédiant chez les gens pour qu'ils puissent se sentir utiles, Percy. Et ce n'est pas que je n'ai pas confiance en toi. C'est juste que Rico connaît Gus depuis toujours. Et franchement, toi, désœuvré ?

Au moins, elle avait souri.

Sarah me laissait l'accompagner en ville et aller la chercher à chacun de ses traitements, mais elle ne voulait toujours pas que je lui tienne compagnie à l'intérieur de ce qu'elle appelait “la suite”. (Je n'arrêtais pas d'oublier de gronder ma fille pour l'ironie de ce jeu de mots.) Elle ne voulait même pas que je reste à lire dans la salle d'attente. Je m'occupais d'une manière ou d'une autre des heures durant, parfois même presque toute la journée. J'avais fait l'acquisition d'un de ces téléphones aux allures de cordon ombilical, uniquement pour que Sarah puisse m'appeler quand elle savait qu'on allait la relâcher.

Fidèle à la distance qu'elle s'obstinait à maintenir désormais, elle a refusé de venir s'installer chez moi, du moins pendant les quatre premiers cycles, pendant lesquels elle allait ressentir les pires effets secondaires, m'avait dit Trudy. Je lui ai proposé l'ancienne chambre de Trudy. Rico pouvait prendre celle de Clover ; il n'aurait plus qu'à se laisser rouler au bas du lit jusqu'à sa classe. Idéal, non ?

— C'est vraiment généreux de ta part, m'a-t-elle dit, mais Rico a besoin d'être chez lui. Et moi aussi. Il faut que je profite du moindre regain d'énergie pour travailler.

Elle avait quelques petites commandes et ne travaillait plus au TGO. Je me demandais comment elle payait ses factures, mais j'avais appris à ne pas lui parler d'argent. Elle allait voir les médecins, c'était l'essentiel.

Autre source d'irritation égoïste de ma part, la "chaîne" organisée pour les repas par l'impeccable Maître Ira et les mamans des petits camarades des Bouleaux. Tous les deux jours, ils se relayaient pour livrer des plats préparés et des provisions à Packard. Les mamans faisaient la navette pour emmener Rico à des après-midi de jeu, des anniversaires, des parties de luge et d'innombrables activités qui supposaient toujours ce que Sarah jugeait être la compagnie "salutaire" d'autres enfants. Sarah m'avait un jour avoué que même si elles étaient "gentilles", la plupart de ces mères lui donnaient un sentiment de malaise, l'impression d'être irrémédiablement différente. Et voilà qu'elle les appelait sa "communauté" et même son "réseau d'entraide". J'avais toutes les peines du monde à réfréner une jalousie parfaitement idiote.

Une ou deux fois par semaine, cependant, elle amenait Rico à la maison et je nous préparais des hamburgers, de la soupe de pois ou un gratin de macaronis, selon ce que l'appétit de Sarah lui permettait. Elle avait souvent envie de pâtes accompagnées d'une sauce maison que je préparais en suivant ses directives avec des tomates en conserve, de l'ail haché et du basilic frais.

Quand je craignais que ce ne soit trop acide pour son système digestif malmené par les traitements, elle me disait que c'était le seul plat qui faisait disparaître l'arrière-goût amer que lui laissait la chimio.

— Ça me rentre par les veines et ça sort de partout. Je le sens quand je transpire. On dirait du caoutchouc brûlé arrosé de Dr Pepper. Je préfère de loin sentir l'ail.

Je ne sentais pas de différence. Je la désirais toujours autant, même – peut-être davantage encore – quand elle a commencé à enrouler des foulards indiens autour de sa tête, même quand son visage s'est mis à ressembler à un dessin dont on aurait effacé à la gomme les cils et les sourcils, la couleur des joues. Ses traits ont revêtu la limpidité dépouillée, l'éclat d'un portrait de Vermeer. Après avoir dîné tous les trois, je mettais parfois un film pour Rico dans le magnétoscope ; j'avais acheté au magasin de vidéos de Ledgely un lot de vieilles cassettes de Disney dont ils se débarrassaient. J'avais descendu la télévision du dressing de Poppy pour la mettre dans mon bureau. Avec Sarah, nous montions, nous nous déshabillions et nous nous allongions côte à côte dans le lit. Je lui demandais d'enlever son foulard. Elle était presque chauve, mais pas totalement. Quelques cheveux clairsemés gris ou bruns restaient obstinément plantés dans son cuir chevelu rose pâle.

— Je devrais les raser, m'a-t-elle dit un jour, mais je suis superstitieuse. J'ai peur que ça contredise l'envie de les voir repousser.

— Je les aime bien, lui ai-je répondu. C'est le dernier carré de fidèles.

Elle a posé une main sur ma poitrine.

— Tu es si étrange, Percy. Rien ne pourra jamais te faire renoncer à ton excentricité.

— J'espère que non. Bien que Trudy veuille m'obliger à m'amender. Elle doit avoir peur qu'à St Matt's, on finisse par me dénoncer aux autorités pour avoir fait des blagues politiquement incorrectes aux infirmières.

— J'espère bien qu'elle ne réussira pas, a dit Sarah. J'adore tes blagues incorrectes. Chantal te trouve fantastique.

— Balivernes.

Cela a suscité le premier fou rire que je lui ai entendu depuis des semaines.

— Si, je t'assure. Elle dit que Trudy ferait bien de s'inspirer un peu de ton irrespect.

— Ça pourrait être dangereux, avec son métier.

La plupart du temps, quand nous étions au lit, nous parlions. C'étaient les seuls moments où nous pouvions réellement parler – parler à l'infini, avec ravissement, comme au début de l'automne. Pour Sarah, le temps était désormais strictement planifié : elle tenait un calendrier qui lui rappelait quand elle devait prendre tel ou tel comprimé ou se faire faire une prise de sang, quel était le moment de chaque cycle (appelé le nadir, autrement dit le creux de la vague) où elle devait protéger son système immunitaire en évitant les foules, les maladies contagieuses et certains aliments crus.

— Comme si tu voyageais au Sri Lanka, lui ai-je dit.

— Sans les palmiers.

— Ni les répressions politiques.

Au lit, nous pouvions rire de bon cœur. Nous nous embrassions, mais Sarah n'avait pas envie de faire l'amour et même lorsqu'elle était épuisée, elle ne se laissait même pas aller à somnoler. Elle écartait mes mains dès qu'elles s'égaraient du côté de ses seins ; ils étaient encore intacts, toujours aussi beaux, mais la grosseur – le détestable Reggie Kosinski avec sa dent cassée par un palet et son cran d'arrêt au rabais qui brillait dans sa main – occupait toujours les lieux. Elle faisait également attention à Rico et guettait le bruit de ses pas au rez-de-chaussée. Elle parvenait même à les distinguer au milieu des bandes-son de films d'enfants les plus assourdissantes.

Je m'abstenais de lui demander comment elle payait son traitement et elle n'en parlait pas. Cela m'inquiétait, mais pas suffisamment cependant pour troubler l'harmonie que nous avions trouvée. Tant que je l'emmenais à l'hôpital aux dates prévues par Trudy, tant qu'elle prenait ses multiples cachets, tant que je la voyais manger un repas, j'avais l'impression qu'elle était autant en sécurité que possible. Elle était plus silencieuse qu'avant le cancer, mais je ne l'avais jamais vue pleurer.

La lettre est arrivée le jour du troisième bombardement de Sarah. Elle avait accepté cette fois de venir d'abord chez moi se reposer un peu avant de reprendre sa vie de mère. Je lui avais fait miroiter la perspective d'un bon feu de cheminée, d'une tisane qu'elle préférait maintenant au café et du dernier scone aux flocons d'avoine d'Helena, si Clover ne l'avait pas chipé.

Clover m'avait apporté mon courrier qu'elle avait laissé sur la table de la cuisine. Elle avait pris cette habitude, car c'était elle qui allait chercher le courrier de F & F dans la boîte aux lettres qui éclipsait la mienne. Sarah s'était effondrée sur le canapé, enroulée dans un plaid en patchwork que Clover avait réalisé pour sa mère en cours d'économie ménagère, à l'époque du collège. J'avais allumé le feu que j'avais eu l'intelligence de préparer le matin et je n'avais plus qu'à mettre la bouilloire en route et espérer retrouver ce scone. Au pire, j'avais ma réserve secrète d'Oreos.

De nos jours, repérer une lettre personnelle au milieu du courrier revient à apercevoir par la fenêtre un colibri qui dîne sur une fleur. C'est une vision rare, aussi saisissante que charmante. Cette lettre-ci, dont l'enveloppe était curieusement longue et d'un vert extrêmement pâle, m'était adressée à l'encre violette, d'une écriture assurée clairement européenne. Je n'ai pas pu m'empêcher de la prendre aussitôt – pour découvrir qu'elle ne portait aucune mention de l'expéditeur, comme souvent les lettres qui viennent d'Europe. Elle avait été postée à Matlock, cependant.

Je me suis forcé à la reposer pour aller mettre la bouilloire sur le feu. Après avoir trouvé la tisane de Sarah et mis quelques cuillerées dans la théière, je me suis assis à la table et j'ai ouvert l'enveloppe (doublée de papier violet assorti à l'encre).

> Cher Percy,
>
> J'espère que vous ne trouverez pas le propos de cette lettre discourtois ou quelque peu précipité. Bien que nous ne nous soyons croisés que quelques fois, *en passant**, Evelyn me parle de ces antidotes que sont votre charme et votre esprit depuis bien des années – avant même votre sublime geste de générosité envers Fées & Follets l'été dernier – si bien que j'ai le sentiment d'avoir passé des heures en votre compagnie. (Sans doute ne partagez-vous pas cette illusion !) Cela fait désormais plusieurs mois que nous avons l'intention

de vous inviter pour un petit dîner intime – nous vous prions de bien vouloir pardonner la négligence dont nous avons fait preuve en tardant ainsi. Cette invitation suivra bientôt – et ce quelle que soit la réponse que vous donnerez à la proposition que je vous fais.

*Alors** – venons-en au fait ! Lors d'une de mes premières visites à la grange – je venais sonder ses espaces et son atmosphère – découvrir son âme – je me trouvai en compagnie de votre fille Clover. Je lui ai confié que j'étais intrigué par votre maison depuis bien longtemps – que je suis souvent passé devant en espérant avoir un jour l'occasion d'explorer les lieux. Peut-être m'a-t-elle surpris à regarder par vos fenêtres en me hissant sur la pointe des pieds – voilà que j'en confesse trop !

Un jour, elle m'a fait brièvement visiter la maison – où elle a passé avec bonheur sa prime jeunesse – et je dois dire que j'en suis tombé amoureux. Cela a été – comme disent les Français de cet instant magnétique entre deux amants – *le coup de foudre**. J'étais donc parmi les premiers dans la file d'attente lors de la visite de la maison le mois dernier – et en la revoyant, mes sentiments n'ont pas diminué. Les lignes du toit – les fenêtres avec leurs nombreux carreaux anciens – l'escalier déglingué – la magnifique cheminée ; dans votre maison, je me suis trouvé *bouleversé** – il n'y a pas d'autre mot – de la façon la plus exubérante. En ce monde, tout – tout ce que nous aimons, au cours du temps – doit changer. Et pourtant, votre maison résiste au temps.

Vous en aurez vous-même déduit que si je vous sollicite – humblement – c'est pour vous offrir, si tant est que vous puissiez être tenté, de discuter avec vous de l'achat de votre maison.

En tant qu'architecte, je sais que vous pouvez avoir l'impression que l'on vous demande d'acheter votre femme ou votre enfant – aussi, si cette demande vous offense, je vous prie de m'excuser. Je sais aussi que vous devez vous dire : est-ce le même Maurice Fougère de la maison en verre perchée sur la colline – ce Maurice Fougère-là ? Je puis seulement vous assurer que je suis un homme aux goûts éclectiques et que j'ai toujours eu le désir de vivre un jour dans une maison construite il y a bien des générations. Si j'étais encore dans mon pays natal, je convoiterais peut-être une demeure d'origine médiévale – mais me voilà aujourd'hui et à jamais américain et heureux de l'être – grâce à ma femme et à mes enfants – et je convoite la vôtre.

Et je n'ai guère besoin de préciser que prendre les rênes de votre maison joindrait mes rêves à ceux de ma femme – la maison et la grange – soyons poète – en un seul et unique éden.

Le dernier paragraphe était une litanie des multiples numéros et adresses où il attendrait ma réponse avidement, patiemment, humblement (émotions soulignées par un amour immodéré du tiret digne d'Emily Dickinson).

La bouilloire murmurait. Je suis allé éteindre le gaz, j'ai versé l'eau bouillante dans la théière, remué les feuilles. J'ai ouvert la boîte à pain et (eurêka !) récupéré le scone, ouvert le placard et pris un mug. J'ai disposé le tout sur un plateau que j'ai apporté dans le salon.

Sarah était allongée sur le canapé, le plaid remonté sous le menton, mais elle ne dormait pas.

Bien qu'elle ait essayé de résister, je l'ai aidée à se redresser.

— Crois-tu qu'il puisse y avoir un antidote à mes charmes et à mon esprit ? lui ai-je dit.

Elle ne m'a pas demandé ce que je voulais dire.

— Pas le moindre. Ils sont bien trop puissants. Et même fatals, dans certains cas.

— Dieu merci. Je m'inquiétais soudain.

J'ai sorti la lettre de ma poche arrière et je l'ai jetée sur la table.

— Maurice Fougère veut m'acheter la maison. Apparemment, il a été "exubéramment *bouleversé*" quand Clover a jugé bon de le laisser fouiner ici. Franchement, ce sont là des sensations que je préfère réserver à la chambre.

Sarah s'est arrêtée de souffler sur sa tisane.

— Moi aussi, a-t-elle dit. Même si je n'ai pas la moindre idée de ce que ça veut dire.

Je me suis assis sur le tabouret posé à côté du pare-feu, impatient de me réchauffer après la fraîcheur de la cuisine.

— Il est peut-être grand temps de lâcher cette maison. Filer avec l'argent. Les prix sont si élevés en ce moment, il y a de quoi se demander si on n'a pas découvert du pétrole sous cette ville marécageuse.

Sarah a eu l'air accablée.

— Mais cette maison, c'est toi, Percy.

— C'est une idée absurde, hein ? Pense un peu à tout l'argent que je pourrais jeter par les fenêtres.

— Quelle image extraordinaire. Toi, en train de dépenser à tout va. Toi qui mets encore les vêtements que tu portais à l'époque où les Beatles en étaient à faire leurs premiers pas.

J'ai regardé ma tenue.

— Je te demande pardon. Ce pantalon a été acheté au TGO l'année où ce pauvre John Lennon est mort, pas avant.

Mais c'est là que je me suis subitement dit que si je vendais la maison, je pourrais financer le traitement de Sarah, quel que soit son coût. Financer des voyages à l'étranger pour trouver des traitements à base de plantes botaniques rares ou de sutras dispensés par des moines de temples uniquement accessibles à dos d'âne ou en parachute. Si c'est ce que Sarah voulait. Ou ce qu'il lui fallait.

Je pouvais aller m'installer dans un cottage en location comme celui de Dorian Van Otterloo sur Quarry Road. Je pouvais surmonter ma phobie ridicule et acheter à Packard un loft avec vue sur la rivière, en me retrouvant avec des tonnes d'argent à dépenser – si Sarah et Rico voulaient bien m'y rejoindre, évidemment.

Laisser tomber Maurice ; je pouvais mettre la maison en vente et créer un choc. Depuis la visite (et la chronique obséquieuse de Mandy Pinkerton), je remarquais des voitures qui ralentissaient au bas de l'allée, les vitres baissées, les bras tendus. Soudain, j'étais "célèbre".

— Je n'ai jamais eu de crise de la cinquantaine, il me semble. Il est encore temps, tu crois ? Y a-t-il une date d'expiration pour des rites initiatiques aussi essentiels ?

Sarah s'est mise à rire. J'aimais tant l'entendre rire. Elle avait des miettes plein les lèvres ; elle avait déjà mangé la moitié du scone.

La livraison de mon courrier mise à part, Clover était devenue insaisissable. En un sens, j'étais soulagé de ne pas savoir ce qu'elle fabriquait, si ce n'est travailler avec zèle (Dieu merci !) chez F & F, organiser la vente aux enchères que la petite école tenait chaque année pour soutirer plein de pognon à des parents sentimentaux, l'accès à leurs fonds de placement ayant été lubrifié à grands renforts de cocktails présentés sur des plateaux en argent estampillé durable.

Je ne tenais pas à parler de la lettre de Maurice Fougère à qui que ce soit d'autre que Sarah, mais j'en voulais à Clover.

J'ai enfin réussi à la coincer trois jours plus tard en la voyant remonter l'allée à grands pas.

— Mon petit, ai-je lancé par la porte de derrière, viens me voir.

— Papa, j'ai des millions de coups de fil à passer…

— Juste cinq minutes.

Au milieu de la cuisine lumineuse, elle avait l'air apeuré d'un animal piégé dans un environnement inconnu.

— Dis-moi, quand tu as fait visiter la maison en douce au maître d'œuvre Fougère, quelle pièce a-t-il préférée ?

— Visiter en douce ? Tu veux parler de la visite de la maison ? Je n'étais même pas là.

— Je parle de la visite privée que tu as organisée pour le mari d'Evelyn l'été dernier.

— Je ne comprends pas, papa.

— Quant à savoir si tu vis ici à plein temps et que je t'autorise à balader à ta guise tes amis et des connaissances dans toute la maison ? Dans des chambres avec des lits défaits et des caleçons éparpillés aux quatre coins et…

— Papa ! Qu'est-ce qui te prend de t'énerver comme ça ?

J'ai soupiré. Pourquoi avais-je tant de mal à en vouloir longtemps à Clover ? Était-ce son allure de faune ou ce sentiment que la vie finirait toujours par lui sourire qui ressurgissait en permanence chez elle ?

— J'ai essayé, au milieu de tout ce remue-ménage – j'ai montré d'un grand geste l'arrière de la maison, la grange – de préserver un tant soit peu la vie privée à laquelle je suis si attaché. Et voilà que j'apprends, par une lettre très curieuse de Maurice, que tu lui as fait visiter toute la maison, qu'il lorgne apparemment avec convoitise depuis un moment déjà.

— Je suis désolée que ça t'ait fichu en rogne, mais je me suis dit que j'avais quand même le droit – moi aussi j'ai vécu ici, après tout – de montrer la maison à une de nos connaissances qui l'admire et qui a juste envie d'y jeter un œil. C'est un architecte. Les maisons c'est son métier. Honnêtement, personne n'a remarqué de draps défaits ou quoi que ce soit de ce genre.

— "Personne" ? (La colère s'est de nouveau emparée de moi.) Donc combien y avait-il de visiteurs au juste ? J'espère au moins que tu leur as fait payer l'entrée.

La bouche de Clover s'est serrée en étau.

— Je n'ai pas à rester là à t'écouter piquer une crise pour une histoire aussi ridicule, papa. Je sais que tu traverses une période difficile avec Sarah et je peux comprendre que tu sois un peu à cran. Comment va-t-elle ?

— Sarah n'a rien à voir avec ça.

— Écoute papa, j'ai des millions de coups de fil à passer avant cinq heures. Je te promets de ne plus jamais faire visiter la maison à qui que ce soit. (Elle a ri.) Quoique, je ne vois pas ce que ça change, maintenant que c'est devenu un musée. Tu as peur que Maurice ait repéré les lieux pour venir cambrioler, ou quoi ?

— C'est une remarque déplacée.

— Je suis désolée.

Mais elle n'en avait absolument pas l'air. Elle semblait surtout impatiente de me fausser compagnie.

— Je ne voudrais pas t'empêcher de travailler, ai-je dit en faisant mine de pardonner. Les enfants viennent, le week-end prochain ? Je peux vous emmener tous dîner ?

— Ils sont venus le week-end dernier. Tu viens juste de les rater. Mais le week-end d'après, si tu veux. Je regarderai ce qu'on a prévu.

— Volontiers, oui.

Je l'ai regardée descendre vers la grange en serrant bien son manteau, avançant à petits pas sur le sentier verglacé. Elle avait des chaussures totalement inadaptées aux conditions hivernales de la Nouvelle-Angleterre.

# 15

Quand on souhaite quelque chose très fort, depuis très longtemps, contre la volonté de Dieu, il arrive que ce souhait se réalise, mais pas comme on le veut. C'est ce que la mère de Celestino répétait à ses sœurs quand elles se plaignaient en disant qu'elles voulaient une maison plus grande, une voiture ou des vêtements plus élégants.

Ainsi donc, Celestino a fini par voir Isabelle en personne.

C'était un dimanche exceptionnellement doux pour un mois de février, le ciel était d'un bleu estival, le soleil faisait fondre les dernières traces de la neige tombée récemment. Ce qui signifiait qu'à Matlock, les allées en terre et les pelouses ne seraient bientôt qu'un champ de boue, que le lundi, la plupart des ouvriers devraient sabler et remorquer, élaguer les branches cassées. Celestino passerait sa journée à faire le tour d'une douzaine de maisons vides, si ce n'est plus. Le service de "gardiennage de vacances" marchait bien et cette semaine-là, les enfants de Matlock étaient en congé – la plupart partis avec leurs parents skier plus au nord ou jouer sur les plages tout au sud.

Celestino avait décidé d'aller chez elle. S'il lui téléphonait, la voix lui manquerait. (Avait-il déjà eu Isabelle au téléphone à l'époque où ils vivaient ensemble ? Non, autant qu'il s'en souvienne. Il avait eu envie de l'appeler quand il était à New York, mais il lui aurait fallu passer le barrage de sa mère.)

Irving Street était une très jolie rue – pas autant que celle où elle habitait avec ses parents, mais les arbres étaient grands et robustes, les maisons vastes. Il y en avait plusieurs qui étaient peintes en trois ou quatre couleurs, avec une tour pittoresque par-ci, un vitrail par-là.

Il s'est planté sur le trottoir, à quelques portes de la maison où habitait Isabelle. Elle avait dû abriter autrefois une famille nombreuse dans un grand luxe, mais même de là où il était, on voyait bien qu'elle avait été divisée en appartements. Derrière les fenêtres, les rideaux et les stores étaient quasiment tous différents. Plusieurs poubelles de recyclage s'alignaient sous la véranda ; quatre vélos étaient attachés à la longue balustrade délabrée.

Il s'armait de courage pour s'approcher de la maison quand Isabelle est sortie. C'était elle, impossible de s'y tromper. Elle s'est arrêtée au soleil en fermant les yeux pour profiter de ses rayons. Puis elle a descendu les marches et a emprunté le trottoir en se dirigeant droit vers Celestino.

Elle avait la tête nue, ses cheveux longs flottant sur un manteau en laine rouge. Le manteau s'arrêtait juste au-dessus des genoux, des genoux en collants jaunes, avec en dessous des hautes bottes de cow-boy noires. Elle se débattait avec une sacoche qui avait l'air lourde, essayant de l'ajuster sur son épaule gauche. Elle a maugréé entre ses dents. En arrivant à sa hauteur, elle l'a remarqué et l'a regardé brièvement dans les yeux.

— Bonjour, a-t-elle dit, comme si elle saluait un étranger, avant de le contourner sans hésiter.

Stupéfait par la cruauté de ce qui venait de se passer, Celestino s'est aussitôt retourné vers Isabelle. Quelques secondes plus tard, il l'a vue s'arrêter et faire de même. Ils se sont regardés. Il a essayé de parler, de sourire au moins.

Isabelle a porté les mains à sa bouche, puis s'est caché les yeux.

— Celestino ? C'est toi ?

— Oui, Isabelle, c'est moi.

En voyant qu'elle ne bougeait pas, il s'est approché d'elle, tout en sentant qu'ils ne s'embrasseraient pas, ne se toucheraient pas.

— Toi, ici ? a-t-elle dit.

Il était incapable de dire si elle était furieuse ou simplement déroutée.

— Tout ce temps, tu étais ici ?

— Non, j'ai passé des années à New York. Maintenant, j'habite...

Que fallait-il lui dire ? Car il y avait longtemps qu'il était plus ou moins dans les parages. Elle l'a interrompu, lui épargnant d'avoir à décider en hâte.

— À New York ? New York ! (Elle a haussé le ton. Elle l'a scruté en plissant les yeux, aveuglée par le soleil.) Je n'y crois pas...

Il a pris le temps de respirer. Il fallait qu'il respire pour pouvoir parler.

— Tu m'as manqué. Je m'en voulais de m'être enfui. Mais je ne savais pas comment... revenir.

— C'est incroyable... Celestino.

— Je suis désolé de te surprendre comme ça. J'aurais dû appeler.

Quelle bêtise de surgir ainsi sur le pas de sa porte. Quelle bêtise, une fois de plus.

— Viens, lui a dit Isabelle d'un ton pressant. (Elle est passée devant lui pour retourner vers la maison.) Viens. Je ne peux pas rester au soleil comme ça.

Elle s'est assise sur la dernière marche – au milieu, en posant sa sacoche à côté d'elle sans laisser de place à Celestino. Il est resté planté devant elle. Il s'est aperçu que lorsqu'ils étaient tous deux debout, elle était plus grande que lui. Elle avait pris plusieurs centimètres depuis l'époque où ils étaient ensemble. En ce temps-là, ce n'était bel et bien qu'une enfant, après tout. La señora Lartigue avait raison là-dessus.

— Celestino ? C'est incroyable…

Et si elle ne pouvait rien dire d'autre ? Elle s'est renversée en arrière, les coudes posés sur la marche qui se trouvait derrière elle. Il fallait qu'il dise quelque chose.

— Je n'aurais jamais dû partir, je le sais. C'était une erreur.

— Mais on t'a cherché. Tu le sais ? On est allé partout. On a appelé ton université, tous les gens dont on savait qu'ils te connaissaient. Au bout d'une semaine, maman a envoyé un télégramme à ton père. Personne ne nous a jamais répondu. Tu imagines un peu le cauchemar que ça a été ? Pour moi, surtout ?

La mère de Celestino ne lui avait jamais parlé d'un télégramme. Quand il avait fini par lui téléphoner, elle voulait seulement qu'il rentre. Par la suite, il s'était dit quelle n'avait peut-être jamais partagé le désir que nourrissait son père d'installer toute la famille loin de leur humble foyer. Pour peu qu'elle ait entendu les histoires de certains de ses cousins, ceux qui étaient revenus, elle avait toutes les raisons de croire que c'était un rêve absurde. Tout le monde connaissait quelqu'un qui avait payé une fortune pour pouvoir entrer dans le pays et avait fini tout de même par revenir, plus pauvre que jamais et totalement démoralisé.

— J'avais peur, a-t-il dit. J'étais jeune et j'avais peur.

Isabelle a secoué la tête.

— Moi j'étais terrifiée. Et plus jeune que toi. Maman était… À un moment, j'ai cru qu'elle allait perdre la tête.

— Elle m'aurait jeté à la rue. Elle avait toutes les raisons de le faire.

— Mais enfin Celestino, elle t'aurait demandé de partir, d'aller t'installer ailleurs. Fait en sorte qu'on ne se voie plus, c'est sûr. Mais qu'est-ce que tu croyais, qu'elle allait te faire expulser ?

Il n'a pas répondu. Comment avait-il pu être aussi bête ? Mais pourquoi la señora Lartigue aurait-elle souhaité autre chose que de le voir parti pour toujours ?

— Je pensais qu'elle ne pourrait jamais me pardonner. Qu'elle ne devrait pas.

— C'est… c'est surréaliste.

Elle a regardé sa montre.

— Isabelle, j'étais tellement…

Celestino s'est assis sur ses talons. Il ne pouvait continuer à lui parler de haut comme ça.

— Tu dis ? a-t-elle fait.

— Amoureux. J'étais amoureux de toi.

Isabelle a regardé ses pieds, le bout pointu de ses bottes.

— J'ai cru que tu avais disparu. J'ai cru que tu étais peut-être mort. Et puis… je suis allée à l'université et tu t'es effacé de mes souvenirs. Comme tant d'autres choses. Tu appartenais à un passé dont je voulais me débarrasser comme un serpent se débarrasse de sa mue. (Elle a esquissé un sourire fugace.) On en était tous là, à l'époque.

Elle a regardé des deux côtés de la rue, comme si elle craignait que quelqu'un assiste à ces retrouvailles.

— On m'attend.

Elle l'a fixé, l'expression neutre. Puis, visiblement, une idée lui a traversé l'esprit.

— Attends, tu venais me voir, là ? C'est pour ça que tu étais là ?

— Oui. J'ai trouvé ton adresse il y a seulement un mois.

— Eh bien. (Elle a eu un regard de bonté mêlé d'inquiétude, sans la tendresse qu'il aurait souhaité y voir. Puis elle a rougi et détourné les yeux.) Oh là là…

Isabelle a sorti son portable de son sac :

— Attends une seconde, OK ?

Elle est allée à l'autre bout de la longue véranda pour passer un coup de fil. Elle a parlé quelques instants.

— On va aller au bout de la rue, a-t-elle dit en revenant. J'ai faim. Tu te souviens de Fido's ? On y était allés ensemble, non ?

Ils ont marché côte à côte, séparés par le sac d'Isabelle. Elle lui a demandé où il habitait, à présent ; il avait bien parlé de New York, non ? Il lui a dit qu'il vivait à Lothian, mais qu'il travaillait à Matlock. À la porte du café, elle s'est arrêtée pour se retourner vers lui.

— Matlock ? C'est plutôt luxueux par là-bas. Des chevaux, des bois, des grandes demeures.

Le café était plein, mais la serveuse qui connaissait Isabelle les a emmenés à la seule table en alcôve de l'arrière-salle. Isabelle a jeté son manteau éclatant sur la banquette et s'est assise. Elle a lissé ses cheveux en arrière d'une main impatiente. Ils étaient plus sombres, plus roux que dans son souvenir.

Dans l'échancrure de son chemisier, autour de son cou, il apercevait la même croix en or, qu'elle avait héritée de sa grand-mère et n'ôtait jamais à l'époque où il la connaissait. Il l'avait touchée, léchée, embrassée, des dizaines, peut-être des centaines de fois.

Isabelle a surpris son regard.

— Oui, et je suis toujours une païenne. Mais bon, maman va toujours à l'église congrégationnaliste version édulcorée, alors elle aussi est une païenne.

Elle a examiné le menu comme si sa préoccupation majeure était de savoir ce qu'elle allait manger.

Celestino se rendait compte qu'il s'était tellement isolé depuis quelques années qu'il avait l'habitude de réfléchir bien plus que de parler. Mais cette fois, il fallait qu'il parle.

— J'ai pensé à toi tout ce temps, a-t-il dit.

Elle a reposé le menu.

— Et c'est seulement maintenant que tu me le dis ?

— Je n'ai aucune excuse, à part la peur. Des quantités de peur. Pardonne-moi.

Elle l'a examiné.

— On peut pardonner la peur, Celestino. Mais des années de silence total… disparaître comme ça ? Je ne sais pas. C'est censé être des retrouvailles amoureuses ? Je ne me moque pas, mais tu ne crois pas que…

— Alors, ne me pardonne pas.

— Mais si je ne te pardonne pas, qu'est-ce qu'il reste ?

Celestino avait également ôté son manteau et il sentait qu'elle observait sa chemise à carreaux, ses cheveux gris, ses mains écorchées, ses ongles abîmés.

— Me permettre d'être avec toi, comme maintenant. Se redécouvrir.

Isabelle a haussé les sourcils. Que signifiait cette expression ? Son visage n'avait pas changé, même s'il était plus mûr, mais il exprimait des émotions qu'il ne lui connaissait pas.

La serveuse est arrivée. Isabelle a commandé de la soupe, Celestino un sandwich au poulet.

— Et un verre de vin rouge de la maison, a ajouté Isabelle. Tant pis s'il n'est même pas midi.

La serveuse a jeté un œil à Celestino, mais il a fait non de la tête.

Isabelle a pris le sel et le poivre chacun dans une main. Elle les a fait rouler l'un contre l'autre, puis les a écartés, puis de nouveaux réunis, comme un couple de danseurs.

— Alors, qu'est-ce que tu fais à Matlock ?

Il a réfléchi avant de répondre.

— Je m'occupe des arbres et des maisons.

— Les arbres, c'est bien, ça. Il y a des quantités d'arbres à Matlock, Beaucoup plus que de maisons. C'est joli là-bas.

— Et tu es étudiante, ici ?

— En psychologie. J'étudie les symptômes de stress post-traumatique, a-t-elle dit. Les enfants traumatisés par la violence familiale dans les milieux culturellement isolés. En bref. (Elle a posé de côté la salière et le poivrier et déplié sa serviette.) Je pars en France dans trois mois. Je vais travailler dans une communauté algérienne à Marseille.

— En France.

Quand Celestino l'a prononcé, ce nom lui a fait l'effet d'être en verre.

— Couper le cordon ombilical pour retourner ensuite aux origines. C'est d'une ironie absurde. Mais il s'avère que mon français est mon meilleur atout. *Merci bien, papa et maman**.

La serveuse a apporté le vin d'Isabelle et une corbeille de pain. Isabelle a aussitôt arraché un bout de pain. Elle a poussé la corbeille vers Celestino.

— J'ai du mal à croire que tu sois en face de moi. (Elle parlait en mâchant.) J'étais tellement folle de toi, Celestino. Mon amie Ceci – tu te souviens d'elle ? –, elle a cru que j'allais mourir de chagrin. Perdre papa, et puis toi. Étienne totalement dépassé qui regardait tout ça de haut, maman dans sa bulle de colère. C'est comme ça que je l'appelais, sa bulle de colère. J'ai été privée de sortie quand tu as disparu. Pendant des mois. Elle devait se dire que j'allais m'enfuir pour partir à ta recherche ou que tu escaladerais une treille pour m'enlever. Ceci rentrait avec moi du lycée quasiment tous les jours. Parfois, je me demande si maman ne l'avait pas soudoyée pour me surveiller.

Elle racontait tout cela d'un ton enjoué.

— On dirait bien que je t'ai pardonné, hein ? Tu sais, Grand-mère disait toujours *L'absence est au cœur ce que le vent est au feu : un peu de vent attise les flammes, trop de vent les éteint.* Je suis désolée, s'est-elle interrompue. J'ai mangé tout le pain. J'ai passé presque toute la nuit à la bibliothèque. Je n'ai pas dîné. (Elle s'est à moitié levée pour faire signe à la serveuse en montrant la corbeille. Puis elle a repris :) Je ne sais pas trop si je dois dire ou non à maman que je t'ai revu. Je crois qu'elle aurait une crise cardiaque.

Celestino savait qu'il devait lui demander des nouvelles de la señora Lartigue. Mais il a dit :

— Je n'ai jamais aimé quelqu'un d'autre.

Isabelle a interrompu ce qu'elle faisait (ramasser les miettes devant elle en un petit tas bien net) sans pour autant le regarder. Cachait-elle son visage ?

Il fallait qu'il lui demande, il fallait qu'il le sache.

— Tu es avec quelqu'un en ce moment ?

Quand elle a levé les yeux vers lui, il a bien vu qu'elle était de nouveau nerveuse, comme au bas de chez elle. Son ton s'était durci.

— J'ai été avec quelques garçons. Après ton départ, je suis allée à l'université, Celestino, pas au couvent. Mais en ce moment, non. Personne. Je travaille trop. L'amour viendra sans doute plus tard, je suppose.

Il commençait à se sentir abattu par cette conversation, piégé, mais que pouvait-il faire ? L'inviter dans son grenier plein de courants d'air de Lothian ? L'emmener au cinéma ?

— Je peux te demander quelque chose, Celestino ?

— Tout ce que tu voudras.

— Tu as fini tes études – à New York ?

— Non.

Elle a hoché la tête.

— Je me le suis souvent demandé. C'est dommage.

Elle a fini son verre de vin. La soupe et le sandwich sont arrivés.

— Tu sais, a-t-elle dit avec douceur, maman n'est pas dénuée de cœur. Un jour – c'était après l'inauguration de la galerie du musée dédiée à mon père, et cette grande exposition où ils montraient des photos de la fouille, il y en avait une de ton père et de son équipe – toujours est-il qu'on était à la maison ensemble et je rentrais de la fac, elle a dû se dire qu'elle pouvait parler de toi sans risque. Elle m'a dit qu'elle se tourmentait à l'idée que tu aies pu sortir de la voie sur laquelle mon père t'avait mis. Elle a dit qu'elle avait prévenu papa de ne pas s'immiscer à ce point dans le destin des gens, qu'il jouait au bon Dieu. Il lui avait répondu que si on peut améliorer la vie d'une seule personne – à part celle de ses enfants – alors, on a accompli une des choses qu'il faut avoir fait dans sa vie. Maman lui avait dit qu'il changeait la vie de beaucoup de gens en étant professeur. Il avait dit que ce n'était pas pareil, que ses étudiants auraient appris plus ou moins la même chose de quelqu'un d'autre, si ce n'avait pas été de lui.

Celestino a repensé au Pr Lartigue qui relisait ses premières rédactions en anglais, ce célèbre professeur assis dans son bureau avec un jeune garçon de quinze ans, un enfant sauvage venu de la jungle. “Un portrait de mon village.” “L’histoire de ma famille.” La première année, l’enseignant de Celestino lui donnait toujours des sujets curieusement personnels, ce à quoi il ne s’attendait pas. Le Pr Lartigue l’aidait à réfléchir à des détails de sa vie auxquels qu’il n’avait jamais prêté attention. Celestino ne s’était jamais étonné de sa générosité et de sa patience, car il en avait, en quelque sorte, hérité de son père, qui en avait le premier bénéficié.

— Ton père était si bon avec tout le monde, a-t-il dit.

— Avec beaucoup de gens, oui, a répondu Isabelle. Mais quand il était question d’ambition, il pouvait être sans pitié. Tous ses collègues ne l’aimaient pas, je peux te le dire.

Elle a avalé plusieurs cuillerées de soupe. Celestino s’est forcé à manger la moitié de son sandwich.

— Je peux te piquer des frites ? a-t-elle dit.

Ses ongles discrets étaient coupés relativement courts et vernis d’un rose laiteux. Comme Arturo le lui avait dit, elle n’avait aucune bague. Celestino et Isabelle avaient partagé des frites plus d’une dizaine de fois quand ils flânaient à Harvard Square comme deux frère et sœur complices – et plus tard comme les amants clandestins qu’ils étaient devenus. À l’époque, il attrapait la main qui prenait les frites dans son assiette et la tenait sous la table. À présent, il se contentait de la regarder avec une sombre nostalgie.

— Et maintenant, qu’est-ce qu’on fait, Celestino ? (Elle soutenait son regard.) Tout ça est trop surréaliste.

Ce qu’il voulait, lui, c’était l’accompagner à son appartement – ou n’importe où ailleurs : à la bibliothèque si c’est là qu’elle devait aller, là où elle se faisait couper les cheveux ou vernir les ongles. Il voulait ne plus jamais la quitter.

— J'aimerais te voir plus souvent, a-t-il dit.

— On est amis, alors ? Ce n'est pas l'impression que tu me donnes.

— Non, a-t-il répondu.

— Pas amis ? a-t-elle dit d'une voix hésitante.

Il s'est empressé de répondre :

— Amis, si, bien sûr. On est amis. Je ne voulais pas dire…

Elle a de nouveau rougi.

— On pourrait rester ici à bafouiller pendant des heures. Mais il faut que j'aille travailler, je pars vraiment en France, Celestino, et j'avais prévu de faire quasiment une croix sur ma vie d'ici là. J'étais censé avoir un entretien pour ma thèse, ce matin. Je l'ai reporté à cet après-midi. (Elle a fait signe à la serveuse.) J'ai l'impression d'être dans un rêve, tu sais.

— Oui, mais ce n'en est pas un.

Elle a recommencé à jouer avec le sel et le poivre.

— Si tu étais resté, si nous avions continué à nous voir tout ce temps… (La salière et le poivrier s'entrechoquaient, tour à tour réunis puis séparés.) Tout ce que je sais, c'est que ce ne serait pas pareil.

— Comment ça ?

Mais il voyait très bien tout ce que cela aurait pu changer.

— Je ne peux pas prédire l'avenir, Celestino. Je ne sais pas. C'est juste que je te regarde et que tu ne… Je ne sais trop quelle place tu peux tenir dans ma vie. Si c'est ce que tu veux savoir.

— Oui, a répondu Celestino, saisi par un sentiment d'urgence qu'il n'avait pas éprouvé depuis des années. Oui, c'est exactement ce que je veux savoir.

Elle avait une main sur son manteau, mais elle ne l'avait pas enfilé.

— Oh là là, je ne sais pas quoi faire.

Elle a fouillé sous son manteau pour prendre son sac. Elle a sorti un carnet et un crayon. Elle a ouvert le carnet et l'a poussé vers lui.

— Donne-toi ton numéro.

— Je peux t'appeler quand tu veux, a dit Celestino, effondré à l'idée de lui révéler à quel point il était déraciné. Passe-moi ton numéro.

— Et si je veux t'appeler en premier ?

La serveuse a posé l'addition dans un étui. Isabelle lui a tendu une carte de crédit sans même regarder le montant.

— Non, a protesté Celestino en voulant la prendre.

— Laisse, a dit Isabelle. S'il te plaît. Regarde-nous. De nous deux, qui est le plus avantagé, le plus privilégié ?

Là encore, Celestino était effondré. Quand ils vivaient sous le même toit, Isabelle était avantagée par la culture, la langue, l'éducation. On lui avait présenté à lui le défi grisant d'arriver à son niveau et non la perspective de rester toujours à la traîne. À présent, elle devait le juger pauvre, inculte, incapable de s'exprimer… désespéré.

Elle a posé la main sur la sienne, comme si elle devinait ses idées sombres.

— Il faut qu'on se parle vrai, toi et moi. On est assez grands, maintenant.

Il s'est efforcé de chasser de son esprit la signification évidente de ses paroles.

— Quand est-ce que je peux te revoir ? a-t-il dit. Je suis pris par mon travail tous les jours sauf le dimanche, mais je suis libre tous les soirs.

— Il faut que je puisse t'appeler – ou t'envoyer un email ? Tu as un e-mail ?

— Je fais attention, j'économise pour mon entreprise.

— Pas de moyen de communication ? C'est plutôt spartiate, dis-moi ! Ton entreprise marche par le bouche-à-oreille ?

Elle avait une expression gentiment moqueuse. Maintenant qu'elle était plus mûre, Isabelle l'effrayait. À dix-sept ans, son côté provocant était charmant, et même touchant. À présent, son honnêteté lui paraissait cruelle.

— Elle n'a pas encore démarré.

Un vieux souvenir mêlé de honte lui est revenu en mémoire. La nuit où la señora Lartigue les avait surpris, elle avait ordonné à Celestino de quitter la pièce, préférant d'abord s'occuper de sa fille. Isabelle s'était écriée : "Ne pars pas ! Ne lui obéis pas, on est solidaires, toi et moi !" Mais il avait obéi. Dans ce pénible souvenir, c'était Isabelle qui était la plus courageuse. Mais peut-être aussi n'éprouvait-elle pas de honte.

— Enfin, a-t-elle soupiré dans le silence qui s'était installé entre eux. Allons-y.

Il l'a suivie dans la rue. Une fois en plein soleil, il a essayé de déchiffrer son visage. Quand ils avaient été séparés, avait-elle été dévorée par la passion, s'était-elle laissée dépérir ? Sa peau admirable était dépourvue de ces rides qui trahissent le chagrin. Des deux, il était l'imbécile romantique et elle, la pragmatique qui allait de l'avant, n'attendant personne. Mais aurait-il réellement voulu d'une de ces femmes que son cousin surnommait *la condesa en el castillo,* dont la passion avait tôt fait de se plomber pour se changer en contraintes, en exigences, en déceptions ?

— Je file, a-t-elle dit. Tu sais où me trouver. Je suis dans l'annuaire. On se reverra, c'est promis.

Elle a hésité, puis elle l'a serré contre elle. C'était si impersonnel à travers la doublure matelassée de son manteau. Il ne sentait que la laine de son écharpe aux motifs éclatants et non son cou. Elle est partie d'un pas pressé en direction de Harvard Square.

Loud lui avait fait passer le système de sécurité ultra-perfectionné de Mme Connaughton. Elle était partie pour un mois. Elle avait un chat dont il fallait s'occuper en plus de ses plantes.

— Elle aimerait bien que tu restes un moment pour "câliner un peu Horace", comme elle dit, a dit Loud. (Il a secoué la tête en riant.) Je ne suis pas sûr que ça me plaise de te payer à faire des câlins, *hombre,* mais dix minutes, ça ne fait pas de mal, surtout si ça peut empêcher cette bestiole de chier sur ces tapis précieux.

Ils avaient fait le tour de toute la maison. Dans le grenier (dont les murs en soupente étaient aussi blancs que ceux d'une église de campagne peinte à la chaux), Loud avait montré à Celestino tous les endroits où il devait s'assurer qu'il n'y ait pas de fuites, en particulier la trappe en haut de l'échelle qui menait sur le toit.

Cette fois seul, Celestino est entré dans la maison avec précaution en tapant le code aussi vite qu'il le pouvait. Aussitôt, il a été effrayé par le chat qui sautait du canapé du salon.

— *Hola*, lui a-t-il dit doucement. Le chat lui a jeté un regard offensé avant de filer vers la cuisine.

Il l'a suivi en marchant à pas feutrés. Dans la cuisine, il trouverait ce qu'il lui fallait : les arrosoirs, la nourriture pour chat, les ampoules, les fusibles, une lampe électrique. À chaque chute de neige, il devait vérifier non seulement le grenier mais la cave sombre qui ressemblait à une grotte.

Il devait prendre un escalier raide qui descendait de la cuisine, puis s'accroupir à moitié dans la terre battue.

Il y avait dix-sept plantes à arroser dans quatre pièces. Il les avait comptées pour être sûr de ne pas en oublier une seule. Le chat avait des boîtes, des croquettes, de l'eau, une litière. Il remplirait ces tâches en un rien de temps. Mais comment "câliner" cette bestiole ? Il s'enfuyait dès que Celestino entrait dans une pièce et avait pourtant l'air de l'attendre dans la suivante. C'était un chat plein de poils avec un museau plat et des yeux noirs insondables.

Il lui parlait doucement, lui disant qu'il avait des intentions amicales, lui posant des questions absurdes sur ce qu'il préférait manger, la vie secrète de sa maîtresse. Avait-elle beaucoup d'amants ? Aimait-elle se promener toute nue dans la maison quand elle était seule ? Se levait-elle la nuit pour manger des gâteaux ? Il chuchotait, comme si les murs avaient des oreilles.

Dans la salle d'eau attenante à la cuisine, il a changé la litière, sous l'œil du chat qui l'observait de loin. Versé de la nourriture dans sa gamelle. Rempli l'arrosoir.

Le salon qui donnait sur la pelouse dégagée était la pièce la plus lumineuse. Les plantes qui aimaient le soleil étaient réunies sur des tables près des fenêtres : deux gardénias, un hibiscus, un énorme géranium rouge. En vaporisant les gardénias, Celestino sentait le chat qui s'approchait en douce derrière lui. Une fois les plantes arrosées, il s'est retourné lentement. Le chat a filé dans la salle à manger.

Quand il est monté, le chat l'a suivi. Dès qu'il se détournait d'une tâche, il s'apercevait que le chat s'était encore rapproché, mais à chaque fois il déguerpissait dans une autre pièce.

Après avoir passé vingt minutes dans la maison, Celestino a enfilé son manteau. Il s'apprêtait à partir quand il a décidé d'essayer autre chose. Il est allé dans le salon et s'est assis sur le canapé où le chat se trouvait quand il était arrivé. Il s'est adossé en fermant les yeux. Il a repensé à Isabelle, à leur rencontre de la veille : sa peau, ses cheveux libres, ses seins sous son chemisier. Bien que ce soit ce qu'il espérait, il a sursauté quand le chat a sauté à côté de lui.

Il s'est redressé lentement. Il a regardé le chat qui le fixait, tapi sur le coussin près de lui. "*Gato*", a-t-il chuchoté. Il ne se souvenait plus de son nom. Il est resté là un moment sans bouger, puis le chat a effleuré sa main de son petit nez retroussé. Mais il n'a pas bougé. Le chat est monté sur ses genoux, mais quand il a voulu le caresser, il a sauté par terre d'un bond et a filé dans la cuisine.

Celestino a ri. Il s'est levé, a remis l'alarme et a quitté la maison. À mi-chemin de l'allée, il s'est retourné ; le chat s'était installé entre les plantes pour le regarder partir. Subitement, il a été frappé par la ressemblance entre cet étrange chat et lui : tous deux vivant à l'écart, dans la crainte, observant de loin, approchant et reculant sans cesse.

Ce soir-là, il est allé à la cabine téléphonique du parc avec sa carte de téléphone. Il a attendu neuf heures, espérant qu'à ce moment-là, elle serait rentrée de la bibliothèque, mais ne serait pas encore couchée.

Elle a reconnu sa voix, bien qu'elle ait eu l'air surprise.

— Celestino, j'ai tellement pensé à toi depuis hier. D'où appelles-tu ?

(Espérait-elle qu'il appelait à proximité pour qu'elle puisse l'inviter à venir ?)

— À côté de chez moi, a-t-il dit. À Lothian.

— Lothian est devenu assez pittoresque, on m'a dit. Il paraît que c'est presque à la mode. Cambridge est plutôt coincé maintenant. Quasi républicain.

— Je ne sais pas, a-t-il dit – mais pourquoi ne le saurait-il pas ? Pourquoi n'agirait-il pas comme si ses choix (le lieu où il habitait, ce qu'il faisait dans la vie) étaient délibérés ?

— Celestino…

Son hésitation ne lui inspirait rien de bon.

— Oui, Isabelle ?

Il avait un ton ferme.

— Tu espères… ? On n'est pas entrés dans le cœur du sujet. Hier, je veux dire.

Celestino a regardé à travers la cabine le parc désolé envahi de mauvaises herbes, un des nombreux endroits de Lothian dont on pouvait difficilement dire qu'ils étaient "pittoresques" – quand il faisait moins froid, c'est là que se retrouvaient les jeunes qui cherchaient des ennuis.

— Le cœur, a-t-il dit, c'est ça le sujet.

— Oh Celestino, a-t-elle soupiré et cette fois, il y avait de l'émotion dans sa voix.

— On n'a qu'à se voir demain. On peut se retrouver dans le même café.

— C'est encore trop tôt. Si seulement tu savais ce que j'ai ressenti.

— J'aimerais bien. C'est pour ça qu'il faut qu'on se voie.

— Ou au contraire.

Un autre long silence. Il en était réduit à attendre. Il ne pouvait pas insister.

— Celestino, est-ce que… Ça va là-bas ? Tu es en séjour régulier, ici ? (Elle a attendu un instant avant de poursuivre.) Légalement ?

Il s'est efforcé de ne rien laisser paraître de sa colère de s'entendre poser cette question, maintenant.

— On peut en parler demain.

— Demain, c'est difficile, a-t-elle répondu. Mais il faut que je te dise, je sais bien que je suis indiscrète, mais je m'inquiète pour toi. Je connais un bon avocat, ici. Je voulais te proposer…

— Isabelle ! Je suis bien où je suis ! Je travaille !

— Je sais ! lui a-t-elle crié à son tour. Ne te fâche pas ! Je veux vraiment t'aider.

L'aider ? C'est tout ce qu'elle voulait ?

— Ce n'est pas ton aide que je veux, a-t-il répliqué.

À moins qu'elle soit si pragmatique – cette femme qui voulait aider des enfants qui n'avaient pas grand-chose à espérer – qu'elle tenait d'abord et avant tout à le protéger pour être sûre de ne pas le perdre à nouveau ?

— C'est bon. Jeudi soir, a-t-elle dit. On se retrouve chez Fido's. C'est plus facile. Je peux y être à huit heures.

— Huit heures, a-t-il répété. Jeudi.

Ils s'étaient mis d'accord là-dessus – c'était déjà ça, il fallait bien s'en contenter – et ils ont raccroché.

Mercredi matin, Tom Loud a envoyé Gil, Pedro, Felipe et Celestino reconstruire un vieux pan de mur démoli par un chauffeur qui roulait trop vite pour les rues sinueuses de Matlock.

À chaque fois qu'il s'agissait d'un travail de force, Gil était responsable des opérations. Il a décidé de démonter le mur endommagé, de trier les pierres selon leur taille en quatre piles – les fines et plates, les fines et anguleuses, les petites et les plus grosses arrondies. Les pierres ayant été exposées étaient couvertes de lichen qui s'accrochait aux gants de Celestino et il avait l'impression que les articulations de ses épaules étaient en train de céder. Pourtant, ce jour-là, il était soulagé de devoir se contenter de suivre les ordres. Il se surprenait aussi à s'intéresser plus que d'habitude aux histoires que se racontaient les hommes en travaillant. Gil était brésilien, Felipe et Pedro des *chapines* du Huehuetenango. Quand ils étaient ensemble, ils parlaient un anglais parfois maladroit, parfois mêlé d'espagnol.

La famille de Gil vivait à Manaus, où un de ses frères venait de trouver un travail dans une société qui proposait aux touristes des "aventures en canoë" sur l'Amazone. Il entretenait les bateaux et fournissait du poisson au cuisinier. Pedro avait une sœur qui allait épouser l'été suivant un instituteur qui était déjà propriétaire d'une petite maison. Felipe, le plus jeune, s'était marié l'année précédente ; sa femme, Rosalba, était au Texas et avait toutes les chances d'obtenir une carte verte grâce à un riche employeur qui la payait pour s'occuper de ses vieux parents. Ce dernier lui finançait des études d'infirmière.

Un autre Pr Lartigue. Cette semaine-là, il n'avait pas arrêté de repenser non seulement à Isabelle, mais à son père : sa générosité, la passion qu'il avait pour le passé, et les grands espoirs qu'il mettait sans doute dans l'avenir de son fils et de sa fille. Maintenant qu'il était mort, ces grands espoirs devaient peser plus lourd encore sur Étienne et Isabelle. Les petits-enfants du Pr Lartigue n'auraient pas un père qui "s'occupait des arbres et des maisons".

Les trois autres hommes ne parlaient à Celestino que s'il leur adressait la parole. Et le poids de ce qu'ils transportaient les laissait le souffle court et peu bavards. Une fois qu'ils avaient trié les pierres, ils se concentraient sur la tâche difficile de les assembler et de les équilibrer pour qu'elles constituent un mur.

Celestino aurait pu leur raconter qu'apparemment une de ses sœurs était elle aussi sur le point de se marier. Deux semaines auparavant, il avait parlé avec sa mère, qui s'était plainte de ses divers maux comme d'habitude, mais lui avait annoncé qu'elle avait commencé – malgré l'arthrite qui lui rongeait à présent les mains – un pan de broderie pour une robe de mariage.

Une robe de mariage ? Quel mariage ?

Oh, lui avait répondu sa mère d'un ton désinvolte, à l'hôtel il y avait un jeune homme, un gentil jeune homme qui conduisait et allait chercher les touristes à l'aéroport. Il gagnait bien sa vie grâce aux pourboires. Marta l'aimait bien.

Marta ? Ce jeune homme avait l'intention d'épouser Marta ?

Oh, ils passaient du temps ensemble en dehors des heures de travail. Il avait emmené Marta au zoo un jour de congé…

La mère de Celestino aimait l'abreuver de mauvaises nouvelles ; les bonnes, il fallait qu'il les lui arrache peu à peu. C'était sa façon à elle de le punir d'être loin et il ne se laissait plus aller à se mettre en colère. Quand ça lui arrivait, elle lui répondait par la litanie de tout ce qu'il ratait à cause des choix qu'il avait faits. Puis il lui rappelait l'argent qu'il lui envoyait. Et elle lui répondait que ses sœurs s'occupaient bien d'elle. S'il revenait, elles lui trouveraient un bon travail.

Ils s'étaient disputés à ce sujet bien trop souvent.

Quand Loud est arrivé à quatre heures, ils n'avaient pas encore fini. Il est resté sur le bas-côté sans descendre de son camion.

— Ça a l'air d'aller. Il devrait faire jour jusqu'à six heures. (Il a fait signe à Celestino.) Je vais te déposer chez Mme C.

En descendant l'allée de Mme Connaughton, il a vu que l'éclairage programmé s'était déjà mis en route et que la lumière était allumée dans le hall d'entrée. Il a également vu Robert et Arturo sur la pelouse de M. Darling. Ils étaient au pied du hêtre.

Arturo l'avait également aperçu.

— Hé, *mucho gusto* ! a-t-il lancé. Viens par ici, *amigo* !

Les deux amis préparaient la décoration de la cabane perchée pour une grande fête en l'honneur de l'école.

— Le thème, c'est Woodstock, a expliqué Arturo. Il ne faut pas charrier. À cette époque-là, les parents de cette école étaient encore en couches-culottes.

— Et alors ? a répondu Robert. Ils auraient pu choisir la cour de Marie-Antoinette, l'époque du jazz ou la Renaissance italienne. C'est juste un prétexte pour se déguiser, faire les fous et jeter l'argent par les fenêtres. Les déguisements lèvent les inhibitions. Et ouvrent les chéquiers.

Arturo a hoché la tête.

— C'est vrai.

Celestino a également acquiescé, en faisant mine de s'y intéresser. Il les avait aidés à construire cette cabane de rêve pour les enfants, mais il considérait que c'était davantage du domaine de Loud que du sien. Il se rappelait la satisfaction qu'il avait eue à assembler et fixer le bois dans les branches – c'était un peu comme d'assembler les pierres du mur –, mais malgré l'impression de bâtir quelque chose de solide, censé durer, cette cabane aurait pu être en fumée.

— Alors, qu'est-ce qu'on en dit, Celestino ? Est-ce qu'on doit projeter une grande photo de Hendrix sur l'arbre et installer une sono pour passer ses tubes à fond ?

— Pas de sono, a dit Robert. Ça ne collerait pas avec le groupe.

Arturo s'est appuyé à l'arbre.

— Quel groupe ?

— Il s'appelle, tenez-vous bien Never Smoked Never Surfed, dit NS². C'est genre quatre mecs d'une petite cinquantaine qui se sont fait des paquets de blé avec l'argent des autres, mais qui ont toujours rêvé de monter sur scène. Et maintenant c'est fait. À Matlock, en tout cas.

— L'argent fait la loi. Et de la batterie aussi, apparemment.

Robert a haussé les épaules.

— Oui, mais Clo dit qu'étonnamment, ils sont super bons. Et disponibles, parce qu'il y en a un qui a un enfant dans la classe d'Ira. Ils vont jouer des reprises de tous les titres sur lesquels nos parents aiment danser. Les Beatles, les Temptations. Vous voyez le genre, quoi. Blood, Sweat and Tears. Earth, Wind and Fire. Elvis Un et Elvis Deux.

Arturo a maugréé.

— Tu peux parler, M. *Girl from Ipanema*.

Celestino avait beau leur envier leur amitié, elle lui paraissait théâtrale, une sorte de pièce qu'ils jouaient pour s'abriter en terrain connu.

Arturo l'a surpris en lui donnant une tape sur l'épaule.

— Vous êtes bien silencieux, qu'est-ce que vous en pensez ?

— Que j'ai du retard sur mon travail.

— Je ne vois pas de pelouse ou de jardins à entretenir.

— Je m'occupe de la maison de Mme Connaughton.

— Elle est partie en Floride, dans un coin chicos style Boca Raton, a répondu Robert. Hé Turo, ça veut bien dire la Bouche du Rat, non ? Ça pourrait être un nouveau surnom de Maîtresse Domina, qui est de nouveau sur la liste noire de Grand-père. Il se mord les doigts d'avoir accepté de faire visiter la maison. (Il s'est tourné vers Celestino.) Elle est pas mal, sa baraque, cela dit. C'est la grande sœur riche de la nôtre.

Celestino a hoché la tête. Il remarquait que Robert revendiquait la propriété de la maison de son grand-père. L'héritage : encore autre chose qui les séparait.

— Va jeter un coup d'œil, a dit Robert à Arturo. Tu as l'impression de remonter le temps.

— Ah oui ? (En voyant l'expression de Celestino, Arturo lui a de nouveau tapoté le bras.) Faut pas être parano comme ça, mec !

Celestino n'a pas eu d'autre choix que de suivre Arturo jusqu'à la maison.

Une fois à l'intérieur, après que Celestino eut débranché l'alarme, ils ont enlevé leurs bottes et les ont posées dans le plateau en cuivre. Dans le salon, Arturo a poussé un sifflement.

— Ça en jette, on se croirait chez Paul Revere.

Il a examiné les tableaux au mur, le serviteur de cheminée ancien, les figurines en porcelaine. Les nombreuses pièces d'argenterie avaient été ôtées du dessus de la cheminée et des étagères ; Celestino les avait aperçues emballées dans du plastique et rangées dans des caisses, soigneusement cachées dans la cave aux allures de grotte.

— Ne touchez pas aux lampes, a-t-il dit à Arturo. Il y en a qui sont sur programmateur.

— Je ne touche à rien. Je ne laisserai pas d'empreinte ! Promis.

Le chat a surgi de la cuisine et s'est mis à cracher. Arturo a reculé d'un bond en riant.

— Féroce, le minou.

Celestino a vaqué à ses tâches, en ignorant le chat qui le suivait de pièce en pièce. Tandis qu'il coupait les fleurs de géranium fanées, il entendait les pas d'Arturo au-dessus de sa tête.

Il est retourné à la cuisine remplir les arrosoirs et les a montés au premier. Arturo était dans la chambre de Mme Connaughton et regardait par la fenêtre la maison de M. Darling, la grange et l'étang. C'était un magnifique panorama digne d'une carte postale.

— Il y a des gens qui ne se rendent pas compte de la chance qu'ils ont, a dit Arturo. (Il s'est retourné brusquement.) Mais au fait, puisqu'on est seuls. Vous l'avez retrouvée ? Vous avez suivi mon conseil ?

C'était évident qu'il lui poserait la question. Peut-être était-ce sa curiosité au sujet d'Isabelle – aussi prévenante qu'indiscrète – qui l'avait poussé à suivre Celestino chez Mme Connaughton.

— Je l'ai vue, oui. Dimanche.

Celestino arrosait le saintpaulia et le cyclamen de la commode.

— Vous l'avez vue ?

Celestino a fini d'arroser. Il aurait pu se retourner, mais il ne l'a pas fait.

— On a déjeuné ensemble.

— J'en suis ravi. J'ai bon espoir pour vous, mec. Vraiment.

Il était clair qu'Arturo espérait quelque chose. Sa gratitude ? Son amitié ? Qu'est-ce que ce gosse de riche, cet intellectuel attendait de lui ?

Celestino est retourné dans la cuisine prendre la lampe électrique pour descendre à la cave. Il n'avait pas plu ni neigé depuis deux jours, mais il avait su gagner la confiance de Loud et il était hors de question qu'il laisse quoi que ce soit la saboter. En remontant dans la cuisine, il a trouvé Arturo assis sur une chaise, le chat ronronnant sur ses genoux.

Quand elle est entrée dans le café, avec dix minutes de retard, il s'est levé du banc placé derrière la porte, déterminé à l'enlacer. Elle s'est laissé faire, mais elle détournait la tête.

Dès qu'ils se sont assis – enfin, dès qu'elle a commandé un verre de vin et Celestino une bière –, elle s'est mise à parler.

— J'ai pensé à toi toute la semaine. (Son visage trahissait l'inquiétude et non la joie.) Et il faut que je te dise...

— Non, l'a interrompu Celestino. Moi d'abord. Je veux te dire que je comprends qu'on est plus différents qu'avant. Je sais que tu pars cet été, mais avant ça, je veux qu'on réapprenne à se connaître. Ce ne sera pas pareil, je le sais.

Il aurait aimé pouvoir lui dire qu'ils seraient de nouveau des *enfants l'un avec l'autre,* mais bien sûr, c'était impossible. Elle a soupiré.

— Celestino, tu as été le premier. Je voulais que tu me prennes pour une fille à l'aise dans le monde, une... séductrice précoce, je ne sais pas. J'étais fascinée par ton calme, cette façon que tu avais de ne jamais paniquer dans cet univers qui t'était totalement inconnu. Ta manière d'être à l'écoute, vraiment à l'écoute, de tout ce qui t'entourait, de tout le monde. Ce que tu étais prêt à sacrifier – ton village, ta famille, ta langue –, ce à quoi tu étais prêt à renoncer pour pouvoir apprendre, t'enrichir. Je ne parle pas d'argent... tu sais ce que je veux dire. Tout ça me subjuguait.

Il avait envie de lui prendre la main mais elle les gardait sur ses genoux.

— Je te trouvais tellement... profond. Élégant, même. Et puis...

La serveuse a apporté leurs boissons et leur a demandé s'ils savaient ce qu'ils voulaient.

— Une minute, a répondu Isabelle en prenant le menu.

Celestino savait ce qu'il voulait et ce n'était pas sur ce fichu menu.

— J'aurais dû venir te voir avant, a-t-il dit. Je n'ai pas compris le mal que je t'avais fait en partant comme ça. Non seulement c'était lâche, mais c'était idiot. Tu as dû croire que je m'en fichais.

— Tu aurais pu appeler. (Elle a beurré un petit pain.) Mais au bout du compte, ça n'aurait rien changé. J'ai fini par comprendre qu'en un sens – sans m'en apercevoir – je m'étais servie de toi. Je voulais corrompre les intentions si pures que mon père avait pour toi, maintenant, je le sais. On dirait que ça sort d'une thérapie, et c'est en partie vrai, mais c'est évident que je t'aurais fait du mal. Si tu n'étais pas parti.

— On était amoureux, a dit Celestino.

— C'est ce que je croyais, vraiment. Si tu savais.

Isabelle a rougi. Ce jour-là, elle avait les cheveux attachés en arrière et quand elle a baissé la tête en fixant la table pour éviter son regard, il distinguait encore son visage. Elle avait les yeux fermés, les lèvres serrées.

— Oh Celestino, je ne vois pas comment on pourrait retourner en arrière. Cette idée d'être amis… je vois bien que ce n'est pas vraiment ce que tu veux. Et quand je repense à celle que j'étais quand on était tous les deux, j'ai honte. Encore plus maintenant, quand je vois le mal que j'ai fait. Les excuses semblent si futiles. Mais je suis désolée, vraiment désolée.

La serveuse était revenue. Un hamburger. Une salade César au saumon grillé. La sauce à part. De l'eau, s'il vous plaît. Une carafe.

— Je t'ai fait pleurer. Oh là là… (Cette fois elle a tendu les bras au-dessus de la table et lui a pris les deux mains.)

J'aurais dû te dire de venir à la maison, c'est juste que j'avais…

— Peur. De moi. De ce que je risquais de faire.

Il aurait dû retirer ses mains, mais il ne l'a pas fait.

— Non !

— Tu te disais que je me mettrais en colère et que je te ferais du mal.

— Ce n'est pas vrai. Je t'ai toujours fait confiance.

— Pourquoi ? a demandé Celestino. J'ai pris la fuite.

— Maintenant je comprends que tu as fait ce que tu avais à faire.

— Non. Si on est là, c'est que tu ne voulais pas me montrer ta vie. Tes meubles, tes photos, ta cuisine, ta…

— Arrête. Ce n'est pas juste.

— Juste ? Qu'est-ce qui est juste ? (Cette fois, il a ôté ses mains. Il a veillé à ne pas hausser la voix.) Je suis un journalier, comme on dit dans les journaux. On m'a déjà traité de garde-pelouse. J'élague les arbres. Je sème du gazon. (Il a hésité, regrettant déjà d'en avoir dit autant, mais il fallait qu'il continue.) Toi, tu es une universitaire qui va aller sauver les enfants pauvres dans le monde. C'est bien comme ça que tu nous vois ?

— Je suis incapable de sauver qui que ce soit, moi la première, a-t-elle répondu à mi-voix.

Quand les plats sont arrivés, au lieu de se regarder, ils ont contemplé ce que l'autre avait dans son assiette. Celestino a remarqué les lignes parfaitement parallèles du grill sur le poisson d'Isabelle. Il voulait qu'elle commence à manger en premier. Malgré tout le travail qu'il avait abattu ce jour-là – un arbre tombé qu'il avait fallu dégager –, il n'avait pas d'appétit.

Elle a fini par prendre sa fourchette.

— Je suis désolée. J'ai parlé comme si c'était moi qui étais à plaindre. Mais ce n'est pas vrai. Je ne suis pas à plaindre. Pas du tout.

Elle a coupé son saumon.

Celestino est resté un moment à l'observer. Puis il a mangé, lentement, soigneusement, en faisant attention à ses manières. Il l'a de nouveau regardée, en se disant qu'il aimerait brûler le souvenir de la jeune Isabelle et poser les yeux sur elle pour la première fois. Elle ne serait pas si différente que ça des femmes tout aussi jolies et intelligentes qui lui servaient des sandwichs et du thé sur leur pelouse.

— Là en revanche, tu me fais peur, a-t-elle dit. À quoi tu penses ?

— Qu'est-ce que ça change ? Tu me rejettes.

Elle a posé sa fourchette et son couteau.

— Quoi que je fasse maintenant, je me sentirai coupable. Mais je veux te donner quelque chose.

Elle a mis son sac sur ses genoux. Puis elle a poussé une enveloppe blanche sur la table. Il s'est efforcé de ne pas la regarder.

— Dedans, tu trouveras le nom d'un avocat génial spécialiste des questions d'immigration. Il a aidé notre femme de ménage. Il travaille pour presque rien. Tu risques d'avoir besoin de quelqu'un comme lui.

Il a attaqué ses frites.

— Prends-la. Ne la jette pas. Je veux être sûre que tu aies quelqu'un pour t'aider si jamais les choses tournent mal. Parce que ça peut arriver d'un coup.

Il a souri amèrement en regardant l'enveloppe.

— Tournent mal, a-t-il répété.

Sans doute était-ce lui qui avait mal tourné aux yeux d'Isabelle. Il imaginait les hommes plus grands, mieux habillés qui l'avaient embrassée, qui avaient partagé son lit depuis huit ans.

— Excuse-moi, a-t-il dit, mais je vais y aller.

— Ne pars pas, s'il te plaît, a dit Isabelle.

— Pourquoi je resterais ?

Elle n'a pas su quoi lui répondre, si ce n'est par une supplique muette, un regard d'une tristesse désespérée.

— Tu dois avoir un livre pour t'occuper pendant que tu termines ton dîner, a-t-il dit en montrant son sac. Si je pars maintenant, je peux avoir le prochain train.

Il a ouvert son portefeuille et posé un billet de vingt dollars sur la table. Puis il a enfilé son manteau.

Elle s'est levée à l'instant où il partait. Elle l'a attrapé par le bras et lui a tendu l'enveloppe.

— Prends ça. S'il te plaît, fais ça pour moi.

Il l'a prise et l'a pliée en deux avant de la glisser dans sa poche arrière.

## 16

PARFOIS, j'avais l'impression que la boue finirait par me rendre fou. Je partage la piètre opinion que T.S. Eliot a du mois d'avril : c'est un mois odieusement capricieux mais contrairement à ce que dit le poème, le lilas n'y est pour rien, j'en ai bien peur. Dans nos régions, le lilas ne fleurit qu'à l'heure où le plus cruel des mois n'est plus qu'une page de calendrier au fond de la poubelle de recyclage. On peut aussi raisonnablement s'attendre à voir le Nord-Est balayé par un blizzard de niveau 4 qu'à une belle éclaircie de ciel bleu – bien que ces ciels se moquent du paysage qui se déploie en dessous, la terre sombre et détrempée en une bouillie de tourbe, de sable, de feuilles pourries et de moufles pétrifiées depuis longtemps égarées.

Sarah s'accrochait. Elle s'était habituée à la perte curieusement étendue de ses poils – ses membres étaient aussi lisses que ceux d'un bébé – mais elle avait commencé à se plaindre d'une lourdeur de plomb dans les jambes, de fourmillements dans les orteils et dans les doigts qui la prenaient par intermittence dans la journée. "Comme si mes nerfs grinçaient", disait-elle. Quand elle mangeait, il lui arrivait de se couvrir la bouche en suffoquant ; des aliments qui étaient trop chauds ou trop froids lui transperçaient les dents de douleur. À présent, son plat préféré était une assiette de purée de pommes de terre tiède accompagnée d'un sandwich de pain de mie toasté au fromage et aux épinards.

Je restais son chauffeur les jours de traitement. J'éprouvais un plaisir coupable à l'idée que j'en profitais pour la voir plus longtemps et la couvrir de tendresse quand elle rentrait avec moi se reposer à Matlock. Le temps était si exécrable qu'elle n'avait plus le cœur de me bannir de l'hôpital. Une fois qu'elle disparaissait dans le palais des toxines de Trudy, je m'installais souvent avec un livre dans un canapé de la salle d'attente. J'avais abandonné Henry James ; je commençais à le trouver carrément déprimant, comme dirait Robert. Ayant soif de divertissements plus picaresques, je m'étais tourné vers les romans les plus burlesques d'Iris Murdoch avec leur humour noir, pour ne pas dire diabolique. Poppy adorait Iris Murdoch.

Quand j'étais dans les parages, Chantal me comptait à chaque fois qu'elle commandait à déjeuner pour "les filles". De temps en temps, Trudy venait s'asseoir quelques minutes avec moi. Je n'avais pas été réinvité dans le saint des saints depuis le premier jour de chimio de Sarah. Trudy me traitait avec douceur comme si j'étais devenu à ses yeux un vieux monsieur dûment certifié. Au lieu de me lancer d'un ton désinvolte "Comment va, papa ?", elle me demandait à voix basse "Comment te sens-tu en ce moment, papa ?".

— Accablé, lui ai-je répondu en ce jour du début avril. Embourbé dans la gadoue de mon allée surchargée de circulation et les épreuves de mon entourage. Quoique, à ce propos, je ne vois quasiment jamais ta sœur.

— Clover est trop occupée à s'efforcer de faire venir les enfants ici.

— Encore ?

— Elle a un avocat à New York, maintenant. Je ne sais pas où elle trouve l'argent pour le payer.

Trudy s'était assise et se penchait vers moi en parlant à mi-voix.

— Au moins, elle te parle, lui ai-je dit.

— Non. J'ai appris tout ça par Todd. Il a appelé parce qu'il s'inquiète pour Lee. Il dit qu'un adolescent ne devrait pas se retrouver pris en otage par des parents qui s'entredéchirent. Personne n'en parle devant lui, mais il est suffisamment grand pour sentir qu'il y a quelque chose qui se trame. Todd dit que ses notes baissent.

— C'est un garçon, ai-je protesté. Il veut devenir un sportif. C'est parfaitement normal.

— Mais Todd veut le faire entrer dans un bon lycée. C'est très compétitif là-bas, même dans le public.

C'étaient là des pressions que je n'avais pas eu à subir. Je ne m'étais pas soucié de l'éducation de mes filles ; je m'étais soucié de leur bonheur. Sans doute les deux sont-ils liés au bout du compte, mais je n'y avais jamais pensé. Peut-être cela explique-t-il la détresse de Clover. Aurais-je dû la pousser à avoir de meilleures notes pour qu'elle puisse aller comme sa sœur dans une université prestigieuse ?

— J'ai toujours eu confiance dans le jugement de Todd, ai-je dit. (En voyant Trudy acquiescer, j'ai soudain eu l'impression de trahir sa sœur.) Écoute-nous un peu. Pauvre Clover.

— Elle ne mérite pas que tu la plaignes, a rétorqué Trudy tout en continuant à chuchoter.

Elle a posé les mains sur ses cuisses, un des multiples gestes rituels qui signifiaient qu'elle devait y aller ; j'avais fini par tous les connaître.

— Bon, papa. Je voulais juste que tu saches que Sarah s'en sort très bien. Elle est très forte. Physiquement et mentalement. À ce stade du traitement, beaucoup de femmes ne tiendraient pas aussi bien le coup. Je tenais à ce que tu le saches.

— De source sûre. (J'ai posé la main sur son genou recouvert par sa blouse blanche. Nos doigts se sont effleurés avec embarras, mais je ne les ai pas retirés.) Merci mon petit.

— De rien, papa.

Elle m'a embrassé sur la joue.

Je me suis replongé dans *Le Séducteur quitté*, où une jeune femme capricieuse tombe sous le charme de deux frères. Ah la duplicité, ai-je songé avec une satisfaction non dissimulée : voilà au moins un souci que je n'ai pas,

En revenant de Boston, Sarah a dormi. J'écoutais de la musique classique à la radio, heureux de l'avoir à mes côtés, bien attachée, ronflant doucement. Sa tête retombait de côté, déplaçant son turban de fortune. Au carrefour de la route 2 et de l'embranchement de Matlock, je l'ai observée jusqu'à ce que le feu passe au vert. Ses veines bleues et lavande luisaient sous son cuir chevelu mis à nu. J'avais l'impression d'être amoureux du moindre centimètre de ses vaisseaux sanguins, de chaque pore de sa peau.

Après avoir vu ma longue allée de terre battue saccagée de manière imprévue (je me rendais compte à présent que je devrais la faire paver), j'avais demandé à Tommy Loud d'installer un tonneau de sable à côté des boîtes aux lettres. Je m'arrêtais au bord de la route, sortais de la voiture et, à l'aide d'une vieille boîte de café, je jetais suffisamment de sable à l'entrée de l'allée pour que les pneus puissent adhérer. C'était là que les parents garaient leur voiture en laissant tourner le moteur au ralenti pendant qu'ils faisaient l'aller-retour, aggravant encore la boue.

Sarah s'est réveillée au moment où j'accomplissais ce nouveau rituel. Elle était déboussolée.

— Où est Rico ? m'a-t-elle lancé par la portière de la voiture.

— Chez toi, ai-je répondu. Ne t'inquiète pas.

Elle a froncé les sourcils.

— Gus est avec lui ?

— Oui, ton mystérieux cousin si fiable que je semble voué à ne jamais rencontrer.

Elle s'est renversée sur le siège. Je suis allé me garer devant la porte de la maison. Malgré ses protestations, je l'ai portée à l'intérieur. *Comme une jeune mariée,* ai-je failli lui dire. Elle s'est rendormie pendant une heure sur le canapé puis je l'ai forcée à manger un bol de soupe aux nouilles.

— En boîte, ai-je confessé. Mais bio. Les conservateurs sont cultivés dans des boîtes de Petri bénies par le dalaï-lama.

Elle a levé les yeux au plafond.

— Je n'ai pas trop envie de rire, là.

— Alors on laisse tomber l'humour, ai-je répondu en balayant l'air d'un grand geste.

Je l'ai regardée manger. J'avais laissé la soupe refroidir un peu, mais la légère vapeur qui s'élevait lui rosissait les joues. Et pourquoi ne pas me marier ? Me remarier, changer de maison ? J'ai jeté un coup d'œil au-dessus de la cheminée. La grande coupe en argent de nouveau ternie avait repris ses reflets moirés. J'avais dissimulé derrière la lettre impétueuse de Maurice Fougère. Il y avait plus d'un mois qu'elle était là, restée sans réponse.

Une fois sa soupe terminée, Sarah a demandé à rentrer. Pour une fois, j'étais impatient de la libérer et de me retrouver seul pour mener à bien le projet qui m'était soudain venu à l'esprit.

Sitôt rentré de Packard – où Sarah ne me laissait jamais dépasser le seuil de son immeuble –, j'ai récupéré la lettre. Il était six heures, mais il y avait fort à parier que les lutins de Fougère travaillaient jour et nuit dans son cabinet.

Le lutin qui a décroché le téléphone m'a informé que le maître était parti à Dubaï ; un de ses assistants pouvait-il m'aider ? Non, lui ai-je répondu. C'était personnel. J'ai emporté la lettre dans mon bureau et j'ai ouvert mon ordinateur. J'ai cliqué sur "Nouveau message" et vu la page virtuelle s'ouvrir sur mon écran et je me suis dit que je n'avais pas de temps à perdre.

Il arrive que l'adversité se faufile par-derrière pour vous donner un coup de pied bien placé. *Tiens, prends ça, espèce de prétentieux bouffi de suffisance.*

Quelques jours plus tard, Sarah a attrapé un rhume. La fièvre s'est déclarée quasi aussitôt. Trudy lui a ordonné d'aller dans un laboratoire de Lothian se faire faire une prise de sang pour que l'on vérifie la numération de ses globules blancs. Je ne l'ai appris qu'après, quand elle m'a appelée pour me dire que les résultats de la numération n'étaient pas bons.

C'était samedi. Nous avions prévu d'emmener Rico au musée des Sciences et je ne voyais pas de raison d'annuler l'expédition. Mais nous déposerions Sarah à l'hôpital afin qu'on lui injecte un remède musclé pour rassembler vite fait les troupes immunitaires. Les infirmières la garderaient sous surveillance jusqu'à ce que la fièvre soit tombée. Avec Rico, nous irions au musée de notre côté et repasserions la chercher plus tard.

— Je comprends maintenant les gens qui parlent d'être otage d'une maladie, a dit Sarah. Si jamais le musée ferme avant qu'ils me relâchent, tu peux peut-être emmener Rico dîner quelque part.

Je lui ai répondu que j'en serais ravi.

Au musée, la première salle sur laquelle nous sommes tombés était consacrée à une exposition sur la circulation sanguine chez les humains. Des hordes d'enfants gambadaient dans des tunnels doublés de feutre représentant les veines et les artères ; des plaquettes en peluche flottaient dans le tunnel, ainsi que d'autres organismes reproduits en tissu et en papier aluminium. Des écrans vidéo montraient un petit film pris à l'intérieur du cœur humain – flou et sombre, comme un mauvais film d'art et d'essai des années 1960 – et des dessins animés représentant les poumons et les autres organes qui entretenaient soigneusement le système d'irrigation du corps humain. Nous étions entourés par des battements de cœur rythmés à la contrebasse, comme dans un film de science-fiction.

J'ai essayé d'entraîner Rico en haut, où on nous promettait des dinosaures, le système solaire, une exposition sur les robots dans les films. Mais en vain. Il était sous l'emprise du toum-tac toum-tac de la bande-son.

Après avoir fait le tour des tunnels et des grottes, il a trouvé un écran où il pouvait appuyer sur un bouton blanc qui déclenchait une animation en 3D du cœur exécutant son subtil tango valvulaire. Rico n'arrêtait pas d'appuyer sur le bouton.

— Dans le sang de maman il y a plein de médicaments qui tuent les tumeurs, a-t-il déclaré quand il a fini par s'en détourner. Les médicaments peuvent les trouver n'importe où. Elles ne peuvent pas se cacher.

— C'est bon à savoir, ai-je répondu.

Curieusement, j'ai pensé à Ben Laden, rusé, maléfique, aux Bérets verts et aux Forces spéciales de la Navy fouillant inlassablement les montagnes d'Afghanistan.

— Il y a des gens qui meurent vraiment du cancer, a dit Rico en me conduisant enfin vers l'ascenseur.

— Enfin, de moins en moins, maintenant qu'ils ont des médicaments aussi efficaces, comme ceux que prend ta maman.

Rico m'a regardé froidement.

— Mais il y en a qui meurent. C'est vrai.

Je me demandais si j'étais censé le réconforter en lui disant que sa mère ne ferait pas partie de ces “il y en a qui” ou lui confirmer qu'il avait raison. Sarah ne m'avait laissé aucune indication à cet égard, se disant sans doute qu'il n'y avait aucune chance que je sois seul avec Rico s'il abordait le sujet. Mais pourquoi ? Pourquoi ne m'avait-elle pas préparé à cela ? Une fois de plus, je me sentais blessé, mis à l'écart.

Je m'apprêtais à lui dire que mon meilleur ami avait eu un cancer il y avait de cela bien des années et qu'il était complètement guéri, quand Rico a lancé :

— Si quelque chose arrive à maman, je vivrai avec Gus. Ce sera mon papa. Gus est en bonne santé. Et puis il est plus jeune que maman. Il est né presque le même jour que moi.

Nous étions entrés dans l'ascenseur. Rico a appuyé sur le bouton qui devait nous ramener à l'époque nettement moins périlleuse où les monstres dominaient la planète. Les gens ne mouraient pas de cancer en ce temps-là, parce que les gens n'existaient pas.

Je ne savais pas quoi répondre à cette nouvelle. Mais en revanche je savais quoi éprouver. De l'indignation.

— Gus est le cousin de ta maman, c'est ça ?

Rico m'a regardé en fronçant les sourcils.

— Mais non. Je n'ai pas de cousin et maman dit qu'elle n'a pas de cousin non plus. Il y a beaucoup de gens qui ont des cousins et il y a beaucoup de gens qui ont des frères et des sœurs. Mais nous, il n'y a que nous. Ça nous suffit.

— Pas de cousin, ai-je répété. Gus est un grand ami, alors.

Rico a réfléchi à la question.

— Oui, mais il s'est marié avec maman. Maman n'habite pas chez lui et moi non plus, mais avant oui. Alors peut-être qu'on y habitera encore. Si elle est vraiment très malade. Moi je veux bien. Il y a un terrain avec des jets d'eau.

— Marié ? ai-je répété alors que les portes de l'ascenseur s'ouvraient.

Nous étions face à un allosaure à l'air affamé, les mâchoires grandes ouvertes, les griffes cherchant une proie. *Ça va aller*, disaient les yeux rouges en verre.

Rico n'a pas relevé ma question. Il est passé en courant devant le carnivore menaçant.

— Viens voir le stégosaure ! s'est-il écrié, et je l'ai suivi. Quand j'ai insisté pour que nous nous arrêtions un moment sur un banc, il m'a expliqué les liens d'évolution entre les dinosaures et les serpents. Je savais déjà que le serpent était son animal préféré.

— Les serpents sont des symboles très puissants dans beaucoup de mythes et de contes de fées, lui ai-je dit alors que nous approchions de l'apparition des mammifères. Je te parie que je peux te trouver de fabuleuses histoires de serpents chez moi.

Je faisais de mon mieux pour m'efforcer de bavarder d'un ton enjoué.

— Comme les serpents de mer, a dit Rico. Comme le monstre du Loch Ness.

— Toutes sortes de serpents. Des serpents très ordinaires, en fait. Comme tu peux en voir dans ton jardin.

— Je n'ai pas de jardin. Mais Gus, oui.

J'ai entendu le téléphone sonner dans ma veste. Ce phénomène me faisait toujours sursauter, mais j'étais plus agité encore à l'idée que ce devait être Sarah. J'ai répondu sous l'œil attentif de Rico.

— Hello, Percy. (À peine un soupir.) Ils vont me relâcher d'ici d'une heure, mais il faut que je rentre directement à la maison. Pas de restaurant pour moi. Tu peux faire manger Rico vite fait en venant ici ? N'importe quoi, du moment que ce n'est pas des bonbons.

— Pas de bonbons, ai-je répondu en faisant un clin d'œil à Rico.

— J'ai horreur de ça, a-t-elle dit. Vraiment horreur.

J'avais envie de lui répondre que moi aussi, j'avais horreur de ça – cette impossibilité de lui dire ce que Rico venait de m'apprendre, d'exiger des éclaircissements.

— Je sais bien, lui ai-je dit en faisant de mon mieux pour avoir l'air de compatir.

— Des frites, a dit Rico à la seconde où j'ai glissé le téléphone dans ma poche.

— Ça doit pouvoir se trouver.

Je lui ai pris la main et je l'ai serrée dans le creux de la mienne. J'aurais aimé lui dire combien j'aimais sa mère ; malgré la colère que j'éprouvais. En passant devant la salle des primates, je me suis demandé si je n'étais qu'un de ces mâles *homo sapiens* tristement prévisibles, qui désirent d'autant plus une femelle qu'ils s'aperçoivent soudain qu'ils pourraient bien avoir un rival. Mais peut-être l'avais-je déjà perdue.

Robert avait dit qu'il était "à fond dans la chimie" mais qu'il pouvait prendre un sandwich avec moi.

— Pas au Club, Grand-père. Je n'ai pas le temps de me faire beau.

Nous avons décidé de nous retrouver dans un delicatessen situé non loin du T.

— Tout est OK pour toi ? m'a lancé Robert dès qu'il m'a vu.

Quand il a jeté son sac à dos sur la banquette de l'alcôve où je l'attendais, ce dernier est retombé avec un bruit lourd qui semblait accentuer encore le poids et l'importance des obligations dont je le détournais.

— Comment se fait-il que les membres de ta génération évaluent tout selon une norme aussi médiocre ? Et pourquoi faudrait-il tout évaluer dans le même panier ? Sa santé, ses activités quotidiennes, ses biens…

— Holà, qu'est-ce qui se passe Grand-père ?

— Comme toujours, pas grand-chose. (J'ai pris l'air contrit.) En fait, je me demande bien ce qui m'a pris de vouloir prendre ma retraite.

Robert a hoché la tête.

— C'est dur, oui. Tu as quasiment vingt ans de moins qu'en réalité. Mais tu pourrais voyager ; c'est ce que je ferais, moi. Hé, voyager avec Sarah ! L'emmener à Paris ou dans un coin vraiment romantique. Enfin, une fois qu'elle aura fini son traitement.

J'en suis resté sans voix, mais Robert n'attendait pas de réponse.

— Bon, je meurs de faim. Je vais commander. Qu'est-ce que tu veux ? Le pastrami est génial, si ce n'est que j'essaie de ne plus manger de viande.

— Parfait, ai-je répondu.

J'ai étudié un panneau décrivant la manœuvre de Heimlich tandis que Robert faisait la queue au comptoir. Quand il s'est rassis, il a posé deux verres d'eau sur la table. Il m'a dévisagé un moment.

— Tu n'as pas l'air heureux, Grand-père.

— Je ne suis ni heureux ni malheureux. Je suis hébété.

Robert a eu l'air anxieux. Quand bien même il aimait son grand-père (le vénérait, me plais-je à croire !), il n'avait aucune envie de sonder les profondeurs obscures de l'âme d'un vieux monsieur.

— Mon petit-fils numéro 1, lui ai-je dit, réponds-moi franchement. Que penserais-tu si je vendais la maison ? (L'espace d'un instant, j'ai cru voir des larmes dans ses yeux.) Si ça te faisait trop de peine, je ne suis pas sûr que je pourrais. Je ne suis pas sûr de pouvoir de toute façon. Mais tu es le seul qui…

— Grand-père ! s'est-il écrié comme s'il m'avertissait d'un danger. C'est ta maison, tu peux en faire ce que tu veux. Peu importe ce que j'en pense. Ou qui que ce soit. Je t'assure.

Je lui ai souri.

— Et qu'en penserait ta mère ?

La serveuse débordée a posé sans ménagement deux assiettes en carton devant nous. Robert a aussitôt pris son sandwich.

— Je crois qu'elle serait triste, mais vaguement soulagée.

— Qu'est-ce que c'est que ça ? lui ai-je demandé.

Le contenu de son sandwich était essentiellement grisâtre.

— De l'aubergine. Mais tu parles sérieusement, Grand-père ? Tu vas la mettre en vente ?

— Non. J'en ai assez des gens qui se baladent chez moi comme des chiens errants. Maurice Fougère veut l'acheter. L'architecte. Enfin, c'est ce qu'il croit. (J'ai ri.) S'il met le pied à la cave, il pourrait bien changer d'avis. Pour ce que j'en sais, elle abrite peut-être une colonie de mouffettes.

— Attends, le Roi de la Verrière ? Le type qui a refait la grange ?

— Oui, mon cher Robert, celui-là même.

— Waouh. (Avait-il vraiment les larmes aux yeux ?) Tu veux que je te dise ? Plume-le. Mais où iras-tu ?

— Tout est possible. Le monde est à moi, non ?

Cette fois, Robert avait l'air inquiet.

— Pas, genre, trop loin…

Il y avait une éternité que je n'avais pas mangé de pastrami. J'ai savouré un moment la texture caoutchouteuse inexplicablement agréable, la moutarde qui me piquait le nez.

— Je voulais seulement savoir ce que tu en pensais. N'en parle à personne, surtout. Et encore moins à ta mère. Je n'ai même pas parlé à Fougère. Il est à l'autre bout du monde.

Nous avions échangé quelques mails mais Maurice, toujours aussi efficace dans les opérations d'envergure internationale, s'était arrangé pour que l'expert en bâtiment le plus inflexible de Matlock vienne inspecter la maison en fin de semaine.

— À toi, maintenant, ai-je dit. Tu as des projets pour cet été ?

Robert m'a dit qu'il voulait passer l'été à New York et allait avoir des entretiens pour effectuer un stage dans des associations de Manhattan qui œuvraient pour la sauvegarde des pauvres arbres. Il avait l'intention de profiter d'un long week-end pour y descendre en voiture avec son colocataire.

— On dormira chez oncle Todd. Ça me fait plutôt bizarre, je dois dire.

— Tu verras Filo et Lee. C'est bien. Inutile de te sentir coupable.

— Maman dit que tante Clo s'est emballée et qu'elle ne sait pas quoi faire de son temps. (Il a haussé les épaules.) Maman est dure avec tous ceux qui ne bossent pas quatre-vingts heures par semaine.

— Permets-moi de te dire que contrairement à ce que pense ta mère, ta tante travaille énormément.

Robert avait fini son sandwich et lorgnait l'autre moitié du mien.

— Vas-y, sers-toi, lui ai-je dit.

— Non. (Il n'a pris que le cornichon.) Le seul fait de renoncer au bœuf est une des mesures essentielles que l'on peut prendre pour réduire les émissions de carbone.

— Ah. Et qui m'a conseillé de commander ce sandwich ?

— Tu as la permission.

— Parce que je suis au bord de la tombe et ne serai bientôt plus qu'une émission de carbone ?

Robert a souri.

— Non, parce qu'au moins, comme ça, j'ai l'odeur du pastrami.

Nous avons ri. Je me sentais légèrement mieux, moins déconnecté du monde.

— Il faut que j'y aille, Grand-père. Merci d'être venu jusqu'ici. Si tu veux voir un truc cool, va faire un tour au Carpenter Center. Il y a un copain de Turo qui a une vidéo là-bas. Sur la Grande Barrière de corail.

— Et sa destruction par les méchants humains, je suppose.

— Mais non ! C'est un hommage à toute cette vie. Ça donne carrément la pêche. Tu en as bien besoin.

Il a pris son sac à dos et m'a donné une claque sur l'épaule.

— Ça va te plaire, promis.

Puis il est parti.

Robert ne m'avait pas demandé de nouvelles de Sarah. Malgré son inconscience juvénile, peut-être sentait-il que ce n'était pas le moment. Mais je me souviens de m'être dit qu'il était plus probablement obnubilé par des préoccupations bien plus futiles. Par la suite, je devais m'apercevoir que c'était l'inverse : c'était moi qui avais des préoccupations terre à terre, moi qui aurais dû m'intéresser de plus près à ses relations et à ses projets d'avenir.

La veille, le dimanche qui avait suivi notre journée à Boston, j'avais appelé Sarah à huit heures du matin. Une fois de plus, le sol était trop boueux pour que je puisse faire mon jogging. Si j'avais pu décharger une part de ma colère, me défaire de la confusion abrutissante dans laquelle j'étais plongé, notre conversation se serait peut-être terminée autrement.

Ça m'était égal de la réveiller, mais elle était déjà debout.

— Il faut que je te voie aujourd'hui.

Je ne lui ai pas demandé comment elle allait.

— Écoute Percy, je passe la journée avec Rico. Depuis quelque temps, il n'arrête pas d'être trimballé à droite, à gauche. Il a besoin de rester une journée au calme avec sa maman, à la maison. Je m'en veux déjà assez d'avoir raté le musée. (Elle s'est interrompue.) Rico s'est bien amusé avec toi.

— Il faut que je te parle, Sarah.

— Je te suis vraiment reconnaissante de tout ce que tu fais, Percy, et s'il y a bien quelqu'un pour qui je me dois d'être disponible, c'est toi – mais Rico passe avant. Aujourd'hui, je me consacre entièrement à lui. Et à ces cochonneries qu'on m'a injectées hier et qui m'ont donné l'impression que mes os implosaient toute la nuit.

Pour la première fois, je n'avais aucune patience pour sa maladie, cette façon qu'elle avait de s'en servir comme d'un bouclier.

— En ce cas, ce sera au téléphone. Là, maintenant. Rico est avec toi ? Juste à côté ?

— Il regarde un film. L'idée c'était que je me repose une heure.

— Tu devras remettre ça à plus tard.

— Ne me parle pas comme ça, Percy. C'est quoi cette attitude, soudain ?

— Tu pourrais bien avoir à t'expliquer avant moi sur ton attitude, ai-je répliqué. Le mystère dont tu t'entoures, ce repli sur toi – non pas parce que tu as appris une nouvelle terrible mais parce que si je n'avais pas été là, tu n'en aurais jamais rien su. Ou c'est du moins ce que tu crois. Tu te débarrasses du porteur de mauvaises nouvelles, c'est ça ? Mais à petit feu. Après l'avoir bien torturé, surtout.

Le rire de Sarah était empreint de désespoir et non de joie.

— Je savais que tôt ou tard, tu finirais par être à bout. Je ne peux pas t'en vouloir de craquer. Mais tu te trompes complètement, Percy. Je sais que je donne l'impression de te rendre responsable de mon cancer, et c'est vrai qu'au début, j'ai eu une réaction puérile…

— On n'en est plus là, l'ai-je interrompue. Gus. Voilà où on en est. Moi, du moins. Enfin ! Le cousin, c'est ça ? Ou aurais-je mal compris ? Serait-ce un simple "ami" ? Ou peut-être plus que ça ?

J'entendais le film de Rico, les voix des acteurs qui surjouaient, à l'abri de l'univers du dessin animé où les lois de la physique ne s'appliquaient pas.

— J'aurais dû te présenter à Gus depuis des mois, je suis désolée.

— Et pourquoi tu ne l'as pas fait ?

— Parce qu'on a eu… une histoire. Mais on avait rompu bien avant que je te rencontre. Des mois avant. Il connaît Rico depuis qu'il est tout bébé et du coup on est restés amis. Enfin, surtout Rico et lui. Rico passait parfois la nuit chez lui. Je ne pouvais pas couper ce lien, il était trop important. Tu peux comprendre ça ?

— Un ami de Rico, ai-je dit. Tu peux alors m'expliquer pourquoi Rico me raconte que Gus et toi vous êtes mariés ? C'est un fantasme, si je comprends bien. C'est seulement qu'il aimerait que Gus soit son père ? Ou serait-ce moi qui prends mes désirs pour des réalités ? Sois honnête, Sarah.

C'était précisément la signification de son nom de famille. J'ai ri de ce jeu de mots involontaire. Sarah Straight. Sarah la droiture, la vérité. (Oh non, aurais-je fait l'amalgame entre Sarah et Trudy ?)

— Il vaut mieux régler ça face à face.

— On règle ça maintenant. Ou je viens tout de suite.

— Percy.

— Es-tu mariée à cet homme ? Oui ou non.

— OK, Percy, techniquement, la réponse est oui, mais…

— Merci. Qu'il joue donc les esclaves de cancer, ton mari technique.

— Percy ! (Elle a baissé la voix.) Je t'aime, Percy. Je ne te l'ai pas assez dit, mais c'est vrai. Quasiment depuis le jour où je t'ai croisé ruisselant d'eau dans ton maillot de bain ridiculement rose.

C'était à mon tour de crier.

— Mais c'est quoi l'amour, Sarah ? Ça sert à quoi une déclaration d'amour, à part dans les sonnets et les séries à l'eau de rose ? Que veux-tu que ça me fasse, que tu me dises que tu m'aimes quand en ma présence tout en toi me prouve le contraire ? L'amour, ce sont des actes et non des mots, Sarah. Même toi tu es assez vieille pour comprendre ça.

Si nous avions été ensemble et non au téléphone, le fait de pouvoir se voir et se toucher nous aurait peut-être calmés. Au lieu de quoi, la colère s'était emparée de nous.

— Tais-toi, Percy. Tais-toi une seconde, a murmuré Sarah.

Manifestement, elle éloignait le téléphone du film de Rico. Je l'imaginais enfermée dans sa minuscule salle de bains, se regardant dans le miroir artistique encadré d'une mosaïque de verre bariolée.

— J'ai épousé Gus pour avoir son assurance. Il me l'a proposé. Et aussi de me prêter de l'argent les premiers mois, le temps que…

— Le temps que quoi ?

— Que mon traitement soit pris en charge. Écoute ! a-t-elle lancé d'un ton désespéré. On est allés à la mairie, en ville. Il n'y avait ni amis, ni famille, même pas Rico. La question n'était pas de se marier, mais de me sauver la vie. Ou du moins de la prolonger un peu.

— Si cet homme t'a proposé ça, c'est parce qu'il t'aime ! ai-je répondu. Ne sois pas ridicule. Il veut sincèrement et honnêtement être marié avec toi, non ?

— Percy, la question n'est pas ce que je veux, mais ce dont j'ai besoin.

J'ai honte de dire que je n'avais même pas envie de la croire.

— C'est toi qui as rompu avec lui, hein ? Il a toujours voulu que tu reviennes. C'est ce que tu m'as caché, la raison pour laquelle tu ne nous as jamais présentés.

— Il adore Rico. Il fait ça pour Rico.

— C'est ridicule. Un tissu de mensonges totalement extravagant.

— Tu es libre de penser ce que tu veux, Percy. Et tu peux faire ce que tu veux. Ne jamais me revoir – fais ce que tu crois devoir faire. Je n'ai pas l'énergie de te persuader que c'est la vérité. Mon seul mensonge, ça a été de te dire que Gus était mon cousin. C'était idiot, je te demande pardon. Je ne pouvais pas me faire à l'idée que tu puisses être jaloux. Je ne te connaissais pas suffisamment, à cette époque-là.

J'étais dans le dressing de Poppy, regardant par la fenêtre mon allée transformée en une suite d'ornières pleines d'eau. La maison de Maîtresse Domina se dressait, solitaire et guindée ; elle était absente depuis des semaines.

— J'aurais pu t'épouser, moi, lui ai-je dit. Mais comment la convaincre à présent qu'il y a quelques jours à peine, j'avais l'intention de la demander en mariage ?

Elle n'a rien répondu.

— Pourquoi ne pas m'en avoir parlé, Sarah ? Pourquoi ne pas m'avoir laissé le choix ?

— Tu m'as bien fait comprendre que même si tu m'aimais, tu ne te remarierais jamais. Je comprends. C'est un choix que je respecte.

— Mais on peut changer, bon sang !

— Ne me parle pas de changement, tu veux. (Face à mon silence, son ton s'est adouci.) Écoute, Percy, tu as envie de croire, et moi aussi, que Trudy va me guérir – mais peut-être qu'elle ne réussira pas. J'ai de grandes chances d'être morte d'ici à cinq ans. Je dois penser à l'avenir de Rico.

J'avais envie de lui dire que dans des circonstances aussi inimaginables, moi, je serais un père pour Rico ; je pouvais être un aussi bon père que ce Gus, cet espèce de malotru qui avait emmené Sarah comme par enchantement à la mairie tel Hadès enlevant Perséphone. (Je m'efforçais de remonter en arrière. Quand est-ce que ce mariage avait eu lieu, quel jour ?) Puis je me suis rappelé que Rico avait mentionné que Gus était “plus jeune”. Malgré toutes les protestations de Sarah lorsque nous étions dans les affres de la passion, la question de mon âge avait son importance. Beaucoup d'importance.

— J'ai une dernière question et tu pourras aller faire la sieste, lui ai-je dit.

— Comme si je pouvais me reposer après ça.

— Trudy est-elle au courant, pour Gus ?

Sarah a hésité.

— Trudy a été incroyablement généreuse avec moi quand j'ai eu peur de ne pas être prise en charge. Elle m'a aidée à bien réfléchir aux différents choix que j'avais. J'étais désespérée. Je ne voulais pas aller dans un autre hôpital, voir un médecin qui… Percy – sa voix s'est brisée et, que Dieu me pardonne, je me suis demandé si ce sanglot n'était pas feint –, Trudy est un des médecins les plus extraordinaires que j'aie jamais vus et je sais…

— Est-ce qu'elle l'a rencontré ? Est-ce que Trudy a rencontré Gus ?

— Ça n'a pas d'importance. Trudy est peut-être ta fille, mais c'est mon médecin. (Elle avait de nouveau durci le ton.) Et tu sais quoi ? Ne serait-ce que pour ça, je te serai éternellement reconnaissante.

— À t'entendre, je suis déjà de l'histoire ancienne. Je m'éloigne dans le rétroviseur.

Sarah a fondu en larmes, en proie à un chagrin aussi sincère que sa fureur.

— Tout ce qui compte pour moi, maintenant, c'est l'avenir, a-t-elle sangloté. Tu veux me donner quelque chose ? Donne-moi les dix-huit ans qui nous séparent, Percy. Donne-moi ces années-là, pas plus, pour élever mon fils. Accroche-toi aux dix ans ou plus qu'il te reste à vivre, gaspille-les comme bon te semble, mais laisse-moi vivre jusqu'à soixante-dix ans. Et si j'y arrive, j'espère bien ne jamais montrer ne serait-ce qu'un quart de ta condescendance.

Malgré ma stupeur, je me suis rendu compte que j'avais enfin entendu Sarah pleurer – et que c'était moi qui l'avait fait pleurer. Avant que je n'aie eu le temps d'ajouter quoi que ce soit, elle avait raccroché.

L'ironie veut que j'aie eu soixante et onze ans la semaine suivante. Clover a glissé une carte dans le courrier laissé sur la table. Trudy m'a envoyé un mail en me demandant si j'avais prévu quelque chose. Norval m'a téléphoné pour me poser la même question. Je leur ai répondu à tous les deux que oui. J'ai passé la soirée de mon anniversaire à manger de la pizza aux saucisses devant le Londres de la Seconde Guerre mondiale, *Madame Miniver* de William Wyler, pour être exact. J'avais besoin d'admirer une noblesse et un courage (exacerbés par ce bel accent anglais), dont j'étais totalement dépourvu.

## 17

ROBERT préparait son sac pour le week-end quand Turo est entré dans sa chambre.

— J'ai une sacrée surprise pour toi.

Il s'est assis au bureau de Robert et a ouvert son ordinateur. Il s'est allumé. Turo s'est mis à cliquer et à taper comme un fou, puis il a fait pivoter le fauteuil à demi.

— On est sur YouTube, mon pote.

— Comment ça, on ?

Robert s'est assis à la place de Turo.

— Les CHIENS, mec. Regarde.

Turo a passé le bras au-dessus de l'épaule de Robert, a déplacé le curseur et cliqué. Une fois agrandie, la vidéo s'est transformée en une mosaïque de pixels.

— Il faut que tu changes d'ordi, a marmonné Turo.

Néanmoins, Robert a vu aussitôt qu'une main tremblante avait filmé de jour "l'opération" de la piscine de Ledgely (la banderole dépliée, les animaux écrasés flottant à la surface). À l'autre bout du bassin, en haut de l'écran, deux ou trois paires de chaussures faisaient des allers-retours. Soudain, il y avait un changement de scène et on voyait la pelouse qu'ils avaient recouverte de bouteilles formant une empreinte géante. Robert avait mis une semaine à se remettre de la douleur qu'il avait eue à la main droite à force d'enfoncer les bouteilles par le col dans le gazon à moitié gelé. (Ils portaient des gants – à titre préventif – mais ils n'étaient d'aucun effet pour atténuer la tension exercée sur le poignet et l'avant-bras.) Là encore, la vidéo de quelques minutes à peine avait été filmée de jour au milieu d'une foule de gens qui s'agitaient. Quant à la troisième scène, c'était un épisode dont Turo n'avait pas parlé à Robert : un gros yacht à moteur mis sur cale pour l'hiver dans une allée privée avait été entièrement emballé dans…

— Du papier toilette ? C'est du papier toilette ? a demandé Robert.

— Une centaine de rouleaux, oui.

— Attends, tu ne trouves pas que c'est du gaspillage ?

— Au moins, le message est clair. Mais je n'y étais pas. C'était à Cohasset.

Cette information a fait réfléchir Robert. Les CHIENS avaient-ils des *sections* ou – quel était le terme sinistre employé par la CIA – des *cellules* ? À chaque fois que Robert l'interrogeait sur ce genre de détails, Turo se montrait évasif ou plaisantait. ("Nous sommes légion, mon ami", avait-il soufflé dans un chuchotement de mauvais augure quand, après la mission de la piscine, Robert lui avait demandé franchement combien ils étaient.)

La vidéo était accompagnée par une bande-son de flûte péruvienne.

— C'est quoi cette musique ?

— Oh, on ne sait pas du tout qui a fait cette vidéo, a répondu Turo, mais attends. Regarde !

Deux paires de mains tenaient une banderole peinte à la main : ATTAQUEZ À LA GORGE, LES CHIENS ! Fondu au noir.

Turo a lancé une exclamation triomphale en espagnol.

— Ça a été fait par un membre du groupe, tu ne crois pas ?

— Personne ne l'a revendiqué, mais qu'est-ce qu'on en a à faire ? a répondu Turo. On fait le buzz au niveau culturel. On est dans le multimédia. On est lancés, c'est du délire.

— Je pense que les flics de Matlock et de Ledgely – ou de Cohasset – seraient de ton avis.

Robert se rappelait l'avalanche de courrier qu'avait reçue le *Globe*. Les CHIENS nageaient en plein délire, c'est sûr.

— Tu n'y crois plus, mec, a protesté Turo.

— Allez, on y va. Tu es prêt ?

Robert a refermé l'ordinateur et l'a glissé dans son sac à dos, en sandwich entre un manuel de chimie aussi lourd qu'un parpaing et *L'Amour au temps du choléra*. Il a jeté les clefs de la voiture à Turo.

— Elle est garée sur Walker Street.

Sur NPR, il n'était question que des primaires et des suites de la démission du gouverneur démocrate Eliot Spitzer, qui avait trempé dans une affaire de prostitution. Rien de nouveau sous le maigre soleil de cette fin d'hiver. Ils ont fait défiler les stations en écoutant un cocktail de musique de toutes sortes et en discutant de leurs projets pour l'été.

Turo avait également un entretien à New York. Il voulait travailler dans un cabinet d'avocat spécialisé en droit de l'environnement : cela faisait partie de sa stratégie à long terme pour déjouer le système en se servant de ses mécanismes. Il avait décidé de ne pas dormir à Brooklyn avec

Robert mais de squatter chez un ami à Columbia, un ancien camarade d'Exeter. En l'apprenant, Robert avait été vaguement soulagé. Depuis quelque temps, il saturait sur les emballements monomaniaques de Turo. En récompense des longues heures qu'il passait en bibliothèque, il s'était mis à jouer au squash avec un garçon qu'il avait rencontré en cours de psycho. Il ne s'inquiétait plus de trouver l'appartement plongé dans le noir lorsqu'il rentrait à minuit. Peut-être Turo avait-il appris à se contenter de deux ou trois heures de sommeil par nuit. Robert ne voyait pas autrement comment il pouvait survivre côté études. À moins que ce ne soit un de ces rares génies qui mettent dix fois moins de temps que les autres à faire leur travail. Même en deuxième année, lorsqu'ils avaient deux cours en commun, à partir du mois de juin Turo s'était fait de plus en plus rare dans la salle de Locker qu'ils avaient élue comme le meilleur endroit pour réviser.

Robert commençait à se demander s'il voulait continuer à habiter avec Turo quand ils reviendraient pour leur quatrième année. Turo avait l'air de penser que s'ils se trouvaient tous les deux un boulot à New York, ils pourraient partager une sous-location pendant l'été. Robert voulait travailler pour le groupe environnemental du NRDC ou, à défaut, un autre groupe qui s'était fixé pour noble mission de "sauver les Adirondacks". Sa mère lui avait proposé de travailler à St Matt's mais s'il avait l'intention plus tard de passer le reste de sa vie dans des hôpitaux, d'ici là, il valait mieux les éviter dans la mesure du possible. Elle avait bien été forcée de l'admettre.

Elle l'avait emmené dîner la semaine précédente, et juste après avoir passé leur commande, elle l'avait interrogé sur ses "intentions professionnelles". Elle ne l'avait jamais questionné aussi franchement et Robert en était resté stupéfait. Il avait presque envie de lui demander si elle ne lui faisait plus confiance pour son avenir. Mais il voyait bien qu'elle était angoissée à l'idée d'aborder le sujet et n'avait pas mentionné Clara une seule fois, alors il lui avait parlé de son intérêt pour la psychiatrie. Elle avait paru étonnée, peut-être déçue. Elle avait admis que les progrès pharmaceutiques rendaient sans doute cette discipline plus intéressante qu'elle ne l'était à l'époque de ses études. Robert lui avait répondu que les médicaments n'avaient rien à y voir. Il n'avait aucune envie de n'être qu'un simple trafiquant de drogue à peine amélioré. Elle avait ri.

Quand il lui avait annoncé qu'à New York il séjournerait chez l'oncle Todd, elle lui avait répondu :

— Surtout, dis-lui bien des choses de ma part. Il me manque. Enfin, c'est peut-être son bon sens qui me manque. En parlant de psychiatrie. Plus ça va, plus je me dis que c'est lui qui portait Clover.

— Pourquoi, elle est en train de craquer ?

— C'est un peu exagéré. Je pense qu'elle aime toujours son boulot – qu'elle a eu grâce à papa, ce qu'elle a l'air d'oublier – mais d'après ce que me dit Todd, je crois comprendre qu'elle a un avocat qui n'arrête pas de tourner autour du sien pour obtenir la garde partagée de tes cousins : un semestre scolaire avec elle, l'autre avec lui. Elle se fait des illusions.

— Tu discutes avec Todd sans qu'elle le sache ?

— Comment veux-tu que je discute avec lui, autrement ? Écoute, mon ange, il a si longtemps fait partie de ma famille que je n'ai aucune intention de couper les ponts avec lui. Il peut se remarier encore cinq fois, pour moi, ce sera toujours mon beau-frère. Un jour, tu verras que la famille, ça se complique quand les gens prennent des décisions sur un coup de tête.

Subitement, Robert s'était souvenu de la réticence de sa mère à se détacher de Clara. Et s'il était resté avec Clara pendant cinq ans avant de rompre avec elle ? Mince…

— Et alors, a-t-il répondu. Qu'est-ce que dit oncle Todd ?

Sa mère a hésité.

— Tu sais qu'il ne faut rien lui dire de tout ça quand tu seras là-bas. Et encore moins à Filo ou à Lee.

— Enfin, maman.

— Bon, il n'a certainement pas l'intention d'obliger les enfants à couper leur année scolaire. Quelle idée ridicule. Mais par ailleurs, il a convaincu Moira de faire une croix sur le grand mariage en juin. Je crois qu'ils projettent de se marier discrètement après ta visite, dans la semaine qui suit.

Robert a réfléchi un moment. Pourquoi en faire toute une affaire ? Clover caressait-elle l'espoir de revenir avec son ex ? Il n'osait pas poser la question à sa mère. Le seul fait d'écouter ce qu'elle lui racontait sur Clover lui donnait le sentiment de trahir celle-ci.

— Je te trouve trop dure avec tante Clo. Je comprends que tu sois furieuse contre elle, mais tu n'as pas d'autre sœur. (Il a vu l'expression de sa mère.) OK, c'est la connerie du siècle. Mais elle a toujours été généreuse avec moi. Et quand j'étais petit, je trouvais qu'elle était super cool.

— Elle est cool. Elle est trop cool. C'est un handicap, chez elle. C'est un papillon. Tout ce style, ce côté flamboyant, romanesque, appelle comme tu voudras sa conception de la vie, n'apportent pas la stabilité, ni le contentement au bout du compte.

Robert se demandait quel insecte serait sa mère. Si les deux sœurs étaient dans Ésope, comment s'intitulerait la fable ? "La Coccinelle et le Papillon" ? "Le Perce-Oreille et le

Papillon" ? Il avait un copain étudiant en bio, Joseph, qui était fou d'insectes. Il avait dit à Robert que les perce-oreilles avaient tendance à être orientés vers la famille. Ils étaient non seulement travailleurs mais nourriciers. Les projecteurs entomologiques étaient uniquement braqués sur les fourmis et les abeilles, ce qui était fort injuste. La faute en revenait à Shakespeare, disait Joseph.

C'était si étrange de pénétrer dans l'appartement de tante Clover alors qu'elle n'y vivait plus. Turo est entré avec Robert pour aller aux toilettes et saluer Lee dont il avait gardé un bon souvenir depuis leur expédition nocturne à skis. Lee et Filo venaient de rentrer de classe et leur future belle-mère était au marché.

— Elle va faire de la paella.

— C'est cool, a dit Robert.

— Pour ceux qui aiment ça, a répondu Lee d'un ton amer.

Filo avait allumé la télévision. Turo a regardé autour de lui.

— Super appart.

L'appartement occupait deux étages d'une grande maison avec des bow-windows. Les fenêtres qui donnaient sur la rue avaient vue sur les branches tachetées de lumière d'un sycomore.

— C'est pas mal, mais papa dit qu'il est trop cher à entretenir. Il dit qu'on va chercher une maison dans le New Jersey. Moira veut un jardin.

Turo a montré les branches qui touchaient la fenêtre. Contrairement à celles de Cambridge, les feuilles sortaient déjà.

— On se croirait au paradis.

Robert a pris son sac et traversé la cuisine pour aller dans la petite chambre du fond, dans laquelle il avait déjà dormi autrefois. Le petit lit était toujours là, recouvert d'un nouveau plaid couleur pastel. Fini le jeté noir en chenille plus branché. Une machine à coudre monopolisait le bureau et sur un tableau étaient affichées de nouvelles photos – de Moira, de toute évidence. Elle était jolie, mais très différente de Clover; les cheveux noirs coupés au bol, le teint mat. Elle avait l'air à moitié asiatique – mais elle était légèrement enrobée, ce qui lui donnait un côté plus provincial qu'extrême-oriental.

Turo est entré dans la chambre

— Il faut que j'y aille, mec.

Robert l'a accompagné au métro le plus proche. Ils ont décidé de l'heure à laquelle ils se retrouveraient pour le voyage de retour et se sont souhaité bonne chance pour leurs entretiens. Turo a pris l'escalier de la ligne F. Il l'a descendu quatre à quatre, sachant où il allait, comme d'habitude.

De retour à l'appartement, Robert a regardé le salon et commencé à remarquer l'absence de certains objets précis (une série de coussins éclectiques sur le canapé, un lustre en verre rose), remplacés par d'autres (une petite sculpture d'un père et son fils anonymes, un fauteuil à oreilles délicatement fleuri). La télévision était éteinte. Filo et Lee étaient sans doute partis dans leur chambre.

Robert a frappé à la porte de Lee. La chambre de son cousin était peinte en bleu marine, les murs couverts d'affiches de sportifs : Jeter, Favre, Nadal, Beckham, et un champion d'arts martiaux au visage grimaçant, l'air féroce, qui lançait une jambe vers l'objectif en formant un angle qui semblait totalement impossible.

— Tu es capable de faire ça ? s'est exclamé Robert.

— Je ne suis même pas ceinture marron. De toute façon, il va falloir que j'arrête si on déménage.

— On peut faire du karaté dans le New Jersey.

— Du taekwondo.

— Excuse-moi. Mais ça aussi, on peut.

Lee a haussé les épaules. Il était allongé sur son lit, l'iPod vissé aux oreilles. Robert s'est assis à côté de lui.

— Alors. Elle est comment ? La copine de ton père ?

— Moira ? (Il a de nouveau haussé les épaules ; tout lui était-il donc égal ?) Elle est cool. Elle fait ce qu'elle peut pour qu'on l'aime bien, du coup on est bien obligé. Maman dit que ça changera peut-être une fois qu'ils seront mariés. Elle nous dit qu'il faut qu'on se prépare si jamais ils ont un bébé.

— Mais elle vit bien ici ? Tu aurais vu les signes si elle jouait double jeu, mec.

Robert était choqué d'apprendre que Clover s'était lancée dans une campagne de dénigrement de la vilaine belle-mère.

— Laisse tomber. (Lee s'est redressé.) Tu veux une barre ou autre chose ?

Il a décroché de son iPod.

Dans la cuisine, Robert a pris une banane dans une grande coupe de fruits bariolée (également neuve), et Lee, un bol de céréales de toutes les couleurs – Clover aurait piqué une crise en voyant ça.

Il fallait qu'il arrête de mêler tante Clo à cette scène.

— Ton copain est une sorte d'extrémiste, c'est ça ? a demandé Lee.

— Turo estime qu'il faut vivre ses passions. Ce qu'il veut, c'est essayer de sauver la terre. Genre, travailler pour des gens qui ne se contentent pas de parler d'environnement, des habitudes qu'on doit changer, tu vois. Ce genre de truc.

Lee a mastiqué consciencieusement pendant un moment.

— À Thanksgiving… quand on skiait… Genre, il voulait me brancher sur un groupe, là-bas.

— Quel groupe ?

— Ils font du recyclage, du compostage, de la distribution de trucs pour économiser l'énergie. Je les ai vus à Prospect Park. J'en ai parlé à papa, et il m'a dit que la soupe populaire, ça suffit. Sauf que je dois le faire avec lui et Moira. Alors je me disais que peut-être cet été, quand je serai rentré de chez maman, je pourrais me porter volontaire.

Turo n'arrêtait-il donc jamais de faire du prosélytisme ?

— Je crois que tu fais déjà assez de trucs comme ça, lui a répondu Robert. Entre le sport et les cours. J'ai commencé à bosser comme un malade quand j'avais à peu près ton âge.

— Mais tu es un génie. Maman dit que tout le monde n'est pas obligé d'aller à Harvard, que *c'est* beaucoup d'argent dépensé surtout pour se faire des relations. Elle est allée à UMass et s'en est très bien sortie.

La porte de l'appartement qui s'ouvrait a épargné à Robert de devoir décider si oui ou non il devait défendre son université.

— J'en connais un qui est encore en train de se goinfrer !

La remarque était sonore mais enjouée. Lee a posé sa cuillère. Robert s'est retourné. Moira était là en chair et en os, chargée de deux sacs de courses qu'elle serrait contre elle. Des sacs en papier. Doublés. *(Il* fallait aussi qu'il *arrête* de mêler Turo à tout.)

— Robert ! Le brillant Robert ! s'est-elle écriée. Une banane ? Tu dois être affamé ?

Il y a eu alors une sorte de télescopage embarrassé pendant qu'elle posait les sacs de courses, qu'ils échangeaient salutations et présentations en se jaugeant du coin de l'œil et qu'elle lui offrait autre chose à manger. Moira lui semblait être une femme foncièrement heureuse et énergique, ouvertement maternelle. Elle avait l'accent du Midwest et portait sous son manteau ce style de robe en laine beige moulante qu'on ne voit que chez les femmes qui travaillent dans les affaires ou la finance.

Aussitôt sont apparus sur la table des cookies ornés de Smarties. Faits maison.

— Je vais ranger les courses, inutile de discuter, a-t-elle lancé. Mais après, je te mets à contribution. Tu sais décortiquer les crevettes ? a-t-elle demandé à Robert.

Aussi curieux que ça paraisse, il l'aimait bien. Indépendamment des circonstances, tante Clover l'aurait détestée au premier regard.

Robert n'avait pas vu l'oncle Todd depuis deux ans. Il n'avait pas changé, si ce n'est qu'il avait plus de cheveux gris. Télégénique : le teint lisse, les traits quelconques, sorti tout droit d'une pub pour Toyota ou d'une chaîne du câble. Robert ne pouvait pas s'empêcher de repenser à ce qu'avait dit Clover sur le fait que son mari était peut-être gay. Avait-il l'air gay ? Robert a essayé de chasser cette idée de son esprit pendant qu'ils mangeaient en bavardant.

Todd semblait parfaitement à l'aise avec Robert – il voulait avoir des nouvelles de ses parents, de Grand-père. Robert lui a appris la grande nouvelle : Grand-père avait une petite amie. Il a préféré ne rien dire du cancer. La dernière fois où il avait vu son grand-père, ils n'en avaient pas parlé. Robert avait peur de lui poser la question. Il savait que c'était sa mère qui la soignait, mais naturellement, elle ne lui disait rien.

— Chapeau, Percy, a répondu Todd. C'est fantastique. Il était temps. Mais il faut que je t'avoue que ta mère avait vendu la mèche.

— Il pense peut-être vendre la maison, a dit Robert. S'installer avec elle. Il ne me l'a pas dit, mais c'est le pressentiment que j'ai.

— Alors, là, c'est encore plus incroyable comme nouvelle. Quitter cette maison ?

— C'est trop grand pour lui et elle fait des vitraux. Elle habite dans son atelier. J'y suis allé une fois avec Grand-père. C'est hyper bizarre de l'imaginer passer ses journées dans ce loft branché.

Moira préparait le dessert dans la cuisine.

— Cette maison, avec Clover, on se disait qu'un jour on finirait par y habiter, a dit Todd. Elle disait que c'était là qu'était le cœur de sa mère. Je ne sais pas au juste comment on s'imaginait que ce serait possible. Enfin, de toute façon, le destin en a voulu autrement.

— Sûrement, oui.

Robert jetait des regards nerveux en direction de la cuisine. Todd et Moira parlaient-ils souvent de Clover ? Peut-être, à cause des enfants. Ses cousins auraient maintenant trois parents.

Devant un fraisier, oncle Todd l'a interrogé sur les entretiens qu'il comptait passer. Robert lui a expliqué sa stratégie : travailler dans les domaines de la biologie liés à la nature et non à la médecine, jusqu'à ce qu'il entame ses études médicales proprement dites.

— Si tu réussis à décrocher un de ces boulots, tu peux passer l'été chez nous.

— Vraiment ?

Robert a lancé un coup d'œil à Moira.

— C'est Moira qui a eu l'idée, a dit oncle Todd. Elle pense que tu pourrais avoir une bonne influence à la maison.

Il a regardé en direction de la chambre de Lee. (Les cousins avaient été envoyés faire leurs devoirs, afin de pouvoir mériter leur part de fraisier.)

Robert a essuyé la crème de ses lèvres en prenant soin de prendre sa serviette.

— Mais Filo et Lee passent l'été chez leur mère, non ?

— Oui, enfin Filo va à son camp d'équitation, mais Lee va rester ici jusqu'à la mi-août. Il n'a quasiment pas la moyenne en lettres et en histoire-géo et on l'a inscrit dans une sorte de cours d'été. C'est juste à côté d'ici, dans Park Slope. Il n'y a aucune chance de trouver ça à Matlock.

— On ne te ferait rien payer, a dit Moira. Tu fais partie de la famille. Et j'enlèverais cette grosse machine à coudre du bureau. Tout ce que je couds maintenant, ce sont des rideaux et on a tout ce qu'il nous faut. Pour l'instant, en tout cas.

Elle a souri à l'oncle Todd. Embauchait-on Robert pour jouer les Big Brother ? Quelle importance ? Il n'avait quasiment pas d'économie. La rémunération du stage ne couvrirait jamais ses dépenses à New York. Malheureusement ce marché risquait de lui coûter l'affection et la faveur de tante Clo. Il y réfléchirait.

— Waouh, a-t-il dit à Moira. Je ne sais pas quoi dire.

Sans doute ne s'habitue-t-on jamais aux changements de partenaires, s'est dit Robert en sortant García Márquez de son sac à dos et en rabattant les draps (à marguerites !) du petit lit. Et pourtant, les gens passaient leur temps à le faire, s'adaptaient. Était-ce un handicap pour ses parents, eux qui ne gardaient quasiment aucun souvenir d'avant le cours de psycho de première année et leur affectation fatidique en binôme au labo ? ("Du labo à la vie. La première chose qu'on ait partagée, c'est une souris blanche !" aimait à dire son père.)

L'événement que Robert redoutait tant avait fini par se produire : deux semaines auparavant, en s'arrêtant au Gato Rojo prendre une double dose de caféine et de chocolat pour stimuler ses neurones, il avait vu Clara attablée avec le mec qui avait sa chambre au bout du couloir de sa résidence. Stuart quelque chose. Immense, un vrai totem. Membre de l'équipe d'aviron. Chemises à col boutonné sous des pulls en laine tout droit sortis d'un catalogue de J. Crew. Merde, c'est *lui* qui sortait tout droit d'un catalogue. Le genre de type dont ils se moquaient, avec Clara.

Leurs mains jointes sur la table encadraient une assiette de gâteau à la carotte.

— Salut, a lancé Stuart quelque chose en le remarquant en premier.

— Salut, a répondu Robert.

Il n'avait pas envie de regarder Clara, mais il le fallait bien.

— Salut, a-t-elle dit avec raideur. Comment ça va ?

Robert a vu Stuart virer au rose bonbon et essayer de retirer ses mains, mais Clara les tenait pour bien lui faire comprendre.

— Tout va bien, lui a répondu Robert. Pour toi aussi, à ce que je vois.

Il avait la voix tremblante. Merde. Elle s'en est aperçue et a adouci le ton.

— Je suis contente de te voir.

— Oui, cool.

Ce n'est qu'au prix d'un effort de volonté qu'il est allé faire la queue au comptoir au lieu de s'enfuir vers le Yard. Il a payé puis il s'est dirigé vers la porte en prenant soin de lui tourner le dos. Mais quand il s'est arrêté pour poser son café le temps de ranger son portefeuille, il a senti son regard. Il s'est retourné brièvement, cramoisi, et a reçu le message cinq sur cinq : Clara ne lui pardonnerait jamais – et pourquoi devrait-elle ? Il était trop tard, ne serait-ce que pour s'excuser.

Ce soir-là, Turo lui a dit :

— C'est devenu un cal.

— Quoi ? a fait Robert.

Turo a placé quatre doigts sur le talon de sa main opposée.

— Toutes les relations dont on se débarrasse laissent un cal, mec. Ça endurcit.

— Merci. Ce n'est pas tant que je me suis débarrassé d'elle, je lui ai roulé dessus deux ou trois fois avant de la laisser pour morte.

— Désolé, mec. Je ne veux pas être dur. Clara était intelligente. Jolie. Sexy.

— Je sais ce que tu vas dire. Il y en a des dizaines comme elle.

— Tu sais que c'est vrai, mon pote. On l'apprend tous un jour ou l'autre.

— Ouais, c'est ça, et je sais aussi que je vais devoir apprendre des tonnes de trucs qui vont me débecter pour décrocher un boulot correct dans ce monde cruel. Je connais plein de trucs que je préférerais ne pas connaître, mais je suis bien obligé. Pas toi ?

— Bien sûr. L'étape suivante, c'est de trier ce qui est vraiment important.

— Turo ? Mon pote ? On peut arrêter les sermons pour ce soir, dis ?

Heureusement, Turo avait arrêté.

Les entretiens de Robert se sont bien passés. Il aimait mieux les gens des Adirondacks, et s'il avait ce boulot, il aurait l'occasion de travailler sur le terrain, de collecter des échantillons d'eau et de sol, de camper en forêt, si bien qu'à présent, il ne savait plus trop lequel il préférerait. Bizarrement, Turo ne lui a envoyé aucun texto avant leur départ. Pendant son temps libre, Robert est allé visiter le nouveau MoMA et le musée de l'Érotisme. Il est allé passer une soirée à Williamsburg avec une fille de son cours de bioéthique qui avait appris qu'il était de passage à New York. Pas de grand frisson mais elle était cool. Robert l'a suivie dans une fête qui se tenait dans un loft où tout le monde dansait et fumait des joints. Il a été soulagé de la voir repartir avec un autre mec. Il est rentré à l'appartement juste au moment où l'oncle Todd se levait le lundi matin pour aller à son club de gym. (Une obsession pour la muscu ; c'était gay, ça ?)

— Je parie que tu as besoin d'un café. Et un grand, a-t-il dit en se contentant de servir une autre tasse.

Pas de questions dérangeantes. Ils ont mangé des gaufres grillées en se partageant le *New York Times.* Après le départ de Todd, Robert a préparé le petit déjeuner pour ses cousins pendant que Moira prenait sa douche et s'habillait. Dans un tourbillon de sacs à dos à fermer, de cheveux à brosser, de bottes à localiser, ils sont partis, laissant Robert merveilleusement seul. Il est allé s'écrouler.

Les deux autres soirs, il est resté à l'appartement avec ses cousins à jouer à des jeux et à regarder la télévision. Oncle Todd l'a remercié de lui avoir "facilité deux rendez-vous en amoureux en une seule semaine" !

Il était grave. Mais pas gay. *Negativo.*

— Tu es blanc comme un linge, mec, on dirait que tu ne t'es pas couché depuis que je t'ai vu vendredi ! a lancé Robert quand son ami est monté dans la voiture. Hors de question que tu prennes le volant.

Turo a grimacé.

— J'en ai profité.

— De qui ? La moitié des étudiantes de première année de Barnard ?

— Pas de noms, amigo. Pas de noms.

— Alors comme ça, tu n'es plus *senza ragazza* ?

— Je n'ai pas dit ça, a répondu Turo. Je suis libre comme le condor.

— Poétique. Je vois que tu fais dans le lyrisme.

Turo s'est renversé sur le siège.

— Comment s'est passé l'entretien ?

Sans ouvrir les yeux, Turo a dit :

— Ils m'ont adoré.

— Comme toujours.

Turo a dormi de Henry Hudson Bridge au péage à la sortie de la MassPike.

— Merci, mon pote, a-t-il dit à mi-voix quand il a émergé.

Quand Turo n'était pas bien réveillé, il reprenait ses intonations espagnoles. Robert se rappelait alors qu'une des choses qui l'avait d'abord attiré chez Turo, c'était son histoire peu ordinaire, exotique, bien qu'elle n'ait rien d'enviable.

Une fois rentrés à l'appartement, ce soir-là, ils sont chacun partis de leur côté et Robert a sorti son ordinateur de son sac à dos et l'a branché. Il s'était forcé à ne pas regarder ses mails quand il était à New York, conscient d'être devenu depuis quelque temps aussi accro au Net que n'importe quel citoyen moderne. Quand il repensait aux mois qu'il avait passés au

Costa Rica, totalement déconnecté du monde, il se sentait parfois mélancolique, pour ne pas dire déprimé. Visiblement personne – à part son grand-père – ne partageait l'ambivalence qu'il éprouvait à l'égard de la puissante matrice de communication dans laquelle lui et tous les gens qu'il connaissait étaient enfermés. Par contraste, il songeait à son hamac recouvert d'une moustiquaire, sa tente, la jungle : la symphonie industrieuse des insectes la nuit, des singes à l'aube, des oiseaux toute la journée. Était-ce là encore autre chose qui l'avait attiré chez Turo : la nostalgie de la vie sous les tropiques ?

Comme c'était à prévoir, les mails étaient tous insignifiants : quelqu'un du labo de chimie qui vérifiait un devoir, sa mère qui lui demandait comment s'étaient passés ses entretiens, son père qui lui envoyait une blague (et, d'après le lien, 27 *autres)* sur Bush et Katrina. Trois spams qui avaient réussi à se faufiler à travers son filtre.

Il s'apprêtait à plier son ordinateur, quand un message de Turo a jailli sur l'écran. *Grde MdM biIto. 7x TU viI !*

Robert a soupiré. Il se demandait si dans le monde utopique de Turo, les moyens de diffusion des mots – la voix, les images, les avatars, les alias, tout le reste – étaient voués à s'étendre ou à diminuer. Peut-être fallait-il aller jusqu'au bout pour trouver la voie vers quelque chose de plus simple, de plus humble.

## 18

Autour d'Ira, les femmes commençaient à dérailler. Elles perdaient prise, perdaient pied, perdaient leur force, leur calme – chacune une part essentielle de leur équilibre. À commencer par Joanna, sa sœur qui était dans la haute finance et qui avait perdu son travail deux mois auparavant et contracté d'énormes dettes en explosant le plafond de ses cartes de crédit pour se consoler. Pour le moment, elle s'était réinstallée chez ses parents, ce qui conduisait sa mère à téléphoner souvent à Ira pour se plaindre et lui confier ses inquiétudes.

La plus facile à gérer, c'était Evelyn : elle paniquait simplement à l'idée de tenir la première vente aux enchères de F & F depuis que l'école avait déménagé. (Étant donné l'obsession qui était la sienne de tout contrôler, ce n'était jamais qu'une manière, aussi tordue soit-elle, de faire preuve de responsabilité.) Sa première préoccupation était de pouvoir monter une tente de réception sur la pelouse en pente qui séparait la grange de la maison. Le seul endroit véritablement plat était le terrain clos près de l'étang où se trouvaient les balançoires et les équipements de jeu, mais on pouvait difficilement demander à de jeunes maîtres du cosmos de danser autour du château miniature avec ses douves ou de passer sous le pont de singe en allant prendre des amuse-bouches.

Sa seconde préoccupation était la nourriture. Autrefois, c'était un repas où chacun apportait à manger, puis une maman qui travaillait comme traiteur leur avait offert plusieurs années d'affilée un festin somptueux. Quand le dernier de ses enfants avait quitté l'école, personne n'avait eu envie de retourner aux gratins de pâtes et aux bassines de gaspacho. À présent, un richissime parent déboursait de l'argent pour faire venir un professionnel. Suivant le thème de Woodstock, le comité des enchères voulait un "repas sixties", mais qu'est-ce que cela voulait dire ? Des Sloppy Joes dégoulinants de viande à la sauce tomate et des œufs mimosa – ou du tofu sauté au wok accompagné d'aubergines farcies à l'orge ?

Ils avaient donc fini par opter pour un repas thaï servi par le restaurant de Ledgely, le seul du coin capable de proposer une cuisine convenable avec un certain panache. (Comme le disait la mère de Marguerite, "Tout ce qui vient d'Asie fait très sixties, non ? *Siddhârta,* la méditation transcendantale, le sitar...") Pour l'heure, la dernière préoccupation d'Evelyn, qui consultait le menu approuvé, était le nombre de plats contenant des cacahuètes ou des noix de cajou. F & F était une zone estampillée "sans noix ni arachide", ça les obligeait à respecter l'interdiction 24 heures sur 24, non ?

— Je suis désolée, mais on ne peut pas avoir de bon thaï sans cacahuètes, déclarait la mère d'Ezra, qui dirigeait le comité des rafraîchissements alors qu'Ira passait devant le bureau d'Evelyn en sortant.

Au moins, les travaux de sa classe étaient terminés. Heidi les avait pris en photo pour les mettre sur le catalogue en ligne de la vente aux enchères que Clover devait envoyer à tous les parents. Ira était satisfait des bouteilles de lait ornées des autoportraits des enfants, bien rangées dans leur grande caisse rustique. L'objet ressemblait à du Joseph Cornell avec une touche de Warhol. Il espérait secrètement que la caisse dépasserait le prix du dessus-de-lit en patchwork, du coffre à jouets en papier collé et de la série de bols gigognes vernis décorés d'empreintes de pieds et de fleurs. (Qui pouvait avoir envie de manger dans des bols portant l'empreinte de vrais pieds ? Les mains, passe encore, mais les pieds tout plissés de bambins qui adoraient patouiller dans la terre et détestaient les chaussures ?)

— Oh Ira, tant mieux, vous êtes encore là.

Clover se tenait à la porte de son minuscule bureau. Elle était blême et agitée.

— Ça va ? lui a demandé Ira. Il ne faut pas vous laisser dévorer par cette vente ridicule.

— Mais non, Ira, ce n'est pas la vente. La vente m'empêche de sauter d'une falaise. Je n'aurais jamais cru que des serviettes cocktail, des verres et des chaises pliantes pouvaient sauver la vie, mais c'est la triste vérité.

Il n'avait pas d'autre choix que d'entrer dans son bureau et lui demander ce qui pouvait bien lui donner envie de sauter d'une falaise – même s'il pouvait déjà le deviner.

Les murs de la petite pièce étaient recouverts d'un patchwork disparate de tableaux et de listes liés au Grand Événement. L'unique fenêtre, qui formait un cercle parfait, donnait sur la maison et la pelouse. Ira n'avait jamais pensé jusqu'alors que si, au cours de la journée, Clover voulait lever les yeux de son travail, son seul recours était de contempler sa maison d'enfance. Claustrophobie garantie.

— Mon mari s'est marié, là, comme ça.

Ira a préféré ignorer l'absurdité de cette déclaration.

— Ça doit être dur.

— Putain, et le pire c'est que c'est ma sœur qui me l'a appris. Ou son mari à elle. (Clover a eu un rire amer.) Un vrai, celui-là, pas un ex.

Elle lui a raconté comment elle avait pris son courage à deux mains pour demander conseil à son beau-frère sur la médiation pour le droit de garde. Elle commençait à être à court d'argent pour l'avocat et il s'avérait – là encore, sa sœur l'avait appris avant elle ! – qu'elle n'aurait même pas son fils pendant les deux mois d'été. Sans même la consulter, Todd l'avait inscrit dans un cours privé.

Les larmes lui sont montées aux yeux.

— Et tenez-vous bien. Mon neveu – Robert, vous le connaissez, Robert que j'ai toujours cru être de mon côté – va aller vivre chez eux à New York !

En voyant son regard plaintif, Ira a tout de suite compris ce qu'il signifiait. Elle voulait qu'il appelle Anthony à la rescousse.

— Je suis vraiment désolé, Clover. Ça craint. Mais dites-vous que Robert sera avec ses cousins, et c'est un de vos plus grands fans.

— Et alors ?

Clover a haussé la voix, le ton soudain hargneux.

Ira a jeté un coup d'œil au tableau qui se trouvait derrière elle, incapable de la regarder droit dans les yeux. Son regard est tombé sur une liste d'articles pour les enchères silencieuses : des billets pour un concert symphonique, un tour en bateau, une opération de l'œil, un conseil en architecture, une lampe à lave, une carafe Lalique, une cible de fléchettes à l'effigie du champion de base-ball Derek Jeter… Il s'est forcé à se concentrer.

— Clover, vous ne croyez pas qu'il serait temps de faire du mieux que vous pouvez avec ce que vous avez ? Et vous avez tout pour vous. Je vous assure.

Sans surprise, elle s'est encore renfrognée.

— Et quoi ?

— Ça doit être horrible d'être à votre place. Je n'imagine pas être si souvent loin de mes enfants – évidemment, je n'ai pas d'enfants, alors je ne peux pas vraiment…

— Non, vous n'en avez pas et vous ne pouvez pas imaginer. Je ne vous le fais pas dire.

Ira avait l'impression de la voir littéralement fumer d'indignation.

— Je ne vous connais pas si bien que ça, Clover, mais je sais que vous êtes une femme séduisante et talentueuse avec des enfants formidables qui s'en sortent très bien en dépit…

— En dépit du fait que je les ai abandonnés, c'est ça ?

— Non. En dépit du fait que leurs parents ont décidé de faire chacun leur vie de leur côté tout en respectant le…

— Et qu'est-ce qui vous permet de dire qu'ils "s'en sortent très bien" alors qu'apparemment mon fils est en passe de se faire renvoyer de son lycée à cause de ses résultats ? Ça au moins, vous connaissez – les résultats scolaires. Liés au contexte familial.

Ira a croisé les bras.

— Que voulez-vous que je fasse ? Dites-moi. Je n'en ai pas la moindre idée.

— Vous conduire en ami. Ne pas me sommer de me justifier. Mon thérapeute s'en charge. La vie s'en charge.

Ira lui a tendu les bras. Que pouvait-il faire d'autre ? Elle s'est laissé faire. Il se sentait hypocrite, lâche, mais il n'avait rien d'autre à offrir. Il contemplait pitoyablement le mur, au-dessus de ses cheveux parfumés.

… un tour des studios de la WGBH à Boston, des enceintes Bose, six séances de massage équin (quoi ?), un vélo d'enfant, un plateau en argent…

Quand elle a eu fini de pleurer, elle a dit à mi-voix :

— Dommage que vous soyez gay.

— C'est ce que je me dis parfois, a-t-il répondu. Enfin, surtout quand j'ai des soucis avec le garagiste.

Elle a ri. Dieu merci.

Le plus dur, c'était Sarah : premièrement, Ira devait s'occuper de Rico, d'autre part, elle montrait une telle détermination qu'il était difficile de savoir à quel point elle était malade, enfin, il ne comprenait pas vraiment ce qui se passait avec les deux hommes de sa vie – et n'osait pas le lui demander.

Depuis que Sarah avait commencé son traitement, Ira avait vu Gus deux ou trois fois quand il venait déposer Rico ou le rechercher, mais il avait accompagné Sarah à la réunion parent-professeur du printemps. C'était ce que l'on pourrait appeler un robuste gaillard, bâti pour passer sa vie au grand air à abattre des arbres pour construire des chalets. Il avait la peau rosée, tannée par le soleil, les cheveux carotte et une barbe broussailleuse. Il avait un jean neuf (son jean "habillé", sans doute) et portait de fines lunettes qui rappelaient l'époque d'Henry Thoreau.

Il s'exprimait avec une précision savante et bien qu'il parût surgi de nulle part, comme un génie d'une bouteille, il semblait connaître Rico aussi bien que Sarah. En fait, il parlait de lui comme si c'était son fils.

— Nous craignons, a-t-il dit, que Rico puisse se sentir nettement différent des autres garçons et filles en raison du cancer de sa mère, et même qu'il ait honte de cette différence.

Et lorsqu'Ira a demandé à Sarah si Rico dormait bien, c'est Gus qui a répondu.

— Il manifeste de nouveau un attachement extrêmement fort à son serpent Balboa. Quand il dort chez moi, il traîne cette créature dans mon lit à deux ou trois heures du matin. Mais je n'ai remarqué ni cauchemars, ni terreurs, ni accidents et il ne parle ni de mort ni de mourir.

— Balboa est une peluche, a dit Sarah.

— Ouf, j'ai eu peur ! a lancé Ira. Les serpents, en peluche ou non, étaient bien la dernière de ses inquiétudes au sujet de Rico. Pendant la réunion, Sarah a moins parlé que Gus. Elle s'est parfois contenté de le regarder parler de son fils comme si elle était un témoin impartial, une conseillère venue voir un enfant scolarisé à domicile ou une cousine lointaine.

Ce soir-là, Sarah l'a appelé chez lui. Peu de parents profitaient de la disponibilité d'Ira. Pour Sarah, c'était la première fois.

— Je vous dois des excuses, a-t-elle dit. Vous avez dû vous demander ce que c'était que cette histoire. Je ne savais pas que Gus viendrait jusqu'à ce matin. Il a insisté.

— Vous avez peut-être remarqué mon étonnement.

Il râpait du parmesan pour le risotto aux asperges d'Anthony.

— Je ne sais pas comment vous expliquer, a-t-elle dit.

Ira a attendu la suite.

— OK, Gus et moi, nous sommes mariés – mais c'est juste pour bénéficier de son assurance maladie, elle est incroyable. Mon traitement va être long et coûteux. Gus connaît Rico depuis qu'il est tout petit et il y est très attaché.

Ils sont très attachés l'un à l'autre. Je veux dire, ce sont de vrais amis. On est tous… amis.

Il a tapoté la râpe pour faire tomber les derniers copeaux de fromage.

— Si je comprends bien, Gus est une sorte de parrain.

Sans acquiescer, elle a repris :

— Vous devez vous poser des questions, pour Percy.

— Oui, mais cela ne me regarde peut-être pas, a-t-il répondu.

Au fond de lui, il se disait, Le jeune bûcheron l'emporte sur le vieux bibliothécaire, il n'y a franchement pas de quoi se poser de questions, chérie.

— Tout ce qui concerne Rico vous regarde, non ?

— C'est la position d'Evelyn, mais ce n'est pas si simple.

Ira a tendu le bol de parmesan à Anthony qui remuait le riz devant la cuisinière.

— J'espère que Percy va continuer à jouer un grand rôle dans notre vie, mais pour l'instant il m'en veut terriblement. Ce que je comprends. Et il faut que j'arrange ça. Mais je ne crois pas que Rico s'en soit aperçu.

— Aperçu que… ?

— Qu'avec Percy, nous sommes dans… un entre-deux.

Un entre-deux ! Il était évident que Gus se considérait de facto comme le père de Rico.

— Sarah, les enfants voient bien plus de choses qu'on le pense – ou qu'on le voudrait. Vous le savez.

Était-il trop sévère ? Il s'est empressé d'ajouter :

— Écoutez, faites ce qu'il faut pour aller mieux et sortir de cette épreuve.

— Si seulement ça pouvait être si simple.

— Je vous en prie. Il n'y a pas de jugement. Tenez-moi au courant, c'est tout.

— Promis.

Il s'attendait à ce qu'elle lui dise au revoir, mais elle a ajouté :

— Rico vous adore, Ira.

— Merci.

— Non, merci à vous.

Dès qu'Ira a raccroché, Anthony a dit :

— Pas de jugement sur quoi, au juste ?

Ira s'est demandé comment lui raconter l'histoire de Sarah, Rico, Percy et Gus. Lui avait-il même parlé de Sarah ? Anthony avait rencontré Clover et Evelyn, et deux des collègues d'Ira, mais aucun des parents.

— Anthony, tu sais quoi ? Il faut que tu viennes à la vente aux enchères.

Anthony a saupoudré le parmesan dans la cocotte.

— T'ai-je dit que je ne voulais pas venir ?

Ira a traversé la cuisine pour poser sa tête sur l'épaule d'Anthony.

— Je suis désolé, excuse-moi pour toute cette folie, a-t-il dit.

— Je suis content que tu regrettes, lui a répondu Anthony. Je ne vais pas te mentir. Mais tu peux mettre la table, s'il te plaît, et remplir le poivrier ?

Compte tenu de l'état d'épuisement dans lequel il était, Ira se sentait curieusement joyeux. Il s'est exécuté.

"Au fait, c'est à mon tour de m'excuser, a dit Anthony en s'asseyant. J'ai oublié de te dire que ta mère avait appelé juste avant que tu rentres. J'ai bavardé avec elle. Ce n'est pas urgent.

— Joanna ?

— Joanna.

— Bonnes nouvelles ?

Anthony a fait non de la tête.

— Comme elle ne peut plus rien acheter, elle est en pleine crise de manque. Ça rend ta mère complètement dingue. Tu devrais l'appeler après le dîner.

Ira a soupiré.

— C'est délicieux. Tu t'es surpassé.

— J'avoue que je suis assez d'accord, a répondu Anthony.

Ce n'est pas tant qu'il se sentait joyeux, a songé Ira, pas exactement. Il se sentait en sécurité.

# 19

Au matin du 1er mai – les enfants enrubannaient un poteau au pied de la grange –, Maurice Fougère est descendu de son rutilant carrosse bleu à faible émission avec toute l'assurance d'un guerrier pacifiste New Age et s'est planté dans mon allée. Sans se laisser démonter par les Belladones, les Hannetons et autres Amanites phalloïdes qui gambadaient en claironnant leur joie païenne, il a posé les deux mains sur sa poitrine en s'exclamant, le visage levé vers le soleil :

— Quel temps idéal !

Puis il a braqué ses yeux bleus et sa main droite dans ma direction. Il avançait d'un pas si sûr que j'ai failli battre en retraite, soudain pris de remords. Je me trouvais par hasard dehors, où j'inspectais les dégâts causés sur un arbuste par ce qui avait tout l'air d'une énorme marmotte. Plongé dans de déplaisantes réflexions sur les moyens de décourager cette bête astucieuse au charme indéniable, j'avais totalement oublié le rendez-vous.

— Je suis tellement ravi de faire enfin véritablement connaissance avec vous ! m'a lancé Maurice Fougère en m'empoignant la main.

J'espérais seulement qu'il ne faisait pas allusion aux quelques occasions, l'été précédent, où nous avions failli faire véritablement connaissance, lorsque j'avais aperçu à ma fenêtre l'éclat de sa voiture et m'étais caché dans les tréfonds de la maison. Evelyn, avec laquelle je bavardais souvent cet été-là, me disait que son mari était désolé de me "rater" à chaque fois.

De près, il était tout aussi séduisant que dans le documentaire de PBS sur l'architecture moderne que Clover m'avait forcé à regarder après ma première visite de la grange reconvertie. Il avait le teint si lisse et uniformément hâlé qu'il pouvait rivaliser avec le lustre d'un sac à main de luxe. Ses cheveux noirs étaient fournis et vigoureux, ses dents régulières et éclatantes (n'avait-il pas grandi en Europe où on ne connaissait pas l'usage du fluor?).

Je me suis aperçu que j'étais nettement plus grand.

En regardant la façade de ma maison, il a dit "oui", puis répété "oui".

J'ai toussoté.

— Je ne vous ai pas encore dit oui, pas encore. Que ce soit clair.

Il s'est retourné vers moi.

— Il y a beaucoup de choses dont nous devons discuter, je le sais.

Je l'ai fait entrer. Je voulais le faire asseoir, le clouer sur place, mais il tenait à explorer les lieux sur-le-champ. L'expert qu'il avait désigné avait visité la maison deux semaines auparavant, tapant, soulevant, scrutant, fronçant les sourcils. Je m'étais efforcé de l'ignorer tandis qu'il montait et descendait d'un pas lourd. J'étais même allé faire un jogging au milieu de l'après-midi.

Le rapport qu'il avait rendu était un document d'une taille imposante, bien que ce soit la norme pour une maison avec une histoire aussi longue – un peu comme le dossier médical d'un patient âgé. Et le fait est qu'en lisant les observations préliminaires, je n'ai pas pu m'empêcher de repenser à la plaisanterie de Sarah lorsqu'elle m'avait dit que la maison c'était moi. J'aime à penser que mon médecin me jaugerait dans des termes similaires à ceux de l'expert, qui écrivait : *Les fondations demeurent solides et bien qu'un certain nombre d'angles, particulièrement dans les structures en bois, paraissent indiquer une considérable modification des lignes originelles du bâtiment, la quasi-totalité de ces structures (cf. ci-dessous les exceptions dans les sections E et K relatives à l'escalier de la cave et aux pannes de toiture à l'arrière) semble à présent s'être consolidée sans compromettre de façon notable l'intégrité de l'ensemble.*

Fougère a arpenté avec enthousiasme le salon et la salle à manger en faisant un détour par le bureau. Je suivais de près le maître (chaussé de baskets noires montantes), incapable de trouver le moindre sujet de conversation pour interrompre le flot d'éloges inarticulés qu'il débitait avec exubérance. Dans la cuisine, il s'est retourné vers moi, les mains posées sur les hanches, et a déclaré :

— Percy, mon ami, je suis prêt à signer un contrat et j'espère que vous y êtes également disposé. Je suis amoureux de cette maison et je la chérirai comme un enfant.

— Enfin… , ai-je commencé, résistant à l'envie de souligner l'ambiguïté grammaticale de cette déclaration. Qui serait l'enfant, lui ou la maison ?

Il a extrait de l'intérieur de sa veste une enveloppe qu'il a posée sur la table.

— Voici mon offre. J'estime qu'il est plus civilisé de laisser les gens étudier les chiffres en privé, vous ne croyez pas ?

— Enfin… ai-je répété. Enfin, oui. C'est judicieux, en effet. Quoique…

J'étais sidéré qu'il ne souhaite pas revoir l'étage, réévaluer l'espace de rangement (quasi inexistant) ou l'état de la toiture de l'intérieur.

— On ne peut pas réussir dans mon métier sans faire preuve d'audace quand vous appréciez une chose – enfin, que vous l'aimez – et que vous la voulez. Je ne vacille pas.

— Vous ne vacillez pas.

Si notre affaire n'avait pas été aussi sérieuse, j'aurais ri.

C'est alors que Clover est entrée par la porte de derrière. Elle ne venait pas apporter le courrier et la surprise qu'elle a exprimée en voyant Fougère était manifestement feinte. Je suis sûr qu'elle avait repéré sa pimpante petite automobile.

Ils se sont écriés qu'ils étaient ravis de se revoir, en échangeant des bises sur les joues à la française.

— Maurice, vous viendrez pour la vente ?

— Elle figure en rouge depuis des mois sur mon agenda, a-t-il répondu. En d'autres termes, ma chère épouse m'assassinerait si je n'y assistais pas !

Il lui a fait un large sourire. Clover lui a rendu son sourire. Je l'ai vue jeter un œil à l'enveloppe posée sur la table. Contrairement à celle qui contenait sa première lettre, l'adresse de son cabinet y était imprimée en haut à gauche. Mon nom s'étalait en lettres dactylographiées en capitales italiques largement espacées dans le champ libre qui se trouvait en dessous.

*M. P E R C I V A L D A R L I N G*

*L'espace supplémentaire entre les lettres me conférait-il davantage d'importance ?*

Un silence embarrassé a suivi, puis Maurice Fougère a déclaré qu'il regrettait de devoir partir précipitamment mais qu'il avait un vol à prendre pour Washington.

— Vous refaites la National Gallery ? lui ai-je demandé.

— Non, non, mais la Collection Phillips souhaite me consulter. Nous verrons bien.

Clover nous a suivis jusque devant la maison. Alors que nous approchions de la voiture de Fougère, Maîtresse Domina avançait également droit sur elle.

— Maurice, bonjour, bonjour ! a-t-elle lancé en passant dans mon jardin.

— *Salut**, Laurel, a-t-il répondu, puis ils ont accompli à leur tour le rituel des embrassades.

— Maurice, j'ai hâte de vous proposer de participer à notre programme de sensibilisation au patrimoine architectural, lui a-t-elle dit.

Le moins que l'on puisse dire, c'est qu'elle ne tournait pas autour du pot.

— Ah oui ? C'est un grand honneur. Il faut que nous prenions rendez-vous pour en discuter, absolument, a-t-il répondu. Et je vous vois à la vente de la semaine prochaine ?

Elle a pouffé de rire.

— J'ai beau adorer les petits et leur cause, je crois que c'est l'occasion de m'échapper. Edgar sera à New York avec sa famille, et je vais aller les rejoindre. En parlant de petits, je ne vois quasiment jamais mes petits-enfants. Quoique, si je peux coincer notre Frank Gehry à nous, cela peut valoir la peine de rester !

— Laurel, vous me flattez à l'excès.

Fougère était au volant et démarrait. Comment pouvait-il supporter toutes ces flagorneries ? À moins qu'il ne s'en repaisse.

Par la vitre, il a lancé à Clover qu'il aimait beaucoup sa robe et à cette fouine de Domina d'appeler sa secrétaire, avant de se tourner vers moi.

— Nous en sortirons camarades, je vous assure.

J'ai même eu le droit à un clin d'œil céleste.

Nous autres inférieurs avons regardé Fougère s'éloigner en nous jetant de dos un dernier *au revoir* de la manche gauche de son blouson en jean de créateur.

Il m'était plus facile de m'adresser à Laurel qu'à Clover.

— Alors, à peine rentrée et vous repartez déjà ?

— Il y a une éternité que je suis rentrée, Percy, a-t-elle répondu. Nous aurions dû dîner ensemble depuis longtemps, c'est cela ?

— Peut-être, oui, ai-je menti en songeant à un autre avantage qu'il y avait à déménager.

Clover a regardé maîtresse Domina se retirer.

— Alors, qu'est-ce que c'est que ça ?

— Que les choses soient claires, ce n'est pas une idylle naissante.

Je suppose que la nouvelle de ma séparation avec Sarah avait dû faire le tour de F & F.

— Je parlais de Maurice, papa.

— Point d'idylle en vue non plus. Hélas pour moi. C'est incroyable ce que cet homme est irrésistible. Ces yeux ? Tu crois qu'il porte des lentilles de couleur ?

— Papa, il y a des fois où tu es vraiment impossible. Je me demandais juste ce que tu pouvais bien faire avec Maurice. Enfin, quand il venait faire les plans de la grange, tu le traitais comme un lépreux…

— Oui, et c'était parfaitement puéril de ma part. Je me rachète, c'est tout.

Elle m'a scruté comme on examine un échantillon dans un microscope.

— Comment vas-tu, mon petit ? Nous ne faisons que nous croiser, ces derniers temps.

— Je suis débordée. Voilà.

Elle a détourné les yeux.

— J'espère avoir bientôt l'occasion de voir Lee et Filo un peu plus souvent. Quand sont-ils en vacances ?

Elle a légèrement froncé les sourcils.

— Mi-juin. Mais avant ça, j'ai une montagne de choses à faire. (Elle a poussé un soupir théâtral.) Et il vaut mieux que j'y retourne.

Tandis qu'elle s'éloignait, j'ai songé à Clover et à Sarah, au fait que parfois, la reconnaissance – pour quelque chose d'énorme, de colossal – pouvait virer au ressentiment. Je n'ai jamais trouvé que j'étais d'une nature particulièrement généreuse, mais si l'on me demande de faire quelque chose pour quelqu'un que j'aime – une faveur ou une concession, même un sacrifice – j'accepterai toujours, naturellement. Mais si j'en concevais le sentiment d'avoir trahi les gens que j'aimais ? Que se passerait-il alors ?

J'ai reparlé une fois à Sarah, après notre horrible conversation au sujet de Gus. Elle m'a appelé la semaine d'après, le lendemain de mon anniversaire. Elle ne pouvait pas faire autrement, car je devais la conduire à Boston pour un check-up avec le Dr Wang qui voulait "nouer le dialogue" au sujet de l'opération qui devait avoir lieu après la chimio et serait suivie de rayons. (Décidément, les attractions étaient inépuisables dans ce parc à thème ! J'avais déjà confié à Norval qu'en comparaison, son cancer avait été une véritable partie de plaisir, un simple pique-nique d'été au festival de Tanglewood.)

— J'aurais dû t'appeler pour te souhaiter un bon anniversaire, a-t-elle dit. Je suis désolée.

— J'ai passé mon anniversaire avec les courageuses Mmes Miniver. Mère et bru.

— Percy, pourquoi faut-il toujours que tu sois aussi ironique quand la situation est grave ?

— Parce que l'ironie, ai-je dit, c'est comme les chaises droites. C'est fiable. Ça ne s'affaisse pas. C'est le siège dont on se relève le plus facilement.

— Voilà qui est assez révélateur. Moi, je choisis toujours le siège le plus moelleux, le canapé. (J'ai attendu qu'elle me sermonne.) Percy, je suis au trente-sixième dessous.

— Je sais bien, Sarah.

J'ai dit cela aussi gentiment que possible.

— Épargne-moi ta condescendance. Je te parle de toi et moi. Je ne te parle pas de mon cancer. Ni des gens de l'assurance. Ni… des parents de Gus qui croient…

— Je ne veux pas entendre parler des parents de Gus. Ni de Gus.

— Compris.

— Bien.

— Je vais demander à quelqu'un d'autre de m'accompagner à mes rendez-vous.

— C'est une bonne idée, je pense.

— Ça en fait un de nous qui est d'accord. Ou un et demi.

J'ai attendu. *Ne pas céder,* me suis-je rappelé. Sarah a poursuivi à mi-voix :

— Tu as parlé à Trudy ? Tu lui as dit ?

— Je n'ai pas parlé à Trudy récemment. Je n'ai pas parlé à grand monde. À part Maurice Fougère. Je crois que je vais lui vendre la maison. Il veut me faire un très gros chèque.

— Et tu en as parlé à Trudy – ou à Clover ?

J'aurais aimé que cette conversation se poursuive indéfiniment, mais je savais qu'il ne le fallait pas.

— Dis-moi, tu as l'intention de continuer à me donner des conseils longtemps comme ça ? Je vois mal pourquoi je continuerais à les suivre. (Je me suis forcé à rire.) Si tant est que je l'aie jamais fait.

— Percy, je ne veux pas que ça s'arrête.

— J'aimerais bien pouvoir te dire que j'ai suffisamment de sagesse et de maturité pour accepter cette histoire de mariage en échange d'une assurance, mais ce n'est pas le cas. Voilà, je n'ai pas été trop ironique ?

— Non.

— Ma chère, ai-je poursuivi en voulant pour une fois passer pour un vieux monsieur, dans la vie, il est essentiel de savoir bien choisir son moment.

— Mais qu'est-ce que tu veux dire par là, Percy ?

Je voulais lui dire qu'elle ne pouvait pas avoir le beurre et l'argent du beurre, qu'elle devait croire au grand amour, que Dieu rit devant nos projets… Je voulais opposer tous les proverbes possibles et imaginables à son désir d'être pieusement pardonnée, lui dire que j'en avais assez de me coucher dans mon allée dangereusement creusée d'ornières pour me faire rouler dessus par toutes les femmes que j'avais connues depuis la mort de ma femme. Mais je me suis contenté de lui dire :

— Pour l'instant, ce que ça veut dire, c'est que j'aimerais que tu m'appelles après ton rendez-vous avec le Dr Wang pour me dire comment tu te sens. Appelle-moi quand tu en as besoin. Je ne bouge pas. (À moins que.) Et je ne t'appellerai pas.

Cette fermeté me faisait du bien. La détermination est d'abord une question de persuasion.

J'ai toujours été un fervent lecteur de romans avec des goûts passablement œcuméniques : j'adore l'imaginaire, le fictif, les intrigues bien ficelées. D'aucuns verront dans cette affinité un côté œdipien – le choix du territoire de la mère et non celui du père – mais comme je l'ai déjà dit, j'ai eu une enfance docile et renfermée, au cours de laquelle j'ai pris conscience, au fil des années, que je devais être reconnaissant envers mes parents, ne serait-ce que de leur cohabitation harmonieuse. Comme tous ceux qui les connaissaient, j'avais tendance à les voir comme une unique entité : Alva et Betsy, Betsy et Alva. Ce n'est qu'après être parti m'installer ailleurs que je me suis émerveillé à l'idée qu'ils puissent partager non seulement le même toit, mais aussi leur lieu de travail.

Peut-être étaient-ils davantage frère et sœur qu'époux. Dans certains romans que j'ai lus, c'est ce qu'ils auraient été. (Dans un type de roman, ils auraient vécu dans la chasteté et moi, j'aurais été un enfant qu'ils avaient secrètement recueilli. Selon un autre, j'aurais été un véritable nœud de marin tissé de gènes qui ne se connaissaient que trop bien.)

Le regard que je portais sur mon enfance avait donné lieu à l'une des pires disputes que j'aie eue avec Sarah. Elle était convaincue que l'enfance heureuse est un mythe, que pour non seulement grandir mais couper le cordon et partir, les enfants doivent atteindre un stade conscient de mécontentement. Idéalement, disait-elle, ce stade survient tard, ou peu à peu, ou encore avec le recul exacerbé de l'adolescence.

— Tu refuses de voir à quel point tu devais te sentir seul, parfois – et même exclu, rejeté par des parents qui avaient l'air si parfaitement assortis. Ne me dis pas que tu ne te sentais pas seul, le plus souvent, que tu n'avais pas envie d'un frère ou d'une sœur.

— Non, lui ai-je répondu.

Nous étions en train de manger dans ma cuisine. J'avais la bouche pleine.

— Tu as dû enfouir cette solitude dans les livres. (Sarah a pointé sa fourchette vers moi.) En fait, je me dis que tes parents devaient faire la même chose avec leur solitude à eux. Ça m'étonnerait qu'ils aient été un couple aussi idéal que tu l'imagines.

— Et pourquoi irais-je déterrer ce soi-disant mécontentement, mettre au jour ces objets de tristesse ?

— Pour mieux te connaître. Ça fait partie de la dynamique de la vie, non ?

— Ma dynamique à moi, c'est de courir, nager, monter et descendre cet escalier plusieurs fois par jour.

Je lui ai montré l'escalier raide qui menait de la cuisine aux chambres. Sarah a poussé un soupir.

— À titre personnel, je suis contente que tu ne te sois jamais remarié, mais je suis prête à parier que si tu avais pleinement affronté la solitude que tes parents t'ont imposée – je ne dis pas qu'ils l'aient fait par méchanceté – tu te serais trouvé une nouvelle femme quelques années après la mort de Poppy.

J'ai mastiqué pour me calmer. Au bout d'un moment, je lui ai dit :

— Imagine tout ce que tu veux sur mon enfance, mais laisse mon mariage tranquille.

— Très bien, Percy. Alors disons simplement que tu appartiens à un club dont tu es le seul membre. Le Club de l'Enfant parfaitement heureux. Ne me dis pas que tu ne te sens pas tout seul.

— Changeons de sujet, tu veux.

— Certainement.

Nous avions fini nos spaghettis en silence.

C'était la semaine précédant Thanksgiving, alors qu'elle savait qu'elle devait faire la connaissance de mes filles – et mes filles sa connaissance – et que j'essayais de la convaincre d'aller voir un médecin. Sarah m'avait raconté son enfance : elle avait été élevée par ses grands-parents à partir de l'âge de cinq ans, lorsque ses parents avaient disparu dans l'incendie de l'hôtel où ils travaillaient, dans la salle de réception du dernier étage. Pas de frère et sœur, pas de cousins proches ; trois oncles avec lesquels elle avait perdu contact à la mort de ses grands-parents, quand elle avait une trentaine d'années.

— Et Worcester. Tu crois que c'était drôle de grandir à Worcester dans les années 1960 ? m'avait-elle dit.

Comme Poppy, comme moi, Sarah était une enfant unique. Et il était probable qu'il en irait de même pour Rico. Possédions-nous un système d'orientation intégré, nous autres les enfants uniques (ou "singuliers", comme on nous surnomme chez F & F) ? J'avais toujours entendu dire que nous étions soi-disant attirés par des partenaires issus de grandes familles turbulentes et chaotiques, où toutes les réunions font éclore un drame ou deux, où les alliances changent à la vitesse des nuages.

Le soir où j'ai pris ma décision a commencé comme une scène d'un de ces romans que j'aime : lune ou pas, le ciel est sombre comme une tourbière. Une tempête fait rage et la pluie fouette les bardeaux d'une maison séculaire. À l'intérieur, son occupant solitaire lit un livre. Soulagé d'être à l'abri, il entend les carreaux trembler dans leurs croisillons, l'eau ruisseler dans les gouttières, les bouffées d'air siffler dans le conduit d'aération. Il s'efforce de ne pas personnifier la tempête, de ne pas y voir un esprit malveillant qui cherche à pénétrer sous les lames et les rebords, entre les fissures des pierres qui soutiennent les fondations sous les robustes parquets.

Il sursaute en entendant le vacarme insistant du loquet de la porte d'entrée.

Il pose son livre et s'approche de la fenêtre la plus proche. Une voiture est garée devant, mais la pluie est si violente, l'obscurité si dévorante, qu'il ne sait pas à qui elle peut bien appartenir. À présent, l'inconnu frappe à la porte.

Il n'est pas lâche, il n'a rien à craindre ; il déverrouille la porte et l'ouvre…

— Mais enfin, papa, depuis quand tu verrouilles la porte ? a crié Trudy en me poussant pour échapper à la tourmente.

Elle s'est plantée sur le tapis de l'entrée, l'imperméable dégoulinant.

— Depuis qu'un coup de vent l'ouvre, lui ai-je répondu. Encore autre chose qu'il faut réparer ici.

— Bon sang, papa.

Elle restait là, à me fixer. Était-ce la pluie qui lui avait trempé le visage ou avait-elle pleuré ?

Ce n'est que tardivement que sa présence m'a terrifié. Il n'était que neuf heures mais Trudy ne débarquait jamais sans prévenir. Pour la faire venir à Matlock, il fallait une grande occasion. Ou une urgence.

— Ce n'est pas Robert, ai-je dit.

Elle m'a regardé avec impatience.

— Robert ? Quoi, Robert ?

— Robert va bien, au moins ?

À moins que ce ne soit Sarah – était-ce Sarah qui l'amenait ici ? Trudy a arraché son imperméable comme s'il était couvert d'abeilles. Elle l'a jeté sur le banc.

— Il se trouve que je discutais avec Todd ce matin, et il m'a annoncé comme ça que tu vendais la maison. Vendre la maison ? C'est vrai ?

— Entre, tu veux ?

Je suis retourné au salon. Mon soulagement était tel que je me sentais d'humeur magnanime.

— Je peux allumer un feu. Faire un thé.

— Non, rien. Assieds-toi et dis-moi ce qui se passe.

Je me suis installé sur le canapé. Trudy s'est assise en face de moi. Elle a écarté ses cheveux mouillés de son front.

— Tu as l'air perturbée, mon petit.

— Je suis plus que perturbée. Je suis furieuse. Depuis quelque temps, tu vis ta vie complètement de ton côté, en prenant des décisions majeures sans consulter personne.

— Au cas où tu aurais oublié, j'ai l'habitude de prendre des décisions majeures. Et tout seul !

— Attends, papa, vendre la maison ?

— C'est une décision majeure, en effet, et je ne crois pas que Todd était censé être au courant. Mais peu importe. Quelles autres décisions que j'ai prises te mettent en fureur ?

— Je pourrais m'étendre sur le sujet, mais je ne le ferai pas. Il y a des choses dont je ne suis pas prête à discuter. Mais papa, la maison ?

— Oui. La maison. Elle est trop grande pour moi, tu le sais…

— Plus grande que pendant ces vingt dernières années ?

— Et elle est maintenant environnée de portées de loupiots et de leur famille élargie, toute une communauté que je…

— C'est bon pour toi, d'être en communauté, papa. Au début, cette idée ne me plaisait pas trop, je trouvais ça totalement fou, d'être envahi comme ça par une école maternelle, mais Douglas m'a convaincue que cela ne pouvait que te faire du bien d'être entouré d'autres gens. Préserver ton intimité au milieu de tout ça – tu gagnes sur les deux tableaux, comme dit Douglas.

— Je suis ravi de constater que Douglas et toi, vous approuvez ma vie, ai-je répondu. Mais n'est-ce pas vous qui pendant des années vouliez à tout prix que j'aille m'installer dans un endroit plus "pratique" ?

— Ça fait des années que j'ai laissé tomber ça, papa.

J'ai entendu le store du dressing de Poppy claquer contre le battant de fenêtre, juste au-dessus de nous.

— Tu te demandes où je vais bien pouvoir aller, c'est ça ?

Trudy n'a pas répondu. C'est alors que j'ai eu le pressentiment qu'il s'agissait autant de sa mère que de moi.

— J'ai fini par me dire qu'on aurait toujours cette maison, a-t-elle dit. Je me suis rendu compte que j'avais eu tort de vouloir que tu la quittes.

— Et si je mourais ici ? Tu viendrais t'y installer avec Douglas ? C'est ça ?

Elle s'est renversée dans le fauteuil en fermant les yeux.

— Je ne crois pas, non. Mais t'imaginer ailleurs...

— C'est étrange, comme idée, hein ? Mais depuis quelque temps, toute ma vie a un goût étrange. Comme dirait Robert, j'ai décidé de faire avec. Cette étrangeté.

— Arrête de faire le malin avec moi, papa. S'il te plaît.

J'ai ôté le pare-feu.

— Je vais tout de même le mettre en route, ai-je dit.

Il avait fait exceptionnellement froid toute la journée et pour la première fois depuis des semaines, j'avais préparé un feu dans la cheminée. Mais en cherchant des journaux à rouler pour mettre sous les bûches, j'avais été distrait par le *Grange*. Il y avait une éternité que les faits divers ne contenaient rien de bien passionnant, mais mon œil avait été attiré par la page des maisons à vendre. J'avais renoncé à l'idée de faire un feu pour passer au peigne fin toutes les annonces immobilières en essayant de voir si l'offre de Fougère était généreuse ou mesquine. J'étais totalement déconnecté des réalités financières de Matlock, de la "valeur" que représentait le fait de vivre dans ma ville privilégiée, mon enclave, et pourtant, je ne tenais pas à faire venir un expert foncier. J'en avais fini de voir des gens tâter mes souvenirs, caresser les rampes, regarder dans les placards.

En allumant le feu, j'ai eu le temps de réfléchir. Trudy m'a laissé accomplir mon rituel. Une fois que le petit bois a pris (grâce aux jeunes mariées et aux bébés récemment baptisés de Matlock comme autant de victimes sacrificielles), je suis retourné sur le canapé.

— Tu te souviens de la nuit où maman est morte ?

Mon cœur vibrait comme les carreaux en verre ancien des fenêtres sous les assauts de la tempête.

Une expression de peur a traversé le visage de Trudy, m'offrant une mince consolation : ma fille si invulnérable devenait fragile.

— J'imagine que tu n'as jamais oublié avoir cru entendre une voix et m'avoir envoyé dans la nuit en brave petite que tu étais.

— On n'est pas obligé de parler de ça, papa.

— C'est surtout qu'on n'en a pas vraiment envie.

— Je n'ai jamais pensé que c'était ta faute, si c'est ce que tu crois. Ou peut-être si, au début, mais j'ai compris après…

— Combien de temps après ? Je peux savoir ?

— Tante Helena refusait qu'on te rende responsable. Et elle avait raison.

J'ai tisonné le feu, bien qu'il n'ait pas besoin de mon aide.

— Helena aurait été une bonne mère.

— Oui, a répondu Trudy. Pendant quelque temps, elle a été un peu comme une mère pour nous. Un jour, Clover a dit qu'elle aimait bien Norval, mais que, parfois, elle fantasmait qu'il mourait et que tu épousais Helena.

— Pas mal comme fantasme. Mais je n'aurais jamais supporté les chèvres.

Trudy n'a pas ri.

— J'ai cru que maman était enceinte quand elle est morte.

J'ai eu l'impression que mes poumons rétrécissaient dans ma poitrine.

— Comment ça ?

— J'avais entendu une conversation. Cette semaine-là, je crois. Ou celle d'avant. Au téléphone. Je ne sais pas à qui elle parlait. Elle disait que l'idée d'avoir un garçon lui plaisait bien. Mais qu'une autre fille ce serait bien aussi. Elle pensait que trois enfants rempliraient parfaitement cette maison. Elle disait que parfois, elle avait l'impression qu'un être attendait de venir au monde. Comme l'inverse d'un fantôme. C'est ce qu'elle disait.

Je m'attendais à ce que Trudy m'explique que Helena ou quelqu'un d'autre l'avait détrompée. Elle a poursuivi :

— J'ai pensé ça pendant des années, qu'elle était enceinte. Je pensais à la conversation que j'avais entendue…

— Tu l'as entendue dire qu'elle était enceinte ?

— Non, et je le savais. Enfin, je savais que je n'étais pas sûre. Je ne l'ai même pas dit à Clover. À personne. Après les obsèques, quand tout le monde était là à parler de maman, j'ai écouté pour voir si quelqu'un parlait de ça. Mais je n'ai rien entendu.

Et si elle avait été enceinte ? Et si la dispute que nous avions eue avant la soirée l'avait empêchée de me l'annoncer ? Et si Poppy avait été tellement furieuse pendant toute la soirée – où elle avait bu, mais quelle femme ne buvait pas pendant sa grossesse à l'époque ? –, tellement furieuse contre moi de m'être montré aussi grossier envers Clover et sa sexualité naissante… et si elle avait été tellement furieuse qu'elle s'était noyée de rage ? Sous le seul *poids* de sa rage attisée non seulement par l'alcool, mais aussi par ce cocktail explosif d'hormones ?

— Ça va, papa ?

J'ai secoué violemment la tête.

— Qu'est-ce que c'est que cette manie de tout juger en ces termes ? Évidemment que "ça ne va pas". Et toi "ça va" ? C'est parce que "ça va" que tu as affronté la tempête pour venir me gronder comme si j'étais ton enfant et non ton père ? Ton père que tu cases de temps à autre dans ton emploi du temps surchargé ? Ton père auquel tu dissimules les stratagèmes d'assurance ridicules de la femme qu'il croyait pouvoir trouver le courage d'épouser ? Le secret médical, je t'en ficherais, oui.

— Je suis désolée, papa. Papa ? Oh non…

— Rentre chez toi, ai-je dit. Rentre, s'il te plaît.

Trudy s'est approchée du canapé.

— Papa ! Je ne voulais pas te faire de peine en parlant de ça…

— C'est moi qui ai commencé, non ?

Trudy a poussé un gros soupir.

— Écoute, papa. Je sais que tu m'en veux pour Sarah, mais je ne peux pas parler de ça. Je ne peux vraiment, vraiment pas. Mais j'ai une dernière chose à dire au sujet de maman. Et puis je m'en irai, si tu veux. (Elle a attendu quelques instants.) OK. Quand je suis entrée en médecine, je me suis dit que si maman avait été enceinte, ça figurerait sur le rapport d'autopsie. Tu as vu le rapport, non ?

— Bien sûr que non.

J'avais la tête enfouie entre les mains. Pourquoi aurais-je voulu voir le contenu de l'estomac de Poppy, le catalogue de ses cicatrices, l'inventaire des organes qui avaient lâché les uns après les autres ? avais-je envie de lui hurler. Mais j'avais assez hurlé pour aujourd'hui.

— Elle n'était pas enceinte, papa. Ç'aurait été mentionné. Je suis allée voir. Il fallait que je sache avec certitude. J'espère que tu n'es pas fâché.

— Rentre chez toi, s'il te plaît, ai-je dit. C'est ma faute, cette horrible conversation.

Trudy a pressé ma main droite puis elle s'est levée.

— On parlera de la maison une autre fois, lui ai-je dit. Mais je crois que je vais le faire. Je signe le compromis de vente jeudi. Je la vends à Maurice Fougère.

Elle a eu une réaction de surprise que devraient avoir tous ceux qui connaissaient Maurice et son goût pour l'ultra-contemporain. Peut-être était-ce là une réaction qu'il savourait à l'avance. Je l'imaginais bien m'avouer qu'une des autres raisons de son succès était de *savoir maintenir les gens en haleine.*

— S'il te plaît, parlons-en avant, a-t-elle dit. S'il te plaît. Mais je suis contente que nous ayons eu cette conversation. Pas toi ?

— Je ne crois pas, non. Vraiment pas.

— Ne m'en veux pas, papa. (Elle a rejoint le tapis de l'entrée pour enfiler son imperméable.) Et dis-moi que ça va aller.

— Je n'en veux à personne, à cet instant, ai-je dit, bien que ce soit un mensonge.

Et pourtant, c'était vrai que mes sentiments envers Trudy avaient changé, que j'éprouvais davantage de tendresse pour elle ; ma petite Trudy qui avait mis des bas résille pour les obsèques de sa mère non par méchanceté, ni par manque de respect. J'aurais seulement aimé que le Dr Barnes s'en aille en me laissant seul en compagnie de ma petite fille.

— Je t'appellerai demain matin, papa, et je demanderai à Robert de t'appeler aussi, a-t-elle dit. J'espère…

— Ne t'inquiète pas pour moi. Je vais bien. Ou plutôt, devrais-je dire, ça ira.

Au moins, j'étais soulagé d'une chose : à présent, il n'y avait plus qu'une légère bruine.

— Sois prudente sur la route, ai-je dit.

# 20

— ATTENDS que la nuit soit tombée. Ça va être un sacré spectacle.

Ira se tenait sous la cabane perchée, auprès d'Anthony.

— C'est incroyable, mon ange, c'est toi qui as construit ça ?

— Pas tout seul. Tu le sais bien.

Ira était en jean noir avec un T-shirt élimé des Grateful Dead que lui avait prêté à contrecœur Sy, son oncle nostalgique, et un blazer en velours côtelé fuchsia qu'il avait trouvé dans la friperie la plus branchée de Lothian.

— Ah oui, toi et tes trois jeunes canons. Ils seront là, au moins ?

Anthony arborait un gros pendentif Peace and Love en toc à la manière d'une médaille olympique – un autre prêt de Sy, qui s'était défoncé à Woodstock – par-dessus un pantalon beige et une chemise à col boutonné XXIe siècle. "Je ne veux pas en faire des tonnes", avait-il prévenu Ira.

— Je ne sais pas, a répondu Ira. Robert et Turo ont gardé la surprise.

Après avoir vérifié que le travail de sa classe était bien mis en valeur parmi les objets présentés à la vente aux enchères traditionnelle, Ira avait emmené Anthony visiter l'école. Son enthousiasme lui faisait chaud au cœur. Anthony avait adoré les œuvres exposées dans la classe d'Ira, la vue qu'on avait de la fenêtre, l'album en écorce de bouleau qui contenait des photos d'Ira posant avec les Bouleaux dans la cabane perchée.

— Il faut que je la voie, cette cabane ! s'était exclamé Anthony.

Et ils étaient donc ressortis en traversant le parcours d'obstacles festif : les tables alignées le long de la façade de la grange, les objets présentés aux enchères silencieuses, la piste de danse en partie surélevée (grâce à Maurice) sur la pelouse en pente. Les tables de fête étaient recouvertes de nappes qui avaient été teintes façon *tie & dye* par deux mamans des Joncs. Sur chacune d'elles trônait un grand saladier rempli de *fortune cookies* faits maison et vendus cinq dollars. La plupart des messages qu'ils renfermaient étaient des clichés bateau des sixties – *Groovy baby ; Faites pleuvoir l'acide, pas les bombes ; Le pouvoir au peuple* – mais certains contenaient des prix pour des excursions avec des enseignants. *(M. Ira vous emmènera au zoo de Franklin Park !)*

Le personnel de My Thai installait les chauffe-plats, les papas rockers accordaient leurs instruments au bord de l'étang et Clover courait dans tous les sens, l'air heureuse mais hystérique. Les premiers invités devaient arriver dans un quart d'heure.

Ira se demandait si c'était ce soir-là qu'il finirait par dire oui à Anthony. Plus tard, évidemment, une fois seuls chez eux – quoique, Ira savait bien comment le moindre incident pouvait parfois faire capoter les projets. Il songeait à l'hétéro moyen et son écrin qui lui a coûté les yeux de la tête, cette façon de se mettre à genoux, ces dots, ces pères dont on demande le consentement en balbutiant. Au moins, ils se voyaient épargner la torture de rites aussi archaïques.

Ira a entendu Evelyn qui l'appelait.

— Tu crois que tu peux te débrouiller tout seul ? a-t-il demandé à Anthony.

— Je ne peux pas te garantir que je ne m'enfuirai pas avec le prochain Bob Dylan qui passe.

Ira a ri et descendu la pente en courant. Le temps était idéal : l'air était doux, la brise légère, l'étang frissonnait dans une lumière annonciatrice de l'été. En ce début de saison, les moustiques étaient encore rares, mais le printemps était déjà suffisamment avancé pour que les parents puissent s'attarder à la nuit tombée, boire et danser en plein air tout en dépensant de l'argent afin de donner à leurs bambins de quatre ans un accès précoce à des sorties au théâtre, des cours de danse, des balades en poney et peut-être même des cours de vitrail dispensés par la maman de Rico. La brise se changeait parfois en bourrasques qui apportaient juste ce qu'il fallait de fraîcheur.

Elle s'appelait Rosemary. Il l'avait rencontrée au squash. Pour la seconde fois ce soir-là, elle a souri ouvertement à Robert de l'autre bout de la salle, alors qu'il essayait de se concentrer sur la révision des différentes théories de l'évolution de l'œstrus et de la gestation chez les humains, la montée et la chute programmées des hormones. (Quelle ironie de voir que tous ces efforts étaient sabotés par son hypophyse.) Il finirait bien par devoir aller aux toilettes, ce qui l'obligerait à passer devant sa table. Si elle n'était pas partie.

Pour l'instant, il restait fidèlement collé à son écran d'ordinateur. La salle était presque pleine ; ils en étaient à la moitié de la période de révision, les examens commençaient dans une semaine.

Ce n'était pas Rosemary qui l'empêchait d'assimiler ses notes de cours en détail, cependant, mais l'épuisement et la pression causés par un rhume de cerveau qui tombait mal. La veille au soir, il avait aidé à la préparation de la "grande opération" dont Turo ne cessait de parler.

Ils avaient tout d'abord dîné à l'appartement. Turo avait fait des *tamales*, un des plats favoris de Robert quand ils mangeaient ensemble (ce qui était de moins en moins fréquent). Pendant que Turo cuisinait, ils avaient entendu à la radio l'histoire d'un couple d'Américains au Guyana. La femme, qui était infirmière en maternité, avait ouvert une consultation prénatale destinée à une communauté d'Indiens du Rupununi. Le mari, botaniste, avait lancé une entreprise d'écotourisme. Son véritable objectif était d'apprendre aux Indiens à préserver la nature vierge qui les entourait tout en en tirant profit.

— Attends un peu que le gouvernement mesure toutes les implications que ça peut avoir. Tes bons Samaritains pourront dire adieu à leur visa, avait déclaré Turo.

— Comment ça ?

— Voyons voir. Écotourisme... industrie forestière et produits pharmaceutiques. Hmm, voyons voir, qu'est-ce qui génère un plus gros PIB ?

— Tu es vraiment un cynique invétéré, mec, lui avait répondu Robert.

Ce sur quoi Turo s'était lancé dans un grand laïus, déclarant que venant d'où il venait, il avait vu de ses propres yeux les ravages irréversibles que les gens pouvaient provoquer dans les régions mêmes où ils habitaient.

— Ce n'est pas pour rabaisser ta conscience, mais survoler des millions d'hectares de forêt réduits à de la terre rouge, c'est autre chose que de voir quelques baraques moches se construire à Newton ou à Matlock. J'entends ton grand-père quand il râle contre les gens qui "détruisent l'histoire", je comprends bien, mais ce n'est rien par rapport à ce qui se passe au Brésil ou en Argentine. La nature c'est l'histoire en macro, la nature est vachement plus importante que l'histoire. Par rapport à la nature, l'histoire n'est rien.

Robert écoutait en mangeant. Il s'était abstenu de rétorquer à Turo qu'il avait essentiellement grandi dans le quartier de Gold Coast, le plus huppé de Chicago, et à Exeter, dans le New Hampshire. Robert avait ses propres illusions à entretenir.

Après le dîner, dans la voiture, Turo lui avait indiqué le chemin d'Everett pour aller chercher Tamara.

— Tu as eu des nouvelles, pour New York ? lui a demandé Robert.

Il n'avait pas encore annoncé à Turo qu'il venait d'accepter le stage de la boîte des Adirondacks et avait prévu d'habiter chez ses cousins à Brooklyn. Il venait seulement de se rendre compte que le bail de leur appartement de Cambridge courait jusqu'à fin août et qu'il leur faudrait trouver des gens à qui le sous-louer, qu'ils le renouvellent ou pas.

— Changement de programme, a dit Turo. Cet été, je serai là, puis... Tout dépend de comment ça se passe.

— Quoi donc ?

— J'ai l'intention de prendre une année sabbatique l'an prochain.

— Première nouvelle, mon pote. Ne me dis pas que tu vends ton âme à ces... aux CHIENS.

Robert avait encore du mal à prononcer le nom de l'organisation avec un minimum de sérieux. Mais c'était du sérieux, autrement il n'aurait pas fait une croix sur le travail qu'il devait accomplir pour sa dissertation sur Borges.

Turo a grommelé :

— Occupe-toi de ton âme. La mienne n'est pas à vendre.

— Tu permets que je dise un truc, mon pote ? lui a demandé Robert en attendant qu'un feu passe au vert. On dirait que tu t'es enrôlé dans l'armée.

Au lieu de se sentir insulté, Turo a répondu :

— Un peu, oui. C'est assez rigoureux, si on s'engage vraiment.

Après avoir récupéré Tamara, Turo les a conduits à Lothian, jusqu'à un entrepôt situé près des voies ferrées. Une fois là-bas, ils ont retrouvé deux types appelés Skunk et Boots – Robert n'était pas sûr d'avoir bien saisi leurs noms. Ils devaient avoir une trentaine d'années, Skunk était genre gothique, Boots plutôt reggae avec des dreadlocks qui lui descendaient au bas du dos. Ils n'avaient pas perdu de temps en bavardage, ne leur avaient même pas serré la main.

Ils faisaient ce que Turo appelait la préparation, comme s'ils étaient dans les cuisines d'un restaurant. Au moins, ils n'étaient pas obligés d'aller ramper dans le noir en pleine forêt en jouant les commandos. Boots, qui semblait vaguement en charge des opérations, avait confié à Robert la curieuse tâche de ficeler des journaux en gros cylindres. Boots les avait ensuite fourrés dans quatre énormes pneus, de ceux qu'on voit sur les semi-remorques. À l'autre bout de l'immense espace vide, Skunk et Tamara peignaient la banderole. Turo allait et venait d'une autre pièce.

Au bout de deux heures – sans boire une bière ni décrocher un mot dans ce foutu entrepôt qui était une vraie glacière – Robert avait aidé Boots à charger les pneus bourrés de journaux à l'arrière d'une camionnette avec une caisse de câbles électriques. Il avait la vue brouillée tant il était fatigué, les doigts engourdis. Boots n'était pas hostile, mais il décrochait à peine un mot. Leur coopération silencieuse devenait sinistre.

Une fois la camionnette chargée, Robert est allé à l'autre bout de l'entrepôt pour jeter un œil à la banderole, mais elle avait déjà été pliée.

— Les chevilles sont dans le camion ? a demandé Tamara à Skunk. Skunk a hoché la tête.

Il n'était guère loquace non plus.

Ils se sont séparés sans plus de cérémonie qu'ils s'étaient retrouvés. Turo a pris le volant.

— Et où est-ce que cette "grande opération" doit avoir lieu ? a demandé Robert.

— On ne le saura que demain, à l'entrepôt.

— C'est comme si on était des types des forces spéciales qui risquent de se griller, a dit Tamara.

— Les types des forces spéciales savent tout avant d'y aller, a rétorqué Robert. Et ils sont entraînés à résister à la torture. Ce que nous, d'ailleurs, on n'est pas. En tout cas – il a regardé Turo en riant – pas moi. Ça c'est sûr.

— Je sais pas mal de choses, mais j'ai appris à me laisser porter, a dit Turo.

— Tu parles, oui, a lancé Robert.

Turo n'a pas répondu. En arrivant en ville, ils ont sombré tous les trois dans une torpeur somnolente. Robert, qui s'était assoupi, a à peine ouvert un œil quand ils ont déposé Tamara chez elle.

— Repose-toi pour être frais et dispos, lui a dit Turo en rentrant.

En se réveillant ce matin-là, il avait la gorge en feu et il toussait. Turo avait laissé un mot sur la table de la cuisine. RDV ICI À 17 HEURES ! Robert a grommelé.

Il a pris un DayQuil pour se décongestionner les sinus et préparé son sac pour la bibliothèque. Il devait réviser son examen d'anthropologie médicale et finir le brouillon de sa dissert' de littérature ou il était fichu. Au milieu de la matinée, il a essayé de téléphoner à Turo mais il est tombé sur sa messagerie.

— Je suis vidé, mon pote, et j'ai un énorme rhume, a-t-il dit. Je ne pourrai sans doute pas venir tout à l'heure.

Quand il a fait une pause un peu plus tard pour s'acheter un sandwich à la cafétéria du sous-sol, il a vérifié son téléphone et trouvé un texto de Turo : TU VI. PA KESTION 2 TE DÉFILÉ.

— Lâche-moi, a dit Robert à voix haute.

Il lui a renvoyé un texto JE VIENS SI JE PX NE COMPTE PAS SUR MOI. Quasiment aussitôt, Turo a répondu BESOIN 2 TA KS. Robert avait répondu DÉSOLÉ. Ce ping-pong par SMS avait assez duré. Il a fait le numéro de Turo ; curieusement, il est tombé sur sa messagerie. Peut-être cela signifiait-il que Turo était dans une bibliothèque.

— Ce n'est pas trop tôt, mec, a marmonné Robert.

À cinq heures, il a senti son portable qui vibrait. Non sans un vague remords, il a rangé le téléphone dans son sac à dos. Turo devrait sauver l'espèce humaine sans lui, ce soir-là.

Il a regardé l'heure sur son ordinateur : 20 h 15 seulement. Il était dans un tel état de fatigue qu'il avait l'impression qu'il était trois heures du matin. Où était Turo, en ce moment ? Sur la pelouse d'une de ces luxueuses propriétés qui poussaient comme des champignons à Ledgely ? À Cape Cod ? Pourquoi devaient-ils se retrouver aussi tôt ? Robert se demandait si le rôle qui lui était attribué dans cette MdM était si crucial que cela ; sans doute ne voulaient-ils que sa voiture. Il se contentait de suivre les ordres. N'importe qui en était capable. On se serait bel et bien cru à l'armée. Dans la famille de Robert, aucun homme n'avait jamais servi sous les drapeaux, comme on dit dans les journaux. Bizarre, non ? Il n'y avait pas d'histoire de guerre. Peut-être était-il foncièrement une poule mouillée, peut-être n'avait-il pas le cran de se coltiner les sales besognes nécessaires à un réel changement. Peut-être n'avait-il tout simplement pas le gène du guerrier.

— Tu as besoin d'un café. Et moi aussi.

Elle a chuchoté si près de son oreille qu'il a senti son souffle, manquant de tomber de son siège. Rosemary se tenait derrière lui.

Robert a ri doucement à l'idée d'avoir paniqué à ce point. Cette fille était si discrète que c'est elle qui aurait dû travailler pour les CHIENS. Elle avait raison : il avait besoin d'un café. Mais surtout, il avait besoin de distraction.

Il a refermé son ordinateur, l'a glissé dans son sac à dos puis il est sorti de la salle de lecture derrière elle.

Le groupe interprétait – à la demande de quelqu'un ! – le hit psychédélique *In-A-Gadda-Da-Vida.* Environ deux cents adultes affublés d'accoutrements bariolés dansaient sur cet interminable morceau indansable, trinquaient sur les balançoires et s'attroupaient autour des tables d'enchères silencieuses en essayant de décrocher des cours d'escrime ou des billets pour les Red Sox avant qu'ils ne soient adjugés. (Était-ce Jonathan Newcomb, l'investisseur en capital-risque, qui se baladait avec de fausses rouflaquettes, un bandana dans les cheveux et une salopette déchirée ?) Ira avait enchéri trois fois sur un bon d'achat de produits exotiques chez Trader Joe's, mais il avait renoncé en voyant les enchères atteindre le double de leur valeur réelle. Il était encore en compétition pour un an d'adhésion à la salle de sport dont il était membre avec Anthony. (C'étaient eux qui avaient obtenu ce don.) La dernière fois qu'il était passé devant la table, il avait vu que trois personnes se disputaient le massage équin. Allez comprendre.

Evelyn l'a pris par le bras.

— Heidi rassemble les autres enseignants pour présenter leurs projets. Vous êtes prêt, pour l'arbre ?

— *Light my fire*, baby.

Elle a ri.

— Ces semelles compensées me tuent. Je me demande comment j'ai pu porter ça plus de cinq minutes.

Au-dessus de ses chaussures en canard, Evelyn portait une robe maxi à motif cachemire et un blouson en jean avec un portrait de Joni Mitchell cousu dans le dos. Elle s'était débarrassée depuis longtemps de la guirlande de fausses marguerites qui lui donnait des démangeaisons au crâne. La veste de la friperie faisait le même effet à Ira. Oh non, pas des puces, s'est-il dit en regagnant la maison.

Après s'être embrasé au coucher du soleil, le ciel s'était enfin obscurci. L'après-midi, le père de Maxwell avait installé tous les câbles en s'assurant de bien les fixer et de les recouvrir pour que personne ne se prenne les pieds dedans. Percy avait eu la gentillesse de les autoriser à se brancher chez lui, dans la mesure où l'arbre était trop loin de la grange. Il avait dit à Ira qu'il avait quelque chose de prévu le soir de la vente aux enchères, mais qu'il laisserait la porte de derrière ouverte.

Ira avait remarqué la mère de Rico un peu plus tôt : comme d'autres parents, elle n'était pas déguisée. Mais on ne pouvait guère lui en vouloir. Comment trouver l'énergie de se déguiser en Sergeant Pepper ou en Janis Joplin quand on était en pleine chimio ? (Un couple, les Plotkin, arborait ce qui ressemblait à des grenouillères jaune canari munies d'une capuche et d'un périscope improvisé attaché sur la tête.)

Ira avait observé Sarah flâner autour des tables d'enchères. Elle semblait être venue seule, mais il avait remarqué qu'elle regardait souvent en direction de la maison. Percy avait laissé la lumière allumée pour Ira afin qu'il ne trébuche pas dans le noir en essayant de trouver l'interrupteur. Sarah pensait sans doute que Percy était chez lui, mais refusait d'assister à la vente. Ira ne comprenait toujours pas ce qui s'était passé entre les deux, mais visiblement, les nouvelles n'étaient pas bonnes.

Il a attendu du haut de la véranda. Les gens commençaient à s'attrouper pour la grande vente aux enchères, qui devait débuter au moment où ils avaient bu juste ce qu'il fallait pour délier les cordons de leur bourse, sans pour autant douter de leurs décisions. Maurice Fougère, dans un costume indien rose fuchsia qui lui donnait l'air d'un sultan tout droit sorti des Mille et Une Nuits, se tenait à côté du micro où quelques minutes plus tôt le chanteur avait déployé toute son énergie pour faire revivre les Iron Butterfly. Evelyn était à côté de lui. Maurice avait accepté de jouer les commissaires-priseurs. Ira avait hâte de voir ça. Son accent français à couper au couteau risquait de rendre le spectacle encore plus drôle.

Anthony était devant le groupe qui se trouvait un peu plus bas. Il a fait signe à Ira. Ira lui a soufflé un baiser. Ils s'étaient mis d'accord pour enchérir sur le week-end (de lune de miel ?) à Nantucket.

Anthony s'amusait bien. Il avait acheté deux *fortune cookies*, dont il avait tiré des bouts de papier qui disaient *I'm the Walrus* et *L'Herbe bleue.* ("Dis, je peux travailler ici ? Allez, s'il te plaît", avait demandé Anthony. "Certainement pas, avait répondu Ira. Il faut bien qu'il y en ait un qui garde un pied sur terre." "Et c'est moi ?" avait dit Anthony. Ira lui avait donné un baiser furtif, mais sans aucune gêne. "Eh oui, désolé.")

La foule était impressionnante. Clover avait réussi à rameuter non seulement les parents de cette année-là, mais aussi bon nombre de parents des années précédentes et d'habitants de Matlock qui cherchaient à se distraire et peut-être aussi à s'offrir à bon prix de l'acupuncture ou des tours en bateau-cygne.

Evelyn a fait signe à Ira. Maurice a parlé dans le micro.

— Attention, mes amis psychédéliques ! C'est le moment où nous vous demandons d'oublier toute prudence financière au nom de nos merveilleux enfants !

Au moment où les applaudissements éclataient, Ira est entré dans la maison et s'est dirigé vers le bureau de Percy. Sur le bureau se trouvait une multiprise sur laquelle étaient branchées quatre rallonges qui passaient par la fenêtre. Ira a allumé l'interrupteur : quatre faisceaux de lumière ont jailli dans les branches.

C'était Arturo qui avait eu l'idée de la lumière noire ; il avait même dit à Ira où il pouvait louer le matériel. Les enseignants avaient passé tout un après-midi à découper des fleurs géantes, des signes Peace and Love et des colombes dans du papier blanc cartonné. Ils étaient montés dans la cabane le matin même pour punaiser et suspendre les formes dans les branches. Et à présent les silhouettes fantomatiques brillaient dans l'obscurité en se balançant sous la brise. C'était aérien, joyeux. Idéal.

Ira a entendu les applaudissements qui redoublaient, les exclamations des enfants impressionnés. Ces débordements d'enthousiasme pour un spectacle aussi frivole avaient quelque chose d'impudique, mais c'était là une communauté de gens qui attachaient au bonheur de leurs enfants une valeur que tant d'autres parents n'y accordaient malheureusement pas. Certes, le vin y était sans doute pour beaucoup, mais en cet instant, Ira se rendait compte à quel point il était heureux d'avoir trouvé sa place dans un endroit pareil. Parce qu'il y avait trouvé sa place.

Il s'est précipité vers la véranda, impatient d'assister au clou de la soirée, de découvrir l'arbre d'en bas, comme on était censé le voir. En ressortant par derrière, il a entendu un tonnerre d'applaudissements et de cris de joie ; Maurice avait-il commencé les enchères ?

Personne n'avait l'air de regarder l'arbre ; même Maurice était tourné dans l'autre sens. Une colonne de feu s'élevait de l'étang – non, deux. Des flammes s'élevaient de deux objets sombres qui flottaient à proximité de la rive opposée. Ira s'est mis à rire. Ça allait trop loin ; était-ce Clover qui avait préparé cette seconde surprise ? S'il y avait trop de spectacle, les gens risquaient de se détourner des enchères.

Il n'avait pas encore rejoint la foule quand il a vu les deux autres colonnes de feu s'embraser. Au début, on aurait cru qu'elles étaient en plein ciel, au-dessus de la maison de Laurel Connaughton.

À l'instant où Ira comprenait que ces feux n'avaient rien à voir avec la vente aux enchères, la façade blanche de la maison de Laurel Connaughton s'est entièrement illuminée. La première chose qu'il a vue, c'est que les colonnes de flammes jumelles avaient l'air de provenir des deux cheminées – ou du moins d'objets qui couronnaient les cheminées. Au même moment, un immense pan de tissu blanc, plus blanc encore que la maison, a paru se jeter devant la façade de la maison pour se déployer du bord du toit aux rhododendrons qui flanquaient l'entrée. Parmi les gens, les uns avaient le souffle coupé, d'autres riaient.

Ira s'est figé à mi-pente, comme hypnotisé, incapable de faire un pas en avant, de chercher Anthony parmi la foule en contrebas. Il se rendait compte que celle-ci avait commencé à se disperser, que des silhouettes couraient dans tous les sens.

Anthony l'a rejoint et lui a pris le bras. Ils n'ont pas échangé un mot. Ils regardaient l'étrange message peint sur la banderole éclairée en contreplongée par des projecteurs semblables à ceux qui illuminaient la cabane éclipsée.

TRA LA LALALÈRE, ROMAINS :
DANSEREZ-VOUS TANDIS QUE
LA PLANÈTE DE VOS ENFANTS BRÛLE ?

— Romains, a murmuré Anthony. Romains ?

— Néron. C'est une allusion à Néron, a dit Ira. Oh mon Dieu.

Autour d'eux, les gens parlaient avec précipitation au téléphone. Clover est passée devant eux en jetant un regard à Ira, les larmes aux yeux. Elle courait vers la maison de son père.

C'est alors qu'une bourrasque de vent tiède a balayé sur son passage un écheveau d'étincelles provenant d'un des feux de l'étang pour l'emporter vers les illuminations de la maison de Mme Connaughton. Il a flotté un instant au bord de la banderole, qui a paru reculer légèrement avant de s'embraser. Le mot BRÛLE a été le premier à s'enflammer.

Les sirènes ont retenti rapidement ; presque aussitôt les gyrophares des camions de pompiers ont percé la rangée d'arbres qui bordait la route. Le temps qu'ils arrivent, la banderole était une nappe de flammes qui convoitaient le toit de bardeaux. Les grandes colonnes de feu qui s'étaient enflammées avec une telle violence au début – celles sur l'étang comme celles soutenues par les cheminées – n'étaient plus qu'un tas de braises vaguement rougeoyantes. Mais la banderole en flammes avait sa propre cause et l'incendie qui faisait rage de solides griefs, comme s'il se déchaînait contre la maison elle-même.

— Oh mon Dieu, a répété Ira. Et s'ils ne réussissent pas à l'éteindre ?

Il a saisi la main d'Anthony pour s'empêcher de trembler. En voyant Sarah courir vers la maison de Percy, il l'a lâchée.

Ira l'a rattrapée près de la véranda de derrière et lui a annoncé d'une voix plus forte qu'il ne voulait :

— Il n'est pas chez lui.

Elle avait l'air malheureuse. Ira essayait de trouver autre chose à ajouter, quand soudain, ils se sont tous deux tournés vers la maison voisine, attirés par un grincement étrange suivi d'un bruit d'éboulement.

Une des cheminées a commencé à s'effondrer. Des braises provenant du bûcher installé en haut se sont déversées sur le toit pentu comme une cascade de pierres brutes ; une grosse masse sombre est tombée par terre. Une nouvelle bourrasque de vent a déchiré la banderole enflammée et l'a emportée, tordue sur elle-même. Elle a survolé tel un spectre criard les camions de pompiers puis les rangées d'érables qui séparaient la propriété de Percy de celle de Laurel. Elle s'approchait dangereusement, s'élevant peu à peu, toujours en flammes, jusqu'à ce que la cime du hêtre, le dernier point culminant avant qu'elle gagne le ciel, ne l'arrache au vent. Des étincelles se sont mises à pleuvoir sur les branches et la cabane modestement construite de bois mort a pris feu après un léger instant de suspense, suivie des découpages ludiques qui luisaient dans la lumière violette.

Celestino s'est préparé une côtelette de porc accompagnée de haricots et de poivrons. Il a allumé son poste et mis la radio étudiante basée à Lothian qui passait un étrange mélange de musique ; du jazz, du hip-hop, parfois une chanson de comédie musicale, un air d'opéra. On ne savait jamais à quoi s'attendre.

Sous les yeux, il avait le catalogue des cours d'une école "commerciale et professionnelle". On pouvait étudier l'électrotechnique, la comptabilité, la coiffure, la mécanique automobile. Dans toutes les disciplines enseignées, il s'agissait plus ou moins d'arranger des choses, mais pas celles que Celestino aurait aimé savoir arranger. Toutefois, il y avait une section consacrée à l'art paysager et au jardinage. *Modeler l'espace public. Diriger une pépinière. Science de la pelouse moderne. Comprendre les arbres.*

Celestino avait l'impression qu'il comprenait les arbres. Même Loud le disait :

— Tu comprends les arbres, *hombre,* tu as vraiment le don.

La journée avait été magnifique et comme à chaque fois qu'il faisait beau, ce printemps-là, Celestino avait essayé de s'abandonner au plaisir du soleil, des premières brises tièdes. Il n'y avait pas de travail d'intérieur, cette semaine-là. Loud l'avait renvoyé au Jardin aux Roses, à côté de l'église. Il avait déjà enlevé la paille, ôté la bâche qui recouvrait les buissons puis l'avait repliée et rangée dans la remise de Loud. Il avait laissé les buissons tranquilles pendant quelques semaines pour que leurs tiges se détendent et retrouvent leur position naturelle. Ce jour-là, ç'avait été la partie la plus agréable : tailler les branches mortes, élaguer. Des milliers de minuscules feuilles rouge sang toute brillantes avaient commencé à s'affirmer. Des bourgeons ne tarderaient pas à surgir. Quand ils fleurissaient, les rosiers étaient une source de satisfaction profonde. Celestino avait enfoui du compost et de la chaux dans la terre encore humide après l'orage qu'il y avait eu plusieurs jours auparavant.

Il avait sursauté en entendant le portail s'ouvrir : deux femmes.

— Bonjour, a lancé la plus jeune. On jette juste un coup d'œil. On peut ?

Celestino leur a fait signe en souriant, pour lui montrer qu'elle ne le dérangeait pas.

C'était une mère et sa fille, elles cherchaient un lieu de réception pour le mariage de cette dernière qui devait avoir lieu pendant l'été. Elles ont fait le tour des allées circulaires en discutant. La mère voulait un grand mariage avec plus d'invités que le jardin ne pouvait en accueillir. La fille disait qu'elle ne voyait aucune raison d'inviter des gens qui ne les connaissaient pas vraiment, elle et son fiancé.

— Pourquoi veux-tu dépenser de l'argent pour que des inconnus assistent à mon mariage ?

— Ce ne sont pas des inconnus, ils font partie de notre cercle familial. Nous connaissons certains d'entre eux depuis des années, ton père et moi. Il ne s'agit pas que de toi, dans ce mariage.

— Non, il s'agit de James et moi. Et on peut toujours se marier en douce.

— C'est ce que j'appelle une menace en l'air. Il suffit de voir ta robe dans mon placard. Et la liste que tu as déposée chez Williams-Sonoma.

La sœur de Celestino se mariait dans un mois. Il se demandait si sa mère et Marta se disputaient de cette façon, à propos de détails. Soudain, il se disait que sa vie manquait de détails – ou du moins de ce genre de détails liés au "cercle familial". Il repensait à la réception que les Lartigue organisaient à Noël pour les familles françaises, celles dont ils partageaient la culture. Il se rappelait comment Isabelle l'avait intégré à ces fêtes, même s'il n'y aurait jamais vraiment eu sa place. Il se demandait si elle voyait toujours ces familles. Une fois en France, se retrouverait-elle un nouveau cercle ? Isabelle n'avait aucun mal à se faire des amis.

Après avoir fini son dîner, il est descendu. Mme Karp lui avait laissé un mot, lui demandant de suspendre les rideaux qu'elle avait lavés. Celestino a sorti l'escabeau du placard à balais, glissé le tissu jaune sur les tringles et remis les tringles sur leur support. Mme Karp est retournée à son émission de télévision.

Quand il est remonté, l'étudiant qui faisait office de DJ présentait les informations.

— Et la nouvelle vient de tomber, a dit le garçon en prenant un ton grave comme s'il était sur une scène de théâtre. Un grave incendie ravage deux demeures historiques de Matlock au moment même où je vous parle.

Quand il a entendu le nom de la rue, Celestino s'est assis sur la chaise la plus proche.

Les fêtards hébétés qui étaient venus à la vente aux enchères en voiture n'avaient pas d'autre choix que de parcourir à pied les huit cents mètres qui les séparaient du parking de la bibliothèque ; la navette qui les avait amenés ne pourrait jamais franchir le cordon de camions de pompiers et de voitures de police qui débordaient des deux allées et barraient la route dans les deux sens. Ira se demandait ce que devaient penser ceux qui les croisaient de ces gens en état de choc qui avançaient en procession vêtus en hippie, en martyr du rock ou en sous-marin jaune.

La scène qu'ils laissaient derrière eux était encore plus étrange. Les chaises et les tables pliantes s'étaient effondrées. Les nappes délavées avaient volé dans les buissons. Les assiettes en carton vert anis étaient éparpillées dans tous les sens, certaines flottaient sur l'étang comme des nénuphars fluo. La tente de réception qu'ils avaient eu tant de mal à installer au-dessus de la piste de danse surélevée avait été emportée dans le véritable déluge projeté par les lances à incendie et entraînée au bas de la pente, du côté du terrain de jeu, où elle recouvrait le château miniature. Seule exception à ce chaos, une rangée de paniers cadeaux débordant de papier de soie coloré et de boucles de rubans qui s'alignaient intacts sur une table installée de l'autre côté de la grange.

La maison de Laurel Connaughton n'était plus qu'un tas fumant de poutres et de planches séculaires. Une des cheminées persistait à tenir avec une vaine détermination. La seconde avait perdu des pierres et penchait de côté, semblable à un homme vaincu.

À proximité de la maison de Percy, le grand hêtre rouge autrefois si majestueux n'était plus qu'un squelette sombre qui restait – bizarrement – éclairé par un unique projecteur ultraviolet. Le toit de Percy, ou du moins ce qu'Ira en distinguait de l'arrière, était noir et luisant, sa surface mouillée totalement calcinée. La plupart des carreaux de l'étage avaient volé en éclats sous la pression de l'eau et il était probable que les meubles de ces pièces étaient trempés. Mais l'incendie en lui-même avait été stoppé au niveau du toit. D'après le chef de la police, l'orage violent qui s'était abattu la semaine précédente avait contribué à épargner la maison de Percy. Si celle de Laurel avait brûlé aussi vite, c'était à cause du combustible employé dans les bûchers qu'avaient installés les terroristes. C'est ainsi que le capitaine McCord appelait les auteurs, comme s'il était confronté à un nouveau 11 Septembre. Ira décelait une puanteur de caoutchouc brûlé sous l'odeur de résine et de pétrole répandu. De temps en temps, une brise indifférente soulevait un parfum innocent d'herbe humide.

La grange avait survécu sans même un seul bardeau roussi. L'avant-toit ruisselait encore des tonnes d'eau qui avaient été pompées directement dans l'étang (le camion laissant de grosses ornières boueuses au bas de la pelouse en repartant). Les bureaux d'Evelyn et de Clover, dont les fenêtres étaient restées entrouvertes, étaient couverts d'une bouillie pâteuse de papiers et de livres anéantis.

Ils étaient à présent réunis dans la classe d'Ira : Evelyn, Clover et les sept enseignants qui avaient assisté aux enchères. Tous, y compris Evelyn, auraient tout fait pour pouvoir oublier ce cauchemar, ne serait-ce que pendant huit heures. Depuis plusieurs jours, la plupart d'entre eux avaient passé le plus clair de leur temps dans cette école à préparer une fête qui aurait dû se finir dans une pluie de dollars, et non de cendres, de mousse extinctrice et d'eau stagnante glacée. Plus que de danser, se déguiser ou se goinfrer de crevettes à la noix de coco, tout ce dont ils rêvaient, c'était d'une bonne nuit de sommeil. Mais ils étaient retenus là par les questions pressantes du capitaine McCord, de son homologue des pompiers et d'un inspecteur de police de Matlock. Anthony était également resté et, bien qu'il se soit mis à l'écart, il avait trouvé un bloc de papier à gros grain et en bon avocat prenait des notes.

Maurice semblait avoir filé, mais Heidi a dit à Ira qu'elle l'avait vu monter jusqu'à la maison et faire le tour en l'inspectant. Peut-être était-il chargé d'attendre le retour de Percy. Clover se trouvait près de la maison quand elle avait appelé son père sur son portable, et elle avait entendu ce dernier sonner par une fenêtre ouverte du salon. La police avait joint Laurel à New York, après avoir obtenu son numéro par l'intermédiaire d'un membre de la Société historique.

Le capitaine McCord les avait séparés en deux groupes. On avait été chercher des chaises d'adultes pour lui et son inspecteur, mais le personnel de F & F était habitué aux chaises d'enfants et aux coussins. Anthony s'était adjugé le canapé du coin lecture.

En clair, c'était un interrogatoire. L'emploi du mot *enfants* sur cette banderole signifiait évidemment que la dernière frasque des CHIENS – et la première en plus d'un mois ! – visait directement la communauté de Fées & Follets et supposait donc un contact "interne" ou une vengeance. C'était du moins ce que disait le capitaine McCord.

— Nous n'affirmons pas que l'un d'entre vous soit suspect, a-t-il déclaré (semant aussitôt le doute dans l'esprit d'Ira – et de tout le monde, à en juger par les échanges de regards autour de lui), mais nous voulons savoir si vous avez remarqué quoi que ce soit de louche. Nos inspecteurs sont en train de passer la résidence de Mme Connaughton au peigne fin, mais si nous nous fions à notre expérience, il est probable que les terroristes n'ont laissé aucun indice. Mais cette affaire, on va la résoudre. On les aura. Je vous le promets. (En fait, cela ressemblait davantage à une menace, s'est dit Ira.)

“Je peux vous dire une chose, c’est que la résidence de Mme Connaughton était entièrement équipée d’un système d’alarme et que le système en question n’a pas été neutralisé. Nous soupçonnons que les terroristes n’ont pas pu monter un tel coup sans pénétrer dans les lieux. Nous enquêtons à ce propos auprès de Mme Connaughton mais si l’un d’entre vous a vu quelqu’un rôder du côté de cette maison aujourd’hui – ou depuis qu’elle est partie mercredi – ce serait d’une signification importante.

Ou d’une importance significative, s’est dit Ira. Pendant le silence qui a suivi, il a parcouru la salle du regard, sa salle. Il n’appréciait pas la désinvolture avec laquelle McCord et ses hommes avaient jeté leur veste et leur attirail sur les bibliothèques et les corbeilles où étaient rangés les dessins des enfants.

Le capitaine a fait une nouvelle tentative.

— Et les visiteurs qui sont venus cette semaine ? Il y a eu des traiteurs, des livraisons pour la fête, toutes sortes d’allées et venues. Des gens qui se sont présentés comme des parents qui pensaient inscrire leur enfant, peut-être ?

Clover était la mieux placée pour répondre à cette question (Evelyn était dans l’autre groupe interrogé), mais elle avait le regard perdu dans le vague. Le chagrin l’avait plongée dans un état semi-comateux. Seules les larmes qui ne cessaient de couler en silence sur ses joues montraient qu’elle était consciente.

— Elle a besoin de se reposer, a dit Ira à McCord. (Il a passé le bras devant Heidi pour mettre la main sur le genou de Clover.) Ça va ?

Elle l’a fixé du regard.

— Je n’en peux plus, a-t-elle murmuré.

— Voulez-vous qu’on aille vous chercher un verre d’eau, Mme Darling ? a demandé McCord.

— Non, a-t-elle répondu. Elle s'est essuyé la figure avec la manche de sa blouse paysanne déjà couverte de suie.

— On ne pourrait pas faire une pause ? a supplié Ira. Se détendre un peu ?

Ira est allé retrouver Anthony à l'autre bout de la salle. Par la fenêtre, il distinguait vaguement le matériel abandonné par les musiciens. Un grand haut-parleur avait été entraîné dans les joncs en bordure de l'étang. Tout cela serait-il remboursé par l'assurance de F & F ? Soudain, Ira craignait de perdre son travail.

— Pour rien au monde je n'aurais voulu rater cette soirée-là, a dit Anthony.

— Ça n'a rien de drôle, a répondu Ira.

Anthony lui a pris la main.

— Excuse-moi. Mais je t'avais prévenu que ces insurgés n'étaient qu'une bande d'imbéciles. Je t'avais dit que ça finirait par imploser d'une manière ou d'une autre. Franchement, ça sent la blague de potache qui a dégénéré. Ces flics de banlieue croient avoir affaire à un Al-Qaïda local tapi dans les troènes – mais à mon avis, c'est plutôt le SDS*. Je t'assure, le SDS est de retour. Il y a toute une renaissance du mouvement contestataire – c'est le même type de nostalgie qu'on retrouve dans ta soirée Woodstock.

Ira avait du mal à croire qu'il y avait trois heures à peine, il se sentait si optimiste, si romantique. Et pourtant, à mesure qu'il écoutait la litanie des je-te-l'avais-bien-dit d'Anthony, tout en regardant le haut-parleur sombrer dans l'étang, sa colère instinctive s'estompait peu à peu. Ira se souvenait de quelque chose.

* Students for a Democratic Society (Étudiants pour une Société Démocratique), organisation étudiante américaine qui s'est inscrite dans le mouvement étudiant de contestation des années 1960.

Rien, mais rien, ne lui ferait perdre son poste.

Le capitaine McCord était de l'autre côté de la salle, où il parlait à Evelyn, dont le groupe avait imité celui d'Ira et tournait en rond en se dégourdissant les membres et en buvant de l'eau dans de minuscules gobelets. Ruth avait proposé de faire du café. Joyce était allée dans sa classe chercher une boîte de crackers et de biscuits aux figues.

Evelyn avait entrepris McCord sur ses enfants. Ira s'est interposé.

— J'ai quelque chose. Quelqu'un. À signaler.

Il avait parlé d'une voix normale, mais la salle était petite et l'acoustique excellente. Tout le monde s'est arrêté de parler.

— Turo. Arturo. Je crois que son nom de famille, c'est Cabrero, ou Cabrera. On l'a souvent vu cette année – trop.

Ira essayait de se rappeler le contenu de la conversation qu'il avait surprise à l'automne, de la fenêtre, mais c'était sans importance. Car il se rappelait clairement avoir vu Turo sortir du local de rangement, un peu plus tard, et puis traîner dans les bois qui se trouvaient à proximité pendant les vacances de Noël, et plus récemment, en train de parler avec Celestino sur la pelouse de Laurel Connaughton.

— Arturo qui ? a demandé Evelyn.

— Il nous a aidés à construire la cabane.

Heidi a acquiescé d'un murmure, puis Clover a parlé :

— Robert ! Robert et son colocataire ! Ils… Robert, mon neveu.

Elle parlait sur un tel ton que tout le monde s'est tu pour la seconde fois. En quelques mots, elle était passée de l'hystérie à une complète froideur.

— Pas Robert, a dit Ira à Clover. Je suis sûr que Robert n'a…

— Si, a répliqué sèchement Clover. Il n'est plus le même, cette année.

Ira s'est tourné vers le capitaine McCord.

— Arturo – le colocataire –, c'est surtout lui qu'on a vu par ici. Si Robert est venu, c'est à cause de son grand-père. Ils sont très proches, je crois. Ce n'est pas étonnant. Mais c'est le colocataire qui…

— Qu'est-ce que vous savez de Robert ? s'est emportée Clover. Je le connais depuis toujours !

— Clover, il est impossible que…

Dans son champ de vision, Ira a vu Anthony qui se levait en secouant la tête. (Un avertissement ? De la désapprobation ? Anthony ne l'avait-il pas accusé d'être lâche quand il s'agissait de se faire entendre ?)

— Il me faut des noms, a dit McCord. Épelez-moi tout ça.

Il s'est mis à noter. Sur ce, le capitaine des pompiers – à quel moment était-il parti ? – est revenu dans la salle en déclarant :

— Cap, la cave. De la maison Darling. On a quelque chose.

Percy Darling a fait son entrée derrière le capitaine des pompiers. On aurait dit un père à qui on vient d'annoncer la mort de son enfant. Son regard s'est aussitôt posé sur Clover. Le soulagement qu'il exprimait n'a été que de courte durée.

— C'est Robert, papa, a-t-elle lancé d'une voix forte. Il a subi un lavage de cerveau. On aurait dû deviner avant ! Robert a tout détruit !

Elle a fait un pas vers son père, mais aussi précipitamment qu'il était entré dans la salle, il lui a tourné le dos et il est reparti. Ira l'a entendu dévaler le couloir en courant et ouvrir la porte de la grange à toute volée en la faisant claquer contre le mur comme un coup de feu.

Le DayQuil ne faisait plus effet. Il avait l'impression qu'on lui avait enfoncé un chiffon moisi entre les yeux et le nez. Que son cerveau avait rétréci. Il était une heure du matin et il avait perdu presque deux heures – enfin, il ne les avait pas exactement perdues, mais prises sur le temps dont il avait désespérément besoin pour finir sa dissertation – à manger un gâteau avec Rosemary dans le nouveau café de Dunster Street. Elle était cool : à fond dans la bioéthique, en plus de son intérêt pour l'histoire et l'urbanisme. Elle allait également passer l'été à New York, où elle ferait un stage sur le site reconverti des chantiers navals de Brooklyn. Ses cheveux étaient une vraie jungle – dense et sombre. Cela faisait un temps fou que Robert n'avait pas eu autant envie de toucher les cheveux d'une femme. Ses seins – le haut qui pigeonnait sous son chemisier rouge – étaient légèrement parsemés de taches de rousseur. Elle sentait la mandarine.

Serait-elle rentrée avec lui ? Son horrible toux lui avait probablement rendu service. Il fallait qu'il dorme et qu'il travaille. (Il fallait aussi qu'il affronte Turo, mais avec un peu de chance, pas avant le lendemain matin.) Il pouvait peut-être prendre du NyQuil pour la nuit et se coucher, ou une dose de DayQuil et se mettre au travail. Ah le miracle de ce qu'on trouvait en pharmacie ! Il en était à comparer les avantages et les inconvénients des deux méthodes quand il s'est engagé dans Linnean Street. À un bloc de son immeuble, il a remarqué les deux voitures de police garées devant. Et merde, pas un autre cambriolage.

Trop crevé pour demander ce qu'il se passait, Robert s'est contenté de saluer d'un signe de tête le policier de la première voiture. Il est entré dans son immeuble et il a pris l'escalier. Il a entendu les voix, les radios qui aboyaient, avant d'atteindre le second étage et de comprendre que les bruitages de série policière provenaient de son appartement dont la porte était grande ouverte.

Les deux types en uniforme plantés dans le couloir l'ont vu au même moment. L'un des deux lui a présenté son badge.

— Hé, a fait Robert. Holà, qu'est-ce qui se passe ?

— Arturo Cabrera ? a dit le plus grand.

— Non, a répondu Robert.

— Robert Barnes ?

— C'est moi. (Soudain, il a compris.) Oh non, a-t-il soupiré. Turo, espèce de crétin.

En entrant, Robert a vu tout ce qu'en l'espace de deux secondes à peine ses idées préconçues lui avaient annoncé qu'il allait voir : tout, partout, déplacé, débranché, écarté du mur, retourné. Toutes les lumières allumées. Jusqu'au réfrigérateur ouvert. Un des policiers lui avait déjà ôté son sac à dos – doucement, presque – et l'autre le palpait, exactement comme à la télévision. Ce que la télévision avait également appris à Robert, c'était de la boucler.

Il a entendu des pas derrière lui. Quand il s'est retourné pour regarder, un des flics l'a attrapé par le bras, pas du tout en douceur cette fois, mais dès qu'il a vu l'homme qui s'élançait vers lui dans le couloir, la vague d'émotion qui s'est emparée de ses sens engourdis ressemblait davantage à de la joie qu'à de la honte.

— C'est mon petit-fils que vous vous apprêtez à arrêter, a dit Grand-père. Quoi qu'il ait fait, c'est un bon garçon. Ne l'oubliez pas.

# 21

— Vous êtes sûr que vous ne voulez pas que je vous accompagne ?

— Sûr.

— Bon, demain. Je viens vous chercher à une heure ? D'accord ?

— Merci.

Robert voulait refermer la portière, mais Anthony était toujours penché sur le siège passager.

— Ça va aller, a dit Robert en ne sachant même plus ce que c'était que d'aller bien. Vous pouvez partir. Faire ce que vous avez à faire.

Comme si Anthony n'était pas payé pour ça. Par Grand-père, sans doute. Les parents de Robert avaient déposé sa caution, mais jusque-là, du moins, sa mère avait refusé de lui parler et encore plus de le voir.

— Elle n'est pas tant furieuse que bouleversée, lui avait expliqué son père au téléphone.

Mais c'était son père, que son métier obligeait à se montrer diplomate.

Une fois Anthony reparti, Robert est resté un moment sur le trottoir. La voiture de son père était dans le garage laissé ouvert; celle de sa mère n'était pas là. Un break Subaru et un gigantesque 4x4 qui appartenaient à des inconnus occupaient la partie de l'allée à demi camouflée par une treille de roses. Quand il était lycéen, Robert appelait ça le code voiture, la façon dont il savait au premier coup d'œil ce qui se passait, qui était là. Cette configuration-là était celle de la semaine: sa mère au travail, son père dans son bureau avec des clients. Ça signifiait que la porte de la cuisine était ouverte et qu'il n'y aurait personne pour l'accueillir. Ça signifiait aussi que ses parents avaient décidé de ne pas changer leurs habitudes, comme s'il ne se passait rien de particulier ce jour-là, comme si ce retour était parfaitement normal. Et ça, qu'est-ce que ça signifiait? Le pardon? Le mépris? La confrontation? Pas le déni. Robert connaissait suffisamment ses parents pour en être sûr.

Rien de particulier non plus dans la cuisine, quand il est entré. Mais qu'est-ce qu'il espérait, une assiette de cookies faits maison? Un mot de bienvenue? Quoique, le mot, peut-être. Il a eu une impression de déjà-vu: rentrant des cours, jetant son sac à dos sur le banc, accrochant son manteau et droit sur le réfrigérateur. Un verre de lait, un bout de pizza ou de poulet froid. Sur le plan de travail, un mot d'avertissement, des instructions laissés par son père: *Ne touche pas aux cerises! Tu peux décongeler les côtelettes de porc, s'il te plaît*?

Il s'est assis sur le banc. Il n'avait pas de sac à dos, rien à décharger ici – rien de matériel. Sous la veste qu'il avait le soir où il avait été arrêté, il portait un T-shirt et un jean qu'Helena Sorenson lui avait achetés. Depuis ces quatre derniers jours, elle jouait le rôle que sa mère avait refusé de jouer: elle l'avait pris chez elle, habillé, nourri, conduit au cabinet d'Anthony quand son grand-père ne le pouvait pas. Elle était comme un personnage de conte de fées, la gentille vieille dame de la forêt qui accueille sans poser de questions le voyageur perdu et blessé (et qui, contrairement à Robert, s'avère par la suite être un prince métamorphosé par une sorcière). Il avait toujours entendu parler des Sorenson, les amis de son grand-père, mais c'étaient des gens qu'il ne voyait en vrai qu'une fois de temps en temps – comme au dernier Thanksgiving. Robert a grimacé en revoyant Turo assis sur le canapé à côté de Mme Sorenson, distillant son charme galant, flatteur. Son charme *pathologique*. L'expression était d'Anthony.

Robert espérait que quelqu'un, n'importe qui, entre dans la cuisine. Histoire d'en finir. Comme si c'était tout ce qu'il avait à affronter : la colère et la déception de ses parents. Il n'y aurait pas de procès devant un jury, d'après Anthony, mais Robert devait s'attendre à des semaines, voire des mois d'auditions et de réunions avant d'arriver à un "accord" et finalement un jugement. Sujet, verbe, adjectif. *Tu es foutu.*

Il a tendu l'oreille en guettant le murmure de voix montant du bureau, la joute d'un couple se séparant sous la houlette de son père. Rien. Pas de dispute aujourd'hui. Il se demandait s'il était arrivé que des couples se réconcilient après avoir vu son père. La mère de Robert prétendait que c'était un pacificateur né. C'était lui qui avait répondu à l'unique appel téléphonique autorisé au milieu de la nuit. Robert était hystérique ; il croyait que son grand-père suivrait les policiers et le ferait relâcher, mais il n'en avait rien été ; jusqu'au lendemain soir, du moins, où Grand-père était arrivé accompagné d'Anthony. Auparavant, cependant, quand Robert était tout seul, aussi seul qu'un homme perdu dans un labyrinthe d'une histoire de Borges, son père l'avait détourné de la panique.

Tout ce qu'il voulait, pour l'instant, c'était s'allonger et essayer encore de dormir, vraiment dormir. La première nuit qu'il avait passée chez les Sorenson, il avait dormi dix heures d'affilée. Mais depuis il ne dormait qu'une heure ou deux, se réveillant à chaque fois en se rappelant ou en imaginant ce qui pouvait encore arriver. L'entrepôt de Lothian, ses mains noircies par l'encre des journaux qu'il avait consciencieusement, mécaniquement, roulés en paquets. (Franchement, à quoi pensait-il qu'ils pouvaient servir si ce n'est à alimenter un feu ?) Son appartement, saccagé, abandonné, la porte sillonnée de ruban jaune interdisant l'accès aux lieux. Les examens qu'il avait préparés mais ne pourrait pas passer. Jamais. La dissertation de littérature qu'il ne finirait pas. Il aurait pu la finir s'il ne s'était pas laissé distraire par cette belle fille intelligente au chemisier rouge. Rosemary.

S'il n'y avait pas eu Rosemary, il aurait peut-être risqué le procès. Il avait retrouvé son numéro au dos d'un reçu, au fond de la poche de son jean. C'était Anthony qui l'avait forcé à chercher. Tu parles d'une humiliation : au lieu d'être invitée à aller au cinéma, dîner au restaurant ou se promener au bord de la Charles River, elle avait reçu l'appel d'un avocat qui lui demandait un alibi.

Il pensait au stage d'été qui serait attribué à un autre. Où serait-il dans deux mois ? Une chose est sûre, c'est qu'il ne serait pas en train de camper dans les Adirondacks.

Et puis il pensait bien trop souvent à Clara. À chaque fois, il avait l'impression d'avoir de la teinture d'iode ou du vinaigre qui coulait dans ses veines. Il voyait d'ici la tristesse condescendante qu'elle afficherait. Il l'imaginait en train de parler de lui entre les pattes d'orang-outang de son mannequin de J. Crew, lui dire qu'elle n'était pas étonnée, que Robert s'était mis à l'ignorer, qu'il s'était laissé berner par la politique, qu'il lui avait préféré son colocataire, cet espèce de cinglé à l'ego surdimensionné – et tout ça pour quoi ?

Turo. En fait, c'était Turo et uniquement Turo qui ne cessait de le réveiller la nuit. Turo régnait en star dans tous ses rêves, multipliant les facettes avec tout le talent de Meryl Streep, tour à tour menaçant, moqueur, charmant, séduisant. Dans un de ces rêves, Robert était au lit avec Turo, et tous deux étaient nus. Dans celui-là, Turo s'excusait. Mais c'étaient tous des cauchemars, quelles que soient les intrigues, aussi alambiquées soient-elles. Et c'était drôle comme il était le seul Turo qui restait, un Turo de rêve. Le vrai Turo s'était volatilisé. Échappé, disait Anthony. *Enfui.* JFK-Manille le lendemain de l'incendie.

En prison – où, contrairement au folklore télévisé, il avait eu une cellule pour lui tout seul (la chaleur y était étouffante, l'odeur répugnante, la lumière aveuglante, les surfaces dures, mais la souffrance lui appartenait à lui et à lui seul) – Robert était le plus souvent fou d'inquiétude pour Turo. Robert lui en voulait à mort, vraiment, mais il savait que Turo essaierait de le joindre, de leur trouver à tous les deux une porte de sortie. Peut-être se terrait-il chez Tamara. Robert craignait que la police, qui avait son téléphone et son ordinateur, puisse retrouver d'où provenaient les appels. Il s'attendait à moitié à ce que les flics traînent Turo dans le couloir bétonné pour le jeter dans la cellule.

Anthony voulait à tout prix changer l'image que Robert se faisait de Turo, une image dont il devait peut-être se défaire s'il voulait pouvoir s'en sortir. (Il entendait Turo lui dire de se méfier des avocats, de cette façon qu'ils avaient de "corrompre ta vertu"). Qu'avait dit Turo, déjà, qu'un jour ou l'autre, l'un d'entre eux finirait par se faire arrêter et que c'est là que les CHIENS perceraient. Et si ça devait être Robert ?

Aussi, ce matin-là, il avait fini par demander à Anthony s'il irait en prison.

— Je fais tout ce que je peux pour éviter ça. Ça dépend en partie des preuves qu'il peut y avoir que vous ayez été impliqué dans d'autres... incidents. Si des preuves de ce genre étaient mises en évidence, il faudrait que je vous trouve un bon avocat pénaliste.

Anthony ne cachait pas le mépris que lui inspiraient les CHIENS et jugeait infantile la démarche qu'ils adoptaient pour changer le monde.

— Et ça dépend d'autre part, peut-être largement, de Laurel Connaughton dont vous avez contribué à réduire la maison en cendres.

— Je ne savais pas...

Anthony lui a lancé un regard perçant.

— Si vous vous retrouvez dans ce pétrin, Robert, c'est précisément parce qu'il y a des choses que vous avez choisi de ne pas savoir. Et j'ai bien dit choisi.

Anthony lui avait clairement fait comprendre qu'une de ses spécialités quand il travaillait *pro bono,* c'était d'obtenir la clémence ou du moins une seconde chance pour les gens qui avaient vraiment déconné. S'ils tombaient sur le bon juge et si Robert se repentait suffisamment – s'il ne s'abritait pas derrière la moindre excuse –, Anthony avait bon espoir.

S'il n'y avait pas eu Celestino, Anthony n'aurait peut-être eu que du mépris pour Robert. Dès le début de leur premier entretien, Robert lui avait dit qu'il était inquiet pour Celestino – qu'il savait que Celestino n'avait rien à voir avec les CHIENS mais risquait d'y être associé et d'avoir des ennuis. Ira avait déjà pensé au lien qui pouvait être établi, mais Robert avait vu Anthony s'adoucir en lui assurant que, jusqu'à présent, personne n'avait désigné Celestino.

Le téléphone de ses parents n'avait pas sonné ; il n'entendait toujours aucune voix sous la cuisine. Le tic-tac de la pendule accrochée au-dessus de la cuisinière était toujours aussi bruyant. Il y avait vingt minutes que Robert était sur le banc.

*Allez, on monte,* s'est-il dit en forçant ses jambes à s'exécuter.

Il a ouvert la porte de sa chambre. C'était là, là où il s'y attendait le moins que se cachaient les accusations.

Des piles de vêtements propres bien pliés recouvraient son lit. Quatre paires de chaussures étaient alignées côte à côte au pied du dessus-de-lit, face à lui. On aurait dit un peloton d'exécution. Des cartons – cinq – étaient entassés à côté de la fenêtre, quatre marqués LIVRES, le dernier PAPIERS. C'était l'écriture de son père.

Le bureau de Robert, qui était habituellement dégagé, à l'exception d'un sous-main à l'ancienne et d'un taille-crayon électrique, était encombré d'une collection d'objets apparemment aléatoire. Seul Robert pouvait reconnaître au premier coup d'œil qu'ils provenaient tous de sa chambre de Cambridge. Une exposition-souvenir dans un musée : une agrafeuse, une lampe orientable, une boîte de balles de tennis, une raquette de squash, un couteau suisse, une boîte de cartouches d'encre pour son imprimante, des chèques vierges, un paquet d'enveloppes, des timbres... une boîte sculptée en pierre à savon que Clara lui avait offerte sans raison particulière et qui contenait – il a regardé et ils y étaient toujours – une boîte d'allumettes et un carnet de papier à rouler. (Turo avait-il laissé de l'herbe dans l'appartement ? Anthony devait le savoir. Il lui avait montré la liste des pièces à conviction trouvées jusque-là. Arrivait-il que la police dissimule volontairement des surprises désagréables ? Ce "jusque-là" ne lui disait rien qui vaille.)

Devant, bien au centre, dominant ses maigres possessions, trônait le microscope que les parents de Robert lui avaient offert pour son bac. Sa mère avait choisi une carte illustrée d'une photo en noir et blanc d'une forêt luxuriante où chaque feuille, chaque ride d'écorce, chaque motte de mousse était d'une netteté fascinante. À l'intérieur de la carte où n'était imprimée aucune inscription (sa mère se disait allergique aux formules sentimentales toutes faites, peut-être parce qu'elle en recevait tant de ses patientes), elle avait écrit : *Robert chéri, Nous aimons le regard que tu portes sur le monde (que tu t'apprêtes à conquérir, nous le savons, libre à toi de choisir comment). Tu pourras désormais le regarder d'encore plus près. Avec tout notre amour et notre fierté, Papa et Maman.*

Pour Robert, la vision du microscope ainsi exilé au royaume de son enfance bourgeoise a été un véritable coup de poing, en plein estomac, pire ou presque que tout ce qu'il avait pu vivre au cours de ces six jours horribles. Tous les projets qu'il avait eus, les uns vagues, les autres plus précis – les ambitions ordinaires d'un garçon privilégié, entretenues et nourries par des parents qui tout comme lui les jugeaient normales –, étaient à présent stériles, dépassés, fichus. Il repensait à ce dîner récent avec sa mère, où ils avaient comparé les mérites et les attraits qu'il pouvait y avoir à soigner les maux du corps et ceux de l'esprit. C'étaient là des choix aussi banals que nobles. Du jour au lendemain, ils appartenaient au passé et non plus à l'avenir.

Il avait l'impression de revivre le moment, deux jours auparavant, où Anthony lui avait annoncé que Turo n'était plus inscrit à Harvard depuis leur deuxième année. Il avait été recalé à la plupart de ses partiels du second semestre. Il avait dû laisser tomber. Turo le savait-il avant de demander à Robert de prendre un appartement en dehors du campus ? La mère de Turo était-elle au courant, ou avait-il de l'argent de son côté pour pouvoir vivre à sa guise ?

Qu'est-ce que ça changeait ? Quelle que soit la version des faits, la déception était si immense que le seul fait d'en accepter une seule revenait à sauter d'une falaise.

Dans le luxueux cabinet d'Anthony, avec sa vue aérienne des îles de Boston Harbor, des avions qui viraient au-dessus de Logan, Robert avait été incapable de répondre. Il avait l'impression que sa mémoire était comme un oiseau entré par la fenêtre et piégé dans une pièce fermée, allant et venant désespérément, sillonnant, affolé, l'année précédente – une année entière de mensonges. Mais Turo avait-il jamais menti à Robert, vraiment menti ? Ou Robert avait-il refusé de se rendre à l'évidence ? Turo lui avait-il jamais parlé des enseignements qu'il ne suivait pas ? Fait semblant de lire des manuels ou d'entrer dans des salles de cours ?

S'il y avait bien une chose que Robert n'avait pas faite, c'était précisément de regarder le monde autour de lui, le regarder vraiment, et encore moins de près. Tant pis pour le microscope.

Il s'est affaissé dans le fauteuil du bureau et l'a fait pivoter pour voir ce que la chambre avait d'autre à lui révéler sur son passé. Les murs sombres et quasi vides étaient on ne peut plus appropriés. Après son départ pour Harvard, sa mère avait (avec sa permission) enlevé tous ses posters et peint la pièce d'un bleu ardoise couleur d'orage. Le seul tableau qu'elle avait suspendu au-dessus du lit était une huile qui représentait une côte rocheuse, vestige de l'enfance de sa propre mère passée au bord de l'océan.

Était-il prêt à revenir habiter là ? Ses parents étaient-ils seulement prêts à ce qu'il revienne – si tant est qu'il n'aille pas en prison ?

Il a remarqué une petite boîte rouge sur la commode vide. Il n'avait pas la moindre idée de ce que c'était, jusqu'à ce qu'il aille l'ouvrir. La bague que Clover lui avait offerte en gage d'amitié.

— Merde, c'est pas fini, non ! s'est-il écrié, comme si c'était la maison qui avait posé ces traquenards, changé ses affaires en objets maléfiques, en messagers de honte.

— Robert ? (Son père se tenait sur le seuil.) Je peux entrer ?

Robert a eu un rire amer.

— Tu es chez toi.

Il s'en est aussitôt voulu. Ce n'était pas son père qui lui avait refusé l'asile pendant plusieurs jours.

Son père s'est assis sur le bord du lit, faisant tomber par terre une pile de T-shirts.

— Zut, a-t-il dit en se penchant pour les ramasser.

— Laisse, papa.

Robert était soulagé, quoique triste, que son père n'ait pas essayé de l'embrasser.

— Je suis vraiment désolé, Robert. Je suis désolé si tu as pu avoir l'impression que nous n'étions pas là pour toi, mais nous sommes là, tu sais. Ta mère voulait être rentrée avant que tu n'arrives, mais elle…

— Tu n'es pas obligé de la justifier. Ça ne fait rien, a dit Robert.

Son père a soupiré. Il avait l'air de s'être perché exprès dans un nid de chemises et de pantalons. Les caleçons et les chaussettes de Robert tombaient sur ses genoux et par terre.

— Je n'arrête pas de me demander ce qu'on a raté. Tu as toujours été tellement bon étudiant qu'on s'est toujours dit…

Robert a attendu la suite, en sachant pertinemment ce qu'ils s'étaient toujours dit.

— Que tu étais fondamentalement un bon gamin. Que tu ne ferais jamais rien de dangereux. Enfin, rien qui pourrait…

— J'ai merdé.

Son père n'a pas essayé de le contredire.

— On est contents que tu sois de retour à la maison. Je sais que tu en doutes, fiston, mais c'est vrai. Aussi longtemps que tu le voudras, tu seras ici chez toi.

Robert a glissé dans sa poche la boîte contenant la bague. Il avait toujours l'instinct puéril de la cacher – quoique, à présent, sachant tout ce qui s'était passé, comment Clover l'avait dénoncé, cet instinct avait du sens. Même si sa mère lui en voulait, il imaginait sans peine la fureur qu'elle éprouvait envers sa sœur. Il espérait pouvoir éviter de parler de Clover pour l'instant.

Comme s'il lisait dans ses pensées, son père lui a dit :

— Une chose à la fois.

Robert a hoché la tête. Il voyait bien que son père était tout aussi exténué que lui et manquait tout autant de sommeil.

— Tu es content d'Anthony ? Le Python ? (Son père a esquissé un faible sourire.) Le monde est petit. Ça ne cessera jamais… de m'étonner.

Pendant cette seconde d'hésitation, ils ont tous les deux levé la tête en entendant la porte de la cuisine se refermer. Son père l'a regardé et a vu sa détresse.

— Elle ne va pas te hurler dessus. Promis. Tu ne t'en rends peut-être pas compte, mais elle a le cœur brisé. C'est surtout qu'elle s'en veut.

— Super, a rétorqué Robert. Je ne lui ai brisé ni bras ni jambes, quel soulagement ! Juste le cœur.

— Écoute, les sarcasmes ne servent à rien. Ne l'oublie pas.

…obert savait que c'était quelque chose qu'il disait à ses …ents. Ils se sont retournés au même moment en entendant les pas dans l'escalier.

— Vous êtes là-haut ? a-t-elle lancé d'une voix hésitante. Douglas ? Robert ?

Elle est apparue sur le seuil et a traversé la chambre pour prendre Robert dans ses bras en le serrant bien trop fort, le visage enfoui dans son épaule gauche. Évidemment, il la serrait aussi. Il sentait qu'elle pleurait, plus qu'il ne l'entendait.

— Je vais préparer le dîner. Je pensais faire quelque chose de simple. Des pâtes, a dit le père de Robert. (En constatant que personne ne répondait, il a ajouté :) Roquette, lard et pignon. Ça vous va ?

Par-dessus les cheveux grisonnants de sa mère, Robert a répondu :

— Ce que tu voudras, papa.

Avait-il longuement réfléchi au dîner qu'il offrirait au fils prodigue ? se demandait-il.

Une fois son père sorti de la pièce, il a dit à sa mère à quel point il était désolé. Elle lui a répondu qu'elle aussi.

— Mais si je t'avais vu ces derniers jours, je t'aurais peut-être dit des choses que j'aurais regrettées, a-t-elle poursuivi. Pas seulement sur toi. Sur nous tous.

Robert avait envie de lui répondre qu'il valait peut-être mieux les dire – qu'il n'y avait rien qu'il n'ait mérité d'entendre – puis il a repensé au secret qu'il avait déjà arraché à sa mère. Il a préféré attendre ce qu'elle avait à dire.

Elle s'est assise dans le fauteuil du bureau. Robert a poussé par terre les vêtements qui avaient été pliés pour se faire une place.

Sa mère a fait rouler le fauteuil jusqu'à lui en tendant le bras. Il a cru qu'elle voulait lui prendre la main, mais elle a attrapé un T-shirt sur le lit et s'est essuyé les yeux avant de se moucher.

— Robert, j'ai toujours espéré que tu saurais te montrer audacieux – mais pas destructeur.

Une fois de plus, les mots *Je ne savais pas* se sont imposés à lui, mais il a repensé à la leçon qu'il avait reçue d'Anthony le matin même.

— J'ai été tellement crédule, a-t-il dit – mais là encore n'était-ce pas une excuse ? J'ai été naïf, trop… impulsif.

Il a été surpris d'employer ce mot.

— Tu es au courant, pour la maison de Mme Connaughton.

— J'ai passé des heures avec un avocat, maman. Et avec Grand-père. Ne te fatigue pas, je suis au courant de tout.

Elle l'a regardé d'un air abattu.

— Hormis la conversation que j'ai eue avec ton doyen.

Robert a gardé le silence. Elle a secoué la tête.

— Je suis désolée.

Ils se sont fixés un moment, le regard sombre. Robert a hoché la tête.

— Écoute, maman. Pour l'instant, les études n'ont pas d'importance.

— Mais plus tard, oui !

— On peut éviter d'en parler maintenant, dis ?

— Tout ce à quoi tu aspires…

— Maman ! (Il s'efforçait de parler avec douceur et fermeté à la fois.) J'ai merdé, maman, et si j'ai de la chance – j'ai bien dit de la chance – je ferai du travail d'intérêt général et, je ne sais pas, autre chose pour me racheter. J'en ai besoin. D'abord. Après on verra.

— Après.

Elle s'est à nouveau essuyé la figure avec le T-shirt. Puis elle l'a posé sur ses genoux et l'a contemplé un moment. Elle s'est levée

— OK. Je descends aider ton père et passer deux ou trois coups de fil à des patientes. Je n'en ai pas pour longtemps. Tu ne veux pas prendre une douche ? (Elle a montré les vêtements qui se trouvaient sur le lit.) Ranger ça, peut-être. Ou tout mettre en vrac dans le placard. J'ai lavé tout ce qui était sale. J'ai mis toutes tes affaires de cuisine dans le garage.

— Merci.

Elle est ressortie de la chambre avec son T-shirt. Robert est allé à la fenêtre. Il faisait encore jour, même si le soleil avait disparu derrière les arbres. Dans la maison d'en face, une femme changeait les draps dans une chambre à l'étage. Trois chiens sont passés avec leur maître sur le trottoir. Par habitude – encore, après plusieurs jours – il a cherché son téléphone dans sa poche.

Il a réfléchi un moment. Il a ôté ses chaussures, puis il est sorti sur la pointe des pieds et il est passé devant la salle de bains et la chambre de ses parents pour aller dans le petit bureau qui se trouvait à l'autre bout du couloir. Ses parents n'y travaillaient jamais, mais ils gardaient un ordinateur sur un bureau d'angle pour vérifier leurs mails tard le soir ou le matin, en se levant. Robert a ouvert Safari, s'est connecté sur son serveur, a tapé son adresse, son mot de passe.

Le mot de passe a été refusé. Évidemment. Il a fixé l'écran un moment, jusqu'à ce qu'il s'éteigne. Bon. Il était temps de refaire une cure low-tech, forcée cette fois. Et sans le romantisme de la jungle.

Il s'est assis sans bruit et a enregistré les caractéristiques de la pièce, son canapé accueillant et ses étagères remplies de livres délaissés. Robert a songé que cette chambre mal-aimée aurait été celle de sa petite sœur. Elle aurait eu treize ans aujourd'hui. Et quelle consolation elle aurait été pour ses parents à un moment pareil !

En bas, son père préparait à manger en compagnie d'une émission de jazz qui passait à la radio. Quelque chose grésillait dans une poêle. Robert est allé en haut de l'escalier. Il est resté là jusqu'à ce qu'il sente l'ail puis le lard. Il espérait que son père mettrait du pain sur la table.

Dans la salle de bains, il a ouvert le robinet de la douche. Il s'est déshabillé et s'est mis dans la baignoire. Il a fait couler l'eau le plus chaud possible. Tout en respirant la vapeur, il rêvait de pouvoir effacer tous ces mois, et plus encore que le temps, toute l'insolence et le sentiment d'impunité qui avaient pu le conduire à commettre des actes d'une bêtise irrémédiable. Il se souvenait du jour où il s'était demandé pour la première fois, non sans une certaine suffisance, si Turo n'était pas qu'un simple groupie, un galérien au service des CHIENS mais au bout du compte, dans l'histoire, c'est Robert qui avait été le disciple aveugle : pas même un disciple, plutôt un lèche-bottes, une bonne poire, un rouage. Un papillon qui s'était brûlé à la chandelle de la pensée de groupe.

Quoi qu'il fasse après, si tant est qu'il atteigne cet *après*, comme la rive opposée d'un torrent, il resterait indépendant. Pas de labo, pas de cours, pas de groupe quelconque. Il se battrait pour ça. Il ne se contenterait pas de poser des questions, il insisterait pour obtenir des réponses claires. Il les regarderait d'aussi près que possible.

## 22

— Une petite maison. Un grand arbre. L'un et l'autre bien plus âgés que moi.

Tels sont les premiers mots que j'ai adressés en tête à tête à la jeune agente immobilière que j'étais allé voir à son bureau de Vigil Harbor par un jour de grisaille du début juin. Nous avions échangé des messages téléphoniques et des mails.

— Et quel âge au juste ? Histoire d'avoir un point de repère.

Bien qu'elle parût quant à elle à peine en âge de conduire et encore moins de me trouver un toit, Daphne m'épargnait le respect mielleux qui nous est si souvent infligé, à mes pairs et moi.

— Soixante et onze ans.

— On devrait pouvoir trouver ça. Dans une ville comme celle-ci, ce n'est pas difficile.

Cela me rappelait, non sans une tristesse prévisible, le jour où j'étais allé chez TGO pour chercher un maillot de bain. Daphne était deux fois plus jeune que Sarah, mais elle avait cette nature franche que j'ai toujours aimée chez les femmes qui se connaissent bien. Elle avait des cheveux courts hérissés sur le crâne, une rose tatouée au-dessus de la cheville droite, et sur la main gauche, une émeraude de la taille d'un noyau de pêche.

Ce jour-là, elle m'a montré cinq maisons – dont deux sans l'arbre, ce qui lui a valu un sermon de ma part.

— Juste un petit test, pour voir si vous êtes vraiment déterminé.

La cinquième avait désespérément besoin d'une couche de peinture, le parquet à larges lames était rayé et creusé, la cuisine et l'unique salle de bains – pour citer une fois encore Daphne – "offraient carte blanche aux amateurs de rénovation". J'aimais la véranda de l'arrière, les quatre cheminées pour trois chambres et plus que tout le katsura à l'allure bravache qui se dressait sur la pelouse, tel un phénix d'un vert éclatant et dont les racines perçaient le sol sur plusieurs mètres tout autour. Il n'y avait pas grand-chose qui osait pousser sous son ombre assoiffée.

— Il existe une légende locale à propos de cet arbre où il est question d'un armateur, de la dot de sa fille et d'un voyage fatal au Japon, a dit Daphne, mais franchement, dès que j'entends des histoires d'armateur par ici, j'ai du mal à ne pas lever les yeux au ciel. Historiquement – si ça vous intéresse – ça a toujours été une ville de pêcheurs misérables et pas de types du genre Onassis.

La maison, qui paraissait toute petite à côté de l'arbre, avait été construite pour un forgeron en 1813. C'était ce qu'affirmait une plaque en bois desséché apposée à côté de la porte d'entrée. La porte en question donnait sur la rue. Alors que nous nous tenions dans le petit salon, un camion de FedEx est passé à moins d'un mètre de la fenêtre.

— Seigneur ! me suis-je exclamé.

— Ne vous en faites pas, a dit Daphne. Ces types-là conduisent au millimètre près.

Toute l'intimité de la maison se trouvait à l'arrière. À l'extrémité du long jardin, il y avait une remise au toit affaissé (qui me rappelait, en plus petit, ma chère vieille grange avant que nous lui redonnions vie, Poppy et moi). De l'autre côté d'une clôture en bois délabrée se dressaient des piles de casiers à homards plus hautes que moi. Ils empestaient un peu, mais en l'absence d'une vue directe sur le rivage, ils rappelaient que la mer n'était qu'à deux pas.

Daphne m'a conduit dans un vide sanitaire aux parois brutes pour me montrer la chaudière et le système électrique sur tubes et boutons de porcelaine.

— Vous êtes prêt à voir le rapport d'inspection d'une maison de cette époque ? Il faut avoir le cœur bien accroché, m'a-t-elle dit quand nous avons émergé dans la cuisine en nous redressant.

— Mon petit, je pourrais l'écrire moi-même, ce rapport. Cette maison est une jeunette comparée à celle où j'ai passé la majeure partie de mon existence.

Elle m'a glissé un sourire entendu.

— À mon avis, c'est plus qu'il n'en faut pour devenir expert dans presque tous les domaines.

— N'importe qui d'autre vous traiterait d'impertinente, jeune demoiselle.

— Mais vous n'êtes pas n'importe qui, n'est-ce pas ?

Daphne a essuyé ses mains manucurées pleines de poussière et refermé le verrou en cuivre de la porte du sous-sol.

Ce sont ces mêmes mains manucurées qui m'ont tendu un stylo lorsqu'un mois plus tard j'ai signé l'acte d'achat.

Peu après nos fiançailles, Poppy et moi, nous avions planifié notre retraite. En nous promenant le long de la Charles River, nous avions croisé un couple âgé qui lançait des bouts de pain à une famille de canards.

— On ne voit pas trop ça, dans les activités mixtes à l'école, a remarqué Poppy.

— Elle lui a fait subir un lavage de cerveau en lui servant année après année son délicieux canard à l'orange, ai-je répondu.

Poppy a grommelé :

— Et toi, qu'est-ce que j'aurai réussi à te faire faire quand on en sera là ?

— Du bénévolat pour les pays en voie de développement, peut-être. Un truc de gauche, à la mode.

— En tout cas, ce que je ne veux pas, a dit Poppy, c'est rester sur un banc de parc à donner à manger aux oiseaux. Tu n'es pas loin du compte, avec ton bénévolat. Si on a des enfants et qu'on réussit à les sevrer correctement, on pourrait partir au Congo ou au Salvador pour aider à construire des maisons pour les pauvres.

— Mes jeunes articulations frémissent à l'idée d'en être capable d'ici quarante ans.

— On pourrait enseigner l'anglais. Apprendre à lire. Tu ferais ça très bien, Percy. Tu pourrais créer des bibliothèques en Afrique équatoriale.

— Parfait. Je classerai des livres au fin fond du désert du Kalahari. Voilà une bonne chose de réglée.

Poppy m'a enlacé par la taille.

— Maintenant qu'on sait qu'on est d'accord sur la fin de l'histoire – et pour le début, on n'a pas de quoi se plaindre, n'est-ce pas ? – il ne nous reste plus que le milieu à découvrir.

— Le milieu, c'est le plus délicat.

— Tu es trop pessimiste, a-t-elle dit. Le milieu, c'est là qu'il y a la garniture, la confiture, la crème anglaise, la farce de la dinde. L'escalope dans la tranche de lard.

Nous nous sommes rendu compte que nous avions faim et un peu froid et nous sommes allés déjeuner à Harvard Square. Nous avons jugé tous les deux que l'idéal, c'était une soupe.

— On est déjà au milieu, tu sais, a dit Poppy. Et regarde comme c'est facile.

— Jusqu'ici, ai-je répondu. Il ne faut pas aller trop vite en besogne.

Il y a deux ans, quand j'ai décidé de prendre ma retraite, j'ai repensé à ces projets fougueux, le dédain avec lequel nous les avions lancés à la face du destin. Je n'avais pas la moindre intention de partir en Afrique équatoriale, pas même en vacances. Mais j'avais une fille à la dérive dont il fallait que je m'occupe – ce devait être ma première priorité – et des livres à lire (une aimable tâche dont je ne voyais jamais le bout), des petits-enfants à amuser, intimider et distraire, tant que je le pourrais. C'est ainsi que je voyais les choses, à l'époque.

J'étais loin de me douter que ma retraite serait bientôt occupée par une fréquentation aussi regrettable qu'assidue de salles d'audience et de cabinets de juge qui n'avaient rien de particulièrement fastueux dans des recoins de la ville où je ne m'étais jamais aventuré et espère bien ne jamais devoir m'aventurer à l'avenir. En m'efforçant désespérément de m'assurer la bienveillance d'innombrables "officiers de justice" et des clercs sans lesquels il était impossible d'accéder à ces gens, j'ai fait ce que mes filles, malgré tous leurs efforts, n'avaient jamais réussi à me faire faire : je me suis débarrassé de ma prétendue arrogance. Je me suis mis à m'exprimer aussi simplement que possible. J'ai arrêté de faire de l'humour quand on ne me le demandait pas. (Et croyez-moi, on ne me le demandait jamais.) J'ai appris à m'incliner devant les avocats et leur jargon et les rares fois où ils m'autorisaient à parler, j'ai appris à négocier en quémandant.

Tout cela, je n'y suis pas arrivé sans aide. Sans conseil, pour employer le terme exact. Les conseils en l'occurrence d'Anthony Giardini. Quand je lui ai rappelé que Douglas m'avait confié son surnom reptilien, il s'est empressé de me répondre que, dans le cas qui nous occupait, il s'apprêtait à jouer le rôle du suppliant et non du prédateur. Le but, c'était d'éviter que Robert aille en prison et non de lui obtenir un yacht, une maison de campagne ou la garde des enfants. Le but, en fait, était de le faire placer sous une forme de garde, a dit Anthony, une garde de nature non pénale. Robert n'était pas un enfant, et c'était ça la difficulté.

Au début, Robert avait répété avec insistance qu'il n'avait jamais été "membre" des CHIENS, mais il avait fini par devoir admettre devant le juge qu'il avait participé de son propre gré à leurs actes de vandalisme. Il avait eu beau aider la police à essayer de localiser une certaine Tabtiha Fille de la terre, ses efforts n'avaient abouti à rien. Il n'était apparemment allé qu'une seule fois, et de nuit, dans son quartier mal famé. Tout aussi infructueuse avait été sa tentative de retrouver l'entrepôt désaffecté de Lothian où ils avaient préparé la "grande opération", ainsi qu'il qualifiait le désastre qui s'était produit du côté de chez moi.

Robert a passé quasiment tout un week-end en prison avant que Trudy ne dépose son exorbitante caution. Elle était si bouleversée, si furieuse contre lui qu'elle préférait ne pas le voir tout de suite et m'a envoyé le chercher. J'ai suivi Anthony dans un quartier de Cambridge que je serais incapable de retrouver, même avec un revolver sur la tempe.

Anthony s'est chargé des paperasses sans fin ; j'étais soulagé de pouvoir rester à l'écart. Quand nous nous sommes retrouvés seuls dans ma voiture, avec Robert, je me suis efforcé de trouver mon chemin en essayant de me repérer aussi vaguement soit-il. Je n'ai pas ouvert la bouche pendant un bon moment, Robert non plus. Une fois que j'ai reconnu où j'étais, cependant, je me suis aperçu que j'étais aussi furieux que sa mère. J'ai crié :

— Mais qu'est-ce qui a bien pu te pousser à te mêler à ça ? À des actes aussi imbéciles ? Donne-moi une seule raison valable !

— J'ai été bête, a-t-il dit à mi-voix.

Ce n'était pas moi qui allais le contredire.

— Ce garçon en qui tu avais confiance, ce… où est-il ?

— Je n'en ai aucune idée, Grand-père. Ils m'ont pris mon téléphone, mon ordinateur, tous les moyens par lesquels il peut chercher à me contacter.

— Parce que tu crois qu'il va chercher à te contacter. Vraiment.

J'ai essayé en vain de réfréner mon ironie. Je laisserais à Anthony le soin d'informer Robert que la police avait trouvé plusieurs affaires de ce garçon dans ma cave ; qu'il avait apparemment dormi là à un moment, que ma maison lui avait servi de repaire (et le sous-sol de ma grange, d'entrepôt). J'avais été trop affecté pour inspecter les lieux moi-même ce soir-là. De la pelouse, j'avais vu les policiers de Matlock soudain gonflés d'importance prendre ma cave d'assaut, passer ma maison au peigne fin pièce après pièce. J'étais resté là pétrifié, horrifié, jusqu'à ce que subitement, je comprenne que tout ce qui pouvait incriminer ce garçon sans pitié retomberait également sur Robert.

— J'ai été bête, incroyablement bête de me mêler à ça, mais il croit vraiment en ce qu'il fait, OK ? Il croit que la seule façon de changer les choses, c'est d'adopter une approche radicale. Renverser le monde pour le changer.

— Sais-tu au moins qui est ce garçon, à part un sociopathe retors ?

— C'est quelqu'un qui a un passé très compliqué, mais c'est mon ami. Ce n'est pas un sociopathe.

Robert avait la tête appuyée contre la vitre de la voiture, comme si elle était trop lourde pour qu'il puisse la soutenir. De temps à autre, il était pris de violentes quintes de toux et s'essuyait le nez sur une manche. J'aurais pu lui offrir mon mouchoir, mais j'ai résolu d'ignorer son inconfort.

— Un ami choisit la maison de ton grand-père pour commettre ses méfaits ?

— Ce n'est sans doute pas lui qui a eu l'idée. Ou peut-être que si, mais ce n'est pas toi qui étais visé. Enfin, même Turo t'a entendu te plaindre que Matlock était devenu le refuge de gens richissimes, style… tous ces parents de l'école maternelle. Tu te souviens quand tu n'as pas arrêté de critiquer Jonathan Newcomb et ce qu'il avait fait dans les champs ?

Je me suis rangé sur le côté.

— Tu ne regrettes même pas ? Ou veux-tu que je fasse demi-tour et que je te rende à tes gardiens ?

Silence. Allait-il refuser de me répondre ? Puis il a éclaté en sanglots. Si je voulais le faire craquer, j'avais réussi au-delà de toute espérance.

— Je suis désolé, Grand-père, si tu savais comme je suis désolé. Je ne peux même pas te dire à quel point. Pardon, pardon, pardon.

Nous étions garés au bord de la Route 2, sur un parking envahi de mauvaises herbes qui jouxtait un stand de produits fermiers depuis longtemps disparu, victime lui aussi de la prospérité des banlieues résidentielles et de la cupidité des promoteurs immobiliers. Je me souvenais d'avoir acheté là des tomates et du maïs avec Poppy. Robert pleurait contre la vitre sans se cacher.

— Mon petit, lui ai-je dit doucement malgré ma colère. Je comprends ce qui t'a attiré. J'admets que lorsque c'était juste des faits divers pour les médias du coin, je trouvais ça plutôt amusant. Moi aussi, j'ai été bête. Ou arrogant. Tiens.

J'ai fini par lui donner mon mouchoir.

J'ai redémarré. Tacitement, par lassitude, nous avons laissé tomber les mots d'un commun accord. J'ai senti que Robert me regardait quand nous sommes passés devant l'embranchement de Matlock sur la route de Ledgely. Quand nous nous sommes garés dans l'allée de Norval, il m'a demandé :

— Ta maison a brûlé, elle aussi ?

— Disons que ce qu'il en reste appartiendra bientôt à Maurice Fougère. Il m'assure que tous les dégâts seront réparés avec les soins les plus attentionnés. Soins que, pour ma part, je ne me vois pas consacrer à quoi ou qui que ce soit en ce moment, aussi, grand bien lui fasse.

Robert s'est de nouveau confondu en excuses, mais je n'ai pas attendu qu'il ait fini. Je suis sorti de la voiture pour me diriger vers la maison. Helena est passée devant moi avec un regard triste. J'ai coupé à travers la pelouse pour éviter la main qu'elle me tendait. Je suis monté directement dans la chambre d'amis meublée de lits jumeaux que nous devions nous partager comme deux enfants (ce qui était fort approprié), jusqu'à ce que sa mère se sente à même de le voir – ou qu'on l'embarque en prison. Par la fenêtre, j'ai vu Helena persuader Robert de sortir de la voiture.

Je ne m'astreins plus à courir tous les jours, mais quand je me lance, j'aime explorer les chemins de traverse de ma nouvelle ville, où les maisons souvent vieilles de deux cents ou trois cents ans se tiennent hanche contre hanche, coude à coude, tournées dans tous les sens comme les invités d'un cocktail ayant noyé leurs inhibitions dans l'alcool. Bon nombre de jardins sont à peine plus grands qu'un dessus-de-lit. Ma nouvelle rue (une très vieille rue) est une venelle à sens unique qui donne sur une avenue coloniale flanquée de grandes maisons plus symétriques. Tout au bout, il y a une fourche : à droite, cela me ramène au port, à gauche, vers le cimetière qui occupe la plus haute colline de la ville. Les tombes les plus anciennes sont situées au sommet, où les stèles inclinées, usées par les ans, commémorent un à un les patriotes de la Révolution – qui avaient été en leur temps des rebelles et des insurgés. Si je fais attention où je mets les pieds, des marches en granit enfoncées à même la colline me conduisent à un monument érigé en 1848, à la mémoire de soixante-cinq hommes et jeunes garçons qui, de Vigil Harbor, avaient pris la mer sur une douzaine de bateaux de pêche et avaient tous péri au cours d'une même tempête, laissant – comme le rapportait l'inscription glaçante – *43 veuves, 155 orphelins de père et plus d'un cœur fendu.* Rien de tel qu'une dose d'histoire pure et dure pour relativiser vos soucis.

Si l'on poursuit de l'autre côté de la colline (trop rocailleux et périlleux pour pouvoir courir), on atteint les tombes les plus récentes, bien qu'il ne reste que quelques emplacements réservés depuis des dizaines d'années. Sur l'insistance de ses parents, c'est là que nous avons enterré les cendres de Poppy. Leurs cendres avaient rejoint les siennes onze et quinze ans plus tard. Il n'y a plus guère de place dans la concession familiale, mais je doute que Trudy ou Clover aient l'intention de finir là. Nous n'avons jamais fréquenté les cimetières. J'avais toujours eu le sentiment que si l'esprit de Poppy subsistait quelque part, c'était au-dessus du bel étang sans nom de Matlock. De cet endroit où j'ai passé le plus clair de ma vie, c'est l'étang qui me manque le plus.

Lorsque je suis allé au cimetière, en mai, cela faisait une bonne dizaine d'années que je ne m'y étais pas rendu. Je n'ai même pas pensé à apporter des fleurs. La première fois que je m'étais retrouvé face à la tombe finie de Poppy, seul, des mois après son enterrement, je m'étais dit "L'histoire se termine là". La seule histoire qui m'importait alors, et pour longtemps encore, était la nôtre.

Je vais souvent nager dans le port. Je descends tant bien que mal une paroi de rochers en me raccrochant avec des allures grotesques, vêtu de mon maillot on ne peut plus tropical, et je me risque à plonger en espérant qu'une vague ne me rabatte pas contre la corniche déchiquetée. Je contourne les bouées de mouillage et les embarcations : les dinghys, les voiliers, les 4x4 flottants, quelques vaillants bateaux de pêche qui réussissent encore à rapporter de quoi vivre à leur propriétaire. (À moins que les pêcheurs de Vigil Harbor, à l'instar des musiciens de rock de Matlock, ne disposent de rentes ; je ne me suis pas encore penché sur les particularités socio-économiques de la ville.) Sans doute n'est-ce pas très prudent de me livrer à cette activité à mon âge, mais c'est un acte de défi qui me paraît très sain. Si un abruti à bord d'un bateau à moteur me fend le crâne avec sa coque en fibre de verre, eh bien ce n'est pas la pire façon de mourir. Trudy pourrait m'en décrire quelques-unes, j'en suis sûr.

J'étais trop occupé à jouer les Perry Mason (ou les clients de Perry Mason) pour faire mes cartons. Sur les conseils d'Evelyn, j'ai embauché une joyeuse bande d'adolescentes qui se faisaient appeler Girls on the Go. Je passais voir de temps à autre où elles en étaient en sortant de chez Norval pour me rendre au cabinet d'Anthony ou dans une quelconque salle d'audience où ma présence était exigée. Trudy venait aux réunions et aux audiences autant que son emploi du temps le lui permettait, mais Douglas venait plus souvent. J'ai passé plus de temps avec mon gendre en trois mois que je n'en avais passé en vingt ans. Nous avons découvert que nous étions tous les deux passés aux Red Sox après avoir soutenu les Yankees toute notre enfance (et que nous nous en sentions secrètement coupables). Il m'a offert un set d'ustensiles de barbecue pour ma nouvelle vie et m'a promis de m'aider à m'en servir. Nous nous sommes mis à échanger par mails les titres de nos livres favoris.

Et pourtant la tâche la plus lourde qui m'attendait n'était pas de passer l'été à fréquenter divers couloirs nauséabonds de la justice (où il faisait systématiquement soit trop chaud, soit trop froid), mais d'obtenir la clémence de Laurel Connaughton. Il n'y avait pire furie que cette femme dont la belle et irremplaçable maison séculaire avait brûlé ; disparus, partis en fumée les inestimables antiquités et les souvenirs de famille, volatilisée l'espèce de balle de poussière à laquelle elle vouait un amour inexplicable (le chat en question avait été aperçu rôdant furtivement dans les bois mais personne n'avait réussi à l'attraper).

En vérité, pour la première fois de ma vie, je plaignais sincèrement Laurel. Je comprenais fort bien qu'elle veuille voir mon petit-fils se faire écharper. Elle avait elle aussi un avocat, qui avait clairement fait part de ses intentions à

Anthony. Quelqu'un allait payer cher, et comme ils n'avaient personne d'autre sous la main, ce quelqu'un serait Robert.

Par l'intermédiaire de son avocat, je l'ai suppliée de me retrouver pour le déjeuner au Ledgely Inn. J'ai demandé à son avocat de lui dire que j'avais quelque chose d'important à lui donner et que je ne lui donnerais qu'en personne.

Elle est arrivée en premier à l'auberge. Je l'ai trouvée attablée, buvant un sherry en mangeant des gressins. Je n'ai pas pu m'empêcher de remarquer qu'elle avait l'air en forme pour quelqu'un qui venait de tout perdre. Elle s'était fait faire une nouvelle teinture, elle avait les joues roses – quoique, à en juger par la température de son regard quand elle m'a vu entrer dans la salle, ce devait être de rage. Elle a continué à me dévisager pendant que je m'asseyais en face d'elle. Elle n'a pas même daigné jeter un œil à la boîte à chaussures que j'avais posée sur une des chaises vides.

— Si je suis ici, c'est pour que vous cessiez une bonne fois pour toutes de m'importuner, a-t-elle dit.

— Et je vous en sais gré, Laurel, croyez-moi.

— Dites-moi ce que vous avez à me dire. Moi, je n'ai rien à vous dire. J'ai du mal à croire que j'aie pu vous considérer comme un ami.

— Comme vous vous en doutez, ai-je répondu en ignorant une déclaration que je n'avais ni le droit ni l'envie de contredire, je suis venu demander que vous laissiez le juge montrer une certaine indulgence envers Robert. Vous savez que ce n'était pas le cerveau de l'opération. Vous savez qu'il n'était pas même présent ce soir-là. Ces faits ont été clairement établis, je crois.

— Les criminels les plus habiles ne sont jamais sur la scène du crime.

La serveuse nous a donné nos menus et une corbeille de *popovers* bien dorés. J'ai poussé les petits pains soufflés vers Laurel et posé le menu.

— Vous avez bien eu vingt ans, Laurel.

— Non, a-t-elle répliqué. Certainement pas comme ces jeunes gens d'aujourd'hui. De façon aussi irresponsable. Narcissique. Sans avoir jamais appris l'auto-discipline et le sacrifice. À présent, votre petit-fils va devoir apprendre ce que signifient ces mots.

— Il les apprendra quoi que nous fassions, vous ou moi.

Je ne pouvais qu'admirer l'éloquence de son mépris. Peut-être avais-je trouvé quelqu'un à ma mesure. Peut-être, me disais-je tristement, l'avais-je toujours sous-estimée.

Elle a pris un morceau de *popover* et l'a beurré.

— Edgar m'a suggéré d'aller m'installer en Alaska. En Alaska ! Vous imaginez ?

Elle a eu un rire cruel.

— Vous n'avez pas l'intention de reconstruire ? Vous ne pouvez pas remplacer la maison, évidemment, mais vous devez…

Je me suis rendu compte qu'il ne valait mieux pas parler d'assurance.

— Vous n'êtes pas au courant ? m'a-t-elle dit. Maurice Fougère rachète également mon terrain. Il va peut-être transformer l'école maternelle en primaire. (Elle m'a fusillé du regard.) J'ai vu les plans de ce qu'il a l'intention de faire de votre maison. Il se sert du toit endommagé comme d'un prétexte pour arracher tout l'arrière et installer une énorme verrière de serre. Ça promet d'être une espèce de terrarium géant. Comme ce n'est pas visible de la voie publique, il a le droit de faire ce qu'il veut. La Société ne peut rien faire pour l'en empêcher. De toute façon, maintenant, pff… tout le monde s'en fiche. Moi la première.

Je n'étais pas au courant. C'était donc ainsi que Fougère concevait une restauration soigneuse et attentionnée. Laurel m'a regardé encaisser la nouvelle, sans nul doute ravie de me voir consterné. Puis elle a repris :

— Pete m'a dit que vous aviez quelque chose à me donner. Était-ce une ruse ?

— J'ai quelque chose pour vous. Mais je veux d'abord que vous pensiez à Robert. Je ne vous demande pas de le tirer d'affaire. De toute façon, c'est impossible. Vous savez qu'il ne peut pas retourner à Harvard. Ni aller dans une autre université, sans doute, ni dans une école quelconque, et ce pour un bon moment.

— J'y penserai. Je ne vous promets rien.

J'ai décidé de m'en tenir là. J'ai pris la boîte à chaussures. Je l'ai mise sur mes genoux pendant que la serveuse prenait notre commande. Quand elle a ôté les menus, j'ai enlevé le couvercle et posé le premier paquet de lettres entre mon couteau et ma fourchette.

— Truthful, ai-je dit. (J'ai mis le second paquet à côté du premier.) Azor.

Quand ils avaient pillé ma cave, les policiers de Matlock avaient dans leur fougue forcé à la pince-monseigneur le petit placard encastré dans le mur de la cheminée. Il y a des années de cela, nous n'avions pas réussi à l'ouvrir avec Poppy, et nous avions pensé qu'il s'agissait d'un simple compartiment qui ne servait plus à rien. Les deux paquets de lettres – celui de Truthful et celui d'Azor – qu'ils avaient trouvés dans le placard étaient noués avec des rubans et enveloppés dans du cuir d'agneau, mais après avoir été manipulés par les policiers, le cuir avait été perdu et les rubans s'étaient désintégrés. Il y avait plus de trente lettres dans le paquet de Truthful, une douzaine dans celui d'Azor. Je les avais précautionneusement attachées avec de la ficelle de coton.

— J'ai pensé que vous étiez la mieux placée pour les garder, ai-je dit. Après tout, c'est vous qui pensiez qu'il y avait une cachette dans ma maison. En un sens, vous aviez raison.

Laurel pouvait à peine cacher sa soif d'historienne. Mais la main qu'elle tendait au-dessus de la table était hésitante.

— Truthful et Azor ? Mon Azor ? Vous voulez dire Truthful et Hosmer.

— Non. Azor. Apparemment, ils se sont aimés dans le dos du frère pendant des années. Je ne les ai pas toutes lues. Je ne sais pas si l'histoire a un début ou une fin.

Un milieu, certainement. La crème anglaise, la confiture, l'escalope roulée dans le lard. L'épouse parfaite du petit frère avait vécu avec délice des amours clandestines avec le frère aîné, celui qui avait une plus grande maison, une plus grande fortune, celui qui était curieusement resté célibataire si longtemps. Ce pauvre Hosmer, qui avait eu la bêtise de choisir d'être fermier, s'était retrouvé sans surprise dans le rôle du cocu. Avait-il fini par découvrir la vérité ? J'en avais lu assez pour saisir l'essentiel, mais à force de déchiffrer les minuscules écritures ornementées, j'avais fini par avoir mal à la tête. À présent, je regrettais de ne pas avoir fait faire de photocopies des lettres. Je doutais que Laurel me raconte un jour toute l'histoire comme elle se serait empressée de le faire devant un gin et du saumon il y a encore quelques mois.

Laurel tenait le paquet des lettres d'Azor, des lettres qui avaient probablement été écrites dans la maison qu'elle avait tant aimée. Elles auraient tout aussi bien pu être découvertes dans la maison de Laurel, si ce n'est que ce sont le plus souvent les femmes qui entretiennent la flamme du souvenir. Elle les gardait dans sa main.

— Vous ne voulez pas y jeter un œil ?

— Pas ici.

Elle a montré l'assiette de coquilles de beurre. Elle a serré les lettres contre son chemisier éclatant.

— J'ai appelé une de mes filles du nom de cette femme, ai-je dit. En hommage à son apparente vertu.

J'aurais tant aimé que Poppy soit là pour apprécier toute l'ironie de la chose.

— Ces lettres sont-elles…

— Osées ? ai-je dit. Pour l'époque, peut-être. Mais je ne suis pas à même de juger. On est assez loin de John et Abigall Adams, ce ne sont pas des poètes. Mais tout de même. C'est remarquable ce que les gens ordinaires s'exprimaient bien, autrefois.

— Mon Dieu, Percy. (Laurel avait le souffle haletant.) Remettez-les dans cette boîte. Nos salades arrivent.

Lorsque j'ai pris le paquet de lettres pour le ranger, nos doigts se sont effleurés. L'espace d'un instant, j'ai senti toute l'intensité émotionnelle qui existait entre les deux maisons voisines traverser le temps pour arriver jusqu'à nous. J'ai repensé au manque de tact avec lequel j'avais repoussé les avances de Laurel il y a si longtemps de cela, dans ma chambre. Au peu de respect que j'avais eu pour sa solitude, à cette façon qu'elle avait eue de risquer sa dignité. Je me demandais bien si j'en viendrais un jour à de telles extrémités.

Laurel s'est penchée par-dessus sa salade et m'a chuchoté :

— Vous avez parlé à quelqu'un d'autre de ces lettres ? À d'anciens collègues de la Widener ?

— Non. J'ai l'intention de vous les offrir depuis que la police me les a données, il y a près d'un mois. Vous avez refusé de me parler.

— En ce cas, c'est un pot-de-vin.

J'ai réfléchi *un* moment.

— On peut dire les choses plus élégamment, mais en un mot, oui.

J'ai appris que Laurel allait s'installer dans le charmant cottage de Dorian Van Otterloo, sur Quarry Road. Je lui ai dit que j'avais acheté une maison à Vigil Harbor. Elle a été étonnée que je quitte Matlock, mais j'ai bien vu qu'au fond, elle était contente. Après notre pudding, j'ai réglé l'addition en me disant que nous ne nous reverrions sans doute jamais. Et qu'elle ne le regretterait pas.

Les policiers de Matlock croyaient que Laurel m'avait donné son code de sécurité et que n'importe qui, en fouillant dans mon bureau, avait pu y avoir accès. Ils savaient qu'Arturo avait non seulement campé comme un vagabond dans ma cave, mais qu'il avait été invité à plusieurs reprises à dormir sous mon toit. Sur ces trois points, deux étaient vrais. Le soir où elle m'avait gavé de sandwichs au concombre, Laurel m'avait donné un bout de papier sur lequel était noté son code en me demandant de le garder en lieu sûr, au cas où elle aurait besoin de m'envoyer chez elle en son absence. Le code en question avait été oublié dans le pantalon que je portais ce jour-là et était passé à la machine, d'où il était ressorti en piteux état, réduit en une boulette de papier mâché.

C'était Maître Ira qui, dans un coup de fil affolé au lendemain de l'incendie, m'avait informé qu'il craignait que Celestino puisse être également accusé avec Robert. (Nous n'avions pas eu besoin d'attendre le *Grange* de la semaine suivante pour voir la photo d'Ira et Robert à la une d'un journal ; le *Globe* s'en était aimablement chargé, assortie de la pénible légende *Un CHIEN capturé grâce à l'instituteur adoré de la maternelle de Matlock.*)

Ira, qui avait eu mon numéro de portable grâce à Sarah, m'a téléphoné alors que je me trouvais chez Trudy, où je m'étais rendu après avoir essayé en vain d'empêcher les policiers d'arrêter Robert. J'ai pris conscience du courage qu'il avait eu en m'appelant lorsque, d'une voix quasi hystérique, il a commencé par me dire qu'il n'avait jamais voulu faire de mal à Robert. Je lui ai répondu que ce n'était pas sa faute ; j'aurais dû moi-même avoir des doutes au sujet de l'autre garçon.

Puis il m'a dit qu'il était terrifié pour Celestino.

— Je sais qu'il n'avait rien à voir avec tout ça. On s'est servi de lui, comme de nous tous. J'ai tellement peur qu'il soit expulsé.

Ira avait cherché désespérément s'il était possible d'établir un lien avec Tommy Loud. Je lui ai dit que je ne pouvais pas faire grand-chose, mais que j'essaierais.

Laurel aurait pu faire ce lien ; heureusement, ce n'était pas le cas. Mais Loud était malin ; même quand il était petit, il me faisait penser à une fouine. J'ai appelé à son bureau et parlé à sa mère. J'avais besoin de quelqu'un pour descendre la carcasse du hêtre calciné. Pouvait-elle m'envoyer le charmant jeune homme qui avait travaillé chez Laurel Connaughton ?

Happy s'est allègrement épanchée sur cette "terrible, terrible nouvelle". Mais qu'en était-il du jeune homme en question ?

— Il ne travaille plus chez nous. Mais on peut vous trouver une équipe de premier ordre, ils peuvent venir demain.

Zut alors, lui ai-je dit. Je ne savais pas ce que j'avais fait de mon agenda. Ma vie était dans un tel chaos ! J'ai promis de la rappeler. Je laisserais à Fougère le soin de donner le coup de grâce.

La maison du forgeron était vide depuis des mois quand je l'ai visitée. Daphne m'a assuré qu'une fois meublées, les pièces auraient l'air bien plus grandes. Le seul souvenir des précédents propriétaires était un bocal posé sur le réservoir des toilettes bleu ciel plein de débris de faïence polis par la mer. Le troisième soir après avoir déménagé, alors que j'étais dans tous mes états (faisant les cent pas, déplaçant tout, me demandant ce qui m'avait pris), j'ai versé les petits bouts de céramique sur ma table basse et je les ai examinés. Débarrassés de leur patine, certains portaient encore le fantôme de motifs de porcelaine chinoise, de fines rayures, des pétales, des arabesques, mais la plupart étaient unis, usés, jaunis. Ils ressemblaient à de vieilles dents, me suis-je dit en en mettant quelques-uns dans le creux de ma main. Je n'ai pas pu me résoudre à jeter cette curieuse collection, aussi je l'ai versée dans une grande coupe en verre en décidant que j'en chercherais d'autres.

Un bon tiers du mobilier que je possédais avait été détruit par l'eau le soir de l'incendie ; le reste entrait parfaitement dans mon logement plus modeste. Je l'ai dit, je ne crois pas au destin, mais quand la dernière de mes chaises a été assignée à sa nouvelle pièce, j'ai eu l'impression que la dernière pièce d'un puzzle se mettait en place. Mes biens les plus précieux, ceux que je gardais dans mon ancien salon et ma chambre, avaient survécu. Lorsque j'ai déballé la coupe d'argent qui était autrefois sur ma cheminée, j'ai vu qu'elle avait été astiquée par une des Girls on the Go. Cela m'a fait sourire. Peut-être certains adolescents de Matlock n'étaient-ils pas si mal élevés que cela, après tout. Je l'ai posée sur le plan de travail de la cuisine en observant avec un malin plaisir le contraste de l'argent sur le formica vieux rose. J'ai accroché le dessin qu'Helena avait fait de Poppy au-dessus du canapé. Un renfoncement sous l'escalier ferait office de bureau ; celui que j'avais acheté d'occasion à Cambridge, il y a des années de cela, s'encastrait parfaitement.

Robert est arrivé vers la fin du mois de juillet. Ses parents l'ont amené avec une valise, deux cartons de livres et une boîte à outils ; certainement moins d'affaires qu'ils n'en avaient apportées dans sa chambre d'étudiant quand il était entré à Harvard. Personne n'a osé faire une telle comparaison. Pendant que je faisais visiter la chambre qui allait être celle de Robert, nous étions tous polis, embarrassés, pour ne pas dire empotés. Douglas s'est cogné la tête au plafond en arrivant en haut de l'escalier. Trudy n'arrêtait pas de débiter des compliments sur les détails architecturaux de la maison, pourtant quelconques et en bien piètre état. Le charme de ces vieilles maisons n'est en grande partie qu'un héritage des contraintes budgétaires de leur constructeur.

La condamnation avec sursis de Robert était assortie de multiples conditions et j'entendais bien qu'elles soient respectées à la lettre. Il ne devait pas s'aventurer au-delà d'un rayon de quatre-vingts kilomètres de Vigil Harbor sans être accompagné de moi-même ou d'un de ses parents ; pendant un an au moins, il ne devait pas quitter l'État du Massachusetts ni mettre les pieds à Matlock, Ledgely ou Lothian. Il ne devait pas avoir accès à l'Internet si ce n'est sous ma surveillance. Il devait se présenter trois fois par semaine pour travailler à la reconstruction d'une école publique qui avait brûlé dans une ville située à un quart d'heure de là. Comme il n'avait plus de voiture, ce serait moi qui l'y conduirais. Je l'accompagnerais également aux entrevues avec son contrôleur judiciaire.

Outre les conditions du juge, j'en ai imposé un certain nombre d'autres, essentiellement des corvées ménagères et des courses à faire. On pouvait se procurer presque tout le nécessaire dans un rayon de moins de deux kilomètres : les provisions, les produits de pharmacie, les articles de quincaillerie, du liquide, et tout ce qui était nautique, des avirons aux gilets de sauvetage, en passant par les bracelets en coquillages. À partir de septembre, Robert suivrait deux cours dans une université publique de la région. Il a choisi une formation en travail social.

Je l'ai également informé qu'il devrait me construire avec Celestino une autre magnifique cabane perchée, cette fois destinée à des adultes.

— Je vous paierai tous les deux, mais en échange, ai-je dit, si cette magnifique cabane perchée, dans cette ville très en vue, vous vaut des demandes de projets similaires – et je te parie que cela sera le cas –, vous accepterez ces commandes et vous partagerez les profits avec moi.

— Grand-père, je n'imagine pas…

— Et tu ne discuteras jamais avec moi quand je souffrirai d'un rare accès d'optimisme, l'ai-je interrompu, ni quand je te dirai ce qui est bon pour toi. Pour l'heure, c'est mon imagination qui commandera la tienne.

Robert m'a paru presque heureux, plus en tout cas que je ne l'avais vu depuis des mois et cela m'a fait chaud au cœur.

J'ai repensé à cet air qu'il avait toujours – un air satisfait, sûr de lui, quoique un peu carnassier – quand il était en compagnie de la petite amie qu'il avait eue à une époque.

Supposant qu'elle ne durerait pas, je ne lui avais pas prêté particulièrement attention. Mais à présent, bien que mes suppositions se soient clairement révélées fondées (comment en vouloir à une aussi jeune femme de fuir des ennuis d'une telle nature ?), je m'en voulais rétrospectivement. En dépit de ma colère, j'étais désolé de voir Robert dépouillé de tant de plaisirs d'un coup.

Celestino habitait chez moi depuis déjà plusieurs semaines. Je lui avais donné la deuxième meilleure chambre. (La mienne, la plus grande et la plus belle, donnait sur le katsura.) Il aurait pu nous glisser entre les doigts si Ira n'avait pas passé au peigne fin le quartier hispanique de Lothian. Il s'était avéré que Celestino faisait ses courses dans une épicerie dirigée par une famille mexicaine dont Ira avait eu les filles à l'école. Ah, ces fils invisibles tissés dans le cosmos.

Dans un premier temps, ce qui est fort compréhensible, Celestino avait accepté de vivre avec moi par simple désespoir, bien qu'il s'efforçât de dissimuler sa peur sous un masque de courtoisie et de diligence. Je m'étais allègrement servi de sa force naturelle pour remettre ma nouvelle maison en état. Nous passions nos journées ensemble à accomplir un travail physique, qui nous laissait à court de souffle ou d'énergie pour faire la conversation. Mais le soir, je l'obligeais à s'asseoir à la table de la cuisine pendant que je nous préparais à manger. J'évitais de l'interroger, mais il allait bien falloir que j'apprenne à connaître ce jeune homme s'il devait continuer à partager mon toit. À chaque fois que le téléphone sonnait, il le regardait comme s'il était bardé d'explosifs.

Il était chez moi depuis une semaine lorsque j'en ai eu assez de la bonne humeur servile derrière laquelle il se camouflait, et mal. Je lui ai tendu son omelette au fromage, j'ai accepté ses remerciements et me suis assis en face de lui et lui ai dit :

— Vous savez, en vous prenant chez moi, je me sens auréolé de vertu. Je vous assure. Si le paradis existait, j'accumulerais les bons points.

Son expression a commencé à virer à la panique. Il s'est figé, les mains sur les genoux.

— Mais, ai-je poursuivi, s'il y a une chose que j'ai apprise l'an dernier, c'est la justesse de ce vieux dicton qui dit qu'une bonne action ne reste jamais impunie. Vous le connaissez ? (Je ne me souciais guère qu'il le connaisse ou non et il n'a pas réagi.) Alors voilà, Celestino, vous pouvez penser que je suis un ange, une bonne poire ou un vieil homme qui a besoin de compagnie – je ne suis rien de tout cela, entre nous soit dit. Pensez ce que vous voulez, mais rendez-moi service.

Nous nous sommes fixés un moment, puis il a dit :

— Oui.

J'ai secoué la tête d'un air désabusé.

— N'acceptez jamais un service sans savoir ce que c'est.

Cette fois, son sourire était sincère.

— Voilà ce que j'aimerais. Faites comme si vous vous sentiez chez vous. Et ça finira par venir.

— Je comprends, a-t-il dit.

— D'accord. Mais est-ce que vous voyez ce que je veux dire ?

Je l'ai vu me considérer d'un autre œil. Au bout d'un moment, il a répondu :

— Je crois que oui.

— Ça ne sera sans doute pas facile pour vous, n'est-ce pas ?

— Non, mais j'essaierai. Je crois qu'il le faut.

— Oui. Autrement, nous allons tous les deux devenir fous. Croyez-moi.

C'est alors qu'avec notre réserve masculine, nous avons commencé à échanger de vraies conversations, à pousser les lourdes portes qui séparaient nos vies. Il s'est mis à me surprendre et je me suis mis à le faire rire.

Anthony m'a dit qu'il n'y connaissait rien en droit de l'immigration ; à en juger par ce qu'il avait lu – et le climat xénophobe qui régnait –, il ne voyait pas comment Celestino pouvait retrouver son statut de résident. Mais devant l'inquiétude d'Ira, qui craignait que Tommy Loud puisse faire le lien entre l'incendie et Celestino, Anthony a ri.

— Là pour le coup, c'est du gâteau. Le dénoncer comme suspect et risquer de braquer les projecteurs sur son armée de soldats sous-payés ? Ça m'étonnerait. La descente qu'il y a eu dans l'usine de viande cascher de l'Iowa l'an dernier ? Tous des Guatémaltèques, au fait.

Ce n'est que lorsque je me suis assis avec Celestino dans le salon d'Ira et Anthony qu'il nous a annoncé qu'il avait déjà le nom d'un avocat qui pourrait peut-être l'aider. Celui-ci est arrivé à Vigil Harbor la semaine où Celestino s'est installé. Il était maigre, quasi chauve et le peu de cheveux qui lui restaient étaient réunis en une longue queue de cheval grisonnante fort peu ragoûtante. Il avait de grosses chaussures qui donnaient l'impression qu'il avait des pattes à la place des pieds et portait une mallette en toile couverte de taches de café.

— On vit dans un pays sérieusement paranoïaque, sérieusement taré, m'a-t-il informé dès qu'il a franchi le seuil. C'est pour ça que je fais ce que je fais. C'est ma *raison d'être.*

Il a discuté une heure avec Celestino puis il m'a appelé en bas. Il nous a décrit à tous les deux les longues et délicates négociations qu'il allait entreprendre pour le compte de Celestino. Il ne garantissait pas que l'issue serait heureuse.

— Fermez les écoutilles. Gardez la tête basse et soyez parés, nous a-t-il dit. Au moins, personne ne vous recherche. Vous avez de la chance.

Il était possible que Celestino puisse reprendre des études que je financerais, comme je l'avais suggéré, mais là encore, il faudrait du temps. Au pire, Celestino devrait retourner au Guatemala et se lancer dans une longue procédure là-bas.

— Ça peut durer des années, a prévenu Raison d'Être.

— Si je retourne là-bas, ce n'est pas le pire, a dit Celestino. Mais j'aimerais rester.

J'ai compris que nous allions être amenés à revoir souvent cet avocat dans les temps à venir. Et bien qu'il m'ait assuré que je n'avais pas à m'inquiéter de me retrouver ruiné par le montant de ses honoraires – "Ce n'est pas moi qu'on verra siffler du rhum dans le yacht-club chicos à l'autre bout du port" –, je me suis demandé s'il n'y aurait pas une petite place pour une cabane perchée dans son avenir.

— Vous n'auriez pas un bel arbre séculaire dans votre jardin, à tout hasard ? lui ai-je demandé en le raccompagnant à la porte.

Il a eu l'air inquiet, et non amusé.

— Vous êtes encore plus dingue que moi. J'habite un immeuble de Somerville où il n'y a même pas l'ascenseur.

Entre autres conditions aussi despotiques qu'arbitraires, j'ai imposé à Celestino et à Robert d'apprendre à s'exprimer en français. Pour notre premier petit déjeuner en cohabitation, je suis allé chercher des scones. Je faisais la queue dans ma nouvelle boulangerie préférée en regardant un panneau d'affichage couvert d'annonces de bateaux à vendre, d'appartements à louer, de cours de musique, de conseils financiers... quand une feuille artistiquement rédigée à la main m'a attiré l'œil : *Parlez-vous français ? Mais pourquoi pas ?* J'ai ri. Une certaine Mlle Madeleine Parquet réunissait des groupes deux fois par semaine au centre culturel local.

J'ai trouvé Celestino et Robert qui buvaient leur café dans le jardin en contemplant l'arbre. Du haut de la véranda, je leur ai lancé :

— *Parlez-vous français ?**

Ils se sont retournés. Robert a froncé les sourcils.

— Grand-père ?

— *Mais pourquoi pas, mes jeunes amis* ?*

Celestino a dit

— *Je parle un peu*.*

J'en serais resté stupéfait s'il ne m'avait pas parlé des Lartigue.

— *Très bien. En fait, superbe* !* me suis-je exclamé.

À en croire Poppy, mon accent n'est pas mauvais du tout.

Le mois dernier, j'ai troqué ma Toyota fatiguée contre un pick-up d'occasion. Robert m'avait imposé une condition : ils construiraient la cabane uniquement à partir de matériaux de récupération. À présent, nous nous entassons donc tous les trois dans notre véhicule pour passer les plages au peigne fin à la recherche de bois flottant et de cordages, sillonner les petites routes en essayant de trouver des meubles jetés et du bois mort abattu par les tempêtes. Robert appelle les entreprises de construction pour les convaincre de nous laisser enlever leurs déchets. Parfois, nous nous arrêtons au milieu de notre chasse au trésor à Ipswich ou à Gloucester pour prendre des beignets de clams ou des fish & chips. Aucun de nous n'avait imaginé sa vie ainsi mais elle n'est pas dépourvue d'avantages.

Ma nouvelle copine Daphne est une source d'information précieuse. Nous avons décroché le gros lot lorsqu'elle m'a appris qu'une vieille grange allait être démolie derrière une maison qu'elle avait vendue. Avec Robert et Celestino, nous sommes arrivés avant l'équipe de démolition.

Nous sommes rentrés avec notre troisième et dernier chargement en fin d'après-midi. Nous n'avions rien mangé depuis le matin. Pendant que Celestino faisait marche arrière dans l'allée qui menait de la rue à notre jardin, Robert a sorti du réfrigérateur de quoi faire des sandwichs. Je suis monté pour aller aux toilettes.

Le téléphone a sonné. Je me suis assis dans le fauteuil de ma chambre et j'ai répondu.

— J'espère que ce sont des bonnes nouvelles, ai-je dit. Je suis mort de fatigue.

— Percy, c'est Sarah.

J'ai regardé mes bras, noircis au-dessus de la ligne des gants.

— Sarah. Comment vas-tu ?

— J'ai mal, a-t-elle répondu d'une voix étonnamment chaleureuse. Je ne peux pas le nier. Mais je suis soulagée d'en avoir fini avec cette étape-là.

Un mois plus tôt, elle avait été opérée : son sein gauche avait été "proprement" retiré, comme elle disait. J'avais été la voir à l'hôpital en lui apportant une boîte de caramels, un flacon de lotion pour les mains et deux bons romans qui se finissaient bien (le tout à sa demande). Elle était assommée mais contente de me voir. Je ne lui avais pas demandé si je pouvais l'aider durant sa convalescence. J'étais las de ses refus. Je savais qu'elle avait d'autres personnes pour s'occuper d'elle, indépendamment de Celui dont je ne prononcerai plus le nom.

— On a eu les résultats des derniers scanners, m'a-t-elle dit, et les nouvelles sont bonnes. Ils n'ont rien décelé. Aucune trace de maladie.

Tout comme elle avait partagé mon chagrin et compati à mon affolement après l'arrestation de Robert, je me suis réjoui avec elle de cette bonne nouvelle. Je lui ai dit que j'étais ravi. C'était vrai.

Après un silence, elle m'a demandé :

— Tu te fais à ta nouvelle vie ?

— C'est autre chose. C'est sûr. (Je lui ai dit que je songeais à faire du bénévolat à la bibliothèque locale.) Elle est à peu près aussi grande qu'un mouchoir de poche, mais ils ont quelque chose qu'il n'y a jamais eu à la Widener : des enfants. Enfin, des enfants qui doivent respecter les règles.

Elle a ri poliment, comme si elle avait hâte de raccrocher. Je n'ai rien fait pour combler le silence. C'était à elle de terminer cette conversation. J'ai remarqué que les taches de vieillesse que j'avais sur la main étaient de plus en plus prononcées.

Elle a fini par dire :

— En fait, je t'appelle au sujet du mariage d'Ira.

— Oui ? J'y vais. Même si cela fait un drôle d'effet d'assister au mariage de deux hommes, j'ai l'intention d'y aller.

— Tu n'es pas contre, tout de même ?

— Robert me dit que non, alors c'est non.

En fait, les réserves que m'inspirait la perspective d'assister à la cérémonie, une réception relativement intime qui devait se tenir dans le Jardin aux Roses début octobre, n'avaient rien à voir avec les mœurs sexuelles des fiancés, mais étaient uniquement liées à l'angoisse que j'éprouvais à l'idée de me retrouver nez à nez avec certains invités. Sarah en faisait partie, mais ce qui m'inquiétait le plus, ce n'était pas de la voir, même au bras de ce type sournois.

— Ce que je voulais dire, a-t-elle poursuivi, c'est que je viendrai seule. Enfin, avec Rico. Mais… au cas où…

J'ai attendu un moment avant de demander :

— Au cas où quoi ?

— Au cas où ça t'intéresse. Tu ne me facilites pas les choses, hein ?

Rire semblait être la réponse la plus diplomartique. J'aurais pu lui rétorquer que pour ce qui était de compliquer les choses, ce n'était pas moi le coupable. Mais je sais de mieux en mieux tenir ma langue. Je parle trop – ce n'est un secret pour personne – mais j'apprends peu à peu à me taire quand il le faut. Attendre au lieu de parler.

— Mes cheveux repoussent, a-t-elle dit. Un peu. Je ressemble au G.I. Joe de Rico. Comme si je m'étais enrôlée dans les marines.

— Heureusement pour toi, les soldats inspirent la sympathie à notre époque.

De nouveau, j'ai attendu.

— Oh, Percy, le monde est étrange et tellement illogique.

— C'est ce que tu m'as dit le jour où nous nous sommes rencontrés, je crois. Tu sous-estimes ma mémoire, Sarah. Et arrête donc de me dire à quel point tout est compliqué.

Je lui ai donné le temps d'encaisser ce reproche. Puis j'ai ajouté plus gentiment :

— J'apprends à vivre avec des complications qui pourraient bien égaler les tiennes.

— Dis-moi tout, je veux savoir.

— Tu le sauras. Mais pour l'instant, une de ces complications m'a préparé un sandwich et il faut que j'aille le manger ou je vais m'évanouir. J'ai aussi très envie de faire pipi.

— Je te verrai au mariage.

— Oui, ai-je répondu.

Après avoir avalé deux sandwichs, j'ai enfilé mon maillot à ananas et je suis allé au port. Nous étions à la mi-septembre mais l'eau était aussi bonne qu'elle daigne l'être dans l'Atlantique. Je me suis élancé de mon rocher favori et j'ai nagé vers le phare, sur la pointe la plus proche de l'autre côté du port. Le gardien du premier phare de la pointe était un certain Ezekiel Darling, dont Poppy disait toujours qu'il devait bien figurer quelque part dans ma lignée. Autant j'aime l'histoire, autant la généalogie m'ennuie, aussi je n'ai jamais cherché à savoir si elle avait raison et ne chercherai sans doute jamais. Il est probable que si je suis invité à des soirées où des gens s'intéressent à la question, on me demandera si j'ai un lien quelconque avec lui. Un de ces jours, j'inventerai une histoire ou deux ; pourquoi ne pas me donner un peu de couleur locale ?

Le port est tout en longueur : les bons jours, je le traverse en dix minutes – bien que l'entreprise soit délicate en plein été, quand les bateaux sont amarrés les uns à côté des autres. On pourrait presque le traverser à pied en sautant d'un pont à l'autre. Dès le début de septembre, cependant, le nombre des bateaux diminue visiblement. Les premiers à partir sont les mastodontes à moteur et les yachts venus en visite de ports lointains comme Halifax ou de Chesapeake Bay ; puis un à un, les voiliers du coin disparaissent. Ne restent plus que les chalutiers, les vieux rafiots à moteur tout rouillés qui remontent les poissons qui subsistent. Ce tamisage progressif, ai-je songé, n'est pas sans rappeler la détérioration de la mémoire : les derniers souvenirs à partir, avec un peu de chance, sont les plus banals, les plus simples, ceux qui vont le plus loin bien que lentement, et jettent leurs filets dans les eaux les plus profondes.

Au tout début, quand je découvrais la ville – perdant sans cesse mes repères, rebroussant chemin au bout de sentiers qui débouchaient sur des jardins privés ou de petites plages de galets –, je me suis retrouvé dans la rue où Poppy avait vécu quand elle était enfant. Elle m'y avait emmené un jour, il y a de cela bien longtemps. Je l'ai reconnue grâce à une étrange bifurcation, mais je ne me rappelais plus quelle était sa maison. Il y en avait plusieurs côte à côte, toutes vieilles, toutes différentes, mais d'innombrables couches de peinture et les années qui s'étaient écoulées depuis m'avaient privé de ces détails indispensables pour que je puisse me dire, *Voilà. C'est là !*

Étrangement, je n'étais pas triste. Je me suis souvenu de la curieuse histoire de Trudy, quand elle racontait avoir entendu sa mère dire que le troisième enfant qu'elle souhaitait avoir était l'inverse d'un fantôme, un être qui attendait de venir au monde. Peut-être est-ce ce qu'est Poppy, aujourd'hui. L'inverse d'un fantôme. Elle m'avait amené dans un lieu de devenir, loin d'un lieu du passé.

Oh, Poppy.

J'ai traversé tout le port puis je suis revenu. J'aurais sans doute mal partout, mais qu'importe. En rentrant à la maison, j'ai trouvé les deux garçons endormis sur le canapé. La télévision était allumée, diffusant un match de tennis entre deux jeunes femmes à la musculature effrayante. J'ai attendu que l'une des deux lève les bras en signe de victoire. Puis il y a eu les informations et j'ai éteint.

Je ne m'étais pas encore abonné à un journal, national ou local. Il m'arrivait d'entendre des rumeurs quand je faisais les courses – que le monde de la haute finance était sur le point d'exploser, qu'Obama pouvait gagner, que ma nouvelle ville allait devoir encaisser une énorme hausse d'impôts pour financer une digue – mais j'en avais par-dessus la tête des gros titres, des rapports de police et des photos d'êtres chers en proie à des démêlés judiciaires.

La mesure d'éloignement qui interdit à Robert d'aller à Matlock l'empêche d'assister au mariage. Ira aimerait bien également que Celestino soit là, mais nous savons qu'il serait imprudent qu'il se montre. Celestino me dit qu'il s'est occupé de ce jardin pendant plusieurs saisons et qu'il sait exactement quels rosiers seront en fleur le jour de la cérémonie. Il m'a promis qu'au printemps prochain, il fera un beau jardin ombragé en dépit de la tyrannie de l'arbre. Il me dit qu'il y a un coin ensoleillé pour les roses. Il prépare déjà les parterres.

Il va me falloir affronter Maurice et Evelyn, qui m'ont tous les deux trahi, aussi subtilement soit-il ; mais le plus difficile, cela va être de me retrouver face à Clover. Je ne sais pas du tout comment elle va réagir à ma présence, ni comment je vais réagir à sa réaction.

Après l'incendie, elle m'a écrit une lettre dans laquelle elle me disait à quel point elle était désolée des dégâts qu'avait subis la maison mais qu'elle ne regrettait pas d'avoir dit "la vérité sur Robert". Elle me disait qu'elle avait fini par comprendre que j'aimais Trudy plus qu'elle et que j'aimais Robert plus que je n'aimais ses enfants. Elle disait qu'elle pouvait me pardonner mais préférait ne pas avoir de contact avec moi au moins jusqu'à la fin de l'été. Elle me demandait de ne pas l'appeler.

J'ai eu envie de lui écrire aussitôt, de lui dire à quel point elle se trompait sur tous les points. Mais j'imaginais aussi lui dire tout ce que m'avait inspiré son comportement depuis les trois dernières années. Je ne tairai rien. Il se trouve que Douglas m'a appelé ce jour-là pour me dire où en était l'affaire de Robert. Il s'est rendu compte de mon désarroi et m'a soutiré des aveux.

— Ne faites pas ça, papa, m'a-t-il dit. Ne lui écrivez pas. Pas tout de suite. Je vais vous dire ce qui se passe. Elle est arrivée à un stade de sa thérapie où elle pleure réellement la mort de sa mère. Et vous n'avez pas exactement le beau rôle dans ce scénario. Ça n'a rien d'étonnant.

Je me suis demandé ce que Trudy avait bien pu raconter à Douglas sur la nuit où Poppy était morte ; tout, naturellement. Mais lorsqu'il a poursuivi, je me suis aperçu que je me trompais.

— Vous êtes celui qui est resté, a-t-il dit. Le parent qui reste est le seul qui puisse commettre des erreurs. C'est injuste, mais qu'est-ce que vous voulez, c'est comme ça. Une mère absente est infaillible. Ça lui passera, papa. Je vous assure.

Douglas, mon gendre, ce garçon ordinaire d'un naturel facile, qui m'appelait papa sans un soupçon d'ironie et que j'avais toujours apprécié mais pas suffisamment jusqu'à ce jour, ne me reprochait rien.

Alors, j'ai laissé Clover tranquille. J'ai pris du recul et, oui, j'ai tenu ma langue. Et dans la mesure où l'incendie m'avait privé des dernières semaines d'adieu que je comptais passer dans la maison, je ne serais pas amené à la croiser, que ce soit du fait du hasard ou d'un quelconque stratagème. J'avais mes espions, cependant. C'est par Ira que j'ai appris que Clover passerait juillet et août à New York, où elle allait sous-louer l'appartement de la sœur d'Ira.

Elle est rentrée de New York, à présent, de retour à Fées & Follets, où elle prépare ce qu'Ira appelle la "vente de rattrapage". Elle sera à son mariage. Elle sera là avec ses deux enfants. Pour le coup, en voilà deux que j'ai vraiment hâte de voir.

Mes deux jeunes gens sont parfois cachottiers et jettent tous les deux un œil au courrier tous les jours en feignant l'indifférence. Celestino a reçu la semaine dernière une lettre de France, que lui a fait suivre Raison d'Être, et dont l'adresse était rédigée d'une écriture pleine de fioritures qui m'a odieusement rappelé la lettre que j'avais reçue de Maurice Fougère. Il l'a aussitôt emportée dans sa chambre. Je n'ai pas pu déchiffrer son expression.

Robert a un compte mail lié au mien. Nous le regardons – ensemble, comme on le lui impose – tous les soirs après le dîner. Je reste à côté de lui tandis que la liste des nouveaux messages défile de haut en bas en me faisant penser aux anciens panneaux d'affichage des horaires de train que l'on voit encore dans des gares comme Grand Central Station.

Puis un jour, il est apparu. Nous n'avions pas reconnu l'expéditeur et nous nous apprêtions à l'effacer en le marquant comme spam. L'objet du mail disait *regrets éloignés.* Robert a dit :

— Attends.

Il l'a ouvert.

> je n'ai appris que récemment ce qui s'est passé au printemps dernier, toute l'histoire. je ne savais pas que tu porterais le chapeau, crois-moi. je suis sûr que je ne t'ai jamais menti même si je savais ce que tu voulais

croire. le plus souvent ce n'était pas vrai. c'est devenu une vérité nécessaire à la lumière de ce qui devait se passer. j'en sais assez pour savoir que si tu lis ça, tu ne seras pas d'accord. les gens diront que je n'étais pas ton ami. c'est faux mais tant pis. je te dois de l'argent et tu le recevras. j'espère que ça va, je sais que tu vas réussir, c'est sûr. tu es comme ça. tu es dans une zone de tranquillité et de force et tout ira bien. quant à moi, je suis toujours senza ragazza et dans un sens senza patria aussi. c'est ma (mes) croix. contacte-moi ou pas. je me déplace pas mal en ce moment mais où que je sois je garde l'œil sur le monde, et j'œuvre toujours pour l'essentiel, pas d'autre choix que de persévérer! j'espère que notre amitié subsistera, une petite partie en tout cas.

À mesure qu'il lisait, Robert laissait échapper des murmures le plus souvent énigmatiques. Je haletais en essayant de ne pas hurler d'indignation devant les immondes miasmes d'arrogance et de perfidie que dégageaient les mots de l'écran.

J'ai vu qu'il lisait et relisait le message. Quand il l'a refermé, je lui ai rappelé qu'il devait le transférer à son contrôleur judiciaire.

— Je sais, Grand-père.

Il s'efforçait de parler sans émotion. Je l'ai regardé appuyer sur la flèche blanche et écrire l'adresse de Mike.

Nous sommes passés sans autre commentaire à des messages de la mère de Robert, d'un ami qui était toujours à Harvard, d'une des nombreuses organisations environnementales dont il lit et cite les newsletters, sans avoir perdu de sa détermination à "agir pour le bien".

Quand Poppy évoquait son enfance, elle disait que Vigil Harbor était une ville où les gens respectaient votre vie privée tant que vous les laissiez croire qu'ils connaissaient vos secrets les plus intimes. Lorsqu'on se promène par les rues les soirs d'été, quand il fait doux, on passe souvent devant des fenêtres ouvertes qui déversent des conversations directement dans la rue. C'est l'inverse de Matlock et pour le moment, peut-être même pour le restant de mes jours, c'est exactement ce qu'il me faut.

C'est ce qu'il nous faut à tous les trois. Et si nos arrangements peuvent laisser perplexe le passant vaguement curieux, j'aime à croire que les voisins ont débattu de notre étrange trio et abouti à un consensus qui offre une délicieuse matière à spéculation et cependant, devant notre amabilité et notre candeur, nous épargne tout soupçon d'une quelconque perversité. On nous entend faire griller des hamburgers, nous disputer au sujet des chaînes de télévision, soutenir les Red Sox (parfois en compagnie de Norval et de Douglas) et reprendre en chœur Tom Lehrer, Nat King Cole, Mercedes Sosa, Tom Waits ou Kanye West. (C'est incroyable ce que j'apprends à tolérer tout de même !)

On entend les garçons pratiquer leur français passablement atroce parfois jusque dans l'arbre. (*Passez-moi le – qu'est-ce que c'est, ce truc ? Le bateau ?* Comment ça, le *bateau* ? Mais non, ça, là, le marteau, mon pote… *Veux-tu prendre un break pour manger un peu de chips et salsa ? Moi, je peux fabriquer du guacamole, peut-être… Avez-vous une idée à propos de cette bizarre angle** ?) Je n'avais pas imaginé que les cours de français étaient un bon moyen de leur réapprendre à rire, mais *eh voilà.* J'ai encore des éclairs de génie.

Il arrive aussi que les oreilles indiscrètes qui passent dans la rue entendent de l'espagnol ou même un dialecte indien dont je n'ai pas encore saisi le nom : c'est Celestino, qui est au téléphone en haut, probablement avec sa mère ou une de ses sœurs. Celestino n'a jamais l'air aussi exubérant que dans ces conversations dont le ton va de la colère à l'exaspération en passant par la joie et la taquinerie. Inutile d'en comprendre un seul mot pour savoir que ce sont des conversations familiales.

Les oreilles habituées à notre maison doivent se dresser à chaque fois qu'une voix de femme se joint aux autres. Ce peut être Daphne ; elle habite deux rues plus loin et passe parfois nous voir quand elle promène son jack russell. Elle nous a invités à une fête entre voisins le week-end qui suit le mariage d'Ira et d'Anthony. ("Il y aura de tout, le haut comme le bas de l'échelle.") Ou encore Trudy – même si elle est toujours aussi débordée et que l'hôpital se trouve à près d'une heure d'ici. Et bien que mon pressentiment ne soit peut-être qu'une illusion, je me dis que bientôt cette voix féminine occasionnelle sera peut-être celle de Sarah. La voix de Sarah et son rire déchaîné, Sarah vivante et aussi bien que possible, s'échappant dans les rues de Vigil Harbor et jusque dans le port. Les voix portent étonnamment bien sur l'eau.

Ils sont debout sur les plus hautes branches capables de supporter leur poids, le bras passé autour du tronc. Un bras est confortablement posé sur l'autre. Ils sont l'un et l'autre stupéfaits de constater qu'ils sont si haut au-dessus du sol, qu'ils voient si loin au-delà de la maison et des arbres plus modestes des jardins avoisinants. Ils voient le port, le phare, une petite île inhabitée – et sur l'horizon dégagé un énorme bateau qui se dirige vers le large dont il est presque impossible de mesurer la vitesse.

Sous eux, à travers les feuilles qui prennent des couleurs éclatantes et commencent à tomber, ils distinguent la structure de la cabane perchée qu'ils sont en train de construire : contrairement à celle qu'ils ont construite à Matlock, ils se sont lancés dans celle-ci en se basant sur un plan on ne peut plus sommaire.

— Tu crois qu'on sait ce qu'on fait ? dit l'un des deux.

L'autre hausse les épaules.

— *Qui sait bien ce qu'il fait ? Personne** !

Ils rient.

L'un des deux pense aux Françaises en général et à Madeleine, leur professeur autoritaire de français, en particulier. Au premier cours, elle a vociféré à l'adresse des cinq personnes qui s'étaient présentées : "La seule manière d'apprendre à bien parler une langue c'est d'accepter de se ridiculiser totalement. Il faut laisser sa fierté de côté !" Il comprend bien, mais il se dit qu'il y a certains moments de sa vie où il ne laissera plus jamais sa fierté de côté.

L'autre pense à ce qu'ils pourraient manger pour le déjeuner. Ces derniers temps, il pense souvent aux plaisirs de l'instant : les plaisirs de la télévision, du sport (où étaient ces courts de tennis devant lesquels ils sont passés, l'autre jour ?), à nager en mer ; au plaisir nettement plus exigeant de construire la cabane. Sa vie est pleine d'incertitude, mais s'il y a bien une chose dont il est sûr, c'est qu'il est en train de devenir un bon charpentier.

— Et un vitrail, qu'est-ce que tu en penses ? Avec de vieilles bouteilles de vin.

— Ça me plaît bien, comme idée.

— Et un toit en vieilles plaques d'immatriculation marrantes.

— Où est-ce qu'il y en a ?

— On trouvera bien. C'est notre truc. *Comme ça**. On finit toujours par trouver.

— *C'est vrai**.

En entendant la moustiquaire claquer, ils ont tous les deux tourné la tête vers la maison. Percy Darling est sorti sous la véranda, vêtu pour le mariage. Il porte le nœud papillon de comique qu'il avait à Thanksgiving, une chemise blanche, une veste bleue. On dirait un gros oiseau en pleine parade nuptiale. Ils l'appellent et il regarde dans tous les sens, l'air surpris. Il met un moment à voir où ils sont. Il s'abrite les yeux d'une main et leur crie de faire attention. Ils sont bien trop haut dans cet arbre.

Ils répondent en français.

— *Ne t'inquiète pas* !*

— *Nous connaissons cet arbre bien* !*

Il leur crie également en français d'être sages pendant son absence. Ou du moins c'est ce qu'ils croient comprendre. Il monte dans le pick-up et sort lentement en marche arrière.

Le vent souffle dans les branches de l'arbre et le bruit de la mer leur parvient comme s'il leur avait été lancé à eux et eux seuls. Ils regardent le camion gravir la colline, passer devant le cimetière et disparaître au détour d'un virage vers l'intérieur des terres, loin du rivage.

# REMERCIEMENTS

JE tiens tout spécialement à remercier Barbara Burg, Lucy Curran et Jennifer McKenna de m'avoir fait découvrir leur univers et d'avoir répondu à mes innombrables questions. Merci de votre générosité et du temps que vous m'avez consacré. La passionnante étude de Matthew Battles, *Widener: Biography of a Library*, m'a également été d'une aide précieuse.

208 Tiffany McDaniel, *Betty*
207 John D. Voelker, *Itinéraire d'un pêcheur à la mouche*
206 Thomas Berger, *Little Big Man*
205 Peter Swanson, *Huit crimes parfaits*
204 Andy Davidson, *Dans la vallée du soleil*
203 Walter Tevis, *L'Homme tombé du ciel*
202 James Crumley, *Le Canard siffleur mexicain*
201 Robert Olmstead, *Le Voyage de Robey Childs*
200 Pete Fromm, *Chinook*
199 Keith McCafferty, *La Vénus de Botticelli Creek*
198 Tom Robbins, *Jambes fluettes, etc.*
197 Nathaniel Hawthorne, *La Lettre écarlate*
196 Jennifer Haigh, *Le Grand Silence*
195 Kent Wascom, *Les Nouveaux Héritiers*
194 Benjamin Whitmer, *Les Dynamiteurs*
193 Barry Lopez, *Rêves arctiques*
192 William Boyle, *L'amitié est un cadeau à se faire*
191 Julia Glass, *Jours de juin*
190 Mark Haskell Smith, *Coup de vent*
189 Trevanian, *L'Été de Katya*
188 Chris Offutt, *Sortis des bois*
187 Todd Robinson, *Une affaire d'hommes*
186 Joe Wilkins, *Ces montagnes à jamais*
185 James Oliver Curwood, *Grizzly*
184 Peter Farris, *Les Mangeurs d'argile*
183 David Vann, *Un poisson sur la Lune*
182 Mary Relindes Ellis, *Le Guerrier Tortue*
181 Pete Fromm, *La Vie en chantier*
180 James Carlos Blake, *Handsome Harry*
179 Walter Tevis, *Le Jeu de la dame*
178 Wallace Stegner, *Lettres pour le monde sauvage*
177 Peter Swanson, *Vis-à-vis*
176 Boston Teran, *Méfiez-vous des morts*
175 Glendon Swarthout, *Homesman*
174 Ross Macdonald, *Le Corbillard zébré*
173 Walter Tevis, *L'Oiseau moqueur*
172 John Gierach, *Une journée pourrie au paradis des truites*

171 James Crumley, *La Danse de l'ours*
170 John Haines, *Les Étoiles, la neige, le feu*
169 Jake Hinkson, *Au nom du Bien*
168 James McBride, *La Couleur de l'eau*
167 Larry Brown, *Affronter l'orage*
166 Louisa May Alcott, *Les Quatre Filles du docteur March*
165 Chris Offutt, *Nuits Appalaches*
164 Edgar Allan Poe, *Le Sphinx et autres histoires*
163 Keith McCafferty, *Les Morts de Bear Creek*
162 Jamey Bradbury, *Sauvage*
161 S. Craig Zahler, *Les Spectres de la terre brisée*
160 Margaret Mitchell, *Autant en emporte le vent*, vol. 2
159 Margaret Mitchell, *Autant en emporte le vent*, vol. 1
158 Peter Farris, *Dernier Appel pour les vivants*
157 Julia Glass, *Une maison parmi les arbres*
156 Jim Lynch, *Le Chant de la frontière*
155 Edward Abbey, *Le Feu sur la montagne*
154 Pete Fromm, *Comment tout a commencé*
153 Charles Williams, *Calme plat*
152 Bob Shacochis, *Sur les eaux du volcan*
151 Benjamin Whitmer, *Évasion*
150 Glendon Swarthout, *11 h 14*
149 Kathleen Dean Moore, *Petit Traité de philosophie naturelle*
148 David Vann, *Le Bleu au-delà*
147 Stephen Crane, *L'Insigne rouge du courage*
146 James Crumley, *Le Dernier Baiser*
145 James McBride, *Mets le feu et tire-toi*
144 Larry Brown, *L'Usine à lapins*
143 Gabriel Tallent, *My Absolute Darling*
142 James Fenimore Cooper, *La Prairie*
141 Alan Tennant, *En vol*
140 Larry McMurtry, *Lune comanche*
139 William Boyle, *Le Témoin solitaire*
138 Wallace Stegner, *Le Goût sucré des pommes sauvages*
137 James Carlos Blake, *Crépuscule sanglant*
136 Edgar Allan Poe, *Le Chat noir et autres histoires*
135 Keith McCafferty, *Meurtres sur la Madison*

134 Emily Ruskovich, *Idaho*
133 Matthew McBride, *Frank Sinatra dans un mixeur*
132 Boston Teran, *Satan dans le désert*
131 Ross Macdonald, *Le Cas Wycherly*
130 Jim Lynch, *Face au vent*
129 Pete Fromm, *Mon désir le plus ardent*
128 Bruce Holbert, *L'Heure de plomb*
127 Peter Farris, *Le Diable en personne*
126 Joe Flanagan, *Un moindre mal*
125 Julia Glass, *La Nuit des lucioles*
124 Trevanian, *Incident à Twenty-Mile*
123 Thomas Savage, *Le Pouvoir du chien*
122 Lance Weller, *Les Marches de l'Amérique*
121 David Vann, *L'Obscure Clarté de l'air*
120 Emily Fridlund, *Une histoire des loups*
119 Jake Hinkson, *Sans lendemain*
118 James Crumley, *Fausse Piste*
117 John Gierach, *Sexe, mort et pêche à la mouche*
116 Charles Williams, *Hot Spot*
115 Benjamin Whitmer, *Cry Father*
114 Wallace Stegner, *Une journée d'automne*
113 William Boyle, *Tout est brisé*
112 James Fenimore Cooper, *Les Pionniers*
111 S. Craig Zahler, *Une assemblée de chacals*
110 Edward Abbey, *Désert solitaire*
109 Henry Bromell, *Little America*
108 Tom Robbins, *Une bien étrange attraction*
107 Christa Faust, *Money Shot*
106 Jean Hegland, *Dans la forêt*
105 Ross Macdonald, *L'Affaire Galton*
104 Chris Offutt, *Kentucky Straight*
103 Ellen Urbani, *Landfall*
102 Edgar Allan Poe, *La Chute de la maison Usher et autres histoires*
101 Pete Fromm, *Le Nom des étoiles*
100 David Vann, *Aquarium*
99 *Nous le peuple*
98 Jon Bassoff, *Corrosion*

97 Phil Klay, *Fin de mission*
96 Ned Crabb, *Meurtres à Willow Pond*
95 Larry Brown, *Sale Boulot*
94 Katherine Dunn, *Amour monstre*
93 Jim Lynch, *Les Grandes Marées*
92 Alex Taylor, *Le Verger de marbre*
91 Edward Abbey, *Le Retour du gang*
90 S. Craig Zahler, *Exécutions à Victory*
89 Bob Shacochis, *La femme qui avait perdu son âme*
88 David Vann, *Goat Mountain*
87 Charles Williams, *Le Bikini de diamants*
86 Wallace Stegner, *En lieu sûr*
85 Jake Hinkson, *L'Enfer de Church Street*
84 James Fenimore Cooper, *Le Dernier des Mohicans*
83 Larry McMurtry, *La Marche du mort*
82 Aaron Gwyn, *La Quête de Wynne*
81 James McBride, *L'Oiseau du Bon Dieu*
80 Trevanian, *The Main*
79 Henry David Thoreau, *La Désobéissance civile*
78 Henry David Thoreau, *Walden*
77 James M. Cain, *Assurance sur la mort*
76 Tom Robbins, *Nature morte avec Pivert*
75 Todd Robinson, *Cassandra*
74 Pete Fromm, *Lucy in the Sky*
73 Glendon Swarthout, *Bénis soient les enfants et les bêtes*
72 Benjamin Whitmer, *Pike*
71 Larry Brown, *Fay*
70 John Gierach, *Traité du zen et de l'art de la pêche à la mouche*
69 Edward Abbey, *Le Gang de la clef à molette*
68 David Vann, *Impurs*
67 Bruce Holbert, *Animaux solitaires*
66 Kurt Vonnegut, *Nuit mère*
65 Trevanian, *Shibumi*
64 Chris Offutt, *Le Bon Frère*
63 Tobias Wolff, *Un voleur parmi nous*
62 Wallace Stegner, *La Montagne en sucre*
61 Kim Zupan, *Les Arpenteurs*

60 Samuel W. Gailey, *Deep Winter*

59 Bob Shacochis, *Au bonheur des îles*

58 William March, *Compagnie K*

57 Larry Brown, *Père et Fils*

56 Ross Macdonald, *Les Oiseaux de malheur*

55 Ayana Mathis, *Les Douze Tribus d'Hattie*

54 James McBride, *Miracle à Santa Anna*

53 Dorothy Johnson, *La Colline des potences*

52 James Dickey, *Délivrance*

51 Eve Babitz, *Jours tranquilles, brèves rencontres*

50 Tom Robbins, *Un parfum de jitterbug*

49 Tim O'Brien, *Au lac des Bois*

48 William Tapply, *Dark Tiger*

46 Mark Spragg, *Là où les rivières se séparent*

45 Ross Macdonald, *La Côte barbare*

44 David Vann, *Dernier jour sur terre*

43 Tobias Wolff, *Dans le jardin des martyrs nord-américains*

42 Ross Macdonald, *Trouver une victime*

41 Tom Robbins, *Comme la grenouille sur son nénuphar*

40 Howard Fast, *La Dernière Frontière*

39 Kurt Vonnegut, *Le Petit Déjeuner des champions*

38 Kurt Vonnegut, *Dieu vous bénisse, monsieur Rosewater*

37 Larry Brown, *Joe*

36 Craig Johnson, *Enfants de poussière*

35 William G. Tapply, *Casco Bay*

34 Lance Weller, *Wilderness*

33 Trevanian, *L'Expert*

32 Bruce Machart, *Le Sillage de l'oubli*

31 Ross Macdonald, *Le Sourire d'ivoire*

30 David Morrell, *Rambo*

29 Ross Macdonald, *À chacun sa mort*

28 Rick Bass, *Le Livre de Yaak*

27 Dorothy Johnson, *Contrée indienne*

26 Craig Johnson, *L'Indien blanc*

25 David Vann, *Désolations*

24 Tom Robbins, *B comme Bière*

23 Glendon Swarthout, *Le Tireur*

22 Mark Spragg, *Une vie inachevée*
21 Ron Carlson, *Le Signal*
20 William G. Tapply, *Dérive sanglante*
19 Ross Macdonald, *Noyade en eau douce*
18 Ross Macdonald, *Cible mouvante*
17 Doug Peacock, *Mes années grizzly*
16 Craig Johnson, *Le Camp des morts*
15 Tom Robbins, *Féroces infirmes retour des pays chauds*
14 Larry McMurtry, *Texasville*
13 Larry McMurtry, *La Dernière Séance*
12 David Vann, *Sukkwan Island*
11 Tim O'Brien, *Les choses qu'ils emportaient*
10 Howard McCord, *L'homme qui marchait sur la Lune*
9 Craig Johnson, *Little Bird*
8 Larry McMurtry, *Lonesome Dove*, épisode 2
7 Larry McMurtry, *Lonesome Dove*, épisode 1
6 Rick Bass, *Les Derniers Grizzlys*
5 Jim Tenuto, *La Rivière de sang*
4 Tom Robbins, *Même les cow-girls ont du vague à l'âme*
3 Trevanian, *La Sanction*
2 Pete Fromm, *Indian Creek*
1 Larry Watson, *Montana 1948*

CET OUVRAGE A ÉTÉ COMPOSÉ PAR
ATLANT'COMMUNICATION
AU BERNARD (VENDÉE).

ACHEVÉ D'IMPRIMER EN FÉVRIER 2023 SUR LES PRESSES
DE NORMANDIE ROTO IMPRESSION S.A.S., 61250 LONRAI
POUR LE COMPTE DES ÉDITIONS GALLMEISTER
13, RUE DE NESLE, 75006 PARIS

IMPRIMÉ EN FRANCE

DÉPÔT LÉGAL : MARS 2023
N° D'IMPRESSION : 2206686